La mort dans le miroir

DU MÊME AUTEUR

AUX EDITIONS HARLEQUIN

DANS LA COLLECTION BEST-SELLERS

Nuit d'orage (N° 261)

OLGA BICOS

La mort dans le miroir

BEST SELLERS

éditions Harlequin

Cet ouvrage a été publié en langue anglaise
sous le titre :
SHATTERED

Traduction française de
CLAIRE POUTIERS-STEPHAN

Photos de couverture

Éclat de verre : © ROYALTY FREE / DIGITAL VISION / GETTY IMAGES
Femme : © ROYALTY FREE / GETTY IMAGES
Voiture : © ROYALTY FREE / DAJ / GETTY IMAGES

83-85, boulevard Vincent-Auriol, 75013 PARIS — Tél. : 01 42 16 63 63
Service Lectrices — Tél. : 01 45 82 47 47
ISBN 2-280-08733-2 — ISSN 1248-511X

Pour Andrew, Leila et Jonathan, qui sont ma raison de vivre.
Et pour mes parents dont la foi inébranlable est pour moi
une révélation sans cesse renouvelée.

REMERCIEMENTS

Un grand merci à mes trois « bonnes fées » des éditions Mira, Diane Moggy, Amy Moore-Benson et Martha Keenan, qui n'ont cessé de me témoigner leur soutien. Mes remerciements tout particuliers à Martha, mon éditrice, qui m'a permis de concrétiser ce projet de livre.

Il arrive qu'au cours de sa carrière, un auteur ait de la chance. Pour moi, elle s'est présentée sous la forme de Dominick Abel, mon agent, que je remercie infiniment pour son calme et son dévouement sans faille — des qualités essentielles dont j'ai pu mesurer l'importance chaque jour.

Jamais je n'aurais réussi à mener ce roman à bien sans les conseils de Ciji Ware et Lisa Sawyer, qui ont toujours répondu avec une extrême gentillesse à mes questions. S'il subsiste des erreurs, elles ne sont pas de leur fait, mais du mien !

Quant à l'inspiration, elle m'est venue de plusieurs sources que je tiens à citer ici. Je remercie du fond du cœur mes « muses », Jill Hunter et Barbara Benedict, sans qui je n'aurais jamais pu envisager d'embrasser la carrière d'écrivain. Pour l'intrigue, mille mercis à Meryl Sawyer, Lou Kaku, Jill Marie Landis, Lori Herter et Suzanne Forster. Grâce à elles, j'ai trouvé le courage de continuer mon œuvre. Un grand merci également au « grand chef du Club Bicos », Lu Campos. Sans lui, la famille aurait eu bien du mal à garder la tête hors de l'eau pendant mes phases d'écriture. Enfin, toute ma gratitude à Debbie Macomber et Stella Cameron pour leur aide et leur soutien indéfectibles.

Enfin, je voudrais adresser mes remerciements les plus sincères aux personnes qui m'ont guidée dans l'univers étrange et merveilleux de la viticulture : John Hustlebee des vignobles Thornton, Elizabeth Campbell des vignobles Callaway Coastal, et Mike Calabro de Wilson Creek. Je dois également beaucoup à la lecture de l'ouvrage instructif de Jamie et Jack Davies, des vignobles Shramsberg, intitulé *Sparkling Harvest : the Seasons of the Vine*. Grâce à ce livre remarquable, j'ai découvert à domicile les mystères de la viticulture dans la vallée de Napa et comment l'on avait réussi à introduire et développer les vins pétillants en Californie. Enfin, un immense merci à Don Frangipani des vignobles Churon : de l'expérience qu'il a bien voulu partager avec moi, j'ai tiré la majeure partie des détails romanesques touchant à la fabrication du vin, art noble et difficile qu'il pratique avec dextérité et passion.

Prologue

— C'est vous qui l'avez tuée ?

La voix sur la bande grésillait et crépitait dans la pièce surchauffée ; on avait même du mal à comprendre les paroles tant elles étaient noyées dans la friture. Assis à la longue table qui prenait pratiquement tout l'espace, la femme et les deux hommes évitaient soigneusement de se regarder. Le plus jeune d'entre eux, qui ne devait pas avoir plus de dix-neuf ans, avait tant bien que mal tassé son grand corps élancé sur une chaise, à un coin de la table. Avec ses cheveux noirs et ses yeux d'un bleu électrique, il semblait fait pour une tout autre atmosphère que celle de cette petite pièce. Il tambourinait machinalement sur la table, apparemment perdu dans la contemplation des dessins étranges formés par les taches de café et les brûlures de cigarette sur le plateau.

— Non… Bien sûr que non.

La diffusion de l'enregistrement continuait. La voix masculine qui venait de répondre sonnait bizarrement, comme distante et étouffée.

— Mon Dieu, reprit la voix, une octave plus bas. Quand je pense à ce qui s'est passé… Je n'arrive pas à croire qu'elle est morte…

— Pourtant, c'est votre faute, non ? C'est à cause de vous qu'elle est morte ?

— Oui, enfin… j'en ai peur, oui…

La femme tendit le doigt vers le magnétophone pour arrêter la bande. Avec ses cheveux poivre et sel, l'inspecteur Amy Garten, de la Brigade criminelle, avait l'air plus mûr et aguerri que son visage ne le laissait présumer. La nuit précédente, à l'hôpital, le suspect s'était montré intarissable — un contrecoup du choc qu'il avait subi. Pour un peu, on aurait pu lui extorquer une confession complète. Mais aujourd'hui, il n'était plus seul. L'avocat qui se tenait à son côté ne semblait avoir qu'une seule idée en tête : sauver ce fils à papa — ou plutôt ce « fils à maman » — de la panade où il s'était englué.

Avec de l'argent et de l'appui, on s'en tirait toujours. La preuve avec ce jeune homme. Pas moyen de lui imputer quoi que ce soit de sérieux — rien qui puisse tenir la route. Et cela, même l'avocat, frais émoulu de son école, en était conscient. Il devait jubiler intérieurement, d'ailleurs…

Amy rassembla les documents étalés sur la table devant elle, hésitant quant au degré d'intimidation qu'elle allait adopter dans ses propos.

— Ce genre de choses arrive parfois, Ryan, commença-t-elle en haussant les épaules d'un air de compassion. On perd le contrôle de la situation sans le faire exprès, et les conséquences dépassent tout ce qu'on aurait pu imaginer. Ce n'est pas comme si on avait prévu ou planifié le drame. On voudrait bien revenir en arrière, tout effacer et recommencer à zéro… Malheureusement, dans certains cas, c'est trop tard. Et quand on est un homme, un vrai, on a au moins la possibilité d'assumer courageusement ses dérapages. De prendre ses responsabilités.

— Vous voulez dire que si je vous fournissais une confession complète, ça irait mieux après ? Que j'aurais la conscience tranquille, c'est ça ? répliqua-t-il, le regard franc — un regard qui disait clairement que, s'il n'était pas fier de la situation, il n'en redoutait pas grand-chose.

L'avocat lui posa une main sur l'épaule.

— Voudriez-vous en venir au fait, inspecteur ?

Quelle sale engeance, les avocats de la défense ! songea Amy, énervée. Surtout les débutants aux dents longues, comme celui-ci !

— Je croyais avoir été claire. Dois-je vous rappeler qu'une jeune femme est morte ?

— Mon client s'est montré extrêmement coopératif jusqu'ici, me semble-t-il, rétorqua l'avocat avec une exaltation qui en disait long sur sa tactique. Surtout qu'il n'existe aucun élément permettant de conclure à autre chose qu'à un… (Longue pause dramatique.)… accident concernant le… (Nouvelle pause.)… décès de sa fiancée. Avez-vous seulement la moindre idée de la difficulté, de la douleur que tout ceci représente pour lui ?

— Vous voulez dire que je devrais le remercier à genoux d'avoir bien voulu se présenter dans ce bureau pour répondre à mes questions, c'est ça ?

Question coopération, on ne pouvait pas lui en vouloir, à ce gamin. Il avait volontiers avoué que, lorsque la victime avait perdu le contrôle de sa Mercedes et filé vers une mort certaine en défonçant la barrière de sécurité, il la suivait à toute allure dans son propre coupé cabriolet. C'était à ce moment qu'il avait appelé le SAMU. Sans qu'Amy ait à l'en prier, il avait admis que sa fiancée et lui avaient beaucoup bu ce soir-là. Il lui avait raconté qu'ils s'étaient disputés avant de reprendre la route, l'un à la suite de l'autre. Mais qu'il n'avait jamais eu l'intention de lui faire du mal — il avait été très clair sur ce point.

Non, le problème ne résidait pas là. Quand la jeune femme avait succombé à ses blessures, les déclarations de Ryan s'étaient embrouillées, comme s'il avait quelque chose à se reprocher. Il était resté vague sur les détails de leur dispute. Et sur l'enregistrement qu'ils venaient de réécouter, les accents de colère succédaient aux murmures abattus. Dans un moment de fureur, il avait laissé entendre qu'il avait presque souhaité la mort de sa fiancée, avant de reprendre un ton monocorde et désabusé pour la fin de son témoignage…

Rien que de très classique, en somme. Amy avait l'habitude de ce genre de cas : un jeune qui venait d'un milieu trop privilégié pour ne pas s'en tirer à bon compte, quoi qu'il ait fait. En général, la famille fermait les yeux sur ses incartades jusqu'à ce qu'il franchisse un certain seuil — overdose, viol ou meurtre, parmi les options les plus courantes. Mais quand ce seuil était atteint, l'entourage avait eu le temps d'organiser sa défense : à les entendre, leur rejeton avait toujours un bon fond ! Du coup, même dans les cas extrêmes, ils parvenaient à tirer leur progéniture du gouffre, moyennant les services — payants, évidemment — d'avocats hors pair.

Sauf que là, il y avait un hic : l'absence de mobilisation des parents ou de la famille Cutty autour du jeune Ryan. Lorsqu'on avait chargé Amy de cette affaire mettant en cause un membre de la haute société de San Francisco, elle avait cru qu'elle se heurterait à un mur infranchissable. Mais c'était tout le contraire qui s'était produit : le propre père de Ryan avait ni plus ni moins désigné son fils unique comme suspect potentiel, avec des petites remarques assassines du genre : « *Ils avaient des problèmes de couple… Je les ai entendus se disputer.* » Et dans la matinée, la police avait reçu un appel anonyme, une femme qui avait déclaré sans ambages : « *C'est Ryan qui lui a fait quitter la route. Il l'a tuée.* » Avant de raccrocher brutalement.

Quant à l'avocat, il n'avait pas l'air tellement plus âgé que son client. A croire qu'il avait été envoyé par le grand frère d'un de ses copains de fac, juste pour dépanner ! En tout cas, il n'était sûrement pas de la veine des grands juristes qu'auraient pu acheter les Cutty avec leur fortune colossale.

Amy jeta un coup d'œil à Ryan : belle gueule, ascendance célèbre… Ange ou démon ? Impossible de le deviner. Le profil type d'un homme capable de s'en tirer en toutes circonstances, même pour un meurtre où tout le désignait comme coupable. Un vrai clone de la dynastie Kennedy, en somme. Elle aurait dû être blindée contre ce genre de fils à papa, et trancher en conséquence.

Sauf que, pour la première fois de sa carrière, elle ne savait que penser.

Prenant une profonde inspiration, elle se força à reprendre le fil de son interrogatoire le plus professionnellement possible.

— Ryan, c'est bien votre voix sur cette bande-son, n'est-ce pas ? C'est bien vous qui avez avoué hier soir que le décès était arrivé par votre faute, je me trompe ?

Il fallait mettre les choses au clair. Entre les soupçons du *pater familias*, la dénonciation anonyme, l'état d'ébriété avancée de la victime et du suspect, cela faisait un peu trop de coïncidences. En tirer des conclusions hâtives aurait constitué une erreur de débutante, et cela, elle n'en voulait à aucun prix.

— Vous ne voulez pas m'en dire plus ? insista-t-elle. Je pense que si nous discutions sérieusement, nous pourrions…

— Vous dépassez les bornes, inspecteur ! la coupa le jeune avocat en se levant d'un bond, l'air indigné. A moins que vous n'ayez un motif sérieux pour arrêter Ryan, je vous suggère fortement de mettre un terme à ce petit jeu de cache-cache !

Il reprit un peu son sang-froid afin d'ajouter :

— Je suis convaincu que quand vous aurez pris un peu de recul, vous vous rendrez compte de vous-même que mon client n'a strictement rien à se reprocher.

Etrangement, le « client » ne semblait pas du même avis que son défenseur. A l'inclinaison légère de son buste, il avait l'air d'avoir enfin décidé de faire des confidences. D'importance, à en juger par la lueur qui brillait dans ses yeux d'un bleu presque insoutenable.

— Ryan ! fit l'avocat d'un ton pressant.

Le jeune homme plongea son regard dans celui d'Amy.

— Vous croyez que je m'en tire à bon compte, c'est ça ? lâcha-t-il d'une voix rauque. Mais est-ce que vous vous rendez compte que je vais payer pour cette histoire jusqu'à la fin de mes jours ?

— C'est le lot de ceux qui gardent un poids sur la conscience, répondit-elle du tac au tac.

Pour la première fois depuis le début de leur entretien, un sourire fugace éclaira le visage de Ryan. Mais avant qu'il ait pu ouvrir la bouche pour répondre, son avocat le saisit par le bras, lui intimant l'ordre de se taire.

Ils se levèrent. Amy les imita et, d'un geste vif, tendit sa carte de visite à Ryan.

— Si vous avez quoi que ce soit à ajouter à votre déclaration, n'hésitez pas à m'appeler.

C'était sans doute stupide, mais elle ne pouvait s'empêcher d'éprouver de la compassion envers lui. Dans son attitude, dans son regard surtout, il y avait une sorte de dureté qui semblait dissimuler une douleur terrible — un abandon, une perte destructrice.

Elle soupira en refermant le dossier qui ne tarderait pas à rejoindre les affaires non élucidées. Si même une professionnelle comme elle se laissait avoir par les beaux yeux d'un fils à papa, c'était à désespérer.

semblait dissimuler une douleur terrible — un abandon, une perte destructrice.

Elle soupira en refermant le dossier qui ne tarderait pas à rejoindre les affaires non classées. Si même une professionnelle comme elle se laissait avoir par les beaux yeux d'un fils à papa, c'était à désespérer.

Un projet grandiose

1.

Toujours agir en finesse, ne jamais imposer les choses par la force — c'était l'une des maximes que Holly Fairfield appliquait généralement à son existence. Par contraste avec ce sage précepte, les trois heures qui allaient suivre constituaient un drôle de défi !

Elle avait l'impression de porter une tenue de combat : toilette de grand créateur, escarpins défiant les lois de l'équilibre et du confort le plus élémentaire, épingles à cheveux lui rentrant dans le crâne comme autant d'antennes satellitaires… Bref, la panoplie complète de la sophistication. Elle qui ne mettait d'ordinaire que des vêtements confortables et pratiques ! Ce soir, elle était à cent lieues de son personnage habituel, perdue au milieu de cette foule élégante, apprêtée, brillante et artificielle — une foule couverte de bijoux étincelants où se côtoyaient les millionnaires et les personnalités les plus en vue de Californie. Un poisson hors de l'eau, voilà ce qu'elle était. Comment tenir son rôle d'invitée d'honneur alors qu'elle se voyait comme le vilain petit canard ?

— Arrête de gigoter comme ça, murmura une voix amusée à son oreille. On dirait une ado mal dans sa peau ! Tu n'as plus douze ans !

— C'est facile de donner des conseils quand on a ton allure, monsieur le beau ténébreux !

La soirée avait lieu dans l'immense hall du Manoir Cutty, transformé en lieu de réception pour l'occasion. Ce monument historique comptant parmi les plus beaux de San Francisco était situé dans le quartier chic de Nob Hill, et représentait l'un des lieux mythiques de la ville. Ce n'était pas pour rien que Harris, le frère de Holly, parlait de cet endroit et du projet qui l'accompagnait comme d'un « horizon inaccessible ». Un défi qu'il ne tenait qu'à elle de relever, mais en aurait-elle le cran ?

Pour l'heure, Harris semblait plutôt fier de la remarque qu'elle venait de lui adresser.

— Ça me va bien, les costumes Armani, hein ?

— Evidemment, mais tu n'es pas le seul à qui ce genre de tenues donne de la classe, riposta-t-elle. Rappelle-toi juste une chose : à minuit, tu redeviendras citrouille. Alors, par pitié, ne renverse rien sur ce costume…

Elle se serait fait arracher les yeux et couper la langue plutôt que de lui avouer qu'effectivement, il avait l'air tout à fait à son aise dans cet environnement brillant. D'ailleurs, il possédait un certain panache, on ne pouvait le nier. Tous les deux se ressemblaient beaucoup physiquement, sauf qu'il avait un côté sombre et mystérieux qui attirait les gens, alors qu'elle donnait plutôt une impression de douceur rassurante. En somme, le frère et la sœur constituaient deux variations sur le même thème, comme en architecture ou en musique. Deux versions du même concept original.

Holly s'aperçut tout à coup qu'elle tapotait nerveusement sa flûte en cristal du bout de l'ongle, et elle s'obligea à cesser ce tic par trop révélateur de son état d'esprit. Hors de question qu'elle craque à peine arrivée. Après tout, c'était *sa* soirée, on lui offrait la chance de sa vie, et elle devait la mériter.

Pourtant, elle ne pouvait s'empêcher de se sentir en décalage. A tel point qu'elle regrettait presque l'absence de Drew. Son ex-mari et ex-associé était bourré de défauts, mais il avait au moins l'avantage suprême de posséder une confiance en lui à toute épreuve… en même temps qu'un égoïsme forcené. Non, Drew n'était pas la personne à laquelle elle aurait dû penser. Il appartenait au passé — un passé qu'elle ferait mieux d'oublier si elle voulait s'en sortir.

En tout cas, jamais Drew ne se serait caché derrière une colonne corinthienne comme elle. Si elle avait pu se faire passer pour une plante verte, avec quelle joie se serait-elle transformée en fougère indétectable ! Lui aurait su s'imposer au milieu de cette foule brillante et fortunée, il aurait attiré l'attention sur lui par n'importe quel moyen, conscient des avantages qu'il y avait à retirer de l'admiration d'un tel cercle privilégié.

Bien entendu, à force de cultiver ce côté « m'as-tu-vu » et égocentrique, il avait précipité leur mariage à la ruine. Trois ans plus tôt, lors de la soirée d'inauguration de leur première — et dernière — réalisation commune, Holly l'avait surpris en pleine manœuvre de séduction rapprochée avec la femme qu'ils avaient embauchée pour s'occuper du buffet. Peu après leur divorce, leur société d'architectes avait fait faillite. Une perte plus cruelle pour Holly que l'effondrement de son couple, à vrai dire prévisible. En matière de prévenance amoureuse, Drew ne s'était jamais vraiment montré à la hauteur. Alors que sur le plan professionnel, elle avait cru…

Les doigts de son frère vinrent se poser sur les siens, crispés autour de sa flûte de champagne.

— Arrête de penser à Drew, murmura-t-il en faisant une nouvelle fois preuve de cette faculté étonnante qu'il avait de lire dans son esprit. Tu n'as pas besoin de lui ce soir, Hol. D'ailleurs, tu n'as jamais eu besoin de ce salaud. Et puis, je suis là, moi. Un frère, c'est mieux qu'un mari indigne, tu ne crois pas ?

— Tu crois vraiment que je pensais à lui ? Eh bien, tu te trompes !

Elle porta son verre à ses lèvres pour en masquer le tremblement, cherchant à se donner une contenance. Si elle avait pu disparaître dans un trou de souris…

— Non, je ne me trompe pas, corrigea-t-il gentiment. Allez, fais un petit effort, d'accord ? Imagine un peu ton satané Druide à Seattle, tout seul, en train de se ronger les sangs pour son avenir. Comment pourrait-il décrocher le moindre contrat après ce qu'il t'a fait ? Je suis sûr qu'en plus, il est toujours en train de pester contre « ces saloperies de paperasses pour le divorce », comme il dit si élégamment !

Il avait pris une intonation prétentieuse et pincée pour imiter son ex-mari. Amusée, elle admit du bout des lèvres :

— Tu as peut-être raison…

Le Druide. C'était comme cela que Harris surnommait l'homme qui avait réussi à la débaucher du poste qu'elle occupait au sein d'une grande firme d'architecture de Seattle en lui promettant monts et merveilles. Il lui avait fait miroiter un partenariat exclusif colossal et quasi miraculeux, une association qui mettrait le monde architectural en ébullition. Cela avait bien été le cas au début, avant que leur affaire explose brutalement en plein essor, au moins autant à cause de l'effondrement de la bulle Internet que de son comportement répréhensible.

Drew Manticore — le Druide, l'homme-scorpion… Holly aurait pu trouver bien d'autres qualificatifs pour cet homme qui lui avait causé tant de soucis personnels et professionnels. Peut-être était-ce sa faute à elle, après tout. On ne viole pas impunément les lois de la sagesse populaire, comme celle qui veut qu'on ne mélange jamais travail et vie privée. Epouser son associé avait sans doute été une décision contre nature. En tout cas, la catastrophe qui en avait résulté pour elle, sur tous les plans, lui avait fait l'effet d'une explosion nucléaire. Tout ce pour quoi elle s'était battue pendant dix ans avait été réduit à néant en un claquement de doigts.

Et pourtant, ce soir, voilà qu'elle enfreignait de nouveau le sens commun. Qu'elle se retrouvait dans un rôle dont elle n'avait absolument pas l'habitude, elle qui fuyait comme la peste les manifestations clinquantes et les projets fumeux…

Une fois de plus, son frère interrompit le cours lugubre de ses pensées.

— Tu ne vas pas me faire croire que tu n'éprouves pas le moindre picotement de plaisir dans un cadre pareil, Hol !

— Eh bien, si, justement, Spiderman. On dirait que tu as oublié ma timidité maladive.

— Mais tous ces gens ne sont là que pour Vous voir, Votre Majesté, répliqua-t-il en englobant d'un geste souverain l'assemblée étincelante qui les entourait.

— Ben voyons ! Autant leur en donner pour leur argent, alors. Je pourrais peut-être vider cul sec cette flûte de champagne avant de la jeter par-dessus mon épaule en criant des imprécations en russe, histoire d'amuser la galerie. Qu'en penses-tu ?

— Arrête de raconter n'importe quoi, grommela-t-il. Tu as déjà trop bu, ou quoi ? Allez, viens. On ferait mieux de trouver quelque chose à manger avant que minuit sonne et que je me retransforme en citrouille, ou pire, en souris grise !

Il ne croyait pas si bien dire. Cette soirée avait tout du conte de fées — du moins, en apparence. Et Holly se sentait bien près du statut d'une Cendrillon. Après tout, si elle se trouvait là, au milieu des riches et des puissants de San Francisco, en tant qu'invitée d'honneur, c'était grâce à une sorte de « bonne fée » — ou plutôt de bon génie. Elle qui ne se sentait à sa place que derrière sa table de travail avait vraiment l'impression d'avoir revêtu un habit de lumière le temps d'un rêve. La dernière fois qu'elle avait pu boire du vrai champagne et déguster des canapés au caviar, c'était il y a… Mais au fait, cela lui était-il déjà arrivé ? Elle en doutait sérieusement !

Tirant nerveusement sur les manches de sa veste, elle se força à faire quelques pas vers le buffet — une affaire risquée si l'on considérait le nombre d'invités qui se pressaient dans le hall. Elle se sentait osciller dangereusement sur ses talons aiguilles. Pour cette soirée, elle avait fait des frais de toilette absolument invraisemblables, afin de ne pas déparer parmi les invités. L'architecte en pleine ascension, voilà ce qu'elle voulait donner comme image.

— Holly ?

Tournant la tête, elle adressa un sourire sincère à l'homme qui, en quelques mois, avait changé sa vie. Daniel East — le prince charmant, le chevalier servant, l'ami idéal. Autant de qualificatifs qui lui allaient comme un gant, même s'ils pouvaient sembler ringards et surfaits.

— Ha-ha ! s'exclama Harris, nullement gêné. Voilà enfin celui qui a su tirer tes marrons du feu !

Elle lui lança un regard assassin.

— *Mes* marrons ? Je te rappelle que ça te concerne aussi, et au premier chef, Spiderman !

Daniel East était aussi sophistiqué et policé qu'une œuvre d'art. Cheveux bruns décolorés aux pointes, musculature impressionnante, yeux sombres mais étincelants, soulignés ce soir par une paire de lunettes à la monture colorée… Comme le Manoir Cutty, il était une création en chantier permanent. Tout ce qu'on pouvait imaginer de plus novateur, exceptionnel ou extravagant, il le possédait déjà en triple exemplaire. Il avait un sens aigu de la mode, allié à une masculinité triomphante.

Ce soir, par exemple, il arborait un smoking indigo qui le faisait ressembler à une véritable *star people*.

— Je vous l'enlève quelques instants, Harris. Ça ne vous ennuie pas, n'est-ce pas ? demanda-t-il en attrapant Holly par le bras.

Elle eut beau formuler un « Au secours ! » silencieux mais éloquent à son frère, celui-ci fit mine de ne pas comprendre. Levant son verre en direction de Daniel, il lui laissa toute latitude pour manœuvrer comme il l'avait prévu.

Une main au creux de ses reins, Daniel la poussa gentiment vers l'assemblée.

— Surtout, pas de panique, ma chère, je suis là. Votre jour de gloire est arrivé !

Elle plaqua un sourire de convenance sur son visage, sentant les regards curieux ou admiratifs saluer son passage. Des bribes de conversation lui parvenaient :

— Daniel chéri, quelle joie de voir le Manoir Cutty rouvrir enfin ses portes…

— Quand comptez-vous inaugurer le nouveau concept ?

— Alors, la voilà, votre arme secrète ? Mais elle est absolument *a-do-rable* !

Accrochée à son verre comme à une bouée de sauvetage, elle se laissait conduire à travers le hall. Musique rythmée, bougies et candélabres délicieusement surannés, nappes aériennes parsemées de pétales de roses rouges… Le mélange était surprenant mais ne manquait pas de charme. Au milieu de l'assemblée ultrachic où dominait le noir, des cocktails aux couleurs de l'arc-en-ciel mettaient une note pimpante et exotique.

Pourtant, son œil de professionnelle n'était pas attiré par ces détails, mais par les traces qu'avait laissées le temps dans cette demeure ancestrale — cette latte de plancher à moitié rongée par l'humidité dans un coin de la pièce, ou cet emplacement vide sur le mur témoignant de la perte d'une applique précieuse… Voilà ce qui faisait tout l'intérêt du Manoir à ses yeux : son besoin urgent d'être réhabilité, rénové, rendu à la vie lumineuse qui était sa raison d'être.

Laissant Daniel pérorer à sa place, Holly restait silencieuse, consciente de la chance inouïe qui lui était offerte. Elle se demandait encore ce qu'il avait bien pu lire dans son CV qui déclenche un tel enthousiasme de sa part. Après tout, peu d'articles avaient été publiés sur son travail dans les magazines spécialisés. Le dernier en date concernait un restaurant japonais de Seattle qu'elle avait modernisé avec audace, s'attirant les foudres de la presse locale.

Et puis, à l'automne, il y avait eu ce grand reportage dans *Fortune* qui parlait du drame de l'explosion de la « bulle Internet », photos à l'appui. Parmi les clichés censés représenter toutes les couches de la société frappées par cette tragédie, on la voyait dans son bureau, perchée sur l'un des nombreux cartons de déménagement, avec ses plans inachevés étalés à ses pieds comme autant de manuscrits voués à la destruction. Cela avait dû suffisamment attirer l'œil de Daniel pour qu'il se présente à son domicile quelques semaines plus tard. Daniel, le magicien d'Oz, le sorcier bienfaisant…

— Alors, très chère, votre avis sur le Manoir ? demanda-t-il d'une voix insistante, coupant court à ses rêveries.

Elle prit conscience qu'on la regardait attentivement, dans l'attente d'une réponse. Elle n'avait pas le droit de décevoir Daniel, elle devait lui montrer de quoi elle était capable, lui prouver qu'il avait eu raison de l'embaucher. Ce qu'il voulait, c'était qu'elle rectifie le tir en ce qui concernait le Manoir. Une rénovation avait déjà été entamée par un précédent architecte, mais la qualité de son travail laissait tellement à désirer qu'il avait été rapidement licencié. Daniel voulait une œuvre à la fois audacieuse et respectueuse des lignes et de la tradition haute en couleur de son héritage familial.

Elle lança un coup d'œil rapide autour d'elle. Les moulures portaient de vilaines traces de Placoplâtre, comme si l'on avait cherché à les dissimuler grossièrement. Le plafond surbaissé, trop moderne pour l'endroit, donnait un sentiment de claustrophobie intense. Bien sûr, il fallait installer certaines commodités comme l'air conditionné, mais il existait sûrement un autre moyen de les intégrer au paysage. Quant aux fenêtres en PVC qui avaient remplacé en partie les anciens carreaux de verre dépoli, ni leur taille ni leur aspect n'allaient avec la magnificence du bâtiment. Cela aurait collé dans un ancien entrepôt transformé en ensemble de bureaux fonctionnels et pratiques, mais ici, dans cette sorte de mini-château de Versailles, quelle absurdité !

— Eh bien…, commença-t-elle en hésitant sur le choix de sa formule. Tout ce que je peux dire, c'est que l'ossature du bâtiment me semble tout à fait valable.

— L'ossature ? Quelle image ! s'exclama Daniel avec un gloussement ostentatoire à l'intention de l'assistance. Pour rester dans la même veine, je dirais sans détour que notre manoir a besoin d'un sérieux lifting ! Et c'est exactement pour ça que nous avons engagé Holly : elle est la seule architecte qui puisse remplir cette tâche à la fois technique et artistique, presque chirurgicale. Elle seule est capable de déceler les possibilités insoupçonnées de ce grand corps exsangue que constitue le Manoir Cutty aujourd'hui.

— Je crois en effet que vous ne serez pas déçu.

Son sourire déclencha les applaudissements discrets d'une partie de leur « public ».

— Je n'ai jamais envisagé une seule seconde le contraire, très chère, assura-t-il en l'enveloppant d'un regard admiratif.

Cette façon qu'il avait de la regarder comme si elle était

seule en face de lui… Elle avait beau savoir que cela faisait partie d'une stratégie bien élaborée pour l'imposer au tout San Francisco, elle eut l'impression de manquer de souffle. Il avait une telle prestance, un tel aplomb…

Au début, le projet de rénovation du Manoir qu'il lui avait présenté l'avait prise de court. C'était tellement gigantesque et ambitieux pour une architecte dans sa position. Mais bien vite, elle s'était ressaisie. Pas question de céder au découragement : ce n'était pas parce qu'elle avait sombré dans l'échec une fois qu'elle devait s'y complaire. Elle se savait capable d'intuitions brillantes en ce qui concernait son métier, et le travail ne lui avait jamais fait peur. Il fallait juste qu'elle accepte de laisser le passé derrière elle et de se lancer dans cette fabuleuse entreprise sans plus douter de ses capacités.

Et puis, il y avait la confiance absolue que Daniel lui témoignait depuis leur première entrevue. Cela devait bien signifier qu'elle était plus douée qu'elle ne l'avait cru pendant ces trois années de galère.

— Si vous voulez bien nous excuser un instant, reprit Daniel en passant de nouveau son bras sous le sien. Notre sainte patronne, Vanessa, désire rencontrer le sauveur du Manoir.

Sans protester, Holly se laissa guider vers l'autre côté du hall. Ne serait-ce que par reconnaissance, elle lui devait de faire bonne figure ce soir. Lorsqu'il était arrivé à la rescousse, elle croulait sous les factures impayées et les coups de fil furieux des créanciers. Dans son cas, le dépôt de bilan avait pris des accents dramatiques, surtout qu'elle se retrouvait seule à y faire face. Mais d'un coup de baguette magique, Daniel avait renversé le sort : il lui avait permis de passer du creux de la vague au summum du confort en un clin d'œil.

Bizarrement, il ne parlait jamais de cet aspect des choses. Au point que l'on aurait pu croire que c'était elle qui avait joué le rôle de sauveur en acceptant de quitter Seattle pour venir s'installer à San Francisco. Il est vrai que le projet fabuleux qu'il lui avait offert sur un plateau en aurait effrayé plus d'un. Il voulait donner un grand coup de jeune à l'atmosphère un peu compassée de Nob Hill et, pour cela, faire du Manoir Cutty le rendez-vous incontournable du Tout-San Francisco. Dépoussiéré, relooké, transformé, le bâtiment qui avait accueilli lors de sa période de gloire les chefs d'Etat du monde entier devait inclure un restaurant moderne et novateur, l'*East Side Café*, avec une carte absolument époustouflante et un bar hyperbranché, mais aussi une galerie d'art à faire pâlir les musées municipaux, ainsi qu'une boîte de nuit destinée à attirer les célébrités avides de sensations extrêmes et de soirées tendance.

Pour Holly, un projet de cette envergure constituait la planche de salut inespérée au milieu de son naufrage professionnel et sentimental. Comme si cela ne suffisait pas, elle avait également récupéré une charge supplémentaire : Harris avait eu la mauvaise idée de perdre son poste juste au moment où elle luttait pour garder la tête hors de l'eau. Il avait frappé à sa porte au pire instant, mais elle n'avait pas eu le cœur de le renvoyer. Après tout, c'était la première fois de toute sa vie qu'il venait solliciter de l'aide. Et elle lui devait tant.

Sentant le regard attentif de Daniel peser sur elle, elle se tourna vers lui avec un sourire. A lui aussi, elle devait beaucoup. Et elle tenait à le lui dire, maintenant qu'ils avaient atteint le calme relatif du grand salon moins bruyant et moins encombré que le hall.

— Au fait, merci pour vos conseils vestimentaires, commença-t-elle avec gratitude.

Il s'empressa de l'interrompre d'un geste de grand seigneur.

— Pour les cheveux, rien à redire, très chère. Mais cet

ensemble tailleur-pantalon… Quel conformisme ! J'aurais dû donner des instructions plus précises à Sonia, la responsable de la boutique où je vous avais envoyée. Vraiment, ça ne va pas du tout !

Il lui décocha un sourire éblouissant, atténuant un peu la déception qu'elle avait ressentie devant ses paroles, avant de reprendre d'un ton extasié :

— En revanche, les chaussures… divines, absolument divines ! Pour le reste, si vous me permettez de reprendre votre image de tout à l'heure, vous auriez bien besoin d'un lifting. Ou du moins d'un relookage complet !

— La critique est facile, Daniel…

Elle sentit sa main se poser sur la sienne, l'effleurant dans une caresse troublante.

— Pardonnez-moi, mais c'est si dommage de mettre une flamme de votre trempe sous le boisseau.

Il n'était qu'un client — un simple client, dut-elle se rappeler avec force. Qu'il était difficile de résister à ce charme qu'il exerçait sur tous en toutes circonstances, surtout quand elle voyait en lui non seulement un homme plein de vie mais un sauveur tombé du ciel. Heureusement pour elle, elle avait déjà fait l'expérience amère de mélanger travail et plaisir, et elle ne risquait pas de retomber dans le piège. Chat échaudé…

— Ah, la voilà ! s'exclama Daniel en se frayant un passage à travers la foule pour la conduire vers la femme la plus terrorisante qu'elle ait jamais vue.

Impossible de deviner l'âge précis à Vanessa Cutty, tant la peau pâle de son visage était tendue sur ses os fins et aristocratiques. Elle aurait porté un masque vénitien qu'elle n'aurait pas eu l'air moins expressif. Quant à ses cheveux noirs remontés en un chignon élaboré, ils lui donnaient une allure de reine de la nuit ou de vampire échappé de quelque film effrayant. Elle devait avoir la cinquantaine — si les calculs de Holly étaient exacts —, mais elle aurait tout aussi bien pu avoir vingt ans de plus. L'argent avait ce pouvoir quasi magique de vous préserver de l'injure du temps. Et de vous donner cette assurance à toute épreuve qui forçait le respect. Rien qu'à son port de tête, Holly aurait pu deviner que cette femme était la maîtresse des lieux enchanteurs où la fête battait son plein.

Le regard que Vanessa Cutty posa sur elle n'avait rien de très amène, et pour un peu, elle se serait crue non plus Cendrillon mais Blanche-Neige face à sa marâtre. Elle s'attendit presque à l'entendre prononcer la sentence terrible : *« Qu'on me rapporte son cœur dans un coffret… »* Mais bien vite, un sourire vint étirer les lèvres minces de la maîtresse du Manoir. S'avançant vers elle pour lui tendre la main, Vanessa prit la parole d'une voix distinguée :

— Vous devez être la célèbre Holly Fairfield. Daniel n'a que votre nom à la bouche depuis quelque temps. Je suis ravie de rencontrer enfin celle qui va sauver notre bien-aimé Manoir de la ruine en donnant vie aux rêves les plus fous de ce cher Daniel.

Une voix rocailleuse mais parfaitement compréhensible s'éleva derrière elle.

— Sors-nous donc de ce putain de cauchemar, veux-tu, chérie ?

Vanessa et Daniel se figèrent sous le choc. Abasourdie, Holly vit s'avancer vers elle un bel homme aux cheveux blancs qui s'empara de sa main pour y déposer un baiser dont la longueur dépassait largement les convenances.

— Allons, oncle Samuel, protesta Daniel tout en essayant de récupérer la main de sa protégée. Laisse donc Holly tranquille, veux-tu ? Holly, laissez-moi vous présenter dans les règles ma tante et mon oncle, Vanessa et Samuel Cutty, qui sont aussi mes associés dans le projet de rénovation du Manoir.

Samuel Cutty fit brusquement marche arrière et vint se placer derrière sa femme dont le visage glacé ne trahissait plus aucune émotion. Pas du tout embarrassé par son étrange entrée en matière, il se mit à chantonner tout bas un air qui ne devait avoir de sens que pour lui seul. A l'évidence, il n'avait plus toute sa tête.

Malgré les efforts déployés par Daniel pour détourner la conversation, Holly ne parvenait pas à surmonter la gêne qui s'était emparée d'elle. Le maître de maison n'était peut-être pas fou, mais il avait sûrement bu un coup de trop.

— Ah, Emma ! s'exclama Daniel en faisant signe à une autre personne. Viens donc nous rejoindre ! Je veux absolument te présenter notre ange gardien, la merveilleuse Holly Fairfield !

Un peu gênée par l'emphase qu'il employait pour la décrire, elle vit s'avancer une créature de rêve qui aurait pu figurer en bonne place sur la couverture de *Vogue*. Cheveux blonds comme les blés, yeux verts en amande, elle portait une robe fourreau qui lui laissait le dos entièrement nu et la moulait comme une seconde peau. Elle avait aussi ce que Holly prit d'abord pour un grain de beauté juste au-dessus de ses lèvres pleines, mais qui s'avéra être un piercing discret. Bizarrement, la jeune femme avait l'air aussi mal à l'aise qu'elle dans sa tenue de soirée.

— Holly, je vous présente Emma Wright, notre fabuleux chef dont les talents ne sont plus à prouver.

Le « fabuleux chef » avait plutôt l'air gêné par cette présentation dithyrambique, à en juger par la façon dont elle tripotait le tissu de sa robe exquise.

— Emma est celle qui m'a convaincu de l'ineptie d'installer un bar à sushis à côté de la galerie d'art, poursuivit-il. Et elle a bien raison : il nous faut du neuf, de l'insolite ! C'est d'elle que vient l'idée géniale de proposer uniquement des cocktails et des hors-d'œuvre aphrodisiaques dans un cadre raffiné et subtil. Saviez-vous que le kiwi comptait parmi ce genre de nourritures ? C'est bien ce que tu m'as dit, n'est-ce pas, Em ?

— Tout à fait.

— Vous voyez ? Grâce au génie d'Emma, l'*East Side Café* sera un triomphe, c'est sûr et certain !

Ses compliments extasiés ne remportaient pas un franc succès auprès d'Emma, c'était le moins qu'on puisse dire. Elle avait moins l'air d'un chef au talent consommé que d'une adolescente effrayée qui aurait voulu jouer à l'adulte en empruntant les vêtements de sa mère. D'ailleurs, elle ne devait pas avoir tellement plus de vingt ans, à en juger par son allure.

Enfin quelqu'un qui pouvait la comprendre. Holly n'hésita qu'une fraction de seconde avant de s'avancer vers elle, la main tendue, toute prête à fraterniser.

— Je crois sincèrement que, quand on revisite un décor, il faut que ce soit en harmonie avec les plats et les boissons qu'on y sert. Je serais très heureuse d'écouter vos propositions en ce qui concerne les cuisines et la salle de restaurant…

Le regard que lui renvoya Emma lui fit l'effet d'une douche froide.

— Désolée, mais c'est à vous de bosser sur ce projet, pas à moi.

— Ah, cette Emma, quelle misanthrope ! intervint Daniel avec un gloussement amusé. Ne vous inquiétez pas, Holly. Notre chef adorée n'est pas toujours d'un abord très facile, mais je vous garantis qu'avec elle aux commandes des cuisines, les clients ne tarderont pas à se bousculer au portillon.

— Excusez-moi, mais il faut que j'aille jeter un œil dans

les coulisses, coupa Emma. Sans moi, les serveurs n'en font qu'à leur tête.

Sans plus de cérémonie, elle tourna les talons, non sans avoir décoché un sourire en coin à Daniel tout en murmurant :

— Il est là…

Il ? De qui parlait-elle ? Holly vit le visage de Daniel se fermer. Qui pouvait le mettre dans un tel état ? Etonnée, elle le vit se placer devant elle, comme s'il voulait la protéger. Mais de qui — ou de quoi ?

Jetant un coup d'œil par-dessus son épaule, elle aperçut un homme de haute stature, âgé d'une trentaine d'années. Impossible de distinguer ses traits à cause de l'éclairage tamisé dispensé par les bougies. Mais à sa démarche assurée et aux murmures choqués qui accompagnaient son avancée, elle sentit qu'il devait représenter un danger mystérieux. D'autant que Daniel était visiblement très contrarié par son irruption.

Contrairement aux autres invités, l'homme n'avait pas fait de gros efforts de toilette. Sa veste en cuir et son pantalon en toile mettaient certes en valeur sa musculature, mais ils détonnaient parmi les smokings et les robes de soirée. Pourtant, cet aspect décontracté lui allait plutôt bien — sauf que ses yeux, lorsqu'il eut rejoint le petit groupe, ne reflétaient absolument pas cette nonchalance affectée. Une lueur presque violente les illuminait de l'intérieur, et Holly eut l'impression qu'il allait transpercer Daniel du regard quand il se pencha vers lui pour lui serrer la main.

Elle prit conscience que tous autour d'elle s'étaient figés, comme changés en statues de sel. Tous, sauf l'inconnu qui fixait Daniel intensément.

Ce fut Vanessa qui se secoua la première. Elle fit mine d'esquisser un pas en avant, comme pour bloquer le passage, mais Daniel fut plus rapide et saisit les doigts qu'on lui tendait pour une poignée de main presque hostile.

— Ryan, dit-il d'une voix bizarrement enrouée.

— Tu peux dire à tout le monde de ranger ses armes, répondit le nouveau venu d'un air presque amusé. Je suis seulement passé pour te souhaiter bonne chance.

— Tu m'excuseras, mais étant donné les circonstances, ça me paraît difficile à croire.

Au voile qui obscurcit soudain les yeux incroyablement bleus du mystérieux Ryan, Holly comprit que ces paroles venaient de le blesser profondément. Sa belle assurance n'était peut-être qu'une façade, finalement.

— Libre à toi de le penser, Dan. Mais je t'assure que je suis venu sans arrière-pensée.

— J'aimerais te faire confiance. Vraiment. Mais il y a des choses…

Sans terminer sa phrase, Daniel s'écarta brusquement, la révélant au regard de Ryan. Elle faillit reculer, gênée de cette mise en scène dont elle ne comprenait pas le but. Elle n'avait pas sa place dans le démêlé qui semblait opposer les deux hommes depuis longtemps. Alors, comment aurait-elle pu prévoir ce qui allait suivre ?

Lorsque Ryan posa les yeux sur elle, elle y lut une expression de surprise presque choquée, comme s'il l'avait reconnue instantanément. Puis son visage se rembrunit, et il s'avança vers elle, l'air menaçant. Abasourdie, elle fit un pas en arrière.

— Attention, murmura Daniel en s'interposant entre eux.

C'était à n'y rien comprendre. Elle était sûre de n'avoir jamais vu ce dénommé Ryan de sa vie, alors que lui semblait la connaître mieux que quiconque. Dans quel embrouillamini avait-elle bien pu se fourrer ? Pourquoi Ryan semblait-il si bouleversé par sa présence ?

Le silence qui régnait autour d'elle acheva de la décontenancer. Tout le monde paraissait conscient de la gravité du moment, mais personne ne semblait vouloir la mettre au courant. Elle faillit murmurer à l'oreille de Daniel un « Qu'est-ce qui se passe ici ? », mais elle le sentait tellement tendu qu'elle n'osa pas. Peut-être que, si elle demandait à Emma, celle-ci lui donnerait une explication. Difficile de savoir quelle contenance adopter quand on était, comme elle, prise dans un micmac dont on ne savait rien.

— Qu'est-ce que c'est que cette histoire ? marmonna Ryan sans détacher son regard de son visage.

Impossible de savoir si c'était toujours à Daniel qu'il parlait ou s'il lui posait la question à elle directement. De toute façon, elle n'aurait pas eu le temps de répondre, car il n'eut pas plus tôt prononcé ces paroles étranges qu'il tourna les talons pour s'éloigner d'un pas rapide et se perdre dans la foule.

Incapable d'esquisser le moindre geste ou de dire quoi que ce soit, Holly le regarda disparaître, le cœur battant aussi vite que si elle venait de courir un cent mètres haies. Etait-ce le champagne qui lui faisait cet effet, ou la peur intense qu'elle avait ressentie lorsque le regard bleu acier avait croisé le sien ? Jusqu'ici, elle se croyait à la hauteur du projet de rénovation qu'on voulait lui confier, mais ce soir, la seule vue de ce mystérieux Ryan la faisait soudain douter de tout, y compris de ses capacités à travailler sur le Manoir Cutty.

— Voyons, très chère, ne prenez pas cet air terrorisé, murmura Daniel à son oreille. Ce n'est que la brebis galeuse des Cutty, vous savez. Il voudrait se la jouer fils prodigue, mais en réalité… Bref, ce sont des histoires de famille qui ne vous concernent en rien, soyez tranquille.

En rien, vraiment ? Alors, pourquoi Ryan l'avait-il fixée si longuement et de façon si agressive ?

— Ah, voilà Harris, ajouta Daniel en la faisant pivoter dans la direction de son frère.

Spiderman à la rescousse, comme à son habitude. Sauf que cette fois, il arrivait un peu tard.

Se retournant vers Daniel, elle se rendit compte qu'il n'était plus à son côté. A quelques pas de là, il discutait avec animation en compagnie de Vanessa Cutty. Samuel, quant à lui, s'était mis un peu en retrait, non loin d'Emma qui ne semblait plus si pressée d'aller vérifier le travail du traiteur.

— Alors, Cendrillon ? demanda Harris, à la fois amusé et sérieux, comme s'il avait perçu la gêne qui la paralysait. Minuit aurait-il sonné ?

— Je… je n'en sais rien, répondit-elle sans pouvoir réprimer un frisson.

— Je t'appelle un taxi, alors ? Je sais, on fait mieux comme carrosse, mais…

— Pas la peine, s'entendit-elle répondre, à sa grande surprise.

Elle avait déjà jeté l'éponge une fois, lorsqu'elle avait quitté sans tambour ni trompette la grande réception inaugurale où elle avait surpris Drew en flagrant délit d'adultère. Et cette réaction s'était révélée une grossière erreur. Pendant qu'elle pansait ses plaies, le Druide en avait profité pour faire couler également leur cabinet d'architectes. Pas question de se retrouver dans la même situation aujourd'hui.

Un peu de courage, que diable ! lui souffla une petite voix. Ce n'était pas un parfait inconnu qui allait lui en imposer au point de lui faire perdre toute sa confiance en elle chèrement gagnée depuis trois ans.

— Vas-y, toi, si tu veux, dit-elle à son frère qui attendait toujours. Tu n'as aucune raison de continuer à t'ennuyer ici.

D'autant que le mystérieux Ryan semblait avoir quitté les lieux pour de bon, elle ne l'apercevait nulle part.

Harris posa les mains sur ses frêles épaules pour l'obliger à le regarder en face.

— Tu en es sûre, Hol ?

Il s'inquiétait à son sujet, pas seulement pour cette soirée mais pour l'ensemble du projet grandiose qu'elle avait accepté de prendre en charge. En grand frère responsable, il avait toujours eu tendance à vouloir s'occuper de tout, à remplacer leurs parents absents afin de l'épargner au maximum. C'était lui qui lui avait payé ses études en même temps qu'il s'occupait de régler les frais médicaux de leur père. Elle n'avait jamais eu à s'inquiéter de quoi que ce soit : du moment qu'elle travaillait sérieusement et qu'elle tenait bon, Harris veillait au reste. Ce n'était que récemment que cet ordre s'était inversé, et ni lui ni elle n'y étaient encore bien habitués.

— Arrête de te faire du mouron, Spiderman, plaisanta-t-elle afin d'endiguer le flot d'émotions qu'elle sentait monter en elle. Tu vois bien que je m'en tire comme un chef, non ?

Les yeux brun sombre de son frère l'examinèrent longuement. Puis il poussa un soupir.

— Très bien. Mais essaye au moins de te détendre un peu, OK ? Et si tu as besoin de moi…

— Je sais, je sais : je te téléphone illico presto. C'est à ça que ça sert, les portables. Tu me l'as répété cent cinquante mille fois, alors je ne suis pas près de l'oublier.

— Bon, bon, grommela-t-il avant de la laisser s'éloigner, sans pour autant la quitter des yeux.

Elle savait qu'elle ne l'avait pas convaincu, mais sa sollicitude lui avait fait du bien. Naviguant tant bien que mal au milieu de la foule compacte, elle avisa un serveur qui passait avec un plateau de flûtes de champagne. Elle en saisit une qu'elle vida d'un trait. Elle n'avait pas l'habitude de boire, mais ce soir, elle avait bien besoin d'un petit remontant. Ne serait-ce que pour faire taire la petite voix insidieuse qui lui répétait que la tâche monumentale qu'on lui avait confiée dépassait sûrement ses pauvres compétences.

Un peu ragaillardie par la brûlure de l'alcool, elle promena son regard sur les membres de la haute société californienne qui discutaient et riaient avec distinction. Ces gens-là avaient des préoccupations à cent lieues des siennes, comme le choix d'un décorateur d'intérieur pour leur yacht ou leur énième résidence secondaire. Ils étaient sans cesse à l'affût de la dernière nouveauté coûteuse, de la dernière excentricité à la mode. Cette idée de bar aphrodisiaque, par exemple…

Un demi-sourire aux lèvres, elle poursuivit sa route, histoire d'aller explorer les autres pièces du gigantesque Manoir qu'elle devrait bientôt rénover de fond en comble. Elle n'avait pas encore eu le temps de constater par elle-même l'ampleur du projet dont on l'avait chargée. Certes, elle avait brièvement examiné les plans laissés par le précédent architecte, mais c'était à peu près tout. Cette grande soirée de lancement les avait pris de cours, son frère et elle, alors qu'ils n'avaient pas encore déballé tous leurs cartons. Mais l'occasion était trop belle pour passer à côté : au moins pourrait-elle se faire une bonne idée de son futur chantier.

Après avoir retraversé l'immense hall toujours bondé, elle se retrouva devant deux portes. Choisissant celle de droite au hasard, elle s'engagea dans un long couloir où un tapis épais étouffait le bruit de ses pas. Au bout du couloir, elle se pencha vers le sol nu qu'elle effleura des doigts : du marbre coloré. Superbe. Magnifique. Seulement, à force d'avoir supporté les piétinements des résidents et de leurs invités pendant des décennies, il était très abîmé. Ce revêtement coûterait à lui seul une petite fortune si l'on voulait lui rendre sa splendeur d'antan.

Etait-ce ce que Daniel avait en tête ? Elle en doutait. Il n'avait que les mots « novateur », « follement audacieux » et « ultramoderne » à la bouche quand il parlait de la nouvelle version du Manoir Cutty. Ce qu'il voulait, c'était créer quelque chose de proprement « scandaleux » pour attirer l'attention — et les profits.

Elle se releva en s'époussetant les mains et avisa alors une corde tendue en travers du passage, sans doute pour signaler aux éventuels curieux que l'espace privé de la famille Cutty commençait derrière cette ligne.

Les curieux, elle n'en faisait pas partie. C'était son travail que d'inspecter les lieux qu'elle allait devoir rénover de fond en comble. Pourtant, il fallait qu'elle prenne garde, étant donné la vétusté du bâtiment. Pas question de se prendre les talons dans un tapis mal fixé, ou de s'aventurer sur un plancher moisi. Elle allait faire marche arrière quand une voix masculine résonna dans la direction qu'elle n'avait pas encore explorée.

Intriguée, elle enjamba la corde et avança lentement jusqu'à l'espèce d'arcade qui menait vers la voix.

— Il y a quelqu'un ? lança-t-elle, hésitante.

Une nouvelle fois, elle entendit cette voix étrange prononcer un nom. Mais pas le sien, comme elle se l'était imaginé l'instant d'avant. Un nom de femme qui ne lui disait rien. Quelque chose comme…

Nina ?

Un verre. Il avait besoin d'un verre, et tout de suite.

Samuel Cutty fit un signe au serveur le plus proche qui lui tendit un plateau couvert de flûtes de champagne. Comme si c'était de cela qu'il avait envie ! Il faillit insulter l'imbécile qui le regardait avec déférence, mais se retint de justesse.

— Pas de finasseries, jeune homme, grommela-t-il. Allez me chercher un Martini gin bien tassé. Avec deux olives, et surtout pas de glaçons ou d'eau de Seltz.

Tandis que le serveur s'exécutait, il laissa son regard errer en direction de Daniel. Celui-ci paraissait engagé dans une sérieuse discussion avec Vanessa. Décidément, son neveu ne manquait pas de cran. A vrai dire, il ne l'aurait pas cru capable d'un tel acharnement. Engager cette architecte… Comment l'avait-il appelée, déjà ? Holly ? En tout cas, sa présence n'allait pas simplifier les choses dans la famille, loin de là. Surtout pour Ryan…

Saisissant le verre plein que le serveur venait de lui rapporter, il fendit la foule d'un pas mal assuré. Il faillit trébucher sur le tapis mal fixé. Quelle plaie, cette vieille baraque ! S'il y avait bien un endroit où il n'aimait pas se retrouver, c'était ici. Pourtant, le Manoir représentait son patrimoine familial. Mais le lieu était pour lui synonyme de cauchemar permanent. Combien de fois dans ses nuits agitées s'était-il vu poursuivi par les fantômes du passé à travers les couloirs labyrinthiques de cette grande bâtisse ? Chaque fois, il se réveillait couvert de sueur, terrorisé à l'idée qu'un jour, il devrait payer pour les péchés qu'il avait accumulés au long de sa vie et que le Manoir semblait prendre un malin plaisir à lui rappeler.

Vidant son verre d'un trait, il se demanda, l'espace d'un instant, s'il n'était pas déjà mort. S'il ne faisait pas partie de ces fantômes qui hantaient le Manoir.

— Nina…, murmura-t-il, les yeux dans le vague, cerné par les murs décrépis de la maison qu'il abhorrait.

S'il ne trouvait pas un peu d'air frais, il allait s'évanouir. La gorge serrée, le souffle court, il accéléra le pas pour rejoindre la cour intérieure au plus vite. Là, il pourrait respirer un peu plus librement.

Dehors, la brume du soir s'était épaissie, et le froid était devenu saisissant. Ivre comme il l'était, il n'aurait pas dû en sentir la morsure, pourtant il eut l'impression qu'une main de fer lui broyait le cœur. Un début de crise cardiaque, à son âge ? Pas impossible.

D'une main tremblante, il prit son téléphone portable et composa un numéro qu'il connaissait par cœur. Il pensait qu'elle répondrait tout de suite, mais il n'eut droit qu'au répondeur.

— Bon sang, mais où es-tu passée ? gémit-il dans le combiné. Quand je pense que je t'ai offert un portable pour pouvoir te joindre à toute heure, et que tu ne prends jamais mes appels !

Il savait qu'elle le trouverait pathétique et ridicule de geindre ainsi, mais il était incapable de s'en empêcher. Elle le faisait exprès, rien que pour le torturer. Il n'aurait pas dû se laisser traîner jusqu'ici par Vanessa. En revenant au Manoir, il violait un tabou, et l'autre se vengeait en le laissant mariner dans l'angoisse. Mais il parviendrait bien à la convaincre de le recevoir. Après tout, ce n'était pas la première fois qu'elle lui jouait cette comédie de l'indifférence. S'il insistait suffisamment, il finirait par avoir gain de cause, il le savait d'expérience.

D'une main, il tira sur le nœud papillon qui l'étranglait à moitié. Cette femme que Daniel avait introduite dans ces lieux maudits, qu'allait-elle faire ? Qu'allaient-ils devenir, tous, maintenant qu'elle était là ?

Arrachant de son col le nœud papillon qu'il avait dénoué, il le fourra dans sa poche avec un étrange sourire. Après tout, cela faisait douze ans qu'ils attendaient que quelque chose se produise. Quelque chose qui débloquerait la situation inextricable dans laquelle ils étaient plongés. Au moins, le suspense allait cesser. Pour le meilleur ou pour le pire.

— C'est maintenant que tout va se jouer, murmura-t-il à voix haute.

2.

— Ohé ! Il y a quelqu'un ? répéta Holly.

Elle avait pénétré dans une gigantesque salle voûtée qu'éclairait seulement la lumière du couloir. Sûrement la fameuse salle de bal du Manoir, se dit-elle tout en frissonnant à l'écho que lui renvoyaient les murs nus. Elle était certaine que la voix masculine qu'elle avait entendue venait de quelque part par là.

Il fallait qu'elle arrête de voir des menaces dans les ombres qui emplissaient l'espace. Pour un peu, elle se serait mise à hurler tant l'atmosphère lui rappelait celle des films d'horreur de son adolescence. Un peu de bon sens ne lui ferait pas de mal.

Elle s'obligea à raisonner en professionnelle. Cet endroit, elle en avait vu les plans ; c'était le cœur du Manoir Cutty. Par un heureux hasard, l'architecte précédent n'avait pas eu le loisir de le dénaturer. Seul le temps avait fait son œuvre, apportant avec lui cette inévitable odeur de renfermé qui allait de pair avec un abandon prolongé.

Des rais de lumière venant de l'extérieur traversaient les vitres par endroits, mêlant leur lueur presque irréelle à celle du couloir. Des colonnes et des miroirs grand siècle entouraient la piste de danse à la marqueterie superbe. Sur les murs et le plafond blancs, d'élégantes moulures ton sur ton rappelaient les motifs élaborés qu'on trouve sur le glaçage des gâteaux de mariage. Pour évoquer un passé idyllique, il ne manquait plus qu'un éclairage tamisé comme celui du grand hall où la fête battait toujours son plein.

— Un décor digne d'Alice au pays des merveilles, murmura Holly pour elle-même.

Décidément, les références aux contes de fées ne cessaient de se succéder dans son esprit imaginatif ! Sans doute était-ce lié au côté mystérieux et magique des lieux : le Manoir Cutty possédait une histoire personnelle riche et intense. Tout le contraire des édifices plus récents sur lesquels elle avait eu l'occasion de travailler.

Et dire que Daniel lui avait bien spécifié que ce qu'il voulait, c'était qu'elle fasse disparaître le passé ! *« Du neuf, très chère, de l'inédit ! »* avait-il répété au cours de leur première entrevue. Cette somptueuse salle de bal, par exemple, il voulait qu'elle la transforme en boîte de nuit ultrabranchée. Comme s'il suffisait de pendre une boule à facettes dans une pièce aussi chargée de souvenirs pour la faire passer en un clin d'œil de l'ère victorienne au XIXe siècle !

A cette idée, elle sentit un immense découragement l'envahir. Jusqu'à présent, elle ne s'était pas rendu compte de l'énormité de la tâche qu'on lui demandait — ni de son côté presque sacrilège.

— Dans quelle galère t'es-tu embarquée, ma pauvre fille ? lâcha-t-elle à voix haute.

— C'est un peu tard pour regretter, vous ne croyez pas ? répliqua une voix derrière elle.

Retenant de justesse un hurlement de terreur, elle se retourna d'un bond, la main sur sa poitrine, et vit émerger de l'ombre d'une alcôve la haute silhouette de Ryan.

Comme il s'avançait vers elle, traversant les rais contrastés qui zébraient l'espace entre eux, elle ne put s'empêcher de songer, le cœur battant à cent à l'heure, au méchant des films à suspense. C'était stupide et puéril — une impression sans fondement rationnel, uniquement basée sur l'atmosphère fantomatique de cette pièce qu'elle découvrait pour la première fois. Sans doute aussi la tension liée à cette soirée cruciale pour la suite de sa carrière jouait-elle également un rôle. Car l'homme qui se tenait devant elle n'avait rien de maléfique. Peut-être était-ce sa beauté hors du commun qui, paradoxalement, la rendait méfiante. « L'habit ne fait pas le moine », dit le proverbe…

Ridicule, se morigéna-t-elle. Si elle avait la moindre crainte à se retrouver en tête à tête avec cet homme, il lui suffirait de quelques pas pour rejoindre la foule dont elle entendait encore le brouhaha joyeux. S'interdisant de céder à sa première impulsion et de s'enfuir à toutes jambes, elle s'éclaircit la voix discrètement avant de lancer un « *Bonsoir !* » plus assuré qu'elle ne l'aurait cru.

Un rire musical lui répondit. A l'évidence, le beau Ryan trouvait sa volte-face plus amusante que blessante. Physiquement, il était à l'opposé de la sophistication extrême dont faisait preuve Daniel en toutes circonstances, avec ses cheveux noirs coiffés à la va-vite, sa barbe de trois jours et ses vêtements à la coupe naturelle et confortable. Mais ce qui frappait surtout, c'était l'intensité de son regard bleu et de ses pupilles dilatées qui vous happaient comme un trou noir.

— C'est vous que j'ai entendu tout à l'heure, n'est-ce pas ? demanda-t-elle un peu nerveusement. Vous appeliez quelqu'un — une certaine Nina ou Tina, non ?

Sans répondre, il s'approcha davantage, la forçant à reculer imperceptiblement vers la sortie, au cas où… Ne voulant pas paraître grossière, elle s'obligea à poursuivre la conversation — ou plutôt, le monologue qu'elle avait entamé —, autant par politesse que pour éviter à tout prix un silence qui la mettrait encore plus mal à l'aise.

— Nous n'avons pas été présentés dans les règles, il me semble. Je m'appelle Holly. Holly Fairfield.

Toujours pas de réponse. Il n'avait pas l'air de trouver son bavardage à son goût. Mais pour quelle raison ? Elle n'en savait vraiment rien.

A tout hasard, elle bredouilla :

— Vous... C'est cette histoire d'embauche qui vous déplaît, peut-être ? Vous savez, on m'a engagée pour ce travail de rénovation tout à fait au débotté. Et je comprends que cela vous gêne. Vous devez être l'architecte qu'on avait pressenti pour ce projet avant moi. Si vous voulez, on pourrait essayer de s'arranger ensemble pour intégrer vos idées malgré tout... Enfin, je ne sais pas...

Mais qu'est-ce qu'elle racontait ? Cette manie de vouloir toujours tout arranger ! Elle n'allait tout de même pas proposer au concepteur de la rénovation ratée de travailler avec elle, alors que tout son sens architectural s'était révolté dès qu'elle avait posé les yeux sur ses plans ! Si c'était bien lui qui se trouvait en face d'elle, elle aurait dû l'ignorer superbement au lieu d'adopter cette attitude humble et conciliante. Comme si c'était à elle de s'excuser !

Redressant ses frêles épaules, elle reprit d'un ton nettement moins amène :

— Si vous voulez le fond de ma pensée, je ne crois pas que je pourrais travailler avec vous. Quand je songe aux dégâts que vous avez déjà faits, franchement... Enfin, ne m'en veuillez pas si je vous parais un peu brusque dans mon jugement. Après tout, je viens seulement de débarquer, et je ne connais pas tous les tenants et les aboutissants de ce projet. Il est vrai que Daniel peut se montrer parfois assez buté en ce qui concerne...

— Vous voulez bien vous arrêter de jacasser deux minutes ? l'interrompit-il. Je veux juste vous regarder, c'est tout.

La regarder ? Quelle drôle de requête ! Enfin, s'il s'en tenait à cela…

— C'est bien pour ça qu'ils vous ont amenée ici ce soir, n'est-ce pas ? Pour que je vous voie en chair et en os, poursuivit-il dans un murmure étouffé où vibrait une colère qu'elle ne s'expliquait pas. Alors, plus un mot, que je vous regarde à loisir. Quand vous parlez, vous brisez complètement l'illusion qu'ils se sont donné tant de mal à créer…

L'illusion ? Mais de quoi parlait-il, à la fin ? Elle aurait voulu protester, se rebeller contre l'ordre sans appel qu'il venait de lui adresser. Mais elle ne trouvait pas les mots, trop intimidée par l'intensité avec laquelle il la contemplait.

Ils étaient si proches qu'elle pouvait presque sentir son souffle l'effleurer. Il n'aurait eu qu'à tendre la main pour l'entraîner dans une valse étourdissante — ou pour lui faire subir les pires tortures. Clouée sur place, elle s'étonnait de ne pas avoir encore pris ses jambes à son cou. Qui sait ce qui pouvait bien passer par la tête de cet homme à ce moment précis ?

Contrairement à ce qu'elle craignait et espérait à la fois, il n'essaya même pas de la toucher. Au bout de quelques secondes qui lui parurent durer des heures, il s'écarta, un étrange sourire aux lèvres.

— Bien, bien, marmonna-t-il en reculant vers l'ombre dont il avait surgi un instant plus tôt. Vraiment très bien imité…

Quelque part, une horloge se mit à sonner. Minuit, déjà.

Holly se retourna dans la direction d'où provenaient les coups, comme si l'enchantement dont elle avait été jusque-là captive s'était brusquement rompu. Le temps qu'elle s'apprête à refaire face à Ryan, il avait disparu.

Relâchant la respiration qu'elle avait retenue instinctivement pendant que s'égrenaient les douze coups de minuit, elle resta immobile, déçue et soulagée à la fois de sa désertion.

— Quelle soirée ! murmura-t-elle, seule au milieu de la salle de bal.

Emma contemplait le damier de canapés raffinés dont elle aurait dû être extrêmement fière. Chacune de ses créations culinaires était une véritable œuvre d'art, élaborée à partir d'ingrédients tous plus nobles les uns que les autres — caviar russe, huile de truffe blanche… Daniel tenait à ce que cette soirée ait un chic typiquement français, et elle lui avait obéi en tout point. Jusqu'aux bouteilles de champagne qui s'alignaient sur l'immense buffet de la cuisine, touche ultime parachevant son œuvre.

Dans ces conditions, comment expliquer ce sentiment de déception qui la saisissait ?

La réception avait pourtant été un véritable succès, songea-t-elle tout en surveillant du coin de l'œil les allées et venues des cinq serveurs que Beth et elle avaient engagés pour l'occasion. Les cuisines du Manoir Cutty n'avaient pas été remises en état depuis la tentative avortée de rénovation, mais grâce à une batterie de glacières et de fours d'appoint, elle avait remporté une victoire éclatante sur les éléments contraires. Elle savait que Daniel serait content d'elle — mieux, qu'il déborderait d'enthousiasme. D'autant que l'apparition de Ryan avait dû le combler.

Alors, pourquoi se sentait-elle si vide ?

— Tadaa ! s'exclama Beth en lui posant les mains sur les épaules. Comme toujours, on a réussi ! La magie de notre association culinaire a fonctionné une fois de plus !

— On a fait du beau boulot, tu as raison, reconnut Emma en s'obligeant à sourire, peu désireuse de jouer les rabat-joie.

Beth, son amie, colocataire et associée, s'était cantonnée aux coulisses de la réception. Habillée comme une serveuse des années 1950, elle avait ajouté à sa tenue de grands gants en vinyle rose et des bottes montantes, et attaché ses cheveux orange en deux longues tresses incongrues qui encadraient ses yeux vifs et ses sourcils mobiles ornés d'un piercing de faux diamant. Malgré son accoutrement farfelu, elle semblait parfaitement dans son élément, contrairement à Emma qui se sentait ridicule avec sa robe longue et ses talons hauts, plantée au beau milieu de la cuisine.

— Je crois qu'on n'a plus besoin de moi, dit-elle en lui plantant un baiser sonore sur la joue. On se retrouve à la maison, d'ac ?

— D'ac. Et encore merci. Tu as été fabuleuse, comme toujours.

Fronçant le nez, Beth reprit avec moins d'enthousiasme :

— J'aurais mieux fait de tout saboter ! Si ça avait foiré, tu n'aurais pas eu le poste, et tu serais restée avec moi.

— Comme associée ? Tu sais très bien que tu n'as pas besoin de moi. Et puis, de toute façon, ce n'est pas parce que je vais devenir chef ici que tu ne pourras plus me demander un service.

Un éclair de gratitude traversa le regard alerte de son amie.

— Je sais bien, Em. Excuse-moi d'être si grincheuse. En fait, ce nouveau poste, c'est exactement ce que tu mérites. C'est génial pour toi. Et puis, très franchement, si c'était à moi que Daniel l'avait proposé, je t'assure que je ne me serais pas gênée pour te pousser dans les orties à la première occasion !

— N'importe quoi !

— Qu'est-ce que tu en sais ? rétorqua Beth avec un clin d'œil taquin.

Elles restèrent silencieuses quelques secondes, les yeux dans les yeux, conscientes du tournant qu'allait prendre leur existence. Soudain, Beth agita la main à hauteur de son visage et s'éclipsa sans un mot, poussant devant elle le dernier serveur chargé de son matériel.

Emma fut prise d'un immense regret. Beth et elle s'étaient rencontrées lors de leurs études d'hôtellerie-restauration, et elles étaient restées inséparables ensuite. Epoque bénie où Emma se plaisait à croire qu'elle n'aurait plus jamais à remettre les pieds au Manoir Cutty, qu'il lui suffisait de monter sa propre affaire pour écarter les souvenirs qui la hantaient…

Elle soupira profondément, laissant son regard las errer sur la cuisine à présent vide et silencieuse. Cette soirée aurait dû être pour elle synonyme d'un nouveau départ. Alors, pourquoi avait-elle l'impression d'avoir signé son arrêt de mort ?

Un bouchon de champagne sauta derrière elle. Se retournant, elle se retrouva nez à nez avec Daniel. Le cœur battant, elle le regarda s'approcher d'elle, une flûte en cristal à la main. Avec un sourire éclatant, il versa une large quantité de champagne dans la flûte, sans s'inquiéter des gouttes qui débordaient, et la lui tendit avec autorité.

Daniel… Il fallait toujours qu'il dépasse les limites. Qu'il s'adonne aux excès…

— Mon amour, tu es tout simplement divine dans cette robe ! s'exclama-t-il. Une vraie déesse — la perfection faite femme !

Elle détourna légèrement ses lèvres de la flûte qu'il voulait lui faire boire. Elle n'avait pas franchement envie de champagne à cette heure de la nuit.

— Tu veux dire que j'ai l'air d'une parfaite idiote, oui, répliqua-t-elle.

Avec un gloussement amusé, il vida la moitié de la flûte qu'elle venait de refuser.

— Qu'est-ce que c'est que ces histoires ? Je t'assure que tu es merveilleuse dans cette tenue, crois-en mon expérience !

— Peut-être que la robe me va bien, mais j'ai l'impression que ces satanés talons aiguilles m'ont complètement bousillé les pieds.

Elle s'interrompit, le souffle coupé. Sans crier gare, Daniel l'avait soulevée pour la déposer sur le comptoir débarrassé de ses ustensiles. D'une main impatiente, il lui écarta les cuisses, faisant remonter l'ourlet de sa robe jusqu'à ses genoux.

— Bref, je… j'espère que tu es satisfait de mon sens du sacrifice, bredouilla-t-elle avec un frisson délicieux.

— Comme toujours, dit-il d'une voix rauque tout en caressant la peau satinée de son mollet. Mais tu sais bien que les talons hauts te vont à ravir, avec les jambes magnifiques que tu as…

D'un geste rapide, précis, il lui ôta les chaussures incriminées qu'il envoya voler à travers la pièce. Galvanisée, elle noua ses longues jambes autour de lui pour l'attirer plus près, pendant qu'il remontait le tissu léger de sa robe jusqu'à ses hanches.

Il se pencha vers elle pour lui murmurer à l'oreille :

— Mais il y a une chose qui m'aurait fait encore plus plaisir, ce soir…

— Quoi donc ? demanda-t-elle en se raidissant imperceptiblement.

Avec lui, elle ne savait jamais à quoi s'attendre. Il avait l'art de passer du chaud au froid sans prévenir.

Il prit le temps de mordiller le lobe de son oreille avant d'ajouter :

— Que tu sois gentille avec elle.

— Gentille ? Mais je n'ai pas la moindre envie d'être gentille avec elle. Je ne l'aime pas — mais alors, pas du tout !

— Ça viendra, ne t'inquiète pas. Fais-le pour moi.

Elle eut envie de crier sa déception. Comme si elle n'en avait pas déjà fait assez ! Comme si elle n'avait pas déjà suffisamment de choses à se reprocher ! La dernière en date étant sa rupture de partenariat avec Beth… Pourquoi fallait-il qu'il lui en demande toujours plus ?

Mais elle ne dit rien. Ce n'était pas lui qu'elle devait accuser : il avait toujours été comme cela, et elle le savait. Son énervement était à mettre sur le compte du stress causé par cette soirée de lancement, et elle n'allait pas lui faire faux bond maintenant, après tout ce qu'ils avaient traversé ensemble.

— Je… j'ai peur, murmura-t-elle.

C'était la vérité : elle avait peur de le perdre. Surtout maintenant que l'autre était arrivée.

De ses deux mains, presque violemment, il inclina son visage vers lui et plongea son regard dans le sien.

— Et de quoi pourrais-tu bien avoir peur ?

— D'elle. De ce qu'elle pourrait nous faire…

Prenant possession de sa bouche, il la fit taire d'un baiser avide. Brûlante de passion, elle guida ses mains vers la fermeture de sa robe, puis vers les agrafes de son soutien-gorge, tremblant d'impatience à l'idée de sentir son corps viril contre le sien. De ses doigts fins, elle défit la fermeture Eclair de son pantalon, sourde aux rires et aux éclats de voix qui provenaient du hall toujours bondé. Une telle hâte la poussait vers lui…

Détachant ses lèvres des siennes, il la regarda une nouvelle fois au fond des yeux.

— Tu as toujours peur ?

Elle secoua la tête, haletante.

— Je t'aime, Daniel.

Il enfonça ses doigts dans la chair tendre de ses cuisses, dans un geste de possession brutale qui lui fit mal et plaisir à la fois.

— Tu ne réponds pas à ma question : as-tu toujours peur ?

Elle comprit qu'elle l'avait blessé. Il voulait qu'elle ait éperdument confiance en lui, qu'elle lui obéisse aveuglément, en tout point. Même si pour cela elle devait se forcer à être « gentille » avec cette Holly Fairfield.

Elle n'en avait pas la moindre envie. Mais elle pouvait sûrement faire semblant, s'il suffisait de cela pour contenter son amant. Ce ne serait pas la première chose qu'elle ferait à contrecœur. Ni la dernière, sans doute.

Toute sa vie, elle avait dû jouer un rôle. Au moins autant pour s'en tirer, elle, que pour plaire à Daniel. Parfois, elle se demandait ce qui l'angoissait le plus : qu'il la quitte — ou qu'il reste.

Pourtant, elle savait bien qu'elle finirait par lui céder, comme toujours. Du plus loin qu'elle se souvienne, les désirs de Daniel avaient toujours été des ordres pour elle. Et qu'elle s'y soumette faisait partie de leur jeu. Parce qu'elle l'aimait éperdument.

— Je… je ferai ce que tu voudras, Daniel, murmura-t-elle, le souffle court, les sens en émoi.

Comme toujours.

3.

Holly n'avait pas l'habitude de dramatiser. Elle était plutôt sensée, pragmatique, avec les pieds sur terre. D'où sa passion pour l'architecture où forme et fonctionnalité se mariaient à merveille.

Même son divorce s'était plutôt bien passé, notamment parce qu'elle avait laissé Drew prendre ce qu'il voulait. La seule fois où elle avait eu des idées de vengeance — complètement stupides, d'ailleurs —, c'était un soir où elle avait trop bu et où elle avait demandé à Harris s'il n'avait pas un tueur à gages dans ses relations.

Mais à part cet épisode qu'il valait mieux oublier, sa colère légitime à l'idée d'avoir été trompée avait fait long feu. Après tout, il y avait plus grave dans la vie, et lorsqu'elle avait surpris Drew en flagrant délit d'adultère, elle s'était forcée à relativiser. Qu'était-ce comparé à la mort de son père ? Pas grand-chose, à vrai dire.

Malgré tout, ce soir, elle ne se sentait pas tranquille. Après sa confrontation avec le mystérieux Ryan dans la salle de bal, elle avait décidé de quitter la réception et de rentrer chez elle à pied, histoire de s'aérer l'esprit. En vain. Cette impression d'être en danger, telle une héroïne de film à suspense, ne la quittait pas.

C'était complètement ridicule ! Nul doute que la boule qui lui serrait la gorge était due aux flûtes de champagne qu'elle avait bues pour se donner du courage. Et à la brume californienne — caresse humide à laquelle elle n'était pas encore totalement habituée. Par chance, son appartement n'était pas loin. A peine cinq rues à traverser, et elle retrouverait la chaleur confortable de son nouveau foyer où l'attendait son frère. Certes, elle aurait pu prendre un taxi, mais étant donné la dénivellation entre le Manoir Cutty et son domicile, elle n'était pas sûre d'avoir envie de se faire conduire à vive allure par un chauffeur à moitié endormi. San Francisco et ses collines vertigineuses vous donnaient l'impression de vous jeter directement dans la baie. Pas la peine d'ajouter au stress qu'elle avait accumulé durant la réception !

Elle aurait dû être parfaitement calme. Sauf que c'était tout le contraire. Une main crispée sur le col de son manteau, l'oreille aux aguets, elle ne pensait qu'à une chose : se dépêcher de rentrer avant qu'un drame se produise. Elle eut l'impression d'entendre des pas résonner derrière elle et se surprit à se répéter tout bas son itinéraire. Comme par hasard, toutes les histoires affreuses d'agressions et d'enlèvements dans les rues de San Francisco lui revenaient à la mémoire tandis qu'elle hâtait le pas. Ridicule ! Quoique… Ce qui arrivait aux autres pouvait bien vous frapper de plein fouet au moment où vous vous y attendiez le moins.

Si seulement elle n'avait pas refusé de rentrer en taxi avec Harris tout à l'heure ! Mais elle s'était entêtée, et maintenant…

Elle inspira profondément l'air piquant de la nuit, cherchant à calmer les battements précipités de son cœur. Le brouillard créait toutes sortes d'ombres bizarres autour d'elle, dont l'aspect menaçant était accentué par l'écho de ses pas pressés. Ou était-ce le bruit d'autres pas qu'elle percevait derrière elle, à demi étouffés par l'épaisseur opaque de la brume ?

Le hululement lugubre du phare qui signalait l'entrée du port la fit sursauter. Un peu plus, et elle l'aurait pris pour un gémissement humain.

Une fois de plus, son imagination fertile lui jouait des tours. Refusant de céder à la panique, elle se força à regarder droit devant. Si elle se retournait, elle risquait de perdre complètement les pédales. Surtout si elle apercevait effectivement quelque chose ou quelqu'un dans la pénombre…

Rien à faire : ses jambes accélérèrent malgré elle. Avec terreur, elle se rendit compte que le bruit de pas derrière elle s'accélérait également. Autour d'elle s'élevaient les silhouettes hautes et menaçantes des immeubles où de rares fenêtres étaient encore éclairées, semblables à des paires d'yeux maléfiques qui l'auraient espionnée dans une forêt hostile.

Incapable de se contrôler, elle se mit à courir, complètement paniquée à présent. Plus question de s'inquiéter de l'image qu'elle devait donner, ni de la morsure de ses chaussures à talons aiguilles qui menaçaient de la faire tomber à chaque pas. Il fallait qu'elle échappe à ce poursuivant mystérieux qu'elle entendait courir à sa suite.

Soudain, un bras la ceintura, la coupant en plein élan. Elle se retrouva projetée contre le mur en brique qu'elle s'apprêtait à dépasser. Fermant les yeux, elle bredouilla d'une voix tremblante :

— Je… Tenez, prenez mon sac… Je… je n'ai rien d'autre sur moi. Dedans, il y a très exactement vingt-trois dollars, un rouge à lèvres tout neuf couleur « magenta soyeux » et une boîte entamée de vitamine C. Mais laissez-moi, je… je vous en prie…

— Vous avez manqué votre rue, répondit une voix masculine qu'elle crut reconnaître.

Clignant des paupières, elle vit se matérialiser devant elle, à la lueur des phares d'une voiture, le visage sombre de Ryan.

Encore lui ! Mais que lui voulait-il, à la fin ?

— Je… quoi ?

— Vous vous êtes trompée de chemin.

— Pas du tout ! protesta-t-elle, vexée d'avoir été surprise en pleine crise de panique. Je… Mon appartement est juste au coin de cette…

Elle s'arrêta net : la rue qu'elle venait d'indiquer lui était totalement inconnue.

Avec un demi-sourire, Ryan la fit pivoter par les épaules.

— Au coin là-bas, tournez à gauche. Ensuite, c'est tout droit. Vous traversez la rue Washington, et c'est le premier immeuble sur votre gauche.

Elle se borna à le considérer d'un air ébahi, telle une petite fille devant laquelle un magicien aurait fait apparaître de nulle part une belle pièce.

— C'est là que Daniel habitait avant, précisa-t-il.

— Ah bon.

Sans le savoir, il venait de lui fournir une indication précieuse : il était suffisamment proche de la famille Cutty pour connaître l'ancien lieu de résidence de Daniel. Ce qui voulait dire qu'il n'avait sans doute pas eu l'intention de l'agresser ni de lui faire peur en lui emboîtant le pas à la sortie de la réception. Quel soulagement !

— C'est cette brume, poursuivit-il comme s'il s'adressait à une enfant effrayée. Quand on n'y est pas habitué, elle vous joue de drôles de tours.

Elle se sentit tout à coup complètement ridicule.

— Je… je croyais que vous étiez un rôdeur ou un psychopathe qui voulait m'agresser, balbutia-t-elle, consciente que ses explications naïves ne faisaient qu'accentuer la stupidité de sa réaction.

Une adolescente fan de films d'horreur n'aurait pas eu l'air plus bête ! Pourtant, il ne parut pas se formaliser de ses excuses embrouillées. Il s'écarta d'elle et fourra les mains dans les poches de son pantalon. Quelle différence avec le séducteur dangereux qu'elle avait vu surgir de l'alcôve dans la salle de bal du Manoir ! Comment avait-elle pu croire un seul instant qu'il avait de mauvaises intentions à son égard ? L'expression qu'il arborait à présent lui donnait plutôt l'air d'un grand frère soucieux. Qui était donc le véritable Ryan ?

— Vous devriez rentrer, maintenant, conseilla-t-il d'un ton neutre.

— Oui, vous… vous avez raison.

Elle fit demi-tour et s'éloigna dans la rue. Mais au bout de quelques pas à peine, elle se retourna dans sa direction. Il n'avait pas bougé, pareil à un garde du corps discret s'assurant que sa protégée prend le bon chemin pour rentrer chez elle. Pourquoi sentait-elle cette espèce de picotement sur sa nuque ? Comme si son regard pénétrant la brûlait à distance…

Incapable de résister à sa curiosité, elle ajouta d'un air faussement détaché :

— Au fait, tout à l'heure, au Manoir Cutty… Quand vous m'avez dit que vous vouliez juste me regarder… ça voulait dire quoi, exactement ?

Dans la faible lumière dispensée par une fenêtre au-dessus d'eux, elle le vit hausser les épaules.

— Désolé si je vous ai fait peur. Je me suis trompé, c'est tout.

— Vous pourriez être un peu plus clair ? insista-t-elle.

Mais apparemment, il n'avait pas envie de s'éterniser sur le sujet.

— Au moment où j'allais partir, je vous ai vue sortir toute seule, à pied, et prendre la direction de votre appartement. Si vous voulez mon avis, ce n'était pas très malin de votre part…

— Pourquoi ? Parce que je risquais de me faire suivre par un dangereux inconnu ? répliqua-t-elle du tac au tac.

Il lui décocha son premier vrai sourire de la soirée. Ce fut comme si tout son visage s'éclairait d'un seul coup. Quel charme il dégageait quand il voulait bien s'en donner la peine !

Malheureusement, l'enchantement fut de courte durée, car il reprit presque aussitôt son expression impénétrable.

— Vous suivre ? Pour quoi faire ? Je vous rappelle que je sais parfaitement où vous habitez.

Et cela n'avait rien de rassurant, en fin de compte. Etait-ce dû à la brume ou à l'éclairage indirect qui accentuait les ombres sur son visage marqué ? En tout cas, il lui donnait de nouveau l'impression d'être un personnage peu recommandable.

— Vous feriez mieux d'y aller, répéta-t-il.

— Je… Oui, fit-elle en reculant d'un pas avant d'ajouter sans réfléchir : Merci.

Elle se serait giflée ! Merci de quoi ? De ne pas l'avoir violée ? De lui avoir causé la peur de sa vie ? Ses réactions étaient vraiment stupides, ce soir !

D'un pas d'autant plus vif qu'elle était contrariée, elle s'éloigna dans la direction qu'il lui avait indiquée. Derrière elle, le bruit d'une voiture passant sur les rails de tramway se fit entendre. Rien à voir avec les claquements de semelles qui l'avaient tant effrayée un instant plus tôt.

Pourtant, elle savait que Ryan la suivait — du regard, sinon plus. Le picotement sur sa nuque le lui soufflait, tout comme les frissons qu'elle sentait courir le long de son échine.

Bientôt, elle retrouva les points de repère qu'elle avait manqués quelques minutes auparavant. Maintenant qu'elle n'était plus sous le coup de la panique, elle se demandait comment elle avait pu ne pas voir les sculptures qui ornaient le coin de sa rue, ni le traiteur italien juste à côté de chez elle. A la hâte, elle s'engouffra dans la cour intérieure joliment arborée et fleurie de son immeuble, puis monta les marches de l'escalier quatre à quatre. Devant la porte en chêne massif contrôlée par un Interphone, elle sortit sa clé. Mais elle tremblait tellement qu'elle la fit tomber deux fois par terre. Comprenant qu'elle n'arriverait pas à mettre la clé dans la serrure, elle renonça et appuya sur le bouton pour demander à Harris de lui ouvrir.

Haletante, elle s'élança dans l'escalier et ne s'arrêta que sur le palier du troisième étage où l'attendait son frère, visiblement contrarié.

— Eh bien, tu en as mis, du temps, commença-t-il avant de s'interrompre en la voyant se précipiter dans l'appartement.

Laissant là sa tentative de sermon, il referma la porte derrière elle et la suivit dans l'entrée. Elle défit son manteau à la hâte, envoya voler ses maudits talons aiguilles sans se préoccuper de l'endroit où ils atterrissaient et se dirigea tout droit vers le salon. Là, elle s'agenouilla sur le canapé pour regarder à travers les lattes du store.

De là où elle se trouvait, l'on pouvait voir la rue Washington, ainsi qu'un bout de l'avenue Taylor. Elle scruta les environs, en vain. Pas le moindre mouvement suspect.

— Alors, qu'est-ce qui t'est arrivé ? demanda Harris.

— Rien, chuchota-t-elle comme si l'on pouvait l'entendre de l'extérieur.

Comme si Ryan l'espionnait. Comme s'il était là, en bas, tapi dans l'ombre, à fixer la fenêtre où elle venait de se poster, tremblante de peur…

Et cette brume qui n'en finissait pas de dérouler ses volutes dans la rue obscure ! C'était une des caractéristiques de San Francisco — et pour certains, cela faisait même partie de son charme. Mais pour Holly, c'était surtout un obstacle. Comment repérer qui que ce soit dans cette opacité cotonneuse qui semblait vouloir absorber le moindre rai de lumière ?

— Bon, puisque tu as décidé de faire ta tête de mule…, marmonna Harris tout en s'installant à côté d'elle pour regarder dehors. C'est quoi, ce petit numéro ? Tu te prends pour James Bond ?

— Non, non, c'est juste que la nuit est magnifique, répondit-elle précipitamment. Et d'ici, on a une belle vue, tu ne trouves pas ?

En particulier sur l'immeuble d'en face dont le rez-de-chaussée en arcades pouvait abriter d'éventuels poursuivants. Il faisait si sombre, dehors. N'y avait-il pas quelqu'un caché derrière cette colonne ? derrière cet arbre ?

Comprenant qu'il ne servirait à rien d'insister, Harris se retourna et s'assit plus confortablement sur le canapé avant de tendre la main vers le bol de céréales qui l'attendait, posé sur la table basse. Il avait une véritable passion pour ce genre de nourriture.

— Quand tu auras fini de me raconter des âneries…, grommela-t-il, la bouche pleine. Et à propos de décisions stupides, ton Daniel, là, avec ses paillettes et son côté m'as-tu-vu ? Tu ne crois pas que ça sent le coup fourré à plein nez, cette histoire ? Si ta mésaventure avec le Druide ne t'a pas servi de leçon…

— Arrête, Spiderman. C'est pour le poste qu'il me propose qu'on est allés à cette soirée, un point c'est tout. D'ailleurs, je ne sais pas pourquoi j'écoute les conseils de quelqu'un capable de s'empiffrer de céréales infectes alors qu'il sort d'une réception où on ne servait que de la haute cuisine. Et je te rappelle qu'on a besoin d'argent. Ce boulot, ça tombe plutôt bien, non ?

— Voyons, Hol, ne me dis pas que tu n'as pas remarqué la façon écœurante dont il t'a montrée à tout le monde, comme si tu étais sa dernière conquête ! Et ce ton mielleux qu'il prenait ! « Ma délicieuse architecte, le sauveur du Manoir, ma perle rare », et blablabla… Alors que tu n'as même pas commencé à t'en occuper, de son satané Manoir ! Tu ne vas pas prétendre que c'est normal de donner une soirée en ton honneur alors que tu n'as encore rien prouvé de tes talents d'architecte. Et lui qui te présente à tout le gratin californien comme s'il te sortait de son chapeau de magicien… Rien que d'y penser, ça me rend malade !

Enervée, elle laissa retomber le store pour lui faire face. Quand il prenait son rôle trop à cœur, il l'exaspérait. Surtout quand elle sentait au fond d'elle-même qu'il n'avait peut-être pas tort.

— Tu fais exprès de ne pas comprendre, Harris. Daniel veut juste que le Manoir Cutty et sa rénovation soient LE sujet de conversation du moment. Histoire d'être sûr de faire le plein lorsqu'il rouvrira ses portes au public. C'est une stratégie qui a déjà fait ses preuves, crois-moi. Et en ce qui concerne ses compliments sur mes talents d'architecte, je te signale qu'il a mené des recherches avant de me rencontrer, et qu'il y existe quand même un ou deux articles plutôt élogieux sur moi dans les magazines spécialisés. Mon CV est drôlement impressionnant, tu sais.

— Je sais, et lui, il a bien de la chance de t'avoir embauchée, répliqua Harris tout en reposant son bol. Mais il n'a pas l'air de se rendre bien compte de la faveur que tu lui fais en venant travailler pour lui. Quel crétin prétentieux, ce type !

— Peut-être, mais en tout cas, il me propose un poste sérieux. Et aussi un défi fabuleux. Alors…

A son expression butée, elle comprit qu'il n'en pensait pas moins.

— Harris, mets-toi bien dans la tête que je vais le prendre, ce job. Une occasion pareille ne se présentera pas deux fois. Quand j'aurai réhabilité le Manoir Cutty, ma réputation ne sera plus à faire, et les contrats pleuvront d'eux-mêmes. Plus besoin de recourir au carnet d'adresses d'un associé comme j'ai dû le faire avec Drew. Tu comprends, maintenant ? Je serai lancée, et libre de gérer ma carrière à ma guise.

— Désolé, je ne voulais pas te casser le moral, s'excusa-t-il tout en se levant afin d'étirer son grand corps musclé. Promis, je ferai de mon mieux pour te soutenir, maintenant. Allez, bonne nuit, petite sœur.

Après avoir déposé son bol vide dans la cuisine, il repassa par le salon pour se diriger vers sa chambre. Mais il avait à peine atteint la porte qu'il se retourna, l'air soucieux. Elle réprima un soupir d'exaspération. C'était bien gentil d'avoir un grand frère qui prenait son rôle au sérieux, mais de là à être considérée comme une figurine de verre taillé, fragile, à enfermer derrière une vitrine… Lui ne s'était pas privé de courir de gros risques sur les plans tant personnel que professionnel. Cherchait-il à compenser ses propres incartades en la traitant de la sorte ? En tout cas, depuis qu'il avait perdu son travail, son comportement protecteur s'était aggravé. Il semblait mettre toute son énergie à vouloir la préserver à tout prix. Sans doute parce qu'il n'avait rien d'autre qui lui occupe l'esprit.

Elle était injuste avec lui, se reprocha-t-elle. Mais tout de même, elle en avait par-dessus la tête de son comportement limite machiste. S'il ne voulait que son bonheur, elle n'était pas en reste. Et avec ce contrat mirobolant — la rénovation d'un des plus beaux bâtiments de San Francisco —, elle avait enfin une chance de se sentir vraiment utile.

— Tu veux bien me promettre un truc, au moins ? lui lança-t-il avec un air suppliant qui lui alla droit au cœur. Fais attention à toi, d'accord ?

— D'accord, chef !

Elle accompagna ses paroles d'un petit salut comique et le regarda disparaître enfin. Restée seule, elle éteignit les lumières du salon et reprit son poste d'observation, à genoux sur le canapé. Avec précaution, elle écarta de nouveau les lattes du store en prenant bien soin de ne pas aller trop vite pour ne pas trahir sa présence aux yeux d'un éventuel guetteur. Mais elle eut beau écarquiller les yeux et scruter la rue en contrebas, elle ne remarqua rien d'anormal. Juste un homme qui promenait son chien.

A quoi s'attendait-elle donc ? A ce que Ryan lui fasse un signe ? Lui dise « Bonne nuit » ? Décidément, elle divaguait.

Pourtant, elle ne laissa pas retomber le store tout de suite. Elle resta là un long moment, indécise, avant d'abandonner. Elle se dirigea à son tour vers sa chambre, sachant qu'elle ne trouverait pas le sommeil de sitôt après cette soirée riche en émotions.

Ryan se demanda comment elle réagirait s'il sortait de l'ombre pour lui adresser un petit signe moqueur. Elle serait terrorisée, sans aucun doute.

Comme s'il ne lui avait pas déjà fait assez peur en une soirée !

Il savait qu'elle ne pouvait pas le voir depuis la fenêtre où il l'avait vue se poster. Dire qu'elle avait éteint les lumières dans l'espoir de lui donner le change… Quelle naïveté ! Il n'avait pas besoin de cela pour savoir qu'elle épiait toujours le moindre mouvement dans la rue. Il pouvait presque sentir l'angoisse qui lui serrait le ventre, là-haut, dans le somptueux appartement de Daniel.

— Tu as raison d'avoir peur, ma mignonne, murmura-t-il pour lui-même, sans quitter l'arcade qui le protégeait des regards.

Si cette soirée avait constitué une épreuve pour elle, cela n'avait pas non plus été une partie de plaisir pour lui. Il détestait quand la situation lui échappait. Et Daniel qui tirait les ficelles à sa guise, installé au Manoir Cutty comme un propriétaire triomphant ! Toute la semaine, il s'était demandé si l'invitation qu'il avait reçue pour la « soirée du siècle » n'était pas une mauvaise plaisanterie. Il n'avait pas la moindre envie de s'y rendre. Mais ce cher Dan avait bien calculé : après tout, cela faisait si longtemps… Douze ans. Douze longues années qu'il n'avait pas remis les pieds dans la demeure de ses ancêtres…

Et maintenant, le voilà qui attendait bêtement, au pied de l'ancien appartement de son « cher cousin », happé par les souvenirs du passé, plus terribles que jamais. A se demander si demain matin, il n'allait pas trouver une équipe de policiers sur le pas de sa porte.

Bon sang, mais comment Dan avait-il réussi à dénicher cette Holly ?

Un type passait justement avec son chien, et il en profita pour se faufiler derrière lui. Ainsi, il pourrait quitter son poste d'observation sans attirer l'attention de Holly qui devait toujours scruter la rue. Arrivé au coin, il salua brièvement l'homme afin qu'il ne s'imagine pas qu'il était un tueur en série ou un monstre de ce type. Comme Holly, qu'il avait tant effrayée quelques instants plus tôt.

Ç'avait été plus fort que lui. Lorsqu'il l'avait aperçue au Manoir, pendue au bras de Daniel, ses bonnes intentions avaient volé en éclats. Dire qu'il ne s'était présenté à la réception que pour essayer d'arranger les choses entre le reste de la famille et lui ! Après tout, il y avait prescription, le drame qui les avait déchirés remontait à si loin.

Mais à la simple vue de cette femme, son sang n'avait fait qu'un tour. C'était pour cela qu'il l'avait épiée, puis mise au pied du mur dans la salle de bal. Heureusement pour elle, elle s'était mise à parler de ce débit nerveux et saccadé qu'il ne reconnaissait pas. Et le charme s'était rompu. Elle avait les mêmes traits, mais beaucoup plus animés et lisibles. Dans son bavardage nerveux, il avait senti une sorte de bonté naturelle qu'il n'avait jamais rencontrée auparavant.

Du coup, il s'était dit qu'elle n'était pas dans le coup. Qu'elle aussi s'était fait prendre au piège diabolique tramé par les autres. Elle avait l'air si innocente — si naïve.

C'était donc à lui de lui dévoiler la vérité. Afin de la prévenir et de la sauver du danger qui les menaçait tous deux. S'il en avait le courage…

Le temps qu'il rejoigne son Aston Martin stationnée non loin de là, il transpirait à grosses gouttes, malgré la fraîcheur de la nuit californienne. Impossible de savoir avec précision ce que Daniel avait bien imaginé. Daniel ou les autres, d'ailleurs. Tout ce qu'il savait, c'était que cette Holly Fairfield était censée jouer un rôle essentiel dans la partie dangereuse qui venait de débuter.

Et que rien de bon n'en sortirait.

S'engouffrant dans l'habitacle calfeutré, il fit vrombir le moteur avant de démarrer en trombe, en direction du pont du Golden Gate. Des images tournaient sans relâche dans son esprit fatigué, le harcelant sans répit.

— Arrête, se morigéna-t-il à mi-voix. Oublie tout ça. C'est du passé, maintenant…

Il n’y avait pas grand monde dans la rue, étant donné l’heure tardive. Du coup, le brouillard épais semblait encore plus dense, plus menaçant. Lorsqu’il atteignit le Golden Gate en un temps record, les deux tours qui en signalaient l’entrée avaient complètement disparu, mangées par la brume comme par un cancer destructeur. Le pont paraissait suspendu dans le vide par un effet magique — un fragile ruban anthracite capable de plonger dans l’eau noire en une fraction de seconde…

Cette fois, Daniel avait tout gagné : le Manoir Cutty, avec ses maîtres en prime — Vanessa et Samuel. Tout ce qu’il avait toujours convoité. Cela aurait dû largement lui suffire. Mais son appétit dévorant dépassait les limites du commun des mortels.

Roulant à toute allure afin de rentrer enfin chez lui, Ryan sentit un frisson le traverser de part en part. Avec Daniel, il fallait s’attendre à tout. Même au pire.

4.

Debout dans la cuisine flambant neuve de leur splendide appartement — un cadeau de Daniel pour la convaincre d'accepter de travailler loin de Seattle —, Holly regardait son frère mélanger le contenu de trois boîtes de céréales différentes dans son bol. Pour un petit déjeuner matinal, on pouvait dire qu'il ne manquait pas d'appétit ! Armé d'une grande cuillère, il s'attaqua à l'étrange mixture qu'il venait de se concocter, les yeux rivés sur le journal qu'il avait déplié sur le comptoir recouvert d'acier mat et poli. Cette cuisine moderne et épurée avait vraiment une allure fantastique, même pour quelqu'un comme elle qui ne consacrait pas beaucoup de temps aux tâches ménagères.

— Toi et tes céréales, marmonna-t-elle tout en versant un peu de lait dans son café.

Sans s'arrêter de mâcher, Harris fit glisser la page qu'il était en train de lire vers elle.

— Regarde plutôt ça.

Il pointa le doigt sur un article signé d'une certaine « Gigi la Plume » dans la rubrique « Chroniques people ». Le montage photo qui l'illustrait représentait la journaliste en mante religieuse, les yeux agrandis par une excitation malsaine. Le moins qu'on puisse dire, c'est que ce cliché n'était pas de très bon goût, ce qui laissait facilement imaginer la teneur de l'article.

— Eh bien, tu t'intéresses à la presse à scandales, maintenant ? Et dès le réveil, en plus ? répliqua-t-elle d'un air faussement choqué.

— Lis plutôt.

Obéissante, elle se pencha sur l'article et sentit son estomac se contracter au fur et à mesure qu'elle en prenait connaissance.

La brebis galeuse et le veau gras

Oyez, oyez, citoyens de San Francisco ! Hier soir, la réception au Manoir Cutty offrait bien davantage que du champagne exquis et du foie gras raffiné. Qui aurait imaginé que Ryan Cutty, le célibataire le plus en vue de notre bonne ville, referait soudain surface en plein cœur du fief familial, amenant avec lui le parfum de scandale qui le suit depuis douze ans ? Le renouveau du célèbre Manoir s'accompagnerait-il d'une tentative désespérée de notre beau ténébreux — la brebis galeuse du clan Cutty — pour se voir sacrifier le veau gras ? Repentance ou machination ? Remords sincère ou manipulation grossière ? Quoi qu'il en soit, notre ancien restaurateur reconverti en viticulteur risque fort de trouver les raisins de sa colère un peu verts !

Sans trahir son émotion, Holly replia soigneusement la page et la repoussa vers son frère, attendant ses commentaires inévitables.

— Le mystère s'épaissit un peu plus. Tu m'excuseras pour la banalité de ma remarque, mais je te l'avais bien dit, non ?

Baissant le nez sur son café, elle fit mine de s'intéresser aux mouvements circulaires de sa petite cuillère, alors qu'en réalité, elle n'en menait pas large. Ryan Cutty, la brebis galeuse, le beau ténébreux… Dire qu'il l'avait suivie jusque chez elle, hier soir !

Harris tambourina impatiemment sur le comptoir.

— A ta place, je lui poserais tout de même deux ou trois questions, à ton Daniel East.

— Hmm, fit-elle, trop préoccupée par les révélations de l'article pour lui répondre.

Si Ryan faisait effectivement partie du clan Cutty, alors, comment expliquer son attitude la veille ? Il n'aurait pas dû être surpris de sa présence — après tout, elle avait été engagée par l'ensemble de la famille et présentée dans les règles aux différents membres concernés par le projet. Que penser de son acharnement à la voir en tête à tête ? S'il avait un problème par rapport à son embauche, c'était avec Daniel qu'il aurait dû le régler, ou avec sa mère ou son père — Vanessa et Samuel Cutty.

Sauf s'il pensait pouvoir l'effrayer suffisamment, elle, pour que la réhabilitation du Manoir soit mise aux oubliettes.

— Tu ne réponds rien, Hol ? insista Harris. J'en conclus que tu ne veux pas demander à ton précieux Daniel ce qui se passe. Tu as une bonne raison pour ça ?

Une excellente raison, à vrai dire, faillit-elle lancer. *J'ai trop peur des réponses qu'il pourrait me faire…*

Au lieu de cela, elle se borna à préciser :

— Puisque tu veux tout savoir, je considère que tout ça ne me regarde pas. Ce sont des histoires de famille, voilà tout. Alors, je ne vois pas pourquoi j'irais m'en mêler.

Sous le regard désapprobateur de son frère, elle but la moitié de sa tasse de café avant de l'emporter vers l'évier. Ennuyée par le jugement qu'elle sentait peser sur elle, elle ajouta :

— Daniel n'est pas allé fourrer son nez dans mon passé,

lui. Ou alors, il ne s'en est pas formalisé. Parce que la faillite à laquelle j'ai été acculée ne plaide pas précisément en ma faveur, si tu vois ce que je veux dire. Je ne vois donc pas pourquoi je n'accorderais pas le bénéfice du doute à mon nouvel employeur en ce qui concerne sa vie privée.

— Tu veux dire que dans notre situation, on ne peut pas se permettre de faire les difficiles, c'est ça ?

— Chacun ses idées, Spiderman. Moi, c'est comme ça que je vois les choses. Et je te rappelle que ce contrat a au moins l'avantage de nous offrir un point de vue imprenable sur la baie de San Francisco. Il y a pire dans la vie, non ?

Et pour appuyer ses paroles, elle fit un grand geste en direction du reste de l'appartement dont les moindres détails leur rappelaient la chance qu'ils avaient d'être là après leurs années de galère. Tout ici était absolument fabuleux : le plancher luisant, les meubles d'un goût exquis, et jusqu'à l'éclairage. Quant à la vue sur la baie, elle représentait à elle seule un argument de taille. Quoi de plus magnifique qu'un lever ou un coucher de soleil sur l'eau miroitante de l'océan Pacifique ? Depuis l'appartement, ils bénéficiaient tout simplement d'une vision de carte postale idyllique.

Désireuse de remporter l'adhésion de son frère — son avis comptait beaucoup pour elle —, elle poursuivit avec enthousiasme :

— Est-ce que tu te rends compte de la chance qu'on a ? Un luxueux appartement dans une ville de rêve, sans loyer ni charges à payer, plus un boulot passionnant qui va enfin me permettre de montrer au monde architectural ce dont je suis vraiment capable. Tu ne crois pas qu'on devrait saisir l'instant présent au lieu de se poser autant de questions existentielles ?

Contournant le comptoir, elle vint s'asseoir sur un tabouret de bar à côté de lui et lui prit la main avec tendresse.

— Je sais bien que la vie ne nous a pas vraiment fait de cadeaux jusqu'ici. Mais ce n'est pas une raison pour s'imaginer que ça ne peut pas changer du jour au lendemain. Pourquoi est-ce qu'on devrait toujours avoir à travailler comme des fous sans jamais voir le bout du tunnel ? Après tout, on a droit au bonheur, comme tout le monde. Et s'il se présente sous une forme inattendue comme ce poste qu'on me propose avec tous ses à-côtés alléchants, qu'est-ce qui nous empêche de le saisir ? On a bien mérité un peu de répit, toi et moi, non ? Tu n'es pas d'accord, Spiderman ?

Elle n'était pas mécontente de son petit discours. Même s'il subsistait des points obscurs que son frère, avec son pessimisme coutumier, n'allait sans doute pas se priver de lui faire remarquer…

Le sourire qu'il lui adressa en retour fut une bonne surprise. Elle eut l'impression que sa poitrine se libérait d'un énorme poids, surtout quand Harris reprit d'une voix nettement plus joyeuse :

— Tu as sûrement raison. Quand la chance se présente, ce serait stupide de ne pas sauter dessus. Et justement, en parlant d'occasion à ne pas rater, ça me semble le moment idéal pour t'annoncer que ton bon à rien de frangin a finalement retrouvé du boulot. Applaudissements, s'il vous plaît !

— Vraiment ? Mais c'est génial ! Que…

— Je suis engagé comme barman dans un nouvel établissement — un endroit qui vient d'ouvrir en ville, à Polk.

Coupée dans son élan, elle le considéra avec consternation. Quelle dégringolade par rapport à son poste précédent ! Hautement qualifié, titulaire d'un doctorat et disposant d'une expérience professionnelle impressionnante, il avait travaillé pour une firme spécialisée dans le secteur phytopharmaceutique. En tant qu'expert, il avait parcouru le monde entier à la recherche de nouvelles substances tirées de la faune et de la flore, d'où l'on espérait extraire des médicaments performants. Un Indiana Jones intrépide doublé d'un scientifique talentueux, voilà ce qu'il représentait. C'était pour cela qu'elle l'avait surnommé Spiderman : au cours d'un de ses périlleux voyages, il avait réussi à isoler le venin d'une araignée dont les propriétés curatives appliquées à l'homme ouvraient de grands espoirs médicaux. Le seul problème, c'est qu'il avait un peu trop rué dans les brancards vis-à-vis de l'impérialisme dont sa firme faisait preuve. Il ne s'était pas privé de critiquer l'exploitation des populations défavorisées, de pair avec la politique agressive des dirigeants, ce qui avait conduit à son éviction pure et simple du circuit. Mais de là à se reconvertir en barman…

— Eh bien, commença-t-elle en masquant sa déception, c'est… vraiment super.

— Merci, sœurette.

Il lui tapota la joue avec un sourire, puis apporta la vaisselle du petit déjeuner dans l'évier. Encore sous le choc, elle le regarda faire en silence, ne sachant que dire pour l'encourager. Son frère, barman, alors qu'il était bardé de diplômes universitaires !

— Au fait, je commence ce soir, ajouta-t-il une fois qu'il eut lavé et essuyé toute la vaisselle. Ça te dit de passer me voir ? C'est moi qui t'invite, bien sûr.

En guise de réponse, elle lui passa les bras autour de la taille afin de le serrer contre elle. Elle savait pourquoi il avait pris ce travail et combien cela avait dû être difficile pour lui d'accepter un poste aussi inférieur à ses qualifications. Jusqu'ici, il s'était toujours battu pour ce qu'il estimait mériter sur le plan professionnel. Mais peut-être avait-il juste besoin d'un peu de temps pour panser ses plaies avant de se remettre en selle. Il est vrai que la compagnie contre laquelle il s'était imprudemment dressé possédait un pouvoir considérable dans le secteur pharmaceutique, ce qui devait expliquer pourquoi il lui était difficile de retrouver du travail dans cette branche. Peut-être aussi était-il encore sous obligation contractuelle de non-concurrence vis-à-vis de son ancien employeur. Ce n'était qu'une question de temps, après quoi il retrouverait un emploi à la mesure de son talent. Elle en était persuadée — ou du moins, c'est ce qu'elle voulait croire, de toutes ses forces.

Avec un sourire, elle le regarda, une étincelle moqueuse dans les yeux.

— Si je bois un coup de trop, tu m'autorises à danser sur les tables de ton bar ?

— Bien sûr ! Je viendrai peut-être te rejoindre, histoire de mettre un peu d'ambiance !

Elle qui lui demandait son soutien inconditionnel aurait été criminelle de lui refuser le sien dans son nouveau départ. Elle lui déposa un baiser sur le front avant de se diriger vers l'entrée pour prendre ses clés et son manteau. Après tout, il ne faisait que saisir sa chance — comme elle.

Pourtant, malgré l'optimisme dont elle voulait faire preuve, elle ne pouvait chasser le pressentiment obscur qui la taraudait depuis la veille. Cette soirée étrange… Et cet article qui remuait des eaux troubles… Sans compter que son frère avait bien souvent raison quand il s'inquiétait…

Elle soupira. Parfois, les choses étaient trop belles pour être vraies. Et si c'était le cas aujourd'hui ?

Cette pensée ne la quitta pas tandis qu'elle s'acheminait vers le Manoir Cutty. Elle aurait pourtant dû profiter du paysage inondé de soleil, propice à lui inspirer des idées neuves pour son projet. Autour d'elle, les maisons pimpantes et les immeubles parfois centenaires étaient autant d'exemples de ce que l'architecture californienne avait de plus remarquable. Et les rues pentues qui menaient droit à la mer ajoutaient encore au charme.

Mais l'article qu'elle avait lu lui trottait inlassablement dans la tête. Dans quel imbroglio avait-elle mis le pied ? Ryan Cutty avait dû être impliqué dans une sombre affaire pour avoir droit au surnom de « brebis galeuse » — même si l'on pouvait douter de l'objectivité de la journaliste. Et l'impression qu'il lui avait faite la veille au soir ne faisait qu'ajouter au mystère opaque qui planait autour de lui. Elle savait d'expérience que les entreprises familiales n'étaient pas une mince affaire, surtout quand, comme pour les Cutty, elles duraient depuis plusieurs générations. S'il subsistait des dissensions au sein du clan, comment réussirait-elle à exercer son métier correctement ?

Son frère avait peut-être raison, finalement : ce projet de réhabilitation qui lui avait d'abord semblé une offre en or pouvait bien s'avérer son pire cauchemar. La preuve : cela l'obnubilait complètement.

Et les deux heures qui suivirent ne firent rien pour arranger son impression.

Elle retrouva Daniel dans la salle de bal et, pendant un temps qui lui parut interminable, l'écouta lui déballer en vrac ses plans complètement farfelus concernant le Manoir. Il demandait l'impossible : qu'elle transforme un bâtiment du plus pur style victorien en un lieu ultrabranché, tendance loft. On nageait en plein délire !

— Pour la déco, je vois quelque chose comme le Centre Pompidou à Paris. Des couleurs primaires, franches, qui tranchent bien. Avec de l'acier et du verre. Qu'on ait l'impression d'être projeté dans une structure quasi spatiale.

Il avait de ces idées ! Pour un lieu aussi parfaitement proportionné, chargé d'histoire et de magie surannée, elle aurait imaginé quelque chose de plus… de moins… enfin, sûrement pas un massacre architectural comme celui qu'il lui décrivait à grand renfort de gestes extatiques ! D'un point de vue artistique, la visite détaillée qu'il venait de lui faire subir tenait de la torture. Le coup de grâce, c'était sa vision aberrante du futur *Club East* où devait venir s'entasser toute la jeunesse dorée de San Francisco dans une ambiance électrique.

Il voulait que son bar-discothèque rivalise avec SoMa, le quartier branché par excellence de la ville. Seule différence — et de taille —, c'était que les clubs éclectiques qu'il voulait éclipser ne se trouvait pas à Nob Hill, dans un bâtiment classé comme le Manoir Cutty ! D'ailleurs, elle se demandait comment il avait pu obtenir l'autorisation de procéder à une rénovation aussi audacieuse. Il avait beau « connaître du monde » et « avoir des contacts », comme il aimait à le répéter, il ne pouvait tout de même pas passer outre les règles les plus élémentaires de sauvegarde du patrimoine !

Elle savait de quoi elle parlait. Elle avait assisté à des fiascos complets chez nombre de ses confrères : quand on était trop novateur et qu'on essayait de contrevenir aux lois compliquées de la planification urbaine, on risquait toujours de se voir refuser son permis de construire ou de perdre ses contrats de sous-traitance. Et dans ce cas, c'était bien souvent l'architecte chargé du projet qui en faisait les frais. Cela pouvait aller jusqu'à la révocation du diplôme. Surtout quand le bâtiment en question faisait officiellement partie du patrimoine préservé…

En tout cas, il n'était pas question qu'elle mette sa qualification d'architecte en péril, même pour satisfaire les idées de grandeur de son employeur.

Inconscient du tour qu'avaient pris ses pensées, Daniel continuait à pérorer en agrémentant son discours de grands mouvements :

— Et là, le fin du fin : une fenêtre grande ouverte sur

l'océan — sur le monde —, sur l'univers, même ! Ce sera comme si l'on dansait sur du vide !

C'était ce qui risquait fort de se produire si tout un pan de la salle de bal était abattu pour être remplacé par un gigantesque panneau de verre, comme il le suggérait ! A la première secousse sismique — et elles n'étaient pas rares dans la région —, tout s'effondrerait en moins de deux secondes. Pour une expérience inédite, c'en serait une — probablement la dernière pour les danseurs imprudents qui se seraient risqués dans un tel coupe-gorge !

Atterrée par tant d'incohérences, elle ne savait par où commencer. Il fallait pourtant bien qu'elle se lance, qu'elle lui explique que son projet était complètement irréalisable.

Il parut enfin remarquer qu'elle était restée silencieuse depuis le début de leur entretien.

— Vous ne dites rien, très chère ? demanda-t-il d'un air surpris. Que se passe-t-il ? C'est l'ampleur de la tâche qui vous effraie, sans doute ? Pauvre chérie !

Dans un élan théâtral, il s'avança vers elle, bras grands ouverts, tel un père prêt à réconforter son enfant effrayée. Sa tenue du jour, dans les tons crème, lui donnait un air à la fois sophistiqué et débonnaire. Avec ses lunettes en demi-lune perchées sur son nez aristocratique, il avait toutes les caractéristiques d'un intellectuel compréhensif doublé d'un apollon charismatique — cocktail explosif s'il en était !

L'ayant prise dans ses bras, il lui murmura à l'oreille :

— C'est l'une des raisons qui ont motivé mon choix, Holly. Votre réputation de ne rien cacher à vos employeurs, quelle que soit la tâche qui vous est confiée.

— Peut-être, mais là, je… je ne suis pas sûre que la tâche en question soit faisable, avoua-t-elle, ennuyée par sa démonstration d'affection.

— Je sais. J'ai toujours tendance à exiger l'impossible… Alors, n'hésitez pas : bridez mes délires s'ils vous semblent exagérés.

Il semblait tellement sincère, avec ses grands yeux bruns qui la regardaient bien en face…

— Et ensuite, faites en sorte que l'impossible se réalise ! ajouta-t-il avec un sourire éclatant. Je sais que vous en êtes capable, Holly.

Elle lui retourna un sourire un peu crispé, ne sachant comment se tirer de ce quiproquo qu'il paraissait entretenir à dessein. Cela dit, ils n'en étaient qu'au début de leur collaboration, peut-être parviendrait-elle à trouver une solution miracle.

— Je vais voir ce que je peux faire, lâcha-t-elle du bout des lèvres.

— Abracadabra ! s'exclama-t-il, un sourire extasié aux lèvres.

Qu'il la voie comme une magicienne était plutôt flatteur, aussi décida-t-elle de ne rien lui dire pour l'instant. Elle verrait bien comment les choses évolueraient.

Aussitôt, Daniel consulta ostensiblement sa montre — un accessoire voyant et hors de prix, comme tout ce qu'il affectionnait. Il était incapable de rester en place plus de dix secondes d'affilée et, cette fois encore, ne fit pas exception à la règle.

— Excusez-moi, Holly, mais il faut *absolument* que je m'en aille, déclara-t-il par-dessus son épaule, à mi-chemin entre le milieu de la salle et la porte. C'est à propos d'une affaire *hyper*-importante.

— Mais je vous en prie…

Le temps qu'elle prononce ces quelques mots, il avait déjà disparu, la laissant seule dans l'immense salle.

Elle fit quelques pas, impressionnée par le changement radical que la lumière du jour apportait dans cette salle de bal. La veille, lors de l'apparition fantomatique de Ryan Cutty, les ombres qui emplissaient l'espace lui donnaient une dimension inquiétante, presque tragique. Mais aujourd'hui, l'endroit prenait des allures de caverne d'Ali Baba. Malgré toutes ses appréhensions devant la tâche impossible que lui demandait Daniel, elle ne pouvait s'empêcher de s'émerveiller du défi fabuleux que représentait la rénovation de ce lieu. Et puis, qu'on la considère comme une fée douée de pouvoirs magiques n'était pas pour lui déplaire…

La main posée sur une colonne de stuc, elle s'imagina un court instant l'horreur que ce serait de voir toute cette beauté centenaire démolie à coups de marteau-piqueur. Elle secoua la tête : il serait criminel de détruire l'harmonie de cette pièce au parquet merveilleusement conservé, à l'atmosphère délicieusement surannée. La lumière provenant de l'unique baie vitrée ajoutait encore au charme de l'endroit, dont plus d'une élégante victorienne avait dû profiter, assise sur la large banquette de velours rose juste devant la fenêtre. Combien de confidences murmurées son capitonnage, à présent fané par des années d'exposition aux chauds rayons du soleil, avait-il dû recueillir en son temps !

A gauche s'ouvrait l'alcôve réservée aux musiciens d'où Ryan avait surgi la veille. L'endroit aurait facilement pu accueillir un piano à queue ou un quatuor à cordes, le rendant invisible par rapport au reste de la pièce où les miroirs amplifiaient encore l'espace prévu pour la danse. Quant aux décorations en stuc qui ornaient les murs, le haut des colonnes et les voûtes du plafond, elles abondaient en rosettes, guirlandes et médaillons des plus raffinés.

C'était si beau… Et pourtant, si elle voulait mener à bien les grands projets modernisateurs de Daniel, elle devait à tout prix s'empêcher de tomber amoureuse de ce lieu. Il fallait qu'elle pense « effets choc » et « dépaysement ».

— Pfff, fit-elle en soupirant, accablée par cette perspective.

— Laissez-moi deviner : il veut que vous accrochiez la plus grosse boule à facettes du monde dans cette salle de bal XIXe, pas vrai ? lança une voix féminine dans son dos.

Surprise, Holly se retourna d'un bond pour se trouver nez à nez avec Emma Wright, le nouveau chef des cuisines du Manoir. Contrairement à la veille, cette dernière arborait une expression plutôt ouverte et chaleureuse. Vêtue d'une chemise en coton blanc et d'un jean taille basse qui moulait ses hanches fines, elle avait tout de l'adolescente sympathique et bien dans sa peau. Une paire de Doc Martens montantes et un piercing en acier brossé complétaient sa tenue toute simple qui lui allait au moins aussi bien que celle, beaucoup plus sophistiquée, de la soirée. Quant à ses longs cheveux blonds, elle les avait simplement rassemblés dans une queue-de-cheval, en accord avec son maquillage à peine perceptible, qui laissait ses taches de rousseur juvéniles apparaître sur sa peau sans défaut.

Lorsqu'elle esquissa un sourire timide, Holly eut l'impression de se trouver face à un joli petit elfe malicieux.

— C'est tout Daniel, ce genre d'idées, reprit la jeune femme avec une moue comique. Avec lui, il faut toujours que les choses soient sublimes, extraordinaires, démesurées. « Scandaleuses », comme il adore le répéter. Une fois, il m'a demandé de faire des minisoufflés au pudding — vous voyez un peu la combinaison extravagante ? Que ça clashe, que ça choque, il n'y a que ça qui l'intéresse. C'est comme son idée de bar à sushis… Complètement grotesque !

— Vous… vous voulez dire que vous voyez les choses différemment, c'est ça ? hasarda Holly, espérant qu'Emma continuerait dans cette direction — une conception avec laquelle elle était plutôt d'accord.

La jeune femme eut un soupir très théâtral.

— Le problème, c'est que Daniel a tendance à oublier le genre de clientèle que le Manoir peut attirer. On est à Nob Hill, pas à SoMa ! Ce n'est pas du tout la même chose, question public et niveau de vie.

Elle parut hésiter un instant, puis tendit la main à Holly avec un sourire désarmant.

— Et si on reprenait à zéro ? Je me présente : je m'appelle Emma. Et je vous dois des excuses pour hier. J'ai vraiment dû vous sembler la dernière des pestes !

Rassérénée, Holly s'empressa de lui serrer la main, heureuse de ce revirement de situation.

— Moi, c'est Holly Fairfield. Et ne vous inquiétez pas, je ne vous en veux pas du tout. C'était cette soirée de lancement… Toute cette pression, ça a tendance à mettre les gens à cran, et vu les enjeux, c'est tout à fait compréhensible. Moi-même, je n'étais pas vraiment à l'aise, vous avez dû le remarquer.

Hochant la tête, Emma alla s'asseoir sur la banquette rose et leva les yeux vers elle, comme si elle était sur le point de lui confier un secret important.

— Quand il y a une réunion de famille comme hier soir, ça me rend particulièrement irritable et nerveuse. Je sais bien que ce n'est pas une excuse, mais…

Holly l'interrompit d'un geste apaisant. A cet instant, l'injonction matinale de son frère lui revint à la mémoire : et si elle profitait de ce moment pour obtenir des informations sur la famille Cutty ? Emma semblait en veine de confidences, alors, pourquoi ne pas se lancer ?

— Vous connaissez les Cutty depuis longtemps ? demanda-t-elle d'un air innocent.

— Longtemps ? Vous voulez dire, depuis toujours ! Mon père était cuisinier au Manoir avant de tomber jusqu'au cou dans l'alcool, expliqua-t-elle avec un petit sourire tristement ironique. Ils m'ont adoptée, en quelque sorte.

Elle se leva et se mit à déambuler dans la pièce, les mains enfoncées dans les poches arrière de son jean comme l'aurait fait une bachelière fraîchement diplômée.

— Donc, je fais partie de la famille, mais sans toutes les sales histoires qui s'y attachent, heureusement. Ce genre de trucs, ça ne concerne que les vrais Cutty.

De sales histoires ? Mais de quoi parlait-elle ? Holly avait tant de questions qui lui brûlaient la langue qu'elle ne savait par où commencer. D'autant qu'elle ne voulait surtout pas briser la fragile entente qu'elle semblait avoir tissée avec Emma.

— Eh bien, dit-elle après une brève hésitation, ça vous dirait qu'on aille prendre un verre tout à l'heure, pour bavarder tranquillement ? Je serais vraiment contente si vous vouliez bien me transmettre vos idées concernant l'organisation de la salle de restaurant et du bar. En plus, on pourrait joindre l'utile à l'agréable : mon frère est barman dans un établissement qui vient d'ouvrir à Polk, et je lui ai promis que je lui amènerais du monde. Ce soir, c'est sa tournée.

— Quelle bonne idée ! s'exclama Emma, un grand sourire aux lèvres.

Holly faillit pousser un ouf de soulagement. Elle avait craint de froisser la première véritable alliée qu'elle ait trouvée dans le clan Cutty.

— On pourrait se retrouver devant le Manoir vers 17 heures. Qu'est-ce que vous en dites ?

— 17 heures ? Ça me va. J'y serai.

— Super ! A tout à l'heure, alors.

Emma sur ses talons, elle se dirigea vers le couloir afin de se rendre dans la pièce qui lui avait été octroyée comme bureau provisoire, à l'étage au-dessus. Elle avait encore pas mal de pain sur la planche si elle voulait pouvoir s'offrir une pause en compagnie du jeune chef du futur *East Side Café*. Tout en marchant, elle tentait d'étouffer la petite voix insidieuse qui lui répétait que l'organisation des cuisines et du restaurant n'était qu'un prétexte pour satisfaire sa curiosité vis-à-vis de la famille Cutty. Ridicule ! D'autant que les potins n'avaient jamais été sa tasse de thé. Et de toute façon, quoi que Ryan Cutty ait pu faire par le passé, cela ne la concernait en rien. Elle n'était qu'une architecte désireuse de parfaire le plus grand projet qu'on lui ait confié, voilà tout.

Pourtant, sur le seuil de la salle de bal, elle sentit un picotement familier lui chatouiller l'échine. Son léger tressaillement n'échappa pas à sa compagne.

— Qu'est-ce qui ne va pas ? s'enquit Emma, étonnée.

— Rien, marmonna Holly en jetant machinalement un regard par-dessus son épaule. Rien du tout.

Combien de temps continuerait-elle à vérifier si un beau ténébreux ne la suivait pas, blotti dans l'ombre ? Une journée s'était écoulée depuis sa rencontre avec Ryan, et elle avait déjà pris des habitudes de bête traquée. Incroyable…

5.

Holly n'eut pas besoin de beaucoup prier Emma pour qu'elle déballe toute l'histoire de la famille. Une histoire bien compliquée, à vrai dire.

— Quelle façon Ryan a eue de se pointer comme ça, la bouche en cœur ! Du genre : « Tiens, ça fait douze ans que je ne suis pas revenu dans le coin, mais ce soir, ça me dirait bien ! » Ils auraient pu appeler la police, vous savez…

Assises sur les tabourets du bar où officiait Harris, elles prêtaient peu attention à la décoration polynésienne du *Bistro Bali*. Pourtant, l'endroit flambant neuf ne manquait pas de piquant. L'idée était de proposer aux clients un mélange Orient-Occident du point de vue aussi bien esthétique que culinaire, et le résultat était plutôt réussi.

— Parce que, évidemment, Ryan n'avait pas été convié à la réception, vous pouvez me croire.

— Je m'en doutais un peu, acquiesça Holly tout en faisant mine d'admirer les ukulélés qui pendaient au mur pour cacher sa nervosité.

— Il est bon, votre cocktail ?

Sur les conseils de son frère, elle avait commandé une boisson étrange qui semblait fumer toute seule. La présentation à base de fruits exotiques — rondelle d'ananas et cerises rouge vif — ne parvenait pas à masquer la puissante odeur de rhum blanc qui s'en dégageait. Le « cocktail des dieux Tiki » avait beau être annoncé sur la carte comme « extra-fruité » — jus d'ananas, pamplemousse et noix de coco —, il devait contenir une demi-barrique d'alcool, au moins !

Emma, en revanche, s'était contentée d'une bière bien fraîche qu'elle buvait tranquillement, les coudes posés sur le bar. Comme Holly ne répondait pas, elle lui lança un coup d'œil étonné. Ne voulant pas qu'elle se doute du tour qu'avaient pris ses pensées, Holly s'empressa de répondre :

— Eh bien, c'est… comment dire ? Très, très fort !

L'expression soupçonneuse d'Emma s'effaça aussitôt pour laisser la place à un sourire amusé. Décidément, cette jeune femme talentueuse se révélait d'une compagnie agréable, conjuguant humour et intelligence en plus de sa grâce naturelle. Elle avait les pieds bien sur terre et savait ce qu'elle voulait, ce qui n'était pas pour lui déplaire. Surtout étant donné les circonstances plutôt difficiles de leur premier contact…

Emma prit le temps de savourer une nouvelle gorgée de bière avant de continuer son histoire :

— Il y avait un article sur Ryan ce matin dans la presse, je ne sais pas si vous l'avez lu. Un truc racoleur, du genre « le retour du fils prodigue »… A mon avis, ça a dû faire bondir Daniel ! Vous savez, c'est Ryan qui aurait dû reprendre les rênes du Manoir, en tant que fils unique de Samuel et Vanessa. Mais ça, c'était avant le drame…

— Quel drame ? demanda Holly, consciente de l'effet qu'Emma cherchait à donner à ses propos en s'interrompant de la sorte, mais incapable de résister à la curiosité qui la travaillait au corps depuis la veille.

— Eh bien, avant qu'il assassine sa fiancée.

Sur ces mots, Emma piocha une cacahuète japonaise

dans la coupelle de fruits secs offerte avec leurs boissons. Visiblement, elle avait une véritable passion pour ce type de crackers. Depuis qu'elles s'étaient installées au bar, elle n'avait rien avalé d'autre.

Abasourdie par la désinvolture avec laquelle elle venait de lâcher cette bombe, Holly la regarda mâcher sa cacahuète en silence.

Ryan, un assassin ?

— Et le mieux, c'est qu'il n'a jamais payé pour son crime, reprit Emma en prenant une autre cacahuète. Ni prison ni poursuites judiciaires, tout ça parce qu'il n'y avait, paraît-il, aucune preuve de sa culpabilité ! C'est dingue, hein ? Et pourtant, ça arrive tout le temps, ce genre de trucs. Quand on fait partie d'un certain milieu, on peut tout se permettre…

Tout ce que Holly parvenait à se répéter, c'était que Ryan avait assassiné sa fiancée. Et dire qu'il l'avait suivie chez elle pas plus tard que la veille ! Rien que d'y penser, elle en avait froid dans le dos.

— Bien sûr, il y a la possibilité qu'il ait été pris d'une crise de folie. Les psychopathes, ça existe…

De mieux en mieux !

— Mais si vous voulez mon avis, finalement, il y a quand même une justice. Parce que, après cette histoire, il a tout perdu : sa fiancée, bien sûr, mais aussi l'héritage familial. Retour à la case départ pour le beau Ryan !

Holly ne prenait même plus la peine de dissimuler son intérêt. Les yeux écarquillés, les oreilles grandes ouvertes, elle engrangeait le maximum d'informations, trop heureuse d'avoir enfin un début d'explication sur le mystère du clan Cutty. Oublié, le prétexte de discuter de la réhabilitation des cuisines ou de la salle de restaurant du Manoir. D'ailleurs, depuis qu'Emma s'était lancée sur le sujet « Ryan », elle n'avait plus l'air de vouloir s'arrêter.

— Maintenant, il travaille dans un domaine viticole de la vallée de Napa. Et il vit sur un bateau croulant. Vous imaginez un peu la claque qu'il a dû se prendre pour en arriver là ? Le chéri de ces dames, le fils à papa, obligé de trimer comme un minable pour se payer le vivre et le couvert. Alors qu'il est bardé de diplômes tous plus prestigieux les uns que les autres ! Heureusement que Samuel et Vanessa ont Daniel pour les épauler…

Holly tritura pensivement les deux pailles colorées qui trempaient dans son breuvage. Au pire, elle avait attiré l'attention d'un dangereux criminel aux tendances psychopathes. Au mieux, elle s'était fait reconduire chez elle de nuit par un homme qui en voulait à mort à son employeur. Dans les deux cas, Ryan Cutty ne devait certes pas la porter dans son cœur.

— Ah, voilà votre frère qui revient s'occuper de nous, annonça Emma avec un petit geste amical en direction de Harris.

Etrange de constater comme elle semblait faire peu de cas du drame qu'elle venait de raconter, songea Holly. Mais après tout, cela remontait à douze ans — de l'histoire ancienne, en somme. Tout le monde à San Francisco devait être plus ou moins au courant, et si elle-même se sentait encore sous le choc, c'était uniquement parce que tout cela était trop frais, trop neuf pour elle. Pas question en tout cas que son frère l'apprenne ! Déjà qu'il avait tendance à la surprotéger en temps normal…

— Eh bien ? lui lança-t-il, visiblement dépité qu'elle n'ait presque rien bu de son cocktail. Tu vas froisser les grands dieux Tiki, tu sais !

Il se tourna vers Emma avec un clin d'œil complice. Une sonnette d'alarme retentit dans l'esprit préoccupé de Holly. S'il se mettait à bavarder à bâtons rompus avec la jeune femme, ce qui risquait fort de se produire vu la lueur d'intérêt qu'elle avait remarquée dans les yeux sombres de son frère, il ne tarderait pas à découvrir la vérité sur le clan Cutty. Elle chercha désespérément quelque chose à dire pour l'éviter, mais Harris était déjà monté au créneau.

— Et vous, votre choix vous plaît ? demanda-t-il à Emma avec un sourire enjôleur.

— C'est parfait, merci.

— Nous discutions de la meilleure façon de réaménager la partie restaurant du Manoir, intervint Holly d'un ton très professionnel, espérant que son frère comprendrait qu'il était censé les laisser travailler tranquillement. C'est elle le chef du futur *East Side Café*. Tu comprends donc à quel point il est crucial que nos idées concordent : l'esthétique n'est pas tout, il faut aussi que les cuisines et la salle de restaurant soient fonctionnelles. Sans ça…

Ouf, elle avait réussi à orienter la conversation sur un sujet non glissant. Surtout, ne pas évoquer Ryan Cutty et ses tendances psychopathes…

— Vraiment ? reprit Harris, appuyé nonchalamment sur un coude, sans cesser de sourire. Eh bien, si je m'attendais à ça ! Vous n'avez pas vraiment l'air d'un chef cuisinier, vous savez…

— Ni vous d'un barman, rétorqua Emma du tac au tac.

— C'était un compliment de ma part, mademoiselle.

— Mais de la mienne aussi, dit-elle tout en reposant son verre vide. En tout cas, merci pour la bière. Mais maintenant, il faut que je file. A plus tard ! lança-t-elle à Holly avant de sauter à bas de son tabouret.

Harris la suivit du regard d'un air approbateur jusqu'à ce qu'elle ait quitté le bar.

— Mignonne…

— Ah non, Harris ! protesta Holly. Tu n'as que l'embarras du choix ici, en matière de jolies filles. Par pitié, ne jette pas ton dévolu sur le futur chef de l'endroit que je dois rénover !

— Allons, ne monte pas sur tes grands chevaux. Tu sais bien que je suis plus raisonnable que ça, non ? Et puis, une fille comme elle avec un gars comme moi, ça ne pourrait jamais coller…

Sur ce, il se dirigea vers l'autre bout du comptoir pour resservir un client dont le verre était déjà vide. Regrettant son accès d'humeur, Holly l'observa avec une pointe de remords. Cela faisait longtemps qu'il évitait toute relation suivie — trop longtemps, à vrai dire, sans doute pour masquer la honte qu'il devait ressentir à être contraint au chômage. Alors, forcément, Emma ne pouvait que lui taper dans l'œil, jolie et intelligente comme elle l'était…

Le problème, c'était que s'il nouait des liens avec elle, il ne tarderait pas à découvrir l'imbroglio dans lequel elle-même s'était fourrée. Oh, elle avait bien l'intention de lui exposer toute l'histoire, tôt ou tard. Seulement, elle voulait le faire calmement, au moment propice. Pour qu'il n'aille pas s'imaginer Dieu sait quoi de plus terrible encore.

Quoique… C'était déjà pas mal, comme cocktail explosif : Ryan Cutty, la brebis galeuse de la famille, revenant au bercail après douze ans de silence pour suivre la nouvelle architecte dévouée de son cousin jusque chez elle, tapi dans l'ombre… Un dangereux personnage qui avait assassiné sa fiancée. Le moins qu'on puisse dire, c'est qu'il cachait bien son jeu, avec ses airs de jeune premier.

— Alors, tu le bois, ton cocktail, ou tu attends qu'il te prédise l'avenir ? l'interrompit Harris.

Elle leva les yeux de son verre à peine entamé, arrachée à ses méditations lugubres.

— Harris, tu peux m'appeler un taxi, s'il te plaît ?

Voyant le regard soupçonneux qu'il lui lançait, elle s'empressa de le rassurer. Le moment n'était pas encore venu de lui raconter la vérité.

— Ne t'inquiète pas, rien de grave. C'est juste que j'ai eu une longue journée de boulot, et que je suis vraiment crevée. Tu veux bien faire ça pour moi ?

A peine Emma eut-elle quitté l'Escalator qui descendait du *Bistro Bali* que son portable se mit à sonner. Elle savait qui l'appelait. Avant de répondre, elle prit soin de se laisser tomber dans l'un des gigantesques canapés qui émaillaient l'espace d'accueil de la galerie de Polk, pour être sûre de ne pas attirer l'attention de cette mijaurée de Holly si jamais celle-ci se pointait dans le coin.

— Salut, chéri ! lança-t-elle dans le combiné.

— Tu as été gentille ? fit la voix de Daniel à l'autre bout du fil.

— Gentille ? Tu veux rire ! J'ai été absolument parfaite ! Exquise ! Ça mérite une récompense de taille, je te préviens. Du genre… une parure de diamants !

— Vous êtes de bonnes copines, maintenant ?

— De bonnes copines ? Pffff ! Tu veux dire : les meilleures amies du monde, oui !

Elle prit soin de ne pas mentionner la conversation qu'elle avait eue avec Holly à propos de Ryan. Daniel n'apprécierait sans doute pas qu'elle ait improvisé, elle devait s'en tenir au plan, un point c'est tout. Pourtant, elle n'avait pas pu résister : raconter toutes ces horreurs à la jeune architecte suffirait peut-être à la faire déguerpir. Ce serait tellement plus simple si elle se dégonflait d'elle-même…

Avec un sourire satisfait, Emma se blottit plus confortablement dans le siège où elle disparaissait complètement. Juste à temps pour voir Holly quitter la galerie, une expression fermée sur son visage trop parfait. La tête qu'avait faite cette sainte-nitouche quand elle lui avait décrit Ryan en psychopathe meurtrier ! Seulement, si Daniel l'apprenait, il ne serait pas content — mais alors, pas content du tout…

— Alors, qu'est-ce que tu m'offres en échange de tout ça ? reprit-elle dans un roucoulement aguicheur.

— Tu verras ce soir, quand je rentrerai, répondit-il, une note d'excitation contenue dans la voix. Surtout, ne t'endors pas avant mon retour. Je te promets que tu ne le regretteras pas.

— Des promesses, toujours des promesses…

— Je t'aime, ma petite peste adorée.

— Je sais, fit-elle avant de raccrocher et de se laisser aller contre le dossier moelleux du canapé.

Elle aurait dû se sentir merveilleusement bien. Après tout, elle avait accompli sa tâche, et une soirée érotique l'attendait en compagnie de l'homme qui lui faisait tourner la tête depuis toujours. Mais d'un seul coup, sans la présence ni la voix de Daniel pour la soutenir, elle se sentait vidée — anéantie.

Il lui avait dit de suivre son plan à la lettre. Et elle, qu'avait-elle fait ? Elle avait raconté l'histoire du clan Cutty à une parfaite inconnue. Que cherchait-elle en faisant cette entorse aux règles édictées par son amant ? A jouer avec le feu, au risque de s'y brûler les ailes ?

Elle ferma les yeux. Les battements de son cœur s'accélérèrent, et sa respiration se fit plus courte, oppressante. Pour un peu, elle se serait trouvée mal tant le sentiment de claustrophobie qui la saisissait devenait fort. Finalement, ce n'était pas une si bonne idée que cela d'avoir évoqué le passé avec cette fouineuse d'architecte. Parce que certaines choses extrêmement désagréables remontaient à la surface quand on se livrait à ce genre d'exercice. Après, les émotions devenaient difficiles à maîtriser. On se sentait prise au piège…

Dans un sursaut de bon sens, elle se força à positiver. Elle n'avait qu'à se concentrer sur Daniel, et tout irait mieux. Il était tout pour elle, et il le serait éternellement. Ou du moins, c'était ce dont elle voulait se persuader. Sans quoi, elle aurait fait tout cela pour rien.

Daniel… Elle avait besoin de lui, maintenant, tout de suite, pour ne pas céder à la terreur sourde qui lui mordait les entrailles. Sans lui, elle était comme une poupée de chiffon ballottée par les événements — une naufragée en perdition. Mais il ne pourrait pas la rejoindre avant au moins 21 heures. Il lui restait trois longues heures à tuer…

Elle considéra un bref instant la possibilité de rentrer chez elle, dans l'appartement que Beth devait avoir débarrassé de ses affaires maintenant qu'elles n'étaient plus colocataires. Après tout, elle n'était pas obligée d'obéir à Daniel au doigt et à l'œil. Elle lui laisserait un message sur son fixe pour lui dire que, finalement, elle n'avait pas plus envie que cela de le voir ce soir. Elle trouverait bien de quoi s'occuper en attendant : il y avait toutes ces nouvelles recettes qu'elle voulait tester pour le futur restaurant du Manoir, et qu'elle n'avait pas eu encore le temps de réaliser. Mais à l'idée de se retrouver toute seule, elle frissonna. La dernière chose dont elle avait besoin, dans l'état où elle se trouvait, c'était d'un tête-à-tête avec elle-même.

— Et merde ! jura-t-elle à voix basse en abandonnant son refuge temporaire pour retourner vers le *Bistro Bali*.

Le cœur battant, elle se demanda ce qui lui prenait. Il ne fallait jamais retourner sur les lieux de son crime, tout le monde savait cela ! Et Daniel aurait deux fois plus de chances d'apprendre ce qu'elle avait fait si elle se retrouvait face au frère de Holly. Mais c'était peut-être cela qui l'excitait, justement : le sentiment d'un danger tout proche, d'un risque énorme… Elle en avait tellement assez de tous ces mystères, du poids des secrets qu'elle portait depuis trop longtemps. Une partie d'elle-même souhaitait-elle se trahir ? Elle n'en était pas certaine — elle n'était plus sûre de rien, à vrai dire.

Lorsqu'elle franchit de nouveau le seuil du bar qu'elle avait quitté quelques instants auparavant, elle sentit aussitôt le regard perçant du frère de Holly se poser sur elle. Il était trop tard pour reculer, à présent, et dans un sens, cela l'arrangeait. Elle fit pourtant mine de n'avoir rien remarqué et prit le temps de faire le tour de la salle des yeux, comme si elle cherchait quelqu'un, avant de se diriger vers le comptoir d'un pas décidé. Elle savait parfaitement comment elle allait manœuvrer avec Harris ; au fil des années, elle était devenue experte dans l'art de deviner ce que les gens attendaient, pour mieux les manipuler à sa guise — ou plutôt à celle de Daniel. Seulement, cette fois, elle se sentait étrangement mal à l'aise. Sans doute parce qu'elle travaillait sans filet

En deux temps trois mouvements, le frère de Holly se planta devant elle avec un sourire charmeur.

— Encore vous ? dit-il d'une voix de basse qui la fit frissonner malgré elle.

— Je cherchais votre sœur, mais j'ai l'impression qu'elle est déjà partie, articula-t-elle en s'obligeant à ne pas se trahir. Quel dommage ! J'avais des projets pour ce soir, mais en fin de compte, je suis libre. Du coup, j'espérais la retrouver ici pour lui proposer de dîner avec elle quelque part. Elle ne vous a pas dit où elle allait, par hasard ?

— Désolé, mais elle ne m'a rien confié de ses plans pour la soirée, répondit-il sans cesser de sourire.

A son regard un peu méfiant, elle comprit qu'il ne serait

pas aussi facile à duper que sa sœur. Même si, visiblement, il appréciait de la revoir. Elle allait devoir faire preuve de finesse si elle voulait continuer à mener le jeu.

D'un geste presque théâtral, il déposa devant elle une chope remplie de la même bière que celle qu'elle avait commandée à peine une heure auparavant.

— Waouh ! s'exclama-t-elle comme s'il venait de réaliser un tour de magie. Vous, alors… Eh bien, merci beaucoup !

Elle avala une bonne gorgée de liquide frais, consciente qu'il ne la quittait pas des yeux. Reposant le verre embué sur le comptoir, elle lui demanda :

— On peut manger, ici, n'est-ce pas ? Est-ce que c'est bon, au moins ?

— Excellent. Ne bougez pas, je vais vous chercher la carte.

Mais qu'est-ce qui lui prenait, tout d'un coup ? Elle n'avait même pas faim ! Qu'espérait-elle tirer de cette prolongation inutile ? Des informations sur le véritable caractère de Holly ? Un rendez-vous galant avec son séducteur de frère ? Elle faisait vraiment n'importe quoi !

Pourtant, lorsque Harris lui eut mis d'autorité le menu bariolé du *Bistro Bali* entre les mains, elle lui décocha un sourire ravageur.

— Vous venez tester la concurrence, c'est ça ? dit-il d'un air amusé.

Saisissant la perche qu'il lui tendait sans le savoir, elle prit un air mystérieux pour se pencher vers lui.

— Et si je vous disais que c'est exactement ça, vous feriez quoi ? Vous me jetteriez dehors, je suppose ?

— Bof, vous savez, c'est mon premier jour ici. Alors, question loyauté envers mon employeur…

— Eh bien, tant mieux. C'est plus fort que moi, vous voyez :

la restauration, c'est ma passion. S'il y a une recette novatrice ou excentrique dans votre carte, je préfère être au courant le plus vite possible. Quitte à la voler pour la réinterpréter dans mon restaurant quand il ouvrira !

Le prétexte idéal, vraiment… En tout cas, Harris parut satisfait de son explication.

— Si je devais vous conseiller un plat, ce serait les côtelettes grillées, sans hésitation. On les fait à la mode hawaïenne, au barbecue, avec une sauce dont vous me direz des nouvelles.

Elle referma la carte à laquelle elle avait à peine jeté un coup d'œil.

— Va pour les côtelettes !

— Il y a une table libre là-bas, dans le coin. Vous y serez très bien. Allez vous installer, et je vous apporte votre verre dans deux minutes, le temps de passer commande pour vous en cuisine.

— Merci, répondit-elle en sautant à bas de son tabouret avant d'ajouter, comme si l'idée venait de lui traverser l'esprit : Dites, c'est quand, votre pause ? Ce serait sympa si vous vous joigniez à moi. Pour être franche, je n'aime pas manger toute seule…

Il parut hésiter. Sans doute la prenait-il pour une de ces effrontées qui se jettent à la tête du premier barman venu. Etant donné son physique avantageux, cela devait lui arriver assez souvent !

— Allez, dites oui, insista-t-elle avec une petite moue qu'elle savait irrésistible. Je veux tout savoir des talents de votre chef cuisinier !

Au soulagement qui envahit son regard, elle sut qu'elle avait fait mouche. Qu'il la prenne pour une professionnelle avide de réussir était la meilleure tactique possible !

Il passa de l'autre côté du bar pour la conduire jusqu'à sa table et l'invita galamment à s'asseoir sur la banquette.

— Donnez-moi un petit quart d'heure, et je suis à vous. Le temps que vos côtelettes soient prêtes.

Elle le regarda s'éloigner en direction du bar, un peu rassérénée. Finalement, son impulsion n'était pas aussi absurde qu'elle l'avait craint tout d'abord. Bien sûr, Daniel serait furieux quand il apprendrait ce qu'elle avait fait. Mais elle saurait le convaincre du bien-fondé de sa démarche : finalement, elle ne faisait que glaner le plus de renseignements possible sur Holly et son entourage. Plus ils en sauraient sur la jeune architecte, mieux cela vaudrait pour la suite des événements ! Daniel avait beau être sûr de son fait, rien ne valait une contre-expertise par quelqu'un de plus soupçonneux, de moins en vue que lui. Juste au cas où il existerait un détail qui risquerait de tout faire capoter au dernier moment.

Elle reprit une gorgée de bière. Oui, elle avait bien fait de revenir dans ce bar. Au moins, elle serait sûre que Daniel ne courait pas de danger à frayer avec cette Holly Fairfield. Elle le protégeait, voilà tout — même si, pour cela, elle devait contrevenir à ses propres règles de prudence.

6.

Caché dans l'ombre du soir tombant, Ryan regardait Holly, debout dans la lumière du réverbère, devant la portière ouverte d'un taxi que le portier de la galerie venait de héler pour elle. Elle avait l'air indécis, accrochée à son sac comme à une bouée de sauvetage, une main serrée autour du col de son strict tailleur gris comme pour se protéger de la brume montante. Pour la énième fois de la journée, elle tourna la tête à droite et à gauche, scrutant la rue déserte.

Il savait bien ce qu'elle cherchait — ou plutôt qui elle cherchait. Lui. Il l'avait suivie toute la journée, et il avait pu constater qu'elle ne quittait plus cette allure de biche aux abois. Si seulement il avait pu lui expliquer qu'elle ne devait pas avoir peur de lui…

Impassible, le portier attendait son pourboire sans dire un mot. A côté de lui, elle avait l'air si menu, si fragile… Exactement le contraire de Nina qui, du haut de son mètre soixante-quinze, paraissait toujours écraser son entourage tant sa présence en imposait.

Holly finit par monter en voiture, non sans avoir jeté un dernier coup d'œil inquiet par-dessus son épaule. Au passage du taxi, Ryan se rencogna un peu plus dans l'ombre avant d'en ressortir, mains dans les poches, semblable à n'importe quel passant.

Après cette longue journée de travail, elle était probablement en route vers son appartement. Mais avec les nombreux embouteillages qui bouchaient les rues à cette heure, il arriverait avant elle sans trop se presser.

Et ensuite ? lui souffla une petite voix qui ressemblait fort à celle de sa conscience. A quoi tout cela rimait-il ? Depuis vingt-quatre heures, il traquait la jeune architecte sans véritable raison. S'il continuait sur cette voie, jusqu'où cela le mènerait-il ?

C'était complètement absurde. Il ferait mieux de se désintéresser d'elle, au lieu de la suivre comme un petit chien. Parce qu'en se laissant obnubiler de la sorte, il jouait précisément le jeu de Daniel. C'était pour cela, sans nul doute, que son cousin avait fait venir la jeune femme. Pour le rendre dingue, ni plus ni moins.

Il se remit en route, songeur. La nuit dernière, il avait rêvé de Nina pour la première fois depuis très longtemps. Dire qu'il lui avait suffi d'une soirée pour se retrouver plongé dans les cauchemars de son passé ! A peine sa tête avait-elle touché l'oreiller qu'il avait revu tous les détails de cette ultime confrontation avec Nina — l'assemblée chez ses parents, la crise d'hystérie de la jeune femme, sa propre réaction à lui, exacerbée par l'alcool et la fureur… Toute cette folie qui les avait menés au désastre, lui dans sa voiture, elle dans la sienne, lancés à toute allure vers ce qui allait briser leurs existences à jamais.

Après s'être réveillé en sueur de ce cauchemar atroce, il n'avait pas réussi à se rendormir. A l'aube, il s'était rendu de l'autre côté du pont du Golden Gate pour regarder se lever le soleil à travers la brume. Les collines de San Francisco s'étaient lentement éclairées, comme si elles resurgissaient de l'oubli dans lequel le brouillard nocturne les avait plongées — un peu comme lui après cette nuit riche en émotions. Et puis, il avait repris son poste d'observation devant chez Holly, attendant qu'elle sorte pour se rendre au Manoir, la suivant de loin tout au long de la journée. C'était stupide, mais qu'aurait-il pu faire d'autre ?

Courbant la tête contre le vent qui s'était levé avec la tombée de la nuit, il pressa le pas afin de rejoindre l'ancien appartement de Daniel avant Holly. Demain, il cesserait de la suivre, il se le promettait. Cette mascarade n'avait que trop duré.

Mais ce soir, il comptait bien la revoir. Une dernière fois. Pour se laisser prendre à l'illusion avant de revenir à la réalité.

En un quart d'heure à peine, il avait atteint sa destination. Ne voyant personne descendre de voiture devant l'immeuble, il se figura qu'elle était déjà montée chez elle. Dissimulé dans la pénombre des arcades où il l'avait espionnée la veille, il savait qu'elle ne pouvait l'apercevoir, ni de l'intérieur, ni de l'extérieur de l'appartement. A part le traiteur italien du coin de la rue et le magasin d'alimentation tenu par un Grec, rien n'avait l'air de bouger dans le voisinage. Bizarre : normalement, à cette heure-là, il y avait nettement plus de voitures dans les rues. On aurait pu croire que les riverains s'étaient donné le mot : « Attention ! Un maniaque rôde dans le quartier ! Pour votre sécurité, restez chez vous, et ne laissez vos enfants ou vos chiens sortir sous aucun prétexte ! »

Il haussa les épaules. Il s'imaginait vraiment n'importe quoi ! A vrai dire, l'atmosphère lugubre de cette rue plongée dans la brume, avec ce vent qui ne voulait pas s'arrêter, était propice aux divagations, du type film noir. Et qui mieux que lui aurait pu tenir le rôle du méchant, avec ce passé terrible qui lui collait à la peau ?

Demain — demain, il redeviendrait Monsieur Tout-le-monde. Mais ce soir…

Ce soir, il avait encore le droit d'épier la jeune femme qui l'obnubilait. Il leva les yeux pour la énième fois vers la vitre du troisième étage où ne brillait aucune lumière. Pourtant, il devinait qu'elle était là, cachée derrière le store, nerveuse, à scruter l'obscurité. Une intuition qu'il ne pouvait s'expliquer, mais qu'il ressentait au plus profond de lui. La veille, il avait su exactement quand elle avait cessé de regarder par la fenêtre. Comme si une connexion mystérieuse s'était établie entre eux, malgré le peu de fois où ils s'étaient retrouvés face à face et les rares paroles qu'ils avaient échangées. Il y avait quelque chose de magique — de troublant — dans leur relation.

De toute façon, il ne comptait pas rester planté là toute la nuit. Il partirait juste avant que le frère rentre du travail. Oui, c'était une bonne idée : cela l'obligerait à se fixer une limite. Et demain matin, il reprendrait son rythme normal à l'exploitation viticole. Il ne pouvait pas se permettre d'accumuler du retard par rapport à son planning déjà serré. Sans compter que s'immerger dans le travail lui ferait du bien. Au moins, il n'aurait pas le temps de se laisser aller à des divagations plus ou moins dangereuses.

S'appuyant contre la brique froide du mur, il remonta le col de son manteau avec un soupir. C'était bien beau, tout ce raisonnement. Seulement, il s'était répété les mêmes choses toute la journée. Encore une minute, une dernière fois, après quoi il redescendrait sur terre au lieu de s'immerger dans les limbes du passé…

Le problème, c'était qu'il n'était même pas certain d'arriver à briser l'étrange fascination dont il était victime.

Harris avait un don : une sorte de sixième sens, d'hypersensibilité qui lui permettait de lire les pensées de son entourage. S'il en tirait parfois avantage, d'autres fois, il aurait préféré ne pas s'en encombrer. Comme la fois où sa mère avait dit qu'elle sortait juste acheter une miche de pain et qu'il avait deviné la vérité : qu'elle ne reviendrait plus jamais.

Il n'était pourtant pas bien vieux à cette époque : il venait d'entrer en CP et Holly était encore au jardin d'enfants. Mais il avait compris que leur mère mentait. Comment ? Il n'en savait rien — peut-être parce qu'elle avait évité son regard lorsqu'elle avait prononcé les dernières paroles qu'il avait entendues de sa bouche. Mais en tout cas, il avait su avec certitude qu'elle allait les abandonner.

Ce talent ne s'appliquait pas qu'à ses proches : il devinait toujours quand on lui mentait. Du coup, cela rendait ses aventures amoureuses un peu tristes, parce qu'il n'était jamais dupe de ses partenaires. Enfin, dans certains cas, cela pouvait s'avérer un atout : cette Emma, par exemple, il savait parfaitement qu'elle ne lui disait pas la vérité. Elle avait beau faire semblant d'être absorbée par son dîner, il devinait qu'elle avait bien autre chose en tête que de trouver la recette de la sauce qui accompagnait ses côtelettes grillées.

— Mmm, fit-elle tout en s'essuyant la bouche. C'est délicieux.

Classique : quand on voulait cacher quelque chose, on évitait de laisser de trop longs silences dans la conversation. Et elle n'avait pas arrêté de parler depuis qu'il était venu la rejoindre à sa table.

— Tant mieux si ça vous plaît, répondit-il, l'air de rien, avant de prendre une gorgée de la bière qu'il avait apportée pour l'accompagner.

— C'est permis, de boire pendant le service ? le taquina-t-elle.

Puisqu'elle lui tendait une perche, autant continuer sur cette voie.

— Je n'en sais rien, répondit-il d'un air faussement songeur. Etant donné que je suis barman, je pensais que ça faisait partie de mes fonctions, de tester les boissons qu'on sert aux clients… Il faudrait peut-être que je vérifie les termes exacts de mon contrat.

Elle laissa échapper un petit rire — un rire nerveux. Quoique… Il n'en était pas totalement sûr, en fin de compte. Ce n'était qu'une impression, mais assez tenace pour qu'il y prête attention. Ses mauvais pressentiments avaient tendance à se révéler justes la plupart du temps, et pour tout ce qui touchait au cas « Daniel East », il préférait se montrer trop méfiant que pas assez. Cette histoire sentait le coup fourré depuis le début, il l'avait assez répété à sa sœur.

— Ça vous plaît, comme métier, barman ?

Il regarda Emma bien en face, arraché à ses réflexions par le charmant sourire qu'elle lui adressait.

— Si ça me plaît ? C'est pile ce qu'il me fallait ! Ce n'est pas pour rien que j'ai quitté le monde cruel et sans pitié de l'impérialisme commercial américain : pour répandre le bien autour de moi.

— C'est-à-dire ?

— Eh bien… servir à boire aux masses laborieuses et discuter avec elles afin de leur éviter de passer chez le psy, c'est tout à fait mon créneau ! Et notez bien que tout ça, je vous le fais gratis. Bien sûr, si vous voulez me laisser un pourboire, libre à vous…

Il la gratifia d'un clin d'œil complice, sans pour autant se laisser prendre au petit jeu qu'elle tentait d'initier depuis tout à l'heure. Il était persuadé qu'elle n'était revenue que pour lui tirer les vers du nez, sûrement au profit de ce satané Daniel — son employeur à elle aussi, voire plus. Seulement, elle n'était pas très douée : il s'était bien gardé de lui raconter quoi que ce soit d'important sur sa sœur ou lui-même, malgré les amorces qu'elle lui avait tendues. En fait, il avait bien l'intention d'inverser les rôles, et pas plus tard que tout de suite.

— Ce type, hier soir, reprit-il sans transition. Celui qui s'est pointé au beau milieu de la réception et qui a cassé l'ambiance en un clin d'œil. C'était qui ?

— Bof… Personne. Enfin, personne d'important.

Décidément, elle mentait de plus en plus mal. Il fit semblant de ne pas trouver sa réponse bizarre, mais il n'en pensait pas moins. Ce Ryan Cutty devait vraiment avoir une importance considérable pour qu'elle prétende le trouver insignifiant après en avoir parlé si longtemps avec sa sœur… Il n'avait pas vraiment écouté leur conversation, mais le nom qui revenait sans cesse sur les lèvres d'Emma l'avait frappé : c'était de lui que parlait l'article racoleur qu'il avait lu le matin même. Dans quelle histoire Holly était-elle allée se fourrer ? Et pourquoi Emma faisait-elle semblant de ne pas y accorder d'importance ? A cause de ses liens avec l'autre — ce Daniel de pacotille ?

Il sourit en voyant que la main avec laquelle la jeune femme avait saisi son verre tremblait légèrement. Encore une preuve de son manque de franchise… Quel dommage qu'un joli brin de fille comme elle soit impliqué dans les micmacs de Daniel East !

— Bon, eh bien, il est temps que je reprenne mon service, dit-il en se levant de table. Surtout, si vous avez besoin d'autre chose, n'hésitez pas à me faire signe.

Elle lui adressa un sourire entendu, mais il sentait bien qu'en réalité, elle était soulagée qu'il la laisse seule. Elle devait regretter de l'avoir fait venir à sa table, étant donné le peu de résultats qu'elle avait retiré de leur conversation.

En sifflotant, il reprit sa place derrière le comptoir, saluant au passage l'autre barman. Pour un premier soir, c'était plutôt calme : les clients ne se bousculaient pas au portillon. Mais la soirée ne faisait que commencer.

Il songea à la carrière qu'il avait abandonnée. Holly croyait dur comme fer qu'il s'était retrouvé victime de sa conscience, que la société pharmaceutique qui l'employait s'était vengée de ses velléités socio-syndicales en l'écartant purement et simplement. Mais ce qu'elle ne savait pas, c'est qu'il n'était pas tout blanc non plus. Il avait en quelque sorte participé à l'effritement de sa position. Suicide ou manque de chance ? Difficile à dire.

En tout cas, maintenant qu'ils étaient installés à San Francisco, loin de leur ancienne vie, il comptait bien protéger de son mieux sa petite sœur, qu'elle le veuille ou non. Le petit numéro de charme d'Emma l'avait conforté dans son idée qu'il y avait quelque chose de louche derrière l'offre quasi miraculeuse qui avait été faite à Holly, et il était décidé à tirer tout cela au clair.

Quelques minutes à peine après qu'il l'eut quittée, Emma se leva et fila vers la sortie du bar. Il la suivit du regard, sûr à présent que sa première intuition était la bonne : cette petite cachottière ne lui avait pas dit la vérité sur Ryan Cutty. Ni sur le reste, d'ailleurs.

A bout de souffle, Emma claqua derrière elle la porte de l'appartement de Daniel sur Pacific Heights et se laissa glisser contre le mur. Elle avait couru pratiquement tout le long du chemin, à croire que cela la débarrasserait de la peur panique qu'elle sentait monter en elle.

Quelle idiote ! Elle avait commis une erreur — une grossière erreur — en retournant voir le frère de Holly.

— Coucou ! lança Daniel en sortant de la cuisine.

Elle faillit pousser un cri de surprise. Elle ne s'attendait pas à le trouver chez lui. Pas à cette heure, en tout cas.

— Où étais-tu ? ajouta-t-il.

Incapable de lui répondre pour le moment, elle resta plantée là, à le regarder d'un air abasourdi, comme si elle avait été prise en flagrant délit. Comme si elle avait quelque chose à se reprocher. Le problème, c'est que c'était exactement le cas.

— Tu m'entends ? insista Daniel d'un air contrarié. Je t'ai demandé où tu étais.

S'il se mettait à faire le jaloux, en plus !

— Tu m'avais dit que tu ne serais pas de retour avant 21 heures, rétorqua-t-elle de mauvaise grâce. Du coup, je suis restée dîner au bistro où Holly et moi avions pris un verre. Tu devrais le tester, à l'occasion. C'est plutôt marrant, comme endroit.

Le plus naturellement possible, elle déposa ses clés sur la sculpture de l'entrée représentant une main ouverte, paume vers le haut — l'un des rares éléments de la décoration de cet appartement qui lui plaisaient vraiment. Tout le reste était outrageusement surfait : Daniel avait cette manie de ne vouloir que des meubles signés de grands designers. Jusqu'à sa lampe de chevet qui sortait tout droit d'un atelier d'artiste contemporain. Certes, certaines de ces pièces étaient remarquablement belles, mais il leur manquait ce côté personnel qu'elle appréciait. Dans son propre appartement — enfin, celui qu'elle partageait jusque-là avec son amie et colocataire Beth —, elle avait patiemment réuni des sculptures précolombiennes, des masques primitifs de bois poli par les ans et des tissus colorés d'Amérique latine. L'ensemble donnait une impression de chaleur et de bien-être confortable que tous les objets design du monde n'auraient pu compenser. Chez Daniel, au contraire, on avait le sentiment de se trouver dans un musée : c'était beau, chic, luxueux, mais terriblement froid.

Elle se dirigea vers la cuisine où il s'était servi un verre de chardonnay, les mains tremblantes malgré sa résolution de ne rien laisser paraître de son trouble.

— Le *Bistro Bali*, continua-t-elle. En revanche, je ne te conseille pas de prendre leur plat de côtelettes hawaïennes : elles sont absolument quelconques.

— Des côtelettes ? répéta-t-il avec une grimace.

Evidemment. Ce genre de plat ne pouvait que rebuter le gérant du futur *East Side Café* : trop classique, trop commun — trop « peuple » ! Il ne voulait que du neuf, de l'inédit, du jamais-vu. Tout le contraire de ses goûts à elle qui trouvait toute cette mode de la « cuisine nouvelle » exagérément snob et prétentieuse.

— Enfin, si j'avais su que tu rentrerais si tôt, je ne me serais pas embêtée à finir mon assiette là-bas, reprit-elle, plus ennuyée qu'elle ne voulait l'admettre. Ça fait longtemps que tu m'attends ?

— Une éternité, oui ! Mais ce n'est pas grave : tu as fait du bon boulot ce soir.

Tout en parlant, il s'était rapproché d'elle pour lui embrasser la nuque. Ses accès de jalousie ne duraient jamais bien longtemps. Il savait qu'elle l'aimait, et cela suffisait pour le rendre sûr de son pouvoir sur elle. De plus, il avait une si haute opinion de lui-même qu'il n'aurait même pas envisagé sérieusement la possibilité qu'elle aille voir ailleurs.

Pourtant, si elle avait voulu… Enervée contre sa suffisance autant que contre sa propre faiblesse, elle repoussa les mains qui s'insinuaient sous son T-shirt.

— Arrête, Dan. Je ne suis pas d'humeur à ça.

Ses caresses, ses taquineries, elle n'en avait pas la moindre envie, contrairement à d'habitude. D'autant que, dans le feu de l'action, il n'allait sûrement pas manquer de lui exposer encore une fois ses plans géniaux pour frayer avec « l'ennemi ». De temps en temps, il lui faisait vraiment l'effet d'un gamin tout excité par un nouveau jouet : il s'emballait pour un rien, partant dans des délires qui n'aboutissaient nulle part…

Sauf que ce soir, ce n'était pas lui qui était en cause, se morigéna-t-elle silencieusement tout en se laissant tomber sur le canapé du salon, son verre de vin à la main. Si elle était irritable et susceptible, c'était uniquement de sa faute à elle. Elle avait l'impression d'avoir commis une grosse bêtise. Mais si elle lui en parlait, comment réagirait-il ? De façon excessive, bien sûr. Alors, mieux valait qu'elle se taise. Une fois de plus.

S'enfonçant dans les coussins moelleux, elle soupira, prit une gorgée du liquide ambré qui remplissait son verre et remonta ses pieds sous elle pour combattre le froid soudain qu'elle sentait s'installer en elle.

Elle aurait dû se sentir à l'aise dans un tel cadre. Situé au dixième étage d'un immeuble récent, l'appartement de Daniel possédait un atout incomparable : du salon, par beau temps, on pouvait contempler à loisir la baie de San Francisco. Un paysage qui l'avait toujours apaisée et réconfortée.

Daniel, lui, préférait l'autre côté — celui qui donnait sur Sausalito, là où habitait désormais son rival de toujours. Le simple fait de savoir que Ryan avait été chassé du Manoir Cutty, expulsé comme un malpropre du quartier chic où il régnait autrefois en prince, suffisait généralement à l'emplir d'une joie mauvaise. Parce que lui, contrairement à son maudit cousin, avait su se maintenir à flot. Mieux : il avait gagné son bâton de maréchal en même temps que Ryan disparaissait de son horizon. Et il était resté seul maître à bord de l'entreprise familiale. Un véritable coup d'Etat — et quel coup !

Emma regarda ses mains qui ne voulaient pas s'arrêter de trembler. Qu'avait-elle fait de si terrible ? Pas grand-chose, à vrai dire : elle avait mangé des côtelettes et flirté un peu en compagnie du frère de Holly, pour la bonne cause. Alors, comment expliquer sa nervosité incontrôlable ?

— Je croyais que tu voulais une récompense coquine, remarqua Daniel avec suavité depuis la porte du salon.

Il était merveilleusement bien habillé — griffé des pieds à la tête, comme toujours. Rien à voir avec la désinvolture un peu fruste de Harris. Costume beige, chemise ajustée, bottes en lézard, sa tenue avait dû lui coûter une petite fortune. Alors que le frère de Holly, derrière son comptoir, arborait une simple chemise hawaïenne avec fleurs et vahinés colorées, comme on en trouve dans n'importe quel magasin de souvenirs bas de gamme.

Si l'on continuait la comparaison, les deux hommes étaient aussi dissemblables que possible. Daniel était grand et mince, musclé juste ce qu'il fallait là où il fallait, bronzé en toute saison et impeccablement coiffé quelles que soient les circonstances. Dans son visage presque anguleux, ses lèvres pleines et sensuelles attiraient indéniablement l'attention. Tout comme ses yeux bruns dans lesquels brillait en permanence une lueur avide. On avait l'impression qu'il lui manquait toujours quelque chose — et cela pouvait être particulièrement accrocheur.

Contrairement à lui, Harris ne devait pas souvent brider son appétit par des régimes. En fait, il ne devait même pas faire attention à son poids, sans doute parce qu'il bénéficiait d'une excellente constitution sans se forcer. Une carrure de footballeur, voilà ce qu'il avait. Et si Daniel forçait l'admiration par son apparence impeccable, lui devait être encore plus attirant, notamment sans vêtements.

— Alors, mon cœur, tu ne réponds rien ? demanda Daniel.

Embarrassée par le tour que prenaient ses pensées, elle secoua la tête.

— Qu'est-ce que tu veux que je réponde ?

Elle ne pouvait tout de même pas lui avouer qu'elle avait peur d'un barman trop curieux et perspicace ! Harris avait eu beau feindre l'amabilité la plus cordiale et désintéressée, elle avait bien senti qu'il doutait de sa sincérité. Alors que sa sœur avait été si facile à manœuvrer…

Sans transition, elle demanda à Daniel qui l'observait avec attention :

— Ça ne te travaille jamais la conscience, ce qu'on fait avec Holly ?

Les mâchoires crispées, il considéra pensivement le verre encore à moitié plein qu'il tenait à la main. C'était exactement cela qu'il détestait entendre sortir de sa bouche : des doutes.

— Je ne prends que ce qui m'est dû, Em.

— Ce qui t'est dû, plus un petit extra, non ?

Au regard qu'il lui lança, elle sut qu'elle n'aurait pas dû lui reprocher l'avidité dont il faisait preuve. Il n'aimait pas qu'on le confronte à la réalité — ni à la vérité, d'ailleurs. Encore une différence entre lui et le frère de Holly…

Elle frissonna. Il fallait qu'elle arrête de penser à Harris, sans quoi elle allait perdre pied. Ce n'était qu'un barman sans importance, point final. Alors que Daniel…

— Ça va, Em ? s'enquit-il tout en avançant vers elle, visiblement soucieux. Rappelle-toi que je suis là pour toi…

Oui, il était inquiet. Et il avait sûrement raison de l'être. Même si elle ne se souvenait pas d'avoir aimé un autre homme que lui. Déjà, lorsqu'ils étaient gamins et qu'ils traînaient ensemble dans les cuisines du Manoir Cutty, elle l'adulait littéralement. Plus tard, lorsqu'elle était passée à l'adolescence, leur amitié enfantine s'était muée en un sentiment plus fort et plus profond. Ce beau serveur qui lui apportait sans cesse des petits cadeaux — des rubans pour ses cheveux, des colliers de bonbons — n'avait plus cessé de lui obnubiler l'esprit. C'était vers lui qu'elle se tournait lorsqu'elle avait de gros chagrins. Lui seul était capable de la réconforter, de la consoler. Conséquence inévitable de cette relation exclusive : à quinze ans, elle avait fait l'amour pour la première fois avec lui. Il avait vingt-trois ans à l'époque. Et depuis, elle n'avait connu aucun autre amant. Il était le seul, l'unique. Son amour de toujours.

Alors, comment aurait-elle pu supporter son air blessé ? Comment aurait-elle pu prolonger le supplice sans se haïr ? D'une main, elle tapota le canapé pour l'inviter à venir l'y rejoindre.

— Viens là, murmura-t-elle d'une voix rauque.

Pendant toutes ces années, ils avaient partagé les mêmes secrets, côte à côte. Inséparables — ils étaient inséparables. Liés pour l'éternité.

Appuyant la tête contre son épaule, elle laissa échapper un long soupir avant de lui chuchoter à l'oreille :

— Et après ? Tu avais quoi en tête, exactement ?

Elle savait comment cette étreinte allait se terminer. Et c'était tant mieux, finalement. Tout ce qu'elle désirait, c'était que Daniel soit heureux.

Trompe-l'œil

7.

L'inspiration n'a pas d'horaires. Pour Holly, elle s'annonça brusquement, un jour, sur le coup de 2 heures du matin. Et il n'était pas question d'y résister.

Depuis qu'elle avait pris ses fonctions, elle avait retourné le problème dans tous les sens sans parvenir à trouver de solution valable. Un vrai casse-tête ! Daniel l'avait engagée pour transformer un trésor victorien en joyau post-moderne. Du neuf, du choquant, de l'inédit, voilà ce qu'il exigeait d'elle. Mais pour cela, il fallait tout de même qu'elle parte du concept original sans le dénaturer. Le Manoir ne pouvait tout simplement pas perdre son âme — ou, du moins, elle ne pouvait se résoudre à une telle perte.

Donc, il fallait qu'elle parvienne à garder l'essence même du Manoir Cutty tout en intégrant les visions fantasmatiques de Daniel. Le moins qu'on puisse dire, c'est que ce n'était pas une tâche aisée !

Epuisée par ses réflexions et ses essais infructueux, elle s'était endormie à même le sol où elle avait étalé les plans du bâtiment ainsi que ceux laissés par l'architecte précédent. Du moment qu'elle se concentrait sur sa tâche, elle ne pensait pas trop à l'autre problème épineux du moment — le cas Ryan Cutty. Un bruit de ferraille l'avait réveillée en sursaut. Sur le coup, elle avait cru que le tramway qui passait juste en bas de la rue avait eu un accident, tant le cliquetis métallique lui avait semblé fort. Mais elle s'était rendu compte que ce n'était que Harris qui venait de rentrer après son service, et que ce qu'elle avait pris pour un déraillement dans son sommeil n'était que le bruit de sa clé dans la serrure.

C'était précisément à cet instant que la solution miracle s'était imposée à elle comme un coup de tonnerre. En fait, son casse-tête insoluble constituait un cas d'école élémentaire. Il suffisait de s'en tenir à l'une des règles de base de tout bon architecte : le contexte avant tout.

Bizarrement, c'était la vue de son frère, debout à l'entrée du salon, qui lui avait fait tout comprendre. Ils se ressemblaient, tous les deux, mais comme deux variations sur le même thème — l'une énigmatique et puissante, l'autre délicate et féminine. Eh bien, pour le projet qui lui était confié, il suffisait qu'elle s'appuie sur la même logique. Le Manoir Cutty possédait déjà un thème : celui de l'époque victorienne. Ce qu'il fallait, c'était le réinterpréter de façon théâtrale, moderniste et audacieuse, sans pour autant l'annihiler ou le dénaturer.

Avec jubilation, elle avait pris soudain conscience, sous le regard interrogateur de Harris, que son cauchemar n'en était plus un : elle la tenait, la formule miracle ! Elle possédait la clé pour venir à bout du fabuleux défi que lui avait lancé Daniel en lui confiant la rénovation du manoir familial. Ce serait grandiose. Magnifique. La plus belle œuvre de sa carrière.

Après ce moment épiphanique, elle s'était jetée à corps perdu dans le travail, établissant esquisse sur esquisse avec une fièvre créatrice dont elle n'aurait jamais cru retrouver la puissance si vite. Les idées lui venaient à la pelle, tout naturellement. Comme si une énergie quasi cosmique la traversait de part en part pour venir se déposer sur les grandes feuilles de papier qu'elle couvrait de croquis exaltés.

Sa vision était tout simplement révolutionnaire. Géniale. Sans prétention aucune, elle pouvait être fière de son talent. Parce qu'elle avait trouvé exactement ce qu'il fallait au Manoir Cutty.

Comme de bien entendu, la réaction de Daniel fut à l'opposé de ce qu'elle attendait : il trouva toutes ses propositions exécrables.

Ils s'étaient retrouvés le lendemain dans un charmant café du coin — et la déception de Holly n'en fut que plus vive. Si encore il lui avait manifesté son mécontentement dans le cadre plus privé de son bureau. Mais non, il avait fallu qu'il ajoute à ses commentaires acerbes l'humiliation d'être fustigée dans un endroit public… Avec un sourire poli, il lui avait tendu les esquisses qu'elle venait de lui soumettre comme s'il s'agissait d'une pile de vieilles factures encombrantes.

— Eh bien, voyez-vous, très chère, je suis perplexe. Plus que perplexe : je suis déçu. Extrêmement déçu. Je n'aurais jamais imaginé que vous pourriez tomber à ce point à côté de la plaque.

Venant de cet homme soigné à l'extrême, la remarque faisait encore plus mal. Lui, au moins, ne risquait pas de décevoir les attentes de ses collaborateurs, même en matière de vêtements, puisqu'il semblait prendre un malin plaisir à changer du tout au tout chaque fois qu'ils se voyaient. Aujourd'hui, même sa couleur de cheveux était différente : il avait accentué le contraste entre les racines presque noires et les pointes blond platine de sa coiffure élégante. Quant à sa tenue, elle lui donnait l'air d'un dandy moderne : jean blanc immaculé, chemise gris pâle et blanche, blazer en cuir assorti — le summum du raffinement, avec en plus cette petite touche excentrique qui faisait tout son charme. A côté de lui, elle se trouvait bien ordinaire dans sa jupe noire de coupe classique que venait compléter un chemisier en satin blanc des plus passe-partout… Il avait vraiment le chic pour vous enlever vos illusions de grandeur !

Mais peut-être leurs tenues respectives n'étaient-elles qu'un reflet de leurs personnalités somme toute complémentaires : si Daniel recherchait avant tout le tape-à-l'œil et l'excitant, elle voulait du solide, du substantiel qui tienne la distance. Forcément, il trouvait ses idées fades et timorées, alors qu'elle savait qu'elle avait trouvé la bonne voie. Pas étonnant que l'architecte précédent ait dû jeter l'éponge, à peine sa tâche commencée. Avec ses visions grandioses et absolument impossibles, Daniel avait de quoi exaspérer le plus accommodant des tâcherons ! Concilier ses idées exubérantes avec la structure mais aussi l'âme du Manoir ne serait pas une sinécure, elle s'en rendait un peu mieux compte à présent. Et dire qu'elle avait cru pouvoir lui imposer sa clairvoyance artistique et esthétique sans le moindre problème… Elle allait devoir manœuvrer plus finement qu'elle ne l'envisageait au départ si elle voulait avoir les coudées franches.

— Je pense que ceci mérite une récompense ! s'exclama Daniel de façon totalement inattendue tout en faisant signe à la serveuse pour qu'elle lui apporte l'addition.

Abasourdie, elle répéta sans comprendre :

— Une récompense ? Mais pourquoi ? Pour célébrer mon échec à satisfaire votre point de vue ?

— Tout juste, mon chou, acquiesça-t-il avec un grand sourire. Il me semble qu'après ce coup d'essai, vous avez gagné le droit de me soumettre une deuxième tentative !

— Je… je ne comprends pas, bredouilla-t-elle, prise au dépourvu par un tel revirement.

— C'est pourtant simple : ce qui compte avant tout, c'est de vous frotter à votre future clientèle, histoire de vous donner de nouvelles idées pour ce projet que je veux vous voir réaliser. Donc, c'est parti pour une nouvelle soirée en votre honneur ! Champagne, caviar et tout le tralala. Il faut en mettre plein la vue !

— Mais… mais je suis tellement mal à l'aise dans ce genre de situations ! Je ne vous l'ai pas précisé dans mon contrat, en note de bas de page ? Relisez-le, et je suis certaine que vous verrez la mention « timidité maladive : allergique aux réceptions » apparaître en tout petits caractères…

Elle avait dit cela sur le ton de la plaisanterie, mais ses réticences n'en étaient pas moins réelles.

— Tut, tut, tut, fit-il sans paraître le moins du monde décontenancé par sa réaction. Je ne veux rien entendre : vous êtes largement à la hauteur, j'en suis sûr. Et sur tous les plans, croyez-moi !

Ce disant, il se pencha vers elle par-dessus la table qui les séparait pour lui caresser la main d'une façon ambiguë — à la fois paternaliste et diablement sensuelle.

— Vous n'aimez pas qu'on vous résiste, pas vrai, Daniel ?

— Quelle perspicacité ! Belle et intelligente à la fois. Que demander de mieux chez une femme ? Ah, Holly, vous êtes tout simplement irrésistible…

— Vous voulez rire ? Vous m'avez entendue en public lors de votre soirée de lancement ? Je suis incapable de faire une phrase correcte, ou de tenir une conversation mondaine. Et en plus, j'ai tendance à parler la bouche pleine dans ce genre de soirées. Rien de plus catastrophique pour l'image de marque que vous voulez me faire donner !

Ce qu'elle ne disait pas, c'était qu'elle avait une autre crainte que celle de paraître gauche et empruntée devant une assemblée d'élite. Et si Ryan Cutty se montrait de nouveau ?

Comment réagirait-elle ? Déjà que son souvenir l'obnubilait complètement…

Pas plus tard que ce matin, après sa nuit de travail acharné, elle s'était surprise à guetter par le store du salon sa présence éventuelle au bas de la rue. Peine perdue : elle n'avait rien remarqué de suspect. Harris l'avait trouvée agenouillée sur le canapé, à peine vêtue, frissonnant malgré la tiédeur agréable de leur appartement. Quand il l'avait interpellée, elle avait fait un bond de deux mètres et s'était retournée le cœur battant la chamade, aussi à l'aise qu'un poisson hors de l'eau.

— Tu débloques, en ce moment, avait-il grommelé après lui avoir demandé en vain la raison de son comportement puéril. Mais je finirai bien par trouver le fin mot de l'histoire.

A présent, assise en face de Daniel, elle n'en menait pas large non plus. D'une main tremblante, elle ramassa ses croquis éparpillés sur la table du café, se demandant si oui ou non elle devait lui confier la véritable raison de ses réticences à se montrer de nouveau en public.

Que lui dirait-elle, d'ailleurs ? Qu'elle avait peur de l'atmosphère étrange qui régnait au Manoir ? Qu'elle était à la fois fascinée et terrifiée par son beau cousin énigmatique ? Qu'elle était profondément blessée que lui, Daniel East, qui se prétendait visionnaire et clairvoyant, n'ait pas su percevoir la beauté ni la justesse de ses idées ? Elle en aurait été bien incapable ! Aussi se contenta-t-elle d'ajouter, plus fermement qu'elle ne l'aurait cru :

— Si vous voulez mon avis, nous ferions mieux de mettre de côté le champagne et les paillettes pour l'instant. Ce n'est pas dans mes méthodes de récolter des louanges avant d'avoir prouvé mes compétences. Et d'ailleurs, ce serait totalement prématuré : si notre collaboration échouait, le résultat serait catastrophique pour vous comme pour moi. Vous, pour votre future clientèle, et moi, pour ma carrière. D'autant que…

Daniel l'interrompit en lui pressant la main, doucement mais avec tant d'insistance qu'elle ne put que lui obéir.

— Pas la peine de vous donner tout ce mal pour me faire changer d'avis, répliqua-t-il d'une voix aux intonations caressantes. Chère petite Holly, sachez que l'échec ne fait pas partie de ma vision personnelle. Notre collaboration ne peut que réussir. J'ai vu ce dont vous étiez capable sur d'autres chantiers, et je sais que vous trouverez la solution pour le projet que je vous ai confié. Pour l'instant, j'aimerais juste une réponse positive : ce soir, à la réception que j'organise pour vous faire connaître davantage du Tout-San Francisco, j'exige que vous apparaissiez à mon bras. Je peux compter sur vous, n'est-ce pas ? Dites-moi oui, Holly.

— Daniel, enfin ! Ce dont j'ai besoin, c'est une bonne nuit de repos pour y voir un peu plus clair. Pas d'une autre soirée mondaine, même si c'est en votre charmante compagnie !

— Je passerai vous prendre à 20 heures précises en bas de chez vous, continua-t-il comme s'il ne l'avait pas entendue.

— Voyons, Daniel…

— Vous n'avez pas l'air de bien me comprendre, très chère, la coupa-t-il une fois de plus tout en déposant une liasse de billets sur la table avant de l'inviter à se lever pour le suivre à l'extérieur. Dans cette ville, ce sont les gens en vue qui décident du tour que prennent les événements. Carrières, mariages, naissances, décès, tout doit passer par une exposition publique. Sans cela, on n'a aucune chance de s'en tirer. Ce sont ces gens-là, y compris les journalistes et les photographes, qui vont encenser ou descendre en flèche ma capacité à les recevoir de façon grandiose, à satisfaire leurs appétits culinaires, à leur proposer un endroit où ils pourront se détendre et s'amuser en toute liberté. Vous voyez maintenant pourquoi j'insiste tant sur votre présence ce soir ?

Elle soupira, vaincue.

— Oui.

Avec un clin d'œil complice, il lui tendit la sacoche pleine à ras bord qu'il avait galamment récupéré pour elle lorsqu'ils étaient sortis du café.

— Bien. Dans ce cas, rendez-vous à 20 heures.

Elle le regarda s'éloigner rapidement, à la fois admirative devant sa ténacité et exaspérée par son jugement borné. Il était beau, séduisant, dynamique, mais en matière de rénovation architecturale, il refusait l'évidence.

— Dire que ç'aurait pu être absolument fantastique, marmonna-t-elle pour elle-même, accrochée à sa précieuse sacoche.

Le moral en berne, elle reprit le chemin de son domicile à pas lents. Il y avait de quoi être abattue : non seulement elle venait de se faire rabrouer par son employeur, mais en plus, elle s'était fait imposer une réception dont elle ne voulait absolument pas, étant donné les circonstances ! Elle eut l'impression d'entendre son frère lui reformuler ses mises en garde. Un boulot de rêve, la rénovation du Manoir Cutty ? Un vrai cauchemar, oui !

Mais son instinct combatif reprit bientôt le dessus. Après tout, plus il y avait d'obstacles, plus elle aurait de mérite à en triompher. Pas question de se laisser aller au découragement. Il fallait prendre le problème à bras-le-corps, se secouer — bref, surtout ne pas baisser les bras. Sans quoi elle se le reprocherait toute sa vie.

Oui, elle allait se battre. Et elle réussirait. Et ce sentiment de vide qui l'avait saisie depuis que Ryan avait disparu de son horizon, eh bien, elle le combattrait aussi. Et elle parviendrait à le surmonter. Comme elle dépasserait toutes les autres épreuves qui se dresseraient sur son chemin.

*
* *

Toutes les grandes demeures de Pacific Heights portaient le nom de leurs détenteurs — Spreckels, Haas-Lilienthal, Wormser-Coleman, parmi les plus célèbres. Beaucoup de ces bâtiments avaient été offerts à l'un ou l'autre membre de ces grandes dynasties en cadeau de mariage par le patriarche régnant à ce moment-là. Comme par exemple le charmant manoir italianisant qui se dressait non loin de la rue Franklin. Ou la maison Bransten qui avait fait partie de la dot de la fille aînée de William Haas, lors de son mariage avec Edward Bransten, le magnat du café.

Vanessa Cutty, née Moore, avait grandi dans une de ces demeures célèbres pour leur nom. Fille unique d'Annabelle et Foster Moore, prospères propriétaires d'un nombre impressionnant de salles des ventes réputées pour leur qualité et leur sérieux, elle avait hérité du Manoir Moore lorsqu'elle avait épousé Samuel Cutty. La demeure que son père lui avait offerte à contrecœur — il n'approuvait pas son choix de mari — était absolument ravissante : un véritable joyau de l'époque victorienne, avec tous les raffinements esthétiques dignes de son rang dans la haute société californienne. Bien sûr, Foster Moore avait suffisamment rabâché à sa fille chérie, dont il était si fier, qu'elle commettait une terrible mésalliance en jetant son dévolu sur Samuel Cutty : elle galvaudait le nom craint et respecté des Moore, dont les racines et la fortune remontaient à l'époque de la ruée vers l'or et du percement des premiers chemins de fer. Quant à Samuel, rejeton d'une famille bien moins respectable que la leur, il représentait le type même du jeune blanc-bec trop choyé par la vie. Pour l'entrepreneur infatigable qu'était Foster, cette espèce d'olibrius qui prétendait lui ravir sa fille avait beau posséder une carrure d'athlète et un charme dévastateur, il n'avait pas l'envergure de l'homme d'affaires redoutable et persuasif qu'il recherchait pour lui succéder.

Hélas, Vanessa s'était rendu compte un peu tard que son père avait raison sur tous les plans. Mais sur le moment, elle n'en avait fait qu'à sa tête. Pour l'enfant gâtée qu'elle était alors, une seule chose comptait : obtenir l'homme qu'elle s'était fixé d'épouser. Même si, pour cela, elle devait défier son vieux traditionaliste de père. En désespoir de cause, Foster avait dû céder à son caprice. Et lui offrir par-dessus le marché le Manoir Moore comme cadeau de noces.

Le magnifique édifice se trouvait dans le quartier le plus réputé de San Francisco, à deux pas de la rue Franklin et de l'avenue de Californie. C'était dans cet endroit ultra chic que résidaient la plupart des membres des vieilles familles qui régentaient la ville. Depuis l'accident qui avait coûté la vie à cette petite peste de Nina, Vanessa n'avait plus eu l'occasion d'y accueillir son fils unique. Raison de plus pour l'attendre fébrilement aujourd'hui, puisqu'il lui avait signifié son désir de la voir.

Pendant que Ryan patientait dans le vestibule, Vanessa n'en finissait pas de revoir dans les moindres détails la petite scène de retrouvailles qu'elle espérait bien mener avec grâce et élégance. Elle venait de disposer de délicates madeleines encore tièdes sur une assiette en porcelaine centenaire, et hésitait encore sur l'endroit où elle allait les déposer — la table ronde au centre de la serre, ou plutôt cette petite commode près de la porte ? Emplie de plantes vertes et de fleurs exotiques, cette pièce était celle que Vanessa préférait dans la maison. Sans doute parce qu'elle seule en avait la clé et que Samuel n'y pénétrait jamais. Ici, sous l'immense plafond de verre et de métal ouvragé, elle avait le sentiment de pouvoir contrôler les éléments comme elle le souhaitait. Les feuilles et les pétales délicats qui l'entouraient dépendaient d'une seule et même personne : elle. Certaines orchidées, fleurons de sa collection, avaient une ascendance qui remontait presque aussi loin que la sienne. Quand elle s'installait dans sa serre, elle tenait en quelque sorte le rôle d'une souveraine bienfaisante au milieu de sa cour noble et infiniment raffinée.

— Bonjour, chère mère, fit la voix de Ryan derrière elle.

Elle se retourna plus vite qu'elle ne l'aurait voulu. Comme dans un rêve, son fils unique venait d'apparaître sur le seuil, au milieu de toute cette verdure qui semblait s'incliner devant lui. Sur le coup, il lui parut plus carré et plus impressionnant que jamais. Il ressemblait tellement à son père au même âge ! songea-t-elle, le cœur serré. Et ses yeux bleus n'avaient jamais paru aussi lumineux, aussi perçants, mis en valeur par cette chemise qui lui allait à ravir…

Elle-même était vêtue de rose. Une couleur qu'elle affectionnait particulièrement. Surtout lorsqu'elle se livrait à son activité favorite : s'occuper de ses plantes. Elle n'aimait rien tant que se sentir en harmonie avec les fleurs pastel qui l'entouraient. Elégance, raffinement, distinction — tels étaient les maîtres mots de sa conduite, et ce depuis le berceau. Aujourd'hui ne ferait pas exception à la règle, d'autant qu'elle recevait son fils chez elle pour la première fois depuis bien longtemps.

Pourtant, au lieu de se sentir parfaitement à l'aise, elle avait l'impression d'être en équilibre instable au bord d'un gouffre. Tel un oiseau prêt à s'envoler, ou une fleur prête à se flétrir à la première bourrasque venue. Exactement comme lors de la soirée de lancement au Manoir Cutty. Immobile, elle avait assisté à l'entrée remarquée de Ryan puis à sa confrontation orageuse avec son cousin, sans trouver la force d'éviter un face-à-face aussi dangereux. Ryan avait peut-être la prestance physique de son père, mais il avait également hérité de son caractère à elle, bien trempé. Qui sait comment il aurait réagi si elle s'était interposée ? D'autant que le parfum de scandale qui l'accompagnait aurait suffi à électriser la salle. Et puis, il y avait aussi la petite surprise que lui avait concoctée Daniel — cette architecte qu'il avait placée exprès au centre des regards. Et la présence de cette horrible journaliste aux yeux fureteurs et à la langue trop bien pendue — cette Gigi La Plume dont les articles racoleurs avivaient les rumeurs les plus humiliantes, les plus bassement populaires…

Résultat : aujourd'hui encore, elle ne savait quelle contenance adopter avec son fils. Ce fut donc d'une voix polie mais froide, terriblement impersonnelle, qu'elle lui dit :

— Merci d'être venu jusqu'ici.

C'était son fils, que diable ! Et elle n'était capable de rien de mieux ?

Prenant son courage à deux mains, elle s'avança vers lui, les bras grands ouverts. Alors qu'elle le serrait contre son cœur, elle prit conscience du côté exagéré, presque pathétique, de son geste : Ryan était resté raide comme un piquet, au lieu de se jeter contre le sein maternel comme elle se l'était bêtement imaginé, l'espace d'une seconde. Malgré ce rejet qu'elle ressentait comme une cuisante insulte, elle se força à prolonger leur étreinte. Après tout, c'était ce qu'une mère digne de ce nom se devait de faire. Et s'il existait bien une chose importante pour elle, c'était justement de garder sa dignité intacte. En toutes circonstances.

Lorsqu'elle le sentit enfin répondre à son embrassade, elle eut l'impression qu'il agissait plus par habitude que par véritable envie. Pendant ces douze dernières années, il avait conservé avec elle des rapports respectueux, quoique distants et épisodiques. Il lui téléphonait régulièrement, allant même jusqu'à déjeuner en sa compagnie à l'occasion. Là, c'était autre chose : sa démonstration de tendresse l'avait visiblement pris au dépourvu.

Elle comprenait sa réticence, elle l'aurait ressentie à sa place. Ne l'avait-elle pas rejeté comme un malpropre lors du drame qui avait bouleversé leurs existences, refusant de lui accorder crédibilité ou pardon ? Il s'était éloigné d'elle avec le sentiment d'être trahi par la personne même qui aurait dû le soutenir le plus. Mais aujourd'hui, la situation était différente. Et pour la première fois depuis douze ans, elle éprouvait le besoin impérieux de venir à bout du mur qui s'était élevé entre eux. D'obtenir le pardon de son fils. Malgré tout ce qui les séparait encore.

— Je sais bien ce que tu dois penser de tout cela, chuchota-t-elle sans trop savoir ce qu'elle allait dire ensuite. Je… je suis tellement désemparée, moi aussi. Daniel prétend qu'il a ramené cette fille parmi nous uniquement parce qu'elle est la plus qualifiée des architectes pour prendre en charge…

Sans lui laisser le temps de terminer sa phrase, Ryan s'écarta brusquement d'elle, comme s'il ne pouvait plus supporter son contact. Il lui adressa un regard accusateur où elle crut lire non seulement du mépris, mais également une violente déception.

Comprenant que le moment de grâce était rompu, elle recula d'un pas. Le lien qui les avait réunis un instant était brisé, et elle savait qu'il ne se retisserait qu'à force de patience et de temps. On ne reconstruisait pas une relation mère-fils aussi facilement.

— Viens t'asseoir, je t'en prie, proposa-t-elle tout en lui indiquant les deux fauteuils en rotin blanc qu'elle avait fait disposer autour de la table basse assortie sur laquelle trônait son service préféré.

Il eut une brève hésitation, puis lui emboîta le pas sans enthousiasme. Rien que de très normal, en somme, songea-t-elle. Elle avait bien cherché cette distance qu'elle ressentait maintenant si douloureusement entre eux. Lorsque, douze ans plus tôt, la police avait fait irruption chez elle afin d'enquêter sur la mort de Nina, elle n'avait pas pu supporter une telle honte. Voir Ryan se rendre presque sans protestation aux injonctions des agents, avec cette expression de culpabilité sur le visage, ç'avait été trop pour elle. Elle avait pris le désespoir de son fils pour un aveu irrémédiable de sa faiblesse constitutive — la même qui sévissait du côté de Samuel et contre laquelle son propre père, Foster, l'avait mise en garde dès le départ. Comment aurait-elle pu dès lors venir au secours de celui qu'elle considérait comme un traître ? En poussant sa fiancée à la mort, Ryan avait traîné le nom des Cutty dans la boue, et, par conséquent, celui des Moore avec. Elle ne voulait plus rien avoir à faire avec ce fils indigne capable de la pire des bassesses.

Blessée dans son orgueil, elle avait donc rejeté la chair de sa chair. Ce n'était que plus tard, en taillant ses plantes dans le havre de paix que constituait sa serre, qu'elle avait compris toute la dimension du geste de Ryan. Pour maintenir les plantes en bonne santé, il fallait parfois sacrifier les rameaux les plus fragiles ou ceux qui présentaient une infection quelconque. Si on ne les coupait pas assez vite, tout le reste risquait de pourrir. En fin de compte, Ryan avait agi exactement de la même façon en ce qui concernait Nina : lui seul avait été assez courageux pour débarrasser la famille tout entière du fléau que représentait la jeune femme. Sans son intervention, le poison distillé par cette petite peste les aurait probablement tous rongés jusqu'à la moelle. Ce que Vanessa avait d'abord pris pour un acte de lâcheté criminelle était sans doute le contraire : un acte de bravoure inouïe, d'héroïsme. En somme, son garçon s'était sacrifié pour le bien des siens.

Bien entendu, elle n'avait jamais soufflé mot à quiconque de cette révélation a posteriori. Mais elle s'était tout de même débrouillée pour tirer les ficelles dans l'ombre : elle avait intrigué de façon à obtenir l'appui immédiat d'une relation haut placée, laquelle avait fait pression sur le bureau du procureur afin qu'aucune charge ne soit retenue contre Ryan. L'autopsie, dont le processus avait été accéléré à sa demande expresse, avait prouvé que Nina était non seulement en état d'ivresse mais également sous l'influence de substances illicites lors de l'accident qui lui avait coûté la vie. Dès lors, la police n'avait plus de raison suffisante pour poursuivre « le fils Cutty », et le dossier avait rapidement été classé comme clos.

Oui, Nina était en quelque sorte la mauvaise herbe qui menaçait de s'enraciner dans le jardin familial. Et il n'y avait pas d'autre solution que de l'arracher si l'on voulait s'en débarrasser une fois pour toutes. Seulement, cet acte salvateur, Vanessa n'en avait pas été capable, handicapée par ses principes moraux trop rigides. Elle avait laissé son propre fils s'en charger, et n'avait pas su lui faire comprendre par la suite à quel point elle lui en était reconnaissante. Il n'avait récolté en échange que du mépris, voire du dégoût et de l'effroi, de la part du milieu qui l'adulait auparavant.

Pas étonnant qu'il lui en veuille encore aujourd'hui…

Sans trahir son trouble, elle prit la cafetière héritée de ses ancêtres d'une main ferme et s'apprêta à en servir une tasse à son fils. Une parfaite maîtresse de maison, voilà ce qu'elle était. Elle s'accrochait à ces détails infimes — servir le thé ou le café avec élégance, tenir une conversation mondaine avec distinction, recevoir des invités avec raffinement — comme à sa dernière planche de salut dans le monde barbare de la modernité. Cela et ses accès de colère héréditaires, c'était tout ce qu'elle avait pu sauver. Tout le reste, elle l'avait sacrifié à l'appétit démesuré de son époux.

— Je te sers un café bien fort, n'est-ce pas ? Je sais que

tu n'apprécies pas tellement le thé, même à cette heure de l'après-midi…

Ryan resta debout devant elle, à la regarder de ses yeux si bleus, si semblables à ceux de Samuel qu'elle en avait mal.

— Je ne m'attendais pas à ce genre de futilités de ta part, chère mère, lâcha-t-il enfin.

Reposant la cafetière, elle s'assit précautionneusement dans son fauteuil en rotin.

— Tu as raison. Assez de bavardages, trancha-t-elle d'un ton ferme et décidé — celui de la dynastie Moore qu'elle sentait revivre en elle. Où sont donc passées l'énergie et la détermination qui te caractérisaient, Ryan ? Comment as-tu pu t'avouer vaincu aussi vite ? Laisser Daniel prendre le contrôle de tout ce qui te revenait de droit ? Tu as fui tes responsabilités, tu n'as même pas essayé de te défendre ! Que voulais-tu que je fasse d'autre, moi, pauvre femme ? Il fallait bien trouver quelqu'un pour reprendre le flambeau ! Pour raviver le nom presque éteint des Cutty !

Tout en parlant, elle sentait la colère légendaire de ses ancêtres monter en elle. Elle était peut-être dure avec son fils, mais c'était à cause de la blessure encore vive qu'il lui avait infligée en abandonnant le combat avant même de l'avoir entamé. Et aussi de la douleur sourde qui la taraudait chaque jour depuis douze ans, depuis qu'elle s'était trompée sur son compte et qu'il lui avait refusé son pardon — à juste titre, certes.

— Est-ce que tu m'as laissé le choix, Ryan ? reprit-elle en criant presque. Qui pouvais-je prendre d'autre que Daniel pour redorer le blason terni de notre famille ?

Une ombre de sourire éclaira fugacement le visage de Ryan.

— Je n'ai jamais prétendu que Daniel était la solution idéale aux problèmes d'honneur de la famille, très chère mère.

S'écartant de quelques pas, il parut s'absorber dans la contemplation d'une merveilleuse variété d'orchidées. A le voir ainsi penché au-dessus de leurs pétales délicats, elle se rappela l'époque bénie où elle l'amenait avec elle dans la serre pour lui enseigner les rudiments de l'hybridation florale. Comme elle avait soigné son éducation ! Telle une plante rare, il avait reçu tous les enseignements qui devaient lui permettre de devenir le plus cultivé des jeunes hommes. Elle l'avait emmené à d'innombrables rallyes, inscrit dans les clubs les plus huppés, envoyé suivre des leçons de voile, de polo, de golf et même d'escrime pour faire de lui un parfait gentleman. Il s'était montré patient et appliqué en toute chose, y compris dans ses études secondaires et supérieures — il avait même réussi à décrocher une place à la prestigieuse université de Stanford. Et dire que tous ces efforts avaient été réduits à néant lorsque Gil et Samuel, ces imbéciles prétentieux, s'étaient mis en tête de le marier avec Nina pour « unir leurs deux royaumes » ! Quel gâchis !

Reprise par sa fureur dépitée, elle lança d'un ton provocateur à son fils :

— Et alors, tu vas rester là, à regarder Daniel piétiner ce qui t'est dû ? Sans rien tenter pour récupérer ton héritage ? Le Manoir Cutty est à toi, Ryan ! Toi seul peux y prétendre, par droit du sang !

— Il me semble que tu as déjà évoqué cet aspect des choses une ou deux fois par le passé…

Une ou deux fois, c'était peu dire ! Elle le lui avait répété durant toute son enfance et son adolescence. Combien de fois lui avait-elle martelé cette évidence ? Qu'il était le dernier des Cutty, et qu'il devait se montrer à la hauteur de cet honneur immense ?

Avec un sourire un peu plus large, il la regarda bien en face, une sorte de nostalgie sur son visage las.

— J'adore quand tu essaies de me manipuler de cette façon.

— J'ai beau essayer, je n'y arrive jamais, répliqua-t-elle avec un soupir tout en repliant une jambe sous elle. Mais je ne voudrais pas que tu croies que j'ai atteint l'âge vénérable du renoncement, mon garçon. Pour preuve, tu n'as qu'à m'écouter attentivement, et tu verras que je ne suis pas si dupe ni si à côté de la plaque que l'on veut bien le faire croire. Je te signale en passant que ton père est devenu complètement alcoolique — je ne sais pas si ça t'intéresse, mais il m'a semblé que tu devais être au courant. Et il se trouve, comble de l'ironie, que Daniel est la seule personne sur laquelle je puisse m'appuyer désormais.

— Pauvre chère maman…

Piquée au vif par son ton mi-apitoyé, mi-moqueur, elle releva le menton d'un air de défi.

— J'ai besoin de lui, et j'ai bien l'intention qu'il réussisse ce qu'il a entrepris. Avec un petit coup de pouce si nécessaire.

— Et c'est là qu'est censée intervenir cette Holly Fairfield, n'est-ce pas ?

— Pourquoi pas ? Elle m'a l'air plutôt compétente, cette architecte. Daniel m'a montré les articles qu'il a réunis sur ses travaux précédents, et ils sont très élogieux. C'est rassurant de penser que…

— Parce que tu crois vraiment que Daniel a engagé cette jeune femme pour redonner au Manoir Cutty son lustre et son prestige d'antan ? Ma pauvre mère…

— Peut-être fait-il un peu trop de battage médiatique autour de ce projet, et de cette fille, mais qu'importe ?

Elle n'aimait pas se sentir acculée, et c'était exactement l'impression que lui donnait Ryan en évoquant à voix haute les doutes qui l'habitaient en secret. Elle n'avait jamais eu vraiment confiance en Daniel : étant donné son ascendance, elle était persuadée que rien de vraiment bon ne pouvait sortir de ce garçon. Telle mère, tel fils — la loi du sang était implacable.

— Et d'abord, comment pourrais-tu savoir mieux que moi quelles sont les véritables intentions de ton cousin ? l'accusa-t-elle.

Ryan avait beau jeu de venir lui prédire des désastres, alors qu'il s'était prudemment tenu à l'écart de la ruine familiale. C'était trop facile !

— Touché. Mais je voulais juste te dire qu'à mon avis, tu prends un risque énorme en faisant confiance à Daniel.

— Comme si tu m'avais laissé le choix en te défilant ! rétorqua-t-elle avec agressivité. Au fait, comment va Gil ? Toujours aussi pitoyable ? Toujours aussi incapable de se débrouiller seul ?

— Toujours, répondit Ryan sans ciller malgré le ton méprisant qu'elle avait employé à dessein.

Changeant de tactique, elle se leva pour aller lui prendre la main.

— Ton père aussi a besoin d'aide. Tout autant que lui. Tu devrais t'en rendre compte…

— Peut-être, sauf que Gil n'a jamais essayé de m'envoyer en prison, lui, au moins.

— Ton pauvre père croyait que tu tenterais de t'enfuir. Ç'aurait empiré la situation, crois-moi. C'est pour ça que tu as été arrêté. Tu étais si jeune, si téméraire ! Et lui ne savait pas comment te conseiller pour te remettre dans le droit chemin. Tu sais bien à quel point tu étais incontrôlable, à l'époque. Alors, tu ne peux pas lui en vouloir d'avoir réagi comme il l'a fait…

— Mais ce n'était pas de papa que j'attendais de l'aide, observa-t-il avec un regard blessé qui la toucha au plus profond d'elle-même.

Elle tenta de se défendre.

— Que voulais-tu que je fasse, moi ? J'ai suivi ce que disait ton père — mon mari…

Pas question de l'apitoyer en lui révélant ce qu'elle avait fait pour l'aider. Après tout, elle avait simplement passé quelques coups de téléphone discrets — n'importe qui aurait pu s'en charger. Et ce n'était pas comme si elle avait véritablement réhabilité son fils : elle avait juste dissimulé les traces trop visibles du drame — celles qui risquaient de tacher le nom des Moore et des Cutty.

— D'accord, j'ai commis une erreur, reprit-elle plus calmement. Voilà, c'est dit : je me suis trompée. Alors maintenant, tu pourrais peut-être arrêter de me punir pour…

— Arrête, je t'en prie. Pas de ça avec moi, s'il te plaît.

Elle surprit son regard gêné, presque peiné. Voyant qu'il était sur le point de s'éclipser, elle tenta de le retenir :

— Tu as raison. Ce que je vais faire, c'est dire à Daniel de renvoyer cette architecte. Il peut bien trouver quelqu'un d'autre pour s'attaquer à la rénovation du Manoir. Je suis sûre qu'il n'aurait que l'embarras du choix…

Cette voix fiévreuse, anxieuse, était-ce vraiment la sienne ? Elle ne se reconnaissait plus. Elle était sur les nerfs depuis que cette Holly Fairfield était apparue au Manoir. Elle qui pensait pouvoir garder un certain contrôle sur les décisions de Daniel… Apparemment, elle s'était trompée une fois de plus, puisqu'il avait pris cette initiative sans la consulter.

— Je comprends parfaitement que sa vue t'ait perturbé, continua-t-elle d'un ton fébrile. Qui ne l'aurait pas été, à ta place ? J'aurais dû faire plus attention à ce que Daniel préparait. Mais tu le connais : il fait toujours passer en premier ce qui l'arrange. Et avec ses rêves de grandeur…

— Grand bien lui fasse, la coupa Ryan, mordant.

Il jeta un coup d'œil nerveux vers la porte de la serre. Il

allait partir, elle le sentait bien. Lui échapper une fois de plus. Serrant ses doigts dans les siens, elle lui murmura d'une toute petite voix :

— Telle que tu me vois aujourd'hui, Ryan, j'ai tout perdu : la galerie, ton père... Et je risque fort de perdre le Manoir Cutty plus tôt que prévu, si Daniel ne se montre pas à la hauteur. Alors, je t'en supplie, ne me laisse pas te perdre, toi aussi. Sans cela, je ne m'en remettrai pas.

Au regard neutre qu'il lui lança, elle comprit que son petit plaidoyer pathétique n'avait servi à rien.

— Voyons, chère mère, tu ne m'as pas perdu : tu sais très bien où me trouver si tu en as envie. Mais tu m'excuseras si je te dis que je ne peux pas rentrer dans vos combines étranges. En fait, c'est peut-être mieux comme ça. Ce genre de choses, ça n'a jamais été mon fort. Alors que Daniel a ça dans le sang.

Secouant la tête tristement, elle sentit des larmes de désespoir monter en elle. Elle aurait tellement voulu lui dire qu'il lui avait terriblement manqué, qu'à chaque fois qu'ils se voyaient, leur séparation lui brisait un peu plus le cœur... Seulement, il n'aurait pas su comment réagir face à un pareil étalage. Elle n'avait jamais été une mère très expansive, et il était trop tard pour faire machine arrière. D'ailleurs, elle ne se sentait pas le droit de l'accabler après tout ce temps : c'était à elle, et à elle seule, de supporter le poids de ce fardeau.

Elle recula de quelques pas, reprenant d'instinct son rôle de matriarche — le seul qu'elle ait jamais su jouer à la perfection.

— Bien, conclut-elle en relevant fièrement le menton, faisant appel à cette colère salvatrice qui l'avait maintenue debout tout au long de son existence tourmentée. Puisque notre entretien est clos, tu peux dire à Gil qu'il perd son temps à nous envoyer des invitations pour ses soirées : ni moi ni ton père ne remettrons jamais les pieds chez lui. Il m'a volé mon bien le plus cher en t'obligeant à choisir entre lui et nous. Alors, qu'il ne s'attende pas à me voir honorer sa propriété viticole de ma présence !

Ryan soupira.

— Ce n'est pas Gil qui vous envoie régulièrement des invitations, chère mère… Enfin, je t'appelle la semaine prochaine, de toute façon.

Il se pencha vers elle pour déposer un baiser rapide sur sa joue froide, comme un fils digne de ce nom devait le faire. Puis il disparut de la serre.

Une fois de plus, il la laissait seule.

8.

Emma maintenait vivant le souvenir de son père en cuisinant. Chaque recette lui rappelait son enfance auprès du maître de la gastronomie au Manoir Cutty. Par exemple, la toute première fois où elle avait assisté au cérémonial étrange de la cuisson des légumes : elle était si petite qu'elle avait dû monter sur un tabouret pour regarder son père mélanger haricots rouges et riz blanc dans le grand faitout de cuivre qui mijotait sur le feu. C'était lui qui lui avait tout appris, y compris l'art suprême de cuisiner pour les yeux aussi bien que pour l'estomac.

En chantonnant, elle disposa sur son plan de travail les petites barquettes croustillantes saupoudrées de piment de Cayenne qu'elle avait déjà remplies de crevettes grillées et laquées, et se mit en devoir de les décorer avec une pointe de sauce mousseline d'un beau jaune d'or. Musique et cuisine étaient indissociablement liées dans son esprit — sans doute parce que lorsque Carlos Wright, son père, n'était pas ivre mort ni en cuisine, il s'adonnait à son passe-temps favori : la guitare. C'était un air de son enfance qu'elle fredonnait ainsi, tout en ajoutant la touche finale à sa nouvelle création : une arabesque de purée de poivrons rouges. Elle recula d'un pas pour juger de l'effet obtenu : couleurs et épices, douceur et amertume… Pas mal !

Elle soupira. Ce n'était pas du tout ce que Daniel recherchait pour son *East Side Café.*

— « Pas de plats ethniques ou folkloriques, voyons, Emma ! grommela-t-elle pour elle-même en imitant le phrasé de son amant. Pense plutôt raffiné et subtil : du consommé de pigeonneau, de l'espadon fumé en gelée, voilà ce qu'il nous faut ! »

Jetant un coup d'œil vers la pendule au-dessus de la cuisinière, elle réalisa que Daniel n'allait pas tarder à arriver. Il exigerait d'elle un rapport circonstancié, sans aucun doute. Mais avait-elle vraiment envie de le lui livrer ?

Obéissant aux instructions qu'il lui avait données, elle avait passé l'après-midi avec Holly, entre le centre de remise en forme et les boutiques de luxe. Le problème, c'était que leur amitié feinte n'était qu'un prétexte pour manipuler la jeune femme, selon le désir de Daniel. Du coup, au lieu de profiter pleinement de cette séance de shopping entre filles, Emma s'était sentie méprisable. Une moins-que-rien, voilà ce qu'elle était. Elle n'avait fait qu'appliquer les ordres pour transformer Holly en quelqu'un d'autre en vue de la soirée. Et pourtant, la jeune femme était charmante, pleine d'entrain et de gaieté, ravie de découvrir les arcanes chic de San Francisco en compagnie de celle qu'elle considérait comme une alliée. A tel point qu'Emma avait dû se forcer pour ne pas se prendre réellement d'amitié pour elle.

Enfin, le seul côté positif de toute cette histoire, c'était que Harris ne viendrait pas, ce soir. Elle le tenait de la bouche même de Holly à qui elle avait posé la question directement. Un souci de moins à supporter ! Avec le poids de la culpabilité qui menaçait déjà de l'étouffer, elle n'avait pas besoin de la présence à la fois électrisante et dangereuse du bel Harris.

Au moment précis où elle se remémorait malgré elle leur conversation au *Bistro Bali*, le bruit d'une clé dans la serrure se fit entendre. Dire qu'elle avait à peine terminé ses préparatifs culinaires pour la réception ! Il allait falloir qu'elle se dépêche de s'habiller : elle ne voulait surtout pas faire attendre Daniel, dont le pas nerveux à travers l'appartement disait suffisamment à quel point il misait gros sur la soirée.

Pas question de le décevoir. D'autant que, ces derniers temps, les choses n'allaient pas très bien entre eux. Emma passait le plus clair de son temps chez elle, seule, à remâcher les événements passés qui avaient décidé de sa vie sentimentale et professionnelle. Certes, cela leur arrivait régulièrement : leur relation avait toujours eu des hauts et des bas. Pas étonnant, vu le caractère instable et ultrapossessif de Daniel. Elle l'avait même quitté à plusieurs reprises ; vivre en couple avec lui pouvait s'avérer extrêmement éprouvant pour les nerfs. Elle en était même venue à se demander si leur liaison n'était pas vouée à l'échec, étant donné les circonstances. En tout cas, leur histoire n'avait pas grand-chose à voir avec le conte de fées dont elle avait toujours rêvé.

Pourtant, chaque fois, Daniel réussissait à la ramener à de meilleures intentions. Il avait un tel pouvoir de séduction, une telle ténacité… C'était ce qu'elle avait tenté d'expliquer à Holly un peu plus tôt, pendant qu'elles patientaient chez un coiffeur renommé.

— Vous savez, Daniel n'est pas un mauvais garçon, malgré son caractère excessif. Il a travaillé au Manoir toute sa vie durant, alors que son cousin se la coulait douce et se faisait offrir des études hors de prix sans rien faire pour les mériter. Le hic, c'est que Ryan n'a jamais vraiment voulu devenir restaurateur : il se considérait comme bien au-dessus de cette position. Du coup, tous les étés, c'est Daniel qui prenait en charge toute l'organisation hôtelière, alors que « Monsieur Ryan » partait faire des régates sur son voilier tout neuf, pour « voir le monde », comme il disait… Vous voyez le tableau ? Pas très juste pour ce pauvre Daniel qui trimait comme un esclave sans recevoir la moindre récompense en retour.

Pas très juste, c'était un euphémisme ! Bien sûr, le Manoir Cutty appartenait au père de Ryan ; il était donc logique que le bénéfice lui en revienne. Mais comme la vie avait durement traité Daniel, dès sa venue au monde ! Pour commencer, sa mère était tombée enceinte alors qu'elle devait se marier, ce qui avait mis un terme à l'engagement de son fiancé, furieux de ce qu'il considérait comme une trahison — on n'avait jamais vraiment su qui était le père. Du coup, Daniella et son rejeton avaient été recueillis par Samuel et Vanessa comme des parents pauvres — situation humiliante s'il en était !

Par la suite, les choses ne s'étaient pas arrangées pour le petit Daniel. Sa mère avait fini par trouver quelqu'un avec qui fonder une nouvelle famille. Ne voulant pas s'encombrer d'un bâtard, elle l'avait tout simplement laissé chez son oncle et sa tante, comme un paquet qu'on oublie sur le quai d'une gare, un poids mort dont on se déleste pour s'élever plus haut.

Malgré tout, Daniel s'était accroché pour réussir sa carrière. Il avait suivi des études de gestion qu'il s'était payées tout seul, se démenant pour décrocher un bon diplôme, bien que moins prestigieux que ceux de Ryan. S'il récupérait enfin les fruits de son labeur aujourd'hui, ce n'était que justice : Vanessa avait fini par reconnaître sa valeur, après toutes ces années où il avait joué le rôle du serveur par intérim.

Au fur et à mesure qu'elle racontait l'histoire de Daniel, Emma avait vu le visage de Holly s'adoucir. C'était généralement la réaction des gens lorsqu'ils apprenaient tout ce que le cousin de Ryan avait dû endurer avant de se voir enfin récompensé pour ses efforts : une compassion mêlée de pitié.

— C'est pour ça qu'il tient toujours à donner une seconde

chance aux personnes avec lesquelles il travaille, avait-elle conclu histoire de bien enfoncer le clou.

Elle savait que la firme dont Holly avait été l'une des fondatrices avait fait faillite : raison de plus pour l'amener à considérer Daniel comme son sauveur. Elle-même n'y croyait-elle pas la plupart du temps, à cette histoire outrageusement romancée ?

— Alors ? Comment ça s'est passé ? s'enquit Daniel d'une voix enthousiaste qui la fit se retourner vers la porte de la cuisine.

Souriant, impeccable après cette longue journée, il était l'image même de la réussite. Sans doute parce qu'il s'en tenait systématiquement à ce qu'il avait prévu. Par exemple, ce soir, il aurait pu lui donner un baiser ou lui demander comment elle allait avant de réclamer le rapport qu'elle lui avait promis. Mais non, il fallait qu'il fasse les choses dans l'ordre inscrit sur son planning.

C'était peut-être l'une des raisons de leur éloignement récent. Ils n'avaient pas la même façon de considérer les choses, en particulier en ce qui concernait Holly. Emma avait conscience qu'ils se lançaient dans une entreprise dangereuse, répréhensible, qui risquait de blesser leur innocente victime. Daniel, lui, ne s'embarrassait pas de principes ou de sentimentalisme : il s'en tenait à son plan initial, un point c'est tout.

Pourtant, Emma savait qu'elle ne trouverait pas le courage de le planter là. Après tout ce qu'ils avaient connu et traversé ensemble, elle n'avait pas le choix : son destin était lié à celui de Daniel depuis cette soirée tragique, douze ans plus tôt. Irrémédiablement. Pour le meilleur et surtout pour le pire.

Avec un petit soupir, elle rangea les amuse-bouches à la crevette dans le réfrigérateur avant de se tourner vers lui avec un visage triomphant. C'était ce qu'il attendait d'elle.

— Opération « métamorphose du vilain petit canard » réussie ! lança-t-elle joyeusement.

Mais elle ne pouvait s'empêcher d'éprouver une angoisse diffuse : lorsque la nouvelle Holly apparaîtrait à la soirée, qui Daniel verrait-il ? Son architecte ? Ou *l'autre* ?

D'un geste, Daniel l'enlaça pour prendre ses lèvres dans un baiser enthousiaste, sans paraître remarquer qu'elle ne le lui rendait pas.

Au bout d'une minute, il releva la tête, l'air soucieux :

— Qu'est-ce qui ne va pas, ma chérie ? J'espère que tu n'as plus peur de ce qui pourrait se passer entre moi et cette Holly.

— Ce n'est pas tant Holly qui m'inquiète…

— Allons, mon cœur, pas de sottises, s'il te plaît. C'est toi que j'aime. Toi seule !

Elle le regarda bien en face. Dans des moments comme celui-ci, elle arrivait presque à se persuader de la véracité de ses propos. Oui, quand ils se retrouvaient ainsi, en tête à tête, elle sentait qu'il lui était tout acquis. Tout comme elle lui était acquise, corps et âme. Il était son héros. Son protecteur et son guide. Peu importait que leur amour ait pris son essor en même temps qu'un terrible mensonge les rapprochait. Ce qui comptait, c'était la passion qu'ils ressentaient tous les deux, aujourd'hui et maintenant.

— Tu te fais trop de souci, Em, reprit-il avec un sourire étincelant. Cette soirée va marcher comme sur des roulettes, tu verras. Pas la peine de te tracasser inutilement.

Vraiment ? Alors, pourquoi éprouvait-il le besoin de lui répéter une fois de plus qu'il n'y avait pas de quoi s'inquiéter ? La méthode Coué, sans doute… Mais elle ne croyait pas à ce genre de thérapie. Plus l'heure avançait, moins elle se sentait confiante. Peut-être que pour Daniel, ruiner l'existence d'autrui était facile. Du « gâteau », comme il aimait à le dire. Mais pour elle, c'était nettement plus traumatisant.

Et si leur plan infaillible se retournait contre eux ?

*
* *

Incrédule, Holly n'en finissait pas de s'admirer dans la glace. Impressionnant ce qu'une coupe de cheveux et un tour dans les boutiques de luxe pouvaient transformer quelqu'un ! Elle se reconnaissait à peine dans la créature intrigante et sophistiquée que lui renvoyait le miroir. Et pourtant, c'était bien elle, Holly Fairfield.

Au salon de coiffure où l'avait entraînée Emma, le styliste capillaire — on ne disait pas « coiffeur » dans ce genre d'endroits — lui avait fait une coupe au carré un peu déstructurée, à la Audrey Hepburn, avec une frange qui mettait en valeur ses grands yeux étonnés. Une ingénue égarée dans le monde moderne, voilà de quoi elle avait l'air à présent.

Quant à sa tenue, elle représentait le summum du chic et de la simplicité tout à la fois. Le pantalon noir coupé dans un tissu fluide et léger qu'Emma lui avait fait choisir lui allait comme un gant. Et que dire du haut blanc sans manches dont le ruché de dentelle montait haut sur sa nuque pour plonger ensuite de façon vertigineuse entre ses seins ? Elle avait d'abord protesté en l'essayant dans la boutique de prêt-à-porter, un peu choquée par tant d'extravagance. Mais les encouragements admiratifs de la vendeuse, joints à ses conseils pour éviter que son buste ne soit trop dévoilé par ce profond décolleté, avaient fini par la convaincre. D'autant qu'Emma n'avait pas caché son enthousiasme : une vraie star, voilà à quoi elle ressemblerait ce soir pour sa seconde présentation au gratin de San Francisco !

— Eh bien, ma chère ! murmura-t-elle à son double avec émerveillement.

Si son ego en avait pris un sacré coup le matin, lors de son entrevue avec Daniel, il avait été regonflé à bloc en quelques heures, grâce à l'intervention miraculeuse d'Emma. Juste au bon moment, la jeune femme s'était présentée à la porte de son bureau, agitant une carte bleue en l'air comme une baguette magique. Elle avait déclaré qu'elle n'était pas Emma mais « sa marraine la bonne fée » venue la sauver des griffes de Daniel, « le méchant sorcier ». D'abord interloquée, Holly avait fini par éclater de rire avant de se laisser entraîner dans un véritable tourbillon de dépenses somptuaires.

— Profitez-en, ma chère enfant, lui rappelait sa « marraine » d'un air protecteur chaque fois qu'elle tiquait sur le prix d'un soin ou d'un vêtement. C'est Daniel qui régale. Pas de regrets, surtout !

Entre les massages corporels et les essayages de tenues luxueuses, Emma lui avait expliqué qu'après coup, Daniel s'en était voulu de la dureté avec laquelle il avait rejeté ses plans. Chercher la petite bête était dans ses habitudes, lui avait-elle confié, mais ce n'était pas une raison pour qu'elle se laisse abattre. Il fallait persévérer : combien de fois elle-même avait-elle dû modifier une recette avant de la faire accepter ? Travailler d'arrache-pied et peaufiner les détails, c'était la seule façon de le convaincre. Si on y réfléchissait, c'était plutôt stimulant, non ?

Holly n'avait pu qu'acquiescer, tout comme elle avait reconnu que la soirée que lui imposait Daniel était en fait une manière de lui demander de l'aide, indirectement. Là aussi, lui avait confié Emma avec un drôle de petit sourire, il allait se rattraper, c'était certain. Peut-être même y prendrait-elle goût, à force !

En tout cas, tous les préparatifs en vue de cette deuxième réception s'étaient avérés agréables, voire excitants, songea Holly, toujours devant le miroir à s'admirer. Cela, elle ne pouvait le nier. Pour un peu, elle se serait crue dans *Pretty Woman* ! Séance de manucure-pédicure-massage, passage chez le coiffeur, emplettes vestimentaires chez les plus grands couturiers, chaussures et maroquinerie assortie… Il y avait de quoi s'emballer !

Ce qui lui avait surtout plu, c'était l'espèce de camaraderie bon enfant qui s'était installée entre Emma et elle lors de cet après-midi marathonien. Elles avaient terminé leur parcours devant une tasse de café bien méritée, au sortir d'une boutique où « la bonne fée Emma » s'était d'abord attiré les regards scandalisés des vendeuses avant que celles-ci ne s'adoucissent à la vue de la carte de crédit de Daniel. Il faut dire qu'avec son jean déchiré et son piercing au-dessus de la lèvre, la jeune femme tranchait avec la clientèle sophistiquée du magasin !

— C'est grisant, hein ?

Interrompue dans ses pensées, Holly se retourna pour croiser le regard énigmatique de son frère, dont la silhouette massive s'encadrait sur le seuil.

— Tu aimes ? demanda-t-elle, émerveillée. Elle est belle, cette tenue, non ?

— Je ne veux pas seulement parler de ces vêtements, mais de tout ce qui va avec, Hol. Les tonnes d'habits que tu as rapportés aujourd'hui, plus tous les à-côtés du poste fabuleux qui t'est proposé : ces soirées ultramondaines, cet appartement luxueux…

Visiblement, son enthousiasme n'était pas contagieux ! Elle lui fit face, essayant de ne pas se laisser envahir par cette vague culpabilité qui la travaillait depuis le début de sa « transformation ».

— Je suis passé par là, sœurette, poursuivait Harris. Moi aussi, j'ai eu tous ces avantages en nature à ne plus savoir qu'en faire. Bien sûr, étant donné d'où nous venons, tous les deux, comment refuser ? Mais bien vite, on se demande si ça vaut vraiment le coup. Quelle sera la contrepartie de toute cette prétendue générosité ? Et crois-en mon expérience, il y a toujours un retour de bâton.

— Je ne fais que mon travail, Harris.

— Vraiment ?

Son regard était suffisamment éloquent : il n'était pas du tout convaincu. Pire, il lui semblait qu'au fond de ses prunelles sombres brillait une pointe de déception, mêlée à un soupçon de pitié.

— Je croyais que tu n'étais pas du genre à te laisser tenter par la facilité. Apparemment, je me suis trompé…

— La facilité ? répéta-t-elle, incrédule.

De quel droit la jugeait-il ainsi ? Il n'avait pas assisté à son entretien du matin avec Daniel ! Il ne savait pas comment elle s'était fait rabrouer pour les heures de travail acharné qu'elle avait fournies !

— La facilité, vraiment ? Eh bien, laisse-moi te dire une chose, frérot : la tâche que j'ai acceptée est loin d'être une partie de plaisir. Si je m'écoutais, je lâcherais tout. Je suis censée rénover un bâtiment classé, un véritable trésor du patrimoine historique californien, et comme si ça ne suffisait pas, je suis aux ordres d'un fou furieux ! Daniel est peut-être visionnaire et bourré d'imagination, mais il ne se rend pas compte de la démesure des travaux qu'il voudrait que j'entreprenne. Et le pire, c'est que mes idées ne lui plaisent même pas ! Je ne sais pas si tu as remarqué, mais j'ai plutôt du mal à dormir, ces temps-ci…

— Tu as eu le mot exact : ton employeur est un fou furieux. C'est bien toi qui l'as dit, Hol. Alors, pourquoi ne pas te rendre à l'évidence et arrêter de t'entêter bêtement ? Travailler pour un dingue, c'est du suicide. On n'a qu'à dire qu'on s'est trompés et rentrer chez nous, voilà tout.

— Mais on ne s'est pas trompés ! explosa-t-elle, accablée par tant de mauvaise foi. Je refuse d'être entraînée dans la spirale d'échec où tu sembles te complaire, Harris ! Ça te gêne donc tellement que, pour une fois, je sois celle qui nous permette de nous en sortir ?

— Je n'ai pas besoin de ton sacrifice, rétorqua-t-il. N'inverse pas les rôles, s'il te plaît.

— Et pourquoi pas ? Enfin, Harris, après toutes ces années où tu m'as soutenue à bout de bras, seul ! D'abord maman qui nous a abandonnés alors que tu avais, quoi — sept ans ? Et que tu as su remplacer pour que je n'en souffre pas. Puis papa qui a fait du mieux qu'il pouvait jusqu'à en craquer, et que tu as dû prendre en charge aussi. Tu ne crois pas que tu en as fait assez ?

— Je n'ai fait que mon devoir. Ce n'est pas pour ça qu'il faut que tu t'obliges à porter une croix. Tout ça, c'est du passé.

— Eh bien, peut-être pas, finalement. Peut-être que j'ai besoin, moi aussi, de me sentir utile. Ça ne t'a jamais effleuré l'esprit ?

Elle se sentait près de pleurer de rage. Ils se disputaient tellement rarement, tous les deux ! Leur dernière confrontation devait remonter à la fois où Harris avait essayé de la convaincre de ne pas épouser Drew…

— Est-ce que tu peux comprendre ça, Harris ? J'en ai besoin, de ce boulot, ne serait-ce que pour me prouver que je suis capable de réussir quelque chose au moins une fois dans ma vie. Je t'en prie, laisse-moi cette chance !

Il lui renvoya un regard noir, sans la moindre trace de cette compassion qu'elle y avait lue quelques instants plus tôt.

— Si j'ai bien compris, tu as décidé de n'en faire qu'à ta tête, c'est bien ça ? Eh bien, vas-y, à ta réception. Seulement, pas question que tu te jettes dans la gueule du loup toute seule. Je t'accompagne, que tu le veuilles ou non ! Le temps de me rendre présentable, et c'est parti !

Affolée, elle se précipita à sa suite, mais il lui avait déjà claqué la porte de sa chambre au nez.

— Mais… mais qui a dit que tu étais invité ?

— Si tu crois que ça va m'arrêter !

Elle se sentit sourire malgré elle. En fait, c'était plutôt rassurant de partir à cette soirée au côté de son garde du corps le plus fidèle. Sauf qu'il ne fallait pas qu'il s'imagine qu'elle y allait à reculons, sans quoi tout son beau discours n'aurait servi à rien.

— A ta guise ! lui lança-t-elle à travers la porte, pour faire bonne mesure. Mais promets-moi de bien te tenir, d'accord ?

Seul un grognement lui répondit.

9.

Harris avait fréquenté pas mal de clubs excentriques et survoltés dans sa vie, mais jamais aucun ne lui avait semblé aussi extravagant que le *Samba, Samba !* où il se retrouvait ce soir, au cœur de SoMa.

L'ambiance était au carnaval : sur la piste de danse, les gens formaient des farandoles bariolées, pendant que, sur le podium installé à hauteur de visage, de superbes mannequins brésiliens en string pailleté et plumes d'autruche défilaient, ondulant des hanches au rythme de la musique techno. De chaque côté de l'immense entrepôt reconverti en boîte ultrabranchée, les bars étaient pris d'assaut. Au-dessus des barmen affairés s'affichait l'image des danseuses sur écran géant, de sorte que personne ne pouvait échapper à leurs gesticulations suggestives.

Quant à la foule qui emplissait le club, elle valait le déplacement. De sublimes jeunes femmes à peine vêtues s'accrochaient au bras d'hommes d'affaires en costume sombre. Dans un coin, un garçon visiblement éméché se promenait en aboyant au bout d'une laisse, et montrait ses fesses nues et bronzées dès que son « maître » le lui demandait. Des costumes farfelus d'extraterrestres ou de laquais poudrés et perruqués attiraient l'œil ici et là, au milieu des danseurs. Mais le clou du spectacle était sans doute le drag queen que Harris avait croisé en arrivant : vêtu d'un incroyable échafaudage blanc, il évoquait tout à la fois un gâteau de mariage, une sculpture en stuc et une montagne de chantilly meringuée.

Sans mentir, le *Samba, Samba !* était vraiment l'endroit le plus démentiel où il ait jamais mis les pieds. Pourtant, malgré l'atmosphère électrique et l'affluence record, il n'eut pas la moindre difficulté à trouver celle qu'il cherchait.

Il n'était pas venu là pour s'amuser, contrairement à la foule qui se pressait sur la piste de danse. Le petit discours de Holly lui avait fait de l'effet, mais il ne pouvait s'empêcher de trouver que toute cette histoire sentait le coup fourré à plein nez. Et si sa petite sœur était trop naïve pour s'en rendre compte, eh bien, c'était à lui de la protéger. Il savait trop à quel point le retour de manivelle pouvait s'avérer douloureux quand on se laissait séduire par un poste apparemment idéal. La chute n'en était que plus dure.

En ce qui concernait le boulot de rêve que Holly croyait avoir décroché, il y avait un hic, comme dans tout conte de fées. Et ce hic s'appelait Daniel East. Le grand méchant loup, en quelque sorte. Tant de dépenses somptuaires ne signifiaient rien de bon. Soit le type était complètement inconscient, auquel cas il courait droit à la faillite ; soit il tirait ses revenus apparemment inépuisables d'une source louche, probablement illégale.

Harris penchait plutôt pour la seconde possibilité. Mais comme il ne pouvait pas obtenir les renseignements qu'il souhaitait de la bouche de l'intéressé, il fallait qu'il se débrouille autrement. D'où sa présence ici ce soir.

— Ah, Emma ! Vous voilà enfin ! s'exclama-t-il en effleurant délicatement son épaule nue.

Elle se retourna d'un bloc, une expression apeurée sur son charmant visage. Elle portait une robe indescriptible — un souffle de soie blanche retenue par deux fines bretelles qui dévoilait son dos jusqu'à la chute de reins. De quoi faire fantasmer le plus sage des ermites — et il n'avait rien d'un ermite !

Ses yeux verts s'écarquillèrent de surprise, lui donnant plus que jamais l'air d'un délicieux petit elfe.

— Mais… mais je croyais que… Votre sœur m'avait pourtant dit que vous ne viendriez pas ce soir ! bredouilla-t-elle.

Il ne put réprimer un sourire amusé. Elle était vraiment transparente, quand on la prenait au dépourvu !

— Et moi qui croyais que vous seriez contente de me voir ! répliqua-t-il d'un air faussement vexé.

— Je… Holly m'avait dit que vous étiez de service, ce soir, expliqua-t-elle en essayant de reprendre un peu contenance.

Il avala une gorgée de la bière qu'il avait réussi à se procurer au bar le plus proche de l'entrée, puis lui décocha son sourire le plus charmeur.

— Vous voulez rire ? Je n'aurais manqué cette réception pour rien au monde ! Et ma petite sœur, je n'allais pas la laisser tomber !

Il jeta un coup d'œil en direction de Holly que Daniel n'avait pas lâchée depuis leur arrivée. Apparemment, son chevalier servant avait l'intention de la présenter à tout le gratin californien en une seule soirée ! Pour le moment, elle était en sécurité — autant que possible.

Se retournant vers Emma, il la détailla du regard, jouissant du petit frisson qui la parcourait sous cet examen approfondi. Elle avait noué ses cheveux en un chignon bas qui soulignait la grâce fragile de son cou de cygne. Au-dessus de ses lèvres pleines, avivées d'une touche de gloss, brillait le diamant de son piercing, telle une mouche dont se serait parée une élégante de jadis. Quant à la robe blanche qui dévoilait plus qu'elle ne le cachait son corps de déesse, elle lui donnait une allure folle.

L'espace d'une seconde, il se prit à regretter de n'être pas l'heureux destinataire de tous ces efforts de toilette.

— Jolie tenue, articula-t-il d'une voix rauque, se sentant comme un adolescent à son premier rendez-vous.

— On dirait qu'elle vous plaît, en effet, rétorqua-t-elle avec nettement plus d'assurance. Vous allez rester planté là à me mater les seins toute la soirée, ou vous avez d'autres projets ?

Quel aplomb ! Elle reprenait vite du poil de la bête ! A la fois choqué et amusé par sa remarque tranchante, il la regarda bien en face sans cesser de sourire.

— Bravo ! Vous m'avez épinglé comme un vulgaire insecte.

— Excusez-moi, mais il faut que j'y aille, décréta-t-elle en faisant mine de le contourner.

Si elle croyait s'en tirer comme ça ! D'une main, il l'arrêta. Il avait voulu commencer gentiment, pour ne pas trop l'effaroucher. Mais puisqu'elle le prenait sur ce ton, pas la peine de la ménager davantage. Elle ne se débarrasserait pas de lui si facilement.

— C'est que… je comptais sur vous pour me présenter aux gens importants. Pour la carrière de ma sœur, vous savez…

— Vous perdez votre temps, répliqua-t-elle d'un ton sec. Je ne connais aucun des invités, ici. C'est Daniel qu'il faut voir pour ça. Moi, je ne suis là que pour aider côté cuisine.

— Vraiment ? Eh bien, j'espère qu'il vous rémunère en conséquence.

Elle lui renvoya un regard noir.

— C'est-à-dire ?

— Oh, je ne sais pas trop, répondit-il en haussant les épaules. Mettez-y ce que vous voulez, mais quand je vous vois les couver, ma sœur et lui, de ce regard furieux… Bref, je me disais que vous méritiez bien une petite récompense pour votre patience.

L'air fâché, elle croisa les bras, faisant davantage ressortir les pointes de ses seins moulés par le tissu presque transparent de sa robe. Il se demanda si elle ne faisait pas exprès de le punir de ses insinuations blessantes en lui mettant sous le nez ce qu'il ne pouvait obtenir. En tout cas, elle devait l'observer au moins aussi attentivement que lui, car elle sut exactement à quel moment il avait cessé de contempler son buste affriolant pour s'intéresser au cocktail qu'elle tenait à la main.

— Ça s'appelle une « Blond platine », précisa-t-elle avant de porter le verre à ses lèvres pour en avaler une longue gorgée. Et qu'est-ce que c'est que ces histoires à propos de Dan et de votre sœur ?

Il fit mine de réfléchir.

— Comment vous dire ça sans paraître grossier ? Pas la peine de les fusiller du regard à tout bout de champ : ma sœur ne marche pas sur vos plates-bandes, je peux vous l'assurer.

— Pas possible ! Et je suis supposée écouter un pauvre type comme vous me déblatérer ses réflexions sur Dan ? Merde, alors !

— Ça vous plaît, hein, de choquer les gens en parlant comme un charretier ?

— Parce que je vous choque ?

— A votre avis ?

Ses yeux verts étincelèrent, dévoilant un mélange d'émotions où il décela immédiatement une douleur qui lui alla droit au cœur. C'était son problème : les demoiselles en détresse, il n'avait qu'une envie — les secourir. Pourtant, cela lui avait déjà joué plus d'un tour par le passé. Mais c'était à croire que son cerveau n'avait pas retenu la leçon ! La preuve : il se sentait fondre devant ce petit bout de femme fière et désemparée… Une vraie guimauve !

— Désolé si je vous ai blessée, marmonna-t-il.

Avec un peu de chance, le bruit de la foule et de la musique avait recouvert ses pitoyables excuses. Mais non : Emma l'avait bien entendu et lui adressa un sourire sincère qui lui illumina le visage d'un seul coup. Vidant le reste de son cocktail, elle murmura un « Merci » quasi inaudible et s'éloigna. Au passage, il eut le temps de voir ses beaux yeux briller de larmes retenues.

— Eh, attendez ! Pas si vite !

Mais elle s'était déjà noyée dans la foule. Malgré sa carrure, Harris eut toutes les peines du monde à la suivre, n'osant bousculer trop rudement les invités qui se déhanchaient en riant à qui mieux mieux. Lorsqu'il réussit enfin à la rattraper, elle était en train de récupérer son manteau au vestiaire.

— Ecoutez, je voulais m'excuser. Sincèrement. Vous n'avez pas l'air de quelqu'un qu'on impressionne facilement, et je me suis un peu trop laissé aller. C'est juste que je voulais éclaircir quelques petits points avec vous, et…

Le regard qu'elle lui renvoya n'avait plus rien de pathétique.

— Quelques petits points ? Vous pouvez être plus précis ?

— Eh bien… Je voulais savoir si vous seriez prête à prendre un autre verre en ma compagnie. Ou si vous aviez d'autres… comment dire ? D'autres engagements plus importants.

Sa demande le surprit lui-même. Est-ce qu'il n'était pas en train de faire une énorme bêtise ? Sûrement. Mais cela faisait si longtemps qu'il n'avait pas invité une femme — surtout aussi jolie que celle-ci.

— D'accord, répondit-elle contre toute attente. Mais pas ici, alors. Je connais un bar pas très loin, mais il faut y aller en taxi : avec ces stupides talons aiguilles, je ne peux pas faire dix mètres à pied.

Galamment, il lui tint la porte d'entrée.

— Comme vous voudrez. J'aime les femmes qui prennent des initiatives.

Il attendit patiemment qu'elle ait fini d'enfiler son manteau. Il fallait qu'il soit prudent. Pas question de compliquer encore la situation par manque de retenue ! Juste un verre, cela ne l'engageait pas à grand-chose…

Etonné par le temps que mettait Emma à se préparer, il la regarda. Et ce qu'il vit lui serra le cœur : elle n'avait d'yeux que pour Daniel qui ne quittait pas Holly, pendu à son bras comme une sangsue. Si bien que, lorsqu'elle le rejoignit enfin dehors, son départ passa totalement inaperçu. Ironie du sort ? En tout cas, cela ne fit qu'accentuer son penchant pour elle.

Emma pensait se débarrasser de Harris en deux temps trois mouvements. Une fois sa curiosité satisfaite, avait-elle songé lorsqu'il l'avait invitée à prendre un dernier verre, il la laisserait tranquille, et elle n'aurait plus à s'inquiéter de lui. Jamais elle n'aurait pensé qu'elle prendrait un réel plaisir à leur tête-à-tête. Et pourtant, c'était exactement ce qui se passait.

Dans le cadre restreint et tamisé du *Red Room*, le bar qu'elle avait choisi, elle se sentait particulièrement à l'aise. Rien à voir avec l'atmosphère survoltée et clinquante du *Samba, Samba !* Ici, on pouvait s'étaler à son aise sur les banquettes confortables ou choisir de s'accouder au comptoir sans pour autant être assourdi par le bruit, ni assailli par des inconnus en mal de notoriété.

Et question boissons, pas de fanfreluches « fashion » ni de cocktails tape-à-l'œil : des alcools classiques et de la bonne bière, rien de plus. Un Martini à la main, elle se détendait, heureuse de cette pause bienvenue dans la tension des derniers jours. Nul doute que le charme de son compagnon y était aussi pour beaucoup.

L'effet de l'alcool la réchauffait doucement et l'encourageait à flirter gentiment avec cet homme qui avait l'air de ne pas la trouver insignifiante, loin de là. Elle se sentait fondre sous la caresse de son regard. Peu à peu, l'image de Daniel scotché à cette maudite Holly s'estompait. Elle se sentait mieux…

— Eh là ! Ne buvez pas si vite, l'arrêta Harris alors qu'elle allait reprendre une gorgée de Martini. On dirait que vous voulez expédier ce dernier verre — et moi avec !

— Et vous avec, hein ? reprit-elle, un sourire taquin aux lèvres. Mmm… Ce ne serait peut-être pas une si mauvaise idée…

— Pourquoi ? Je suis si casse-pieds que ça ?

Se penchant vers lui comme si elle allait lui confier un secret de la plus haute importance, elle en profita pour l'examiner. Avec ses yeux bruns et sa carrure impressionnante, il trouvait le moyen de mêler à merveille douceur et virilité. Sa tenue aurait pu paraître efféminée sur plus d'un homme, tant sa chemise de lin blanc moulait ses pectoraux saillants, mais, sur lui, elle ne faisait qu'accentuer sa troublante masculinité.

— Eh bien, pour un vieux, vous n'êtes pas si mal, en fin de compte, chuchota-t-elle, les yeux pétillants de malice.

Harris sourit de plus belle.

— Un vieux, hein ? C'est ça, votre truc, alors ?

Il l'avait prise en traître, et elle se renfrogna instantanément. A en juger par le petit air satisfait qu'il arborait, il devait savoir que la différence d'âge entre Daniel et elle était encore plus importante.

— Qu'est-ce que vous en savez ? riposta-t-elle, plus agressive qu'elle ne l'aurait voulu.

Elle piqua l'olive qui flottait dans son Martini. C'était idiot de réagir aussi vivement. Après tout, Daniel pouvait bien servir d'escorte à Holly pour la soirée, cela ne voulait pas dire qu'il ait envie de la tromper, elle. Tout comme elle pouvait bien passer un moment agréable en compagnie d'un autre homme sans que cela prête forcément à conséquence…

Seulement, au fond d'elle-même, elle savait bien qu'elle comptait rendre Daniel jaloux en s'éclipsant de « sa » réception avec le frère de Holly. Et que le fait qu'il n'ait même pas remarqué sa désertion tellement il était obnubilé par sa cavalière l'avait blessée au-delà du supportable. Pour autant, avait-elle le droit de se laisser aller à boire plus que de raison ? De répondre aux avances à peine voilées d'un autre sous prétexte qu'elle avait besoin d'un peu de consolation ?

Enervée, elle donna un autre coup de cure-dent vengeur à la malheureuse olive qui surnageait toujours dans son verre.

— Sortir avec des dinosaures n'est pas dans mes habitudes, dit-elle d'une voix un peu pâteuse — un effet de l'alcool, sans nul doute. C'est pas cool.

— Pas cool, hein ? Peut-être qu'un petit cachou vous ferait du bien, vu l'état dans lequel vous êtes…

— Un petit quoi ? demanda-t-elle sans comprendre.

— Laissez tomber. Un truc de dinosaure, comme vous me l'avez si bien fait remarquer.

Elle renonça à comprendre et se remit à massacrer l'olive de son Martini distraitement. Daniel lui avait pourtant assuré que cette deuxième réception en l'honneur de Holly faisait partie du plan, et qu'il n'y avait rien à craindre pour eux de ce côté-là. C'était juste pour damer un peu plus le pion à Ryan — après tout ce qu'il avait fait, cette espèce de salaud méritait bien qu'on s'amuse à ses dépens ! Mais la transformation de la jeune architecte, qu'elle avait elle-même initiée, avait semé le doute dans son esprit. Cette façon que Daniel avait de lui coller aux basques… Et cette impression étrange que le passé lui revenait brutalement en pleine figure — en couleur et en 3D, qui plus est… C'était insoutenable !

— En fait, je déteste les grandes réceptions, reprit-elle, furieuse contre elle-même et contre Daniel. C'est pour ça que je suis si nerveuse : les soirées de ce genre, ce n'est vraiment pas mon truc.

— D'où ce tic, je suppose ? remarqua Harris tout en soulevant sa main libre pour lui caresser les doigts.

Mal à l'aise, elle resta quelques secondes silencieuse, à contempler la grande main brune qui tenait la sienne, si petite, si blanche, si frêle, avec tant de douceur compatissante. Dans un sursaut bravache, elle parvint à lâcher sur le ton de la plaisanterie :

— Ça ? C'est peut-être dû à votre présence plus qu'à autre chose…

— Si c'était vrai, j'en serais très heureux, répondit-il avec une intensité qui la fit frémir davantage.

— Pourquoi ? Vous en doutez ?

— Eh bien, à vous voir assassiner méthodiquement cette pauvre olive qui ne vous a rien fait, je jurerais que ce n'est pas moi qui occupe vos pensées en ce moment. Je me trompe ?

Envoyant un dernier coup rageur à ce qui restait de l'olive en question, elle reposa son verre avec un soupir.

— Cette conversation commence à me fatiguer…

— Vraiment ? Je vais changer de sujet, alors. Ça vous dirait de sortir avec moi demain soir ?

Son cœur fit un petit bond dans sa poitrine. Elle ne s'attendait pas à une telle demande de sa part. Décidément, cet homme avait l'art de la déstabiliser. Et le pire, c'était qu'elle avait terriblement envie de répondre oui…

Elle s'obligea à réfléchir le plus posément possible. Accepter ce rendez-vous représenterait une erreur monumentale. Elle n'agirait que pour de mauvaises raisons : pour punir Daniel, pour oublier le passé, pour faire du mal indirectement à cette maudite Holly Fairfield…

Harris était avant tout le frère de Holly. Et si elle voulait vraiment donner une bonne leçon à Daniel, elle n'aurait pas pu choisir pire — ou meilleur rival…

Désemparée, elle contre-attaqua avec le plus de mauvaise foi possible :

— Pourquoi faut-il toujours que les hommes s'obstinent à vouloir vous séduire dès qu'ils sentent qu'ils n'ont pas leurs chances ?

— Eh bien, dites donc ! s'exclama Harris en se redressant. D'habitude, je tiens tout de même un peu plus de… (Il consulta ostensiblement sa montre.)… trente-huit secondes avant de me faire jeter ! Chapeau, miss !

Son humour avait quelque chose de désarmant, même si elle avait le sentiment qu'il se cachait derrière cette arme un peu dérisoire et qu'il était difficile à cerner.

Elle reprit une gorgée de son Martini, désireuse d'en savoir un peu plus sur cet homme qu'elle appréciait de plus en plus.

— A mon tour de changer de sujet, lança-t-elle d'un ton qu'elle espérait nonchalant. Pourquoi avoir choisi le métier de barman ?

— Pourquoi avoir choisi le métier de chef ?

— J'ai posé la question en premier, répliqua-t-elle tout en agitant un doigt menaçant.

— Parce que c'est tranquille, comme job. J'avais besoin d'une petite pause.

— Ha, ha ! Et vous faisiez quoi, avant ? Astrophysicien ?

Il fit mine d'être extrêmement flatté par sa suggestion.

— P'têt ben qu'oui, p'têt ben qu'non…

Toujours ce recours au comique pour s'en tirer élégamment…

A l’évidence, il n’avait pas envie de lui répondre franchement, ce qui ne faisait qu’attiser sa curiosité.

Elle insista avec une moue qu’elle savait irrésistible.

— Allez, vous pouvez bien me le dire, non ?

— Parce que c’est ça que vous voulez ? Qu’on soit honnête l’un avec l’autre ? rétorqua-t-il avec un regard pénétrant qui la fit tiquer.

En quelques mots, il venait de briser l’harmonie qu’elle avait cru percevoir entre eux. D’un seul coup, il n’était plus question de plaisanter ou de flirter gentiment : il essayait tout bonnement de lui extorquer des informations. Pour qui se prenait-il ? Pour un espion ? Elle qui s’était presque laissée aller à passer une bonne soirée après un début désastreux…

Elle se leva brusquement, refoulant les larmes de déception qui lui piquaient les paupières. Après tout, elle non plus n’était pas venue ici pour le seul plaisir de profiter d’un moment de détente. Son but, c’était de rendre Daniel jaloux, un point c’est tout. Pas de se faire harceler de questions plus ou moins indiscrètes.

— Il faut que j’y aille, dit-elle sèchement.

D’une main, il la retint, l’air sincèrement désolé.

— Je… Pardonnez-moi pour ce que je viens de dire. Il m’arrive d’être un peu maladroit. Mais je vous assure que ce n’était pas intentionnel. Restez encore un peu, si vous le voulez bien. Et on ne parlera plus de choses qui fâchent. Promis.

Elle le dévisagea, cherchant à deviner s’il disait la vérité. Elle avait tellement envie de le croire ! Cela faisait si longtemps — trop longtemps — qu’un homme ne lui avait pas donné l’impression de désirer vraiment sa présence. Il y avait de quoi avoir la tête qui tourne !

— Non, je…, bredouilla-t-elle. Il faut vraiment que je me lève tôt demain matin, et…

Elle n'acheva pas sa phrase, préférant se dégager de son étreinte le plus vite possible pour essayer de conserver le peu de dignité qui lui restait. Mais alors qu'elle filait vers la porte sans demander son reste, elle sut que le combat était perdu d'avance. Cette façon qu'il avait eue de la regarder comme s'ils étaient seuls au monde, ce sourire à la fois charmeur et compatissant qu'il lui avait prodigué sans compter… Elle devait bien l'admettre : une sorte de déclic s'était produit en elle au contact de cet homme qu'elle avait d'abord cru pouvoir manipuler à sa guise. C'était pour cela qu'elle avait accepté de le suivre ce soir, pour cela aussi qu'elle était retournée au bar où il officiait après son entretien avec Holly…

Elle ne pouvait pas se leurrer plus longtemps : ce n'était pas, comme elle se l'était répété pour se donner bonne conscience, pour servir les intérêts de Daniel qu'elle recherchait la compagnie de Harris. Non, c'était pour elle. Cela lui faisait tellement de bien !

Affolée par le tour que prenaient ses pensées, elle tenta de se ressaisir. Mais pour la première fois, elle avait le sentiment qu'elle s'éloignait véritablement de Daniel et de la passion exclusive qu'elle avait nourrie à son égard pendant des années. Avec Harris, c'était différent. Grisant. Et c'était sans doute cela qui lui faisait si peur.

10.

Dans un sens, Holly fut soulagée de retrouver Ryan à la sortie du club. Elle le repéra tout de suite. Il l'attendait et, à l'évidence, il ne tenait pas à en faire mystère. Elle ne l'avait pas vu à l'intérieur, mais avait senti sa présence au picotement sur sa nuque — une sensation désormais familière.

Ce soir, il aurait pu rivaliser d'élégance avec Daniel. Chemise safran, costume anthracite, cheveux savamment décoiffés... Il avait une allure folle ! Sans rien dire, elle se mit à marcher à son côté, essayant de ne pas trébucher sur ses hauts talons malgré la tension qui faisait battre son cœur à coups redoublés. Il était venu la chercher, en fin de compte...

Dire qu'elle avait passé le plus clair de la soirée à scruter la foule pour l'apercevoir, sans succès ! Résultat : même Daniel, qui ne la quittait pas, avait remarqué qu'elle n'était pas vraiment à ce qu'elle faisait. Il avait dû la rappeler au présent à plusieurs reprises, avant qu'elle décide de partir plus tôt que prévu, vaguement déçue.

— Je suis contente que vous soyez là, déclara-t-elle avec un rire clair. J'en devenais folle à force de vous attendre... Au moins, maintenant, on va pouvoir régler les choses calmement.

— Et de quelles choses voulez-vous parler ?

Inspirant profondément pour se donner du courage, elle décida de l'attaquer de front.

— Eh bien, pour commencer, vous m'avez dit l'autre soir que vous ne me suiviez pas. Mais c'est faux — enfin, c'était faux jusqu'à ce que vous arrêtiez. Je sais que vous m'avez suivie pendant un certain temps. Je l'ai senti, tout comme j'ai senti quand vous avez mis un terme à ce petit jeu. Et ce soir, vous avez recommencé : la preuve, c'est que j'avais deviné que vous étiez dans le coin même sans vous avoir vu…

Il lui plaqua une main sur la bouche. Enervée par son geste possessif, elle se dégagea brusquement.

— Il y a aussi cette histoire de m'empêcher de parler ! Vous pourriez peut-être m'expliquer par la même occasion ?

Se plantant devant lui, elle le vit se figer comme une statue de marbre. Seuls ses yeux semblaient vivre, fixés sur elle avec une intensité qui lui rappela leur première rencontre au Manoir Cutty. Ne sachant que dire, elle resta silencieuse, attendant qu'il lui explique son comportement étrange. Elle n'osait poser la question qui lui brûlait les lèvres : pourquoi s'intéressait-il tellement à elle ?

Au silence qui s'éternisait, elle comprit qu'elle devrait encore attendre pour avoir une réponse.

— Si c'est tout ce que vous avez à me dire…, lâcha-t-elle d'un air bravache avant de s'écarter de lui.

Sur une petite révérence comique, elle tourna les talons et prit la direction opposée comme si elle se fichait éperdument de lui, balançant négligemment son sac au bout de sa lanière dorée.

Mais au bout de quelques pas, elle fit volte-face et revint vers lui en courant presque. Ce regard hagard, cette façon qu'il avait de la hanter… Il semblait connaître un secret qui la concernait au premier chef. Le problème, c'est qu'elle n'avait aucune idée de ce dont il s'agissait.

Elle s'arrêta devant lui et agita un doigt menaçant devant son regard glacé.

— Ecoutez-moi bien : je ne suis pas du genre à rechercher la confrontation à tout prix, bien au contraire, mais là, franchement, vous poussez le bouchon un peu trop loin…

A sa grande surprise, il lui saisit la main au vol.

— La confrontation, hein ? répéta-t-il à voix basse. Si vous voulez tout savoir, je ne sais pas quoi penser de vous.Vous êtes au courant et vous jouez la comédie de l'innocence ? Vous êtes de mèche avec Daniel ? Ou bien il se sert de vous pour m'atteindre ?

Que diable voulait-il dire ? Elle n'y comprenait rien ! Tout ce qui retint son attention, c'était que Ryan semblait être d'accord avec Harris au sujet de Daniel. Qu'il n'était pas sincère avec elle. Que sa générosité n'était pas sans arrière-pensées. *Certaines choses sont trop belles pour être vraies…*

Retirant sa main, elle resta là, indécise. Les mises en garde d'Emma lui revenaient à la mémoire : après tout, Ryan était peut-être un psychopathe et un pervers ! Rien que de songer qu'il l'avait suivie pendant plusieurs jours et qu'il venait de remettre ça ce soir… Pourtant, elle ne parvenait pas à s'en convaincre. Certes, elle ne possédait pas le don de son frère pour lire dans les esprits, mais son instinct lui soufflait que Ryan n'était pas dangereux. Pas pour elle, du moins — pas tant qu'elle ressentait ce lien étrange et profond entre eux.

Machinalement, elle resserra les pans de son manteau autour d'elle. Peut-être qu'en manœuvrant différemment, elle obtiendrait des réponses aux questions qui la taraudaient.

— Il y a certaines choses dont je suis consciente, reprit-elle à mi-voix, pour ne pas briser le charme. Au début, je me demandais : « Pourquoi moi ? » Et puis, j'ai compris que…

Elle s'interrompit. Elle n'allait tout de même pas lui révéler qu'elle était au courant de son passé ! Lui rappeler qu'il avait tué sa fiancée risquait de la mettre dans une position pour le moins délicate…

— Que le Manoir aurait dû vous revenir de droit. Vous êtes le dernier descendant des Cutty, si je ne me trompe. C'est pour ça que vous me harcelez depuis le début. Parce que vous ne voulez pas que la transformation de votre héritage en bar-restaurant-boîte profite à Daniel. Et comme il m'a engagée précisément dans ce but…

— Pourquoi l'avez-vous laissé vous habiller ainsi ce soir ? la coupa-t-il.

Elle écarquilla les yeux, bouche bée. Il avait vraiment l'art de passer du coq à l'âne !

— Je… Qu'est-ce que ça peut bien vous faire ? Porter des vêtements haute couture n'est pas un crime, que je sache…

— Vous prétendez ne pas être au courant de leur machination. Et pourtant, vous avez changé de coupe de cheveux, vous portez ses vêtements… Vous vous payez ma tête, hein ?

Mais de quoi parlait-il, à la fin ? Cela commençait à devenir insupportable !

— Ecoutez, martela-t-elle sèchement, ça commence à bien faire. On parle la même langue, tous les deux, pourtant, je ne comprends absolument rien à vos élucubrations !

— La réception de ce soir… Daniel savait parfaitement que je serais là. C'est pour ça qu'il vous a amenée comme invitée d'honneur. Pour parader avec vous devant moi.

Pour qui la prenait-il ? Pour Hélène de Troie ? Elle n'était pas une captive dont on dispose à son gré !

Apeurée, elle vit Ryan se rapprocher encore, au point qu'elle pouvait presque sentir son souffle sur ses joues empourprées.

— Bon sang, si vraiment vous n'êtes pas au courant…

Elle le considéra attentivement, cherchant à lire la raison de sa colère dans ses pupilles dilatées. Toutes ces insinuations — sur Ryan, sa fiancée, Daniel — ne faisaient que complexifier davantage l'embrouillamini dans lequel elle s'était fourrée malgré elle. Si seulement il pouvait l'aider à y voir plus clair !

— Dites-moi ce qui se passe, Ryan. S'il vous plaît…

Il recula, visiblement décontenancé par sa demande. Après l'avoir examinée de la tête aux pieds, il parut reprendre un peu ses esprits. Lentement, un sourire méprisant vint étirer ses lèvres parfaites. Elle sentit son cœur se serrer. S'il avait un instant songé à lui révéler quelque chose, le moment était passé. Il ne lui dirait rien, elle le lisait dans son regard.

— Je me demande si, finalement, je ne vais pas prendre goût au petit jeu de Daniel. Après tout, j'aurais tort de ne pas m'amuser, moi aussi… Il s'est donné beaucoup de peine pour vous dénicher, alors pourquoi ne pas en profiter un peu ?

— Je… C'est à moi que vous posez cette question ?

— Pas du tout, rétorqua-t-il avec une pointe de sarcasme qui la blessa plus qu'elle ne l'aurait voulu.

— Bien, dans ce cas, je vous préviens que si je suis là, c'est pour réaliser un travail. Un projet qui me tient vraiment à cœur. Et vous ne parviendrez pas à me détourner de ce but.

— Ah oui ? railla-t-il.

Elle le fusilla du regard, les poings sur les hanches. Il avait beau faire, elle refusait de lui montrer à quel point il l'intimidait. Pas question de céder à la panique, ni d'abandonner devant sa mauvaise foi. Pour une fois qu'il était presque au pied du mur, elle comptait bien lui faire cracher le morceau. Au moins serait-elle fixée et cesserait-elle de jeter des coups d'œil inquiets par-dessus son épaule toutes les dix secondes…

Mais apparemment, il n'avait pas du tout l'intention de poursuivre leur conversation. La plantant là, il s'approcha de la rue et fit signe à un taxi. Quel mufle ! songea-t-elle. Il allait s'éclipser sans la moindre explication ! Si seulement elle trouvait quelque chose de bien senti à lui lancer — quelque chose qui le force à la prendre au sérieux…

Elle se creusait frénétiquement les méninges pour en sortir une remarque qui fasse mouche lorsque, contre toute attente, Ryan lui fit signe de monter dans le taxi qui venait de s'arrêter le long du trottoir. Il lui tenait la portière ouverte, comme un gentleman digne de ce nom. Sans comprendre, elle obéit à son invitation et s'installa sur la banquette arrière. Cela faisait-il partie des avantages en nature que comportait son nouveau poste ? Allait-elle se voir attribuer, en plus d'un appartement de luxe et de vêtements fabuleux, la compagnie d'un des hommes les plus séduisants qu'elle ait jamais croisés au cours de son existence ?

Elle pensait qu'il s'assiérait à côté d'elle, mais il se contenta de refermer la portière d'un geste cérémonieux, agrémenté d'une petite courbette ironique.

Elle baissa la vitre, interloquée.

— Je… Alors, vous me renvoyez chez moi ? Comme ça, sans rien dire ? Combien de temps ce jeu de cache-cache va-t-il durer ?

Il prit le temps de donner son adresse au chauffeur avant de lui répondre, d'un air énigmatique :

— Aussi longtemps qu'il le faudra…

Sur ces mots, le taxi démarra dans la nuit.

Une demi-heure plus tard, Holly s'installait confortablement sur le canapé du salon plongé dans l'obscurité, dos à la fenêtre, un verre de vin rouge posé sur la table basse. Rien de tel qu'un bon merlot de Californie pour se détendre après la soirée mouvementée qu'elle venait de passer. Elle n'avait pas touché aux cocktails sophistiqués que l'on servait au *Samba, Samba !* — quel réconfort ou quel plaisir pouvait-on trouver dans ce genre de boissons tape-à-l'œil ? Mais maintenant qu'elle était de retour chez elle, au calme, elle avait bien droit à un petit remontant.

Cela aurait au moins l'avantage de chasser de son esprit fatigué les Daniel et les Ryan de ce monde ! Sauf qu'évidemment, plus elle essayait de les oublier, plus leurs images s'imposaient à elle.

Elle devait couver quelque chose. Sûrement une grosse grippe. Ou bien, c'était dû au surmenage auquel elle était soumise depuis son arrivée à San Francisco. Il y avait de quoi, entre les soirées mondaines, les nuits passées à travailler sur le projet du Manoir Cutty, les désillusions et les soucis à propos de tout — son frère, la peur de ne pas être à la hauteur, Daniel, Ryan… Surtout Ryan, dont la présence la hantait en permanence. A ce rythme, elle filait droit vers la dépression !

Par exemple, elle était persuadée qu'à cet instant précis, Ryan était posté dans l'ombre de l'immeuble d'en face, à la guetter. Se faisait-elle tout un cinéma à partir de rien ? Ou avait-elle raison de se méfier de lui à ce point ?

D'un geste nerveux, elle envoya valser ses talons hauts par terre, puis se mit à genoux sur les coussins moelleux du canapé pour faire face à la fenêtre. Ecartant les lattes du store, elle scruta le brouillard nocturne, sachant pertinemment qu'elle ne verrait rien à travers l'opacité caractéristique de San Francisco. Que croyait-elle ? Qu'elle allait repérer Ryan comme cela, si facilement ? Il lui aurait fallu des pouvoirs spéciaux, comme les superhéros — une vision laser, par exemple…

— Arrête ça tout de suite ! lui intima la voix de la raison. Tu es complètement ridicule, ma pauvre fille. Allume la lumière et décolle-toi de cette fenêtre. Ressaisis-toi, bon sang !

Elle se retourna, les nerfs à vif. Pourtant, elle n'avait pas rêvé : juste avant de la mettre d'autorité dans le taxi, Ryan était sur le point de lui confier quelque chose — quelque chose d'important…

Décidément, elle débloquait !

En pestant, elle alluma la lampe qui trônait sur la table basse, à côté de son verre auquel elle n'avait pas encore touché. Un peu de lumière lui ferait du bien. Etendant le bras de l'autre côté du canapé, elle alluma aussi l'halogène et cligna des yeux dans le halo doré qui illumina la pièce tout entière, dissipant les ombres inquiétantes.

— Ah, c'est mieux comme ça, dit-elle à voix haute.

Ramassant ses talons aiguilles, elle les renfila avant de prendre le verre rempli de vin qui l'attendait bien sagement. Mais au lieu d'y goûter, elle se surprit à tapoter nerveusement le tapis du bout de sa chaussure. Exaspérée, elle enleva de nouveau ses escarpins et reposa le verre intact sur la table. En maugréant contre son inconséquence, elle se mit une fois de plus à genoux pour regarder par la fenêtre.

Il l'attendait quelque part, là, dehors… Il l'espionnait, tapi dans la pénombre…

Un dangereux criminel… Un psychopathe qui avait assassiné sa fiancée… Et s'en était tiré sans le moindre problème…

Enfin, d'après ce que lui avait raconté Emma.

— Evidemment, marmonna-t-elle à voix haute, quitte à m'imaginer que quelqu'un me file au train, autant que ce soit un maniaque aux pulsions morbides, histoire de bien noircir le tableau !

Elle laissa retomber le store, s'allongea sur le canapé, les yeux rivés au plafond. Et si elle mangeait quelque chose ? Cela la calmerait peut-être. Un truc bien sucré, pour diminuer cette angoisse irraisonnée.

Le seul problème, c'est qu'elle se sentait incapable de bouger, tellement elle était tendue. Et épuisée. Une combinaison imparable ! L'article qu'elle avait lu sur la famille Cutty et sa brebis galeuse ne cessait de la tourmenter. Dans quelle histoire avait-elle mis les pieds ? Car il devenait évident qu'elle était au cœur d'une histoire familiale complexe dont elle ne savait rien. Que lui avait donc dit Ryan sur Daniel ? Il avait parlé d'un petit jeu, mais lequel ?

L'image d'un échiquier sur lequel elle n'aurait été qu'un pion lui vint à l'esprit. Dans l'ordre des pièces, elle aurait bien vu Vanessa en reine blanche et Samuel en roi — un roi complètement gris. Daniel et Ryan ? Deux cavaliers, l'un noir, l'autre blanc. Quant à la tour, c'était, bien sûr, le Manoir Cutty.

Quelle tactique devait-elle adopter dans cette partie commencée depuis longtemps ?

A écouter son frère, elle prendrait ses cliques et ses claques et filerait d'ici sans demander son reste, au lieu de se torturer les méninges avec des histoires de jeu d'échecs et de psychopathes en liberté. Seulement voilà : elle refusait de s'avouer vaincue. Ce chantier, c'était la chance de sa vie. Elle ne retrouverait jamais pareille occasion de montrer sa valeur. Dans ces conditions, comment ne pas s'accrocher coûte que coûte, malgré les embûches et les questions qui lui barraient l'horizon ?

Au bout de plusieurs longues minutes, elle se redressa et renfila ses talons aiguilles afin de se diriger vers la cuisine. Mais au lieu d'y pénétrer, elle pivota vers la porte d'entrée, attrapa son manteau et sortit.

C'était stupide. Ryan n'était sûrement pas dehors à l'attendre ! Pourtant, il fallait qu'elle en ait le cœur net. Sans quoi, elle ne fermerait pas l'œil de la nuit.

11.

Lorsque Holly se retrouva face à face avec Ryan, elle regretta immédiatement son impulsion. Dire qu'elle n'avait même pas songé à prendre son portable ! Si encore elle avait eu la chance d'être secondée par Batman… Mais non. Elle se retrouvait seule avec un criminel en puissance, dans une rue déserte et sombre. Et bien entendu, elle n'avait pas de plan B. Elle qui voulait affronter ses peurs, eh bien, son vœu était exaucé !

Ryan était apparu devant elle, superbe en costume sombre, émergeant de la brume et de l'obscurité comme le méchant dans les films noirs des années 30. Et contre toute attente, il n'avait pas eu l'air mécontent de la voir, au contraire.

Avec un demi-sourire, il murmura :

— Holly Fairfield… Eh bien, pour une surprise…

Autour de sa silhouette musclée montaient des volutes de brouillard qu'elle aurait pu prendre pour des tourbillons de flocons neigeux s'il avait fait plus froid. Sous ses cheveux en bataille, ses yeux bleus étincelaient comme deux glaçons mentholés. D'ailleurs, son souffle sentait la menthe. Amusant pour un psychopathe !

Il avança d'un pas vers elle, elle recula d'autant. Comme dans un pas de deux.

— Je devrais appeler la police, vous savez ! s'exclama-t-elle avant de se mordre les lèvres. D'ailleurs, je ne sais pas pourquoi je vous préviens au lieu d'agir. Si vous êtes vraiment dangereux…

— Je suis vraiment content que vous soyez descendue, la coupa-t-il, comme s'il n'avait pas entendu ses menaces. Sans ça, c'est moi qui serais monté vous retrouver. Vous avez raison : ça suffit, cette attente stupide de part et d'autre.

— Cette attente ? Quelle attente ?

— Eh bien, à propos de Nina. Vous ne voulez pas savoir ce qu'il en est ?

A cet instant, Holly sut que la scène qui allait suivre resterait gravée dans sa mémoire. Le brouillard qui les enveloppait, le bruit étouffé du tramway non loin de là, le visage de Ryan, avec cette excitation mêlée de tristesse qu'elle entendait dans sa voix, qu'elle pouvait lire dans ses yeux. Et cette façon qu'il avait eue de prononcer le nom de « Nina »…

— Je vous préviens, vous allez tomber de haut, déclara-t-il tout en lui prenant la main pour l'entraîner à sa suite.

Avant qu'elle ait eu le temps de protester, ils étaient partis. A toute allure. A travers les rues de San Francisco, comme s'ils avaient le diable aux trousses. Et si c'était le cas ?

Juste au moment où elle allait lui demander, hors d'haleine, où il comptait l'emmener, il lui cria par-dessus son épaule :

— Au Manoir Cutty !

En moins de temps qu'il n'en faut pour le dire, ils arrivèrent en vue de l'imposante construction. A bout de souffle, Holly ne songeait plus à dégager sa main de celle de Ryan. Dans la brume nocturne, le Manoir avait une allure inquiétante derrière ses grilles en fer forgé. On aurait dit une maison hantée, ou une bête monstrueuse assoupie dans l'ombre, prête à sauter à la gorge des imprudents qui tenteraient de la réveiller.

En tout cas, Ryan savait comment pénétrer dans la forteresse.

Pas besoin de clé : une porte de service, un léger coup d'épaule, et il se retourna vers elle, l'invitant à le suivre à l'intérieur. Elle hésita une fraction de seconde. Pouvait-elle lui faire confiance ? Mais elle n'eut pas le temps d'exprimer ses doutes.

— Vous voulez savoir la vérité, non ? lui lança-t-il abruptement.

Et sans attendre sa réponse, il lui reprit la main afin de la faire passer devant lui. Elle n'avait plus le choix, à présent.

A l'intérieur, les salles vides et poussiéreuses avaient un aspect étrange. La pensée que Ryan avait grandi et joué dans cet espace hors du commun lui traversa l'esprit. Plus âgé, le fils unique du maître des lieux avait sûrement joué le rôle de guide improvisé pour les clients qui venaient savourer la carte du restaurant. En tout cas, il semblait connaître l'endroit comme sa poche, ce qui expliquait pourquoi, même sans lumière, il était capable de se repérer dans ce dédale. Sans hésiter, il l'entraîna au deuxième étage et ouvrit la porte d'une grande pièce sombre et silencieuse. Avant même qu'il ait allumé la lampe sur pied, elle distingua, grâce à la lueur ténue qui provenait de l'unique fenêtre, des draps blancs sur les meubles et les tableaux. Comme si cette pièce était abandonnée depuis des lustres.

Ce fut seulement à cet instant qu'elle retrouva l'usage de la parole.

— Arrêtez, articula-t-elle faiblement, sans trouver d'argument adéquat pour appuyer sa protestation.

Elle voulut le menacer, lui crier qu'elle se débattrait s'il continuait à lui imposer sa volonté. Mais tout ce qu'elle parvint à dire, ce fut cette phrase sans queue ni tête :

— C'est juste une rénovation, rien de plus !

Encore une fois, Ryan ne lui prêta pas la moindre attention. Evitant les obstacles qui encombraient son chemin, il avança droit vers le fond de la pièce.

— Ils l'ont enlevée du mur, grommela-t-il.

Parmi les tableaux recouverts de draps blancs qui jonchaient le sol, il en extirpa un plus grand que les autres. C'était peut-être les restes d'une fabuleuse collection de peintures, songea-t-elle avec le vague sentiment d'en avoir entendu parler quelque part. Ryan installa le cadre toujours voilé contre le mur, en plein dans le halo de lumière dorée qui éclairait la pièce.

— Mais je connais tous leurs secrets, continua-t-il en même temps qu'il ôtait le drap masquant le mystérieux tableau. Je savais que je la retrouverais tout de suite.

Tout d'abord, elle ne vit rien. De là où elle était placée, elle n'avait pas de vue directe sur la peinture. Et d'ailleurs, elle n'était pas sûre d'avoir tellement envie de la regarder. Le visage de Ryan était nettement plus intéressant, avec son expression avide et tourmentée à la fois et ses yeux brillant d'anticipation contenue.

Qu'attendait-il donc d'elle ? L'avait-il amenée jusqu'ici uniquement pour lui faire voir un tableau ? Quelle histoire de fous !

A contrecœur, elle se rapprocha, sans quitter Ryan du regard. Une petite voix lui soufflait que si elle acceptait de contempler ce tableau manifestement très important pour lui, il la laisserait rentrer chez elle et cesserait de l'importuner. Elle avait tant de choses à faire ! Les plans pour la rénovation du Manoir à reprendre de fond en comble. Les rêves de grandeur de Daniel à accommoder. Et, plus prosaïquement, le verre de merlot qui l'attendait toujours sur la table de son salon, à côté de ses chaussons fourrés dans lesquels elle aurait été nettement plus à son aise pour réfléchir au tour que prenait sa carrière…

Il suffisait qu'elle regarde cette peinture. Mais bizarrement, l'angoisse la tétanisait. Et si c'était une représentation morbide ? S'il s'agissait d'une photo grandeur nature d'un illustre cadavre familial ? Rien que d'y penser, elle en avait des frissons dans le dos.

— Allez-y, regardez-la bien, grommela Ryan comme s'il lisait dans ses pensées. Mais peut-être êtes-vous déjà au courant ?

Au courant de quoi ? Au lieu de regarder le tableau, elle reporta ses yeux sur lui. Son attitude étrange lui rappela soudain ce qu'elle savait du drame qui avait bouleversé son existence. Il se tenait légèrement en retrait, la main sur le cadre, comme si lui aussi avait peur de poser les yeux sur le portrait qu'il venait de dévoiler. Le portrait… de sa fiancée assassinée ?

La nuit où ils s'étaient retrouvés face à face dans la salle de bal, elle l'avait entendu prononcer un prénom de femme. Et ce soir encore, avant leur course folle, il lui avait parlé d'apprendre la vérité au sujet de…

— Nina, chuchota-t-elle avant même de regarder le portrait, sûre d'avoir deviné juste.

Seulement, rien ne l'avait préparée au choc qui la frappa en plein visage lorsqu'elle vit enfin la femme représentée sur la toile.

— Je… C'est une blague, ou quoi ? balbutia-t-elle, abasourdie.

Le portrait… C'était elle, sur le portrait ! Elle, Holly !

Sauf que, à y regarder de plus près, elle n'avait jamais possédé une robe comme celle-ci, aussi sophistiquée. Ni une parure de perles aussi somptueuse. Quant au carré déstructuré qui soulignait le visage du modèle, elle-même ne l'arborait que depuis peu — les séances de coiffure interminables, ce n'était pas du tout son style. Elle ne se reconnaissait pas non plus dans l'expression du modèle. Ce menton en avant, cet air supérieur, jamais elle n'aurait eu le cran de l'adopter. L'attitude à la fois imposante et boudeuse du modèle trahissait son âge ainsi que son caractère : une femme-enfant, encore en devenir, voilà ce qu'elle devait être au moment où on l'avait représentée. Ses yeux bruns, semblables aux siens, reflétaient une assurance qu'elle-même était bien loin de posséder.

Mais pour le reste — la forme du visage, le dessin des lèvres, l'allure générale —, elle avait vraiment l'impression de se regarder dans une glace.

Un nom était gravé dans une plaque dorée fixée en bas du cadre. S'approchant un peu plus, elle lut à voix haute :

— Nina…

— Vous comprenez, maintenant ? lança Ryan avec violence. Vous comprenez pourquoi Daniel vous a fait venir ici ?

Si elle comprenait ! C'était évident, les pièces du puzzle s'ajustaient à la perfection. La mort tragique de Nina, la descente aux enfers de Ryan, la passation de pouvoir à Daniel… Tout s'expliquait. Y compris l'attitude de Ryan lors de leur première rencontre et la filature dont elle avait fait les frais. Pas étonnant qu'il ait semblé complètement obsédé par sa présence !

Reportant enfin son regard sur lui, elle bredouilla lentement, d'une voix tremblante :

— Je… Nina et moi, on est exactement… pareilles. Nina, la femme que vous avez tuée…

Elle le vit encaisser le coup. Juste retour des choses, après le boulet de canon qu'elle venait de se prendre en pleine poitrine.

— C'est ce qu'on raconte, en effet, marmonna-t-il. Que je l'ai tuée. Que c'est moi qui lui ai fait quitter la route, ce soir-là.

Mais elle ne l'écoutait que d'une oreille, trop absorbée par la contemplation du tableau.

— Ma coiffure… Ces vêtements…

— Mais oui. Il vous a habillée et coiffée comme elle.

Comme une vulgaire poupée, compléta-t-elle mentalement. Comme si la ressemblance n'était pas assez frappante !

— Vous étiez fiancés, murmura-t-elle en se remémorant la conversation qu'elle avait eue avec Emma.

Emma qui lui avait confié le terrible secret familial. Emma qui l'avait emmenée faire les boutiques sous prétexte de se détendre. Alors qu'en fait, elle en profitait pour la transformer en clone de Nina. Quelle déception !

Cela faisait trop pour une seule fois. Elle en avait le vertige. Surcharge d'informations…

En tout cas, elle comprenait mieux pourquoi Ryan posait systématiquement ce regard tourmenté sur elle.

— Daniel a vraiment fait tout ce qu'il fallait pour parfaire l'illusion, dit-elle à mi-voix, comme pour elle-même. Il doit vous détester cordialement.

— Et encore, vous êtes loin du compte.

Elle vit ses épaules s'affaisser, son regard se voiler, comme si l'énergie qui le poussait jusqu'ici s'était soudainement tarie. Il recouvrit le portrait de son drap blanc et ne fit pas un geste pour la retenir lorsqu'elle sortit de la pièce où veillait toujours l'image de Nina.

Vanessa resserra son peignoir de soie autour de sa taille et glissa ses pieds dans les mules en satin qui l'attendaient au pied du lit. Pour une femme de son âge, ces chaussons roses bordés de fourrure frisaient le ridicule, mais qui se souciait de l'allure qu'elle pouvait bien avoir au sortir du lit, surtout à cette heure de la nuit ? Pas Samuel, en tout cas, dont elle entendait la voix avinée résonner dans la bibliothèque.

— Et pourquoi je ne peux pas venir, bordel de merde ? criait-il comme un adolescent capricieux. Bon sang, j'ai quand même payé ton installation, non ?

Avec lassitude, elle se dirigea vers la pièce où pestait son mari. Elle connaissait le tableau : Samuel debout à tourner en rond, un verre de whisky dans une main, son portable dans l'autre.

— Bon Dieu ! Parfois, je me dis que… Non, ne raccroche pas !

Arrivée devant l'épaisse porte en chêne, elle poussa légèrement le vantail resté entrouvert, juste assez pour jeter un œil à l'intérieur. Elle savait ce qu'elle allait découvrir, elle en était presque blasée. Pourtant…

Pourtant, elle eut un pincement au cœur en voyant son mari faire des allers-retours nerveux devant la cheminée, au risque de renverser le fond de whisky qui restait dans son verre. Il n'avait même pas encore ôté sa tenue de soirée, s'étant borné à défaire son nœud papillon qui pendait lamentablement sur sa poitrine.

La bibliothèque avait été la pièce favorite de son père, avec sa cheminée monumentale toute de marbre et d'acajou sculpté, importée d'Italie à l'époque de son grand-père. Les ancêtres Moore avaient toujours voulu le fin du fin pour leur demeure. Et elle, qu'avait-elle fait pour l'enrichir davantage ? Elle y avait introduit Samuel, contre l'avis paternel. Un bien piètre choix, à le voir ainsi jurer avec le cadre parfait dont elle avait hérité.

— Je ne te menace pas, voyons ! geignait-il, dos à la porte. C'est juste que j'ai tellement besoin de toi… Imagine un peu : je suis là, coincé à la maison avec cette vieille chouette pour toute compagnie. Et comme distraction, ces foutues soirées où elle me traîne alors que je déteste ça !

Foutues soirées… Il exagérait ! Ce soir, ils n'avaient fait que passer en coup de vent à une réunion caritative au profit de la lutte contre le cancer. Etant donné l'état d'ébriété avancé de Samuel, ils ne s'étaient pas éternisés. Rien de plus humiliant que les regards compatissants des autres invités. Résultat des courses : ils étaient rentrés en toute hâte, elle pour se mettre au lit, lui pour se précipiter sur une autre bouteille de whisky.

Elle aurait dû se douter qu'il avait une maîtresse. Quoique... Qui pourrait vouloir d'une épave pareille ? Probablement une petite jeunette qui avait besoin d'argent.

— Mais je croyais que je te verrais ce soir, se lamentait Samuel tel un gamin à qui l'on aurait enlevé son jouet préféré.

Il avait l'air tellement pitoyable qu'elle avait presque envie de le plaindre. Où était donc passé le jeune homme fringant, plein de mordant et d'enthousiasme, qu'elle avait épousé ? Une phrase d'un petit livre sur le mariage qu'elle avait lu il y a longtemps lui revint à la mémoire : « La décision la plus importante que je prendrai de ma vie de femme, ce sera de choisir l'homme qui deviendra mon époux. » Avait-elle vraiment accordé toute son attention à cette question cruciale ?

Un autre souvenir lui traversa l'esprit : la fois où elle s'était effondrée dans les bras de Gil en sanglotant, persuadée qu'elle aurait dû le choisir lui plutôt que Samuel. C'était avant le drame qui avait éloigné leurs deux familles. Samuel et Gil s'entendaient comme larrons en foire et avaient de grands projets ensemble. Ils voulaient réunir le prestige du Manoir Cutty et des vignobles de Gil pour créer une fabuleuse chaîne de restaurants avec une carte des vins exclusive et une boutique de vente au détail à la sortie. Les clients du restaurant, enchantés par la qualité des cépages qu'ils auraient goûtés, n'auraient pas manqué de repartir avec des cartons entiers de vin — c'était du moins ce que clamaient les deux associés.

Vanessa se rappelait comment, ce soir-là, à sa grande honte, elle avait bu plus que de raison. Comment elle s'était jetée à la tête de Gil, et comment il l'avait repoussée, gentiment mais fermement. Ce soir-là, elle les avait haïs, lui et sa chère Marta, avec leur côté « couple modèle » qu'elle ne parviendrait jamais à obtenir.

Saisie d'une fureur salvatrice à l'évocation de ce souvenir humiliant, elle ouvrit la porte de la bibliothèque en grand. Les yeux bouffis et injectés par l'alcool, Samuel se retourna et, de surprise, lâcha son verre qui rebondit sur le devant de la cheminée avant d'éclater en mille morceaux étincelants.

— Ce n'est que moi, la vieille chouette, lança-t-elle d'un air faussement indifférent. J'aurais juste voulu te parler deux minutes, si tu n'y vois pas d'inconvénient.

— J'ai fait une grosse boulette, chuchota Samuel dans son portable. Je te rappelle.

Il raccrocha avant de faire face à sa femme, image même du mari adultère pris en flagrant délit. Quel contraste avec la première vision qu'elle gardait de lui ! A l'époque, il ressemblait à ces statues de marbre qu'elle avait admirées lors d'un voyage en Grèce avec ses parents. Des traits ciselés, des muscles impeccablement dessinés, une carrure d'athlète… Un vrai éphèbe. Pas étonnant qu'avec son physique, il eût déjà fait des ravages parmi la gent féminine. Toutes les filles lui couraient après. Gil et lui étaient la coqueluche des adolescentes énamourées.

— Qu'est-ce que tu me veux ? aboya-t-il enfin tout en se dirigeant vers le bar afin de prendre un autre verre sans se préoccuper davantage des dégâts qu'il venait de causer.

Rien de nouveau sous le soleil : quoi qu'il fasse comme bêtises, il y avait toujours quelqu'un pour repasser derrière lui.

— Je voulais te parler de l'architecte que Daniel a embauchée. Je crois que nous devrions agir en ce qui la concerne. Ryan est passé aujourd'hui, et il m'a semblé très affecté par cette situation. Je voulais ton avis sur la question, c'est tout.

— Mon avis ? répéta Samuel en s'esclaffant. C'est une blague ?

Elle passa outre, décidée à ne pas perdre de vue son objectif premier : protéger son fils.

— J'ai parlé à Daniel, et il m'a soutenu que cette fille pourrait vraiment nous aider. Etant donné sa ressemblance avec Nina, ce serait comme si son fantôme venait au secours du Manoir Cutty pour lui rendre sa splendeur passée. Selon lui, cela ne peut être que bénéfique d'un point de vue publicitaire. Mais il n'empêche que je suis inquiète pour Ryan. Cela risque de lui faire trop d'effet.

Son verre plein à la main, Samuel se tourna vers elle.

— Bon sang, Van ! Combien de fois faudra-t-il te le répéter ? Ton fils chéri ne reviendra pas, même si vous lui mettez tous les sosies que vous voulez devant les yeux ! Il ne t'appartient plus, mets-toi bien ça dans le crâne ! Faut-il te rappeler que celui qui compte désormais pour lui, c'est Gil ?

Il avala une gorgée d'alcool avant de lui adresser un sourire presque méchant.

— Tu ne peux pas t'en empêcher, pas vrai ? Tu t'imagines qu'il va revenir comme un bon chienchien à sa mémère si tu lui proposes cette petite architecte comme appât ? Il n'est pas si bête ! Ta fausse Nina, elle est comme toutes les inventions de Daniel : vouée à l'échec.

Quand il prenait ce ton-là avec elle, elle comprenait ce qui avait poussé Ryan à en finir avec Nina. Il y avait des choses trop difficiles à supporter dans la vie.

— Quand tu seras ruiné, répliqua-t-elle, reprise par un accès de fureur vengeresse, cette fille te laissera tomber, Samuel.

— C'est une menace ou quoi ? railla-t-il. Surprenant, venant de toi. Je pensais qu'au point où nous en étions arrivés, tous les deux…

Il vint se planter devant elle, reflet vivant des années d'excès et de désillusion qui avaient transformé son visage parfait en masque d'ivrogne.

— Tu ne sais pas de quoi tu parles. Tu n'as jamais rien compris à rien, d'ailleurs.

Sur ces mots, il sortit en titubant. Vanessa resta seule, glacée, les yeux rivés aux éclats de verre qui jonchaient le sol à ses pieds. Elle se sentait si lasse…

— Tu as tout fichu en l'air, Samuel, murmura-t-elle pour elle-même. Tout.

Il n'avait qu'une idée en tête : la rappeler. Tout de suite. Mais il savait qu'il ne devait pas le faire. Pas maintenant. D'abord, il chercherait un peu de réconfort du côté de son meilleur ami : le pur malt.

— Chut, fit-il en s'adressant au verre plein qu'il tenait toujours dans sa main tremblante. Pas un mot à qui que ce soit, d'accord ?

Avec précaution, il s'installa sur le lit de l'ancienne chambre de Ryan. Pas question de perdre une goutte du précieux liquide. Alors comme ça, la vieille chouette avait tout entendu ? Bah, ce n'était pas bien grave ! Ni elle ni personne ne savait le fin mot de l'histoire. Mais quand ils sauraient… Bon sang, Samuel Cutty leur réservait une de ces surprises ! Ils ne s'en remettraient pas.

Il se laissa tomber sur les oreillers, épuisé par le simple effort que s'allonger lui avait demandé. Ces derniers temps, il se fatiguait vite. Alors que Vanessa… Cette satanée manipulatrice ! Elle avait abandonné ses rêves de gloire depuis longtemps en ce qui le concernait. Mais elle se figurait qu'elle pouvait encore remettre la main sur Ryan. Cette histoire d'architecte, c'était une tentative supplémentaire pour le récupérer. Oh, l'idée de départ venait sûrement de Daniel, il n'en doutait pas. Mais connaissant le caractère de sa femme, il était certain qu'elle avait bondi sur l'occasion. C'était plus fort qu'elle : dès qu'elle sentait qu'elle pouvait influencer les gens, elle fonçait.

Cette petite Holly Fairfield… Une pâle copie de l'original. Un vulgaire os à moelle qu'il voulait bien laisser à Daniel et Ryan pour qu'ils se le disputent. Lui possédait nettement mieux : la vraie, en chair et en os. Finalement, c'était lui et personne d'autre qu'elle avait choisi.

Cette fille te laissera tomber… Peuh ! Comme si cette pauvre Vanessa y comprenait quoi que ce soit !

Inclinant le verre, il avala une grande rasade de whisky. Vanessa qui croyait tout savoir… Elle le prenait pour un ivrogne minable qui avait tout raté dans sa vie. Un homme qui avait échoué professionnellement, mangé sa fortune et poussé leur fils à l'exil.

— Elle n'a jamais cru en moi, confia-t-il au plafond qui ne lui répondit pas.

Personne n'avait jamais cru en lui, d'ailleurs. Pas plus sa femme que son foutu beau-père, Foster Moore, qui lui reprochait sans cesse ses dépenses inconsidérées. Le vieux grippe-sou avait même refusé jusqu'au dernier moment de lui confier les rênes de l'affaire familiale. Il avait fallu qu'il meure pour cela.

Personne — sauf Gil. Ce bon vieux Gil… Et lui, qu'avait-il fait pour le remercier de sa confiance inébranlable ?

N'y pense pas, se morigéna-t-il en fermant obstinément les paupières comme s'il pouvait en même temps clore les portes de sa mémoire. *N'y pense surtout pas ! Surtout pas !*

Repris par son désir de tout à l'heure, il tendit la main vers son portable. Il allait l'appeler… Mais non, lui souffla une petite voix intérieure. Après leur violente dispute, elle ne le laisserait jamais venir aussi vite. Il ferait mieux d'attendre. Demain matin, elle serait sans doute mieux disposée à l'écouter. Ou alors, il frapperait directement à sa porte, une douzaine de roses à la main. Deux douzaines de roses rouges. Rouge passion. Rouge sang…

La main toujours serrée autour de son verre, il bâilla à se décrocher la mâchoire. L'effet du whisky commençait à se faire sentir, une douce torpeur l'envahissait lentement. Il eut juste le temps d'adresser un remerciement mental à l'inventeur du pur malt et de se débarrasser de ses chaussures déjà dénouées avant de retomber sur les oreillers moelleux.

Alors comme ça, Van voulait son avis sur cette petite architecte ? Eh bien, elle avait peut-être raison, finalement : cette fille risquait de leur causer des ennuis. Il faudrait sûrement faire quelque chose.

Mais il était si fatigué… Il bâilla une fois de plus et voulut reposer son verre vide sur la table de nuit. Manque de chance, il rata le rebord. Il regarda d'un œil vague le verre rouler sur l'épais tapis qui recouvrait le sol de la chambre.

Et une bêtise de plus, pensa-t-il sans l'ombre d'un remords avant de se laisser sombrer dans un sommeil agité.

12.

L'été de ses onze ans, Ryan avait construit un bateau à voile avec son grand-père Foster. Ç'avait été un événement. Ils avaient travaillé de concert pour élaborer un vrai petit chef-d'œuvre, long de plus de deux mètres, avec une belle et grande voile rouge vif. Quand ils l'avaient sorti en mer pour son baptême et qu'ils avaient vu se rapprocher la silhouette sombre de l'île d'Alcatraz au bout de leur proue légèrement relevée, Ryan avait eu le sentiment d'un immense accomplissement.

D'autant que Foster était décédé l'été suivant. Crise cardiaque. Quoique… Ryan s'était toujours demandé si ce n'étaient pas ses affrontements constants avec Samuel qui avaient fini par avoir raison de ses résistances. Les deux hommes ne cessaient de se chercher des noises, surtout à propos de l'affaire familiale dont Foster refusait obstinément de lâcher les rênes, malgré les efforts répétés de Vanessa pour le convaincre de donner sa chance à Samuel.

Lorsqu'il était allé voir son grand-père à l'hôpital, sur ce qui devait être son lit de mort, Ryan avait contemplé le vieil homme un long moment. Branché de partout, un tube dans la gorge, relié à des bouteilles d'oxygène, il s'épuisait à essayer de continuer à respirer. Et tout ce que Ryan avait pu lui promettre, c'était qu'il construirait un autre bateau en son souvenir.

S'il avait été plus classique, moins intuitif, il lui aurait plutôt juré de tout faire pour rattraper les erreurs de son père, pour sauver l'entreprise familiale de la faillite. Mais il s'était dit, du haut de ses douze ans, que son grand-père préférerait affronter la mort avec cette pensée réjouissante : son petit-fils ferait un bateau plus beau, plus grand. Une goélette de bois précieux, avec des rivets en cuivre et des voiles blanches, sur laquelle il ferait le tour du monde. Il découvrirait des plages exotiques, il enverrait des cartes postales de chaque port atypique où il accosterait… Il avait raconté son merveilleux projet à son grand-père en l'enjolivant de détails, et avait eu l'impression que ce dernier le comprenait et l'approuvait, malgré l'état déjà comateux où il était plongé. Foster avait serré la main qu'il avait mise dans la sienne si faible, et une ombre de sourire avait éclairé son visage exsangue, avant qu'il referme les yeux à jamais.

Mais ce beau rêve n'avait jamais abouti. La nuit où Nina était morte, Ryan s'était rendu compte qu'il ne pourrait pas réaliser la promesse faite à son grand-père mourant. Et que ce n'était pas si grave, finalement. Parce qu'il ne devait rien à personne. Sauf à Gil, dont il avait envoyé la fille unique à la morgue. Envers lui, il se sentirait éternellement responsable.

Toutes ces réflexions, Ryan les ressassait, lancé à toute vitesse sur l'autoroute dans son Aston Martin. L'espace d'une seconde, il se demanda comment Gil réagirait si lui aussi se précipitait dans le vide du haut de la falaise, exactement comme Nina douze ans plus tôt.

Nina — Holly. Même allure, même coupe de cheveux, mêmes vêtements. Une poupée malléable entre les mains de ceux qui voulaient sa ruine…

Lorsqu'il avait vu la jeune architecte au club, au côté de Daniel, il avait instinctivement retenu sa respiration, paralysé par le choc. Et l'illusion ne s'était pas dissipée quand il s'était rapproché d'elle, bien au contraire. A croire que son cher cousin l'avait traînée chez un chirurgien esthétique pour la transformer en véritable clone de Nina, tant la ressemblance était frappante !

Il appuya sur la pédale d'accélération et passa la vitesse supérieure en faisant rugir le moteur. Le sentiment de courir un danger l'électrisait — d'autant que ce danger pouvait s'avérer mortel, il en savait quelque chose…

Ses pensées revinrent sur Holly Fairfield. Au moins, quand elle se mettait à parler, la ressemblance avec Nina s'arrêtait net. Elle avait un débit absolument hallucinant. On aurait dit qu'elle avait peur d'être interrompue par ses interlocuteurs et qu'elle essayait à chaque conversation d'en dire le maximum avant qu'on la réduise au silence. C'était bien ce qu'il avait fait, d'ailleurs, quand il lui avait fermé la bouche d'une main pour l'arrêter. Cela lui avait donné l'occasion d'apprécier le contact de ses lèvres pleines sur ses doigts. Un contact agréable — trop, sans doute, étant donné les circonstances. S'il se prenait d'un intérêt réel pour le sosie de Nina, cela ne ferait qu'aggraver la situation. De quoi devenir à moitié dingue !

Il donna un coup de frein au moment d'aborder le virage suivant. La voiture dérapa dans un jet de gravillons, mais il ne quitta pas la route. Alors que Nina, elle, douze ans plus tôt, avait filé par-dessus le parapet vers une mort certaine, par une nuit brumeuse et lugubre. Il s'en souvenait comme si c'était hier. Il voyait encore les feux de position de sa voiture rougeoyer dans le noir devant ses yeux hagards.

« Vas-y, rattrape-moi ! Vite ! » entendit-il crier au fond de sa mémoire.

Dans un effort désespéré pour reprendre le contrôle de son véhicule, il écrasa la pédale de frein et se cramponna au volant, attendant l'inévitable. L'Aston Martin fit un tête-à-queue dans un hurlement de pneus, mais elle finit par se stabiliser sur le bas-côté de la route.

Il resta un long moment silencieux, les mains crispées sur le cuir tiède du volant, la respiration haletante, avant de réussir à couper le moteur. Quelques secondes de plus, et il aurait à coup sûr rejoint Nina dans l'au-delà. Ce devait être exactement ce que Daniel avait prévu : il avait planté toutes les graines nécessaires afin de lui faire revivre le cauchemar de sa jeunesse. Et s'il cédait à la pression et se précipitait du haut de la falaise, submergé par ses souvenirs autant que par sa culpabilité, Daniel aurait gagné la partie.

Un peu calmé, Ryan sentit un léger sourire étirer ses lèvres encore tremblantes.

— Désolé, Dan, murmura-t-il. Mais ce n'est pas cette fois-ci que tu obtiendras satisfaction. Pas encore.

Il remit le contact et reprit le chemin de son domicile.

Cela faisait une bonne demi-heure que Holly était scotchée à son ordinateur quand Harris entra dans la pièce. Une bouteille de vin à moitié vide à côté d'elle, elle leva les yeux vers son frère en soupirant et, d'un air dégoûté, pointa l'écran qui scintillait dans le noir.

— J'ai tout essayé : les sites des journaux régionaux et nationaux, tous les moteurs de recherche que je connais, et voilà le résultat : que dalle ! Rien ! *Nada !* Pas la moindre petite info sur ce que je cherche ! Pourtant, je suis sûre que je devrais pouvoir trouver ça quelque part sur Internet. Je ne suis pas folle, tout de même !

Enervée, elle frappa la table du plat de la main. Sans un mot, Harris lui fit signe de lui laisser la place et s'installa devant l'écran où était toujours inscrit l'objet de la recherche : Nina Travers.

— C'est une vieille histoire, expliqua-t-elle tout en se resservant un verre de vin. Ça remonte au moins à dix ans, peut-être même plus. Un accident de voiture ou un truc dans ce genre. Si tu pouvais me trouver quelque chose là-dessus, n'importe quoi, ça m'arrangerait drôlement.

Les doigts de Harris couraient déjà sur le clavier à une vitesse fulgurante.

— Qu'est-ce que tu fais ? s'enquit-elle, un peu vexée de l'aisance avec laquelle il semblait manipuler la machine sur laquelle elle s'était échinée en vain.

— J'interroge un moteur de recherche qui travaille sur les ressources cachées du Web.

Au regard qu'elle lui lança, il comprit qu'il devait préciser un peu.

— Les moteurs classiques ne traitent généralement que les informations de surface. Pour accéder à des sites dits « à contenu », comme la bibliothèque du Congrès, il faut passer par un moteur plus puissant. Normalement, on devrait pouvoir trouver ce qui t'intéresse assez vite.

A la seconde où il finissait sa phrase, un article s'afficha à l'écran. D'un clic, Harris agrandit la photo qui accompagnait le texte : l'image de Nina apparut très nettement, lui arrachant un sifflement étonné.

— Seigneur ! s'exclama-t-il tout en reculant légèrement pour mieux contempler le cliché.

La photo datait encore plus que l'article, et le modèle avait l'air de sortir du lycée. Mais même en noir et blanc et avec la différence d'âge, la ressemblance avec Holly était indéniable.

— Tu peux m'imprimer cet article, Harris ? articula-t-elle

avec le sentiment qu'elle touchait enfin au but — une nouvelle à la fois satisfaisante et angoissante.

Les paroles d'Emma lui revinrent à la mémoire. Le drame avait précipité Ryan dans la disgrâce la plus totale à la suite de quoi il avait tout perdu — sa fiancée, l'argent de sa famille… Et il avait fui les conséquences de son acte. Du moins, d'après ce que lui avait raconté Emma avant d'essayer de la faire passer pour ce qu'elle n'était pas. N'avait-elle pas noirci le tableau à outrance ? Après tout, elle l'avait manipulée si facilement !

Et Ryan, que lui avait-il dit sur cette histoire ?

C'est ce qu'on raconte, en effet. Que c'est moi qui lui ai fait quitter la route…

Il n'avait rien avoué, rien confirmé d'autre.

— Holly ? lança Harris, visiblement inquiet.

Le bruit de l'imprimante la rappela à la réalité. Elle saisit les feuilles que lui tendait son frère et les survola rapidement. Ce n'était pas un article isolé comme elle l'avait cru d'abord, mais toute une série de colonnes dont les titres la frappèrent en plein visage :

Une perte terrible pour notre communauté… Drame sur l'autoroute de la corniche… Victime de son fiancé ?…

Elle détourna les yeux, vaguement écœurée.

— Je… je les lirai plus tard.

L'imprimante ne s'arrêtait plus. Elle aurait dû être soulagée de voir la vérité enfin à portée de main. Mais, bizarrement, elle n'avait plus tellement envie de la découvrir. Peut-être simplement parce que le mystère perdait tout à coup de son charme, une fois le voile pratiquement levé. Ou était-ce pour une autre raison, plus profonde, moins avouable ?

Tout en buvant son reste de vin, elle se demanda si elle allait réussir à trouver le sommeil cette nuit. Il fallait qu'elle soit fraîche et dispose au réveil pour… Pour quoi, au juste ? Il lui faudrait de toute façon repartir de zéro en ce qui concernait les plans de rénovation du Manoir. Alors, pourquoi ne pas tout décaler d'un jour encore ?

Comme hypnotisée, elle s'avança vers l'écran où la photo de Nina semblait la regarder fixement et posa le bout de ses doigts dessus, délicatement, presque craintivement. Quel âge pouvait-elle avoir sur ce cliché très « officiel » ? Dix-huit ans ? A peine…

Harris lui tendit une nouvelle feuille en fronçant les sourcils tel un avocat sur le point de révéler un témoignage accablant.

— Ça te suffit, j'espère ? grommela-t-il. On est bien d'accord, hein ? Pas d'histoires : on s'en va d'ici, et vite !

Les yeux toujours rivés à l'écran, elle eut à peine conscience qu'elle hochait la tête en signe d'acceptation.

— Je ne souris jamais comme ça, murmura-t-elle d'une voix qu'elle ne reconnut pas. Comme si le monde entier était à mes pieds.

Il se leva et lui posa une main sur l'épaule.

— Ton sourire à toi est dix fois plus craquant. Seulement, dans les circonstances actuelles, il a tendance à se faire drôlement rare ! Allez, Hol, laisse tomber cette histoire sordide. Ils ne sont pas nets, dans cette famille. Et tu ne devrais pas te laisser entraîner dans leurs petits jeux vicieux. On n'a rien à faire là-dedans, toi et moi. Je les connais, ces gens-là, crois-moi. Ils sont persuadés qu'ils ont tous les droits. Qu'ils sont les rois du monde. Et ils finissent par se déchirer entre eux comme des chiens galeux pour un vulgaire bout de carcasse.

— Merci, répondit-elle en lui serrant la main. C'est sympa de ta part de ne pas remuer le couteau dans la plaie avec des petites piques du genre « Je te l'avais bien dit ». Pourtant, tu pourrais te le permettre.

— Peut-être, mais ce n'est vraiment pas mon truc, la curée.

Il se racla la gorge pour éviter qu'un silence gênant s'installe entre eux et reprit :

— Tu sais ce qu'on va faire ? Je vais reprendre mon ancien boulot. Avec mes plus plates excuses. Sur ce plan-là, je sais y faire, ne t'inquiète pas. J'ai l'habitude… Ne t'en fais pas, p'tite sœur. On est là l'un pour l'autre, et c'est ça, l'essentiel.

Il se tut, sachant que le plus important venait d'être dit. Les mots n'étaient pas nécessaires entre eux ; ils se comprenaient, se pardonnaient et s'épaulaient tacitement, et chacun en était parfaitement conscient. Debout devant l'ordinateur, ils restèrent silencieux un long moment, perdus dans la contemplation de la jeune fille dont les yeux les fixaient depuis l'écran.

Une image en disait parfois plus qu'un long discours… Mais qui se serait douté qu'une photo toute simple s'avérerait trop parlante ?

13.

Dire qu'elle avait eu un jour l'impression de pouvoir conquérir le monde entier ! En Grèce antique, cela s'appelait *l'hubris* — une confiance en soi à toute épreuve, une fierté exacerbée. Mais les années qui s'étaient écoulées après la trahison de Drew avaient réduit ce sentiment à néant, et elle s'était morfondue dans une existence où les succès faisaient cruellement défaut. Difficile de penser aujourd'hui qu'elle était de retour à la case départ. Et pourtant, c'était la vérité.

Holly soupira avant de pénétrer résolument dans la pièce où Ryan lui avait exposé l'une des clés du mystère. La veille au soir, l'endroit avait un aspect lugubre, presque surnaturel, mais là, dans la lumière du jour, ce n'était plus qu'un débarras poussiéreux comme on en trouve dans toutes les vieilles maisons.

Elle n'eut aucun mal à retrouver le tableau que Ryan lui avait montré. Le cœur battant, elle souleva le drap qui le recouvrait et resta là, immobile, à contempler le visage de Nina. Elle avait besoin de voir ce portrait une fois de plus, juste pour s'assurer qu'elle n'avait pas rêvé.

Ce matin, après sa deuxième tasse de café, elle avait longuement hésité devant les articles étalés sur sa table de nuit, avant de finalement décider qu'elle ne les lirait pas. Du moins, pas tout de suite. Elle aurait bien le temps de découvrir les détails sordides de cette histoire. Et puis, ce n'était que des propos de journalistes. Comment savoir s'ils disaient la vérité ? Leurs textes plus ou moins racoleurs constituaient probablement un ensemble de conjectures et d'hypothèses non vérifiées sur les causes de la disparition de Nina. Rien qui puisse lui permettre de se forger une opinion nuancée et raisonnée sur Ryan et Daniel…

— Vous vouliez me voir, très chère ?

Avec un léger sursaut, elle se retourna et se retrouva face à Daniel qui entrait dans la pièce d'un pas nonchalant. Il n'avait pas l'air étonné le moins du monde de la trouver là. Ni saisi par le remords, d'ailleurs ! D'un geste, il ôta ses lunettes de soleil dernier cri et lui décocha un sourire éblouissant.

Si elle lui avait donné rendez-vous à cet endroit, ce n'était pas pour lui faire une scène grandiloquente, mais pour se donner du courage. Et aussi pour avoir une preuve sous la main de ce qu'elle allait lui reprocher. Une bonne partie d'elle-même reculait à l'idée d'une confrontation directe. Si elle s'était écoutée, elle aurait donné une excuse bidon pour expliquer sa défection, du genre : « J'ai trop le mal du pays », ou « Harris a décroché un superposte à Seattle », ou « Désolée, mais j'avais une réservation dans le prochain avion »… Et elle serait partie sans demander son reste.

Le seul problème, c'était qu'elle avait signé un contrat d'exclusivité pour la rénovation du Manoir Cutty. Et que, afin qu'il soit rompu sans que les torts retombent sur elle, il fallait que Daniel admette qu'il ne l'avait pas engagée pour les motifs qui figuraient sur les documents officiels.

Evitant à dessein son regard, elle garda les yeux fixés sur le portrait de Nina tandis qu'elle articulait d'une voix blanche :

— Je me souviens d'avoir entendu dire qu'on a tous un sosie quelque part. On en voit plein à la télé, d'ailleurs — des gens qui ont exactement la même tête qu'une star de cinéma ou qu'un chanteur célèbre, et qui viennent parader en direct devant des centaines de spectateurs…

Derrière elle, elle pouvait entendre les pas de Daniel se rapprocher tranquillement. Soudain, elle sentit sa main se poser sur la sienne, comme s'il cherchait à la réconforter. Elle eut un mouvement de recul, abasourdie par son geste inexplicable.

— Je… Nos coupes de cheveux ne sont pas tout à fait identiques, bredouilla-t-elle, ne sachant que dire pour meubler le silence. Le… les siens sont moins longs. Juste un peu. C'est moi qui n'ai pas voulu qu'Emma me fasse couper les cheveux si courts. Je tenais à ce qu'ils arrivent au niveau de mes épaules. Je n'ai pas cédé sur ce point-là. Pourtant, elle insistait ! Et mes yeux… Je n'ai jamais eu cette expression de défi, j'en suis certaine. Alors qu'elle…

— Ne me quitte pas, la coupa-t-il, passant brusquement à un tutoiement qui la prit de court.

— Vous… Tu m'as engagée uniquement pour tenir le rôle d'une autre femme. Une morte, qui plus est !

— Ce n'est pas ce dont ça a l'air…

— Alors, c'est quoi, Daniel ? lança-t-elle avec plus de force qu'elle ne s'en serait cru capable. Tout d'un coup, je me vois proposer un boulot fabuleux qui dépasse de loin toutes mes qualifications. Je me dis que je tiens enfin une chance de prouver ma valeur en tant qu'architecte, et surprise ! Il se trouve, comme par hasard, que je suis le portrait craché de feue la fiancée du cousin de mon employeur ! Drôle de coïncidence, non ?

— Bon, d'accord, je veux bien admettre qu'au début, c'est pour ça que je t'ai engagée. J'avais vu ta photo dans un magazine d'architecture, et la ressemblance avec Nina m'avait frappé. Je voulais…

— Je sais parfaitement ce que tu voulais faire, Daniel,

l'interrompit-elle en le fusillant du regard. Mais au cas où tu ne l'aurais pas remarqué, je te signale que je ne suis qu'une architecte. Pas un gourou qui ressuscite les mortes !

— Je ne peux pas mener ce projet à bien sans toi, Holly. Je t'en prie, ne me quitte pas, répéta-t-il avec un désespoir qui lui alla droit au cœur.

Elle ferma un instant les paupières, luttant contre l'appel qu'il venait de lui lancer. Il paraissait tellement sincère ! Tellement désolé, aussi. C'était à y perdre son sens commun…

— Je… je m'appelle Holly Fairfield, balbutia-t-elle. Je suis architecte. Non ! Je suis une excellente architecte, bon sang ! Mais je ne suis pas une actrice, et c'est de ça que tu as besoin. D'une actrice surdouée et assez folle pour accepter le rôle dangereux que tu veux me faire endosser.

— Tu te trompes, assura-t-il en posant une main ferme sur son épaule tremblante. J'ai besoin de toi, et de personne d'autre. Ça n'a rien à voir avec Nina.

Elle le repoussa violemment.

— Ben voyons ! Tu vas aussi prétendre que ça n'a rien à voir avec Ryan, peut-être ? Alors qu'il est clair que tous les deux, vous êtes en concurrence constante !

— Ryan ? Mais je m'en contrefiche, de Ryan !

Quel menteur ! Exaspérée, elle lui décocha une gifle retentissante, surprise par sa propre réaction. Jamais elle n'avait frappé quiconque auparavant. Les larmes aux yeux, elle tenta de retrouver un semblant de calme, sans y parvenir. La lueur d'intérêt qu'elle avait vue briller dans les yeux de Ryan, la douceur de sa voix, la caresse de ses mains viriles… Tout cela ne lui était pas destiné, et elle en souffrait absurdement.

— Tu m'as habillée, maquillée, coiffée comme elle, Daniel ! explosa-t-elle. Comme si j'étais une vulgaire poupée ! Tu n'es qu'un… qu'un salaud !

— Tu as raison.

— Et encore, je pèse mes mots ! Tu es pire qu'un salaud !

— Holly, tes plans de l'autre jour, commença-t-il d'un ton pressant, j'y ai réfléchi après coup. J'en ai parlé à Emma, et j'ai compris beaucoup de choses. Elle m'a fait voir à quel point j'avais été borné, tu sais. Je crois sincèrement que tes idées sont excellentes. Je t'avais mal jugée. Mais maintenant, je te suis à cent pour cent. Pour la rénovation, on va faire exactement comme tu veux. Tu n'as qu'à dire un mot, et c'est réglé. Tu as carte blanche. Et je n'essaierai plus de m'en mêler. Promis, juré !

Ebahie d'un tel revirement de situation, elle lui renvoya un regard incrédule. *Trop beau pour être vrai !* lui souffla une petite voix intérieure.

— Tu… tu es diabolique, Daniel, dit-elle à mi-voix.

— Non, non ! la supplia-t-il, l'air tellement sincère qu'elle ne put s'empêcher d'avoir envie de le croire. Ecoute, tu dois me faire confiance. Tu comprends, quand je t'ai vue sur cette photo, je me suis dit que c'était un signe du destin : une architecte ressemblant à ce point à Nina, ça ne pouvait qu'être de bon augure pour le Manoir ! Et même si, à l'origine, j'avais dans l'idée de t'engager uniquement pour nuire à mon cousin, est-ce que c'est si important que ça, finalement ? On s'en fiche, de la vraie raison pour laquelle je t'ai fait venir ici. Parce que ces fameux plans que tu m'as montrés l'autre jour représentent ta meilleure création, n'est-ce pas ? Ne nie pas, Holly, je l'ai vu dans tes yeux : tu en es fière, de ce projet, et à juste titre. C'est au Manoir Cutty que tu dois ce regain de confiance en toi, reconnais-le !

Il avait raison — ô combien ! Seulement, elle refusait de se laisser fléchir si facilement. Elle voulut s'éloigner vers la porte, mais il la retint par le bras.

— Tu peux sauver cette maison, chérie, insista-t-il en la

forçant à le regarder bien en face. Et c'est la seule revanche que je te demande de m'aider à accomplir.

— Je n'en crois pas un mot !

— Si tu ne veux pas me croire, moi, alors crois au moins en ton propre talent. Tu en as à revendre, Holly. Je te demande juste de rester encore ici pendant un mois. Rien qu'un tout petit mois. Après, si vraiment tu veux toujours t'en aller, je te jure que je te laisserai partir. Mieux : je te réglerai tes indemnités comme si tu avais mené notre contrat à terme. Tu vois à quel point je te fais confiance ? Parce que je suis persuadé que tu ne me laisseras pas tomber. Peu importe la raison de ta venue : tu es là, et le Manoir n'attend plus que toi. Holly Fairfield, l'œuvre de ta vie est à portée de main. Et tu le sais.

— J'ai l'impression de pactiser avec le diable, laissa-t-elle tomber.

Aussitôt, elle se mordit la langue, effarée par son culot. Elle n'avait pas eu l'intention de dire cela à voix haute !

— Le diable ? Tu veux parler de Ryan, n'est-ce pas ? répliqua-t-il, une expression indéchiffrable sur son visage mobile. D'accord, sur ce point, j'avoue que je n'ai pas été franchement efficace jusqu'ici. Mais je te donne ma parole d'honneur que je vais tout faire pour te protéger de lui. Promis, juré !

— Me protéger de lui ? Comme tu as protégé Nina, je suppose ?

— Je n'ai rien à voir là-dedans, assura-t-il en passant une main lasse sur son front. Je ne savais pas que leur situation s'était envenimée à ce point. D'ailleurs, il n'y a aucune preuve formelle que c'est bien lui qui lui a fait quitter la route, le soir où l'accident a eu lieu. Même si tout le monde le soupçonne fortement d'être coupable de sa mort.

Il soupira avant de poursuivre, comme à contrecœur :

— Je vais même te confier un secret que la plupart des gens

ignorent. Ryan et Nina… Enfin, ils étaient fiancés, d'accord, mais Ryan n'était pas vraiment chaud pour passer à l'étape suivante. Alors que Nina avait une bonne raison de vouloir accélérer les choses, si tu vois ce que je veux dire…

Oui, elle voyait parfaitement ! Sauf qu'elle ne voulait pas accorder davantage d'attention à sa version des faits qui manquait forcément d'objectivité.

— Tu veux me protéger de Ryan, reprit-elle. Mais qui me protégera de toi ?

Il secoua tristement la tête, l'air accablé.

— Tu te trompes sur mon compte, Holly. Tout ce que je veux, c'est le Manoir Cutty. Sa gloire d'antan, sa splendeur passée, je sais que tu es capable de les ressusciter. C'est tout ce que je te demande, je te le jure.

Elle le fixa un long moment, indécise, puis murmura :

— Eh bien, pour une fois, je te crois. S'il y a quelqu'un qui peut redonner vie au Manoir, c'est peut-être bien moi…

Sur ces paroles, elle sortit de la pièce sans qu'il tente de la retenir. Alors qu'elle se dirigeait vers l'escalier, elle l'entendit lui demander :

— Alors, qu'est-ce que tu décides ?

— Je n'en sais rien, répondit-elle sans se retourner. Mais alors, rien du tout.

La journée touchait à sa fin, et elle n'était toujours pas décidée. Assise sur son canapé, elle comparait les plans du précédent architecte avec ceux qu'elle avait dressés. Ce qui lui crevait le cœur, c'était l'idée que, si on le laissait faire, Daniel causerait la ruine du Manoir Cutty, avec ses idées loufoques et sacrilèges. Et c'était ce qui arriverait si elle abandonnait.

Alors, que faire ? Céder à l'impulsion primaire qui lui criait de s'éloigner au plus vite ? Ou satisfaire son ego professionnel mis à rude épreuve depuis sa séparation d'avec Drew ?

Avant cet épisode navrant, elle n'avait jamais connu de défaite. Ses études d'architecture s'étaient soldées par une mention très honorable à l'examen final réputé extrêmement ardu. Elle avait obtenu le droit d'exercer son métier à la fois dans l'Etat de Washington et en Californie, ce qui n'était pas le cas de tous ses camarades de promotion, loin de là. Ensuite, elle avait été recrutée par l'une des firmes les plus prestigieuses de la côte ouest. En moins d'un an, elle avait décroché son premier grand projet : la construction d'un nouveau terminal pour un aéroport. Exactement le genre d'affaire qui vous donnait une sacrée réputation dès le début. Il y avait de quoi se sentir grisée par le succès !

Mais toutes ces réussites étaient parties en fumée lorsqu'elle s'était mise en ménage avec Drew, rompant le sacro-saint précepte qui voulait qu'on ne mélange pas vie professionnelle et vie privée…

Drew Manticore était l'un des associés de la firme d'architectes où elle travaillait. Elle se rappelait encore ce que lui avait dit Evelyne, une de ses concurrentes directes au sein de l'entreprise. Elles étaient toutes les deux devant les lavabos réservés aux femmes quand la jeune femme lui avait lancé entre deux retouches de maquillage :

— Alors, comme ça, tu fricotes avec Manticore ? Si tu veux mon avis, tu vas droit au suicide professionnel !

Bien sûr, Holly ne l'avait pas écoutée. Mais elle s'était souvenue de cette conversation prophétique lorsqu'elle n'avait plus eu sur son bureau que des projets de second, voire de troisième ou quatrième rang. Comme par hasard, Drew s'était alors insurgé contre les dirigeants de la firme qui la traitaient si mal. Il l'avait convaincue de quitter l'entreprise qui, selon lui, la sous-estimait et la brimait uniquement parce qu'elle était avec lui. Et il l'avait suivie — ce qui l'avait rassurée absurdement sur la profondeur de son engagement. S'il quittait l'entreprise pour elle, c'était forcément une preuve d'amour et de soutien !

Quand elle avait découvert la vérité, il était trop tard. Ils étaient mariés et associés, pour le meilleur — et surtout pour le pire. Elle avait compris que si Drew avait quitté la compagnie en même temps qu'elle, ce n'était pas par solidarité, mais bien parce qu'il avait été licencié pour faute grave. Apparemment, il y avait de grosses erreurs dans ses notes de frais. « Je ne suis pas doué pour les chiffres, chérie », avait-il l'habitude de lui répéter avec un sourire adorable. Pour ça, elle en savait quelque chose ! Seulement, elle ne l'avait percé à jour que bien plus tard…

Il avait toujours une bonne excuse pour expliquer les sautes soudaines dans les comptes de leur entreprise. Et puis, son carnet d'adresses était suffisamment fourni pour qu'ils signent régulièrement des contrats juteux. Jusqu'à ce que la bulle dans laquelle Holly s'était crue protégée explose en plein vol… et qu'elle se retrouve, trois ans plus tard, à trente-deux ans, sans travail, sans mari, avec une réputation exécrable dans le milieu architectural. Tout cela à cause du « Druide » !

Terminer le projet du Manoir Cutty représenterait une sorte de résurrection. Et cela lui ferait tellement de bien ! Elle se prouverait qu'elle était de nouveau capable du meilleur, professionnellement parlant. Et sur un plan personnel… Eh bien, il y avait peut-être quelque chose à gagner aussi. Ou plutôt quelqu'un. Ryan, pour ne pas le nommer…

Lorsqu'elle avait découvert le portrait de Nina, elle s'était sentie troublée. Inquiète. Mais aussi déçue. Parce que l'obsession de Ryan à son égard s'expliquait enfin : il voyait une autre femme à sa place. Elle avait pourtant cru…

Elle secoua la tête, énervée par le tour que prenaient ses

pensées. Ce n'était pas parce qu'elle n'avait pas eu de relation depuis trois ans qu'elle devait s'amouracher du premier homme qui lui témoigne un peu d'intérêt ! Mais Ryan n'était pas le premier venu, il était même beau à faire damner les saints…

— Décidément, ma fille, tu aimes les histoires compliquées, grommela-t-elle entre ses dents.

— Holly ?

Levant la tête de ses plans, elle découvrit son frère à la porte du salon. Elle ne l'avait pas entendu rentrer, elle ne l'attendait pas à cette heure. Et voilà qu'il la surprenait en flagrant délit !

— Pas question ! martela-t-il d'un air farouche, ayant deviné ses pensées une fois de plus.

— Je me disais juste que…

— Tu les as lus au moins, ces articles ? Je parie que non ! Laisse-moi t'en donner un résumé rapide, ça devrait suffire à te remettre les idées en place : un jeune homme bien sous tous rapports, dix-neuf ans à peine, pousse sa fiancée enceinte à rouler à tombeau ouvert — c'est le cas de le dire ! La nuit de l'accident, tous les deux s'étaient violemment disputés parce qu'il voulait annuler leur mariage. Ils avaient bu plus que de raison, et ils se sont lancés dans une course poursuite dangereuse. Résultat : la fille est morte. Quant au jeune homme, aucune charge n'a été retenue contre lui. Pas de preuve.

S'asseyant à côté d'elle sur le canapé, comme pour mieux appuyer ses dires, il poursuivit avec non moins de virulence :

— Seulement, la famille du jeune homme en question ne semble pas tenir compte du verdict officiel, puisqu'elle le met dehors sans autre forme de procès. Ils se débarrassent du gêneur, en quelque sorte — peut-être parce qu'ils savent quelque chose que la police n'a pas découvert et qu'ils veulent préserver la réputation de leur dynastie… En tout cas, ils ne vont pas jusqu'à dénoncer leur héritier, mais ils le laissent tomber. Plus de Manoir pour Ryan Cutty ! Plus de perspective d'avenir !

— Ç'était il y a douze ans, Harris…

— Et comme par hasard, douze ans plus tard, sans la moindre raison, ils te font venir sous prétexte de te confier la rénovation du Manoir ! acheva-t-il avec véhémence. Tu ne vas pas me faire croire qu'il n'y a aucun rapport, Hol ! Que toute cette machination n'est qu'une pure coïncidence ! Que ton cher Daniel n'a pas pensé une seule seconde qu'engager le sosie de la morte pourrait lui servir dans son sale stratagème !

Ecartant les plans qui le séparaient d'elle, il lui agita une main devant les yeux, comme pour la sortir d'une torpeur imaginaire.

— Holly, bon sang, qu'est-ce qui t'arrive ? Tu ne vois pas qu'ils te mentent depuis le début ? Ça devrait suffire à te décider à partir, non ? Si ton précieux Daniel t'a embauchée, ce n'est pas pour tes prouesses d'architecte, mais bien pour jouer un méchant tour à ce Ryan qu'il a toujours jalousé.

Elle secoua la tête, butée.

— Il m'a promis qu'il me laisserait faire ce que je veux pour la rénovation. Qu'il ne s'en mêlerait plus. Il m'a dit aussi que j'étais la seule capable de faire revivre le Manoir Cutty comme il le méritait, et je suis persuadée qu'il a raison. Il n'y a qu'à jeter un coup d'œil sur les ébauches de plans que j'ai dressées l'autre jour…

— D'accord, tu es un génie de l'architecture, personne ne le conteste — surtout pas moi. Et ce projet est à la mesure de ton talent. Mais es-tu sûre que cela en vaille vraiment la peine, si toute cette histoire doit mettre ta vie en danger ?

— Ma vie ? Tu ne crois pas que tu exagères ? Tout à l'heure, tu parlais seulement d'un méchant tour, et maintenant, on tombe dans le mélo !

— Tu veux que je te fasse un dessin ? Toi, l'expert en croquis ? Ce serait un comble ! C'est pourtant clair : Daniel veut forcer Ryan à rejouer le même scénario qu'il y a douze ans, pour être sûr que cette fois soit la bonne et qu'il soit mis sous les verrous, comme il aurait dû l'être autrefois. Et toi, tu sers d'appât, ni plus ni moins. Je n'ai pas l'impression de tellement noircir le tableau !

— Tu es vraiment obligé d'être aussi pessimiste ?

— Mieux vaut être pessimiste que stupidement tranquille et aveugle, comme toi, mademoiselle « tout-le-monde-il-est-beau-tout-le-monde-il-est-gentil » !

— D'accord, je ressemble à Nina Travers, répliqua-t-elle un ton plus haut, énervée par son attitude. Et alors ? Ce n'est pas pour ça que je ne suis pas à la hauteur du travail qu'on veut me confier !

— Ne me joue pas la comédie de l'ambition, Hol. Je t'assure que ça n'en vaut pas la peine. Tu peux me croire, j'en ai fait l'expérience. Tout ça, c'est ma faute, en fait. J'ai vraiment été le dernier des nuls, de venir me pointer sur ton palier comme ça et de te laisser t'occuper de nous deux au lieu de me botter les fesses pour retrouver un vrai boulot. Mais maintenant, je suis prêt. J'ai eu assez de temps pour panser mes blessures. Je vais reprendre du poil de la bête, promis. Une fois qu'on sera rentrés chez nous, à Seattle, on repartira sur de bonnes bases, toi et moi. Et tu trouveras un autre projet d'envergure à te mettre sous la dent, j'en suis sûr.

— Pas aussi bien que celui qu'on me propose maintenant, remarqua-t-elle avec un soupir.

— Mais si, voyons ! Et même mieux, parce qu'il n'y aura pas de cadavres cachés dans les placards !

— N'en fais pas trop, Harris. Tu vas obtenir exactement

l'effet inverse de ce que tu souhaites : à force d'insister pour qu'on parte, je vais avoir encore plus envie de rester.

Il se leva et recula de quelques pas tout en la fixant d'un air à la fois incrédule et exaspéré. A l'expression de son visage, elle devina qu'il avait envie de lui hurler dessus — seulement, ce n'était pas son style. Au lieu de cela, il se mit à faire les cent pas dans le salon, fourrageant d'une main dans ses cheveux, écumant de frustration. Il prenait tellement au sérieux son rôle de grand frère protecteur…

— Tu sais très bien que c'est complètement absurde de vouloir rester, reprit-il après quelques minutes de silence tendu. Pire, c'est mauvais pour toi, et tu en es parfaitement consciente. Alors, pourquoi…

— Je ne peux rien te promettre pour l'instant, d'accord ? Il faut que tu me laisses le temps de réfléchir, de peser le pour et le contre. J'en ai besoin, Harris.

Encore ce regard dubitatif mêlé de lassitude… qu'elle soutint bravement, sans ciller.

Enfin, il hocha la tête, songeur.

— Bon, d'accord, réfléchis bien, p'tite sœur. Quand tu auras besoin d'aide pour faire tes bagages, tu n'auras qu'à m'appeler, et j'arriverai. Mais en attendant, je refuse de rester là à t'écouter dire des âneries grosses comme… Et puis, merde ! Je n'en peux plus, voilà !

Sans crier gare, il se rua hors du salon, plus furieux qu'elle ne l'avait jamais vu. Deux secondes plus tard, la porte d'entrée claquait violemment derrière lui.

Abattue par leur dispute, elle jeta un coup d'œil désemparé aux plans éparpillés sur la table basse. Elle qui s'était sentie si forte, si douée, si heureuse lorsqu'elle les avait établis… Quelle différence avec aujourd'hui !

Pourquoi Harris ne voyait-il pas à quel point ce projet lui

tenait à cœur ? S'il y avait bien quelqu'un en mesure de la comprendre, c'était lui, surtout connaissant son parcours. Lui aussi avait dû prendre des risques insensés lorsqu'il partait au fin fond de jungles obscures où sévissaient malaria, fièvres diverses et mouches tsé-tsé. Cela faisait partie du défi — mais à l'arrivée, quelle fierté d'avoir réussi envers et contre tout ! C'était exactement la même volonté qui la poussait à rester à San Francisco, malgré ce que lui soufflait son bon sens et tous les arguments de son frère.

Quant à sa suggestion de repartir à Seattle afin qu'elle trouve d'autres projets et qu'il reprenne un travail digne de ce nom… C'était simple, facile — et elle se serait sentie la dernière des lâches si elle avait suivi cette voie. Peut-être que ce n'était qu'une question d'ego, mais après tout, elle avait bien le droit de s'obstiner ! Si cela lui permettait de reprendre un nouvel essor en tant qu'architecte, après le passage désastreux du cyclone « Drew »…

Il ne lui restait plus qu'une chose à faire : passer un coup de téléphone. Elle chercha dans l'annuaire à tout hasard, et fut agréablement surprise : il n'était pas sur liste rouge. Cela simplifierait les choses — du moins, pour le moment.

Il n'était pas chez lui, et le répondeur parla à sa place. Une fois qu'elle eut entendu le bip, elle se jeta à l'eau :

— Il faut qu'on discute, Ryan. Où voulez-vous qu'on se retrouve ?

14.

Harris tambourinait à la porte de toutes ses forces. Pas question d'utiliser la sonnette, dans l'état de nerfs où il se trouvait. Cela lui donnait l'occasion d'exprimer sa fureur, et ce n'était pas une mauvaise chose. Lorsque la porte s'entrebâilla enfin, il força le passage et se précipita à l'intérieur, écumant de rage.

Mais ce n'était pas Daniel qui lui avait ouvert. Dommage ! Il aurait bien aimé avoir ce salopard en face de lui pour lui régler son compte une bonne fois pour toutes.

— Où est-il ? demanda-t-il à Emma qui le considérait avec effarement.

— Qui ? Daniel ?

— Non, le Père Noël ! rétorqua-t-il, sarcastique. Où est-il ?

Il voyait bien qu'il lui faisait peur, et il s'en voulut un peu. Il avait agi sur une impulsion, sans réfléchir. Puisqu'il n'arrivait pas à faire entendre raison à Holly, il voulait être sûr que, d'une manière ou d'une autre, son contrat serait mis aux oubliettes et qu'elle serait obligée de rentrer avec lui à Seattle. De quitter cette atmosphère malsaine qui risquait de lui coûter la vie.

— Il n'est pas là, en tout cas, murmura Emma.

Elle disait vrai : la salle à manger était vide. Vide et froide, malgré ses meubles de prix et sa décoration prétentieuse. Tout ici n'était qu'apparence — un vernis tape-à-l'œil, à l'image du propriétaire. Même la bibliothèque n'était là que pour faire bien : les livres étaient trop beaux, trop neufs pour avoir été ouverts et lus. Tout pour l'esbroufe !

— Vous vivez avec lui, c'est ça ? avança Harris en se retournant vers Emma.

C'était évident. D'ailleurs, il s'en était douté avant même d'en avoir la preuve. Daniel et Emma…

— Non, je n'habite pas ici, corrigea-t-elle. J'ai mon appartement. Mais je… je passe beaucoup de temps chez Daniel.

— Ah oui ? Sans blague ! railla-t-il avant de se laisser tomber sur le canapé qu'il tapota pour l'inciter à venir le rejoindre. Alors, vous allez finir par me dire ce qui se passe, bon sang de bonsoir ? Parce que je suppose que vous êtes au courant de tout, y compris des raisons pour lesquelles votre cher Daniel a engagé ma sœur. Et pas de salade avec le prétendu boulot de rêve qu'il devait lui offrir sur un plateau ! Je veux la vérité, compris ?

— Je… je ne vois pas ce que vous voulez dire…

— La vérité, vous ne voyez pas ce que c'est ? Ça doit vous sembler un concept un peu vague, un peu désuet aussi — je me trompe ? Mais ça ne fait rien : je vous le demande bien poliment quand même. Pourquoi avez-vous manigancé ce mauvais film avec ma sœur dans le rôle principal ? *Nina 2 — Le retour*, c'est bien ça le titre ? Allez, miss ! Je sais que vous êtes mouillée jusqu'au cou dans cette histoire. Ça vous ferait sûrement du bien d'en parler.

Emma restait à bonne distance du canapé, les pupilles dilatées par la peur, le souffle court. Il sentait qu'elle se méfiait de lui comme de la peste. Mais était-ce seulement pour protéger Daniel ? Il sentait aussi autre chose entre eux — une sorte de tension vibrante, un courant magnétique auquel elle essayait de résister avec l'énergie du désespoir.

— Ce n'est pas ce que vous croyez, commença-t-elle d'une voix tremblante. Le… le premier architecte qu'il avait engagé pour rénover le Manoir ne convenait pas du tout. Une vraie catastrophe ! On pensait que tout allait tomber à l'eau. Et puis, Dan a vu la photo de Holly dans un magazine d'architecture. Il s'est dit que c'était un signe, et…

— Ben voyons, la coupa Harris avec mépris. Quand vous aurez fini de me raconter des histoires à dormir debout, on pourra peut-être passer aux choses sérieuses !

— Mais je vous assure ! J'ai bien essayé de le dissuader, mais il n'y avait rien à faire. J'avais peur qu'il se prenne au jeu et qu'il se persuade que c'était vraiment Nina qui revenait parmi nous — ou son fantôme, un truc glauque dans ce genre, quoi. Mais Daniel a un côté tellement superstitieux ! Au moment où il a pris conscience à quel point votre sœur ressemblait à Nina, il s'est mis en tête que personne d'autre ne pouvait convenir pour le projet. Et que s'il allait contre les ordres du destin, comme il dit, il enverrait le Manoir Cutty droit à la ruine. Quand le psychologique s'en mêle, Daniel a tendance à oublier son sens pratique…

— Vous m'en direz tant !

— En fait, il prend souvent d'énormes risques pour des raisons complètement farfelues, expliqua-t-elle avec un soupir. Par exemple, il accorde énormément d'importance à l'apparence. Pour lui, il faut toujours qu'une femme soit soignée jusqu'au bout des ongles…

Bizarrement, les vibrations qui le prévenaient généralement d'un mensonge chez son interlocuteur ne se firent pas sentir. Aussi fou que cela puisse paraître, elle devait dire la vérité — du moins, en cet instant précis.

— Je savais que la première personne à laquelle il avait confié le chantier du Manoir était un incapable, reprit-elle. Un ami d'ami, vaguement qualifié… En fait, il avait choisi quelqu'un sur lequel il pouvait faire pression. Il aime tellement contrôler les choses et les gens, leur imposer sa volonté… Du coup, quand il a jeté son dévolu sur Holly, je me suis dit : « Ça y est, c'est parti pour la cata numéro deux. » Mais je m'étais trompée. Votre sœur est douée. Vraiment douée.

— Douée ? Vous voulez rire ! Elle est absolument époustouflante ! Et elle ne mérite pas ce que vous voulez lui faire subir !

— C'est une occasion en or pour elle.

— Une occasion ? Quelle occasion ? Jouer le rôle d'une morte ?

— Encore une fois, vous vous trompez complètement, protesta Emma.

Exaspéré, il se leva d'un bond afin de la saisir par les bras, résistant de justesse à la tentation de la secouer comme un prunier. Il se contenta de la serrer à l'étouffer. Malgré les efforts d'Emma pour ne rien laisser paraître, il était certain qu'il lui faisait mal. Et dans un sens, cela le soulageait — juste retour des choses.

— Ah oui ? Ne me prenez pas pour une poire, Emma ! Je connais toute l'histoire avec ses détails les plus sordides. Comment Ryan Cutty est devenu en une seule nuit la brebis galeuse du clan. Comment il a tout perdu à la mort de sa fiancée — celle à qui ma sœur ressemble de façon surprenante !

Pressée contre son torse, elle se débattait pour lui échapper. En vain. Il n'était pas du genre à se laisser émouvoir quand les circonstances l'exigeaient.

— Vous parlez d'une occasion en or pour Holly, mais vous avez peut-être oublié certains points un peu moins reluisants.

Est-ce qu'il n'y aurait pas par hasard un sujet qui fâche les deux cousins ? En rapport avec cette fameuse Nina, par exemple ? Sinon, comment expliquer que votre Danny chéri parade au bras de ma sœur devant son rival ? Ça revient à agiter un drapeau rouge devant un taureau furieux, ni plus ni moins !

— Je... Vous êtes complètement à côté de la plaque ! bredouilla-t-elle.

Décidément, elle faisait preuve d'une obstination hors du commun. Exaspéré par son manque de coopération, il ne put s'empêcher de la rudoyer davantage.

— Et même si je me trompe, quel bien en tirer si l'histoire se termine comme elle a commencé ? Par la mort d'une jeune femme — en l'occurrence, ma propre sœur ? Vous y avez pensé ? La méchante blague de votre précieux Daniel pourrait tourner mal une deuxième fois !

— La mort de Nina était accidentelle. Il n'a jamais été prouvé que Ryan ait quoi que ce soit à voir là-dedans...

— Peut-être, mais elle est morte quand même. Ça me semble largement suffisant pour rendre le contrat de ma sœur caduc !

— Holly est libre de partir quand elle le désire.

— Oui, mais elle ne veut pas abandonner. Alors maintenant, c'est à vous de vous débrouiller pour qu'elle soit obligée de démissionner. Vous n'avez qu'à persuader votre Daniel de se trouver un autre architecte pour son projet grandiose, c'est tout !

Il n'avait pas prévu qu'Emma, frêle et délicate comme elle l'était, trouverait la force de s'arracher à son étreinte. C'est pourtant ce qu'elle fit : elle le repoussa si violemment qu'il serait tombé à la renverse s'il ne s'était pas rattrapé de justesse au montant d'une chaise.

— Vous croyez quoi ? Que je n'ai pas essayé cent fois de le

dissuader ? Que je ne lui ai pas répété que toute cette histoire était complètement absurde ? Qu'il allait droit dans le précipice ?

D'un seul coup, les rôles se trouvaient inversés. C'était Emma qui l'attaquait, maintenant, les yeux brillant de fureur. Un vrai chat sauvage !

— Mais Holly n'est pas du tout la faible créature que j'imaginais, ajouta-t-elle tout en le forçant à reculer devant ses petits poings fermés. Elle n'est pas la poupée malléable que Dan espérait. Et elle a du caractère — du talent, aussi.

Elle se tut, le temps de passer la langue sur ses lèvres sèches, comme si elle avait senti que la tension entre eux venait de s'élever d'un cran. Elle hésita brièvement avant de reprendre :

— Elle pourrait vraiment le faire. Nous sauver.

— Nous ? Qui ça, nous ?

— Daniel et moi. Et aussi le clan Cutty. Je suis persuadée que Holly pourrait nous rendre la paix. Exorciser la malédiction que la mort de Nina a jetée sur nous tous. Vous avez deviné pourquoi je ne voulais pas d'elle au départ : parce que j'étais jalouse. Je le suis peut-être encore un peu, d'ailleurs. Mais j'ai décidé de passer outre : votre sœur peut nous sortir de la crise qui nous ronge.

N'importe quoi ! songea-t-il sans toutefois parvenir à retrouver la colère qui l'animait à son arrivée. Emma avait l'air aussi surprise que lui de ses paroles, à croire qu'elle prenait conscience de ses motivations en les exposant. Elle mentait, ou elle se leurrait elle-même. Mais, dans un cas comme dans l'autre, elle était diablement séduisante, et elle en était parfaitement consciente !

Comme si elle avait lu dans ses pensées, elle s'approcha davantage, changeant de ton et d'attitude, allant presque jusqu'à lui murmurer à l'oreille :

— Au début, je n'aimais pas votre sœur. J'en avais peur, en

fait. Mais qui pourrait résister à Holly ? Elle est si sincère, si foncièrement honnête, si charmante et courageuse ! Daniel a fini par tomber sur la bonne personne, après tant d'années à essayer de trouver une solution qui comble ses désirs de gloire. Votre sœur est vraiment quelqu'un de bien. Même si, à cause d'elle, il me délaisse ces derniers temps. Je ne vais pas vous mentir : ça m'a fait mal, et j'en souffre encore. Mais si c'est pour la bonne cause, j'accepte d'en pâtir. Si ça permet à Daniel de prouver enfin à sa famille qu'il est capable de réaliser des grandes choses, alors ça vaut la peine que je mette mes sentiments de côté. Du moins, pour l'instant.

Elle lui envoya un regard suppliant dans lequel il lut également une pointe d'émotion bien différente — quelque chose de plus fort et de plus dangereux…

— J'imagine que tout ça vous semble complètement absurde, mais je vous en prie : ne lui enlevez pas la seule bonne chose qui lui soit arrivée depuis des années. Ça me tuerait, vous savez.

Sans prévenir, elle glissa sa petite main tiède dans la sienne. Instinctivement, à croire qu'il avait attendu ce moment depuis des lustres, il l'emprisonna de ses doigts impatients.

— Qu'est-ce que vous croyez faire, bon sang ? grogna-t-il tout en sachant parfaitement ce qui allait se passer — parce qu'il en rêvait depuis qu'ils s'étaient rencontrés.

Ce fut elle qui prit l'initiative, rapprochant sa bouche tendre de ses lèvres avides. Il ne lui en fallut pas davantage pour l'embrasser à perdre haleine. Il sut alors qu'il n'était pas venu dans le seul but de mettre Daniel au pied du mur. Inconsciemment, il avait souhaité qu'Emma soit là. Parce qu'il la désirait follement. Envers et contre tout.

Pendus l'un à l'autre, ils se laissèrent tomber sur le canapé avant de dériver vers le sol, perdus dans la passion qui les emportait. Il ne leur fallut que quelques secondes pour arracher leurs vêtements à la hâte. Malgré les gémissements d'impatience qui sortaient de la gorge d'Emma, il s'obligea à retarder le moment où il la pénétrerait. Il voulait d'abord la posséder du regard et des doigts, découvrir ses seins ronds, ses mains délicates, ses hanches étroites et ses formes si délicieusement féminines.

Emma, si fine, si frêle et en même temps si terriblement voluptueuse… Ce que le jean et le T-shirt tout simples d'aujourd'hui lui révélaient enfin, il en avait déjà eu un avant-goût — ô combien tentateur ! — lorsqu'il l'avait vue au *Samba, Samba !* vêtue de cette robe du soir affriolante. Elle était parfaite — tout simplement parfaite.

Trop parfaite, sans doute, lui souffla la petite voix de la raison. Ce ne serait pas la première fois qu'il commettrait l'erreur de céder aux charmes d'une délicieuse manipulatrice. De toute façon, il était trop tard pour reculer. Il savait qu'il commettait une énorme bêtise, mais son corps ne lui obéissait plus. Il fallait qu'il aille jusqu'au bout, qu'il réponde aux soupirs passionnés que ses mains arrachaient à la jeune femme qui se serrait contre lui.

Elle gémissait doucement, comme si elle n'avait jamais éprouvé autant de plaisir. Elle ne demandait qu'une chose : qu'il la prenne tout entière. Qu'il mette fin au supplice exquis qu'il lui faisait subir en la caressant savamment. Et lui ne pourrait résister longtemps…

N'y tenant plus, il la pénétra avec un râle d'extase. Elle l'accueillit avec la même fougue, nouant ses jambes souples autour de sa taille. Au moment où il entrait en elle, il sut avec certitude qu'il vivait le moment le plus merveilleux et le plus dangereux à la fois de sa vie d'homme.

Ils atteignirent les sommets de la jouissance en même temps, emportés par la tempête de leurs sens trop longtemps bridés. Epuisés par la violence de leur étreinte tumultueuse, ils restèrent quelques instants accrochés l'un à l'autre, à même le sol, tels deux naufragés à moitié noyés par la déferlante qui venait de les emporter. Enfin, Harris se leva péniblement et se mit en devoir de ramasser ses vêtements épars.

Lorsqu'il eut fini de se rhabiller, il tourna la tête vers elle et fut surpris par l'intensité de son regard. Il n'eut pas de mal à deviner ce qu'elle ressentait. Après tout, lire dans les pensées était ce qu'il savait le mieux faire.

Comme si elle était gênée par sa clairvoyance, elle lui tourna le dos. Il ne put s'empêcher de se repaître du spectacle qu'elle offrait, nue, recroquevillée à ses pieds, toute en collines tendres et en douces vallées qui ne demandaient qu'à être explorées une fois encore…

Au léger tressaillement qu'il vit courir sur son dos, il sut qu'elle s'était mise à pleurer sans bruit. Il aurait voulu lui dire qu'il était désolé, que tout était sa faute. Mais aucun son ne franchit la barrière de ses lèvres serrées. Furieux contre lui-même autant que contre elle, il tourna les talons et sortit de l'appartement, la bouche obstinément close. Il y avait déjà suffisamment de mensonges entre eux sans qu'il y ajoute de fausses excuses. Alors, pourquoi se sentait-il si profondément coupable ?

Prise dans ses pensées, Holly faillit manquer la bretelle de sortie, juste après le pont du Golden Gate. Heureusement, elle braqua à la dernière minute et se retrouva sur la bonne route — une voie sinueuse qui longeait les baies de San Francisco et de Richardson. Elle traversait le quartier de Sausalito, célèbre pour ses maisons colorées qui rappelaient l'ambiance des ports méditerranéens. Mais elle ne s'attarda pas aux détails qu'elle découvrait au passage — elle n'était pas venue jusqu'ici à cette heure de la nuit pour faire du tourisme !

Quelques commentaires du guide qu'elle avait parcouru à son arrivée à San Francisco lui revinrent à la mémoire : la marina avait été conçue comme partie intégrante de la baie, avec ses grands voiliers et ses maisons pimpantes abritant commerces fins, galeries d'art prestigieuses et restaurants typiques où se pressaient les visiteurs en mal d'authenticité. Un véritable petit village marin dans la ville, en somme.

Comme bon nombre de privilégiés dans ce havre de paix, Ryan vivait à bord d'un bateau ancré au port de Waldo Point. Les maisons flottantes n'étaient pas rares dans ce coin de la marina et mettaient une touche de couleur supplémentaire au paysage admirable qui mêlait terre et mer avec bonheur. Elle n'eut aucun mal à trouver celle où résidait Ryan, restant bouche bée devant la prouesse architecturale que constituait cet édifice de deux niveaux, entièrement recouvert de bois exotique. Avec ses fenêtres à l'épreuve des embruns et son grand drapeau qui flottait fièrement à l'entrée du ponton, le bateau avait tout à fait l'allure de ce qu'il était : la résidence d'un célibataire assez fortuné pour se payer une enclave à l'écart des tracas de la terre ferme.

Lorsqu'elle pénétra à l'intérieur, sa première impression se confirma. Une garçonnière de luxe, voilà ce que c'était. Il n'y avait qu'à voir le mobilier — de grands fauteuils en cuir usés par les années, plus une chaise longue au rembourrage si épais qu'il donnait envie de s'y allonger sur-le-champ pour une sieste confortable. Dans l'évier de la kitchenette, des assiettes sales s'empilaient en désordre. Partout ailleurs, des journaux et des magazines traînaient au hasard, alternant avec des graphiques où elle pouvait lire des indications sur les précipitations ou le degré d'humidification des sols de la région. Il y avait aussi des livres par dizaines, sur à peu près tous les sujets imaginables, qui encombraient l'essentiel des meubles quand ils n'étaient pas posés à même le sol.

Elle se rappela ce qu'Emma lui avait raconté : alors que Daniel passait ses étés à trimer comme un esclave au Manoir, Ryan, l'héritier, préférait passer ses journées en mer à ne rien faire…

— On dirait qu'il n'a pas changé, murmura-t-elle pour elle-même.

— Pas changé ? Et à quel sujet ?

Elle se retourna. Arrivé juste après elle, Ryan lui avait emboîté le pas sur la plate-forme qui se balançait au-dessus de l'eau noire avant de s'effacer galamment afin de la laisser découvrir son domaine pendant qu'il allait lui chercher une bière fraîche. Il lui tendit la bouteille encore embuée qu'elle prit rapidement, non sans avoir senti sa main effleurer celle, si grande et si forte, de son hôte.

Lorsqu'elle était arrivée en vue de la marina, elle avait tout de suite adoré l'endroit : on aurait dit un décor de film romantique, avec toutes ces lumières scintillantes qui se reflétaient dans l'eau tranquille du port. Un vrai village féerique, comme on n'en trouvait plus guère de nos jours — une image tirée des contes de son enfance… Elle aurait voulu vivre là, à l'abri du temps et des soucis bassement matériels.

Elle se ressaisit. Ce n'était pas un conte de fées qu'elle vivait en ce moment. En fait, sa petite aventure nocturne avait toutes les chances de virer au cauchemar, étant donné le personnage auquel elle avait affaire ! Qu'est-ce qui lui avait pris de venir retrouver Ryan chez lui ? Sa curiosité la perdrait, décidément… Elle avait tellement besoin de savoir : quand il la regardait, qui voyait-il ? Elle ou Nina ?

Questions idiotes — hasardeuses — et qui ne l'amèneraient nulle part… Mais elle ne pouvait s'empêcher de se les poser.

— Jolie maison, remarqua-t-elle simplement tout en prenant une petite gorgée de bière.

Il fit un geste insouciant, aussi banal et peu révélateur que son compliment. Il ne s'était rien servi comme boisson, et elle eut soudain mauvaise conscience à être la seule à boire. Surtout qu'avec la bouteille de vin qu'elle avait terminée la veille, elle n'aurait pas dû tenter le diable !

Pour le moment, Ryan semblait attendre qu'elle poursuive son amorce de conversation. Debout à son côté, il la regardait intensément de ses yeux bleu électrique. Il avait une allure folle — le type même du beau brun ténébreux dont la plupart des femmes s'entichent au premier coup d'œil. Et si elle en croyait les clichés qui accompagnaient certains des articles que Harris lui avait imprimés, il était tout aussi séduisant dans sa jeunesse.

Il fallait qu'elle en ait le cœur net. Qu'elle le mette au pied du mur. Autant y aller franco si elle voulait y voir un peu plus clair dans toute cette histoire.

— Je ne suis pas la réincarnation de Nina Travers, lança-t-elle tout à trac en le regardant droit dans les yeux.

— Ça, je l'avais deviné, figurez-vous, rétorqua-t-il d'un air vaguement blasé qui la froissa.

Faisait-il donc si peu cas d'elle ?

Afin de se donner une contenance, elle reprit une gorgée de sa boisson et ressortit sur le pont, faisant mine de s'absorber dans la contemplation du paysage alentour. Elle laissa son regard errer sur les bateaux nettement plus petits et moins confortables qui encombraient les abords de la marina. Ryan lui avait expliqué, lorsqu'il lui avait fait les honneurs de son « quartier », que leurs propriétaires ne payaient aucune taxe et qu'ils avaient toutes les peines du monde à entretenir leurs domiciles flottants. En fait, c'était une sorte de bidonville nautique — un camping maritime sauvage, en marge des « réguliers » comme Ryan et ses voisins. Les autorités locales fermaient les yeux, parce qu'elles savaient que les contrevenants n'avaient de toute façon aucun moyen de vivre ailleurs ou autrement.

De nuit, en tout cas, les maisonnettes délabrées n'avaient pas l'air en si mauvais état. Elles ajoutaient des lumières vacillantes au tableau général, voilà tout. Et c'était plutôt joli — en harmonie avec le reste.

— Pourquoi ne m'avez-vous pas avertie dès le départ ? demanda-t-elle, les yeux perdus dans le vague. Pourquoi m'avez-vous flanqué la trouille en me suivant comme mon ombre ? J'aurais pu paniquer et prévenir la police, vous savez. Et ç'aurait mal tourné pour vous, d'après ce que je sais de votre passé…

— Je voulais voir la tête que vous feriez quand je vous montrerais le tableau.

— Pourquoi ? Pour me faire encore plus peur ? Pour bien enfoncer le clou et me prouver à quel point j'avais été aveugle et stupide ?

Il la sonda de ses yeux implacables avant de chuchoter :

— Je voulais savoir si oui ou non vous étiez au courant. Si vous jouiez le jeu de Daniel exprès ou pas.

Bien sûr, se morigéna-t-elle silencieusement. Comment n'y avait-elle pas pensé ? Il avait voulu provoquer une réaction en elle de façon à déterminer si elle était victime du stratagème élaboré par son cousin ou si elle faisait partie du complot.

— Ça tient debout, en effet, admit-elle du bout des lèvres. Je suppose que, si on s'arrête aux apparences, j'aurais très bien pu jouer mon rôle en connaissance de cause. Pour être sûre que vous craquiez au plus vite, sans doute…

Harris le lui avait bien dit. Mais elle n'osait prononcer le mot « assassinat » — pas encore, du moins.

Elle leva sa canette de bière comme pour trinquer à sa découverte et ajouta :

— Eh bien, ce n'est pas le cas. Je ne suis pas l'actrice hors pair que vous imaginiez. Je ne suis qu'une architecte, c'est tout. Et je cherche seulement à faire mon travail.

De joyeux éclats de voix lui parvinrent aux oreilles : il y avait un dîner animé dans le bateau d'à côté. L'espace d'un instant, elle se prit à regretter de ne pas compter parmi les invités de cette soirée. La vie pouvait être amusante, gaie — en un mot, normale. Pourquoi se trouvait-elle plongée dans un drame dont elle n'avait que faire ? Ryan avait-il un jour connu l'insouciance et le bonheur tranquille dont semblait jouir son voisin ? Sans doute pas depuis le terrible accident qui avait bouleversé son existence, douze ans plus tôt.

— C'est vraiment affreux de penser que Daniel m'a utilisée comme appât, laissa-t-elle échapper, prise d'une compassion soudaine pour son compagnon taciturne. Ça a dû vous faire un tel choc de me voir apparaître comme ça !

— Si ça peut vous rassurer, j'ai effectivement cru au début que j'avais perdu la boule !

Elle sourit. Au moins avait-il le sens de l'humour…

— Vous avez raison, ça me rassure un peu. Je suis encore capable de surprendre les gens, c'est déjà ça !

Ce n'était que justice, après tout. Elle qui avait éprouvé une peur bleue lorsqu'il l'avait suivie dans la rue était plutôt satisfaite d'apprendre qu'elle avait eu le même effet sur lui.

— Alors, reprit-elle plus fermement, qu'est-ce qui va se passer, maintenant ? Je suppose que vous n'attendez qu'une chose : que je parte.

— Si c'était aussi simple…

Elle sentit son cœur faire un bond dans sa poitrine. Il venait d'exprimer exactement le dilemme auquel elle était confrontée.

Et pas seulement sur un plan professionnel. Il y avait quelque chose entre eux — quelque chose qu'elle avait diablement envie d'approfondir… Se pourrait-il qu'il ressente la même attirance absurde ?

— C'est-à-dire ? insista-t-elle, décidée à ce qu'il mette les points sur les i.

Il lui décocha un sourire qui la fit fondre. Quand il se déridait, il devenait absolument irrésistible. Et encore plus dangereux pour sa tranquillité d'esprit !

— C'est-à-dire que ce serait nettement moins compliqué si la situation n'était pas aussi tordue.

Pléonasme s'il en était ! Pourtant, elle comprenait ce qu'il voulait dire. Une sorte de courant passait entre eux depuis le début — sinon, comment aurait-elle senti sa présence dans le noir les deux nuits où il avait monté la garde devant chez elle ? Elle ressentait la même attraction — la même frustration, aussi…

Sauf que, dans son cas à lui, ces sentiments contradictoires pouvaient s'expliquer : il avait dû aimer et haïr à la fois une femme qui lui ressemblait comme une sœur jumelle. Nina et Ryan, le couple maudit… Tandis que, de son côté à elle, cette histoire était d'une banalité à pleurer. Un vrai mélo : il était beau, sexy, mystérieux ; elle n'avait eu personne dans sa vie depuis trois ans. Le scénario classique, quoi.

— Vous devriez faire très attention, ajouta-t-il, interrompant ses ruminations.

— Alors ça, c'est drôle. C'est exactement ce que Daniel m'a dit.

— Ça ne va pas vous faciliter la tâche, alors. Qui allez-vous croire ? Daniel ou moi ?

— Peut-être les deux…

— Mauvaise réponse, lança-t-il avec une grimace comique.

Vous devez choisir un camp. C'est lui ou moi, ça ne peut pas être moitié-moitié.

Si seulement il pouvait cesser de la regarder avec ces yeux qui lui transperçaient l'âme… Si seulement il n'était pas si follement séduisant… Pourquoi les mauvais garçons ressemblaient-ils tous au prince charmant ? C'était inscrit dans leurs gênes, ou quoi ? Déjà, quand elle s'était fait avoir par Drew, elle n'avait rien vu venir. Il avait l'air si honnête et il était si beau qu'elle avait été flattée de l'intérêt qu'il semblait lui porter. Pourquoi Ryan, encore plus attirant que son ex-mari, aurait-il fait exception à la règle ?

— Quand vous me regardez, qui voyez-vous ? demanda-t-elle sans réfléchir. Moi ou cette Nina qui vous hante ?

Pour le coup, elle était allée droit au but, sans détour ! Alors qu'elle s'attendait à des tergiversations gênées de sa part, il éteignit les lumières qui éclairaient légèrement le bastingage et s'approcha résolument d'elle. De ses grandes mains brunes, il chassa tendrement les mèches de cheveux que la brise avait ramenées sur ses joues empourprées. Elle retint sa respiration, sous le charme de sa caresse. La lune qui les nimbait d'argent, la brise marine, le clapotis des vaguelettes contre la coque du bateau — toutes les conditions étaient réunies pour faire de cet instant un moment magique, à part, qu'elle chérirait à jamais. Tout comme elle se souviendrait longtemps de cet éclat qu'elle lisait dans ses yeux bleus — un éclat qui, hélas, ne lui était pas destiné…

— Vous savez ce que je crois ? murmura-t-il d'une voix rauque. Que vous aviez raison, tout à l'heure. Vous devriez rentrer chez vous.

La déception fut de taille. Imperceptiblement, elle s'était inclinée dans sa direction, espérant qu'il la prendrait dans ses bras. Et voilà qu'il la renvoyait comme une malpropre !

Elle fit un pas en arrière et bredouilla, acculée au bastingage :

— C'est juste. Je... Bien sûr...

Seattle — c'était là son vrai chez-elle. Mais n'était-il pas trop tard pour faire machine arrière ?

Dans un sursaut de fierté blessée, elle releva le menton, adoptant sans s'en rendre compte la même attitude que la jeune femme du portrait.

— Daniel m'a demandé le contraire : il veut que je reste afin de terminer le projet qu'il m'a confié. Il m'a dit de prendre tout le temps nécessaire pour réfléchir à sa proposition. De ne pas me décider à la va-vite. Si j'accepte de rester au moins un mois, il m'a promis qu'il me réglerait l'intégralité de mes indemnités. Sans rien exiger en retour.

— Parce qu'il sait que si vous restez ici un mois, vous ne lâcherez pas votre poste après.

— C'est effectivement ce qu'il doit penser. Mais je pourrais très bien en profiter pour récupérer un maximum d'argent sans m'impliquer davantage dans cette histoire de fous. Imaginez que je reste seulement jusqu'à ce qu'on me paye et que je m'évanouisse dans la nature après ? Ce serait drôle, comme revanche !

— Vous ne ferez jamais ça, répliqua-t-il avec un calme olympien sans la quitter des yeux. Je commence à vous connaître. Assez en tout cas pour deviner que vous êtes complètement mordue par ce projet. Vous ne désirez qu'une chose : redonner vie au Manoir Cutty, coûte que coûte. Même Daniel s'en est rendu compte, c'est dire si vous êtes lisible ! Mais si vous voulez mon avis, vous devriez tout laisser tomber pour vous enfuir en courant. Vous risquez trop gros dans cette affaire, croyez-moi sur parole.

Elle croisa les bras sur la poitrine dans une attitude de défi.

— Et pourquoi est-ce que je devrais vous faire confiance ? Vous avez tout intérêt à ce que l'entreprise familiale fasse faillite, non ? Emma m'a confié que vous vous étiez reconverti dans le vin, que vous ne travailliez plus pour votre famille. Elle n'a pas l'air d'avoir une haute opinion de vous, d'ailleurs. Si je me rappelle bien, ses mots exacts pour décrire votre activité actuelle étaient « trimer comme un minable » !

— Ça, c'est du Emma tout craché. Elle n'est pas capable de voir les choses autrement que par les yeux de son cher Daniel.

— Peut-être, mais elle, au moins, ne livre pas ses informations au compte-gouttes ! Elle m'a raconté comment vous êtes sorti indemne d'une sombre histoire d'assassinat. Elle a même sous-entendu que vous auriez soudoyé les chargés d'enquête pour vous en tirer à bon compte…

Peu impressionné par son attaque en règle, il se mit à rire à gorge déployée. Lorsqu'il la regarda de nouveau bien en face, un sourire franchement amusé éclairait son beau visage. Elle sentit son cœur battre la chamade. Il était tellement séduisant…

— Alors, comme ça, je suis un meurtrier doublé d'un affreux manipulateur, hein ? Un psychopathe de la pire espèce… Pauvre Holly, vous êtes bien mal tombée !

Il se rapprocha d'elle, la forçant à se terrer un peu plus contre la balustrade qui lui meurtrissait déjà le dos. Aucune échappatoire. Mais avait-elle vraiment envie de lui fausser compagnie ? Difficile à dire, tant elle appréciait sa présence. Il enroula distraitement une mèche de ses cheveux autour de ses doigts, comme pour la retenir captive un moment encore, et ajouta d'un ton rêveur :

— Je sais ce que vous attendez : que je nie tout en bloc. Que je vous rassure sur mon compte. Que je vous dise que je ne suis pas ce fou dangereux qu'on vous a décrit, et que vous ne risquez rien en restant dans les parages. Mais je préfère vous laisser vous faire une opinion par vous-même.

Doucement, lentement, il lui caressa la bouche du bout du doigt, s'attardant sur la courbe pleine de sa lèvre inférieure, lui arrachant un soupir involontaire.

— Peut-être qu'il vaudrait mieux pour tout le monde que vous ayez peur de moi. Au moins, vous resteriez sur vos gardes.

— Peur, moi ? s'offusqua la jeune femme. Jamais !

Elle mentait, bien entendu. Mais elle se serait fait couper la langue plutôt que de l'avouer. Pas question de passer pour la trouillarde de service !

Il laissa retomber sa main, comme à regret.

— Si vous avez déjà pris votre décision, alors, pourquoi êtes-vous venue me voir ? Et à cette heure tardive ?

D'un geste brusque, elle lui colla d'autorité sa bière encore à moitié pleine dans les mains avant de resserrer la sangle de son sac sur son épaule, histoire de se donner l'allure d'une véritable femme d'affaires pour sa sortie.

— Je suppose que je voulais voir la tête que vous feriez, répliqua-t-elle, utilisant à dessein la même tournure que lui. Je me disais qu'après ça, je saurais si oui ou non Emma m'avait dit la vérité à votre propos.

Sans le quitter des yeux, elle recula jusqu'à la porte qui menait à la kitchenette.

— Ne vous inquiétez pas pour moi, ajouta-t-elle, assez fière de son petit effet. Je trouverai bien la sortie toute seule.

Immobile, Ryan écouta ses pas s'éloigner en direction de la passerelle, puis résonner sur le ponton. Il avait lu en elle comme dans un livre : elle ne savait absolument pas dissimuler ses émotions. Il avait vu successivement le désir, la frustration, puis la vexation suivie d'un sursaut de dignité se peindre sur son visage mobile. Elle était si attendrissante, si vulnérable — si inconsciemment dangereuse, aussi !

Lorsqu'elle s'était laissée aller contre lui pendant une fraction de seconde, il avait eu bien du mal à ne pas l'embrasser. Un baiser volé, un bref instant de bonheur, c'était tout ce qu'il demandait. Depuis Nina, il n'avait pas connu de répit. Ni de moments vraiment magiques avec une femme. Alors que, ce soir…

Songeur, il contempla en souriant la bouteille de bière encore fraîche qu'elle lui avait rendue.

— Il n'y a pas à dire, elle sait sortir en beauté !

A cet instant, la sonnerie de son téléphone fixe résonna à l'intérieur. Il pénétra dans la kitchenette et posa la cannette entamée sur la table avant de décrocher le combiné. A l'autre bout du fil, il entendit le grésillement caractéristique d'un portable.

— Laisse-la tranquille, sinon tu le regretteras ! fit une voix rauque et étouffée.

Une voix d'homme ? Difficile à dire…

Homme ou femme, le mystérieux interlocuteur raccrocha aussitôt. Interloqué, Ryan reposa lentement le combiné sur sa base et se rendit compte qu'il avait inconsciemment retenu sa respiration. Sur un point au moins, il n'avait aucun doute : c'était de Holly qu'il s'agissait. C'était elle qu'on lui ordonnait de laisser en paix. Mais qui pouvait savoir qu'elle était venue le voir ce soir ? Un membre du clan Cutty ? Le frère, qui aurait voulu la protéger ? Quelqu'un d'autre de sa famille ou de son entourage, inquiet de la voir s'acharner dans une histoire qui la mettait en danger ? Il n'avait pas reconnu la voix qui l'avait menacé, mais cela ne voulait rien dire. Ce pouvait très bien être quelqu'un qu'il connaissait mais qui aurait pris soin de déguiser sa voix pour mieux l'impressionner… Oui, mais qui ?

Lentement, il reprit la bière dont il avala une gorgée, puis ressortit sur le pont pour se pencher sur l'eau noire du port. Dire qu'il n'y avait pas si longtemps de cela, il s'était promis qu'il ferait le tour du monde en bateau — ne serait-ce que pour tenir la promesse faite à son grand-père sur son lit de mort. Et voilà qu'aujourd'hui, il restait à quai, prisonnier de son passé. Quel bénéfice en tirait-il ? Il préférait ne pas y penser.

Il fallait qu'il fasse attention à lui. Holly Fairfield occupait bien trop de place dans sa vie depuis qu'elle avait fait son apparition dans la région. S'il n'y prenait pas garde, elle allait devenir une véritable obsession. C'était dangereux — sentimentalement et psychologiquement.

D'autant qu'à l'évidence, il n'était pas le seul à s'intéresser à elle. Loin de là !

15.

L'un des bonheurs du métier d'architecte, c'est de pouvoir créer des visions ordonnées sur la plus banale des feuilles de papier. C'était ce que Holly préférait. Lorsqu'elle se retrouvait face à sa table de travail, crayon en main, elle se sentait investie d'une puissance incroyable. Ce n'était sans doute qu'une illusion, mais cela constituait un refuge sécurisant par rapport au chaos de la vie réelle. Là, au moins, elle avait l'impression de posséder un contrôle absolu sur les événements.

Seulement, ce soir, elle ne se trouvait pas dans cette situation rassurante. Le moins qu'on puisse dire, c'était qu'elle avait plongé tête baissée dans les ennuis en allant voir Ryan chez lui ! L'esprit troublé, les sens en émoi, elle ne savait plus du tout où elle en était. Résultat : au lieu de rentrer à son appartement comme l'aurait exigé le bon sens le plus élémentaire, elle se dirigeait, pied au plancher, vers le deuxième endroit où elle n'aurait pas dû se rendre — le Manoir Cutty.

Se souvenant de la porte dérobée que Ryan avait utilisée la veille, elle y donna un léger coup d'épaule, tourna le bouton qui grinça sinistrement et se retrouva à l'intérieur, comme par magie. Elle ne perdit pas de temps en tergiversations. Grimpant l'escalier quatre à quatre, elle monta résolument vers la pièce où l'attendait son sosie.

La partie d'échecs continuait : l'un des cavaliers — Daniel, pour ne pas le nommer — avait fait un déplacement inattendu sur le plateau. Quant à la reine du camp adverse, elle avait changé de visage : ce n'était plus Vanessa Cutty, mais bien cette Nina dont elle se sentait étrangement proche et distante à la fois. La tour qu'elle croyait inébranlable — le Manoir et ce projet fabuleux de rénovation — menaçait de céder sous les assauts conjugués des autres pièces. Et elle, simple pion, quelle tactique devait-elle adopter ? Elle n'en savait rien, mais elle devinait que l'issue de la partie reposait sur ses frêles épaules et que tous les autres avaient les yeux braqués sur elle.

Avec une force dont elle ne se serait pas crue capable, elle traîna le tableau contre un canapé disposé devant l'unique fenêtre dont elle ouvrit les rideaux en grand. Dans la lumière argentée de la pleine lune, le portrait parut s'animer d'une vie propre, comme sous le coup d'un enchantement.

Les yeux… c'était cela, le détail qui permettait de les différencier, toutes les deux. Ceux de Nina semblaient tout savoir. Ils avaient un éclat dur qu'elle-même n'avait jamais perçu chez elle. Nina avait dû vivre une existence bien plus privilégiée que la sienne ; alors, comment expliquer cette lassitude dans ses pupilles fixes ?

— Qu'est-ce qui t'est arrivé, Nina ? murmura Holly. Qu'est-ce qui t'est vraiment arrivé ?

Dans le seul article qu'elle avait parcouru, il était question de plus qu'un simple accident. Selon le rapport de la police, une dispute violente aurait éclaté entre la défunte et son fiancé. D'après des sources « préférant rester anonymes », elle aurait été enceinte au moment de la tragédie qui l'avait emportée dans l'au-delà. Cela étayait-il la thèse de l'assassinat ?

Entre cette théorie et celle de l'accident, il y avait un fossé que Holly hésitait à franchir. Pourquoi ? Est-ce qu'elle ne se voilait pas la face depuis le début, tout simplement parce que Ryan éveillait en elle des sensations qu'elle croyait avoir oubliées depuis longtemps ?

Un sourire ironique joua sur ses lèvres. C'était bien son genre, de pencher en faveur du mauvais garçon de service ! Déjà, avec Drew, elle s'était fait avoir en beauté. Pourquoi serait-ce différent avec Ryan ?

Mi-amusée, mi-énervée par son attitude déraisonnable, elle posa de nouveau les yeux sur le portrait qui semblait la jauger avec mépris.

— Bon, d'accord, je ressemble à s'y méprendre à une morte. Et alors ? La belle affaire !

Elle s'assit, soudain épuisée. Elle n'avait pas l'habitude de suivre la voie la plus facile, sinon elle ne se serait pas retrouvée là, à cette heure de la nuit, à essayer de rassembler les pièces d'un puzzle trop compliqué pour elle. Dire qu'elle s'était rendue chez Ryan et qu'elle s'était pratiquement jetée dans ses bras... Qu'espérait-elle ? Qu'il l'embrasserait et l'emporterait sur son cheval blanc vers un *happy end* de conte de fées ? Comme prince charmant, elle aurait pu trouver mieux, tout de même ! Une incorrigible rêveuse, voilà ce qu'elle était.

Une conversation avec Harris lui revint à la mémoire. A l'époque elle n'avait pas compris pourquoi il lui demandait si elle ne voulait pas, pour une fois, être celle qui aurait le choix.

— Même au lycée, tu attendais qu'on te choisisse, lui avait-il expliqué patiemment. Pour tout. Pour danser pendant les soirées, pour sortir avec des garçons, et même pour répondre aux questions des profs alors que tu connaissais parfaitement les réponses. Tu as commis exactement la même erreur avec Drew : tu l'as laissé prendre toutes les initiatives, et tu vois où ça t'a menée ? A une faillite et à un divorce. Tu n'aurais pas envie, une fois dans ta vie, d'être celle qui choisit ce qu'elle veut faire, Hol ? Ça te changerait de dire : « Voilà, c'est ça ou c'est lui que je veux, et je vais tout faire pour l'avoir. » Tu ne crois pas ?

Vexée, elle lui avait rappelé que, sur le plan sentimental, il n'avait pas de leçons à lui donner, vu sa tendance à collectionner les histoires d'amour ratées. Avec un petit sourire d'autodérision, il avait répondu :

— Tu vois, c'est exactement ce qui cloche chez nous. C'est parce qu'on ne prend jamais les devants qu'on est si malheureux en amour, tous les deux.

Mais aujourd'hui, c'était différent. Peut-être avait-elle choisi, pour une fois. Choisi de rester à cause de Ryan. Et du Manoir Cutty. Si elle s'en allait, elle le regretterait toujours.

Derrière elle, un bruit de porte se fit entendre. Etonnée, elle se retourna.

— Il y a quelqu'un ?

Pas de réponse. Seulement des craquements sinistres, comme si un espion mystérieux traînait dans les parages. Elle se morigéna vertement : elle se faisait des idées, encore une fois ! C'était normal que le plancher craque, dans une vieille maison comme celle-ci. Mais il lui semblait tout de même percevoir un rythme trop régulier pour être dû au hasard. Cela ressemblait nettement à des bruits de pas.

Et si Ryan s'était remis en tête de la suivre ?

— Ryan ? lança-t-elle, le cœur battant.

Toujours pas de réponse. Seulement, les craquements s'accélérèrent, comme si la personne qui hantait les lieux s'était soudain mise à courir.

— Ryan ? C'est vous ? répéta Holly en frissonnant.

Qui d'autre aurait pu la prendre en filature ? Brusquement furieuse, elle décida d'agir au lieu de rester là, à attendre que monsieur veuille bien cesser ses manœuvres d'intimidation.

Elle croyait pourtant qu'il avait compris ! Elle n'avait rien à voir dans le stratagème tortueux que Daniel avait mis en place dans le but de lui nuire. Seulement, il était peut-être trop borné pour lui ficher la paix…

Elle se leva d'un bond et se dirigea vers la porte.

— Ryan ? Bon sang, tout ceci est ridicule, grommela-t-elle avant d'ouvrir le battant à toute volée.

Elle suivit la direction d'où provenaient les bruits de pas précipités. Ce n'était vraiment pas le moment de se lancer dans une partie de cache-cache, songea-t-elle, exaspérée. Ryan se comportait comme un gamin stupide. Quand elle l'aurait rattrapé, elle ne se priverait pas de lui dire le fond de sa pensée !

Elle courut jusqu'au hall gigantesque d'où partait un autre couloir qu'elle n'avait jamais remarqué auparavant. Les craquements s'éloignaient vers une partie du Manoir qu'elle ne connaissait pas. Elle s'y engagea résolument, mais ne put s'empêcher de plisser le nez tant l'odeur de moisissure et de poussière y était forte. Elle ne voyait pas grand-chose : l'ampoule nue qui pendait au plafond du corridor diffusait une lumière tremblotante. Sous ses pieds, le parquet défraîchi grinçait sinistrement ; ses lattes disjointes par endroits laissaient passer des rais de lumière provenant de l'étage en dessous. Le moins qu'on puisse dire, c'est que cet endroit n'était pas rassurant pour deux sous !

Elle leva les yeux et découvrit une fenêtre où flottait un voilage crasseux. Quelqu'un devait avoir ouvert la porte du bout du couloir une seconde avant son arrivée, car elle sentit un courant d'air passer sur son visage. Soudain, une voix de femme murmura, quelque part dans la pièce où elle venait de pénétrer :

— Nina…

Frissonnant malgré elle, elle scruta fébrilement les alentours. Ce n'était donc pas Ryan qui jouait au chat et à la souris avec elle. C'était une femme — mais qui ? En tout cas, elle ne tenait pas à donner l'impression qu'elle avait peur.

— Je ne sais pas qui vous êtes, mais votre petite manœuvre ne m'impressionne pas du tout ! mentit-elle avec aplomb. Je ne vais pas abandonner avant de vous avoir trouvée !

La pièce autour d'elle était vide. Pas de meubles derrière lesquels aurait pu se cacher l'inconnue qui cherchait à l'effrayer. Pas de tableaux non plus.

C'est à cet instant qu'elle avisa la vitre où brillait une inscription dans un rayon de lune. Avec précaution à cause du parquet mangé aux mites, elle s'approcha de la fenêtre afin de lire les mots qui y avaient été tracés à la hâte, probablement avec un rouge à lèvres. Les grandes lettres, écarlates, épaisses et luisantes comme des traces de sang frais, se détachaient dans la pénombre.

RENTREZ CHEZ VOUS !

Frappée de plein fouet, elle recula, les tempes bourdonnantes, un goût amer dans la bouche. C'était une attaque en règle, décidément ! Quelqu'un l'avait attirée dans cet endroit uniquement pour lui faire lire ce message…

Elle fit un pas de plus en arrière et sentit le plancher céder sous elle. Dans un craquement assourdissant, son pied droit s'enfonça à travers les planches vermoulues. Hurlant de terreur, elle essaya d'amortir sa chute en se jetant sur le côté, mais ne réussit qu'à se tordre le poignet et ne put empêcher sa tête de heurter violemment le sol. Elle resta étendue de tout son long, le souffle coupé, à moitié étourdie par la douleur lancinante qui lui labourait toute la jambe. Lorsqu'elle eut la force de relever la tête, elle vit que seul son pied droit était pris dans les lattes du parquet. Il fallait qu'elle le dégage au plus vite.

A l'instant même où elle allait commencer à tirer sur sa

cheville blessée, les craquements sinistres recommencèrent, juste de l'autre côté de la porte.

— Oh, mon Dieu ! fit-elle d'une voix étranglée.

Le cauchemar continuait. Elle s'obligea à ne pas bouger d'un centimètre, comme si elle était allongée non sur du bois mais sur une fine couche de glace menaçant de céder sous son poids. Tout son corps lui faisait mal, et elle dut lutter pour ne pas s'évanouir sous le coup de la souffrance et de la peur conjuguées. Des histoires de maisons hantées lui revenaient à la mémoire avec une acuité hallucinante : le Manoir se vengeait-il sur elle ?

— Non, non, c'est impossible, murmura-t-elle afin de conjurer la panique qu'elle sentait monter en elle. Ce n'est pas le Manoir qui m'en veut. Ça n'existe pas, les maisons hantées…

S'il s'agissait bien d'une vengeance, c'était celle de quelqu'un et non de quelque chose. Et dans tous les cas, cette personne mystérieuse qui venait de la prendre au piège ne lui voulait pas du bien. Là-dessus, il n'y avait aucun doute possible.

Seul dans le salon, Harris contemplait en silence les croquis, les esquisses et les ébauches de plans éparpillés sur la table basse. Dire que c'était sa sœur qui avait réussi à imaginer tout ça… Il tira pensivement sur sa cigarette — la première qu'il s'autorisait depuis cinq ans d'abstinence. Tant pis pour ses bonnes résolutions : il avait trop besoin de fumer aujourd'hui, étant donné les circonstances.

Il avait toujours éprouvé une admiration sans bornes pour le talent créatif de Holly. Elle avait le don de déceler l'étincelle qui permettait de redonner vie à quelque chose que tout le monde croyait mort. Alors que lui ne semait que la destruction sur son passage…

Cette cigarette, par exemple, n'était-ce pas une façon de réduire à néant ses cinq longues années d'efforts méritoires ?

Brusquement, elle lui brûla les doigts. Il chercha un endroit où l'éteindre, avisa une soucoupe qui traînait sur la table, y écrasa sa cigarette et s'empressa de l'emporter vers l'évier de la cuisine pour en ôter toute trace de cendre. Tant qu'il y était, il aurait aussi pu mettre un coup d'aérosol parfumé, histoire de masquer l'odeur de tabac qui planait dans l'appartement. Quoique... Holly sentirait sûrement qu'il avait fumé, alors pourquoi se fatiguer ?

Il fixa le petit tourbillon qui s'était formé dans l'évier au niveau de la bonde. Dans l'hémisphère Sud, l'eau tournait dans l'autre sens — l'inverse des aiguilles d'une montre. Cette manifestation l'avait toujours impressionné, lors de ses déplacements professionnels aux quatre coins du monde. Etrange phénomène...

Il coupa brusquement l'eau du robinet, énervé par ses divagations sans queue ni tête. Il était trop bouleversé pour réfléchir correctement. Les larmes d'Emma au moment où il l'avait quittée le torturaient : il n'aurait pas dû la laisser comme cela. A vrai dire, il n'aurait jamais dû se rendre à l'appartement de Daniel, en premier lieu ! Ses soupçons étaient trop vagues, trop mal étayés pour qu'il puisse agir efficacement. Il avait voulu protéger sa sœur par n'importe quel moyen, en fonçant droit devant lui. Mais maintenant que sa colère était un peu passée, il se demandait si son impulsion — et ses conséquences directes — n'avaient pas eu exactement l'effet inverse de ce qu'il espérait. Au lieu de clarifier l'embrouillamini dans lequel Holly se trouvait prise, il avait plutôt contribué à l'intensifier par sa conduite absurde et inexcusable.

A cet instant précis, il entendit une clé tourner dans la serrure. Trop tard pour l'aérosol...

Lorsque sa sœur apparut dans l'encadrement de la porte d'entrée, il sut d'instinct que quelque chose ne tournait pas rond : elle ne marchait pas comme d'habitude. Elle avait l'air de boiter. Et puis, elle se tourna vers lui, et il ne put retenir un cri :

— Seigneur ! Mais qu'est-ce qui t'est arrivé ?

Son pantalon était déchiré d'un côté jusqu'au genou, dévoilant sa peau rouge et écorchée. Une grosse balafre zébrait l'une de ses joues, et elle tenait son poignet contre elle, une expression de douleur sur son visage blême.

— Ce n'est rien, répondit-elle tout en se dirigeant vers la cuisine. Je suis une telle empotée, parfois !

Sans rien dire, il la suivit jusqu'au réfrigérateur d'où elle extirpa tant bien que mal une poignée de glaçons qu'elle déposa dans un sac à congélation. Il la regarda boitiller jusqu'à la chaise la plus proche où elle se laissa tomber en soupirant. Elle commença par poser la poche de glace contre sa coupure à la joue, puis changea de position afin de soulager son poignet visiblement plus sensible encore.

Toujours en silence, il s'approcha d'elle pour lui examiner l'autre main. Des égratignures marquaient ses phalanges, et elle avait plusieurs ongles cassés.

— Ne te gêne pas, surtout ! protesta-t-elle en essayant de retirer sa main. Tu n'as qu'à me mettre sous un microscope, pendant que tu y es ! S'il n'y a que ça pour te faire plaisir…

— Holly, voyons…

— Il y a des fois où tu me tapes sérieusement sur le système, Harris ! le coupa-t-elle sans aménité. Je ne plaisante pas !

Sans prévenir, elle se redressa sur son siège et huma l'air avant de s'affaisser de nouveau, une expression d'abattement absolu dans ses yeux tristes.

— Tu as recommencé à fumer ? Tu me déçois, tu sais…

Il se contenta de regarder fixement la blessure qui lui

marquait la jambe. Ce n'était pas beau à voir. Elle surprit son regard et rougit.

— Je vais très bien, Harris.

— Je vois ça, répliqua-t-il avec un petit sourire ironique.

Elle lui fit les gros yeux.

— Je suis allée au Manoir. A l'étage, il y a un portrait de Nina, et je voulais le voir. Seulement, le plancher est tellement vieux par endroits qu'il a tendance à s'effondrer quand on passe dessus. C'est ce qui m'est arrivé : ma cheville est passée à travers une latte plus abîmée que les autres. Du coup, je suis tombée de tout mon long sur mon poignet, et je me suis écorchée la jambe jusqu'au genou.

Elle le regarda, le menton en avant, avec une expression de défi qu'il ne lui connaissait pas, l'air de dire : « Voilà, tu es content ? »

Une bouffée d'émotion le saisit à la gorge. Laquelle de ses nombreuses petites amies lui avait reproché, à l'université, d'accorder trop d'importance à sa sœur ? Il avait balayé ses remontrances d'un haussement d'épaules, mais à présent, il se demandait si elle n'avait pas eu raison de le mettre en garde contre son attachement excessif envers Holly. Depuis toujours, sa vie était centrée sur, et cela laissait peu de place pour quelqu'un d'autre, y compris pour une relation sérieuse.

Depuis qu'il avait atteint l'âge de raison, il s'était mis en tête que sa petite sœur représentait son bien le plus important. Pas parce qu'il s'en sentait responsable — du moins, pas seulement. Mais parce qu'elle était le seul vrai cadeau que leur mère lui ait jamais fait. Lorsque cette dernière était partie pour ne plus revenir, les derniers mots qu'elle lui avait adressés concernaient Holly : « Prends bien soin de ta sœur, elle va avoir besoin de toi. » Il n'avait jamais oublié ces paroles. D'autant que, lorsque leur père avait disparu à son tour, Holly était devenue sa seule famille. Et il tenait à la préserver coûte que coûte.

— Je t'assure, Harris, reprit-elle, moins acerbe, comme si elle avait senti son désarroi. Je vais très bien. A part que je me sens complètement stupide de ne rien avoir vu venir !

— Je t'avais dit que ce foutu Manoir allait te jouer des sales tours.

— Ta-ta-taaaa, fredonna-t-elle en roulant des yeux, comme dans un mauvais film à suspense.

Surpris par sa mimique exagérée, il l'examina longuement. Elle lui cachait quelque chose, il en était certain. Elle n'avait jamais été très douée pour dissimuler ses émotions, et ce soir ne faisait pas exception à la règle.

— Tu restes, n'est-ce pas ? lâcha-t-il enfin, résigné.

Il s'en doutait depuis le début. C'était du Holly tout craché : quand elle décidait de se lancer dans un projet qui lui tenait vraiment à cœur, rien ni personne ne pouvait la dissuader d'aller jusqu'au bout.

— Juste pour un mois, répondit-elle. Après, on verra.

Avec un soupir qui en disait long sur ce qu'il pensait de sa décision, il ouvrit un placard au-dessus du four à micro-ondes pour voir s'il n'y trouverait pas de quoi la désinfecter proprement. Cela semblait si simple, à l'entendre : un mois d'essai, après quoi elle serait libre de partir ou de terminer son contrat. Un peu trop optimiste, à son goût ! Il est vrai que depuis un certain temps, il avait tendance à voir tout en noir. Mais sur ce point, il avait un mauvais pressentiment. Une impression tenace, inquiétante. De mauvais augure.

Il s'agenouilla au côté de sa sœur, un coton imbibé d'antiseptique à la main. Ce ne fut que lorsqu'elle posa ses doigts fins sur les siens qu'il se rendit compte qu'il tremblait.

— Je t'assure, frérot, répéta-t-elle avec douceur. Tout va bien se passer.

Evidemment, elle pouvait encore y croire ! Parce qu'elle ne savait pas qu'il avait couché avec la petite amie de Daniel. Et qu'il avait vraiment aimé. Au-delà des limites du raisonnable. Comme tout ce qu'il faisait depuis qu'il avait rencontré Emma, à vrai dire !

— Tu devrais aller voir un médecin, grommela-t-il tout en tamponnant la plaie de sa cheville avec le bout de coton avant d'y appliquer un pansement stérile — heureusement qu'ils avaient de tout dans leur trousse à pharmacie de secours ! Tu t'es peut-être foulé quelque chose, ou déchiré un tendon…

— Mais non. Arrête de dramatiser, Spiderman. Je suis revenue en un seul morceau, et c'est ce qui compte, non ?

— C'est vrai, je ne vois pas pourquoi je m'inquiète, railla-t-il en désinfectant la grande éraflure qu'elle avait au genou.

— C'est plutôt moi qui devrais m'inquiéter, rétorqua-t-elle, les sourcils froncés. Je n'arrive pas à croire que tu te sois remis à fumer. Tu n'as pas lu ce qui est écrit sur les paquets de cigarettes ? Fumer tue !

— Ah oui ? Tu m'en diras tant !

— Désolée, mais j'ai bien le droit de m'occuper de toi, moi aussi. Alors, tu peux m'expliquer pourquoi tu t'es remis à fumer ?

Il prit le temps d'imbiber un autre coton avant de répondre, le visage fermé :

— Œil pour œil, dent pour dent — tu connais le principe. Puisque tu tiens tellement à prendre des risques, Hol, je ne vois pas pourquoi je n'en prendrais pas aussi, de mon côté.

— Ce n'est pas drôle, Harris. Promets-moi que tu vas t'arrêter de fumer. Et pour de bon, cette fois.

— Le jour où tu démissionnes de ce poste, promis, j'arrête.

Elle soupira.

— Si c'est le mieux que tu puisses faire, alors ça me va…

Il leva la tête et dut se retenir pour ne pas la serrer à l'étouffer. Elle avait toujours eu si bon cœur ! Il avait vraiment de la chance de l'avoir pour sœur : il n'y en avait pas deux comme elle. Le problème, c'était que, dans les circonstances actuelles, cela risquait de lui attirer de gros ennuis. Il le sentait dans ses os.

— Je ne peux pas te promettre mieux pour l'instant, Hol, s'excusa-t-il platement. Je suis trop stressé pour envisager de ne plus fumer tant que tu bosses sur ce projet de fous. Maintenant, si tu veux bien rester tranquille deux minutes, je reviens avec de l'aspirine.

Lorsqu'il rapporta le comprimé promis avec un verre d'eau, elle le regarda bien en face avant de bredouiller d'un air abattu :

— Ecoute… Si tu veux vraiment que… Enfin, si c'est pour que tu fasses cette tête d'enterrement pendant un mois entier, je… je préfère encore qu'on s'en aille tout de suite.

Encore un exemple de son esprit de sacrifice… Il secoua la tête.

— Ce n'est pas à moi de décider, Hol. Et d'ailleurs, tu as beau le proposer…

Il engloba d'un geste las les plans qui jonchaient toujours la table du salon.

— … Tu sais pertinemment que tu ne vas pas laisser tomber ce projet. Pas après t'être investie à ce point.

Il n'y avait rien à ajouter. En silence, il prit une bande et se mit en devoir d'entourer le poignet blessé de sa sœur. Mais il n'en pensait pas moins. L'état dans lequel elle se retrouvait ce soir présageait mal de l'avenir : elle comme lui s'étaient engagés dans un gigantesque champ de mines. Et ils n'en sortiraient pas si facilement, contrairement à ce qu'elle croyait. Ce qu'ils risquaient dans cette aventure, c'était bien plus que deux ou trois égratignures. Et si elle persistait à fermer les yeux sur les dangers qui la guettaient, tout ce qu'il pourrait faire pour elle, ce serait apporter les bandes et les calmants chaque fois qu'elle poserait le pied sur une bombe. Maigre consolation…

Composition

16.

Ce fut le lendemain que Holly découvrit l'invitation sur son bureau. Une jolie carte avec une aquarelle représentant une bouteille de vin, une grappe de raisin et un éventail disposés sur une nappe de dentelle espagnole, dont le verso portait l'inscription suivante :

Vous êtes conviée à la soirée privée qui aura lieu à Viña Dorada…

Elle resta pensive un instant, s'attendant à ce que le carton disparaisse entre ses mains, comme par magie. Ainsi, Ryan l'avait invitée à le rejoindre au vignoble où il travaillait. C'était presque trop beau pour être vrai ! La soirée promettait d'être joyeuse, d'après la suite du message qui annonçait une ambiance flamenco et des flots de champagne. Au bas de la carte, Ryan avait signé et ajouté cette petite touche personnelle : « Surtout, venez ! »

C'était plus qu'une invitation formelle. Presque un rendez-vous, en fait…

Décidément, cette matinée recelait bien des surprises ! Elle avait été tirée du lit aux aurores par un coup de fil de Daniel qui voulait absolument savoir si oui ou non elle avait décidé de rester. Lorsqu'elle lui avait répondu par l'affirmative, il s'était répandu en compliments exaltés avant de raccrocher sur un « Tu es sensass, chérie ! » vibrant d'enthousiasme.

Ensuite, il n'avait pas chômé. Le temps qu'elle arrive au Manoir pour reprendre ses fonctions, il avait déjà donné ses instructions afin qu'on lui installe des meubles et du matériel flambant neufs. Le résultat dépassait ses rêves : dans la pièce qui lui était réservée pour son travail, un bureau design avec ordinateur dernier modèle et imprimante laser trônait juste à côté de la fenêtre. Accolée au mur d'en face, il y avait une somptueuse table à dessin inclinable, plus un plan de travail pour y étaler ses esquisses, surmonté d'une bibliothèque suspendue sur rails. Elle avait même trouvé la touche finale, déposée à son intention expresse par un Daniel visiblement comblé : la dernière édition d'un catalogue d'architecture incontournable qui proposait à peu près tout ce qui se faisait dans le domaine de la décoration. Sur la couverture du magazine, un Post-it portant l'écriture de Daniel lui souhaitait bonne chance.

De la chance, elle commençait à croire qu'elle en avait vraiment ! D'abord, ce bureau splendide avec tous ces accessoires dernier cri. Ensuite, cette invitation personnalisée à une soirée haut de gamme… L'enveloppe n'avait pas été postée mais simplement déposée sur sa table de travail, sur une pile de documents. Par qui ? Elle n'en avait aucune idée. Il y avait eu pas mal de passage dans son bureau depuis qu'elle s'y était réinstallée, elle-même n'était pas restée en place. Alors, impossible de savoir qui lui avait transmis ce carton, ni quand.

— Toc-toc-toc !

Elle leva la tête : c'était Daniel, un sourire ravi aux lèvres, qui venait aux nouvelles.

Instinctivement, elle tenta de dissimuler l'invitation à son regard. Elle n'était pas certaine que cela l'enchante de savoir qu'elle entretenait des rapports suivis avec son cousin et concurrent direct…

D'un pas alerte, il s'avança vers elle sans qu'elle l'ait prié d'entrer. Vêtu d'un jean et d'un T-shirt plutôt simples, il n'avait pu s'empêcher d'y ajouter une touche « fashion ». Résultat : avec ses bottes en crocodile et sa veste en cuir beige, sa tenue n'avait plus rien d'ordinaire ni de passe-partout.

Sans y accorder un seul regard, il prit le carton qu'elle avait toujours à la main et le déposa négligemment non loin du catalogue d'architecture intérieure.

— Tu ne regretteras pas de m'avoir donné une deuxième chance, déclara-t-il avec un sourire éblouissant.

— Je… Dans un mois, ce sera peut-être toi qui regretteras de m'avoir gardée ! rétorqua-t-elle.

— On parie ?

Il lui décocha un clin d'œil complice avant de la faire lever de son bureau pour l'entraîner dans une valse peu traditionnelle à travers la pièce, un bras passé presque amoureusement autour de sa taille souple. Tout en la guidant maladroitement entre les meubles, il chantait à tue-tête en la regardant avec des yeux langoureux. Il était si drôle ainsi qu'elle ne put s'empêcher d'éclater de rire.

Ce fut dans cette posture pour le moins équivoque qu'Emma les surprit.

— Ah, Emma, ma chérie ! s'exclama Daniel sans interrompre son manège. Tu tombes à pic. Devine ? Holly a décidé de rester. Bonne nouvelle, pas vrai ?

Intriguée par le silence d'Emma, Holly lui jeta un coup d'œil entre deux pas de danse. Son expression lui serra le cœur : elle avait l'air si fragile, si désemparée… Les bras croisés autour de sa taille fine, elle semblait vouloir se protéger d'un froid glacial qui lui serait tombé dessus d'un seul coup. Et ce visage fermé…

A l'évidence, elle n'éprouvait pas le même enthousiasme que Daniel. Elle ne voulait pas d'elle, c'était clair et net. Mal à l'aise, Holly se rappela soudain sa mésaventure de la veille. C'était une voix féminine qui l'avait attirée dans le piège où elle avait failli laisser plus que des plumes…

— Arrête, intima-t-elle à son cavalier qui continuait à la faire valser sans plus s'inquiéter de leur spectatrice muette. J'ai la tête qui tourne.

Comme de bien entendu, Daniel ne s'exécuta pas immédiatement. Il prit le temps de la faire tourner une dernière fois entre ses bras avant de la lâcher, non sans avoir déposé en guise de remerciement un baiser rapide sur le coin de ses lèvres.

Devant sa grimace involontaire, il parut interloqué.

— Une minute, chérie, dit-il en inclinant doucement son visage en arrière pour mieux voir l'estafilade qui lui barrait la joue et qu'elle avait dissimulée de son mieux sous une couche de fond de teint. Qu'est-ce que c'est que ça ?

Elle haussa les épaules et se dégagea de son étreinte afin de ranger l'invitation dans son sac à main, le cœur battant. Heureusement qu'il n'avait pas vu l'état de sa jambe !

— Oh, rien du tout, répondit-elle d'un ton faussement enjoué histoire de lui donner le change. Hier soir, je suis rentrée dans une porte. C'est dire l'état de surmenage dans lequel je me trouve à cause de toi !

— Tu n'as qu'à prendre ta journée, dit-il avec magnanimité.

— Si je pouvais…

Elle jeta un coup d'œil aux esquisses éparpillées sur sa table à dessin. Ce n'étaient que des ébauches imparfaites ; il lui faudrait au moins une semaine de travail acharné pour en tirer des plans valables qui intègrent les idées d'origine de son commanditaire. Certes, Daniel avait promis qu'il ne viendrait plus mettre son grain de sel, mais elle tenait à ce qu'il se sente mis à contribution dans le projet fabuleux qu'ils voulaient réaliser ensemble.

— Pour mon jour de congé, vendredi, ce serait parfait, ajouta-t-elle tout en tapotant son bureau du bout des ongles.

Le visage de Daniel s'éclaira de nouveau, illuminé par une énergie et un dynamisme incroyablement contagieux. Abandonnant Holly pour l'instant, il saisit Emma par la taille et la fit virevolter à travers la pièce en reprenant le refrain qu'il avait entonné quelques minutes plus tôt.

— Holly va rester ! Holly va rester !

Ils étaient si bien assortis, tous les deux, qu'elle sourit avec attendrissement. Sauf que l'air morose d'Emma déparait dans le tableau idyllique qu'elle contemplait.

Que pouvait bien penser la future chef de l'*East Side Café* en cet instant précis ? La jeune femme avait pourtant paru apprécier sa compagnie lors de leur séance de shopping-coiffure-manucure, puis de leur conversation au bar où travaillait Harris. Mais n'était-ce pas sur les instructions de Daniel qu'elle avait agi ? Après tout, elle n'avait pas hésité à transformer sa prétendue nouvelle amie en clone parfait de Nina.

Holly ne pouvait pas nier sa déception quand elle avait compris le mauvais tour que lui avait joué Emma. Mais de là à la juger responsable de l'épisode de la nuit dernière… il y avait un pas qu'elle hésitait à franchir. Pourtant, la jeune femme connaissait tous les secrets du Manoir où elle avait grandi. Qui d'autre mieux qu'elle aurait pu l'entraîner vers un recoin dangereux ?

Il y avait de quoi y réfléchir à deux fois. Surtout quand sa jambe droite se rappelait douloureusement à son souvenir. Son poignet lui faisait nettement moins mal, heureusement. Quant à la vilaine balafre qui lui brûlait la joue…

Sans se départir de son sourire, elle décida qu'il était temps pour elle de prendre un peu l'air. A Daniel et Emma qui valsaient toujours, elle lança avec désinvolture :

— Eh bien, ce n'est pas en vous regardant danser comme deux feux follets que je vais avancer dans mon travail ! A tout de suite !

Dehors, il faisait si lumineux qu'elle chaussa ses lunettes de soleil, sans parvenir à réprimer une nouvelle grimace quand la branche droite de sa monture effleura le haut de sa pommette. Harris lui avait prédit un beau cocard pour aujourd'hui, il s'était trompé — tant mieux ! En revanche, son genou et sa cheville la faisaient encore souffrir. Elle décida de marcher un peu, histoire de dégourdir ses articulations ankylosées. Cela relâcherait peut-être aussi la tension qui s'était accumulée en elle depuis quelque temps.

La première chose qu'elle avait faite en arrivant au Manoir Cutty dans la matinée, c'était de disposer des chaises autour du trou qu'elle avait fait la veille. Autant éviter que quelqu'un d'autre se casse la figure au même endroit ! Elle avait ensuite déniché le numéro d'une compagnie de menuiserie pour qu'on vienne réparer les dégâts. L'homme qui s'était déplacé dans la demi-heure suivante lui avait confirmé ce dont elle se doutait déjà : à cet endroit de la maison, le plancher était complètement pourri. Trop vieux, mal entretenu, mangé de termites… Au premier coup d'œil, on voyait qu'on risquait de passer au travers ! Du coup, impossible de changer seulement la latte endommagée : pour des raisons de sécurité évidentes, c'était tout le parquet de la pièce qu'il fallait remplacer. Il était vraiment étrange, s'était étonné le professionnel, que personne n'ait songé à la prévenir que cet endroit était dangereux.

Perdue dans ses réflexions, elle accéléra le pas, goûtant au délice de l'air iodé qu'elle respirait à pleins poumons. Par une belle journée comme celle-ci, elle avait du mal à croire que sa mésaventure nocturne ait été autre chose qu'un mauvais rêve. Il faisait si beau et si clair aujourd'hui !

Elle atteignit bientôt la cathédrale Notre-Dame-de-Grâce où elle entra le temps d'écouter la chorale locale. Plus loin, elle fit une pause dans le parc où des enfants se poursuivaient en riant. Elle n'avait qu'une envie : s'asseoir tranquillement sur un banc, fermer les yeux dans les chauds rayons de soleil et ne plus penser à rien. Surtout pas à Emma dont l'évocation suffisait à assombrir cette matinée radieuse.

Emma qui était restée muette comme une tombe tout à l'heure. Elle n'avait pas prononcé un mot. Mais son regard glacé en disait long…

A cet instant, une petite fille aux boucles rousses se mit à danser sur la pelouse avec une joie insouciante qui faisait plaisir à voir. Holly se prit à regretter de ne pouvoir en faire autant. Avec un soupir de lassitude, elle sortit l'invitation de son sac et la contempla avec perplexité, ne sachant si elle devait l'accepter.

Bien qu'il ait le dos tourné à la porte d'entrée, Harris perçut la présence d'Emma au moment même où elle posait le pied dans le *Bistro Bali*. Il jeta un coup d'œil par-dessus son épaule, juste pour vérifier que ses antennes ne l'avaient pas induit en erreur.

C'était bien Emma qui venait d'entrer, vêtue de son éternel uniforme jean taille basse-débardeur moulant — une tenue qui la mettait merveilleusement en valeur. Elle avait relevé ses cheveux blonds en une queue-de-cheval souple qui lui donnait l'air d'avoir à peine dix-huit ans. Lorsqu'elle posa les yeux sur lui, il la vit se raidir imperceptiblement. Le moment était sans doute venu pour eux de régler quelques comptes. Sans cela, pourquoi se serait-elle donné la peine de venir jusqu'ici ?

D'un pas décidé, elle avança vers un tabouret haut qu'elle rapprocha du comptoir de façon à s'asseoir pile en face de lui. Il attendit qu'elle entame la conversation, mais elle n'avait pas l'air d'avoir envie de parler la première. Au lieu de cela, elle se mit en devoir de trier distraitement les cacahuètes japonaises dans la coupelle posée devant elle.

Si c'est comme ça…, songea-t-il en haussant les épaules. Il patienta une minute de plus. Comme elle ne disait toujours rien, il lui servit la même bière que celle qu'elle avait commandée la première fois.

— Voilà pour vous, mam'zelle ! lança-t-il pour briser la glace.

— Je suis juste passée pour vous… pour te prévenir que tu ne cours aucun risque, répondit-elle, les yeux obstinément baissés sur les cacahuètes qu'elle alignait méthodiquement sur une serviette en papier. Je ne suis pas séropositive, si c'est ce qui t'inquiétait.

— C'est bon à savoir, en effet. En ce qui me concerne, dans mon ancien boulot, on nous faisait régulièrement passer des visites médicales complètes, et il n'y a jamais rien eu à signaler de ce côté-là pour moi. Et comme je n'ai pas eu de relation depuis que j'ai quitté ce travail, eh bien, je peux te dire la même chose. Comme ça, c'est clair entre nous.

— Clair ? Tu veux dire que c'est ça, ton excuse ? Tu n'as eu personne depuis longtemps, alors ça explique ta conduite avec moi hier soir ?

— Et depuis quand m'as-tu entendu parler d'excuse ? riposta-t-il.

Elle leva brièvement les yeux sur lui, et il vit un sourire fugace jouer sur ses lèvres. C'était un progrès — léger, certes, mais un progrès tout de même.

— Je donne mon sang assez souvent, poursuivit-elle. Par ailleurs, je prends la pilule. Et comme je n'ai jamais couché qu'avec Daniel, le calcul est facile…

Elle avait vingt-six ans. Ce qui voulait dire que, depuis la puberté, elle n'avait eu de relations sexuelles avec personne excepté un crétin prétentieux qui contrôlait sa vie sur tous les plans, personnel comme professionnel. Quel gâchis !

— On peut savoir ce que signifie ce petit sourire en coin ? demanda-t-elle d'un air surpris.

— Rien, rien… C'est juste que je n'avais pas conscience d'être ta revanche vis-à-vis de ce bon vieux Daniel !

Elle reprit une gorgée de bière pour masquer l'expression de son visage. Mais il crut deviner malgré tout l'ébauche d'un autre sourire.

— Changeons de sujet, d'accord ? Par exemple, ton ancien boulot. C'était quoi, exactement ? Un truc top secret ? Un poste au sein du gouvernement ?

— Pourquoi ? Maintenant que tu m'as harponné, tu veux savoir si je suis capable d'assurer dans un secteur moins instable que le service dans un bar ?

— Je veux comprendre, c'est tout. Tu m'as bien dit que tu avais — je te cite — « quitté le monde cruel et sans pitié de l'impérialisme commercial américain », non ?

— Ha, ha ! Alors tu écoutes vraiment quand on te parle ?

Elle ne releva pas sa pique et insista d'un air sérieux :

— Pourquoi toutes ces tergiversations ? Tu ne veux pas me dire ce que tu faisais avant, c'est ça ? Pourquoi ? Tu étais quoi ? Espion ? Agent secret ?

Il sourit, amusé.

— Pas mal, miss Détective !

— Tu veux dire que tu étais vraiment espion ?

— A ton avis, si c'était le cas, est-ce que je te le dirais ?

— En tout cas, le surnom que te donne ta sœur laisse imaginer des drôles de trucs. Elle t'appelle Spiderman, non ? Pourquoi ?

Il était temps de mettre un terme à ces élucubrations ridicules, se dit-il avec une pointe de regret — après tout, c'était plutôt flatteur de se faire prendre pour un agent secret ! Se penchant vers elle au-dessus du comptoir, il lui murmura sur le ton de la confidence :

— Eh bien, désolé de te décevoir, mais je n'ai jamais travaillé pour le gouvernement. Allez, viens !

Il lui prit sa bière et l'emporta vers la table où il l'avait servie la première fois qu'elle était venue. « Leur » table, en quelque sorte… Après une seconde d'hésitation, elle lui emboîta le pas et le remercia d'un petit signe de tête quand il l'aida à s'asseoir sur l'une des deux chaises libres.

S'installant à califourchon sur le deuxième siège, il la regarda bien en face.

— Avant, je travaillais pour une compagnie pharmaceutique. Ils avaient des unités de recherche dans la forêt équatoriale : le but, c'était de récolter le maximum de flore et de faune exotiques contenant des substances actives susceptibles de pouvoir combattre les maladies graves, les soucis de santé ou tout simplement les rides. Si Holly m'appelle Spiderman, c'est parce que j'ai découvert des propriétés curatives dans le venin d'une araignée. Sans entrer dans des détails scientifico-techniques rasoirs, disons que c'était une petite révolution dans le domaine de la médication.

— Waouh ! Impressionnant ! Et toutes ces connaissances

« scientifico-techniques », comme tu dis, ça doit être drôlement utile pour bosser dans un bar !

Il ne put s'empêcher de rire. Elle était si jolie quand elle lançait des remarques ironiques…

— Eh oui, que veux-tu ? Je ne t'ai pas menti quand je t'ai dit que j'avais changé du tout au tout. Maintenant, tout ce qui m'intéresse, c'est de côtoyer les masses laborieuses, point final. Et si possible, de me fondre dedans. Et toi, tu n'as rien à me confesser en échange de ma franchise ?

Elle reprit son sérieux.

— Et si je te disais que je regrette ce qui s'est passé entre nous ?

Il secoua la tête.

— Moi, pas.

— Ecoute, je sais bien que tu fais semblant d'être insensible et tout et tout — ça doit être ton côté macho qui ressort. Mais j'ai bien vu la tête que tu faisais quand tu es parti hier. Toi aussi, tu regrettes.

Pour masquer sa gêne, il prit une gorgée de la bière à laquelle elle avait à peine touché.

— Si j'avais cette tête-là, c'est parce que j'avais honte. Je n'aurais pas dû partir comme ça. Comme un voleur.

A son tour, elle porta le verre embué à ses lèvres avant de le regarder dans les yeux.

— Je crois que ce qui nous est arrivé nous a pris par surprise, c'est tout. Je reconnais que j'étais folle. Folle de rage. Contre Daniel et ta sœur. Parce que, depuis qu'elle est arrivée, j'ai l'impression d'être inutile. Moi, tout ce que je peux faire pour aider Daniel, c'est améliorer la qualité de mes éclairs au chocolat ! Alors que Holly va lui apporter tellement plus… Du coup, je…

Elle laissa échapper un petit soupir, l'air ennuyé.

— Enfin, hier, j'ai… j'avais besoin d'être… d'une petite consolation, quoi. Histoire de me rassurer…

Incrédule, il se remémora la violence avide de leur étreinte. Une petite consolation ? Il n'aurait jamais employé ces termes-là pour parler de ce qui leur était arrivé ! Mais il s'abstint de tout commentaire. Etant donné l'air triste et désabusé d'Emma, le moins qu'il puisse faire, c'était de lui remonter le moral autant qu'il le pouvait.

— Sur un plan, au moins, tu peux être tranquille : Holly ne couchera jamais avec son patron.

Et pour cause ! Elle ne commettrait pas deux fois la même erreur, il en était persuadé.

— Tu n'as pas idée de ce que Daniel peut faire faire aux femmes, rétorqua Emma, lugubre.

— Pourquoi ? Tu parles d'expérience ?

Les grands yeux verts de la jeune femme prirent soudain un reflet glacé.

— Tu n'es pas très doué comme espion si tu as besoin de me poser la question !

— C'est sûrement pour ça que j'ai été viré, alors, plaisanta-t-il avec une grimace. Surtout d'un poste que je n'ai jamais occupé… Et quand tu parlais d'éclairs au chocolat de meilleure qualité, eh bien, si tu veux mon avis, ça ne me semble pas du tout dérisoire comme contribution au bonheur de l'espèce humaine. Moi, par exemple, je travaille sur une recette de cocktail tout à fait spéciale. J'appelle ça un « Tigre du Bengale ». Du Malibu, plus un ingrédient secret qui fait toute la différence et qui donne une couleur absolument fabuleuse au mélange. Seul problème : le jus d'airelles. Au niveau des teintes, ça correspond parfaitement. Mais question goût, ce n'est pas tout à fait ça…

— Tu devrais essayer avec du jus de grenade. C'est nettement plus exotique, et ça se marie bien avec le Malibu.

— Bonne idée, acquiesça-t-il avec un grand sourire. Et combien de temps penses-tu qu'on va continuer à parler de sujets totalement inintéressants comme celui-là ?

Baissant la tête sur ses mains crispées autour de son verre, elle poussa un autre soupir.

— Je ne sais même plus pourquoi je suis venue...

Elle fit mine de se lever, mais il la retint par la main.

— Parce qu'on a fait l'amour ensemble. Et que — tu m'arrêteras si je me trompe — c'était plutôt réussi. Ça vaudrait peut-être le coup de retenter l'aventure, tu ne crois pas ?

En tout cas, c'était ce qu'il se répétait depuis qu'il avait quitté l'appartement de Daniel. Manifestement, il n'était pas le seul à y avoir songé : les émotions contradictoires sur le visage d'Emma le prouvaient bien. Moitié remords, moitié désir...

Elle retira brusquement sa main, cassant le fil ténu qui s'était tissé entre eux, les yeux fixés sur un point loin derrière lui. Elle se leva si rapidement qu'elle faillit renverser sa chaise et ramassa son sac, les mains tremblantes, tout en bredouillant :

— Je... Il faut que j'y aille...

Elle s'éloigna d'un pas pressé en direction de la sortie où l'attendait Daniel East — comme de juste. Ce dernier, qui n'aurait dû avoir d'yeux que pour Emma, le fusilla du regard. Depuis combien de temps les observait-il ? Qu'avait-il deviné à les voir ainsi partager la même bière, absorbés par leur conversation ?

Et s'il lui faisait du mal ? Harris hésita. Peut-être devrait-il les suivre, au cas où Emma ait besoin d'aide. Mais il n'eut pas le temps de donner suite à son instinct chevaleresque : à peine la jeune femme eut-elle rejoint son compagnon qu'il l'entraîna au-dehors, laissant la porte se refermer derrière eux avec un bruit sourd.

« Tu n'as pas idée de ce que Daniel peut faire faire aux femmes », avait-elle chuchoté comme si elle était prise au piège.

Ce satané Daniel East détenait un pouvoir sur elle. C'était certain. Et ce n'était pas qu'une question de sexe, d'après ce qu'il avait pu constater la veille.

— Beau travail, Spiderman, grommela-t-il tout en ramassant la bière que ni lui ni elle n'avaient terminée. Cet abruti n'a que ce qu'il mérite, mais tu aurais peut-être pu éviter de lui mettre le nez dedans comme ça !

17.

Sous la poussée de Daniel, Emma faillit s'étaler de tout son long. Heureusement, le canapé rattrapa sa chute. Jamais elle n'avait vu son amant dans une fureur pareille.

— Qu'est-ce que tu foutais avec son frère ? explosa-t-il.

Elle se doutait qu'il n'allait pas prendre cela à la légère. Il n'avait pas décroché un mot dans le taxi qui les ramenait à l'appartement, et ce n'était pas son genre de garder le silence. Maintenant qu'ils étaient seuls, la soupape de sécurité sautait.

— Tu me suivais ou quoi ? rétorqua-t-elle.

La meilleure des défenses était encore l'attaque. Mais cela ne suffit pas à le déstabiliser.

— Ça fait des jours et des jours que tu refuses que je te touche ! Bien sûr, que je te suivais ! Et j'ai bien fait, apparemment, vu la surprise de taille que tu me réservais !

— C'est toi qui m'as dit que je devais devenir amie avec…

— Avec Holly ! Uniquement Holly ! Pas son don Juan de frère, bordel de merde !

— C'est pratiquement la même chose, au cas où tu n'aurais pas remarqué, répliqua-t-elle en se redressant sur le canapé dans l'espoir de regagner un peu de dignité. Voyons, Dan, ne te fais pas plus stupide que tu ne l'es ! J'ai rencontré Harris la fois où Holly m'a amenée dans son bar pour y prendre un verre. Tu as vraiment l'art de faire des montagnes à partir de rien du tout !

Elle se défendait bien, question mensonges. Normal, après l'avoir eu, lui, comme professeur…

Pour l'heure, il la toisait d'un air absolument furibond.

— Oui, mais sur ce coup-là, il y a gros en jeu, chérie ! Je ne peux pas me permettre de risquer quoi que ce soit à cause d'une de tes impros mal calculées !

— Quelle idiote je fais, vraiment ! ironisa-t-elle pour cacher sa culpabilité. Comment ai-je pu oublier que ta priorité numéro un, c'est ton précieux Manoir ? Ah oui, j'oubliais aussi l'autre pendant du diptyque : remuer le couteau dans la plaie jusqu'à ce que Ryan craque… Ne t'inquiète pas pour ça, mon chou. Tu me connais. Je ne suis pas du genre à mettre les pieds dans le plat, ni à prendre plus de place que je n'y ai droit.

— Tu es sûre ? Parce que moi, j'ai bien eu l'impression que, question place, tu prenais sacrément tes aises tout à l'heure ! Je te le demande une fois encore : qu'est-ce que tu foutais avec son putain de frère ?

— Dis-moi, serait-ce de la jalousie que j'entends dans ta voix ? lança-t-elle, moqueuse. Incroyable ! Je suppose que ce que tu voulais savoir, c'est si oui ou non j'étais la putain de son frère, c'est bien ça ? Allez, vas-y, n'aie pas peur ! Demande-le-moi, tu en meurs d'envie ! Est-ce que je couche avec le frère de Holly ?

D'habitude, elle ne le poussait pas à bout ; elle savait trop à quel point il pouvait se montrer cruel quand il ne se contrôlait plus. Mais là, elle ne se reconnaissait plus. On aurait dit qu'elle prenait plaisir à lui agiter un drapeau rouge devant les yeux pour le provoquer jusqu'à ce qu'il craque.

— Alors, tu ne réponds pas ? Qu'est-ce que ça t'a fait de me voir avec lui ? Tu as ressenti quoi : de la jalousie ? de la peur ?

Ou ça n'a fait que blesser ta fierté mal placée ? Tu as cru que je te quitterais après tout ce qu'on a traversé ensemble, ou ça ne t'a même pas effleuré ? Parce que moi, Daniel, c'est précisément ça qui m'effraie : l'idée que tu pourrais m'oublier à cause de cette fille qui ressemble tant à Nina. Que tu pourrais les confondre — pour notre malheur à tous les deux.

— Tu es ridicule, Em.

— Vraiment ? Alors pourquoi as-tu tellement insisté pour que Holly soit habillée, coiffée, maquillée comme Nina ? Tout ce cirque, c'était uniquement destiné à impressionner Ryan ? Tu ne me feras pas croire ça, Dan. Je suis sûre que, quelque part, tu essaies de faire revivre Nina, et pas pour ton cousin…

— Arrête de dire des âneries, Em. Tu sais parfaitement pourquoi j'ai besoin de Holly.

— Je sais pourquoi tu *crois* avoir besoin d'elle, nuance ! Mais peut-être que, sans t'en rendre compte, tu attends nettement plus — et sur un autre plan, répliqua-t-elle d'une voix que l'émotion rendait enrouée.

Elle venait d'exprimer à voix haute sa crainte la plus forte. Dire que c'était elle qui avait accepté de chapeauter la transformation de Holly en Nina bis ! Si, par sa faute, le pire venait à se produire, elle ne s'en remettrait pas.

— Pendant des années, tu t'es laissé manipuler par cette Nina, alors qu'elle ne te trouvait pas assez bien pour elle. Elle te voyait comme un — comment dire ? un intermède récréatif, c'est tout. Peut-être même qu'elle trouvait ça rigolo de t'embobiner, parce que, par rapport à Ryan…

Elle n'eut pas le temps de terminer sa phrase. Daniel s'était jeté sur elle pour la saisir par les cheveux et tirer violemment sa tête en arrière. Le souffle coupé, elle trouva tout de même la force d'ajouter :

— Ryan, au moins, a su garder un peu de dignité. Il n'a pas fait la moitié des choses que tu t'es abaissé à faire pour elle.

Furieux, il se mit à la secouer sans douceur.

— La ferme ! éructa-t-il. Ferme ta sale petite gueule de merdeuse ! Tout de suite !

— C'est la vérité ! Et tu le sais très bien ! Tu n'as jamais été assez bien pour la famille tout entière — Nina, Ryan et les autres. Tout ça à cause de ta mère !

Hors de lui, il lui mit les mains autour du cou et se mit à serrer de plus en plus fort. Dans une tentative désespérée pour échapper à sa poigne, elle lui lança des coups de pied et de poing, mais il était trop fort. Avec terreur, elle sentit la pression de ses doigts s'enfoncer encore dans la chair tendre de son cou.

Il va m'étrangler, songea-t-elle, à demi inconsciente.

Cela serait-il si terrible de mourir maintenant ? Au moins, elle arrêterait de faire souffrir les gens. Et de cette manière, Daniel et elle seraient indissolublement liés. Pour l'éternité. Ils se retrouveraient plus tard — en enfer, sans doute…

Pourtant, son corps continuait à lutter pour survivre. Elle entendait les râles qui s'étouffaient dans sa gorge comprimée et ne trouvait même plus l'énergie nécessaire pour avoir peur. Etrange que d'assister en direct à son propre assassinat… Au bout de quelques minutes, elle se sentit devenir toute molle. Elle avait l'impression de dériver vers une destination inconnue, dont elle ne reviendrait pas. Nina avait-elle ressenti la même sensation lorsqu'elle avait succombé à ses blessures ? Quelle ironie…

Au moment où elle allait s'évanouir pour de bon, elle sentit les mains de Daniel quitter son cou meurtri.

— Oh, mon Dieu ! s'exclama-t-il d'une voix étouffée.

Il s'agenouilla au pied du canapé afin de l'aider à se rasseoir tant bien que mal. Du bout des doigts, il se mit à lui masser fébrilement les poignets pendant qu'elle reprenait son souffle avec difficulté.

— Oh, Seigneur… Je n'arrive pas à croire que… Je t'ai fait mal, Em ? Réponds-moi, je t'en prie !

De toute la force qui lui restait, elle le repoussa avant de presser ses poings contre ses yeux. Elle ne voulait pas le voir dans cette attitude de supplication, ni répondre à la prière qu'elle entendait vibrer dans sa voix. Pas cette fois.

— Emma, je t'en supplie, dis-moi que je ne t'ai pas fait mal ! Je suis désolé, mon cœur. Bon Dieu, je te jure que je ne l'ai pas fait exprès ! Je suis vraiment, vraiment désolé !

Il venait d'essayer de l'étrangler, et pourtant, elle se sentait responsable de sa détresse. Décidément, elle ne tournait pas rond ! Elle dut se faire violence pour ne pas le réconforter. Bon sang, c'était elle qui avait besoin de gentillesse, après ce qu'il lui avait fait subir ! Mais c'était plus fort qu'elle : chaque fois que Daniel commettait des erreurs, il fallait qu'elle le console, quitte à s'humilier encore un peu plus. Elle ne valait pas mieux que lui.

Les paupières obstinément closes, elle sentit Daniel s'asseoir à côté d'elle sur le canapé pour la bercer dans ses bras tremblants. Elle tenta de le repousser une fois de plus, mais s'en trouva incapable, tant son attitude pleine d'angoisse et de remords la bouleversait.

— Je suis désolé, mon ange. Tellement désolé…, répétait-il d'une voix blanche.

Jamais il ne lui avait fait le moindre mal auparavant. Pourtant, elle avait toujours soupçonné une violence latente chez lui, et plus d'une fois, elle avait éprouvé une sourde crainte à l'idée de réveiller ses instincts destructeurs. Quand il se battait pour quelque chose qu'il estimait devoir lui revenir, il ne s'embarrassait pas de scrupules handicapants : tous les moyens étaient bons, et tant pis pour les conséquences !

Il s'était mis à sangloter tout contre elle. Et cet accès de détresse eut raison de ses dernières réticences à passer l'éponge. Elle ne pouvait pas supporter de le voir ainsi.

— Chut, calme-toi, s'entendit-elle murmurer d'un ton apaisant. Tout va bien, Daniel. Tout va bien.

— Je… je ne voulais pas te faire de mal, bredouilla-t-il tel un petit garçon terrorisé. Pas à toi, Em…

— Ce n'est pas ta faute, Daniel, assura-t-elle avec le sentiment que l'histoire se répétait inlassablement. Et tu sais bien que je serais incapable de te trahir. Toi et moi, on est dans le même bateau — depuis toujours et pour toujours.

— Je… je suis désolé. Tellement désolé !

— Ce n'est rien, Daniel, mentit-elle tout en réfléchissant à ce qu'elle pourrait bien lui dire pour achever de le réconforter. Je voulais juste t'aider, c'est tout. Et comme Holly est très proche de son frère et que tu m'avais dit de me rapprocher d'elle au maximum… C'est plutôt bien s'il m'apprécie, non ? Enfin, c'est ce que je me suis dit.

— Tu sais ce que Holly peut faire pour nous. Je veux juste récupérer ce qui me revient de droit, Em. Je ne peux pas me permettre de rater mon coup, cette fois. Tu comprends ? Je ne peux pas. Parce que la chance qui m'est offerte, je ne l'aurai pas deux fois.

Elle caressa doucement son visage strié de larmes, le laissant parler afin qu'il évacue la tension accumulée en lui.

— C'est ma dernière chance, Em, tu le sais. C'est notre dernière chance — à tous les deux.

Elle acquiesça de la tête. Il disait vrai : ils n'auraient plus d'autre occasion de repousser le passé derrière eux. Ni de remettre le Manoir Cutty à flot.

Ou d'exorciser le fantôme maléfique de Nina qui tirait toujours les ficelles depuis l'au-delà.

Au départ, c'était censé être des vacances économiques. Chaque fois que le père de Holly racontait cet épisode, il commençait par ce rappel. Immanquablement suivait le triste couplet « Je ne gagnais pas assez d'argent ; je n'étais pas assez bien pour elle ». Jusqu'à ce qu'il cesse de leur raconter des histoires à jamais.

Holly se souvenait de ces fameuses vacances. Elle avait tout juste trois ans, et Harris allait sur ses sept ans. Le matin de la grande aventure, ils avaient eu le droit de mettre leurs maillots de bain sous leurs habits de tous les jours. Puis ils s'étaient entassés à l'arrière de la vieille Buick avec des affaires de plage, des pelles, des seaux et des tubes de crème solaire, destination la plage d'Alki à quelques kilomètres de Seattle. Leur mère avait préparé un gros panier à pique-nique débordant de nourriture, avec une grande Thermos de boisson bien fraîche et une bouteille d'eau supplémentaire. Comme ça, ils n'auraient pas besoin de dépenser le moindre centime sur place.

Après la baignade, Holly et Harris s'étaient absorbés dans la construction du château de sable le plus immense de l'universx— du moins, c'était ce que Harris, qui avait pris la direction des opérations, ne cessait de lui répéter. Ils avaient travaillé en équipe, heureux de se partager les tâches pour ce qui leur semblait la plus extraordinaire entreprise de leur courte vie. Mais alors que le soleil brillait plus fort que jamais dans le ciel bleu azur, le drame était arrivé : par défi ou par maladresse, un garçon était venu s'écraser lourdement sur le château. Et Holly avait éclaté en sanglots.

En la voyant pleurer, Harris n'avait pas hésité une seule

seconde : il s'était jeté sur le garnement pour le bourrer de coups de poing. Il allait prendre l'avantage quand l'autre avait ramassé un caillou pointu avec lequel il l'avait frappé en plein dans l'arcade sourcilière. Résultat : quatre points de suture aux urgences, et une facture de trois cents dollars et des poussières. Pas de mutuelle, évidemment. Déjà qu'ils étaient justes sur le plan financier… Leur père venait de perdre son poste d'enseignant dans une école privée. Il avait bien retrouvé un temps partiel, mais même avec les cours particuliers qu'il donnait à côté, cela ne suffisait pas à couvrir leurs dépenses habituelles. Alors, une opération en urgence en plus du reste… Adieu, les vacances économiques !

L'année d'après, ils n'avaient pas eu plus de chance : leur mère avait quitté le domicile conjugal, sans doute lassée d'avoir à lutter pour maintenir le ménage à flot.

Chaque fois que Holly voyait un château de sable, elle se souvenait de cet épisode de son enfance. Ce soir, au coucher du soleil, Viña Dorada lui faisait le même effet : avec ses murs de pierre dorés par la lumière vespérale, on aurait dit la réplique parfaite du château de ses vacances.

La propriété surplombait des collines verdoyantes où s'alignaient les vignes à perte de vue. Au pied des murs, un cours d'eau serpentait dans un murmure musical avant de rejoindre la forêt de chênes et d'oliviers qui bruissait dans la brise du soir. Devant l'entrée principale s'étendaient des pelouses d'un vert lumineux sur lesquelles se pressaient des dizaines d'invités en tenue de soirée. Les talons aiguilles et les nœuds papillons auraient pu déparer dans un cadre moins policé, mais à Viña Dorada, l'élégance allait de pair avec l'excellence de l'exploitation viticole.

« Bienvenue », semblait lui fredonner chaque élément du paysage merveilleux qui se déployait devant ses yeux étonnés.

Rangeant son carton d'invitation dans le sac microscopique qu'elle s'était offert en même temps que sa tenue, elle gravit le chemin noir de monde pour se mêler à la fête. Le vignoble où se tenait la réception était décoré de lierre et de vigne vierge, ce qui ajoutait à l'impression féerique de l'ensemble.

Sous un arceau couvert de roses délicates, un serveur lui proposa une coupe de vin pétillant. Elle accepta et, son verre à la main, traversa la pelouse, cherchant des yeux son hôte. Elle était à son avantage ce soir, avec son corsage qui lui laissait les épaules nues et sa longue jupe à volants fendue sur le côté. Elle avait acheté cet ensemble avec Emma lors de leur virée shopping et, du coup, avait hésité avant de l'enfiler. Elle s'était morigénée pour son petit accès de superstition ridicule, d'autant qu'elle ne croyait pas aux malédictions. Et quoi de plus approprié pour une réception d'inspiration flamenco ?

Pour ne pas trop ressembler à Nina, elle s'était contentée de poser une touche de brillant sur ses lèvres et de rehausser son regard d'une pointe de mascara noir. Elle avait coiffé ses cheveux en arrière et s'était accordé un regard satisfait dans la glace au moment de partir, heureuse de retrouver un peu de l'ancienne Holly.

Tout en sirotant son vin pétillant, elle promena son regard sur l'assemblée. Au son d'une guitare, une danseuse ondulait sensuellement, époustouflante dans sa robe blanche agrémentée de rubans écarlates, chaussée de talons hauts qui martelaient le sol en rythme. Rêveuse, Holly resta un peu en retrait, charmée malgré elle par l'atmosphère festive et si typiquement latine du spectacle. Il fallait vraiment qu'elle se détende si elle voulait tenir le coup et mener à bien le projet de rénovation du Manoir.

Seulement, il restait tellement d'énigmes en suspens ! C'était d'ailleurs pour en éclaircir une partie qu'elle avait finalement décidé d'accepter l'invitation de Ryan. Si elle devait continuer, autant savoir ce qui risquait de lui faire obstacle. Pourtant, malgré ses résolutions, elle avait l'impression de jouer avec le feu — de tenter le diable, en quelque sorte.

Après sa mésaventure au Manoir Cutty, elle avait passé de longues heures à peser le pour et le contre. Pas si facile que cela de prendre une décision ! Ce qui l'avait motivée, c'était le souvenir de son abattement lorsque son partenariat avec Drew s'était soldé par la mort de leur cabinet d'architecture. Cette fois-ci, elle comptait bien ne pas se défiler devant les difficultés. Si elle devait partir, ce serait après s'être battue de toutes ses forces. D'où sa présence à Viña Dorada. Plus qu'une tenue de soirée, c'était une tenue de combat qu'elle avait endossée. Elle tenait à en imposer le plus possible — c'était du moins la raison qu'elle se donnait pour justifier sa jupe affriolante, son maquillage soigné et même la fleur très hispanisante qu'elle avait accrochée dans ses cheveux.

Au centre des pelouses s'élevait une fontaine de pierre taillée représentant un cerf majestueux. Dans le bassin qui s'arrondissait aux pieds de l'animal flottaient des lis roses et blancs. La foule était encore plus nombreuse à cet endroit, et Holly eut du mal à ne pas écraser de pieds en se déplaçant. Enfin, elle trouva une place derrière une énorme fougère en pot afin d'observer l'assistance à loisir.

Elle n'allait pas rester longtemps. Juste le temps de savoir ce que Ryan avait à lui dire. Après tout, il avait fait un geste à son égard en l'invitant ici ce soir. Elle voulait y voir un gage de paix, peut-être même une promesse d'amitié…

Son regard fut soudain attiré par une femme d'âge mûr qui semblait être au centre de toute une cour empressée. Il y avait au moins autant de monde autour d'elle qu'autour de la danseuse de flamenco. Sans doute à cause de son sourire franc et chaleureux, ou de l'animation distinguée avec laquelle elle parlait. Ses courbes généreuses étaient mises en valeur par une robe longue rouge bordeaux, sans excès ni mauvais goût. Le type même de l'élégance simplissime.

Holly la voyait pour la première fois, mais elle devina d'instinct qu'il s'agissait de leur hôtesse. Il y avait en elle quelque chose de spécial qui clamait haut et fort qu'elle était la maîtresse des lieux. Si Viña Dorada avait un cœur, c'était dans cette femme qu'il battait.

Ce serait merveilleux si, au même âge, Holly possédait ne serait-ce qu'un dixième de sa classe sans prétention. On ne pouvait qu'envier une beauté aussi intemporelle, aussi tranquille.

La musique s'amplifia soudain, et la femme se tourna vers la danseuse dont les pas s'étaient accélérés. Au passage, son regard accrocha un instant celui de Holly. Cette dernière sourit timidement, impressionnée par l'élégance de cette dame qui aurait pu être sa mère.

Mais au lieu de lui sourire en retour, la femme laissa tomber le verre qu'elle tenait à la main, les traits hagards, le visage blême. Le cri terrible qui lui échappa déchira l'air tranquille du soir. La musique s'arrêta net, et tout le monde se tourna vers Holly. Sans comprendre, elle jeta un coup d'œil par-dessus son épaule, cherchant ce qui mettait l'assistance dans un état pareil. Ne voyant personne, elle se retourna.

Et là, elle prit conscience que c'était elle qui se trouvait au centre de tous les regards. Ses grands yeux toujours braqués sur elle, la maîtresse des lieux esquissa un geste tremblant qu'elle interrompit à mi-parcours, avant de s'affaisser lentement dans les bras de son entourage. A cette distance, Holly ne pouvait entendre ce que ses lèvres exsangues articulaient, mais elle n'eut pas à se creuser beaucoup les méninges pour deviner le prénom qui en sortait.

Nina…

Une fois de plus, elle s'était fait mener en bateau. Une fois de plus, elle avait sauté à pieds joints dans un des pièges qui lui étaient tendus. C'était à désespérer, vraiment !

Surgi de nulle part, Ryan la saisit par le bras et la força à le suivre sur un sentier couvert d'arceaux fleuris. Sur leur passage, les invités s'écartaient dans un murmure intrigué — au grand déplaisir de Ryan, visiblement. Il accéléra l'allure, l'obligeant presque à courir pour se maintenir à son niveau.

Ils atteignirent l'arrière du bâtiment principal de la propriété. Sans douceur, Ryan la projeta dans un petit salon meublé avec un goût exquis, dont le soleil couchant dorait chaque recoin. Le souffle court, elle se trouva acculée contre la porte-fenêtre qu'il venait de refermer violemment derrière eux, sans doute pour les masquer aux regards d'éventuels curieux.

— Bon sang, mais qu'est-ce que vous fabriquez ici ? gronda-t-il, l'air absolument furieux.

Elle ne sut que répondre. L'expression hallucinée de la maîtresse des lieux disait clairement qu'elle l'avait prise pour une morte, une revenante — Nina, bien sûr. Apparemment, la dame en question n'était pas au courant de la ressemblance entre Holly et la défunte, sinon elle n'aurait pas réagi aussi fortement en la découvrant parmi ses invités.

Se rappelant que Ryan attendait toujours une explication, elle commença d'une voix tremblante :

— Vous m'avez invitée, alors je…

— Vous inviter ici, vous ? la coupa-t-il. Jamais de la vie !

D'un geste brusque, il la poussa vers une banquette moelleuse où elle s'affala malgré elle. Le visage courroucé de Ryan reflétait aussi quelque chose d'autre — de la terreur ? Elle n'eut pas le temps de s'interroger plus longuement : la porte derrière eux venait de s'ouvrir en grinçant, laissant apparaître un homme d'un certain âge qui s'appuyait sur une canne gris argent.

— Gil, non ! s'exclama Ryan en s'interposant entre Holly et lui. Ce n'est pas Nina, je te le jure !

— Ça m'est égal, fulmina le dénommé Gil. J'exige de la voir, Bon Dieu ! Et tout de suite ! Sans ça…

Il le repoussa du bout de sa canne. Derrière lui, la femme qui avait failli s'évanouir tenta de le retenir, sans succès.

— Elle lui ressemble, Gil, mais ça s'arrête là, assura Ryan, suppliant. Je t'assure. Ce n'est pas Nina !

Mais l'homme ne lui prêtait aucune attention, obnubilé par l'image de Holly assise sur la banquette, à quelques pas de lui. Il avança en titubant, comme ivre mort, les yeux écarquillés, les jambes flageolantes, la main tendue vers elle.

— Arrête, Gil, intervint Ryan en le suivant. Ménage-toi, je t'en prie ! Respire !

D'un seul coup, Gil vacilla dangereusement. Sans le secours de Ryan, il serait sans doute tombé de tout son long. A cet instant précis, Holly remarqua que tout un côté de son visage était figé dans un rictus étrange. Une paralysie, sans doute due à une attaque.

Le pauvre… Qu'est-ce qui avait bien pu lui causer pareille disgrâce ? Un choc trop violent ? Avait-elle sans le savoir contribué à aggraver son cas en se présentant ici ce soir ? Apparemment, pour lui aussi, cette maudite Nina constituait une obsession quasi maladive.

La femme en robe bordeaux se mit à parler à l'oreille de Gil dans une langue étrangère — de l'espagnol, d'après les intonations latines. Le visage de l'homme reprit une expression moins douloureuse, et il tourna les talons après avoir soupiré longuement, aidé par Ryan et la dame sur le bras de laquelle il s'appuyait largement.

— Non, ce n'est pas elle, marmonna-t-elle avec lassitude.

Au moment de passer le seuil de la pièce, il se retourna péniblement vers Holly et lui adressa un regard d'excuse.

— Je suis désolé, articula-t-il d'un air sincèrement contrit. Je n'aurais pas dû m'emballer de la sorte.

Puis il reprit le bras de la femme — sûrement son épouse — et chassa Ryan qui essayait de l'aider aussi.

— Occupe-toi plutôt de notre invitée, Ryan. J'ai dû lui causer une de ces peurs ! dit-il avec un petit rire amer.

Abasourdie, Holly resta assise sur sa banquette, à regarder s'éloigner le couple. Au bout de quelques secondes de silence, elle prit conscience que Ryan se trouvait toujours planté à l'entrée du petit salon, dos à elle, si raide qu'il semblait avoir gelé sur place.

— Je... je suis désolée, murmura-t-elle sans parvenir à savoir s'il l'avait entendue. Je... je ne savais pas...

— Vous devriez partir, à présent, répliqua-t-il d'un ton glacial avant de quitter la pièce à son tour, sans même se retourner vers elle.

Le mystère du clan Cutty s'épaississait, songea-t-elle tout en se remettant debout, la tête encore bourdonnante de questions. Une fois de plus, elle se retrouvait au centre d'un imbroglio auquel elle ne comprenait goutte. Mais pour le moment, elle devait surtout choisir un chemin à l'écart de la foule afin de ressortir de la propriété sans se faire remarquer. Elle décida de passer par l'intérieur du bâtiment principal, quitte à se perdre dans le dédale de couloirs qui sillonnaient l'immense rez-de-chaussée. Elle atteignit enfin le hall d'entrée. Près de la porte à double battant qui menait vers l'extérieur, elle avisa un guéridon ancien où trônait une pile de brochures touristiques. Elle en ouvrit une et lut à voix haute le début du texte.

Les origines de Viña Dorada.

Lorsque la famille Travers a débuté dans le vin...

Elle n'eut pas besoin de poursuivre. Ce nom de famille, c'était celui de Nina. L'homme et la femme qu'elle avait vus devaient donc être son père et sa mère !

Elle n'avait pas compris, en venant ici, qu'elle allait se trouver nez à nez avec la famille de Nina. Viña Dorada sonnait espagnol, contrairement à Travers. Et puis, il semblait incroyable que Ryan travaille pour les parents de sa fiancée défunte, étant donné que tout le monde le désignait comme responsable de sa mort…

Elle sentit son cœur se serrer. En se présentant ici, elle avait dû causer un choc atroce à ces pauvres gens. Elle avait bien lu sur leurs visages l'incrédulité, puis la peine. L'espace d'un bref instant, ils avaient dû imaginer que leur fille n'était pas morte, en fin de compte. Un beau rêve qu'elle avait incarné et brisé presque en même temps.

Furieuse contre son aveuglement, les yeux pleins de larmes impuissantes, elle courut jusqu'à sa voiture pour s'y engouffrer. Dans un rugissement de moteur, elle sortit de sa place de parking et fila sur la route qui la ramènerait chez elle. La personne qui lui avait envoyé cette invitation avait décidément bien manœuvré ! C'était forcément quelqu'un de rusé, de malin. Un manipulateur chevronné.

Et elle, comme une idiote, avait foncé tête baissée dans le piège ! Un pion sur l'échiquier, voilà ce qu'elle était. Un pion qu'une intelligence supérieure déplaçait à sa guise. Rien de plus.

18.

Ryan tourna lentement son verre, laissant la syrah se déposer sur les bords pour en vérifier la consistance et la robe. La cuvée de cette année était prometteuse, songea-t-il en humant le vin avant de le goûter avec soin. Hochant la tête, il sourit : quand il serait mis en bouteille, ce cru dépasserait en qualité les précédents, il en était certain à présent.

Avant qu'il convainque Gil et Marta de la nécessité de diversifier leur production, Viña Dorada ne s'illustrait que dans les vins pétillants, en accord avec la grande tradition espagnole. Le seul problème, c'était qu'aux Etats-Unis, les consommateurs n'achetaient ce type d'alcools qu'à l'occasion des mariages et des fêtes de fin d'année. Du coup, 90 % du chiffre d'affaires de l'exploitation se trouvait réalisé au mois de décembre — d'où des difficultés d'équilibrage pendant le reste de l'année.

Quand Ryan avait pris les commandes de Viña Dorada, il avait expliqué à Gil et Marta qu'ils avaient besoin d'une meilleure stratégie marketing pour rester compétitifs. Et ils l'avaient écouté. Depuis, leur exploitation s'était fait un nom en dehors du secteur restreint des vins pétillants, sans pour autant perdre sa place de leader dans son domaine d'origine.

Reposant son verre sur sa table de travail, il feuilleta les différents messages empilés sur son sous-main. Il y avait eu un coup de téléphone du labo — une demande de vérification pour le taux de dioxyde de carbone de la prochaine cuvée. Il rappellerait demain à la première heure, c'était assez urgent.

En cet instant précis, il se sentait peu concerné par les tâches qui lui incombaient. La preuve : depuis deux minutes, il n'arrêtait pas de soulever les objets parsemés sur son bureau pour les reposer distraitement un peu plus loin. Un signe de nervosité évident chez lui, d'ordinaire très organisé et efficace. Tout cela à cause de Holly.

Et dire qu'elle avait prétendu qu'il l'avait invitée à la réception ! Quelle menteuse !

Elle avait eu l'air si désolée, si blessée... Peut-être avait-elle été victime d'une nouvelle machination ? Comme lui ?

Pensif, il s'approcha de la fenêtre d'où il pouvait contempler toute l'étendue du vignoble. C'était pour cette raison qu'il avait choisi de transformer cette pièce en bureau : on avait une vue imprenable sur les pentes couvertes de vignes qui descendaient de chaque côté du château. Dans un cadre pareil, on remettait plus facilement les choses en perspective.

Il avait l'impression d'être face à un puzzle gigantesque dont il lui manquait la pièce maîtresse. Bien que douze ans aient passé depuis la mort de Nina, il avait encore l'écho de son rire dans la tête. Un rire qui pouvait être à la fois électrisant et glaçant. Comme ce fameux soir...

Cette nuit-là, ils s'étaient introduits en cachette dans la demeure d'une des « marraines » de Ryan — sa mère connaissait tellement de monde dans la haute société qu'il possédait un nombre incalculable de parrains et marraines, de tantes et d'oncles, ce que Nina trouvait tout simplement hilarant. Il connaissait le code de l'alarme et en avait profité pour lui proposer une petite escapade coquine en l'absence des propriétaires.

Lorsqu'ils s'étaient retrouvés à l'intérieur de la somptueuse propriété, ils avaient forcé la porte de la cave où s'alignaient des centaines de crus d'exception. Ils avaient déjà beaucoup bu l'un et l'autre pendant la réception qui avait précédé, sans quoi jamais Ryan n'aurait laissé Nina le convaincre d'ouvrir la bouteille de lafite-rothschild 1982. Une cuvée de cette qualité pouvait atteindre mille dollars la bouteille, et ils le savaient parfaitement. Seulement, Nina voulait toujours dépasser les limites du raisonnable, et cette nuit n'avait pas fait exception à la règle.

Ils s'étaient retrouvés nus sur le lit de la chambre des propriétaires, complètement ivres. Nina avait insisté pour qu'il prenne une des pilules qu'elle avait trouvées dans l'armoire à pharmacie de la salle de bains — des euphorisants assez puissants. Elle avait beau être moins âgée que lui, c'était toujours elle qui prenait les initiatives les plus osées. Sa tendance à vouloir tout essayer le fascinait et l'effrayait à la fois, notamment parce qu'elle recherchait constamment une perte de contrôle. Comme par exemple lorsqu'elle prenait des stupéfiants, légaux ou non. Cette nuit-là, il avait commencé par refuser d'avaler le cachet qu'elle lui tendait en riant. Mais elle ne s'était pas démontée pour autant : elle l'avait immobilisé sous elle, à califourchon sur ses hanches, et avait initié un petit jeu sensuel qui avait eu raison de ses réticences. Comment résister à une tentatrice en tenue d'Eve qui vous présentait une pilule entre ses lèvres gonflées de baisers ?

— C'est juste pour te redonner un peu de punch, mon chéri, avait-elle murmuré à son oreille.

Puis elle avait ri de ce rire si particulier auquel il ne pouvait que céder.

Avec un soupir, il s'écarta de la fenêtre où le panorama perdait peu à peu de sa luminosité dorée. Le crépuscule touchait à sa fin. Si Nina avait été encore de ce monde, elle n'aurait pas manqué de lui rire au nez une fois de plus, enchantée du tour tortueux que prenaient les événements. Elle adorait les histoires compliquées, surtout quand elle en était la vedette. Et c'était bien le cas, aujourd'hui…

Sauf qu'elle était morte. Et que Holly se retrouvait piégée dans une situation qu'elle n'était manifestement pas capable de maîtriser, contrairement à la défunte.

Elle avait prétendu qu'il l'avait invitée à la soirée. Mais il n'était pas fou : jamais il ne lui avait envoyé d'invitation ! Encore un coup de Daniel, bien sûr.

Lorsqu'ils étaient enfants, ils jouaient parfois au Prince et au Pauvre, et Ryan aimait bien échanger leurs rôles. Pour un garçon de son âge, avoir à se comporter comme un héritier digne de son rang en toutes circonstances constituait plus un fardeau qu'une bénédiction. Surtout quand il lui fallait porter des vêtements impeccables pour se rendre à des réceptions guindées dont il n'avait cure, ou quand il se faisait gronder par sa mère parce qu'il n'était pas le premier de sa classe dans toutes les matières. C'était si lourd à porter ! Et les rappels incessants de Vanessa sur la place qu'il se devait de tenir au sein de la société, pour l'honneur des Moore *et* des Cutty, n'arrangeaient rien…

Pourquoi Daniel n'aurait-il pas eu sa part de gloire et de responsabilités ? s'était-il souvent demandé. Après tout, ils étaient cousins, ils auraient dû pouvoir partager les honneurs et les obligations qui allaient de pair avec le prestige de leur nom.

Ryan n'avait jamais vraiment désiré posséder la fortune des Cutty, sans doute parce qu'elle lui était acquise d'emblée, alors que Daniel l'avait toujours convoitée — une réaction compréhensible sachant que l'accès à la direction de l'entreprise familiale lui était impitoyablement barré. Ryan, lui, avait grandi avec l'idée de réussir par lui-même au lieu d'en hériter sans mal. Un *self-made man*, voilà ce qu'il voulait devenir. Il avait besoin de se lancer des défis pour se sentir vraiment adulte, comme ses aïeux avant lui.

— Un jour, je partirai sur mon voilier, et ils ne pourront jamais me retrouver, avait-il un jour expliqué à son cousin. Du coup, ils auront forcément besoin de toi, tu comprends ? Comme il n'y aura personne d'autre, c'est toi qui deviendras le chef — l'héritier, comme maman me le répète sans arrêt. Ce serait bien, hein ?

Ironie du sort, c'était plus ou moins ce qui s'était passé après la mort de Nina. Et il avait éprouvé un véritable soulagement lorsque Daniel s'était vu confier les rênes du Manoir Cutty. Comme si, après des années de mauvaise conscience, il remboursait enfin une dette colossale à ce cousin trop longtemps considéré comme quantité négligeable. Daniel ne s'était d'ailleurs pas fait prier. Tout semblait donc vouloir s'arranger pour le mieux.

Mais c'était sans compter sur l'appétit démesuré de son cousin. En cela, il ressemblait étrangement à Nina : il lui fallait toujours plus. Non content d'avoir récupéré le Manoir et la considération de toute la famille, maintenant il paraissait vouloir sa peau.

Ryan reprit le verre qu'il avait laissé reposer un instant et y fit rouler de nouveau le nectar rouge sombre. Il le huma avant de le goûter une fois de plus. Le cépage de cette année avait des arômes de cassis, de cèdre et d'épices. D'une certaine façon, cette syrah représentait l'aboutissement de ses dix ans d'apprentissage continu auprès de Gil et des autres viticulteurs de la vallée de Napa. Le témoignage de sa réussite, finalement.

Pendant les deux premières années où il avait travaillé auprès de Gil, il avait dû concilier tous les rôles : viticulteur, chef d'entreprise, infirmier à domicile et fils par procuration. Mais le temps avait passé, et il avait pu se consacrer presque exclusivement à l'amélioration de l'exploitation dont il avait la charge. L'automne précédent, ils avaient eu leur meilleure récolte depuis la création de Viña Dorada, vraisemblablement grâce à ses efforts afin d'augmenter la productivité des sols. Pour couronner le tout, l'activité « divertissements » qu'il avait décidé de développer pour faire parler du vignoble dans les milieux non spécialisés s'était avérée extrêmement rentable ; cette soirée flamenco en était un bon exemple, même si elle avait failli tourner au fiasco par la faute involontaire de Holly. Dans l'ensemble, il pouvait être fier de la nouvelle dimension qu'il avait contribué à donner à Viña Dorada. La modeste exploitation des débuts avait grandi en taille et en notoriété, et ne demandait qu'à rejoindre les appellations les plus célèbres au panthéon des grands crus.

Seulement, il s'était tellement impliqué dans sa tâche qu'il avait cru pouvoir oublier le passé. C'était si facile de vivre au jour le jour, de laisser la routine immuable de la lente maturation du raisin lui dicter ses impératifs, qu'il avait négligé de surveiller les agissements de son cousin. Grossière erreur, en vérité !

Il avait cru pouvoir laisser la vie suivre son cours. Mais la mort le rattrapait aujourd'hui, songea-t-il en reposant son verre encore à moitié plein pour attraper ses clés de voiture et se diriger vers la porte.

Comme toujours, l'espoir d'une existence normale lui était retiré. Il n'avait pas le choix. La malédiction qui le poursuivait ne serait probablement jamais exorcisée — à moins qu'il ne prenne les devants une bonne fois pour toutes.

Il n'eut pas à chercher bien loin. En fait, elle l'attendait de pied ferme dans le parking du château et s'avança vers lui d'un pas déterminé. Décidément, il allait de surprise en surprise avec elle !

De loin, il croyait toujours voir Nina. Mais de près, l'illusion se brisait instantanément. Comme dans ces kaléidoscopes où le dessin qu'on a aperçu se modifie du tout au tout lorsqu'on l'incline différemment.

Ce soir, par exemple, elle ressemblait terriblement à Nina : ces vêtements sexy en diable auraient pu sortir de la garde-robe de son ex-fiancée. Mais pas le gardénia tout simple qu'elle avait mis dans ses cheveux. Nina ne portait que des accessoires d'un prix exorbitant — diamants, or ou platine, argent massif ou perles de la plus belle eau… Rien de naturel. Quant à l'expression à la fois craintive et désolée qu'il lisait sur le visage de Holly, elle n'avait rien à voir avec le défi hautain qu'arborait Nina en toutes circonstances.

— J'étais presque arrivée aux portes de San Francisco quand j'ai décidé de faire marche arrière, commença-t-elle en le regardant droit dans les yeux.

Un autre détail la différenciait de Nina : sa taille. Elle lui arrivait à peine au menton, malgré les talons hauts qu'elle portait ce soir, alors que Nina, pieds nus, faisait pratiquement la même taille que lui.

— Quand je suis revenue, continua-t-elle, je voulais venir directement frapper à la porte de votre bureau. Mais je n'ai pas osé. J'ai préféré vous attendre ici, en terrain neutre. Je me demandais quand vous vous décideriez à quitter votre donjon.

— Eh bien, c'est une bonne chose que je sois descendu, alors ! ironisa-t-il. Sans ça, vous auriez aussi bien pu passer la nuit à vous geler sur ce parking désert.

Elle hocha la tête. Visiblement, elle avait préparé son petit discours d'avance, sans doute pour ne pas se laisser perturber. Elle inspira profondément avant de reprendre d'une voix vibrante de sincérité :

— Quelqu'un n'arrête pas de nous tendre des pièges. A tous les deux. Et je veux arrêter ça avant que ça dégénère. Tout à l'heure, avec les parents de Nina, je me suis vraiment sentie…

— Je sais, la coupa-t-il pour lui éviter de se répandre en explications malaisées. Je comprends.

— Mais non, vous ne comprenez pas ! explosa-t-elle. Enfin, vous… vous ne pouvez pas comprendre ce que ça me fait !

Elle se mit à faire les cent pas devant lui. Encore une différence… Nina avait quelque chose de félin dans sa langueur constitutive. Jamais elle ne s'agitait sans raison, préférant économiser son énergie pour les moments où elle en aurait besoin. Alors que Holly dépensait ses forces sans compter.

Elle s'arrêta net, captant son regard comme pour s'assurer qu'elle avait bien toute son attention. Nina ne s'en serait pas préoccupée. Elle considérait que le monde entier n'attendait qu'un geste de sa part pour tomber à ses pieds, alors pourquoi se serait-elle inquiétée de savoir si on l'écoutait ?

— On m'a proposé un poste fantastique, comme vous le savez. Seulement, il y a un hic — un énorme hic : ce boulot de rêve, on me l'a offert uniquement parce que je ressemble à une autre femme qui est morte il y a plus de dix ans. C'est terrifiant ! De temps en temps, je me dis que toute cette histoire dépasse les limites du concevable !

A la lueur du soleil mourant, ses yeux sombres prenaient une teinte presque noire tant l'intensité de ses sentiments dilatait ses pupilles.

— Daniel m'a soutenu que, s'il m'avait choisie, c'était parce que ma ressemblance avec Nina l'avait frappé comme un signe du destin. Selon lui, ça ne pouvait être qu'un bon présage pour l'avenir du Manoir. Il m'a dit que j'étais la seule qui pouvait sauver le projet de rénovation grandiose qu'il avait en tête, et que notre association dépendait de forces supérieures qui nous auraient guidés l'un vers l'autre.

— Ne me dites pas que vous l'avez cru ?

— J'ai fait des esquisses — oh, rien de très abouti. De simples croquis, juste pour lui donner une idée de ce que le Manoir pouvait devenir, répondit-elle, les yeux soudain emplis d'une fierté qu'il n'y avait jamais vue auparavant. Sans vouloir me vanter, je n'avais jamais rien exécuté de semblable par le passé. Le Manoir Cutty m'a inspirée au-delà de ce que je pensais imaginable. Dresser ces ébauches de plans a été l'expérience la plus extraordinaire de toute ma vie professionnelle. D'un seul coup, les trois horribles années que je venais de subir se sont effacées. J'ai retrouvé le souffle qui m'animait, en mieux. Vous comprenez maintenant pourquoi je ne peux pas laisser tomber ?

Il la regarda. Dans ses yeux bruns brillaient l'espoir et les rêves dont elle venait d'esquisser les contours. Elle avait du talent à revendre, et on aurait dit qu'elle l'ignorait avant de prendre en charge la rénovation du Manoir Cutty. A l'évidence, cette découverte avait décuplé son énergie.

— Donc, pour répondre à votre question précédente, oui, j'ai cru ce que me racontait Daniel, conclut-elle avec assurance. Parce que ça sonnait juste. Ce projet était clairement fait pour moi, et le Manoir n'attendait plus que mon arrivée pour revenir à la vie.

— Par un coup de baguette magique, c'est ça ? se moqua-t-il, visiblement sceptique.

— Vous devez me trouver follement prétentieuse, mais ce n'est pas le cas. Je ne cherche pas à canaliser l'esprit de Nina ou d'autres trucs paranormaux de ce genre. Et je ne suis pas si bête que j'en ai l'air. J'ai fini par comprendre que ce n'était pas vous qui m'aviez envoyé l'invitation pour ce soir. Et aussi que vous n'êtes pas le minable obligé de trimer nuit et jour qu'on m'avait décrit. Vous avez des responsabilités importantes ici, et j'en suis bien consciente. Seulement, il y a quelque chose qui m'échappe. Si ma présence à Viña Dorada n'est pas de votre fait, qui a pu être assez mesquin, assez cruel pour m'attirer chez vos employeurs et leur causer une terreur et une peine atroces ? Je n'arrive pas à imaginer qu'il puisse exister des personnes aussi malveillantes sur terre…

En cet instant précis, jamais elle n'avait aussi peu ressemblé à Nina : elle se tenait bien droite, comme pour en imposer à son interlocuteur, mais l'expression apeurée de son visage contredisait la fausse assurance de sa posture.

— Ce que je crois, poursuivit-elle en s'approchant un peu plus de lui, sans se rendre compte de la brusque flambée de désir qui le saisissait tout entier, c'est que vous, vous connaissez les gens qui veulent faire du mal aux Travers. Et qu'en unissant nos forces, nous pourrions peut-être en venir à bout… ou, du moins, éclaircir ce mystère.

Il eut brusquement envie de l'étreindre passionnément pour ne plus jamais la lâcher. Entre cette femme et lui, il y avait une sorte de connexion magique, miraculeuse — quelque chose d'exceptionnel qu'il n'avait jamais ressenti avec Nina, ni avec personne d'autre, d'ailleurs. Au lieu de cela, il se contenta de prendre Holly par le bras afin de la reconduire, doucement mais fermement, à sa voiture dont il lui ouvrit galamment la portière.

— Bienvenue dans la famille, lui murmura-t-il.

Si SoMa était le lieu de rendez-vous des privilégiés pour les soirées dansantes, North Beach était sans conteste leur garde-manger de prédilection.

Avec Ryan pour guide, Holly avait l'impression de voir se dérouler une page d'histoire vivante. Il lui raconta les débuts de ce quartier, avec la côte Barbary où pullulaient les bordels et les tripots mal famés. L'immigration italienne qui avait donné à cet endroit le surnom de « Little Italy » remontait à loin, avant le tremblement de terre de 1906. Les hommes venaient pour travailler dans la pêche ou dans l'industrie en tant qu'ouvriers. Après, dans les années cinquante, les beatniks avaient envahi les lieux, suivis de près par la folie débridée des « sixties » et la libération sexuelle.

Aujourd'hui, les choses avaient changé : de plus en plus, les petits commerces familiaux et les clubs peu sélectifs laissaient la place à des boutiques de luxe et à des restaurants hyper-branchés. Un simple Martini pouvait vous coûter jusqu'à dix dollars, et, pour un repas complet, il fallait débourser l'équivalent d'un mois de salaire ou presque ! Pourtant, Ryan appréciait la diversité bigarrée de ce quartier où la nourriture avait conservé sa qualité originale, malgré la flambée des prix.

Il choisit d'emmener Holly à *La Pistola Rosa* — un restaurant charmant, tout en teintes automnales, depuis les murs recouverts de lambris couleur châtaignier jusqu'aux banquettes en cuir marron foncé. Depuis la salle, on pouvait voir le travail des marmitons en cuisine, un détail qui montrait assez que la clientèle dorée de San Francisco n'avait pas encore gâché l'ambiance authentique des lieux. La serveuse leur apporta rapidement, et avec un sourire chaleureux, les plats qu'ils avaient commandés : du poulpe pour Ryan, et du *prosciutto* agrémenté de figues fraîches pour Holly, avec deux bières pression.

Elle le regarda savourer sa première gorgée d'alcool avec un petit sourire moqueur.

— Plutôt révélateur comme choix, pour quelqu'un qui travaille dans les vins !

— Que voulez-vous… Les gens qui triment comme des minables aiment bien les boissons populaires.

— Vous…

Elle s'interrompit, rouge comme une pivoine, avant d'achever avec embarras :

— Je suis désolée d'avoir utilisé ce terme.

— Pas la peine de vous sentir coupable pour si peu. Vous ne faisiez que citer les paroles d'une autre. Et pour en revenir à votre remarque, oui, je travaille dans les vins. Ce qui ne veut pas dire que, pendant mes rares instants de loisir, je suis obligé d'en boire. Une bonne bière désaltère mieux qu'un grand cru classé, vous savez.

— Dans l'article que j'ai lu sur vous, ils disaient que vous étiez ivre le soir où…

A l'expression qui se peignit sur son visage, elle sut qu'elle l'avait pris au dépourvu. Elle n'avait pas réfléchi avant de mentionner le drame — à vrai dire, son audace la surprenait elle-même. Depuis qu'elle était arrivée à San Francisco, elle ne se reconnaissait plus.

Elle ne put s'empêcher de baisser les paupières, troublée par l'intensité de son regard bleu glacier. *Surtout, ne pas se faire d'idées,* se répéta-t-elle intérieurement. S'il la fixait ainsi, c'était uniquement parce qu'elle le faisait penser à Nina. Il y aurait toujours cette réalité entre eux. Une morte, c'était difficile à battre — impossible, même !

Songeur, il reprit une gorgée de bière avant de répondre :

— Nous avions bu tous les deux.

— Je ne pense pas que vous l'ayez tuée, poursuivit-elle, étonnée de son courage. Ce n'est pas votre genre. Et puis, un accident, ça peut arriver, surtout quand on a trop bu…

— Alors vous croyez me connaître assez bien pour être sûre que je ne suis pas un assassin ?

— Je ne sais pas… J'essaie toujours de trouver le bon côté chez les gens.

— Ça va beaucoup plus loin, chez vous. Vous avez cette tendance à vouloir que tout le monde soit beau et gentil, même les parfaits inconnus.

— Eh oui, reprit-elle avec une petite grimace comique qui ne les fit rire ni l'un ni l'autre. C'est d'ailleurs pour ça que quand vous vous êtes mis à me suivre, je me suis dit que nous devenions plus proches, tous les deux.

Il y eut quelques secondes de silence gêné, puis elle tenta de se justifier :

— Ecoutez, je… je vous ai bien vu avec les parents de Nina, et…

Elle hésita, incertaine de la façon dont elle allait tourner sa phrase. Après tout, elle ne se basait que sur des impressions toutes personnelles — rien de très concret, en somme. C'était généralement ce qui lui causait des ennuis : les sentiments passaient toujours en premier, chez elle. Elle ne se préoccupait des raisons et des causes qu'après.

— Enfin, je ne crois pas qu'ils vous tiennent pour responsable du drame qui a coûté la vie à leur fille…

Il la regarda plus fixement encore.

— J'avais dix-neuf ans, lâcha-t-il d'une voix sourde. Nina avait un an de moins que moi, et nous étions fiancés. Nous devions nous marier…

A son ton, elle eut le sentiment qu'il ne faisait que répéter des phrases toutes faites. On avait dû lui demander tellement souvent de raconter son histoire !

— Nos parents étaient amis depuis longtemps. Gil et mon père s'étaient rencontrés au collège et ne s'étaient jamais perdus de vue depuis. Au Manoir Cutty, on servait presque exclusivement du vin pétillant de chez Travers. En bons chefs de famille, ils voulaient s'agrandir : ils avaient pour projet d'ouvrir une chaîne de restaurants commune qui concrétiserait la fusion de leurs

Les collections que vous continuerez à retrouver

Azur

8 romans par mois

3.50€ - 160 pages

Blanche

4 volumes doubles par mois

5.70€ -320 pages

Horizon

4 romans par mois

3.60€ - 224 pages

Audace

2 romans par mois

4.60€ - 224 pages

Les Historiques

5 romans tous les 2 mois

5.70 € - 352 page

Grands Romans Historiques

1 roman tous les 2 mois

6.00€

BEST SELLERS

6 romans tous les 2 mois

6.60 €

deux entreprises. Quoi de mieux qu'un mariage pour couronner le tout ? Un vrai, comme dans l'ancien temps ? Je n'ai pas dit non quand ils m'ont mis au courant : après tout, Nina était une jeune fille magnifique et fascinante. Cela ne m'a pas semblé une si mauvaise idée de l'épouser.

— Et après ? Qu'est-ce qui s'est passé ?

— Ce qui arrive toujours quand on se laisse aller à rêver : je me suis réveillé. J'ai pris conscience que cette union que je croyais vouloir avait été planifiée par d'autres que moi, et qu'ils en avaient aussi profité pour régler les cinquante prochaines années de ma vie. Ça m'a terrifié. Le soir où Nina est morte, je venais de lui annoncer que c'était terminé entre nous. Parce que notre mariage n'avait un sens que si je reprenais le Manoir Cutty ou le vignoble de son père, et que je ne voulais ni l'un ni l'autre.

Il soupira avant d'ajouter la dernière pièce du puzzle qu'il venait de reconstruire pour le bénéfice exclusif de Holly.

— Je lui ai aussi avoué que je ne l'aimais pas. Que je ne l'avais sans doute jamais aimée.

— Et tout ça, vous le lui avez dit avant ou après avoir bu plus que de raison ?

— Avant, pendant, après… Quelle importance ? De toute façon, à cette époque, j'étais plus ou moins ivre tout le temps, alors…

— En tout cas, je suppose que Nina n'a pas bien pris cette nouvelle, commenta Holly, l'air atterré.

Il piocha dans son assiette quelques morceaux de poulpe qu'il prit le temps de mâcher soigneusement avant de reprendre son récit.

— Pas bien pris, c'est un euphémisme ! Elle m'a carrément insulté, elle était folle de rage. Nous en sommes même venus aux mains. Puis elle a sauté dans sa satanée voiture de sport, et elle est partie sur les chapeaux de roue. J'ai essayé de l'en empêcher, mais…

— C'était donc bien un accident.

— Mais un accident que j'avais contribué à causer, continua-t-il, lugubre. Quand vous donnez à un gamin irresponsable une boîte d'allumettes et un bidon d'essence, même si ce n'est pas vous qui mettez le feu à la maison, vous êtes quand même coupable, non ?

— Vous pensez que vous portez une part de responsabilité dans la mort de Nina ?

— Je savais bien qu'elle avait trop bu — et pour cause ! J'étais presque aussi ivre qu'elle. Sans cela, jamais je n'aurais eu le courage de lui déballer le fond de ma pensée. Nina étant ce qu'elle était, j'aurais dû deviner qu'elle réagirait de façon excessive. Je la connaissais bien…

— L'article disait qu'on vous avait accusé de l'avoir forcée à quitter la route. Apparemment, il y aurait eu un témoin.

Il fixa la bouchée de poulpe piquée au bout de sa fourchette. Elle pouvait presque entendre les rouages de son cerveau travailler. A l'évidence, il hésitait à poursuivre ses confidences.

— Quelqu'un a effectivement téléphoné à la police pour m'accuser, mais sans donner son identité. Le témoignage était donc invalide, d'autant qu'il n'y a pas eu de suite. Et de toute façon, les preuves rassemblées lors de l'enquête n'ont jamais permis d'étayer cette hypothèse.

— Mais… mais qui aurait pu faire une fausse déclaration ? Et pourquoi ?

— Demandez donc à Daniel, répondit-il simplement.

Daniel. Toujours Daniel…

— Vous pensez que c'est lui qui m'a donné l'invitation ?

— Pour être franc, oui. Ma mère en avait reçu une, et comme

en ce moment, elle ne jure que par lui, il n'a pas dû avoir de mal à récupérer son carton pour vous le transmettre.

Ebahie, elle secoua la tête.

— Mais… mais pourquoi ? Enfin, quel avantage pouvait-il trouver à faire du mal aux parents de Nina ? Il y a quelque chose qui m'échappe…

— Ils comptent beaucoup pour moi, voilà la clé du mystère.

Elle faillit protester, mais il l'arrêta d'un geste.

— Tout de suite après la mort de Nina, Gil a eu une attaque. Marta n'était pas capable de faire face toute seule aux charges que représente une exploitation viticole comme Viña Dorada, et ils ont pensé à mettre la clé sous la porte. Je ne pouvais pas laisser faire ça : ils avaient déjà perdu leur fille unique, en partie par ma faute, ils n'allaient pas en plus se voir retirer tout ce pour quoi ils s'étaient battus pendant des années ! J'étais le seul à pouvoir reprendre le vignoble en main. C'est à ça que je me suis consacré ces douze dernières années : à épauler Marta et Gil autant que possible. Alors, pour m'atteindre, quoi de plus facile que de leur porter un coup décisif ? Il n'y a pas besoin d'être devin pour savoir que tout ce qui les touche me blesse aussi.

Pour quelqu'un qui, jeune homme, ne pensait qu'à s'en aller sur son bateau vers le soleil couchant, comme l'avait prétendu Emma, quel changement radical d'itinéraire ! songea Holly en essayant d'imaginer à quel point cela avait dû être difficile pour lui d'abandonner ses rêves. La mort de Nina l'avait obligé à s'atteler à l'une des tâches qu'il voulait justement éviter…

Mais tout cela ne lui disait pas si oui ou non, il était coupable. Une nouvelle fois, elle secoua la tête, indécise.

— Je n'arrive pas à croire que Daniel soit capable de me

piéger de la sorte. Il doit y avoir quelque chose d'autre — ou quelqu'un.

— Et si Daniel croyait dur comme fer que je suis coupable de la mort de Nina ? rétorqua Ryan d'un air sombre. Il veut peut-être s'assurer que, cette fois, je serai puni comme il pense que je le mérite. Peut-être veut-il que je perde tout ce qui me tient à cœur à la fois…

— Non, non, c'est impossible ! Daniel n'irait jamais imaginer des horreurs pareilles !

D'un geste vif, il lui prit la main, comme pour la convaincre du bien-fondé de ses accusations.

— Et comment pouvez-vous en être sûre ? Vous le connaissez à peu près autant que vous me connaissez, moi — en gros, vous ne savez rien de lui. Vous n'avez donc aucune preuve de ce que vous avancez. Alors que moi… Qui vous a donné cet ensemble, Holly ?

— Voyons, ça n'a pas de rapport avec…

— Cette tenue que vous portez ce soir, l'interrompit-il. Et la robe dans laquelle vous êtes apparue au club l'autre fois. Ce sont des habits qui auraient pu appartenir à Nina. C'est son style qu'il vous a imposé. Il essaie de vous faire ressembler encore plus à elle. Et cette invitation qu'il vous a fait parvenir — la cerise sur le gâteau ! Vous avez raison sur un point : tout ceci n'a pas de rapport direct avec moi. Mais Daniel a l'art de mélanger les pinceaux. Vous n'avez pas idée de ce qu'il est capable de faire, je vous assure.

— Ne me prenez pas pour plus stupide que je ne suis, Ryan, répliqua-t-elle, un peu vexée de s'être fait mettre les points sur les i alors qu'elle avait un mauvais pressentiment depuis son arrivée à San Francisco.

— J'en ai assez, de toute cette histoire, reprit-il en relâchant sa main. Si vous voulez mon avis, faites vos bagages en vitesse et rentrez chez vous sans vous retourner. C'est ce que vous avez de mieux à faire. Daniel n'est pas celui que vous croyez — et moi non plus, d'ailleurs.

Elle hocha la tête, toujours froissée dans son amour-propre. Elle devait lui paraître bien naïve pour qu'il se donne la peine de la mettre en garde ainsi !

— Eh bien, merci de m'avoir accordé cet entretien, c'était très instructif, conclut-elle avec une légèreté qu'elle ne ressentait pas.

Se levant, elle ramassa le minuscule sac à main qu'elle avait acheté avec Emma. Quel plaisir ç'avait été de faire les magasins en sa compagnie ! Elle s'était juste dit, que pour une fois, ce serait amusant de jouer à la grande dame sophistiquée, sans comprendre qu'on la transformait en clone de Nina. Quelle grossière erreur…

— Qu'allez-vous faire, à présent ? s'enquit Ryan en repoussant son siège à son tour.

Elle ne put s'empêcher de sourire.

— Tout le monde me pose cette question, ces derniers temps. Vous vous êtes passé le mot ou quoi ?

Tout en fourrageant dans son sac pour trouver le ticket du service de voiturier, elle traversa la salle, Ryan sur ses talons.

— Je n'arrive pas à croire que vous puissiez être assez stupide pour rester ! fulmina-t-il. Après tout ce qui s'est passé, vous vous obstinez à vouloir assumer la rénovation de ce satané Manoir ?

Elle ne prit même pas la peine de lui répondre. Pourquoi essayer de justifier son choix, puisqu'il la considérait d'ores et déjà comme une idiote ?

— Ça vous plaît, qu'on vous utilise comme un vulgaire pion ? insista-t-il. Vous avez envie de voir se répéter des incidents comme celui qui a eu lieu ce soir ? C'est ça ?

— Je vais faire attention, maintenant, répliqua-t-elle tout en sachant qu'il ne la croirait pas — étant donné les erreurs qu'elle avait commises jusqu'ici, comment lui en vouloir ? Je sais à quoi je m'expose, désormais…

Piètre argument ! Mais elle avait beau se creuser les méninges, elle n'en trouvait pas d'autre.

Ils étaient sortis du restaurant et, au regard gêné que leur lança le voiturier, elle prit conscience que le ton de leur conversation était monté d'un cran.

Cela n'empêcha pas Ryan de la saisir par le bras.

— Si seulement vous vouliez bien m'écouter ! Je vous assure que vous allez au-devant de gros ennuis — et que vous n'y êtes absolument pas préparée, contrairement à ce que vous prétendez !

— Peut-être, mais ça me paraît quand même plus réjouissant comme programme que le chômage !

— Je ne vous ai pas tout dit…

— Je m'en étais rendu compte, figurez-vous !

— Vous n'avez aucune raison valable de rester. En revanche, j'en vois plus qu'il n'est nécessaire pour vous convaincre de partir.

Après avoir jeté un coup d'œil peu amène au voiturier, il la força à le suivre jusqu'au coin de la rue. Lorsqu'ils furent hors de vue du restaurant et qu'il lui fit faire demi-tour pour la toiser de haut en bas, elle eut un sentiment de déjà-vu : cette situation, elle l'avait déjà vécue avec lui la nuit où ils s'étaient retrouvés face à face. Si les choses tournaient mal, elle n'aurait aucun moyen d'appeler à l'aide. Seulement, cette fois, c'était un danger plus précis qui se profilait — un danger plus important, plus excitant aussi…

Si elle se laissait aller sur la pente des fantasmes, elle n'était pas sortie de l'auberge ! Malgré la sonnette d'alarme que sa raison tentait d'actionner, elle ne pouvait se retenir de trouver cette étreinte forcée bien agréable. Et si les sensations étranges qu'elle éprouvait, serrée tout contre lui, comptaient plus que toutes les bonnes résolutions du monde ? Si leur rencontre n'était pas due au hasard mais à une attraction dépassant leurs faibles entendements ?

— Partir n'est pas aussi facile que vous semblez le croire, dit-elle, haletante, les joues empourprées par la proximité de son corps.

— Vraiment ?

Soudain, la tension presque palpable qui vibrait entre eux changea de nature. Une sorte d'onde de choc les traversa, et, sans réfléchir, elle se haussa sur la pointe des pieds.

Comme s'il réagissait à un signal irrésistible, il posa les mains sur ses épaules pour la rapprocher encore de lui et l'embrassa à lui couper le souffle. Un baiser inattendu, passionné, ravageur — cela dépassait les limites de tout ce qu'elle avait pu s'imaginer. Inondée de bonheur, elle lui rendit son baiser avec une intensité dont elle ne se serait pas crue capable.

Lorsqu'il détacha ses lèvres, elle eut tout juste la force de chuchoter :

— Si vous essayez de me faire peur, c'est raté. Ça fait un bout de temps que j'en avais envie…

Sans répondre, il la plaqua contre le mur et encadra son visage de ses grandes mains. Il reprit ses lèvres avec une avidité électrisante, entrecoupant ses baisers de murmures passionnés et de tendres caresses. Combien de temps dura leur étreinte ? Elle n'aurait su le dire, grisée par le goût de cet homme qu'elle aurait voulu ne jamais cesser d'embrasser…

Malheureusement, les meilleures choses ont une fin, et ce fut Ryan qui interrompit ce moment hors du temps. A regret, il s'écarta, une lueur interrogative dans ses yeux plus bleus que jamais. Qu'allaient-ils faire à présent ? Où tout cela allait-il les mener ?

Un silence pesant s'établit entre eux. Au bout de quelques secondes, incapable de supporter ce mutisme plus longtemps, elle balbutia d'une voix mal assurée :

— Ce… ce n'est pas mon style, vous savez… Normalement, je… je ne me laisse pas aller… Enfin, pas comme ça…

— Vous voyez un peu dans quel pétrin nous sommes, tous les deux ? Si vous restez, la situation va devenir encore plus compliquée. Encore moins gérable. A prendre la place d'une autre, vous courez des risques insensés. Vous allez vous perdre, Holly…

Elle l'écoutait à peine, concentrée sur un point précis qui, en cet instant, la perturbait plus que le reste — question d'amour-propre, peut-être. Il fallait qu'elle sache.

— Ce baiser…, reprit-elle en butant sur les mots. Je… Qui embrassiez-vous ? Moi ? Ou Nina ?

— Vous comprenez maintenant quand je vous dis que vous allez vous perdre ? Comment savoir qui vous êtes réellement si vous jouez le rôle d'une autre femme ?

Elle le détesta pour cette réponse, car ses pires craintes se trouvaient confirmées. Et il lui assenait cette vérité d'un air si calme, si serein ! Elle qui croyait qu'il avait cédé comme elle à un moment de faiblesse, elle avait l'air bien stupide, maintenant. Et complètement désemparée…

Comment savoir, en effet, si le baiser qu'il lui avait donné était destiné à elle ou à Nina ? C'était un casse-tête insoluble — et elle risquait fort d'en sortir blessée au-delà du supportable.

— Bon, fit-elle en reculant de quelques pas pour masquer son désarroi. Je suppose que… que tout ce qu'il nous reste à nous dire, c'est… bonne nuit.

Sur ce, elle tourna les talons, blessée dans sa fierté. Dire qu'elle s'était pratiquement jetée à sa tête, et qu'il continuait à la confondre avec sa défunte rivale !

Retournant au restaurant où le voiturier montait toujours la garde, elle lui tendit son ticket sans mot dire, refusant de regarder derrière elle pour ne pas s'illusionner bêtement. Ryan ne la suivait certainement pas, après la façon dont il venait de la congédier. Et si c'était le cas, qui s'imaginerait-il filer ? Elle ou… ? Elle ne voulait même plus se poser la question, son quota d'humiliations était déjà largement dépassé.

Lorsque le voiturier lui ramena sa voiture de location, elle lui donna un pourboire avant de s'installer au volant et de démarrer en trombe. Au bout de quelques mètres, elle ralentit l'allure. La route était relativement encombrée pour cette heure, et elle ne tenait pas à avoir un accident. Elle avait eu son content d'émotions fortes, ce soir !

Un coup d'œil rapide dans le rétroviseur suffit à l'avertir de la présence silencieuse de Ryan, au coin du pâté de maisons où il l'avait entraînée l'instant d'avant. Immobile dans la brume qui montait en volutes cotonneuses autour de sa silhouette sombre, il était l'image même de la désapprobation — de la tristesse, aussi ? Elle n'en était pas sûre.

Secouant la tête, elle se força à se concentrer sur la route, illuminée par les éclairages nocturnes de North Beach. Au carrefour suivant, elle s'arrêta au feu et porta involontairement la main à ses lèvres où elle sentait encore brûler les baisers de Ryan.

Il n'aurait pas dû l'embrasser. Pas de cette façon tendre et passionnée à la fois qui la faisait fondre. Non, il n'aurait jamais dû la prendre dans ses bras. Parce que quand il l'étreignait, elle devenait complètement incapable de suivre la voie de la raison.

19.

Normalement, Emma n'éprouvait jamais de regret. Douze ans auparavant, elle avait appris à étouffer ce genre d'émotions pour éviter de souffrir inutilement. Et depuis, elle ne regrettait rien, pas même d'avoir fait l'amour avec Harris. Mais peut-être était-ce parce que cette entorse à sa vie rangée lui avait fait plus de bien que de mal…

En tout cas, elle croyait être immunisée contre le remords. Et pourtant, ce matin, elle en était submergée. Se réveiller au côté de Daniel lui faisait honte, tout à coup. C'était cela qu'elle regrettait terriblement — sa faiblesse à l'égard d'un homme qui n'en valait peut-être pas la peine.

La nuit qui venait de s'écouler lui avait ouvert des perspectives insoupçonnées. Elle avait cédé aux supplications de Daniel qui lui avait soutiré la promesse de rester avec lui jusqu'au matin. Pas pour faire l'amour, avait-il précisé avec empressement. Juste pour se retrouver tous les deux après l'affreuse dispute qui les avait dressés l'un contre l'autre. Il avait tenu parole : il s'était contenté de s'endormir en la serrant dans ses bras, sans même avoir essayé de lui enlever le moindre vêtement. Il lui avait murmuré à l'oreille des excuses qu'elle avait à peine écoutées, parce que c'était toujours pareil avec lui : il était désolé de lui avoir fait mal, il ne méritait pas son pardon et encore moins son amour inconditionnel, mais si elle lui donnait une autre chance, il lui prouverait qu'il pouvait se montrer à la hauteur, il allait tout faire pour la reconquérir. Etc., etc. Toujours la même rengaine. Et le pire, c'était que, comme chaque fois qu'il lui sortait ce pitoyable couplet, elle s'était laissé convaincre.

Pourtant, cette fois… Cette fois, les choses étaient différentes, songea-t-elle tout en se glissant hors du lit avec précaution pour ne pas réveiller Daniel.

Peine perdue : avant qu'elle ait pu s'échapper, il la saisit par le bras pour l'attirer tendrement contre lui, les yeux encore embrumés de sommeil.

— Ne pars pas, chuchota-t-il tout contre la peau délicate de son cou. Pas tout de suite. Reste encore un peu…

Vaincue d'avance, elle se lova contre lui. Comme toujours, elle abandonnait la partie, elle en passait par là où il voulait.

Et elle, dans tout ça ? Quand s'affirmait-elle en tant que femme ? En tant qu'individu doué d'une volonté propre ? Jamais, si on y réfléchissait bien.

C'était la première fois qu'elle s'en rendait vraiment compte, et ce n'était pas une pensée très agréable. Tout ce que Daniel exigeait d'elle, elle le lui donnait sans protester. Parce qu'elle lui vouait un amour inconditionnel et une confiance sans bornes. Jusqu'ici, du moins…

Du plus loin qu'elle se souvienne, elle n'avait jamais aimé un autre que lui. Au début de leur relation, elle se prenait même à rêver qu'il l'épouserait un jour. Il lui paraissait si beau, si doué, si talentueux ! Lorsque, adolescente, elle l'observait officier en cuisine et en salle dans sa tenue impeccable de serveur modèle, elle s'était dit que s'il daignait poser les yeux sur elle, elle serait la plus heureuse du monde. Il était le centre de son univers — et il l'avait toujours été. Jusqu'à ce matin où elle se réveillait avec un goût amer dans la bouche…

— Il faut que j'y aille, protesta-t-elle, la gorge serrée par le regret de toutes ces années gâchées à espérer l'impossible — que Daniel la considère comme son égale et non comme sa possession exclusive, au même titre qu'il considérait le Manoir Cutty comme un bien lui revenant de droit.

Cette fois-ci, il n'esquissa pas un geste pour la retenir. Cela la surprit : il n'avait pas l'habitude de considérer ses envies comme autre chose que des caprices passagers. Peut-être était-il capable d'éprouver une culpabilité sincère, en fin de compte. Après sa conduite de la veille, il avait sans doute décidé de faire des efforts, au moins pour un certain temps.

Elle disparut dans la salle de bains où elle prit sa douche, s'habilla et se remaquilla en un temps record. Avant de quitter l'appartement, elle revint s'asseoir un moment sur le bord du lit où il paressait toujours. C'était leur habitude, et elle ne tenait pas à ce qu'il lui refasse une scène déplaisante ce matin.

Il se rapprocha d'elle avec un sourire charmeur qui en disait long sur la durée de ses remords : il s'attendait déjà à ce qu'elle lui accorde son pardon.

— J'ai bien réfléchi, commença-t-il, presque joyeux.

— A quoi ? fit-elle distraitement.

Elle n'avait pas envie de l'entendre lui exposer ses plans géniaux pour la énième fois. Si seulement elle pouvait trouver une excuse de façon à s'éclipser avant qu'il se lance dans une de ses envolées coutumières ! Sans cela, elle avait bien peur d'exploser et de lui lancer à la figure tout le mal qu'elle pensait de ses divagations fumeuses.

— Tu avais raison, poursuivit-il tout en lui caressant légèrement le bras. C'était une excellente idée de te rapprocher du frère de Holly — Harris, c'est bien comme ça qu'il s'appelle ?

— Oui, oui, répondit-elle, étonnée du ton neutre qu'elle avait emprunté alors qu'elle bouillait intérieurement.

Il lui serra doucement la main, comme pour mieux la convaincre de sa bonne volonté.

— Je ne serai plus jaloux bêtement, c'est promis. Tu comprends ?

— Je comprends, oui, répéta-t-elle d'un air morne.

Il n'y avait pas grand-chose à comprendre : il lui avait trouvé une nouvelle utilité, alors il prenait ses précautions pour qu'elle ne lui fasse pas faux bond.

— Je ne suis pas amoureux d'elle, murmura-t-il.

L'espace d'une seconde, elle se demanda de qui il parlait : Nina, Holly… ou elle ?

— Je ne sais même pas si je l'ai jamais été, poursuivit-il sur le même ton de confidence.

Il parlait donc de Nina. Elle aurait dû s'en douter.

— Tu as sûrement raison, commenta-t-elle sans conviction.

— Ne prends pas cet air lugubre. On dirait que tu ne me crois pas.

Elle soupira, lasse de devoir toujours entendre le même couplet.

— Enfin, Daniel, elle était tout de même enceinte de toi !

— Chut ! Je ne veux pas t'entendre parler de ça. Allez, viens t'allonger à côté de moi.

Cette fois, elle refusa d'obéir. Tout ce qu'elle consentit à lui accorder, ce fut un baiser rapide. Puis elle se leva et se dirigea vers la porte. Daniel sortit du lit pour l'accompagner — signe qu'il se sentait encore le besoin de se racheter auprès d'elle. Elle commençait à le connaître par cœur…

A la porte, il lui donna un dernier baiser.

— On se retrouve à la maison, d'accord ?

C'était comme cela qu'ils appelaient le Manoir Cutty depuis qu'ils étaient tout gamins. La maison — *leur* maison, un jour, quand ils auraient réussi à s'y installer définitivement, en propriétaires triomphants.

Même à cette époque, se dit-elle tout en prenant l'ascenseur, Daniel la voyait comme un simple outil pour parvenir à ses fins. Il l'avait persuadée qu'ils étaient seuls contre tous, unis à jamais.

Seulement, la situation avait changé, et pas en bien. Surtout depuis qu'ils avaient fait venir Holly à San Francisco pour faire revivre un passé mort et enterré. A leurs risques et périls. Daniel ne s'en rendait peut-être pas compte, mais cette entreprise était vouée à l'échec le plus total.

Le problème, c'était que jamais il n'accepterait de le reconnaître. Il avait tendance à être étonnamment borné sur certains sujets — et le Manoir en était un. Même avec les meilleures raisons du monde, elle savait qu'elle ne pourrait l'en faire démordre. Il était incapable de s'arrêter, trouvant tous les prétextes pour aller jusqu'au bout de ses envies dévorantes. Après, quand il prendrait conscience que tout s'était effondré dans un fiasco chaotique, il se mordrait les doigts de son obstination.

Mais il serait trop tard. Beaucoup trop tard.

Emma trouva Harris en train de l'attendre devant la grille monumentale du Manoir Cutty. Il sortit de l'ombre où il s'était tapi, les traits tirés comme s'il n'avait pas fermé l'œil. Elle s'imagina un instant qu'il l'avait attendue là toute la nuit — comme dans les histoires romantiques pour midinettes. C'était absurde de penser à cela, mais par opposition avec le comportement de Daniel, cela lui fit du bien. Visiblement, elle comptait pour Harris — assez en tout cas pour qu'il ne la considère pas comme un avantage acquis.

Pour ne pas trahir ses sentiments, elle s'approcha tout en lui lançant d'un air détaché :

— Tu aurais quand même pu te raser. Ça fait négligé, comme look !

— Je voulais m'assurer que tu allais bien, répondit-il, ses beaux yeux bruns fixés sur elle comme s'il voulait lire dans ses pensées. J'ai failli retourner chez Daniel. J'aurais défoncé la porte pour venir te sauver, mais je me suis dit que ça risquait de faire un peu trop, dans le genre drame chevaleresque. Et aussi, que ça n'arrangerait pas les choses.

Elle acquiesça de la tête. Effectivement, cela n'aurait fait qu'envenimer la situation. Et pourtant, elle se sentait presque déçue qu'il n'ait pas donné suite à son impulsion.

A cet instant, il eut un geste auquel elle ne s'attendait absolument pas. Il lui tendit la main, une lueur de tendresse désintéressée dans les yeux. Sa réaction la surprit elle-même : sans hésiter, elle entrelaça ses doigts aux siens, et lorsque leurs paumes se touchèrent, elle eut l'impression qu'elle rejoignait enfin son port d'attache. Si étrange que cela puisse paraître, elle éprouvait un désir qui, pour la première fois de sa vie, n'était pas lié à Daniel.

— Tu as un peu de temps pour qu'on aille se balader tous les deux ? s'enquit Harris gentiment.

Elle se faisait peut-être des illusions… Mais elle préféra ignorer ses doutes et lui emboîter le pas.

Cette nuit-là, Holly dormit d'un sommeil agité, perdue dans un rêve étrange. Elle se voyait danser avec Daniel, seuls dans la salle de bal du Manoir, tous deux masqués de loups de satin noir, en tenue de soirée. Depuis l'alcôve leur parvenaient les notes filées d'un quatuor à cordes. Lorsque la musique s'arrêta, elle sentit une main se poser sur son épaule pour l'inciter à se retourner. C'était Ryan. Il souriait, l'air sincèrement ravi de la trouver là. Mais au lieu de la prendre dans ses bras, il tendit la main vers son masque et le lui arracha avec une expression horrifiée.

— Mais… vous n'êtes pas Nina !

Sur ces mots, elle se réveilla en sursaut, le cœur battant à grands coups dans sa poitrine. Elle s'assit bien droite dans son lit et répéta à voix basse :

— Je ne suis pas Nina… Je ne suis pas Nina…

Dans son rêve, elle portait la robe noire du portrait — celle dans laquelle Nina avait posé pour l'éternité. Elle se souvint de la mise en garde de Ryan au restaurant : à prendre la place d'une autre, elle courait des risques énormes.

Au fond, elle savait qu'il avait raison. Ce qui expliquait sans doute ce rêve aux allures de cauchemar. Elle jouait un rôle qu'elle n'aurait jamais dû accepter d'endosser. Et dire que non seulement elle profitait des habits et de l'appartement somptueux fournis gracieusement par Daniel, mais qu'en prime, elle s'était offert le luxe de savourer les baisers de Ryan ! Elle, la championne du rationnel, la spécialiste qui gardait les pieds sur terre en toutes circonstances… Elle ne se reconnaissait plus dans cette femme aventureuse — et le pire, c'était qu'elle commençait à prendre goût à sa nouvelle personnalité.

Etait-elle en train de se faire insidieusement envahir par l'esprit de Nina ? *La Possédée* — un titre parfait pour un film d'horreur !

En gémissant, elle enfouit son visage dans son oreiller, pareille à une enfant effrayée. Le reste de la nuit ne fut pas plus agréable.

Le matin ne lui apporta pas le réconfort ni la mise en perspective qu'elle espérait. Lorsqu'elle arriva en vue du Manoir, elle s'arrêta net, frappée par l'impression presque menaçante que produisait l'édifice sur son esprit troublé. La grande bâtisse semblait étendre son ombre maléfique sur la rue en contrebas — illustration parfaite du cliché de la maison hantée. Cela lui rappela quelque chose, le début d'une nouvelle d'Edgar Allan Poe, *La Maison Usher*… Rien que d'y songer, cela lui donnait des frissons !

Alors qu'elle était plongée dans ses réflexions pour le moins irrationnelles, une femme d'affaires la bouscula en la regardant de travers, et elle se souvint brusquement qu'elle avait du pain sur la planche. Elle dut se sermonner intérieurement pour décider ses jambes à se remettre en mouvement. Si elle voulait que son séjour à San Francisco soit vraiment efficace, il fallait absolument qu'elle passe outre ses angoisses irraisonnées.

Quelques minutes plus tard, elle montait au premier étage du Manoir, un café brûlant dans une main, sa sacoche dans l'autre. Poussant la porte du dos, elle pénétra à reculons dans son magnifique bureau, un peu rassérénée par la perspective du travail acharné qu'elle allait devoir abattre pendant la journée. Au moins, elle n'aurait pas le temps de se poser de questions ! Et puis, comme elle l'avait affirmé à Ryan la veille, elle se tenait sur ses gardes, maintenant. Une fois que tout le monde s'en serait rendu compte, elle pourrait retrouver la tranquillité nécessaire pour se consacrer entièrement à sa tâche. On ne viendrait plus l'embêter avec des histoires de réincarnation, ni l'examiner avec des yeux écarquillés de façon à s'assurer qu'elle n'était pas Nina.

— J'espère que ça ne vous ennuie pas que je sois rentrée ici sans vous en avertir ? fit une voix féminine derrière elle.

Elle se retint in extremis de sursauter violemment. Se retournant d'un bond, elle se trouva nez à nez avec Vanessa

Cutty qui fouillait tranquillement dans les esquisses étalées sur son plan de travail.

D'un geste de propriétaire — ce qu'elle était —, elle lui désigna un siège.

— Je vous en prie, asseyez-vous.

Un peu abasourdie par tant de sans-gêne, Holly se glissa derrière son bureau avant de déposer sa sacoche à côté d'elle. Elle reprit une gorgée de café bien chaud. Un peu de caféine lui donnerait des forces pour affronter la « méchante Reine » !

Il n'y avait pas à dire : même à cette heure matinale, Vanessa Cutty en imposait. Tout son contraire ! La maîtresse du Manoir arborait une tenue à la fois chic et tendance — un tailleur-pantalon en imprimé python beige et blanc du plus bel effet. Quant à sa coiffure, elle était impeccable : pas une mèche rebelle, pas un frisottis incongru… En comparaison, Holly se sentait affreusement négligée. Elle ne se rappelait même plus ce qu'elle avait enfilé ce matin avant de mettre son manteau, c'était dire dans quel état de nerfs elle se trouvait !

Après un dernier coup d'œil en direction des plans qu'elle venait de déranger, Vanessa lui adressa un sourire de pure convenance.

— Ça me paraît très bien, tout ça, commenta-t-elle avec un paternalisme qui la froissa.

Elle aurait aussi bien pu employer les qualificatifs « mignon » ou « intéressant », pour rester dans le neutre. Visiblement, Vanessa Cutty n'était pas là pour discuter du travail de son architecte.

Holly la regarda traverser la pièce pour venir se poster devant son bureau, impressionnée malgré elle par l'élégance sophistiquée, presque glacée, de cette femme de tête. Exactement ce qu'elle ne serait jamais, elle. Par contraste, elle se rappela un autre genre d'élégance : celle de Marta Travers, qui s'attirait l'admiration de tous non par sa courtoisie figée mais par la chaleur de son sourire accueillant.

— Il y a un certain nombre de choses que Daniel vous a cachées, Holly, reprit Vanessa, coupant court aux politesses d'usage. A commencer par son propre nom : il ne s'appelle pas Daniel East.

— Je ne comprends pas…

— Son vrai nom, il le tient de son père : Estes. C'est panaméen, d'après ce que je sais. Mais il l'a transformé pour que cela sonne mieux. Daniel excelle dans ce genre de mystifications. Et le plus impressionnant, c'est qu'il arrive généralement à les réaliser.

Si Daniel était le champion de l'illusionnisme, Vanessa, elle, avait l'art de délivrer les informations les plus inattendues sans trahir la moindre émotion. La peur des rides d'expression, peut-être, songea Holly avant de se morigéner intérieurement pour son manque d'intuition. Les traits figés de la maîtresse des lieux s'expliquaient autrement : elle ne l'aimait pas. Sans doute parce qu'elle faisait partie de la principale « mystification » orchestrée par Daniel.

— La mère de Daniel était la sœur aînée de mon mari, poursuivit Vanessa du même ton courtois et froid. Elle s'est enfuie avec ce commis de cuisine. Bien entendu, mon beau-père et sa femme n'ont jamais approuvé sa conduite. Ils l'ont même déshéritée. Moins d'un an après, elle accouchait d'un garçon — Daniel. Elle s'appelait Daniella.

Elle fit une pause le temps d'esquisser une moue désapprobatrice. Evidemment, elle trouvait assez inconvenant qu'une mère ait donné au fruit de ses amours défendues un prénom qui rappelle tant le sien. Sans doute considérait-elle cela comme follement égoïste, et surtout terriblement commun…

— La vie n'a pas été tendre avec ma belle-sœur. En particulier quand le bon à rien avec lequel elle s'était stupidement mise en ménage les a abandonnés du jour au lendemain, elle et son fils. Lorsque Daniel a eu huit ans, Samuel, mon époux, a fini par m'accorder ce que je lui demandais, par charité chrétienne : il a accepté que son neveu vienne vivre avec nous. J'ai tout fait pour qu'il se sente le bienvenu au sein de la famille, mais vous imaginez bien que ce n'était pas évident. Ni pour lui, ni pour personne, d'ailleurs.

— J'imagine, en effet, murmura Holly, sentant qu'elle attendait son approbation.

D'après Emma, Daniel avait toujours été traité comme un domestique. Etait-ce cela que Vanessa appelait pudiquement une situation « pas évidente » ? Ou Emma avait-elle exagéré, aveuglée par la force de ses sentiments envers Daniel ?

— Vous avez dû deviner qu'il y avait quelque chose entre Daniel et Emma, reprit Vanessa comme si elle avait pu lire dans ses pensées. Ils font semblant de rien, mais tout le monde est plus ou moins au courant de leur relation. Le père d'Emma a été chef chez nous pendant des années. Un cuisinier hors pair, quand il n'était pas ivre mort. Personne ne sait rien de la mère d'Emma. Comme Daniel, elle est enfant unique, et comme lui, elle a vécu avec un seul de ses deux parents. Vous voyez qu'ils ont beaucoup en commun, tous les deux. Je pense que c'est une des raisons pour lesquelles ils se sont rapprochés. L'autre, c'était le temps qu'ils passaient dans les cuisines du Manoir, Emma pour tenir compagnie à son père, et Daniel pour se faire de l'argent de poche quand il était adolescent.

Malgré elle, Holly était suspendue à ses lèvres. Vanessa était une conteuse hors pair. Elle avait vraiment l'art de ménager ses effets !

— Si Nina n'était pas morte…, commença-t-elle avant de s'interrompre pour pousser un soupir très mélodramatique. Nous ne saurons jamais ce qui se serait passé sans cette tragédie. Mais ce qui est certain, c'est qu'après le décès de sa fiancée, Ryan s'est senti obligé de venir en aide à ceux qui auraient dû devenir ses beaux-parents. Il s'est sacrifié pour leur maintenir la tête hors de l'eau. Une décision admirable, certes, mais pour notre Manoir, quelle catastrophe !

Comment pouvait-on évoquer un drame pareil sans parler du bouleversement qu'il avait forcément entraîné au niveau psychologique ? se demanda Holly. Vanessa décrivait les faits et les conséquences matérielles, mais s'abstenait de tout commentaire sur ce qu'elle avait dû ressentir. Etait-ce parce qu'elle se contrôlait tellement que son cerveau annihilait toute réaction venue du cœur ?

— Bien sûr, comme vous avez dû vous en rendre compte, Daniel est venu à la rescousse, et je lui en sais gré plus que je ne saurais le dire. C'est lui qui dirige le Manoir, à présent. Et il a pris sur lui de vous engager pour mener son projet de rénovation à bien…

Le regard que Holly sentit peser sur elle n'avait rien de très engageant : Vanessa la jaugeait sans aménité. Enhardie par le désir de prouver son intérêt pour l'histoire familiale des Cutty, elle répliqua :

— Donc, si je comprends bien, Daniel a tout, maintenant : le Manoir et Nina — ou du moins son sosie. Croyez-vous qu'il veuille davantage ? Qu'il puisse aller jusqu'à vouloir éliminer Ryan, après avoir pris tout ce qui aurait dû lui revenir ?

Vanessa poussa un autre soupir, visiblement ennuyée par sa franchise trop directe.

— Tout ce que je peux vous dire, c'est qu'il s'est donné beaucoup de mal pour nous convaincre, mon époux et moi-même, de la validité de son choix. Il nous a répété à l'envi qu'il ne vous avait pas engagée à cause de votre ressemblance physique avec

Nina, mais bien parce que vous étiez la seule architecte capable de redonner une nouvelle jeunesse au Manoir Cutty.

Un bref coup d'œil aux esquisses, une petite moue peu convaincue… Cette fois, Vanessa montrait clairement le fond de sa pensée. Et ce n'était pas franchement flatteur !

— Pourtant, reprit-elle avant que Holly ait pu protester, je suis inquiète. Parce que Daniel vit encore dans le passé. Pour lui, le Manoir représente tout ce qu'il a toujours voulu posséder. En somme, vous avez vu juste : j'ai peur que, sur un certain plan, il veuille éliminer son cousin. Symboliquement, s'entend…

— J'ai parlé avec Ryan. De Nina, entre autres, intervint Holly, un peu exaspérée par l'attitude supérieure que prenait la maîtresse des lieux avec elle.

— Je m'en doute. Il vous a vue à la soirée de lancement, et il ne pouvait pas laisser passer l'occasion d'approfondir les choses avec vous. Cependant, je me permets de vous mettre en garde : vous devriez faire très attention.

— Attention à quoi ? A qui ? A Ryan ?

A cet instant, la porte du bureau s'ouvrit sur Daniel. Il n'eut pas l'air particulièrement enchanté de découvrir sa tante en pleine conversation avec elle.

— Tante Vanessa, quelle surprise ! s'exclama-t-il avec un sourire forcé. J'espère que tu ne cherches pas à effrayer notre meilleur élément avec des histoires à dormir debout ?

Sans rien trahir de ses intentions réelles, Vanessa se dirigea vers lui pour déposer un baiser sur sa joue bronzée.

— Ne raconte pas de bêtises, Daniel, répliqua-t-elle avant de quitter tranquillement la pièce.

Il secoua la tête, comme s'il voulait prendre Holly à témoin de l'obstination butée dont sa tante faisait preuve. Puis il s'approcha d'elle, l'air ennuyé.

— Qu'est-ce qui ne va pas, chérie ? Qu'est-ce que tante Vanessa a bien pu te raconter pour que tu fasses une tête pareille ?

— Ce n'est pas à cause d'elle que je fais cette tête-là.

— A cause de qui, alors ? insista-t-il. Tu peux te confier à moi, tu sais…

Elle n'avait jamais eu l'intention de mettre son employeur au pied du mur. Mais puisqu'il lui en offrait l'occasion, pourquoi ne pas se lancer ? Il ne lui dirait sans doute pas la vérité, mais au moins, cela lui enlèverait un des poids qui l'étouffaient. Pendant une fraction de seconde, elle hésita avant de s'en remettre au hasard. On verrait bien…

— Je suis allée à Viña Dorada, hier, laissa-t-elle tomber sans plus de détour.

Il lui retourna un regard vide d'expression, comme s'il attendait qu'elle précise le fond de sa pensée — ce qu'elle se garda bien de faire. C'était à lui de s'expliquer, tout de même !

— Quel dommage ! commenta-t-il.

— C'est le moins qu'on puisse dire !

— Marta et Gil…

— M'ont vue, évidemment. J'avais reçu une invitation pour une soirée. Je croyais que c'était Ryan qui me l'avait déposée. Mais, bien sûr, il prétend qu'il n'a rien à voir dans cette histoire.

— Bien sûr, répéta Daniel, une note de colère dans la voix. Je suis d'ailleurs étonné qu'il ne m'ait pas désigné d'autorité comme coupable !

Elle détourna les yeux, mais pas assez rapidement : il avait eu le temps d'y lire la vérité.

— Je vois, murmura-t-il en souriant tristement.

Il se mit à arpenter le bureau à grands pas nerveux. Elle avait des milliers de questions à lui poser, mais elle préféra se taire. C'était à lui de prendre l'initiative — ce qu'il ne tarda pas à faire. Dans un geste très chevaleresque, il s'agenouilla à ses pieds pour lui prendre la main, les yeux brillants, la voix vibrante d'une sincérité qu'elle ne demandait qu'à croire.

— Ce n'est pas moi qui t'ai envoyé cette invitation, Holly. Au fond de toi, tu le sais bien, j'en suis sûr.

— Et les vêtements ?

— Je sais, je sais… Les apparences ne plaident pas en ma faveur.

— C'est toi qui m'as fait venir ici, je te rappelle, pas ton cousin. C'est à tes frais que j'ai été malgré moi relookée en clone de Nina. Ensuite, comme par hasard, je me fais inviter à une soirée donnée chez ses parents. Tu ne vas quand même pas prétendre que c'est Ryan qui tire les ficelles de cette gigantesque mascarade ?

Il se releva d'un bond, une main sur le cœur.

— Je n'ai jamais prétendu ça. En tout cas, je vais trouver d'où est venue cette maudite invitation, je te le jure. Mais il faut que tu me croies : jamais je ne chercherais à faire du mal à Marta et Gil. Ce sont des gens bien.

— Des gens bien qui font confiance à ton pire ennemi ! rétorqua-t-elle.

— Tout le monde a ses défauts, répondit-il en haussant les épaules avant de la faire lever de son siège. J'ai tendance à devenir horriblement partial quand il s'agit de mon cousin, mais, Holly…

Il s'interrompit pour lui prendre le visage en coupe. Si son geste était destiné à la rasséréner, il était complètement à côté de la plaque. Elle avait plutôt l'impression de se faire enserrer par les anneaux d'un serpent dangereux !

— Ce qu'il y a, c'est que j'ai terriblement, désespérément besoin de toi. Ryan peut-il en dire autant ? Ça m'étonnerait beaucoup. Seulement, il sait à quel point ta présence est importante pour moi. Si tu partais maintenant, ça l'arrangerait bien, tu ne crois pas ? S'il arrivait à te faire abandonner, tout s'effondrerait autour de moi…

Encore un scénario plausible, songea-t-elle. Celui d'un sabotage orchestré par Ryan en personne. S'il parvenait à l'effrayer, elle s'en irait, et le projet de rénovation du Manoir imaginé par Daniel tomberait à l'eau, ruinant du même coup tous les espoirs de son concepteur.

A contrecœur, elle hocha la tête en signe d'acquiescement.

— Ah, tu vois bien que j'ai raison ! s'exclama Daniel sans la lâcher pour autant.

Comme dans un mauvais rêve, elle vit son visage se rapprocher du sien, au ralenti. Lorsqu'il fut si près qu'elle ne pouvait plus le regarder en face, il chuchota :

— N'aie pas peur…

Et il l'embrassa.

Passé la première seconde d'étourdissement, elle tenta de le repousser de toutes ses forces. Mais il ne la laissa pas faire, prolongeant son baiser comme si de rien n'était.

Lorsqu'il la relâcha enfin, il recula de quelques pas, les bras ballants, les yeux chargés de reproche. Ils restèrent quelques instants immobiles, face à face, sans mot dire. De toute façon, Holly n'aurait pu articuler la moindre parole cohérente.

— Je n'aurais pas dû faire ça, à en juger par ta réaction, lâcha-t-il finalement. Mais, Holly, je n'irai pas prétendre que je suis désolé de…

— Si tu termines cette phrase, le menaça-t-elle d'une voix tremblante, je laisse tout tomber. Sur-le-champ.

Il leva une main en signe d'apaisement.

— Je t'ai fait une promesse, rappelle-toi : c'est toi qui décides.

Sans répondre, elle se dirigea vers la porte, secouée de frissons. Elle se rendit compte qu'elle n'avait même pas eu le temps d'ôter son manteau depuis le début de cette matinée éprouvante. Décidément, toute cette histoire la perturbait dangereusement. Physiquement et psychologiquement…

Elle était presque sortie du bureau lorsque Daniel l'interpella :

— Je sais bien que tu le crois plus que tu ne veux l'avouer. Je suis bien placé pour savoir à quel point il peut avoir l'air sincère et honnête, quand il s'en donne la peine. En plus, tu le vois à l'œuvre sur son terrain de prédilection : le vignoble auquel il consacre tout son temps, quand il ne s'occupe pas de cette pauvre Marta et de ce malheureux Gil… Un vrai fils, dévoué jusqu'à l'extrême !

L'ironie avec laquelle il prononça ces mots la frappa. Se retournant, elle le vit croiser les bras, un sourire énigmatique sur son visage d'ange déchu.

— Mais rappelle-toi bien ce que je te dis, ajouta-t-il. Quoi que tu croies savoir à son sujet, quoi qu'il puisse avoir l'air de réaliser aujourd'hui, il a déjà causé la mort d'une femme dont il était amoureux. Et ce genre de choses, ça ne s'efface pas si facilement.

Incapable de trouver une parade à cette dernière flèche, elle dévala l'escalier, plus troublée que jamais.

Voilà ce qui arrive quand on est trop arrogant, songea Vanessa tout en mettant le contact de sa voiture. L'arrogance, un vilain défaut. Cela avait toujours été son point faible. Son père s'en était voulu, car selon lui, c'était sa propre fierté qu'il lui avait transmise. Jointe à une éducation trop laxiste — il avait toujours cédé à ses caprices, même les plus extravagants —, cette faille héréditaire s'était amplifiée chez la fille unique de la dynastie Moore.

Aller voir Holly Fairfield pour tenter de l'influencer s'était révélé une nouvelle preuve de cette arrogance excessive qui ne lui valait rien de bon. Que s'imaginait-elle en lui déballant une partie de l'histoire familiale ? Qu'elle prendrait la poudre d'escampette ? Qu'elle abandonnerait la partie, juste pour lui faire plaisir ? Elle avait tellement tendance à prendre ses désirs pour des réalités que, quand elle se voyait opposer un refus, elle en ressortait complètement désorientée.

Comme aujourd'hui. Sauf qu'il y avait une autre raison à son désarroi : la ressemblance incroyable qui existait entre Holly et Nina.

Dans son sac à main posé sur le siège passager, son téléphone portable se mit à sonner. C'était sûrement Jeffrey qui voulait savoir pourquoi elle était en retard à la réunion du comité de soutien à la recherche contre le sida. Elle décida d'ignorer son appel. Elle en avait assez : pas une semaine ne s'écoulait sans qu'on la prie instamment d'assister à des dîners mondains ou d'user de son influence pour récolter des fonds dans des événements caritatifs. Dame patronnesse en chef, voilà comment on la considérait, et cela commençait à la fatiguer.

Pourtant, elle adorait ce genre de sollicitations avant que sa vie de couple tourne au cauchemar permanent. Par le passé, elle assistait à des dizaines d'autres manifestations — des réceptions grandioses pour la plupart. Et elle avait tenu salon chez elle, comme les femmes du monde à l'époque de Voltaire et des philosophes des Lumières, jouant le rôle de mécène pour les artistes et les intellectuels de San Francisco. Mais depuis quelques années, elle avait mis un frein à toutes ces activités socioculturelles.

La voiture qui la précédait pila en klaxonnant furieusement, et elle sortit de ses réflexions amères juste à temps pour éviter de l'emboutir. En général, elle évitait de conduire en ville — elle détestait l'énervement et le bruit perpétuel des encombrements citadins. Mais aujourd'hui, elle avait tellement de choses à régler qu'elle n'avait pas eu le choix.

Soudain épuisée, elle ferma les paupières un court instant. Que Holly ressemble tant à Nina la minait. D'autant que la jeune architecte, tout comme l'ex-fiancée de Ryan, semblait décidée à ne pas écouter un seul mot de ce qu'elle avait à lui dire.

Elle cligna des yeux, essayant de se concentrer sur la circulation. Pas la peine d'ajouter un accident de voiture à cette journée qui s'annonçait exécrable !

Le problème, c'était que la présence de cette petite Fairfield ravivait des blessures mal cicatrisées. Comme si Nina avait fait son retour d'entre les morts pour continuer à les torturer, tous autant qu'ils étaient.

Son téléphone se remit à sonner. Cette fois, elle décida de se ranger sur le côté pour prendre l'appel. Jeffrey ne s'avouait jamais vaincu.

— Eh bien, Jeffrey, quelle persévérance ! dit-elle de sa voix la plus distinguée — celle qu'elle réservait à ce genre de connaissances. Je suis en route, très cher. Vous n'avez qu'à commencer la réunion sans moi, je vous rattraperai.

Afin d'éviter ses effusions, elle raccrocha à la hâte et resta un instant immobile. A quoi rimait cette vie futile et superficielle ? Nina s'était suffisamment moquée d'elle par le passé. Se pourrait-il qu'elle ait eu raison, en fin de compte ?

— Je ne suis qu'un pantin, murmura-t-elle, se souvenant des mots qu'avait employés la jeune fille.

Elle revoyait la scène comme si c'était hier. Elle avait donné rendez-vous à sa future belle-fille dans le salon de thé du Ritz-Carlton — le cadre idéal pour une conversation entre femmes. Nina avait paru s'intégrer à merveille, restant assise bien droite pendant tout leur entretien, répondant poliment aux questions qui lui étaient posées, buvant son thé avec distinction et hochant la tête discrètement lorsque Vanessa lui parlait du devoir qu'elle aurait à accomplir en tant qu'épouse d'un des jeunes hommes les plus brillants de leur milieu privilégié. Elle n'avait même pas bronché quand cette dernière avait évoqué la possibilité pour Ryan d'embrasser une carrière politique, avec toutes les obligations sociales et mondaines que cela impliquait.

Ce n'était qu'à la fin que Nina avait révélé sa vraie nature. Après avoir plié délicatement sa serviette, elle s'était penchée vers Vanessa, comme pour lui demander l'autorisation de se retirer. Mais au lieu d'une formule de politesse, elle avait lâché, sans quitter son sourire de circonstance :

— Vous n'êtes vraiment qu'un pauvre pantin qui suit les mouvements imposés par votre petit monde ridicule !

Sur le coup, Vanessa n'en avait pas cru ses oreilles. Nina n'avait que dix-huit ans. Comment pouvait-elle s'adresser avec autant de mépris à une personne de l'âge de sa mère ?

La jeune fille avait poursuivi avec méchanceté :

— Mon père m'a tout raconté sur votre relation. C'était lui qui vous avait demandé de l'épouser en premier. Mais comme il n'était rien à cette époque, vous vous êtes rabattue sur Samuel. Selon mon père, c'était à cause de vous qu'il s'est disputé avec son meilleur ami. Il lui avait demandé de ne pas donner suite à vos avances, mais Samuel avait refusé tout net. Du coup, ils se sont fâchés tous les deux. A cause de vous.

Au fur et à mesure qu'elle parlait, Nina se transformait : de la jeune fille de bonne famille, à l'allure réservée et aux manières respectueuses, il ne restait pas grand-chose. Le venin de ses paroles faisait briller ses grands yeux d'une fièvre mauvaise. Elle n'avait plus rien de la créature intimidée et malléable que Vanessa s'était attendue à trouver.

— Mon père ne voit pas à quel point vous êtes différente de

ce qu'il s'imaginait quand il était amoureux de vous. Il croit que les gens sont foncièrement honnêtes et bons, comme lui. Qu'ils suivent les inclinations de leur cœur, et non un plan de carrière froidement établi à l'avance. Alors que vous, c'est exactement ce que vous faites, n'est-ce pas ? Et en me priant de venir ici, vous vouliez vous assurer que j'allais bien suivre vos indications. Est-ce que je me trompe, Van ?

Son sang de mère n'avait fait qu'un tour.

— Ne faites pas de mal à Ryan, avait-elle supplié. Même pour m'atteindre, moi.

Avec un claquement de langue méprisant, Nina avait repris :

— Vous n'avez que ce mot-là à la bouche : moi, moi, toujours moi ! Mais vous ne possédez rien que je puisse envier, figurez-vous. La façon que vous avez de dévorer mon père des yeux… Cet air affamé que vous prenez dès qu'il est dans les parages… Et ces fausses excuses que vous donnez pour pouvoir vous rapprocher de lui, lui effleurer la main ou le bout du pied… Vous croyez que je ne vous vois pas venir, avec vos minauderies du genre : « Je peux vous servir quelque chose à boire, Gil ? » Est-ce que vous vous rendez compte à quel point vous êtes pitoyable quand vous vous jetez à la tête de mon père ? Devant ma mère et moi ? Votre attitude est d'un grotesque ! Mais le pire, c'est que ça réduit ma mère à un rang subalterne — et ça, je parie que vous ne vous en êtes même pas aperçue, tellement vous êtes égoïste et bornée !

Vanessa avait eu l'impression qu'un serpent venimeux s'enroulait autour de son cœur. Elle n'avait même pas tenté de se défendre, trop abasourdie par la clairvoyance dont faisait preuve cette petite peste de Nina. Après coup, elle s'était souvent demandé ce qui se serait passé si elle avait protesté : Nina les aurait-elle laissés tranquilles ? Ou le mal était-il déjà fait ?

Jusqu'à ce fameux après-midi, Vanessa avait seulement considéré la jeune fille comme un mal nécessaire : à son goût, elle n'était pas digne de Ryan — aucune femme ne l'était, à vrai dire. Mais c'était tout. Et elle s'était imaginé qu'avec un minimum d'efforts, elle parviendrait à faire de la fille de Gil et Marta un parti tout à fait acceptable. Hélas, après leur entrevue catastrophique, elle avait perdu tout espoir en ce qui la concernait.

Vanessa soupira. La vie vous jouait de ces tours… Dans le petit discours qu'elle avait servi à Holly, elle avait soigneusement omis quelques faits dont elle n'aimait pas se souvenir. Après la mort de Nina et l'effondrement de Gil, Samuel avait pris seul en charge l'agrandissement de l'entreprise de restauration qu'il aurait dû cogérer avec son ami d'enfance. Au bout d'un certain temps, Vanessa avait été obligée de recourir à une décision de justice pour empêcher son mari de piocher dans sa fortune personnelle : parce que, au lieu d'investir raisonnablement, il sabordait son grand projet. Un suicide commercial, ni plus ni moins.

Secouant la tête, Vanessa remit le contact. Il fallait absolument qu'elle chasse le passé de sa mémoire. Se concentrer sur l'avenir, ou tout bêtement sur la circulation, voilà qui lui permettrait de mieux respirer. D'arrêter de se torturer inutilement. On ne pouvait pas revenir en arrière — ou alors, on devenait fou.

Elle avait toujours cru qu'elle était forte, comme son père. Combien de fois sa mère le lui avait-elle répété ? Mais en fin de compte, elle s'était trompée. Une femme forte n'aurait pas lamentablement raté sa vie de couple ; elle n'avait pas su sauver son époux de la déchéance la plus abjecte. Et elle s'en voulait terriblement.

D'autant qu'aujourd'hui, elle doutait d'avoir la force de sauver son fils unique.

20.

Cette nuit-là, Harris n'avait pas fermé l'œil, trop inquiet pour Emma. Allongé sur ses draps en désordre, il ne cessait de revoir l'expression meurtrière de Daniel quand ce dernier était venu la récupérer au *Bistro Bali*. Elle lui avait obéi tel un chien fidèle, baissant la tête comme si elle avait peur des coups qu'il pourrait lui asséner.

Des questions affreuses l'avaient assailli, l'empêchant de trouver le repos. Et si ce salaud était en train de faire du mal à Emma ? Et si, dans les journaux du lendemain, il découvrait une atroce nouvelle ? Emma, battue à mort, sa photo étalée à la une…

Il perdait complètement la tête ! La faute à qui ? Emma lui faisait tellement d'effet qu'il s'imaginait des histoires rocambolesques. Alors qu'il n'y avait sans doute pas de quoi fouetter un chat.

Après avoir terminé son service au bar, il s'était rendu chez Daniel. Seulement, cette fois, il n'était pas monté tambouriner à sa porte. Il s'était contenté de se poster au bas de son immeuble pour fumer cigarette sur cigarette, jusqu'à en avoir la nausée. Plusieurs fois, il avait commencé à composer le numéro de la police — s'il les faisait venir sous un faux prétexte, du genre tapage nocturne, il serait rassuré sur le sort d'Emma dans les dix minutes. Mais il n'avait pas osé aller jusqu'au bout. Par peur du ridicule, sans doute.

Du coup, il était resté à faire le pied de grue comme un imbécile, avant de rentrer à l'appartement où il s'était servi plusieurs verres. Entre ses inquiétudes à l'égard d'Emma et le souci qu'il se faisait pour Holly, il ne risquait pas de trouver le sommeil de sitôt ! Vers 5 heures du matin, il avait remplacé l'alcool par un café corsé. Une heure plus tard, il se retrouvait planté devant le Manoir Cutty, à attendre qu'Emma pointe le bout de son nez.

Lorsqu'elle était enfin apparue au bout de la rue, il avait retenu un soupir de soulagement. Il savait qu'il avait tort de s'emballer ainsi, mais il était trop tard, désormais. Lorsqu'il avait débarqué chez Daniel sans prévenir, furieux, prêt à tout casser, et qu'il avait trouvé Emma à la place, il n'avait pas pris le temps de réfléchir aux conséquences. A présent, la situation n'était pas meilleure : au lieu de considérer leur petite aventure avec un détachement un peu cynique, il se promenait main dans la main avec Emma. Et le pire, c'était qu'il se sentait merveilleusement bien. Il n'avait pas la moindre envie de la laisser repartir.

Cela faisait dix bonnes minutes qu'ils cheminaient côte à côte en silence. De temps à autre, Emma jetait un coup d'œil à leurs doigts entrelacés, comme pour s'assurer qu'elle ne rêvait pas. Elle avait des mains si fines, si délicates — des mains d'artiste qui devaient voler au-dessus des mets qu'elle préparait en cuisine, en véritable chef.

— Je ne savais pas que tu fumais, lança-t-elle abruptement.

— Moi non plus, jusqu'à il y a peu.

— Ça va mal se terminer, tu le sais très bien.

Serrant davantage sa main dans la sienne, il remarqua posément :

— Le seul fait que ça ait commencé suffit à me rendre heureux.

La pensée qu'il aurait pu creuser un peu afin de tirer parti de leur liaison balbutiante l'effleura. A une époque, il aurait tout mis en œuvre pour utiliser Emma. Quelle meilleure parade que de séduire la petite amie du patron de sa sœur de façon à la forcer à abandonner son poste ? Si cela parvenait aux oreilles de Daniel, Holly se ferait certainement mettre à la porte sans plus de cérémonie. Seulement, pour réussir, il lui fallait exposer Emma, et il n'était pas sûr d'en être capable.

— Je… je ferais mieux de rentrer, dit-elle en s'arrêtant brusquement, comme si elle avait perçu ses sombres réflexions.

D'une pression de la main, il l'incita à poursuivre leur promenade, cherchant les mots qui pourraient la convaincre de s'en remettre à lui. Il percevait en elle une peur latente, comme si elle était prisonnière d'un piège auquel elle ne savait comment échapper. Lui aussi était passé par là, et il ne demandait qu'à l'aider. Seulement, pour cela, il fallait qu'elle lui fasse confiance.

— Ne sois pas si pressée, murmura-t-il à son oreille, son souffle formant une petite bouffée de buée dans l'air matinal. Je suis sûr que ce cher Danny dort encore.

Elle s'arrêta net et retira sa main de la sienne d'un geste brusque.

— Il y a quelque chose que je dois t'avouer…

Elle parut hésiter. Sans doute n'avait-elle pas envie de ruiner la fragile camaraderie qui s'était établie entre eux. Il sourit un peu tristement, conscient du dilemme qui devait faire rage en elle.

— Tu n'es pas obligée de terminer, tu sais.

Mais elle secoua la tête, visiblement décidée à vider son sac.

— Je suis restée chez Dan hier soir. Je ne lui ai rien raconté de ce qui s'était passé entre nous. Je lui ai juste dit que comme tu étais le frère de Holly, je voulais en savoir un peu plus sur toi, en tout bien tout honneur, évidemment. Tu comprends, je… je ne peux pas le quitter comme ça. C'est impossible.

— Pourquoi ? demanda-t-il malgré lui.

Comme si la situation n'était pas assez compliquée comme ça !

Elle lui renvoya un regard pitoyable.

— On a couché ensemble, Harris, c'est tout. Qu'est-ce que ça change ?

— Pour moi, ça change tout. Mais bon, je me fais sûrement des idées. Une vraie midinette, hein ? Comme si le sexe, ça voulait dire quelque chose, de nos jours…

Elle le considéra d'un air désolé.

— De la façon dont on l'a fait, ça ne signifiait pas grand-chose. Tu étais tellement en colère, presque prêt à me taper dessus… Ce n'était pas de l'amour.

— Et alors ? Ce qui compte, ce n'est pas comment une relation commence, mais comment elle évolue, tu ne crois pas ?

— C'est complètement absurde ! répliqua-t-elle tout en passant la main dans ses cheveux dénoués. Tu veux dire que… Tu ne vas quand même pas me demander…

— Je ne te demande rien du tout, la coupa-t-il avec un calme qu'il était bien loin de ressentir. Tout ce que je veux, c'est que tu saches que je ne compte pas en rester là. Parce que nous deux, ce n'est pas près de se terminer, tu peux me croire.

— Et tu t'imagines qu'en claquant des doigts, comme ça, tu vas obtenir ce que tu veux ? Il y a quelques heures à peine, tu m'accusais de vouloir mener ta sœur à sa perte, et maintenant, tu aurais le culot d'exiger que je tourne le dos à la seule famille qui m'ait jamais acceptée telle que je suis ?

— Parce que tu considères Daniel comme ta famille ?

— Tais-toi. Tu ne peux pas comprendre. Tu ne sais pas tout ce que…

— Je sais que tu sens la lavande, l'interrompit-il avec passion. Je sais aussi que tu pleures quand tu fais l'amour. Et que tu te trouves dans une vraie panade où tu risques fort d'entraîner ma sœur — la seule famille qui me reste, pour reprendre ton argument. Je sais tout ça, et bizarrement, la seule chose qui me vienne à l'esprit, c'est une envie dévorante de t'embrasser encore et encore, jusqu'à ce qu'on en perde le souffle tous les deux.

Elle resta là, immobile, bouche bée, adorable. Personne n'avait dû lui dire des choses pareilles auparavant, et certainement pas cet imbécile de Daniel pour qui elle faisait partie des meubles. Dire qu'elle n'avait jamais eu de relation qu'avec lui avant de le connaître… Quel gâchis !

Aujourd'hui, la donne avait changé. Parce qu'elle avait franchi le premier pas — le plus difficile. Rien ne l'empêchait de continuer dans cette voie, sauf la peur de l'inconnu qu'il voyait se refléter dans ses grands yeux verts.

Elle recula, comme effrayée par l'intensité de son regard.

— Laisse-moi tranquille, Harris. Fiche-moi la paix, je t'en supplie.

Mais avant qu'elle disparaisse dans la brume, il eut le temps de lui crier :

— Regarde dans ta poche !

Sans se retourner, elle glissa la main dans sa veste et en sortit le bout de papier qu'il y avait glissé lors de leur promenade.

— C'est mon numéro de portable, expliqua-t-il. Si jamais tu as des ennuis…

Elle ne le remercia pas. Il la vit se remettre à marcher, de plus en plus rapidement, jusqu'à ce qu'elle se mette carrément à courir comme si elle voulait mettre le plus de distance possible entre eux. En la voyant s'éloigner ainsi, il ne put s'empêcher de se féliciter de son initiative : les gens aussi entiers qu'Emma avaient généralement besoin d'une issue de secours. Et il était heureux d'être celui qui la lui avait ouverte — même si elle ne lui en était pas encore reconnaissante.

Ryan regarda son cousin descendre de sa superbe Bentley, garée en double file devant son immeuble. Jolie voiture, moderne et racée, à l'image des logements qui avaient remplacé les anciennes maisons victoriennes du quartier. Tout à fait le style de Daniel : il possédait le dernier étage de l'immeuble et se plaisait à surnommer son luxueux appartement « le village dans les nuages ». Il avait choisi cet endroit après en avoir lu une description enthousiaste dans un livre sur les lieux les plus cotés de San Francisco.

C'était comme cela qu'il fonctionnait : il fallait qu'il possède le top du top, le nec plus ultra. Tout ce qui n'était pas digne d'être répertorié dans des ouvrages de référence n'avait aucun intérêt à ses yeux. En un sens, il rappelait à Ryan son propre père. Samuel et lui n'étaient qu'oncle et neveu, mais ils se ressemblaient comme père et fils. De fait, lorsque Daniel avait repris la direction du Manoir Cutty, toute la famille avait pris conscience à quel point cela tombait sous le sens. Bien plus que si Ryan lui-même s'était installé aux commandes.

D'ailleurs, c'était suite à cette ascension sociale que Daniel avait échangé son logement plus modeste de Nob Hill contre celui qu'il occupait actuellement. Tous les prétextes lui étaient bons pour en mettre plein la vue. Le fils spirituel de Samuel, c'était bien lui, à n'en pas douter.

En cet instant, le « cher cousin » ne semblait pas en mener large. Dès la seconde où il avait vu Ryan, il s'était figé, le visage blême, une expression de bête traquée sur son visage habituellement si assuré. Visiblement, il cherchait désespérément quelque chose à dire. Ryan décida de ne pas prolonger son supplice et se dirigea vers lui d'un pas tranquille.

— Daniel, fit-il simplement.

— Je ne peux pas dire que ta venue soit vraiment une surprise. J'ai parlé avec Holly, et elle m'a parlé de l'invitation pour la soirée au vignoble…

Sans lui laisser le temps de terminer, Ryan l'empoigna par le col de sa chemise de lin.

— Je sais parfaitement ce que tu manigances, Dan. La seule chose que je ne comprends pas, c'est pourquoi.

Cela n'avait effectivement aucun sens. Pourquoi Daniel aurait-il tout mis en danger dans le seul but de perturber son équilibre ? Il y avait gros à parier qu'il voulait se venger. A tout prix. A force d'avoir été considéré comme l'éternel second, le rejeton d'un domestique, il devait vouloir s'imposer une fois pour toutes comme le seul digne de garder les commandes du navire familial. A la place de Ryan. Et pour cela, il avait dû envisager une solution radicale : causer la perte de l'ancien numéro un du clan.

Ironie du sort, Ryan avait toujours été le seul membre de la famille à ne pas le mépriser pour le comportement de sa mère, jugé indigne du prestige des Cutty. Même aujourd'hui, il était convaincu que, si on lui montrait ses erreurs, son cousin accepterait de les corriger. C'était la raison initiale de sa présence devant chez lui.

Se penchant vers lui, il déclara sur le ton de la confidence :

— Tu as tout ce dont tu avais rêvé, Dan. Alors, pourquoi risquer de tout perdre ? Tes projets grandioses, la renaissance du Manoir… C'est tellement plus important que de t'acharner à détruire ma petite vie sans intérêt. Tu n'es pas de cet avis ?

— Alors c'est comme ça que tu vois les choses ? répliqua Daniel avec un sourire jusqu'aux oreilles, comme si cette confrontation lui redonnait de l'énergie. Mon pauvre ! Tu n'as jamais entendu parler du proverbe « faire d'une pierre deux coups » ?

— Bien sûr. Seulement, imagine un peu que ta précieuse Holly se lasse de tout ce micmac et te lâche en cours de route. Tu perdrais tout du même coup : la fille ET le Manoir !

— Elle ne partira pas. Elle n'a pas le choix, décréta-t-il avec une assurance inquiétante.

— On a toujours le choix. Mais en ce qui concerne les tiens, je trouve qu'ils sont plutôt mauvais.

Une lueur inquiétante passa dans les prunelles de Daniel. En moins de temps qu'il ne faut pour le dire, il passa du statut de victime figée à celui d'agresseur, les poings serrés, les lèvres blanchies par la colère. Devant sa transformation subite, Ryan recula d'un pas, méfiant : quand son cousin se mettait dans cet état, il fallait s'attendre aux réactions les plus imprévisibles, les plus excessives. Enfin, l'avantage, c'était qu'il obtiendrait sans doute plus d'éclaircissements de cette manière qu'avec une discussion posée…

— Est-ce que son visage continue de te hanter jour et nuit ? lança Daniel d'une voix rauque et hachée. Est-ce qu'elle vient toujours te visiter en rêve ? Ou est-ce que tu l'as complètement effacée de ta mémoire ? Je ne crois pas… Ce doit être terrible de la voir si proche et si lointaine à la fois, pas vrai ? Vivante, et pourtant inaccessible…

Nina… Daniel ne cesserait-il donc jamais de le harceler avec cette femme dont il avait involontairement causé la perte ? songea Ryan en fronçant les sourcils. Chaque mot qu'il venait de prononcer vibrait de colère contenue, mais aussi d'une sorte de jalousie venimeuse qu'il n'avait jamais perçue si nettement auparavant. Se pourrait-il que…

Ce fut comme si un voile se déchirait soudain devant ses yeux. Tous les efforts que son cousin avait déployés pour dénicher le sosie parfait de Nina… Son insistance à parader en public au bras de Holly chaque fois qu'il en avait l'occasion… Toute cette histoire allait bien au-delà d'un simple retour de manivelle.

Nina et Dan… Auraient-ils eu… ?

Au fond, il l'avait peut-être toujours su. Il lui fallait juste un électrochoc pour l'assumer. Sans doute n'avait-il pas eu le courage d'affronter cette idée jusqu'à présent.

Après tout, Daniel ne ressemblait-il pas terriblement à Samuel ?

Atterré par cette révélation, Ryan chuchota :

— Tu l'aimais à ce point ?

En guise de réponse, son cousin lui envoya son poing dans la figure. Il eut juste le temps de se baisser pour l'éviter, et sans attendre la deuxième attaque, il riposta d'un direct en plein dans l'estomac, suivi d'un uppercut qui cueillit Daniel au menton et l'envoya voler à terre.

Anéanti par cet accès d'agressivité qui ne lui ressemblait guère, Ryan profita de l'étourdissement passager de son rival pour reprendre son souffle, un goût amer dans la bouche.

Nina, toujours Nina… Il croyait pourtant tout savoir de ses manigances et de ses frasques. Et voilà qu'il découvrait une nouvelle trahison à son sujet. Elle ne s'arrêterait donc jamais de tourmenter le clan Cutty, même au-delà de la tombe ?

Daniel gisait toujours à terre. Un peu de sang coulait de sa lèvre inférieure qu'il avait mordue sous la violence du coup. Il l'essuya du revers de sa manche avant de s'asseoir péniblement sur le trottoir. Autour d'eux, des passants s'étaient rassemblés.

Ce n'était pas tous les jours qu'on avait l'occasion d'assister à une bagarre à Pacific Heights !

Daniel se redressa et épousseta soigneusement ses vêtements dernier cri.

— Ça vaut le coup, Ryan, malgré ce que tu prétends, lâcha-t-il avec un sourire mauvais. Ça vaut diablement le coup, et tu le sais très bien, bon sang !

Devant tant d'obstination butée, un autre que Ryan aurait perdu patience. Serrant les dents, il s'agenouilla auprès de son cousin pour tâcher une dernière fois de lui faire entendre raison.

— Tu n'as jamais été très lucide dès que tes intérêts étaient en jeu. Mais cette fois, tu te voiles carrément la face. Tu le fais exprès ou quoi ? Réfléchis deux secondes à tout ce que tu as aujourd'hui : le Manoir familial, mes parents qui te mangent dans la main… Tout ce que tu as toujours convoité. Alors, si tu veux un conseil, ne fous pas tout en l'air. Parce que, après, il sera trop tard pour te lamenter.

Sur ce, il se releva pour s'éloigner. Il n'avait rien à ajouter : les dés étaient dans le camp adverse, désormais.

Mais avant qu'il ait atteint le bout de la rue, il entendit Daniel lui crier d'une voix presque triomphante :

— C'est toi qui l'as tuée, Ryan ! Tout ça, c'est ta faute ! Tu m'entends ? C'est toi le responsable de tout ce fiasco !

21.

Vanessa trouva son mari ivre mort, affalé sur l'ancien lit de leur fils. Depuis l'encadrement de la porte, elle l'observa de longues minutes sans qu'il remarque sa présence, tellement il était soûl. Un vrai boulet, un poids mort qu'elle traînait à sa suite, voilà ce que son fringant époux était devenu avec le temps. Dire qu'il avait été un jour aussi beau, aussi dynamique que Ryan !

Vanessa avait interdit à quiconque de modifier la chambre de son fils depuis qu'il avait quitté le domicile familial. Samuel se moquait d'elle régulièrement à ce sujet ; il avait même renommé la pièce le « reliquaire ». Saint Ryan, priez pour nous…

Il est vrai que rien n'avait changé dans cette ancienne chambre d'adolescent, ni le lit une place aux montants en noyer sculpté agrémentés d'un couvre-pied à motifs écossais, ni les trophées de voile ou les livres reliés qui encombraient les étagères sur les murs crème. Tout était resté dans l'état où Ryan l'avait laissé lorsqu'il était parti s'installer sur le campus de sa fac pour poursuivre ses études.

La seule chose qui avait changé de place, c'était la photo de Nina dans son cadre en argent. Incapable de supporter sa vue, Vanessa l'avait reléguée dans le dernier tiroir du bureau. Elle se rappelait très bien l'avoir déposée là, face cachée, comme si ce geste futile pouvait conjurer la malédiction qui pesait sur la famille depuis la mort de la jeune fille.

Et voilà que cette satanée photo trônait de nouveau à sa place initiale, sur la table de nuit ! Et que son mari la fixait de ses yeux injectés, sans prêter attention à quoi que ce soit d'autre !

Vanessa sentit une bouffée de colère lui monter au visage. Dire que, pendant toutes ces années, elle s'était évertuée à tenir son rôle d'épouse compatissante — pour rien ! Encore un titre inutile, celui de conjointe modèle, à ajouter aux autres talents de société qu'elle s'obstinait à cultiver alors qu'ils ne lui apportaient qu'une gloire factice. La liste était longue : membre honorable du club d'horticulture, rédactrice associée de *La Gazette de l'orchidée*, présidente de l'association locale de lutte contre le cancer… A quoi lui servaient toutes ces appellations pompeuses ?

Nina avait raison : elle n'était qu'un pantin pitoyable. Au milieu du désastre de sa vie, tout ce qu'il lui restait, c'était des titres honorifiques qui sonnaient creux. Son courage et sa dignité héréditaires, cela faisait bien longtemps qu'elle en avait épuisé les ressources.

Comme au ralenti, elle vit Samuel lever la main en direction du cadre afin d'effleurer le visage éternellement radieux de la disparue. Le cœur serré, Vanessa eut envie de lui hurler que Nina était morte, alors qu'elle, sa femme devant Dieu et les hommes, était là, bien vivante, à deux pas de lui. Si seulement elle avait pu le tirer du songe éveillé dans lequel il s'enfermait chaque jour un peu plus. Si seulement elle avait pu le rappeler à elle…

Mais au lieu de se lancer dans un combat qu'elle savait perdu d'avance, elle se contenta de le regarder fixement, cherchant à retrouver l'homme qu'elle avait épousé dans la pauvre épave avachie devant elle.

Elle se souvenait de cette soirée d'ouverture comme si c'était hier. Pour fêter le début de la saison, les invités en tenue de gala se pressaient dans le hall de l'opéra de San Francisco. Samuel portait un chapeau haut de forme gris perle assorti à l'étole de vison qu'il lui avait offerte — le couple idéal, que tout le monde dévorait des yeux. C'était leur première sortie en tant qu'époux, et Vanessa avait senti la fierté la submerger, accrochée au bras de ce grand et bel athlète auquel elle avait lié son destin pour toujours. Le prince héritier et sa chère et tendre épouse... Même son père leur avait adressé un clin d'œil approbateur qui l'avait emplie d'une joie triomphante.

— Tu vois, papa ? J'avais raison ! aurait-elle voulu lui crier par-dessus la marée humaine qui les admirait au passage.

Où était donc passé le Samuel Cutty qu'elle se rappelait, celui qui avait ravi son cœur de jeune fille ? Avec ses yeux bouffis et son nez couperosé, son mari n'avait pas fière allure aujourd'hui. Pourtant, il lui restait encore quelque chose de sa prestance passée. Ses cheveux ne s'étaient pas dégarnis au fil des ans, virant seulement au gris argent. Ses yeux bleu acier n'avaient pas perdu toute leur énergie, et sa fossette adorable au menton apparaissait encore malgré l'empâtement de son visage marqué par l'alcool. Oui, Samuel Cutty était encore attirant à son âge. Tout au moins pour une femme qui ne l'aurait pas connu avant sa déchéance...

Vanessa avait bien essayé de le comprendre et de l'épauler, y compris dans ce qui était devenu une maladie — l'alcoolisme. Elle l'avait emmené de force à des réunions, elle l'avait inscrit à une ligue anti-alcoolique, elle avait demandé conseil aux meilleurs spécialistes. Mais en fin de compte, cela n'avait servi qu'à occuper ses journées à elle. Un projet de plus, un moyen parmi tant d'autres de se sentir moins inutile et de remplir son existence si vide...

Si vide par sa faute. Son père ne l'avait-il pas prévenue qu'elle faisait un mauvais choix en épousant Samuel ? On ne pouvait plus revenir en arrière, passé un certain point. Une fois la mauvaise décision prise, on entrait dans un engrenage irréversible qui vous menait jusqu'à la catastrophe ultime.

Quelque chose en elle s'insurgea contre cette vision pessimiste. Bon sang, elle ne croyait pas en la fatalité ! Pourquoi ne puisait-elle pas dans l'énergie dont elle faisait preuve autrefois la force de changer le cours du destin ? Elle s'en savait capable, en vraie descendante des Moore.

Un peu ragaillardie par ce regain de confiance en elle, elle s'avança vers lit où son mari n'avait pas bougé d'un centimètre, toujours perdu dans la contemplation de cette maudite photo. Elle ne pouvait pas ignorer la petite voix qui lui criait que tout n'était peut-être pas encore perdu, qu'il restait toujours une chance, même si la situation paraissait désespérée. Comme le jour où elle avait demandé à Daniel de reprendre le Manoir Cutty et qu'il avait accepté, elle sentit une vague de dynamisme monter en elle, venue du plus profond de ses entrailles. Seulement, cette fois, à son exaltation se mêlait une sourde angoisse.

Si on y réfléchissait deux minutes, rien de ce qu'elle avait prévu ne se passait comme elle le voulait. D'une part, son entretien avec Holly ne s'était pas soldé par ce qu'elle s'était imaginé — une reddition sans condition de la jeune architecte. D'autre part, elle commençait à se dire que, finalement, mettre Daniel aux commandes du Manoir n'avait pas été une si bonne affaire que cela. Et pour couronner le tout, voilà que Nina continuait à tourmenter son couple, même morte et enterrée… Il n'y avait qu'à voir avec quel air perdu son mari contemplait son portrait pour comprendre qu'elle ne les laisserait pas en paix de sitôt.

Poussée par un instinct qu'elle n'aurait su expliquer rationnellement, elle s'assit à côté de Samuel sur le lit de Ryan afin de le prendre dans ses bras. Cédant à un accès de tendresse trop longtemps réprimée, elle posa la tête sur son épaule et lui caressa le dos doucement, comme si ce geste pouvait suffire à dissiper l'espèce d'hébétude où il était plongé.

Samuel avait beau être physiquement présent, son esprit embrumé par les vapeurs de l'alcool se trouvait à des kilomètres de là. C'était peut-être l'occasion de lui parler plus franchement qu'elle ne l'avait fait depuis des années. Elle eut une brève seconde d'hésitation avant de se jeter à l'eau, enhardie par la pénombre propice aux confidences.

— Je veux que tu reprennes ta place à mes côtés, Samuel, dit-elle d'une voix assourdie par l'émotion. Tu es mon mari, et, que tu le veuilles ou non, je suis ta femme. Je suis sûre que je peux t'aider à surmonter cette épreuve. Tous les deux, nous arriverons à repartir du bon pied. Ensemble.

Certes, il avait dilapidé la plus grande part de leur fortune. Mais il leur restait toujours le Manoir Cutty. Si elle parvenait à récupérer son époux et à lui insuffler un peu de l'énergie qui l'animait, elle était certaine qu'ils réussiraient à faire tourner la roue du destin en leur faveur. Avec de la volonté, ils se sortiraient de l'impasse dans laquelle ils s'étaient engagés.

Seulement, pour cela, il fallait que Samuel accepte de revenir à la réalité. Et, visiblement, il n'en avait pas la moindre envie. La seule chose qui comptait à ses yeux, c'était cette photo. Nina, toujours elle… Quel désastre elle laissait derrière elle ! Quelle épave Samuel était-il devenu à cause d'elle ! Quel gâchis monumental ! Elle devait rire à gorge déployée de là-haut — ou plutôt depuis l'enfer où elle se trouvait sûrement.

Combien de temps Vanessa, la fière héritière des Moore, resta-t-elle assise à côté de son époux prostré ? Aucune idée. Tout ce qu'elle savait, c'était que le fardeau qu'elle aurait pu supporter si Samuel s'était donné la peine de l'épauler pesait terriblement lourd sur ses bras fatigués. A l'image de cette étreinte inutile, son combat était vain. Perdu d'avance. Parce qu'elle était seule — affreusement seule. Elle laissa retomber sa main, épuisée, déçue. Et humiliée.

Ce fut d'une voix bien différente qu'elle s'adressa à cet étranger qu'était devenu son époux. Une voix froide, précise, impersonnelle — comme si elle donnait des instructions à un domestique et non à son mari.

— Je vais donner une grande soirée. Ici, chez nous. Et pour ça, j'ai besoin que tu fasses quelque chose pour moi.

Lentement, Samuel tourna la tête vers elle. Ce que sa compassion et sa douceur n'avaient pu obtenir, son ton sans réplique le récoltait sans problème. Elle continua donc à lui exposer ses exigences sans varier d'un iota. Avant de conclure sèchement :

— C'est le moins que tu puisses faire.

Devant son absence de réaction, elle eut envie de hurler de rage. Bouillant intérieurement, elle se leva d'un bond et tendit la main vers la photo qui semblait la narguer. Pour ne pas exploser de colère, elle la rabattit violemment contre la table de nuit, jubilant presque au bruit de verre brisé qui accompagna son geste.

Sans s'occuper de ce que dirait son mari après cette action sacrilège, elle quitta la chambre d'un pas précipité, ne s'arrêtant que dans le grand hall où elle essuya les larmes qui perlaient à ses paupières. Pas question de s'amollir dans des regrets inutiles. Elle avait tellement de choses à faire aujourd'hui. Une vente de charité à organiser pour le bénéfice de la paroisse, le dîner de Pâques offert aux sans domicile fixe... sans compter les dizaines de coups de téléphone quotidiens qu'elle allait devoir passer pour s'assurer que tous ses autres projets suivaient leur cours.

Bref, elle n'avait pas le temps de chômer. Tant mieux. Cela lui éviterait de penser à Nina. Du moins, pour quelques instants trop brefs…

Difficile, avec la présence de cette Holly Fairfield dans les parages. Surtout que cette dernière ressemblait à Nina sur un autre point encore : elle ne s'en irait pas.

Se jeter à corps perdu dans le travail. Un moyen comme un autre pour oublier momentanément ses soucis. Pour Holly, en tout cas, c'était la seule solution valable. Et cela faisait plus de trois jours qu'elle s'y tenait, se couchant tard le soir, se levant tôt le matin afin de se pencher sur ses esquisses et les ouvrages de référence concernant la rénovation de bâtiments classés. Elle avait même remis le nez dans ses vieilles notes de cours pour se replonger dans les études de mécanique des matériaux et des structures.

Ces dernières nuits, elle n'avait pas dû dormir plus de quatre ou cinq heures, préférant travailler jusqu'à ce que ses paupières deviennent si lourdes qu'elle s'endorme assise. Harris était pratiquement obligé de la porter jusqu'à son lit quand il rentrait du bar — ce qui le faisait inévitablement râler, bien entendu. Mais il la soutenait, maintenant qu'elle avait pris sa décision. Et elle lui savait gré de sa sollicitude bougonne. D'autant que cela lui faisait un bien immense de s'entendre dire qu'elle était « géniale » et que ses idées étaient « absolument sensass », voire « révolutionnaires ».

Il exagérait, bien sûr. Mais pas tant que cela. Le choc que Daniel espérait créer avec le nouveau Manoir, elle savait qu'elle était capable de le mettre en œuvre. Si elle continuait sur sa lancée, elle pourrait obtenir l'impossible, l'inimaginable. Et sans doute le plus grand succès de toute sa carrière. La consécration.

En route vers son bureau, elle passait mentalement en revue les tâches qu'il lui fallait accomplir aujourd'hui, pour la centième fois depuis son réveil. Elle avait dans l'idée d'utiliser l'espace qui avait été gâché par le précédent architecte pour faire passer les tuyaux de chauffage. Il y avait sûrement un meilleur moyen d'allier commodités modernes et élégance raffinée, mais pour cela, il fallait enlever les faux plafonds trop visibles et vérifier l'état des moulures originales. S'il n'était pas trop tard pour tout remettre en chantier !

A la minute où elle pénétra dans la pièce qui lui avait été réservée, elle sentit que quelque chose clochait. Il ne lui fallut que quelques secondes pour aviser le gros dossier qui trônait en plein milieu de son bureau. Elle était certaine de ne jamais l'avoir vu auparavant, encore plus de l'avoir jamais consulté. Elle l'ouvrit : des liasses agrafées, chacune portant un Post-it qui en identifiait le contenu. Celui du dessus lui sauta au visage : « Interrogatoire de Ryan Foster Cutty »…

Holly eut l'impression que les mots se brouillaient devant ses yeux. Déposant distraitement les plans qu'elle avait apportés sur sa table de travail, elle décolla le Post-it et feuilleta le premier document. C'était une retranscription tapée à la machine, le genre de pièces qu'on mettait dans un dossier confidentiel réservé à la Brigade criminelle.

— C'est vous qui l'avez tuée ?

— Non… bien sûr que non… Mon Dieu… Quand je pense à ce qui s'est passé… Je n'arrive pas à croire qu'elle est morte…

— Pourtant, c'est votre faute, non ? C'est à cause de vous qu'elle est morte ?

— Oui, enfin… j'en ai peur, oui…

Histoire de bien enfoncer le clou, quelqu'un avait déposé ce témoignage accablant sur son bureau. La déposition de Ryan le soir de l'accident qui avait coûté la vie à Nina ne se trouvait pas là par hasard. Bien que consciente d'être manipulée une fois de plus, elle ne put s'empêcher de parcourir les autres liasses de documents. La curiosité était un vilain défaut, mais pour une fois qu'elle avait des pièces officielles à se mettre sous la dent, elle n'allait pas rater cette occasion d'éclaircir un peu le mystère du clan Cutty.

Dans le dossier, elle trouva d'autres rapports de police, des extraits de déclarations, des photos prises sur les lieux du sinistre. Il y avait même une copie du rapport d'autopsie. Absorbée par sa lecture, elle ne s'aperçut pas qu'elle n'était plus seule dans son bureau. Lorsqu'elle entendit quelqu'un l'appeler par son prénom, elle sursauta violemment, avec l'impression d'être prise la main dans le sac.

— Holly ? répéta Emma en s'appuyant contre le chambranle de la porte. Du calme, ce n'est que moi.

Saisie d'un trouble qu'elle ne s'expliquait guère, Holly rassembla maladroitement les feuillets qu'elle avait éparpillés sur son bureau pour les fourrer fébrilement dans leur pochette, espérant sans trop y croire que sa visiteuse n'avait pas eu le temps de les identifier. Tout en reposant le dossier sur le coin de sa table de travail, elle laissa échapper :

— Vous m'avez flanqué une de ces frousses, Emma !

— Votre porte était restée ouverte, et je vous ai vue assise là. Je me suis dit que je ne vous dérangerais pas, expliqua la jeune femme en haussant les épaules avec un petit sourire timide. Je voulais parler un peu de ce qui s'est passé. Je veux dire : vous devez être furieuse contre moi, et je le comprends tout à fait.

Devant son regard interloqué, elle crut bon de préciser :

— Les vêtements que je vous ai fait acheter. Vous savez ?

Les vêtements ? Mais quels vêtements ? Holly dut faire un effort pour comprendre de quoi elle parlait. Ah oui, la séance de shopping et de relookage. Qui avait eu lieu environ une semaine auparavant. Mais depuis, il s'était passé d'autres événements beaucoup plus graves. Elle considéra Emma avec attention. A en juger par son air contrit, cette histoire de vêtements la perturbait suffisamment pour qu'elle ait éprouvé le besoin de venir s'excuser directement auprès d'elle.

— Je vous en prie, approchez, proposa Holly, très « grande dame ». Je ne vais pas vous mordre. Enfin, pas tout de suite.

Une expression de soulagement se peignit sur le visage d'Emma à cette petite plaisanterie.

— Je n'ai pas été honnête avec vous, commença-t-elle après s'être éclairci la voix. Et je voulais vous expliquer pourquoi je me suis comportée ainsi. Pour que vous me pardonniez.

— Et je suis censée réagir comment, à votre avis ? Je sors ma baguette magique, et hop, on efface tout ?

— Ce ne serait pas une mauvaise idée, en effet ! Trêve de plaisanteries : je sais bien que c'était malsain. Et complètement idiot. Si vous refusiez de m'adresser la parole désormais, je trouverais ça tout à fait normal.

Elle eut un petit sourire et ajouta :

— Mais honnêtement, vous ne les avez pas trouvés fabuleux, ces vêtements ? D'accord, c'était le style de Nina, mais quel style ! Elle n'était pas comme nous, vous savez. La combinaison jean et T-shirt, ce n'était pas du tout son genre… En revanche, ses fringues, quelle classe ! Et sur vous, c'était vraiment le grand jeu !

— Mmm, marmonna Holly, refusant de se laisser entraîner dans cette discussion.

— Enfin, je voulais juste vous dire que vous n'aviez pas à vous inquiéter : ce genre d'incidents ne se reproduira plus.

— Ça ressemble à des excuses, mais ça n'en est pas. Allez, Emma, un peu de courage. Je suis sûre que vous pouvez faire mieux que ça.

— Très bien, puisque vous y tenez…, lâcha la jeune femme avec un haussement d'épaules. Je suis désolée. Voilà. Mais je ne peux pas m'empêcher de trouver que c'est assez minable comme excuses, étant donné les circonstances…

Holly saisit l'occasion au vol.

— Les circonstances, comme vous dites, m'échappent complètement. J'ai du mal à y voir clair dans tout cet embrouillamini.

— Franchement…

Emma s'interrompit avant de faire mine de s'intéresser au plafond, les sourcils froncés. Elle soupira, parut peser le pour et le contre, puis se tourna vers Holly avec un air sincèrement contrit.

— Ecoutez, au début, je pensais que Daniel avait raison. Que s'il voulait tellement vous embaucher pour la rénovation du Manoir, c'était uniquement par superstition. Il parlait de porte-bonheur, de talisman… A l'entendre, puisque vous ressembliez tellement à Nina, le projet ne pouvait que réussir. Mais en fait, il n'y avait pas que ça…

Elle jeta un coup d'œil par-dessus son épaule en direction de la porte qu'elle avait refermée derrière elle, comme pour vérifier que personne ne les espionnait. S'approchant du bureau, elle prit une chaise et s'assit en face de Holly en la regardant franchement.

— Je savais à quel point Daniel voulait perturber son cousin. C'était le but de la soirée de lancement : faire en sorte que Ryan ait l'impression de délirer, de péter les plombs, quoi ! En vous découvrant, il devait croire se retrouver en face de Nina. Comme vous l'avez sûrement deviné, Daniel pense que c'est lui le responsable de sa mort…

Vraiment ? songea Holly en jetant un coup d'œil rapide en direction du gros dossier dont elle n'avait que partiellement pris connaissance. Assez en tout cas pour savoir que, si Daniel jugeait son cousin coupable, il n'était pas le seul dans ce cas, loin de là.

Mais Emma n'avait pas terminé.

— Daniel était bouleversé quand il a compris que vous risquiez de partir si vous découvriez le pot aux roses, poursuivit-elle en choisissant ses mots avec soin . Mais je lui ai dit que vous resteriez sûrement, que ce n'était pas votre genre de laisser tomber ou de vous défiler à la dernière minute…

Encore une fois, le regard de Holly dévia vers la pochette remplie de preuves accablantes. Tous ces documents ne lui étaient pas arrivés entre les mains pour rien. Visiblement, quelqu'un voulait lui faire peur, sinon pourquoi lui désignerait-on Ryan comme le coupable idéal ? Pourquoi lui aurait-on envoyé cette invitation ? Pourquoi l'aurait-on attirée dans un guet-apens quelques jours plus tôt afin de lui enjoindre de rentrer chez elle ?

— Mais si vous voulez mon avis, c'est ce que vous devriez faire, continuait Emma, inconsciente du tour qu'avaient pris ses pensées. Vous devriez laisser tomber. Rentrez chez vous, Holly. C'est ce que vous avez de mieux à faire.

Un sentiment de déjà-vu la frappa de plein fouet. Comme par hasard, Emma venait d'employer les mêmes mots que ceux qu'elle avait vus tracés au rouge sang sur la vitre du Manoir, le jour où elle était passée à travers le plancher. Simple coïncidence ? Cela semblait de plus en plus difficile à croire…

— Peut-être, répondit-elle simplement, les yeux plantés dans les siens. Mais je ne changerai pas d'avis : je reste, un point c'est tout.

Le visage d'Emma ne trahit rien, elle n'eut pas même un frémissement. Pourtant, Holly perçut son soulagement : la jeune femme avait fait son devoir en la prévenant à mots couverts des dangers qu'elle courait. Maintenant, elle était en paix avec sa conscience. Si Holly était trop têtue pour écouter ses mises en garde, qu'y pouvait-elle ? Ce n'était plus son problème, à présent.

Comme elle l'avait affirmé, Holly ne partirait pas : pas question d'abandonner lâchement son poste, de prendre la fuite au lieu d'essayer de se battre jusqu'au bout. Pas tant qu'elle n'avait pas obtenu d'explications à la montagne de questions qu'elle se posait. Par exemple, pourquoi Ryan lui avait menti en prétendant qu'il n'y avait aucune preuve pour étayer la thèse de sa culpabilité dans la mort de Nina…

Avec un soupir, elle rangea le dossier dans un tiroir de son bureau avant de croiser les mains devant elle, adoptant inconsciemment une posture plus assurée. Levant les yeux vers Emma qui n'avait pas bougé de son siège, elle s'enquit avec un calme étrange :

— Vous avez bien une minute ?

La jeune femme hocha vigoureusement la tête, trop heureuse de satisfaire à ses demandes. Réprimant un sourire amusé devant son empressement enfantin, Holly sortit son bloc-notes et son stylo :

— Alors, si on discutait de vos idées en ce qui concerne l'aménagement des cuisines ?

22.

Debout sur le pont de son bateau, Ryan humait la brise marine en attendant son père. Il n'aimait rien tant que sentir le mouvement régulier de l'eau sous ses pieds. Lorsque la marée se retirait, il arrivait que les demeures flottantes du port de plaisance se retrouvent posées sur le fond boueux où pourrissaient les algues. Mais quand la mer remontait, c'était un vrai bonheur de voir l'eau clapoter autour de la coque, puis la soulever petit à petit jusqu'à ce qu'elle reprenne son emplacement initial. Une sorte de petit miracle qui se renouvelait chaque fois. Lors des grandes marées, les bateaux comme le sien ne craignaient rien, contrairement aux embarcations plus petites qui couraient toujours le risque de chavirer.

A l'idée des bateaux moins résistants que le sien, Ryan songea aussitôt à Daniel. Avec quelle hargne ce dernier lui avait-il parlé de Nina — ou plutôt de son sosie ! Dire qu'il avait toujours voulu prendre sa place, et qu'à présent, il semblait presque content de vivre le même cauchemar que lui ! Il était vraiment excessif en tout. Y compris dans son désir de vengeance. La façon dont il lui avait crié qu'il le jugeait responsable de tout ne laissait rien présager de bon pour l'avenir. Il devait lui avoir imaginé une punition exemplaire. Comme si le remords qui le taraudait chaque jour que Dieu faisait depuis le drame ne suffisait pas !

Avec un soupir, Ryan leva les yeux vers le ciel nocturne où des nuages passaient, telles des déchirures dans une étoffe bleu sombre. Sous l'écharpe de brume qui tombait lentement avec l'arrivée de la nuit, Sausalito semblait s'endormir paisiblement. Ce soir, la lune brillait plus fort que d'habitude, se mirant dans l'eau calme du port où se reflétaient les lumières tremblotantes de la ville.

L'un des enseignements de Gil lui revint à la mémoire : une petite période de sécheresse ne pouvait pas faire de mal aux vignes, au contraire. Cela donnerait plus de caractère au vin. Mais lors des canicules prolongées, il fallait veiller à irriguer les ceps régulièrement par un système de goutte à goutte, sans quoi les pieds de vigne risquaient de brûler. Comment appliquer cette belle leçon à son cas ? se demanda Ryan. Pour la période de sécheresse, il était en plein dedans. Quant au remède…

Daniel avait raison quand il l'accusait d'avoir tué Nina. Pas dans le sens où il l'entendait, certes. Mais la responsabilité de cette mort violente, Ryan l'assumait pleinement.

Le jour où il avait avoué à Gil qu'il se jugeait responsable de l'accident de voiture qui avait coûté la vie à sa fille unique, Gil avait déjà eu son attaque. Il n'était pas en état de répondre à sa confession éperdue, et c'était sans doute ce qui lui avait donné le courage de se livrer jusqu'au bout.

— Je l'ai tuée, Gil, avait-il déclaré. Si elle est morte, c'est entièrement ma faute. Je lui ai reproché d'être tombée enceinte exprès, pour me coincer, parce qu'elle savait qu'entre nous, c'était cuit. Et je n'ai rien trouvé à lui dire, sinon que je ne l'aimais pas, que je ne l'avais sans doute jamais aimée. Que nous ne pouvions pas continuer comme si de rien n'était et nous marier sans amour, même pour le bien de l'enfant qu'elle portait. J'ai été complètement stupide. J'étais furieux, j'avais trop bu, je ne contrôlais plus mes paroles… Et je l'ai tuée, Gil. Je l'ai tuée !

Gil avait péniblement soulevé sa main valide pour la poser sur son épaule, cherchant à le réconforter malgré tout. Ce n'était pas grand-chose, mais Ryan avait compris qu'il lui pardonnait.

— Ryan, l'interrompit une voix qu'il ne reconnut pas tout d'abord.

Il dut faire un effort énorme pour s'arracher aux limbes du passé. Son père venait de poser le pied sur le pont de son bateau — ivre, comme toujours. Certaines choses ne changeaient pas…

Samuel tituba, faillit renverser une chaise au passage et lui jeta un regard furibond, comme s'il l'accusait de tous les maux que lui seul avait attirés sur sa tête. Comment avait-il réussi à arriver jusqu'ici sans encombre, dans l'état lamentable où il se trouvait ? Mystère. Le souffle court, il s'accrocha au bastingage, hésitant sans doute à engager la conversation avec ce fils qui lui faisait l'effet d'un étranger. Pourtant, c'était lui qui avait appelé plus d'une heure auparavant pour lui demander un rendez-vous. Mais à présent, il ne savait manifestement plus par quel bout commencer.

Se penchant au-dessus de l'eau noire, il poussa un soupir théâtral — trop, au goût de Ryan. Puis, après avoir fait mine de passer une jambe par-dessus bord, il lâcha d'un ton désabusé :

— Et si je glissais et que je me noyais pour de bon ? Ça arrangerait drôlement les affaires de tout le monde, pas vrai ? Sauf qu'on risquerait de penser que tu es responsable de ma disparition…

— Pour l'héritage, c'est ça ? ironisa Ryan, peu impressionné par l'effet de manche de cet ivrogne pitoyable qu'était devenu son père.

Samuel hoqueta de rire.

— Un point pour toi, mon garçon !

L'héritage, il n'en était plus question depuis que Ryan avait choisi de venir en aide à Gil et Marta en se consacrant à Viña Dorada. Samuel avait clairement posé les règles : c'était soit le Manoir Cutty et toutes les responsabilités que cela impliquait, soit rien du tout. Lorsque son fils avait déclaré qu'il ne voulait pas de l'affaire familiale, tout avait été transmis à Daniel. Et il n'était pas question de revenir en arrière maintenant.

Ce n'était pas pour ennuyer Ryan, au contraire. Lui n'avait jamais convoité le bien ancestral. Il n'en avait jamais voulu, d'ailleurs.

— Ta mère…, commença Samuel d'une voix hésitante. Ta mère s'inquiète pour toi. Elle a peur de l'effet que cette femme pourrait produire sur toi. Revoir Nina, après toutes ces années…

— Je ne suis pas le meilleur juge en la matière, qu'en penses-tu, cher papa ? rétorqua Ryan avec une pointe de sarcasme. Quel effet ça te fait, à toi ?

Samuel se tut un instant. Ils n'avaient jamais évoqué le sujet de Nina depuis que Ryan avait quitté le domicile familial, mais l'un comme l'autre savaient pertinemment ce qui s'était passé.

Sans le regarder dans les yeux, il répondit :

— Cette fille n'a rien à voir avec Nina. Nina est capable d'illuminer une pièce avec son seul sourire. Nina peut redonner le goût de vivre à n'importe quel homme. Elle sait vous faire commettre des bêtises monumentales. Et vous en faire apprécier chaque minute — chaque seconde.

A sa façon de parler de Nina au présent, comme si elle était toujours vivante, Ryan sentit son sang se glacer, en même temps qu'une sourde colère l'envahissait. La même colère qui l'avait envahi douze ans plus tôt, lorsque Nina lui avait jeté au visage la vérité sur ses relations avec Samuel…

Bien sûr, il n'en avait jamais soufflé mot à Gil. Ce qui expliquait sans doute pourquoi, aujourd'hui encore, il éprouvait un tel sentiment de trahison. Parce que le souvenir des paroles venimeuses de son ex-fiancée le taraudait toujours.

— Je suis enceinte, mais pas de toi, figure-toi ! lui avait-elle lancé à la figure avec un rire hystérique. Tu ne perds rien pour attendre, Ryan. Rira bien qui rira le dernier ! Une fois que j'aurai dit à ton père de qui est ce bébé, c'est moi qui me payerai le luxe de te jeter comme un malpropre !

Sur le coup, il ne l'avait pas crue. Elle était complètement soûle, furieuse contre lui à cause de leur rupture, et il s'était dit qu'elle inventait un prétexte pour l'accabler — quelle meilleure vengeance que de prétendre avoir couché avec le père de celui qui ne voulait plus d'elle ? Comment aurait-il pu ajouter foi à une énormité pareille ? Comment imaginer que Nina ou Samuel ait pu sauter le pas ?

Seulement, le lendemain, à l'annonce de la mort de Nina, Samuel s'était effondré. Et devant la police, il l'avait pratiquement désigné, lui, son propre fils, comme coupable. Une telle réaction avait forcé Ryan à reconsidérer l'aveu de Nina. Il en avait conclu qu'elle n'avait peut-être pas menti, finalement…

Il eut un bref regard en direction de son père qui n'avait pas lâché le bastingage, de peur de vraiment glisser à l'eau. Il s'obligea à ne ressentir aucune émotion : s'il se laissait aller, Dieu seul savait où cela l'entraînerait ! Peut-être pas jusqu'à en venir aux mains comme la veille avec Daniel. Quoique… Il risquait bien d'être tenté par la suggestion de noyade « accidentelle » que Samuel avait émise en arrivant.

— Tu as raison, commenta-t-il simplement. Holly n'a rien à voir avec Nina.

Pourtant, tout le monde semblait les confondre. A commencer par Daniel. Et Holly elle-même, songea-t-il. Apparemment, elle s'inquiétait de ses réactions à son égard ; elle croyait qu'il voyait Nina en elle, que c'était pour cette raison qu'il sautait sur les occasions de l'étreindre, de l'embrasser. Alors qu'elle était à cent lieues de la vérité…

Oui, son père avait vu juste : Holly et Nina étaient bien distinctes. Autant que le jour et la nuit.

— C'est d'ailleurs pour cette raison qu'elle ne devrait pas se trouver ici, prise dans cette histoire tellement compliquée à laquelle elle ne comprend rien, poursuivit-il avec un calme qu'il était bien loin d'éprouver.

— Bien sûr, bien sûr, marmonna Samuel. Mais je ne vois pas vraiment comment je pourrais y changer quoi que ce soit.

— Tu es sûr ? insista Ryan, menaçant. Réfléchis bien, cher papa…

Sans percevoir le changement d'attitude de son fils, Samuel se cramponna au bord, un sourire égaré aux lèvres.

— Ta mère et moi… Enfin, il y a deux ou trois choses qu'elle ne m'a pas pardonnées. Et en ce moment, elle ne jure que par Daniel. Comme il veut absolument que cette fille reste, tu comprends bien que moi…

Il s'interrompit en voyant Ryan se poster devant lui, les mains sur les hanches, l'air mauvais.

— Arrange cette histoire. Sans ça, c'est moi qui vais intervenir.

Bizarrement, le sourire de Samuel s'accentua. Passant la langue sur ses lèvres sèches, il reprit d'une voix presque amusée :

— Est-ce qu'il n'y aurait pas une pointe de menace dans ta voix, mon garçon ?

— Tu as bien entendu, pour une fois.

Face à l'épave qu'était devenu son père autrefois si beau, si fort, si dynamique, il éprouva une bouffée de pitié. On lui avait tellement dit qu'ils se ressemblaient, tous les deux… Les yeux n'avaient pas changé, mais pour le reste, quelle déchéance !

— Pendant toutes ces années, poursuivit-il, étouffant l'émotion qui l'avait saisi à la gorge, je n'ai pas soufflé mot de tes secrets honteux. Mais ce n'est pas pour toi que je me suis tu. Alors, ne va pas croire que tu es à l'abri…

— Je sais très bien qui tu voulais ménager, mon petit, le coupa Samuel, les yeux dans le vague, son étrange sourire flottant sur ses lèvres minces. C'est Gil, n'est-ce pas ? Il paraît qu'il ne va pas bien, ces temps-ci, d'ailleurs.

Si jamais Gil venait à apprendre toutes ces horreurs… Résistant à l'envie d'étrangler cet ivrogne qui se disait son père, Ryan se contenta de grommeler :

— Oublions un instant ce que tu m'as fait. Ce que tu as fait à Nina, par la même occasion. N'en parlons plus. Du moment que tu trouves une solution, *très cher* papa…

Comme si l'ironie mordante de son fils l'avait galvanisé, Samuel le regarda bien en face, une expression de surprise mêlée de jubilation sur son visage bouffi par l'alcool.

— D'accord, d'accord, fit-il en reculant jusqu'à se retrouver presque encastré dans le bastingage. A ta guise. Ta mère veut donner une grande soirée chez nous. Elle va t'inviter, évidemment. Et comme toujours, tu vas décliner sa proposition. Mais cette fois, tu devrais accepter de venir. Il y aura ta copine l'architecte. Et si tu veux mon avis, on devrait pouvoir mettre certaines choses au point ce soir-là — enfin, si tu veux bien te donner la peine de nous honorer de ta présence, mon *très cher* fils…

Avec un regain d'énergie dont Ryan ne l'aurait pas cru capable, il se dirigea vers la passerelle pour rejoindre le ponton principal. Au moment d'y poser le pied, il parut hésiter, le visage tourné vers le bas. Envisageait-il d'en finir une bonne fois pour toutes ? De se jeter dans l'eau et le repos éternel ? L'alcool le tuait déjà à petit feu, sans doute serait-il moins pénible pour lui de raccourcir le supplice qu'était devenue son existence…

Sans même accorder un regard à son fils, il reprit la parole d'un ton sans réplique :

— Viens déjà à la soirée donnée par ta mère. Après, je verrai ce que je peux faire.

Ce fut tout ce que Ryan obtint en guise d'au revoir. L'instant d'après, son père quittait le bateau et s'éloignait dans la brume épaisse.

Il faillit lui hurler des insultes, mais cela n'aurait servi à rien. Etrange comme, après tant d'années, sa rage et sa honte pouvaient être encore aussi vivaces… Dire qu'il avait réprimé ses sentiments pendant douze ans, et qu'il avait suffi que Holly paraisse pour que tout revienne bouillir à la surface !

— Calme-toi, mon vieux, se morigéna-t-il à voix basse. Reprends-toi, bon sang ! Tu ne vas pas craquer maintenant !

Holly… Il avait tellement envie de l'appeler. Depuis qu'il s'était retrouvé face à elle lors de cette soirée de lancement, son image ne le quittait plus.

Debout sur le pont de son bateau, il resta un moment immobile dans la brise du soir, espérant sans trop y croire que l'air marin lui apporterait le soulagement qui lui faisait défaut. Lorsque son père avait suggéré ce rendez-vous, il s'était dit que ce n'était peut-être pas une mauvaise idée, finalement. Il pensait tenir l'occasion pour régler le problème de Holly : étant donné que la jeune femme comptait rester, il fallait que le signal du départ lui vienne d'ailleurs, par exemple de l'un des membres dirigeants du clan Cutty — Samuel, pour ne pas le nommer. Mais leur discussion n'avait pas pris la direction qu'il espérait…

Les poings serrés comme pour combattre un ennemi invisible, il grommela entre ses dents :

— Elle n'a rien à voir avec Nina. Oh, ça non ! Bien trop honnête pour ça.

Alors que Nina… Il avait toujours plus ou moins su qu'elle n'était pas nette. C'était peut-être l'une des raisons qui l'avaient poussé à vouloir annuler leur mariage. Douze ans après sa disparition, il ne parvenait toujours pas à saisir les vraies raisons du comportement erratique, presque suicidaire, de celle qu'il avait pourtant côtoyée depuis l'enfance. Elle possédait tout ce dont une jeune fille de son âge pouvait rêver, et même davantage. Qu'est-ce qui avait pu lui donner envie d'aller au-delà du raisonnable ? Elle en voulait toujours plus, et le danger semblait lui donner des ailes. Manque de dopamine ? Insuffisance hormonale ? Peut-être… En tout cas, la soif inextinguible de sensations fortes qu'avait manifestée Nina durant sa trop courte existence relevait du pathologique, c'était certain.

Seulement, à trop vouloir l'extrême, on risquait de tomber bien bas. Plus forte était l'illusion de planer, plus dure était la chute. Mortelle, même, dans le cas de Nina.

Et dire que son propre père avait… Que son cousin aussi s'était…

Incapable de terminer ces phrases terribles, même en pensée, il tenta de repousser l'évidence au plus profond de son cerveau, comme il l'avait toujours fait. Il était surpris de constater que la colère l'emportait toujours quand il évoquait cette débauchée de Nina, alors qu'il croyait avoir assez de force en lui pour lui pardonner. Après tout, elle avait payé le prix fort pour toutes ses frasques…

Il secoua la tête : le présent — il lui fallait se concentrer sur le présent. Et aussi sur le futur proche. La soirée qu'allait donner sa mère, par exemple. Et où il y aurait Holly — comment son père l'avait-il appelée, déjà ? « Ta copine l'architecte »…

Alors qu'il allait rentrer dans sa cabine, une autre des leçons de Gil lui revint à la mémoire : pendant l'hiver, les vignes semblaient mortes. Mais en réalité, elles hibernaient, comme les animaux des collines. Cette période de repos était très importante, car elle permettait aux ceps de récupérer des forces pour fournir ensuite des raisins plus beaux et plus juteux lors de la saison suivante.

Une longue hibernation, c'était l'image parfaite pour ces douze ans qui s'étaient écoulés depuis la mort tragique de Nina. Daniel, Samuel et Vanessa, lui-même, le Manoir… tous, ils avaient attendu quelque chose ou quelqu'un qui les sorte de leur sommeil végétatif.

Et aujourd'hui, l'heure d'agir avait enfin sonné. Pour le meilleur — ou pour le pire.

D'un pas hésitant, Samuel Cutty monta les marches au bout du ponton en s'agrippant à la rampe d'une main fébrile. Il ne lui restait plus qu'un degré à gravir lorsqu'il trébucha et tomba lourdement par terre.

— Et merde, marmonna-t-il en se relevant péniblement, son pantalon tout déchiré au genou.

Haletant comme s'il venait de courir un cent mètres, il se dirigea vers sa Jaguar, les lèvres sèches, l'esprit embrumé. L'entretien avec Ryan lui avait donné soif ; un whisky bien tassé l'aiderait à relativiser. Seulement, il en avait besoin maintenant. Tout de suite.

Dans sa hâte, il fit tomber les clés de sa voiture sur le parking. Avec un juron étouffé, il les ramassa et, après deux tentatives infructueuses, parvint enfin à s'installer au volant.

Avant même de mettre le contact, il sortit la flasque dont il ne se séparait plus et colla ses lèvres au goulot, avalant plusieurs longues gorgées d'alcool.

Ce ne fut que quand il eut avalé la dernière goutte de sa « réserve de secours » qu'il sentit la chaleur désormais familière du whisky se répandre dans son corps tendu à l'extrême. Sortant son portable de la boîte à gants, il composa un numéro d'une main tandis qu'il faisait rugir le puissant moteur de son véhicule.

— Je pars à l'instant, grommela-t-il. Je lui ai dit, pour la soirée. Quant à savoir s'il voudra bien s'y pointer… pas moyen d'en être sûr !

Il marqua une pause, le temps de sortir de sa place de parking et d'écouter la réponse de son interlocutrice.

— Je te répète que je n'en sais rien, Bon Dieu ! J'ai fait de mon mieux, mais…

Il s'interrompit, excédé. Apparemment, la voix à l'autre bout du fil n'avait pas l'intention de le laisser s'en tirer à si bon compte.

— Bordel de merde ! s'exclama-t-il avant de raccrocher brutalement.

Dans son énervement, il fit tomber le portable sous le siège passager. Il était si faible, incapable de se reprendre en main, de gérer les crises de son existence. Tout le monde le savait : sa femme, bien entendu, mais aussi son propre père, son beau-père, sans oublier Daniel et Ryan. Comment son fils aurait-il pu être fier de l'épave qu'il était devenu ?

Même lorsqu'il avait évoqué un suicide par noyade, ce dernier ne l'avait pas cru. Et à raison : il fallait du cran pour se supprimer. Et il n'en possédait pas l'ombre d'une once. Un minable, voilà ce qu'il était.

Avec un rire triste, il prit un virage à toute vitesse. L'alcool le maintenait dans un état presque euphorique pour l'instant, mais il savait qu'il éprouverait vite un manque affreux. Il fallait qu'il trouve un endroit où recharger ses batteries, et il savait où il pouvait se rendre sans risque de se voir refuser sa dose nécessaire. Oui, il allait rejoindre son refuge, il allait retrouver Nina, la seule personne capable de l'accueillir sans le juger…

La chance était avec lui. Les routes étaient pratiquement désertes à cette heure avancée de la nuit, et il arriva à bon port sans encombre. Dans un crissement de pneus, il stoppa son véhicule devant l'entrée de l'immeuble. Elle serait sûrement mécontente de le voir débouler chez elle sans prévenir… Tant pis, songea-t-il, un sourire aux lèvres, tout en se dirigeant vers l'Interphone pour appuyer longuement sur le bouton qui allait lui ouvrir la porte du paradis — du moins, l'espérait-il.

— C'est moi, déclara-t-il.

Un instant, il eut terriblement peur qu'elle ne le laisse pas monter. De temps en temps, elle refusait tout net de le voir. C'était comme ça avec Nina : il fallait en passer par là où elle voulait. Et si elle n'était pas d'humeur, pas la peine d'insister : elle ne le recevrait pas, même s'il déposait tous les cadeaux du monde sur son palier. Cela faisait partie du jeu, cela ajoutait du piment à leur relation.

Pourtant, il arrivait généralement à ses fins. Parce que, après toutes ces années, le cœur de Nina n'avait pas changé : c'était lui qu'elle aimait. Pas Ryan ou Daniel, mais bien lui, Samuel Cutty, même vieilli et imbibé d'alcool. Et ce soir, comme les autres soirs où il était venu sonner à sa porte, elle le laisserait entrer. Parce qu'elle l'aimait.

Une fois de plus, le miracle se produisit : l'Interphone grésilla, et il poussa le battant vitré de l'épaule, heureux comme un enfant retrouvant son jouet préféré. Lorsqu'il eut atteint le palier où se trouvait l'appartement de Nina, elle l'attendait de pied ferme, sourcils froncés, mains sur les hanches.

— C'est très vilain d'arriver comme ça, sans prévenir, Samuel, dit-elle d'un air fâché. Tu aurais dû m'appeler. J'ai bien envie de te laisser dehors pour t'apprendre la politesse.

— S'il te plaît, la supplia-t-il avec des yeux de chien battu pour l'amadouer.

Elle ne joua pas la comédie de la femme outragée trop longtemps. Quelques minutes plus tard, ils se retrouvaient dans son lit, nus comme au premier jour. Tant mieux, pensa-t-il. L'âge et l'alcool commençaient sérieusement à le handicaper, et il n'était pas certain d'être très performant s'il attendait trop avant de passer à l'acte.

— Nina, geignit-il tout en se serrant contre son corps souple, j'ai tellement besoin de toi. Ils exigent tous quelque chose de moi, et moi, je suis si fatigué ! J'ai l'impression de me faire tirailler dans tous les sens…

— Je sais, je sais, chuchota-t-elle tout en le caressant. Mais moi, je suis là pour t'aider. Tu vas voir : je vais te les faire oublier, promis.

Elle parlait de sexe, comme d'habitude. Cela devenait de plus en plus difficile pour lui d'avoir des érections, même quand elle prenait soin de lui comme ce soir. Mais ce n'était pas si grave : ce qui comptait surtout, c'était de se retrouver allongé à son côté, de sentir ses bras tendres se refermer amoureusement autour de son corps usé par la vieillesse et le whisky pur malt…

— Tu sais, bredouilla-t-il alors qu'elle promenait ses mains adroites sur lui, je crois que le bébé m'aurait beaucoup aimé.

Elle se raidit.

— Pourquoi ramènes-tu sans cesse cette histoire de bébé sur le plateau ? Bon sang, Samuel ! Parfois, tu me fais peur, tu sais. Vraiment peur !

— Tu… tu as raison. Je… On n'en parle plus, promis.

Il ne savait pas au juste pourquoi il éprouvait toujours le besoin d'évoquer cet enfant qui n'avait jamais vu le jour. Peut-être parce que le seul fils qu'il ait réussi à avoir le détestait. Ce bébé, ç'aurait été sa seconde chance d'être un père digne de ce nom.

Il observa en silence la jeune femme qui s'activait contre lui. Elle n'était plus aussi fine, ni aussi délicate que dans ses souvenirs. Même son rire avait changé. Mais à part cela, elle était toujours la Nina dont il avait besoin, celle qui savait lui apporter ce qu'il souhaitait.

— Tu as raison, répéta-t-il — il aurait accepté n'importe quoi quand elle le prenait dans sa bouche comme elle était en train de le faire. Ce… ça n'a aucune importance… Tout ce qui compte, c'est toi.

Nina. Elle était entièrement, exclusivement à lui. Chaviré, les yeux embrumés de plaisir et d'alcool, il oublia tout ce qui n'était pas elle. Il fallait qu'il le lui dise, qu'elle comprenne à quel point il était comblé de sa présence.

— Je… je suis tellement heureux que… que tu sois toujours en vie, balbutia-t-il. Quand je pense qu'ils te voulaient tous pour eux, et que tu m'as choisi, moi… Parce que tu m'aimes, et que je t'aime. Pour moi, tu n'aurais jamais pu mourir…

— Chut. Arrête de ressasser les mêmes choses. Maintenant, tu m'as toute à toi, comme tu l'as toujours souhaité. Alors, profite.

— Je… je ne voulais pas que tu meures, poursuivit-il, incapable de contrôler ses paroles, dans le trouble délicieux où le plongeait sa drogue — Nina autant que le whisky. Mais la mort, on y vient tous un jour ou l'autre, pas vrai ?

Il ne savait pas si elle l'écoutait, ni même s'il avait vraiment prononcé ces mots à voix haute. Il était déjà loin, si loin des réalités absurdes et cruelles de ce monde.

La mort… Lui aussi, il y viendrait. D'ailleurs, de temps en temps, il se disait que, dans son cas — étant donné son âge, son ivresse quasi permanente, son besoin constant d'échapper au réel —, la mort serait sans doute un soulagement. De cela, au moins, il était certain.

23.

Adossée au comptoir de la cuisine, Emma attendait avec impatience le moment où elle pourrait quitter l'appartement de Daniel sans éveiller ses soupçons. Depuis quelques jours, elle s'en tenait aux règles qu'elle s'était fixées : elle arrivait toujours à l'heure aux rendez-vous dont ils convenaient, et faisait semblant d'être passionnée par sa conversation. Cela lui avait permis d'éviter une nouvelle confrontation déplaisante. Mais elle avait de plus en plus de mal à jouer la comédie.

— Tu ne sais pas le plus étonnant dans cette histoire ? C'est que je commence à vraiment apprécier son travail ! s'exclama Daniel, confortablement installé à la table de la cuisine, un verre de merlot à la main, les pieds posés sur la chaise en face de lui. Au début, je me disais qu'elle n'allait me proposer que des idées ennuyeuses et trop classiques. Mais elle a des éclairs de génie, du genre ajouter des vieilles colonnes par-ci par-là qui donnent un petit air original et audacieux à l'ensemble sans pour autant déséquilibrer les proportions du bâtiment. Pareil pour la déco intérieure : elle a décidé d'utiliser des teintes vives pour mettre en valeur certains murs particulièrement abîmés. Mieux, elle veut réutiliser les moulures en plâtre qu'on avait retirées des plafonds pour transformer l'un des murs de la grande salle en une sorte de gigantesque tableau en 3D ! Elle est vraiment douée, cette Holly ! Elle arrive à récupérer plein de petits bouts du passé pour les réintégrer dans la version moderne du Manoir.

Il avait l'air non seulement emballé mais fier de lui, pardessus le marché. Plutôt amusant quand on savait, comme Emma, qu'il n'avait absolument pas embauché Holly pour ses talents d'architecte. Décidément, il avait l'art de retourner sa veste… et de donner un air parfaitement sensé à ses idées les plus délirantes. A l'entendre, il aurait tout planifié dès le départ. Il avait eu raison d'insister pour que Holly se joigne au projet, n'est-ce pas ? Puisque, maintenant, tout le monde était content : lui, elle… L'*East Side Café* de ses rêves allait voir le jour plus vite qu'il ne l'avait escompté, Holly pourrait regagner ses galons d'artiste grâce à son œuvre. Quant à Emma, elle exercerait son métier de chef dans un cadre somptueux et adapté au standing de sa cuisine exceptionnelle.

Une conscience, c'était peut-être comme un muscle, songea-t-elle tout en l'écoutant distraitement pérorer. Si on ne l'entretenait pas, cela finissait par rouiller avant de disparaître complètement…

Elle fit mine de s'étonner de l'heure qui scintillait sur le minuteur du micro-ondes, alors qu'elle savait parfaitement combien de longues minutes s'étaient écoulées depuis qu'elle était arrivée à l'appartement. Et pour cause : elle les avait comptées une à une.

— Oh ! là, là ! Il faut vraiment que j'y aille, cette fois !

Ramassant le plat en terre cuite qu'elle avait posé sur le comptoir derrière elle, elle se dirigea tranquillement vers la porte. Elle avait l'excuse parfaite pour s'éclipser : Daniel croyait qu'elle devait remplacer Beth à son travail ce soir. Pourtant, il parut ennuyé de sa défection.

— Comment se fait-il que tu aies à remplacer ta copine ?

grommela-t-il, les yeux fixés sur la robe sombre de son merlot. Tu ne m'avais pas dit qu'elle était en déplacement en ce moment ?

— Si, c'est justement pour ça qu'il faut que je la remplace, répliqua-t-elle tout en se penchant vers lui pour déposer un baiser rapide sur sa joue.

Si seulement il pouvait s'en tenir là et la laisser partir ! Malheureusement, il n'eut pas l'air de trouver son explication à son goût. La retenant par le bras, il la força à rester près de lui.

— Tu ne m'avais pas promis que tu laisserais tomber votre association de restauration ? Je croyais que tu devais travailler pour moi à temps plein et n'avoir rien d'autre à côté…

Enervée par son attitude possessive, elle se dégagea plus brusquement qu'elle ne l'aurait voulu et se composa un visage neutre alors qu'elle bouillait intérieurement. Elle répondit avec un haussement d'épaules :

— J'ai aussi promis à Beth que je lui filerais un coup de main si nécessaire. Et pour l'instant, elle ne m'a encore jamais demandé de l'aide. C'est quand même le moins que je puisse faire, après toutes les années où on a bossé ensemble ! En plus, ce n'est pas comme si j'étais surchargée de travail au Manoir : tant que les cuisines ne sont pas terminées, je ne vois pas comment je pourrais prendre mes fonctions…

Il la regarda en silence, comme s'il cherchait à décider si elle lui mentait de sang-froid. Mais il était trop sûr de lui pour laisser ses soupçons l'embarrasser — pas en cet instant où il avait l'impression de triompher sur tous les plans. Comme quoi, à force de se prendre pour le roi du monde, on se faisait berner aussi facilement qu'un enfant de trois ans…

Pourtant, sa réponse la surprit.

— Je…, balbutia-t-il tout en se levant, les poings serrés,

résistant visiblement à l'envie de la prendre dans ses bras. Il faut que tu me pardonnes, tu sais. Vraiment. Toi et moi, on… enfin, je suis inquiet… Pour nous deux.

— Daniel…

Il reposa sa main sur son bras, sans s'apercevoir que le frisson qui la parcourait trahissait du dégoût et non du plaisir contenu.

— Chut, murmura-t-il. Nous deux, c'est pour toujours, pas vrai ? Tu m'aimes encore, je le sais. Et si tu m'aimes, tu me pardonneras une fois de plus. N'est-ce pas, chérie ?

Une fois de plus… C'était peut-être cela, le problème. D'elle, il ne voyait que la surface, lisse et lumineuse, tel un beau fruit bien mûr. Mais à l'intérieur, un ver la rongeait depuis trop longtemps. Si quelqu'un se donnait la peine d'essayer de la percer à jour, il ne trouverait rien de récupérable. Elle se faisait l'effet d'être pourrie jusqu'à la moelle.

— Tu sais bien que je te pardonnerai toujours, répondit-elle, le cœur serré devant cette évidence qui, pour elle, était signe d'une faiblesse constitutive. Je n'y peux rien, c'est comme ça.

Elle prit tout son temps pour enfiler son manteau, sentant le regard insistant de Daniel peser sur elle. Il était parfaitement capable de la suivre, étant donné l'état actuel de leur relation. Il faudrait donc qu'elle redouble de prudence si elle voulait éviter le clash.

— Combien de temps vas-tu continuer à me punir, Em ? demanda-t-il en la rejoignant dans l'entrée.

Elle sentit un autre frisson la parcourir, cette fois de colère. Lorsqu'elle avait dit à Holly de rentrer chez elle, elle pensait en avoir terminé avec toute cette histoire compliquée. Une personne normalement constituée se serait exécutée sans demander son reste, mais c'était sans compter sur la ténacité de la jeune architecte. Bien sûr, elle aurait pu lui dévoiler des choses qui l'auraient décidée à partir, mais pour cela, il lui aurait fallu posséder un courage surnaturel. Elle ne lui avait pas tout dit ; elle avait caché l'essentiel, le plus grave, le secret qui lui pourrissait la vie depuis que…

La vérité était trop lourde. Trop affreuse. Dire que c'était sa faute…

— Tu ne t'es jamais dit que c'était plutôt moi que je cherchais à punir, Daniel ? demanda-t-elle, douloureusement ironique.

— Voyons, mon cœur ! s'écria-t-il en la prenant dans ses bras. Ne dis pas des horreurs pareilles, tu sais bien que ça m'inquiète, de t'entendre parler comme ça !

Sauf qu'elle savait pertinemment qu'il ne s'inquiétait jamais pour elle — ni pour personne d'autre que lui et son précieux Manoir. D'un mouvement excédé, elle se dégagea de son étreinte.

— Il faut vraiment que j'y aille, répéta-t-elle en ouvrant la porte pour se diriger vers l'ascenseur.

— Bon sang, je ne peux pas croire que… Em ! s'exclama-t-il en la suivant sur le palier. Je t'attendrai ce soir, d'accord ?

Il y avait tant de supplication dans ses yeux qu'elle sentit sa détermination fléchir. Une fois de plus, comme il l'avait dit…

— D'accord.

Se maudissant intérieurement, elle monta dans l'ascenseur et se retourna pour regarder les portes automatiques se fermer sur l'image de Daniel.

Rideau. Fin de l'acte un.

Le quartier chinois constituait vraiment un lieu à part dans San Francisco. Une fois passé le portail ouvragé qui signalait l'entrée de « Chinatown », on se retrouvait dans un autre monde. Avec leurs marchés au poisson, leurs temples bouddhistes et leurs boutiques d'herboristerie exotique, les rues ne ressemblaient à rien d'occidental. Mis à part les touristes qui s'extasiaient sur chaque devanture, on se serait cru en plein cœur de Shanghai. C'était une enclave hors du temps, un lieu à la fois merveilleusement coloré et vaguement inquiétant. Les toits en pagode évoquaient les légendes anciennes où les esprits mauvais venaient tourmenter les vivants. Même les panneaux d'indication étaient incompréhensibles aux yeux du néophyte. La plupart étant calligraphiés en chinois, il était presque impossible de ne pas se perdre dans le dédale de ruelles qui s'enchevêtraient comme un gigantesque écheveau de soie.

Emma habitait un appartement dans une petite allée située entre l'avenue Washington et la rue Jackson. Pour elle, le plus beau matin de l'année, c'était celui du nouvel an chinois. Ce jour-là, les membres les plus âgés de la communauté allaient chercher des branches de cognassier fleuries et les rapportaient pour décorer les maisons. C'était un spectacle magnifique que de voir tous ces petits vieillards se hâter avec des rameaux ployant sous les pétales roses, un sourire radieux sur leurs vieux visages ridés !

En arrivant chez elle, la première chose qu'elle fit, ce fut d'arranger harmonieusement dans un vase de céramique les branches fleuries qu'elle avait achetées à un marchand ambulant. C'était un peu idiot — un peu fou, comme ce qu'elle s'apprêtait à vivre ce soir. Mais on ne vivait qu'une fois. Alors, autant profiter du bonheur quand on en avait l'occasion. Même s'il devait faner le lendemain…

Elle avait passé toute la semaine à se demander sur quoi cette histoire allait déboucher. La première fois qu'elle avait vu Holly, elle avait éprouvé une peur panique à l'idée que sa relation avec Daniel puisse en souffrir. Alors que maintenant, elle redoutait ce que Daniel allait faire subir à la jeune femme.

N'était-elle pas le sosie parfait de Nina ? Elle risquait fort de connaître le même sort tragique…

Ses craintes ne se portaient pas que sur Holly, mais aussi sur elle-même. A cause de Nina, comme toujours. On ne gagnait rien à faire revivre le passé, surtout quand il était chargé d'horreurs et de secrets honteux. Si certaines vérités venaient à remonter à la surface, cela impliquerait des conséquences terribles pour eux tous — et pour elle en particulier.

Le nouvel an chinois… N'était-ce pas le moment où, traditionnellement, on devait régler ses dettes ?

Une heure plus tard, Harris sonna à la porte. Jetant un dernier coup d'œil à son reflet dans la glace, Emma s'essuya les mains et lui ouvrit, un sourire sincère sur le visage. Elle pensait éprouver du plaisir à le revoir, mais ce n'était rien en comparaison du choc presque physique qu'elle ressentit devant son expression chaleureuse et sensuelle.

Sans voix, elle l'invita d'un geste à franchir le seuil. Au moment où il s'exécutait, il sortit de derrière son dos un gros bouquet de fleurs des champs enrubanné de rouge.

— Tadaaa ! s'exclama-t-il avec le sourire malicieux d'un petit garçon fier de son tour de passe-passe.

Elle ne put s'empêcher de rire.

— Elles sont magnifiques. Je suppose que tu vas me raconter qu'elles me ressemblent, c'est ça ? Le couplet classique : sans artifice, belles au naturel ?

— Eh bien… je ne me risquerais sûrement pas à dire des choses pareilles maintenant que tu as cassé mon effet !

Elle laissa échapper un autre rire.

— Allez, bienvenue chez moi.

— Mmm… Je ne sais pas ce qui mijote dans ta cuisine, mais ça sent drôlement bon, déclara-t-il en humant l'air.

Elle le précéda dans la cuisine à l'américaine et lui indiqua un tabouret haut.

— Assieds-toi là, et ne t'en mêle pas, surtout. Quand je suis aux fourneaux, personne ne doit toucher à rien.

En quelques secondes, elle leur prépara un verre d'apéritif qu'elle déposa sur le comptoir qui servait de table. Harris goûta la liqueur d'agave qu'elle venait de lui servir et claqua la langue en signe d'appréciation. Visiblement, il s'y connaissait assez en alcools pour être capable de savourer des choses un peu inhabituelles.

— C'est du cognassier, non ? demanda-t-il en regardant le bouquet.

— Tu connais ? Décidément, tu m'impressionnes !

— Bah, ce n'était pas difficile à deviner, remarqua-t-il en haussant négligemment les épaules. C'est le nouvel an chinois, aujourd'hui.

— Et tu connaissais la coutume ? Alors ça, ça m'épate encore plus !

— Si j'ai bien compris, tu as décidé de trouver tout ce que je fais ou dis génial, c'est ça ?

— Doucement, monsieur ! La suite des événements va peut-être inverser la tendance !

Elle s'amusait comme une petite folle à jouer à l'espiègle insouciante. Comme si rien ne pouvait leur gâcher cette soirée à laquelle ils n'avaient pourtant aucun droit. Pour une fois, elle voulait faire semblant d'être libre de tout souci. Après tout, elle était une femme comme les autres, heureuse de préparer un bon dîner à un homme charmant qui lui apportait des fleurs pour la remercier de l'invitation… Un homme et une femme, c'est tout. Rien de plus banal.

— Alors, qu'est-ce que tu nous prépares de bon ? s'enquit-il en regardant les différentes épices qu'elle avait alignées sur le comptoir.

— C'est déjà prêt, en fait, mais je voulais t'attendre pour ajouter la petite touche de magie — les ingrédients qui font toute l'originalité de cette recette. Au cas où tu ne l'aurais pas remarqué, j'essaie de t'en mettre plein la vue. Comme tu l'as fait quand tu m'as raconté tes histoires de job avec plein de plantes et d'animaux exotiques… Un vrai savant fou !

— C'est un peu ça, en effet.

— Alors tu avais un immense labo ? Avec des tubes à essais par dizaines et des produits bizarres dedans ?

— Ouais, m'dame. Il y en avait jusqu'au plafond. Les femmes adorent ce genre d'hommes plongés dans le travail, capables de manipuler des substances archidangereuses… Enfin, moi, elles ne me regardaient que quand j'enlevais mes lunettes à double foyer, bien sûr !

— N'importe quoi… Je parie que tu n'as jamais porté de lunettes de toute ta vie !

Il sourit.

— Gagné !

— Et le labo ? C'est du pipeau aussi ?

— On ne peut rien te cacher… En fait, je passais la plupart de mon temps sur le terrain.

Il tendit la main pour prendre un carré de la tablette de chocolat qui attendait, ouverte, sur la table. Mais elle fut plus rapide que lui et, d'une petite tape, lui fit comprendre qu'il n'avait pas à y toucher.

— C'est pour la sauce qui accompagne mon plat, expliqua-t-elle tout en mettant des morceaux de chocolat dans un mortier avant de les écraser avec des piments noirs. Un philtre d'amour qui t'attachera à moi pour toujours !

— Alors comme ça, tu veux faire de moi ton esclave sexuel ? Pas de problème. Je suis partant.

— Ah, une victime consentante ! Encore mieux que ce que j'espérais !

Il lui sourit de nouveau, et elle se sentit fondre. Son visage avait un attrait viril qui faisait défaut à Daniel, tout simplement parce que ce dernier manquait de personnalité. Harris, lui, n'était pas impeccablement coiffé ni uniformément bronzé, mais il possédait un charme bien plus puissant. Cette cicatrice, par exemple, qui lui barrait le sourcil gauche, lui donnant un petit air canaille — une allure de corsaire ayant bourlingué sur toutes les mers du monde. Ou peut-être d'aventurier de la jungle, si elle en croyait la description qu'il lui avait faite de son ancien travail.

— Je ne voudrais pas être indiscret ni casser l'ambiance, mais il y a tout de même quelque chose qui me turlupine. La dernière fois qu'on s'est vus, tu ne voulais plus entendre parler de nous. Et là, tu m'invites à dîner chez toi… Qu'est-ce qui t'a fait changer d'avis ?

Elle se contenta de sourire. Elle ne se sentait pas prête à lui avouer la vérité, mais elle ne voulait pas lui mentir non plus, car elle savait qu'il n'aurait aucun mal à la démasquer.

— Ne rends pas les choses plus compliquées qu'elles ne le sont déjà, d'accord ? Profite au lieu de discutailler.

Hochant la tête, il contempla son verre d'apéritif à moitié vide.

— J'ai du mal à me reconnaître. En temps normal, j'aurais insisté jusqu'à ce que tu m'aies donné une vraie réponse. Mais là, je n'en ai même pas envie. Je n'ai qu'une idée en tête : profiter, comme tu le dis si bien !

Les yeux pétillants de malice, elle prit une cuillerée de la sauce *molé* dans laquelle mijotait son *poulet Oaxacan* — une recette traditionnelle aztèque qu'elle adorait revisiter.

— Arrête un peu de parler, et goûte-moi plutôt ça.

Il obéit en roulant des yeux comme s'il avalait une gorgée de poison.

— Je ne dirai qu'un seul mot : waouh ! commenta-t-il après avoir ingurgité la mixture, visiblement admiratif.

Elle se remit à piler allègrement le mélange qui embaumait dans son mortier.

— C'est une recette à base de vingt-trois ingrédients. Entre autres, on y trouve des piments noirs et rouges, des graines de sésame, des amandes, et même des feuilles d'avocat qui, tiens-toi bien, ont un goût de réglisse. Mais le petit truc qui fait toute la différence, l'ingrédient essentiel, c'est… le chocolat.

Elle inclina le mortier vers lui pour qu'il puisse humer la pâte noirâtre qu'elle venait de concocter.

— Magique, dis-moi ! s'exclama-t-il avec un sourire mi-moqueur, mi-attendri.

— Tu ne crois pas si bien dire : c'est une sorcière mexicaine qui m'a transmis la recette.

— Oh ! là, là ! Rassure-moi : tu ne vas pas m'arracher un poil du torse ou du mollet pour le mettre dedans, j'espère ?

— Non, sauf si tu n'es pas sage !

Son sourire s'accentua, lui donnant un air sexy en diable auquel il était bien difficile de résister.

— Ça, on verra…

Pour ne pas trahir son trouble, elle fit mine de se concentrer exclusivement sur son mortier dans lequel elle venait d'ajouter un clou de girofle.

— Les Aztèques préparaient une boisson à base de cacao, une mixture sacrée qu'ils nommaient *xocoatl*.

— *Xocoatl ?* Pas facile à prononcer…

— Ça veut dire « eau amère ». C'était une boisson qu'ils associaient à *Xochiquetzal*, la déesse de la fertilité. Chez nous, ça a donné le mot « chocolat » : ce sont les Espagnols qui ont importé la recette. Seulement, ils ont adouci le breuvage avec du sucre pour en ôter l'amertume. Et ils ont gardé le secret du *xocoatl* pendant près d'un siècle.

Plongeant un doigt dans la mixture qui emplissait son mortier, elle le tendit à Harris pour qu'il goûte une nouvelle fois à sa préparation. Lentement, il lécha la pâte qui recouvrait son index. Incroyable comme il pouvait rendre érotique le plus simple des gestes !

— Est-ce que tu savais que le chocolat contient plus de trois cents composants chimiques ? demanda-t-il avec un air à la fois sérieux et terriblement coquin. Une partie de ces substances stimulerait l'activité cérébrale de façon prodigieuse. Une autre aurait un puissant pouvoir aphrodisiaque. J'ai même lu une étude qui comparait les effets du chocolat à ceux de la marijuana.

— Tu m'accuses de vouloir te faire planer ?

— En tout cas, c'est réussi.

— Vraiment ? fit-elle d'une voix rauque, émoustillée par son regard ardent. Tu veux dire que tu es à moi pour toujours, maintenant ?

Il fit le tour du comptoir pour la prendre contre lui, d'un geste tendre et possessif à la fois qui la fit frissonner d'impatience.

— C'est drôle, que tu me poses cette question, parce que c'était exactement ce que j'allais te demander…

Dans un sursaut de dignité, elle riposta :

— Je ne t'ai pas invité ici pour qu'on fasse l'amour, Harris… Enfin, pas nécessairement…

— Trop tard pour reculer, ma jolie, la coupa-t-il avant de se pencher sur elle pour l'embrasser délicatement.

Elle eut l'impression de fondre sous la caresse de sa bouche.

Un baiser papillon, léger et diablement tentateur… Une caresse, un effleurement sensuel qui lui donna envie de se presser contre lui afin de lui arracher un vrai baiser, profond, passionné, dévorant. Elle en voulait plus — tellement plus !

Haletante, à demi pâmée, elle trouva la force d'ajouter sur le ton de la plaisanterie :

— La magie ne va pas fonctionner si tu ne manges pas ma sauce *molé* d'abord…

— Alors là, tu as tout faux, petite sorcière, murmura-t-il tout en l'entraînant vers le salon sans cesser de l'embrasser un peu partout sur le visage, dans le cou, plus bas encore…

Il l'allongea sur le canapé et fit doucement glisser ses vêtements sur le sol, avant de se déshabiller à son tour, l'air malicieux.

— Décidément, les canapés, ça nous inspire…

Sauf que cette fois, ils prirent le temps de se découvrir à fond, goûtant au plaisir de chaque baiser échangé, de chaque caresse partagée. Comme s'ils reconnaissaient tacitement que cette étreinte pouvait être la dernière qu'il leur soit donné de savourer. Ils ne se quittèrent pas des yeux, même au plus fort de la passion. Emma crut défaillir de plaisir lorsqu'il la pénétra lentement, son regard sombre plongé dans le sien comme si un puissant courant magnétique les retenait captifs l'un de l'autre. Ce qui leur arrivait était tout simplement magique, inespéré, et ils voulaient en profiter jusqu'à la dernière goutte.

Plus tard, alors qu'elle gisait alanguie entre ses bras, dans la douce chaleur du plaid qu'il avait étalé sur leurs corps nus, elle eut envie de ne plus jamais se relever. Elle se sentait si merveilleusement bien ainsi, le dos blotti contre le torse de Harris, leurs cœurs battant à l'unisson…

D'une voix presque inaudible, elle chuchota :

— Harris ?

— Hmm ?

— Est-ce que… Est-ce que tu as déjà fait quelque chose de mal — de vraiment mal dans ta vie ? demanda-t-elle tout en essayant de résister à la caresse délicieusement affriolante de ses doigts tièdes sur son épaule.

— Oui. Et pas qu'une fois, malheureusement.

— Ce qu'on vient de faire, toi et moi…, poursuivit-elle sur le même ton, c'est mal, n'est-ce pas ?

Il ne fit même pas mine de mentir.

— Oui, c'est mal. Sur tous les plans, en plus. Mais on le savait avant, pas vrai ?

Le menton tremblant, elle essaya de lui dissimuler la peine et la terreur qui l'envahissaient, sans succès. Elle avait l'étrange impression qu'il lisait jusqu'au fond de son âme, qu'il connaissait parfaitement la noirceur qu'elle cachait soigneusement à tous ceux qui l'approchaient. Dire qu'elle avait cru posséder assez de courage pour tout lui avouer ! C'était dans ce but qu'elle l'avait invité chez elle : pour lui dire la vérité. Mais s'il savait ce dont elle était coupable, il ne voudrait sûrement plus d'elle, et elle n'était pas sûre de pouvoir supporter son rejet.

— Emma, qu'est-ce qui se passe exactement ? demanda-t-il tout contre son oreille. Tu as des ennuis avec Daniel ?

Elle retint les larmes qui lui montaient aux yeux et se tourna vers lui, enfouissant son visage au creux de son épaule afin qu'il ne voie pas son désarroi.

— Chut… J'aurais dû te forcer à manger mon plat magique avant qu'on se retrouve là. Au moins, j'aurais été certaine de te garder éternellement en mon pouvoir…

— Qu'est-ce qui se passe, Emma ? répéta-t-il avec une inquiétude sincère qui, bizarrement, lui fit du bien.

— Rien. J'écoute ton cœur battre, c'est tout.

A défaut d'écouter le sien qui lui soufflait une petite phrase — la promesse de protéger Holly autant qu'elle le pourrait. Parce qu'elle savait pertinemment qu'elle ne pourrait pas tenir cet engagement si le passé la rattrapait en cours de route…

— Emma, à quoi tu penses ? insista doucement Harris. Tu peux bien me le dire, à moi.

— Si tu veux tout savoir, je pense aux fautes graves des gens. A leurs défauts capitaux.

— Ah bon ? Et c'est quoi, les tiens ? s'enquit-il avec amusement avant de reprendre son sérieux devant son mutisme lourd de signification. Bon, si j'ai bien compris, à moi l'honneur. Tu sais, ce boulot dont je t'ai parlé — celui que j'exerçais avant de devenir barman émérite. Eh bien, ça s'appelle de la prospection biochimique. Mais ça a aussi d'autres noms nettement moins sympathiques. Comme la piraterie biochimique. Ou le biocolonialisme.

Elle se redressa pour mieux l'observer. Visiblement, ce qu'il venait de lui avouer lui pesait sur la conscience depuis trop longtemps.

D'un geste tendre, il écarta une longue mèche de cheveux qui lui barrait le visage et poursuivit d'une voix sourde :

— Imagine un type de mon genre, plutôt doué dans le domaine scientifique, assez aventureux pour accepter de partir dans des coins reculés de la jungle, et capable d'établir des rapports de confiance avec des populations indigènes, en particulier avec le chamane ou le sorcier du village où il atterrit. Pour ça, il faut posséder une sorte de sixième sens. Il faut savoir poser les bonnes questions au bon moment, et aussi se taire et observer quand c'est nécessaire. Avec un peu de patience, on arrive à nouer des liens très forts avec les autochtones ; et s'ils vous considèrent comme l'un des leurs, ils n'hésitent pas à vous confier leurs secrets les plus précieux.

— Tu devais être drôlement fort à ce petit jeu, remarqua-t-elle avec une admiration qui ne parut pas l'enchanter, à en juger par son air sombre.

— Effectivement, j'étais fort — trop, sans doute. Le problème, c'est que ce n'était pas un jeu. Parce que j'étais envoyé sur le terrain par une compagnie pharmaceutique aux intérêts commerciaux énormes. Quand tu m'as demandé l'autre fois si j'avais été espion, tu n'étais pas si loin de la vérité, finalement. Sauf que je ne travaillais pas pour le gouvernement. J'ai volé les secrets des tribus où j'avais été parachuté, et je les ai livrés clés en main aux dirigeants de la compagnie. Bien entendu, ces derniers sont entourés d'une batterie d'avocats véreux. Résultat : de toutes les découvertes pharmaceutiques que j'ai contribué à rapporter, aucune n'a profité aux indigènes qui en étaient les véritables découvreurs. Tout l'argent est allé dans les poches du conglomérat pour lequel je travaillais.

— Mais… comment est-ce possible ? fit-elle en fronçant les sourcils. Il n'y a pas des lois contre ce genre d'escroquerie ?

— Si, bien sûr. Mais quand on a assez d'argent pour payer des experts peu scrupuleux, c'est facile de détourner la loi. Au début, je n'ai pas tellement prêté attention à leurs machinations — j'étais trop passionné par mon boulot pour m'occuper d'autre chose. Mais, petit à petit, j'ai compris ce qui se passait derrière la belle façade de la compagnie qui m'employait, et j'en ai eu marre d'être du mauvais côté de la barrière.

Il s'appuya sur un coude, puis reprit avec un petit sourire triste :

— C'est pour ça que j'ai démissionné de ce poste en or. J'ai tout lâché sur un coup de tête. Après, je me suis pointé sur le palier de Holly, sans ressources, complètement déprimé, et il a fallu qu'elle me prenne en charge alors que c'était à moi, son grand frère, de veiller sur elle. C'est comme ça qu'on a atterri ici, à San Francisco. Parce qu'elle a accepté le poste qu'on lui proposait pour nous sortir tous les deux de la mouise où je nous avais mis.

C'était donc ça, son terrible secret… S'il savait ce qu'elle cachait au plus profond de son cœur, il jugerait ses « fautes » ridiculement insignifiantes !

— Enfin, l'essentiel, dans cette histoire, c'est que tu as agi selon ta conscience, commenta-t-elle d'un ton qu'elle voulait rassurant et posé. Tu as démissionné, et, comme ça, tu n'as plus profité lâchement des indigènes qui…

Il lui ferma la bouche d'une main, l'empêchant de poursuivre.

— Peut-être, mais je n'ai fait machine arrière qu'après avoir failli causer la mort de quelqu'un. Tu te rends compte ? Je ne suis pas le type honnête et intègre que tu imagines, crois-moi…

Il avait failli faire tuer quelqu'un… C'était beaucoup — et peu à la fois. Parce que lui, au moins, n'avait pas de mort sur la conscience. Alors qu'elle…

Déposant un baiser sur la main tiède qui s'attardait sur ses lèvres, elle se retourna, arrondissant le dos pour mieux sentir sa chaleur. Elle lui prit les mains et les posa sur ses seins, jouissant du contact de sa peau contre la sienne, goûtant au bonheur de l'étreinte qu'elle aurait souhaité prolonger pour toujours.

— Allez, à ton tour, maintenant, chuchota-t-il.

Mais elle n'était pas prête à se confesser. Pas complètement, en tout cas.

— Daniel, lâcha-t-elle après quelques secondes de réflexion. C'est lui, ma faiblesse et ma faute.

— Pourquoi tu ne le quittes pas, alors ? Puisque tu m'as, moi ?

— Le quitter ? Et si tu t'avères être exactement le même genre de type que lui ?

— Voyons, tu ne te rappelles déjà plus ce que tu m'as dit il y a deux minutes à peine ? Je suis passé du bon côté de la barrière !

— Peut-être… Mais je ne sais pas si je suis du même bord que toi, conclut-elle en se blottissant plus étroitement contre lui, mettant ainsi un terme à leur conversation.

Combien de temps restèrent-ils allongés l'un contre l'autre ? Elle n'aurait su le dire, perdue dans une léthargie apaisante. Elle dut s'assoupir un instant, car elle se réveilla en sursaut au moment où Harris s'écartait doucement d'elle. Elle le regarda se rhabiller à la hâte, une expression fermée sur son beau visage. Peut-être avait-il enfin compris qu'elle ne pouvait qu'être contre lui, et non avec lui.

— Emma, murmura-t-il au bout de quelques minutes tendues, si tu ne me dis pas tout, je ne peux pas comprendre. Si tu veux que je t'aide, il faut que…

— Va-t'en, je t'en prie, l'interrompit-elle, une grosse boule dans la gorge.

Lorsque la porte se fut refermée derrière lui, elle resta étendue, glacée jusqu'à la moelle. Avec le départ de Harris, la magie s'était dissipée, laissant la place à une immense déception mêlée de regret.

Holly entendit la clé tourner dans la serrure. Elle eut à peine le temps de dissimuler les papiers qu'elle était en train de lire sous une pile de plans inachevés que Harris faisait déjà son apparition dans le salon. Il avait l'air affreusement fatigué, et elle sentit son cœur se serrer de compassion.

Sans perdre une seconde, elle se leva, espérant tromper sa clairvoyance par une diversion bienvenue.

— Un bon café, ça te dirait ? Enfin, plutôt, un déca, vu l'heure. J'ai un truc dans la cuisine que je n'ai pas encore essayé — de l'amaretto, je crois. J'allais justement m'en faire un, alors si tu as envie de te joindre à moi…

Sans attendre son accord, elle fila vers la cuisine et se mit en devoir de leur préparer deux tasses. Elle venait de verser l'eau bouillante dans les récipients quand Harris se posta de l'autre côté du comptoir, une expression indéchiffrable dans les yeux, tenant à la main les documents qu'elle avait vainement essayé de lui cacher.

Pour donner le change, elle décida d'attaquer la première. Les poings sur les hanches, elle lança :

— Tu n'es pas obligé de fouiller dans mes affaires, tu sais. C'est très vilain, la curiosité. Sans compter que ça peut te jouer des tours si tu en abuses.

Il ne parut pas se formaliser de sa remarque agressive. D'un geste, il lui indiqua les deux tasses fumantes :

— Si c'est du déca, tu devrais lui redonner un peu de punch. J'ai bien besoin d'un petit remontant…

Bien qu'intriguée, elle s'exécuta. Après avoir versé une bonne rasade de brandy dans chaque tasse, elle les emporta sur un plateau jusqu'au salon où Harris s'était installé. Il feuilletait le dossier qu'elle avait rapporté de son bureau, et, visiblement, lire les rapports de police et les transcriptions papier des interrogatoires ne lui faisait aucun plaisir. Il avait l'air encore plus contrarié que tout à l'heure, ce qui n'était pas peu dire.

— Allez, vas-y, lance-toi, lâcha-t-elle avec résignation tout en déposant sa tasse devant lui. Je suis tout ouïe, pour une fois. Tu peux te lâcher.

— Qu'est-ce que tu veux dire, Hol ?

— Ben… ton petit sermon. Tu sais, le classique : « Ce type a dégommé sa fiancée, c'est sûr. Il est grand temps de filer d'ici, crois-moi. Avant qu'il s'attaque à toi. Je te l'avais bien dit, sœurette ! » Etc.

Il haussa les épaules.

— Je ne dis pas que ce serait une mauvaise idée. Mais dans l'état actuel des choses… Au fait, où as-tu trouvé ces documents ?

— Je n'y suis pour rien. Quelqu'un les a laissés sur mon bureau.

Il hocha la tête d'un air soucieux.

— Apparemment, ce quelqu'un a l'intention de te faire peur pour que tu abandonnes la rénovation du Manoir.

— C'est exactement la conclusion à laquelle je suis parvenue.

— Et bien entendu, toi, rationnelle et sensée comme tu l'es, tu as eu la réaction inverse : au lieu d'être terrorisée et de filer sans demander ton reste, tu es plus déterminée que jamais à rester.

Elle réfléchit quelques secondes, puis avoua :

— La vérité, c'est que j'ai peur, Harris. Seulement, je ne suis pas assez effrayée pour laisser tout tomber maintenant.

Avalant la dernière goutte de son café amélioré, il se leva et porta sa tasse vide dans la cuisine, abandonnant les papiers sur la table du salon comme s'il ne s'y intéressait déjà plus. Puis il s'éloigna vers sa chambre.

— Où vas-tu ? s'enquit Holly, vaguement inquiète de son absence de réaction.

— Me coucher.

— Tu… tu veux dire que tu n'essaies même pas de me dissuader de rester ?

Il lui décocha un regard empreint de lassitude. Elle ne se rappelait pas lui avoir vu une telle expression de découragement auparavant, et cela lui fit un drôle d'effet. Elle se sentait presque déçue !

— Pourquoi est-ce que je me fatiguerais, Hol ? Tu sais bien que ça ne servirait à rien…

Bouche bée, elle le regarda entrer dans sa chambre, les épaules affaissées. A l'instant où il referma la porte derrière lui, elle eut la certitude qu'il lui cachait quelque chose.

Quelque chose d'important. De grave.

24.

— Les caves… J'aurais dû y penser. C'est une bonne cachette.

Au son de la voix de Gil, Ryan se retourna, debout devant l'un des casiers où reposait la cuvée de l'année. Les bouteilles de vin pétillant étaient rangées en ligne, le goulot face au mur, prêtes à être tournées une à une pour que la fermentation se fasse de manière homogène.

Cette opération, si importante pour la qualité des bulles, était presque entièrement mécanisée à Viña Dorada. Cependant, par respect de la tradition, Gil insistait toujours pour que Ryan garde une petite partie des bouteilles à part et qu'il les manipule lui-même. C'était un travail long et délicat : il fallait tourner les bouteilles d'un huitième de tour, deux par deux, puis les pousser jusqu'au fond de leur casier incliné afin de créer une pente plus forte qui aiderait les bulles à se former, grâce au mystérieux dosage de sucre et de raisin qui reposait à l'intérieur du verre soufflé à la bouche.

Etant donné la lenteur de l'opération, Ryan n'était pas seul : il travaillait toujours avec quelqu'un, en l'occurrence, le contremaître des ouvriers viticoles. Pour ne pas faire attendre Gil, il le laissa donc continuer la tâche minutieuse qu'ils avaient commencée ensemble. Gil avait raison : il avait passé pratiquement toute la matinée dans les caves, à s'occuper des bouteilles, histoire de ne pas penser à autre chose. Une façon comme une autre de fuir les réalités déplaisantes qui l'attendaient à la surface…

Avec un soupir, il jeta un coup d'œil circulaire aux rangées de vin pétillant qui reposaient paisiblement.

— Apparemment, pas si bonne que ça, puisque tu m'as retrouvé.

— Tu aurais dû te douter que tu ne pouvais rien me cacher, remarqua Gil avec un demi-sourire tout en claudiquant jusqu'à lui pour lui poser une main paternelle sur l'épaule. Ça fait trop longtemps qu'on se connaît, mon garçon…

Il avait quelque chose en tête, c'était sûr. Et Ryan devinait quoi. Il s'étonnait même que Gil n'ait pas abordé le sujet plus tôt. Comme quoi, ils se connaissaient vraiment bien, tous les deux.

— D'ailleurs, reprit le vieil homme avec gravité, je pensais te donner encore un peu de temps pour que tu abordes enfin la question qui te travaille sûrement autant que moi depuis… l'incident. Mais comme je ne voyais rien venir, je me suis dit que tu attendais sûrement la même chose de ma part. Que ce soit moi qui fasse le premier pas. Comme on entend souvent répéter dans les parages « C'est Gil qui décide »…

— Tu as vu juste, répondit Ryan en plongeant son regard dans celui de son mentor. Après tout, c'est comme ça qu'on fonctionne à Viña Dorada. C'est toi qui décides.

Gil émit un grognement bougon en guise de réponse. Tous les deux étaient célèbres dans le milieu à cause de leurs batailles en règle. Le vieil homme insistait toujours pour travailler de manière traditionnelle, dans l'esprit ancestral des viticulteurs californiens. Tout juste s'il n'invoquait pas la muse du vin chaque fois qu'il s'agissait de prendre une décision ! Ryan, au contraire, le poussait à moderniser l'exploitation, à utiliser les dernières technologies et méthodes de marketing qui leur permettraient de soutenir le rythme effréné de la concurrence. Les employés assistaient souvent à des prises de bec en public, tous les deux n'hésitant pas à élever la voix ni à se traiter de tous les noms quand ils s'opposaient sur un point important.

Pour se donner une contenance, Gil sortit une des bouteilles du casier devant lequel il s'était arrêté et fit mine d'examiner soigneusement le précieux liquide qu'elle contenait.

— Si c'est moi qui décide, pourquoi n'a-t-on pas discuté plus tôt de cette fille ? Je suppose que tu la vois régulièrement. Pas étonnant, quand on sait qu'elle ressemble tellement à ma chère Nina…

— Tu as raison, on se voit, confirma Ryan sans entrer dans les détails.

— Et c'est qui, exactement ?

Il ne répondit pas tout de suite. S'il s'était écouté, il serait allé voir Holly nettement plus souvent depuis leur dernier tête-à-tête. Malgré son envie, il s'était retenu, sachant très bien que, s'il se retrouvait seul avec elle, il ne pourrait s'empêcher de la prendre dans ses bras. Après tous les efforts qu'il avait déployés pour l'inciter à partir, cela n'aurait fait que la perturber davantage — parce que, par-dessus le marché, il lui aurait sûrement demandé de rester ! Un vrai casse-tête, d'autant que Holly ne paraissait pas plus disposée à écouter la voix de la raison que lui.

— Tu me demandes qui c'est ? répéta-t-il, cherchant la formule qui résume le mieux le guêpier dans lequel il s'était fourré. Je crois qu'on pourrait la définir comme ça : un joli piège.

— Si tu pensais me satisfaire avec cette réponse, c'est raté : ça m'intrigue encore plus, répliqua Gil tout en s'asseyant péniblement sur le banc qui jouxtait les premiers casiers à l'entrée de la cave.

Non loin de là, il y avait une pièce réservée à la dégustation, ce qui expliquait la présence des bancs à cet endroit. Deux fois par jour, des groupes de touristes venaient s'initier aux mystères du vin, encadrés par les sommeliers formés sur place. C'était l'un des développements lucratifs initiés par Ryan, et il n'en était pas peu fier.

Une fois installé, Gil lui fit signe de s'asseoir à côté de lui.

— Il faut dire que la ressemblance est… comment dire ? Frappante. C'est le mot, je crois.

En un éclair, Ryan se rappela le baiser qu'il avait échangé avec Holly.

— Seulement au début, commenta-t-il, étrangement ému.

Gil hocha la tête.

— C'est comme pour le vin, alors. Les nuances subtiles qui proviennent du sol d'origine ou des conditions d'exposition pendant la maturation du raisin peuvent créer des différences de taille, une fois qu'on sait les reconnaître.

Ryan acquiesça, les yeux rivés aux rayonnages de bouteilles qui donnaient à la cave une allure de gigantesque ruche. Ce n'était pas la première fois que cette image lui venait à l'esprit ; en fait, il la trouvait plutôt juste, surtout si l'on considérait le vin comme du nectar. Après l'étape du dégorgement — on ôtait le bouchon de sédiment naturel de façon à ajouter au raisin fermenté un savant dosage de sucre et d'alcool —, les bouteilles étaient de nouveau scellées, pour que la deuxième fermentation puisse avoir lieu. Cette méthode dite « champenoise » était coûteuse, mais elle portait ses fruits : le vin pétillant qui en résultait possédait une qualité bien supérieure à celle des mousseux qu'on pouvait trouver en grande surface à bas prix.

Gil avait raison. Des changements en apparence insignifiants pouvaient entraîner des différences énormes au final.

— Comment Marta prend-elle toute cette histoire ? s'enquit Ryan après quelques minutes de silence.

Gil fit un geste fataliste.

— Je ne sais pas pourquoi tu me poses la question, à vrai dire. Elle est solide comme un roc, tu le sais bien. Le sang catalan qui coule dans ses veines doit y être pour beaucoup. C'est moi, le maillon faible, pas elle.

Il eut un sourire amer. Les suites de son attaque l'avaient sérieusement handicapé, et depuis quelque temps, il ne se déplaçait plus sans sa canne. Un comble pour l'homme actif et dynamique qu'il avait toujours été.

— J'aurais dû te prévenir, pour Holly, s'excusa Ryan. Je l'aurais fait si seulement j'avais pu imaginer qu'elle ferait son apparition ici, chez vous…

— Je sais, je sais, le coupa Gil en hochant gravement la tête. Mais tu vois, le vieil homme usé que je suis n'a pas succombé à ce dernier coup du sort. Je suis peut-être plus solide qu'il n'y paraît, finalement.

— C'est Daniel qui l'a fait venir à San Francisco. Il l'a embauchée pour rénover le Manoir.

— Daniel, bien sûr… J'aurais dû m'en douter.

Gil était au courant des tensions qui déchiraient la famille Cutty, y compris de la concurrence qui avait toujours existé entre Ryan et son cousin.

— C'est une architecte spécialisée dans ce genre d'entreprises. Daniel veut qu'elle l'aide à transformer le Manoir Cutty en un restaurant-bar-boîte hyperbranché, histoire de faire oublier à tout le monde ce que cet endroit a pu être par le passé. L'*East Side Café*, c'est le nouveau nom qu'il lui a trouvé. Et contre toute attente, il a réussi à décrocher l'accord de mes parents.

— Et toi, qu'est-ce que tu en penses ?

— Moi ? répéta-t-il en haussant les épaules. Pourquoi pas ?

S'il a le soutien de ma mère, je ne vois pas ce que je pourrais dire... Seulement, je n'arrive toujours pas à comprendre comment il a pu l'embobiner à ce point. Ce n'est vraiment pas son style, de vouloir faire du neuf avec du vieux — surtout quand on touche à sa sacro-sainte tradition.

— Vanessa a peut-être ses raisons...

— C'est-à-dire ?

— Eh bien, il n'y a pas à aller chercher très loin : tu n'as qu'à voir ce qu'est devenu ton père. Note que je ne veux pas le juger ; nous sommes amis depuis trop longtemps pour que je me permette de le critiquer. Et il est toujours l'homme fondamentalement bon et honnête que j'ai appris à aimer. Mais il a ses faiblesses et ses limites. Il n'aurait jamais dû se lancer dans l'expansion de l'affaire familiale tout seul, après que mon attaque m'a laissé incapable d'entreprendre quoi que ce soit. Imagine un peu ce que ta mère a dû ressentir lorsqu'il a perdu la galerie d'art à la suite de ses erreurs financières ! Tous ces chef-d'œuvres que ton grand-père avait patiemment réunis ont dû être vendus, à l'exception d'une poignée d'entre eux que Vanessa a sauvés in extremis ! Ce Manoir est un véritable gouffre, tu sais. Alors, le confier à Daniel et à ses projets de table rase ? Ta mère a dû trouver que ce n'était peut-être pas une mauvaise idée de mettre ton père devant le fait accompli. De lui montrer qu'à cause de ses bêtises, le patrimoine familial risquait la ruine si on ne le modernisait pas de toute urgence...

Difficile à croire, songea Ryan. Pour que ce raisonnement soit valable, il aurait fallu que Samuel soit encore capable d'éprouver du remords. Or il semblait tellement abruti par l'alcool que cela ne lui servirait même pas de leçon. Quant à sa mère, elle était bien trop intelligente pour se leurrer à son sujet. Non, il y avait forcément autre chose là-dessous — mais quoi ?

— Ma mère ne saborderait jamais l'entreprise familiale

volontairement, assura-t-il en secouant la tête. Elle est bien trop attachée au prestige de notre nom et aux valeurs ancestrales pour trahir ses racines.

— Elle t'a bien laissé tomber une fois, non ?

Il réfléchit quelques secondes avant de répondre.

— Non, c'est moi qui l'ai laissée tomber, Gil. Ma mère n'a confié les rênes de l'entreprise à Daniel qu'après ma défection. Vu l'état de papa, elle n'avait personne d'autre vers qui se tourner. Enfin, c'est ce qu'elle s'est dit.

— Et cette fille, alors ? Qu'est-ce qu'elle vient faire dans tout ça ? demanda Gil.

— C'est justement là que le bât blesse.

Holly, la bombe qui risquait de leur faire exploser le passé à la figure…

Comprenant que Ryan n'avait pas l'intention d'en dire plus, Gil lui tapota une nouvelle fois l'épaule.

— Je vois que tu continues à garder tes petits secrets jalousement. Pour un vieil homme comme moi, c'est un peu contrariant ; ça me donne l'impression que tu veux absolument me ménager. Du coup, je me sens encore plus inutile. Pas la peine d'en faire trop, mon garçon : Marta s'occupe de moi à temps plein, et elle y arrive plutôt bien.

Se relevant à l'aide de sa canne, il fit quelques pas devant les casiers remplis de bouteilles et en sortit une avec des précautions infinies pour l'examiner à la faible lumière de la cave.

— Cette année va être exceptionnelle, Ryan, je le sens. Qui sait ? Nous arriverons peut-être enfin à devenir fournisseurs de la Maison Blanche…

— En tout cas, j'y travaille, Gil.

Sans quitter le précieux liquide des yeux, le vieil homme remit la bouteille en place.

— Nina, ma petite étoile filante… Elle cherchait toujours à

vivre tout à fond, comme si elle savait inconsciemment qu'elle n'était pas destinée à rester longtemps sur cette terre. C'est peut-être ça qui l'a emportée loin de nous, d'ailleurs : sa façon excessive de vouloir tout, tout de suite, sans concession…

Il soupira avant de continuer d'une voix brisée :

— Je connaissais bien ma fille, Ryan. Je sais qu'elle n'était pas toujours très… comment dire ? Honnête. Raisonnable. Mais je l'aimais — oh oui ! ça, je l'aimais. Et elle en était bien consciente, d'ailleurs. Elle tenait mon cœur dans ses petites mains impatientes. Quand elle est partie, il s'est fêlé à jamais…

— Je sais, Gil. Je sais…

Il secoua la tête comme pour chasser les larmes que l'on entendait trembler dans sa voix.

— Qu'est-ce que tu vas faire, alors ? Je veux parler de cette architecte qui ressemble tant à ma Nina.

Ce qu'il allait faire ? Ryan repensa à la semaine qui venait de s'écouler. A son obsession toujours grandissante, au baiser qu'ils avaient échangé et qu'il ne songeait qu'à répéter, aux risques qu'ils couraient à se revoir malgré tout… Cela s'appelait jouer avec le feu

— Ce que je vais faire ? répéta-t-il avec autodérision. Je suppose que je vais sauter à pieds joints dans le piège. Quoi d'autre ? Autant tenter le tout pour le tout, au point où j'en suis.

— On dirait que tu as grandi, mon garçon, remarqua Gil avec un petit sourire.

— Soit ça, soit je suis complètement idiot.

— Je ne crois pas, non, protesta le vieil homme vigoureusement. Tu sais, j'ai longtemps été inquiet pour toi, Ryan. Tu obtenais tout trop facilement : les bonnes notes à l'école, les récompenses dans toutes les disciplines extrascolaires, les premières places à toutes les compétitions, les compliments chez tous les amis de tes parents… Du coup, ce que tu entreprenais, tu le faisais sans passion, sans désir véritable. Tu étais devenu blasé, indifférent. Sauf en ce qui concernait ton idée fixe : les bateaux. On aurait dit que tu n'avais qu'un objectif qui te tienne vraiment à cœur : naviguer.

Ryan laissa échapper un rire sans joie.

— Pour ce que j'en ai fait, de mon bateau…

En voyant l'expression de son compagnon, il regretta aussitôt ses paroles.

— Pardon, je ne voulais pas…

— Mais tu l'as dit, et c'est la vérité, le coupa Gil sans paraître offensé outre mesure. Au début, je me suis senti coupable d'avoir accepté ton aide pour sortir Viña Dorada de la crise. Je ne pouvais pas faire autrement, et pourtant… pourtant j'avais honte de te kidnapper ainsi. De t'arracher à la seule chose qui comptait vraiment pour toi : la mer et le grand large.

Suite à l'attaque qui l'avait laissé pratiquement hémiplégique, il lui avait fallu de longues années de rééducation pour qu'il puisse de nouveau se tenir debout et marcher,. Sans le secours de Ryan, il n'aurait jamais pu garder Viña Dorada. Après avoir perdu sa fille unique, il se serait vu enlever l'héritage familial auquel il tenait comme à la prunelle de ses yeux. Et il ne s'en serait probablement jamais remis.

— J'ai passé des nuits à m'accuser de t'avoir imposé une vie dont tu ne voulais pas, poursuivit-il en hochant la tête. Je me disais qu'après l'échec de notre grand projet d'union, ton père et moi aurions dû nous en tenir là. Nous avions déjà échoué quand nous avions voulu vous marier, Nina et toi. A force de me prendre pour un dieu, je risquais de gâcher ton existence et la mienne. C'est parfois les torts qu'ont les parents, même lorsqu'ils sont bien intentionnés. Ce n'est que plus tard qu'on apprend l'humilité…

— L'esprit du vin t'a visité dans tes vieux jours, c'est ça ?

plaisanta Ryan, comme toujours lorsqu'il commençait à philosopher.

— Sûrement. Parce que voilà ce que j'ai fini par comprendre : ce qui m'était apparu comme un sacrifice de ta part a en fait été bénéfique pour toi aussi. Alors, je ne suis plus très sûr de le regretter. Ce que Viña Dorada t'a ôté sur le plan de la liberté, elle te l'a rendu au centuple sur d'autres plans. Bien sûr, tu ne t'en rends pas encore compte. Tu continues à rêver à tes contrées lointaines, à ton grand voyage en bateau. Mais un jour, tu prendras conscience que ce que tu possèdes ici vaut toutes les mers et toutes les îles du monde.

— Ce jour n'est peut-être pas aussi loin que tu sembles le penser, Gil.

Il n'avait pas tort, songea Ryan, car le vignoble était devenu un élément important de sa vie. Ce fameux esprit du vin dont il se moquait gentiment l'habitait aussi, désormais. Au fil du temps, diriger l'exploitation viticole était devenu l'une de ses passions. Il avait gravi tous les échelons au sein de l'entreprise Travers, passé les diplômes nécessaires pour devenir œnologue émérite et injecté de l'argent frais dans la modernisation des méthodes de récolte et de vinification. Bref, depuis des années, Viña Dorada faisait partie intégrante de lui-même.

— Cette architecte, reprit Gil avec le même sourire vague, tu m'as dit qu'elle était spécialiste des rénovations, n'est-ce pas ? Faire du neuf avec du vieux — une sorte de petit miracle… Un peu comme celui qui a lieu chaque fois que du simple jus de raisin se transforme en vin, grâce à une suite d'opérations plus ou moins mystérieuses. Tu as raison de tenter le tout pour le tout, Ryan. C'est dans ton sang, de t'accrocher jusqu'au bout. Et tu as besoin de passion pour donner du sens à ton existence. C'est la seule chose qui permette aux hommes de rester vivants, crois-moi.

— L'esprit du vin frappe fort, aujourd'hui !

— Tu ne crois pas si bien dire, répliqua Gil avec un clin d'œil taquin. Au fait, tu as une invitée qui t'attend dans la salle de dégustation. D'ailleurs, elle doit se demander ce que je fabrique, depuis le temps que je l'ai laissée là pour aller te chercher ! Heureusement, Tony s'occupe d'elle : il lui fait goûter un échantillonnage de nos meilleurs crus. Ça devrait la faire patienter. D'autant qu'elle a de la conversation : bavarde comme une pie, et un de ces débits de parole ! Cela dit, j'ai passé un bon moment en sa compagnie. Elle est charmante, Ryan. Alors, s'il te plaît, sois gentil avec elle.

Incroyable, se dit Ryan tout en le regardant s'éloigner en boitillant. Même avec la paralysie qui le handicapait, il trouvait le moyen de lui donner une leçon de savoir-vivre. Une force de la nature, ce Gil, décidément !

Pour revenir sur les lieux de son crime involontaire, Holly avait sorti toute la panoplie de la star incognito : lunettes noires assez larges pour cacher tout le haut de son visage, foulard noué sur les cheveux… Pas question de créer le même tollé que la dernière fois. Sa ressemblance avec Nina n'avait pas à être exposée aux regards des employés de Viña Dorada.

Elle crut au départ que son plan avait fonctionné, car on l'avait laissée attendre sans plus de questions dans la salle de dégustation. Jusqu'à ce que Gil arrive cinq minutes plus tard et lui demande d'enlever ce qu'il avait appelé « un déguisement idiot » afin de pouvoir la regarder à loisir.

— Je ne vois pas pourquoi une aussi jolie jeune femme que vous se cacherait derrière des lunettes noires, avait-il ajouté avec un demi-sourire qui avait achevé de la convaincre.

Ils avaient passé une demi-heure très agréable à discuter

tout en goûtant les différents crus qui faisaient la réputation du vignoble. Elle avait eu l'impression que, derrière ses manières affables et courtoises, il l'étudiait scrupuleusement. Sans doute cherchait-il à décider si elle était assez bien pour son cher Ryan, sur lequel il ne tarissait pas d'éloges. En tout cas, elle avait appris de nombreuses anecdotes intéressantes sur Viña Dorada, dont le nom espagnol venait de l'ascendance de Marta, mais aussi sur Ryan enfant, adolescent, jeune homme plein d'énergie et d'enthousiasme. Sans refuser de goûter au vin que lui tendait le chef sommelier, elle avait fait bien attention à n'y tremper que le bout des lèvres. Elle n'avait pas l'intention de boire plus que de raison !

A présent, elle tapotait nerveusement du bout des ongles le comptoir du bar à dégustation, jetant des coups d'œil réguliers à sa montre. Cela faisait plus de vingt minutes que Gil s'était éclipsé avec la promesse de lui ramener Ryan. Certes, le vin pétillant qu'on lui avait servi était excellent — un grand cru classé à la dénomination compliquée pour une néophyte comme elle. Elle avait retenu quelques termes comme « demi-sec » et « crémant », mais ne savait pas bien à quoi ils correspondaient. Tout ce qu'elle savait, c'était que le temps commençait à se faire long.

— Ça y est, le voilà, annonça soudain Tony, le chef sommelier, en pointant du doigt la silhouette élégante de Ryan.

Elle sentit son cœur faire un bond lorsqu'elle vit Ryan se diriger résolument vers elle, et cela lui rappela à quel point elle était vulnérable en ce qui le concernait. Il lui faisait l'effet enivrant d'une gorgée de champagne : sa simple présence suffisait à lui tourner la tête…

Il vint s'asseoir sur le tabouret à côté d'elle. Les manches relevées au-dessus des coudes et les cheveux ébouriffés, il était plus beau que jamais. Un cru d'exception !

Il souleva les lunettes qu'elle avait déposées sur le bar et les reposa avec un air de mépris.

— C'est avec ce genre d'accessoires que vous comptez tromper votre monde ?

Vexée, elle se redressa sur son siège avant de lui tendre le gros dossier qu'elle avait apporté.

— Cette fois, en tout cas, personne ne s'est mis à hurler en me voyant, répliqua-t-elle sèchement. Je considère ça comme un progrès.

Comme il ne réagissait pas, elle sortit plusieurs feuillets du dossier et les lui mit sous les yeux.

— Au fait, reprit-elle, vous m'avez menti. Et j'aimerais bien savoir pourquoi.

Il prit les pages qu'elle avait sélectionnées et les parcourut à une vitesse incroyable. A l'évidence, il les connaissait déjà par cœur.

— Daniel m'a dit que vous n'aviez pas l'intention de démissionner, commenta-t-il sans lever les yeux du dossier qu'il feuilletait toujours. Il m'a laissé entendre que vous n'aviez pas vraiment le choix. Vous pourriez m'expliquer de quoi il retourne ?

Décidément, il avait l'art de renverser la situation ! Elle était venue dans le but de l'interroger, et voilà qu'elle se retrouvait dans la position inverse !

— Désolée, mais je ne vois pas de quoi il a voulu parler, répondit-elle de mauvaise grâce.

— Ça signifie que vous pourriez très bien partir ? insista-t-il tout en reposant les pages sur le bar. Il n'a aucune prise sur vous, aucun moyen de pression ?

— A vrai dire, si. Ça s'appelle un salaire, figurez-vous. Et de temps à autre, ça fait du bien d'en recevoir un. Dans ma situation actuelle, ça fait même plus que du bien : c'est vital !

Enervée par son détachement, elle reprit l'une des feuilles imprimées et l'agita devant son nez.

— Pour en revenir à nos moutons, je vous signale que j'ai lu tout le dossier vous concernant. Dans ce document en particulier, j'ai appris des choses tout à fait intéressantes, et…

Il lui saisit le bras, mettant un terme momentané à sa diatribe. Le souffle coupé, elle sentit la tension s'élever d'un cran. On aurait pu entendre les bulles de champagne éclater dans la flûte à moitié pleine qu'elle avait abandonnée sur le comptoir.

— Je sais parfaitement ce que vous avez appris, Holly.

Il ne prononçait pas son nom très souvent. Mais quand il le faisait, il lui donnait une consonance spéciale, un accent délicieusement exotique et rare. Comme s'il en appréciait les sonorités en connaisseur et qu'il leur redonnait leur véritable valeur.

— Vous m'avez soutenu que l'enquête ne corroborait pas la thèse de l'assassinat, reprit-elle, décidée à ne pas se laisser déstabiliser. Mais d'après ce rapport, il est clair que quelqu'un — vous ou une tierce personne — a délibérément fait quitter la route à la voiture de Nina. Qu'avez-vous à me dire là-dessus ?

— Rien, répondit-il avec un sourire énigmatique. Absolument rien. Donc, si je comprends bien, vous avez besoin d'argent, et c'est pour ça que vous restez ?

— C'est de ce projet que j'ai besoin. En fait, je veux à tout prix le mener à bien. Je le vois comme un défi fabuleux qui va me permettre non seulement de redonner un coup de fouet à ma créativité, mais aussi de triompher enfin sur la scène architecturale. J'en suis persuadée : ce sera un véritable succès.

— Grâce auquel vous comptez attirer des commandes ultérieures, je suppose ?

— C'est ce que j'espère, en tout cas.

— Et Nina ? Toute cette histoire compliquée n'a pas l'air de vous embêter outre mesure, on dirait.

Elle leva les yeux au ciel.

— Bien sûr que si, ça m'embête ! Mais que voulez-vous que j'y fasse ?

— Je vois. Vous pensez sans doute que le jeu en vaut la chandelle. Que le risque encouru est minime par rapport aux retombées que la rénovation du Manoir peut avoir sur votre carrière.

— Le risque... Vous exagérez, non ?

— Je ne crois pas. Que vous le vouliez ou non, il existe un risque pour vous dans cette affaire. Et à mon avis, c'est un des éléments qui vous stimulent. Le frisson du danger, ça a du bon sur l'imagination, n'est-ce pas ?

— Je n'ai été engagée que jusqu'à la fin du mois, répliqua-t-elle d'un ton très professionnel. Et je n'ai pas l'intention de faire la bêtise de rompre mon contrat. Vous comprenez ? Ça me mettrait dans une position délicate...

— Et vous voudriez me faire croire que votre cas serait indéfendable en cour de justice ? la coupa-t-il, sarcastique. Voyons, soyons réaliste : vous pourriez tout à fait l'emporter si vous déclariez la vérité, à savoir que vous avez été attirée ici sous de faux prétextes.

— Peut-être, admit-elle du bout des lèvres. Mais Daniel a les moyens de se payer de meilleurs avocats que moi, si je ne m'abuse...

Sautant sur la perche qu'elle venait de lui tendre involontairement, il remarqua :

— Vous parlez d'expérience, on dirait. Vous avez déjà dû faire appel à des avocats ?

— Oui, et ça ne s'est pas très bien passé. C'était pour mon divorce. Et croyez-moi, mon ex-mari s'est nettement mieux débrouillé que moi dans cette affaire ! Grâce à ses avocats, entre autres.

— Un ex-mari ? répéta Ryan dont le sourire s'était encore élargi et dont les yeux pétillaient de malice. Racontez-moi ça…

— Vous ne l'auriez pas cru en me voyant comme ça, hein ? Je suis pleine de surprises, pour une petite architecte ! Mais je ne suis pas venue pour parler de ma vie privée.

Elle lui indiqua du menton les pages agrafées qui attendaient toujours sur le comptoir. Il repoussa les documents du plat de la main d'un air souverainement indifférent.

— Ça y est, vous avez la preuve que je vous ai menti. C'est écrit noir sur blanc là-dedans. Qu'est-ce que vous voulez de plus ?

— Vous n'avez rien à ajouter ? Pas même un mot pour votre défense ?

— Non, Votre Honneur, ironisa-t-il avec une petite grimace comique que démentait son regard glacial.

Fermant un instant les paupières, elle s'obligea à compter jusqu'à dix avant de reprendre plus calmement :

— Désolée si mon ton a pu vous paraître accusateur. Je ne voulais pas vous juger. C'est juste que j'estime avoir droit à une explication…

Il secoua vigoureusement la tête.

— Non, ce n'est pas une explication que vous attendez, objecta-t-il d'une voix de gorge qui la fit frissonner. Rien à voir avec la vraie raison qui vous amène ici. Je la connais, et pour cause : j'ai failli aller frapper à votre porte, et plus d'une fois. J'avais presque réussi à me persuader que je voulais vous revoir pour la bonne cause — uniquement pour vous ouvrir les yeux sur les dangers que vous courriez à rester dans les parages. Mais au fond, je savais bien que j'attendais plus de nos retrouvailles. Beaucoup plus…

Il se pencha vers elle, les yeux brillants :

— Ce que vous voulez vraiment, Holly, c'est un miracle. Rien de moins. Et j'en suis venu à espérer la même chose — enfin, c'est ce que je me dis.

Ils étaient seuls dans la salle de dégustation, songea-t-elle brusquement. Tony s'était éclipsé depuis un bon moment déjà, sans doute pour les laisser en tête à tête.

Ryan se pencha davantage vers elle, si près qu'elle pouvait sentir son haleine délicatement mentholée.

— Est-ce que ce ne serait pas merveilleux si on pouvait repartir de zéro, tous les deux ? poursuivit-il d'un ton rêveur, comme s'il récitait un beau conte de fées. Il était une fois un jeune homme et une jolie jeune femme… Imaginez qu'on se soit rencontrés dans des circonstances totalement différentes. Disons que je vous aurais engagée pour… prendre en charge une nouvelle branche d'exploitation à Viña Dorada. Vous ne ressembleriez à personne de ma connaissance, et surtout pas à Nina. Vous auriez les cheveux roux, de grands yeux verts et des lunettes. Nous aurions entamé une conversation passionnante, et je vous aurais proposé un rendez-vous que vous auriez accepté. Nous aurions échangé un baiser — un baiser passionné, que rien ne nous aurait empêchés de savourer pour ce qu'il était : les prémices d'un plaisir encore plus intense. Pas d'histoires de fantômes ou de meurtres, pas de questions existentielles du genre « Est-ce bien moi qu'il embrasse ? » ou « Est-ce bien elle que je tiens contre moi ? ». Le scénario romantique classique, en somme…

— Vous êtes en train de me dire que, si notre histoire n'a pas commencé de la manière simple que vous décrivez, il est impensable qu'elle se poursuive, c'est bien ça ? articula-t-elle malgré la grosse boule de chagrin qui lui serrait la gorge.

— Pourquoi ? Vous avez une autre suggestion ? répliqua-t-il

tout en posant sa main sur le rapport qu'elle lui avait apporté comme pièce à conviction.

— Pourquoi les hommes veulent toujours que ce soit nous, les femmes, qui fassions le sale boulot ?

— Parce qu'on est des affreux paresseux, voilà tout, répondit-il avec une étincelle moqueuse dans le regard. Bon sang, vous savez à quoi vous me faites penser, têtue comme vous l'êtes ? A un vent de tête. Vous ne vous arrêtez jamais.

— Je… je ne comprends pas…

— Quand on navigue dans le sens du vent, on avance bien plus vite qu'on ne l'aurait cru possible, même quand on est lourd et peu maniable. Ça me rappelle la fois où j'ai atteint les dix nœuds avec un Newport d'occasion, tout ça parce que j'avais le vent dans le dos…

— Alors, c'est ça que je suis ? Un dix-nœuds ?

— Exactement. Mais c'est un compliment, je vous rassure.

Tout cela sur le ton de la plaisanterie, pour masquer la tension brûlante qui s'était élevée entre eux. Ils se regardèrent un moment en silence, Ryan soupira, vaincu.

— Vous voulez toujours l'explication que vous m'aviez demandée tout à l'heure ? C'est ma mère. Elle connaît pas mal de gens d'influence, et je la soupçonne fortement d'avoir tiré des ficelles par-derrière. Je n'ai même pas eu à comparaître. On m'a informé qu'il n'y avait pas assez de preuves pour étayer l'hypothèse de ma culpabilité, et basta !

Il fit un geste en direction du dossier.

— Au fait, comment êtes-vous entrée en possession de ces documents ?

— Quelqu'un les a laissés sur mon bureau.

Il hocha la tête.

— On cherche à vous faire peur, conclut-il doctement, comme

Harris la veille. Mais à l'évidence, c'est raté. Je dirais même que ça a produit l'effet inverse !

— Et la boucle est bouclée…

Son haussement de sourcils ramena le sourire sur les lèvres de son compagnon. Il prit la flûte qu'elle avait abandonnée sur le bar et l'éleva à hauteur de ses yeux.

— Vous avez goûté à notre cuvée spéciale, à ce que je vois. Les bulles sont légères, un peu plus abondantes que d'habitude, et elle a un goût fruité très prononcé sans être trop douce ou trop sucrée. C'est parce que nous la laissons en cave deux ans de suite, pour qu'elle obtienne cette maturation exquise. Une innovation pour laquelle j'ai dû batailler ferme. A l'époque, Gil m'a dit que j'étais complètement dingue ! Alors qu'aujourd'hui, le résultat est là : il y a même de bonnes chances pour qu'elle nous fasse entrer au club très sélect des fournisseurs officiels de la Maison Blanche…

Elle lui prit le verre des mains et le vida d'un trait avant de ramasser les feuilles éparses qu'elle rangea dans leur pochette. Puis elle se leva, prit son sac, mit le dossier sous son bras et laissa échapper un soupir de regret. Ryan était si beau, si sûr de lui, que cela lui faisait mal au cœur de penser que leur relation était vouée à l'échec.

— Parfois, ça peut avoir du bon d'être dingue, déclara-t-elle avant de sortir d'un pas digne, le laissant réfléchir à ses mots.

En arc-boutant…

25.

Les arcs-boutants, voilà une merveille architecturale dont Holly ne se lassait pas : un miracle de conception, un prodige défiant les lois de l'équilibre, rien de moins ! Dire qu'ils parvenaient à soutenir le poids d'un toit ou d'une voûte alors qu'ils ne reposaient sur rien d'autre que des forces antagonistes ! Même le nom avait quelque chose de mystérieux : arc-boutant… On avait l'impression d'un effort énorme, d'une combinaison étonnante, d'une puissance active fabuleuse contenue dans un simple petit mot.

C'était la découverte des arcs-boutants qui avait marqué le début de sa vocation. Elle était toute jeune, à l'époque, et s'était inscrite à un voyage organisé en Europe. Par un beau jour de juillet, elle s'était retrouvée avec le reste de son groupe à visiter la cathédrale Notre-Dame à Paris. Tout le monde s'extasiait sur les gargouilles médiévales qui ornaient l'édifice gothique et dont les faces grimaçantes attiraient irrésistiblement le regard. Mais elle était tombée en arrêt devant les arcs-boutants. Telle une armée de soldats impassibles, ils s'alignaient de part et d'autre de la nef, fidèles à leur poste depuis des centaines d'années, gardiens inamovibles de l'espace fabuleux qu'avait créé la main de l'homme. Pour elle, jeune fille frappée d'admiration, l'inspiration divine s'incarnait sans nul doute dans l'arc-boutant.

Des années plus tard, confrontée aux difficultés de l'existence, elle s'était fait la réflexion que son esprit têtu et volontaire avait quelque chose de l'arc-boutant. Lorsqu'elle s'en donnait la peine, elle s'efforçait de son mieux de maintenir les choses en place, si lourd que puisse être le fardeau. Et elle luttait de toutes ses forces pour ne jamais s'écrouler sous le poids de la vie. Dans les mauvais moments comme dans les bons, cette obstination ne l'avait jamais quittée. Le plus souvent, pour son bien.

Mais ce qui s'était jusqu'ici avéré une qualité pouvait très facilement tourner au défaut. Etre têtue vous exposait aussi à des désagréments de taille. Surtout quand on s'obstinait à prendre en charge un projet qui risquait de ne vous apporter que des ennuis. Rester à San Francisco n'était peut-être pas de la persévérance, mais de la bêtise pure et dure, étant donné les circonstances.

Elle aurait pu être ailleurs à l'heure qu'il était, en train de se lancer dans un autre projet, plus confortable, moins risqué. Au lieu de cela, elle se retrouvait face à un mur de béton, et elle espérait en venir à bout avec sa tête de mule comme bélier ! D'accord, l'image était un peu farfelue, mais c'était la seule qui lui venait à l'esprit. Et vu son comportement déraisonnable, ces derniers temps…

Toujours est-il qu'elle se trouvait là, en tenue de soirée, dans le hall du Manoir Moore, un cocktail compliqué à la main, devant la maquette de son propre projet de rénovation.

La grande soirée de Vanessa était censée commencer à 20 heures. Peu habituée au quart d'heure de politesse qui voulait que les invités n'arrivent que quinze minutes minimum après l'heure indiquée sur le carton, Holly s'était montrée en avance. Tant mieux, finalement : cela lui avait évité de tomber des nues devant tout le monde en découvrant la réplique miniature du Manoir Cutty tel qu'elle l'avait imaginé. On aurait dit une maison de poupée : devant, la façade en bristol reproduisait avec une minutie parfaite tous les détails de l'original. Derrière, on pouvait admirer l'intérieur des pièces, modelées d'après les esquisses préliminaires qu'elle avait fournies à Daniel deux semaines plus tôt, et qu'il lui avait peu élégamment renvoyées à la figure. Un comble de les retrouver ainsi exposées aux yeux du Tout-San Francisco ! Et sans qu'elle ait été prévenue, évidemment !

Daniel n'en avait fait qu'à sa tête, une fois de plus. Depuis qu'elle lui avait montré ce premier jet, ses idées s'étaient affinées, perfectionnées. Elle avait même changé d'avis sur un bon nombre de points qui lui semblaient pourtant excellents au départ. Et maintenant, les invités rivalisaient de « Oh ! » et de « Ah ! » admiratifs, s'extasiant sur la maquette qui, à elle, paraissait bien pâle !

C'était contre les règles de faire une maquette basée sur des croquis préliminaires. Absurde. Complètement inutile. Cela faussait la perception que le client devait se faire du résultat. Les esquisses, ce n'était qu'un premier stade, rien de plus. Et voilà que Daniel les avait élevées au rang de projet final ! Elle se sentait trahie, humiliée. Ce qu'elle avait imaginé depuis s'avérait tellement mieux que ces visions imparfaites et maladroites !

Un peu à l'écart, Daniel observait ses réactions, semblable à un loup posté dans un fourré. Les yeux fixés sur elle, le visage tendu, il avait l'air d'une bête sauvage prête à bondir sur sa proie.

Mal à l'aise, elle détourna les yeux, bien décidée à ne pas lui révéler l'impression désagréable qu'il lui faisait. Elle se força à imaginer son commanditaire sous une forme moins effrayante. Plus qu'un loup affamé, il ressemblait à… à un paon prétentieux, tiens ! Une volaille stupide qui ne songeait qu'à parader devant la bonne société californienne, et qui ne perdait pas une occasion de se rengorger en faisant bouffer ses plumes. Il était plus ridicule que dangereux, à vrai dire : après tout, son crime le plus dérangeant était de la forcer à porter des talons hauts alors qu'elle préférait les baskets !

Soudain, elle sentit une présence familière à son côté. Emma venait d'apparaître et mordit allègrement dans un canapé avant de faire la grimace.

— Trop salé, lâcha-t-elle d'un air dégoûté avant de s'essuyer les doigts sur une serviette en papier. Félicitations, au fait. Daniel adore toutes vos idées.

— Ça, je n'en doute pas…

A son ton, la jeune femme parut interloquée.

— Il a encore fait des siennes, c'est ça ?

— Ce n'est rien de le dire…

D'un bref signe de tête, Holly fit comprendre à Daniel qu'elle allait le rejoindre. Il la regarda fendre la foule à travers ses lunettes bordées d'écaille, élégant comme à son habitude dans un costume gris anthracite que venaient égayer les rayures contrastées de sa chemise et de sa cravate. Une vraie torture pour les gens qui auraient des problèmes d'accommodation visuelle, songea-t-elle, amusée malgré elle.

Lorsqu'elle ne fut plus qu'à quelques pas de lui, il lui décocha un de ces sourires éblouissants dont il avait le secret. De toute évidence, les scrupules ne l'étouffaient pas.

Un peu énervée par son manque de contrition, elle se planta devant lui d'un air peu amène.

— J'ai à te parler, Daniel.

C'était net, court, abrupt, décidé, et l'image de l'arc-boutant s'imposa une nouvelle fois à son esprit. Il fallait qu'elle tienne bon.

Ils s'écartèrent un peu de la foule, et elle lui exposa ses griefs le plus professionnellement possible. Elle allait se féliciter d'avoir réussi à garder son calme quand une mimique de Daniel fit voler sa sérénité en éclats. Il venait de lever les yeux au ciel, comme si elle délirait !

Ce fut donc d'un ton encore moins aimable qu'elle conclut :

— Et plus question de te servir de mes plans comme bon te semble, compris ?

— Voyons, Holly ! C'est magnifique, ce que tu as imaginé !

— Là n'est pas la question. En plus, moi, je ne trouve pas que ce soit « magnifique », comme tu dis. Je suis capable de bien mieux, et tu le sais parfaitement !

Un peu surpris par sa colère, il jeta un coup d'œil en direction de la maquette qui trônait au centre de la pièce. Il ouvrit la bouche pour protester, mais elle le devança :

— Ce Manoir en miniature, tu l'as basé sur mes esquisses préliminaires. Pré-li-mi-naires, tu comprends ce que ça veut dire ? Depuis, il y a une foule de choses qui ont changé !

— Et cette soirée aussi fait partie des « pré-li-mi-naires », chérie. Enfin, calme-toi ! Relax ! La grande soirée d'ouverture au public, ce sera bien autre chose. Et de toute façon, qui se souviendra de cette maquette avec précision lorsque les travaux seront terminés ? Personne, tu peux me faire confiance. Regarde autour de toi : est-ce que tu reconnais des sommités de l'architecture ou des journalistes spécialisés dans les invités ? Non, bien sûr, et c'est normal : j'ai battu le rappel de mes connaissances mondaines, un point c'est tout. Si tu crois que les gens sont là pour juger ton projet... Ce qui les a attirés, c'est la promesse de voir le champagne couler à flots, plus la curiosité : ils veulent comparer leur tenue avec celle des autres histoire d'être sûrs d'être au top de la mode, et éventuellement grappiller des infos croustillantes et des potins sur leurs congénères les plus en vue. Rien de bien méchant, tu vois.

Se postant juste derrière elle, il lui indiqua d'un geste discret l'assemblée d'où montait un brouhaha confus. De temps à autre, un groupe d'invités leur lançait un regard appuyé, comme pour vérifier qu'ils ne manquaient pas un élément essentiel du spectacle.

Doucement, Daniel se pencha sur son épaule afin de chuchoter à son oreille :

— Tu vois ce que je te disais ? Tous ces gens se nourrissent du moindre ragot qui se présente à leur portée. Tu veux qu'on leur en donne un échantillon ?

— Je ne trouve pas ça drôle, Daniel, répliqua-t-elle tout en le repoussant fermement.

Il sourit d'un air canaille avant de déposer un baiser humide dans la paume de sa main. Elle voulut se dégager, mais il la maintint contre lui un court instant.

— Ne te sauve pas si vite, chérie. Le plus beau reste à venir… Un petit sourire, s'il te plaît. On nous regarde !

Pas difficile de deviner pourquoi il insistait tant pour la garder auprès de lui : Ryan venait de faire son apparition tout au bout de la pièce. Grand, élégant, l'air sombre, il ne les quittait pas des yeux, appuyé contre l'embrasure de la porte d'entrée avec une nonchalance étudiée. Tout de noir vêtu, il avait une allure folle — comme toujours, songea-t-elle en étouffant un soupir de regret.

Lorsque son regard bleu électrique croisa le sien, elle eut l'impression qu'un rayon laser la transperçait jusqu'au plus profond de son âme. Mais cet échange ne dura pas longtemps : une fraction de seconde plus tard, Ryan tournait les talons et disparaissait dans la foule.

— Alors, c'était ça, le vrai but de cette soirée ? lança-t-elle en se retournant d'un bloc vers Daniel qui la tenait toujours serrée contre lui. Qu'est-ce qui t'arrive, Daniel ? Encore ce vieux complexe d'infériorité par rapport à ton cousin ?

— Ne sois pas stupide, gronda-t-il tout en lui pressant la main plus fort que nécessaire.

Puis il changea complètement d'attitude, en parfait caméléon. Avec un sourire radieux, il fit signe à une femme de petite taille de s'approcher.

— Ah, Gigi ! s'exclama-t-il très théâtralement. Quel bonheur que vous ayez pu vous joindre à nous, très chère ! Venez donc, que je vous présente la femme exceptionnelle qui est à l'origine de toutes ces merveilles. Voici notre grande artiste — que dis-je ? notre sublime créatrice, notre muse, notre bienfaitrice : Holly Fairfield !

Elle eut à peine le temps d'adresser un bonsoir timide à la nouvelle venue qu'il l'entraînait déjà vers une autre de ses connaissances. Sans relâcher la pression une seule seconde, il la promena ainsi de groupe en groupe, une main toujours posée sur son bras de façon à s'assurer qu'elle n'allait pas prendre la poudre d'escampette. Une véritable torture pour elle qui était si timide, si allergique aux réunions mondaines et à la foule ! Tous les invités s'agglutinaient autour d'elle comme un essaim autour de sa reine — sauf qu'elle ne se sentait absolument pas digne d'autant d'attentions. Elle avait plutôt l'impression d'être prise au piège, ainsi exposée à tous les regards.

— Mademoiselle Fairfield ? fit une voix au-dessus des compliments qui fusaient sans interruption. Vous avez quelque chose à dire à propos de votre incroyable ressemblance avec Nina Travers ?

Dans le silence soudain, tous les yeux se tournèrent vers celle qui venait d'émettre cette question pour le moins déplacée. Daniel l'avait appelée « Gigi » tout à l'heure, se rappela Holly.

Mais oui, Gigi La Plume ! La journaliste dont elle avait lu l'article sur la « brebis galeuse » !

— Vous n'êtes pas sans savoir que la mort tragique de Nina Travers constitue l'un des épisodes les plus colorés de l'histoire du Manoir Cutty, continua la journaliste, visiblement encouragée par son air choqué. Et pourtant, vous, la copie conforme de cette pauvre femme, vous voilà ici ce soir au centre de toutes les attentions. Vous ne trouvez pas ça un peu inquiétant ? Macabre, même ?

De son sac, elle avait extirpé un calepin et un stylo, prête à prendre des notes pour son prochain article à scandale. Holly tenta d'imaginer son titre-choc : « Les ennuis d'être un sosie » ou « Nina, le retour : s'en sortira-t-elle cette fois ? » En tout cas, ce n'étaient pas les scrupules ni les règles de bienséance qui l'étouffaient. Appeler le décès de Nina un « épisode coloré »… Il fallait avoir une bonne dose de culot pour oser des formules pareilles ! Mais à l'évidence, c'était son métier de provoquer des émotions fortes, et elle y prenait un certain plaisir.

— A vrai dire, répondit enfin Holly d'une voix qu'elle réussit à garder calme, c'est bien la première fois qu'on m'engage à cause de mon physique…

L'assistance se mit à rire, dissipant un peu la tension ambiante. Pourtant, Holly eut le sentiment que la journaliste se réjouissait de sa réaction : elle devait avoir humé la bonne aubaine — un vrai chien de chasse, cette femme !

— Ne te formalise pas des questions indiscrètes de Gigi, ma chère, intervint Daniel avec un sourire de connivence à l'intention de la journaliste. Elle adore lancer des pavés dans la mare pour voir les remous qui s'y forment.

— La provocation, c'est mon fond de commerce, renchérit Gigi sans même faire semblant de s'excuser. C'est comme ça que le journal justifie mon salaire exorbitant.

— C'est elle qui a couvert toute l'affaire « Nina », à l'époque, ajouta-t-il comme si ce rappel était nécessaire. Elle s'est débrouillée pour transformer notre triste histoire, bien banale à vrai dire, en un mélodrame de la pire espèce !

Son ton amusé démentait l'accusation de ses propos. De fait, Gigi ne s'en formalisa pas le moins du monde et lui renvoya un clin d'œil complice.

— Je dois dire que Daniel n'a pas toujours été d'accord avec le contenu de mes articles. Bien sûr, j'ai essayé de prendre en compte les sentiments de la famille. Mais vous savez ce que c'est : un journaliste doit la vérité à son lectorat. Le public a le droit de savoir.

— Mieux vaut entendre ça que d'être sourd ! s'exclama-t-il avant de lui envoyer un baiser du bout des doigts. Je suis resté en bons termes avec elle uniquement par peur de ce qu'elle pourrait dire sur moi dans sa rubrique assassine. Il vaut mieux l'avoir comme amie que comme ennemie ! Ce soir encore, si elle me fait l'honneur de sa présence, c'est tout simplement parce qu'elle a flairé la bonne affaire : une suite au cas « Nina Travers », quelle aubaine pour elle ! Parmi les gens qui comptent un tant soit peu à San Francisco, personne n'échappe à son œil perçant ni à sa plume acérée. C'est bien simple : tous autant que nous sommes, nous n'osons pas faire le moindre pas sans qu'elle nous donne le feu vert. De vrais moutons !

— Mouton, peut-être ; menteur, sûrement, rétorqua-t-elle, apparemment ravie du compliment détourné. En tout cas, je vous adore, Daniel !

— Puis-je vous offrir un autre verre, très chère amie ?

— Avec plaisir.

En quelques secondes, Daniel venait de retourner le rapport de forces en sa faveur. Abasourdie, Holly le regarda s'éloigner d'un pas conquérant, Gigi pendue à son bras, vers le buffet assiégé par la foule. Elle prit alors conscience qu'elle était maintenant seule face à ses admirateurs, et dut lutter pour ne pas s'enfuir à toutes jambes.

— Je… Pardon, mais il faut que j'aille vérifier…, balbutia-t-elle avant de planter là les personnes qu'on venait de lui présenter.

Elle avait besoin d'air. Et de Ryan, même si elle répugnait à se l'avouer. Tout en se dirigeant vers la fenêtre la plus proche, elle balaya attentivement l'assemblée du regard, cherchant à repérer sa haute silhouette.

C'était complètement idiot, se morigéna-t-elle. Le revoir n'arrangerait rien, bien au contraire.

Pourtant, elle continua à scruter la foule. Lorsqu'il l'avait vue en compagnie de Daniel, il avait disparu, l'air à la fois furieux et déçu. Que pensait-il d'elle, à présent ? Du mal, sans aucun doute…

Elle faillit pousser un soupir de soulagement quand elle l'aperçut enfin. Debout de l'autre côté de la pièce, il semblait absorbé dans une conversation avec un petit homme rougeaud qui gesticulait, une jolie blonde accrochée à son bras.

Ryan, si solide, si fort… Elle aurait voulu le héler à travers la salle, afin qu'il l'emmène hors de cet endroit où elle se sentait comme un poisson hors de l'eau. Qu'il la ramène chez elle. Elle en avait assez de devoir se plier aux mondanités !

Comme si un sixième sens l'avait averti de sa détresse, Ryan se retourna vers elle au moment précis où elle allait se faufiler jusqu'à lui. D'un seul regard, il comprit à quel point elle avait envie d'échapper à cette mascarade. Quittant son air faussement intéressé, il mit un terme à sa conversation, au grand dam de la blondinette qui s'ennuyait à mourir, et marcha résolument dans sa direction.

Clouée sur place, elle le regarda fendre la foule d'un pas

décidé, non sans s'arrêter deux ou trois fois pour répondre de bonne grâce aux invités qui l'interpellaient. Elle imaginait d'ici le dialogue :

— Et comment va ce pauvre Gil ?

— Bien, bien, merci…

— Et le vignoble ? Ça marche toujours ?

— Mais oui, je n'ai pas à me plaindre.

— On ne vous voit plus… Quel dommage !

Lorsqu'il arriva enfin près d'elle, elle sursauta, prise en flagrant délit de rêverie.

— Ne me dites pas que toute cette agitation vous effraie, déclara-t-il d'une voix profonde qui causa aussitôt ce petit picotement familier sur sa nuque. Pas après votre sortie de l'autre jour à Viña Dorada !

— Eh bien, si. Il m'arrive d'être trouillarde, figurez-vous.

— Ou alors, c'est que moi, je ne suis pas bien méchant, contrairement à d'autres…

— Détrompez-vous. Cette nuit, je n'ai pas fermé l'œil à cause de vous. Je n'arrêtais pas de penser à vous. Au fait, vous savez que j'ai très exactement cent cinquante-trois bonnes raisons de ne pas être attirée par vous ?

— Tant que ça ? répliqua-t-il avec un petit sourire amusé.

— Comme je n'arrivais pas à dormir, j'ai établi une liste sur un de mes carnets à dessin. Ce n'est pas plus bête que de compter les moutons…

— Et alors ? Vous auriez un exemple de ces raisons à me fournir, comme ça, à froid ?

— Un exemple ? Facile : normalement, je préfère les hommes blonds. Les bruns ténébreux, ce n'est pas du tout mon style. Et puis, vous êtes bien trop entreprenant à mon goût. Je n'aime pas les hommes qui prennent les devants systématiquement.

— Je suppose que, dans ce cas, la meilleure attitude à adopter serait celle du silence… au risque d'aggraver la piètre opinion que vous avez de moi.

Leur conversation avait quelque chose d'étrange, comme s'ils étaient complètement à l'écart de la foule qui se pressait autour d'eux. Une sorte de courant passait entre eux — depuis leur toute première rencontre, à vrai dire.

— Encore un exemple, ajouta-t-elle pour masquer son trouble. Ce n'est pas parce qu'un homme sait bien embrasser qu'il est recommandable.

— Vous savez ce que je crois ? Que ce sont des excuses stupides sans queue ni tête. Des élucubrations, comme les fantômes ou les monstres farfelus que les enfants imaginent au beau milieu de la nuit ! Le mieux à faire, c'est de les oublier aussi sec.

— Et ça, c'est une élucubration ? riposta-t-elle. Quand on s'est vus à Viña Dorada, je vous ai dit que je ne pouvais pas lâcher mon contrat. Mais en fait, c'est bien plus complexe. Mon frère Harris m'a reproché de ne jamais faire de choix, or il se trouve que, pour la première fois, j'ai suivi son conseil. J'ai choisi de tenter ma chance avec… avec vous. Peu m'importent les circonstances de notre rencontre, ou la véritable raison de votre intérêt pour moi — même si elle est malsaine, même si c'est parce que je ressemble à Nina. Tout ce qui compte pour moi, c'est comment cette relation va évoluer. C'est de savoir si le conte de fées que vous m'avez brossé l'autre soir peut devenir réalité.

Il prit le temps de reposer son verre vide sur le plateau d'un serveur avant de la prendre par la main pour l'entraîner à sa suite.

— Alors comme ça, c'est vous qui m'avez choisi ? Je demande à voir…

A pas rapides, ils quittèrent le hall bondé et rejoignirent une pièce moins spacieuse, plus intime, où ne les gêneraient pas les regards curieux. Une bibliothèque, apparemment. Mais elle n'eut pas le temps d'observer les lieux ; Ryan l'avait déjà plaquée contre un panneau et tournait son visage vers le sien, les mains en coupe sur ses joues.

— Moi aussi, j'ai du mal à dormir, en ce moment, chuchota-t-il sans s'embarrasser de détours. Et quand j'arrive enfin à fermer les yeux, devinez la scène qui se déroule sous mes paupières ?

Avant qu'elle ait eu le temps de répondre, il l'embrassa à pleine bouche, comme s'il assouvissait enfin un désir trop longtemps réprimé. Elle ne protesta pas ; ne lui avait-elle pas cent fois rendu ce baiser dans ses rêves ? Saisie par une impatience dévorante, elle glissa ses mains tremblantes sous sa chemise, essayant maladroitement de le déshabiller pour sentir sa peau tout contre la sienne, brûlant de passion sous la caresse appuyée de ses doigts experts.

Haletante, elle le sentit soudain se détacher d'elle. Elle ouvrit les yeux : l'intensité de son regard bleu la frappa en plein cœur. Si ce n'était pas du désir qu'elle y lisait, elle voulait bien être pendue !

Toujours ce besoin de parler quand la tension s'installait…

— Ecoutez, reprit-elle d'une voix hachée, je… je sais que ça va vous paraître bêtement fleur bleue, mais comment tout cela pourrait être mal alors que c'est si bon ?

Le sourire qu'il lui décocha lui coupa littéralement le souffle.

— C'est fou ! J'étais justement en train de me dire la même chose !

Ils étaient sur la même longueur d'onde, comme toujours… Leur complicité était vraiment extraordinaire !

Elle allait refermer les yeux de bonheur quand la vision de

Daniel, appuyé contre le chambranle de la porte, rompit le charme. Immédiatement, elle se raidit et laissa retomber ses mains, telle une adolescente prise en flagrant délit. Décontenancé, Ryan se retourna pour comprendre ce qui la mettait dans un état pareil. Dès qu'il eut aperçu son cousin, Holly vit ses larges épaules se contracter et ses poings se serrer, comme s'il se préparait instinctivement à la bagarre.

En applaudissant, Daniel pénétra dans la pièce. Il arborait une expression si méchamment satisfaite qu'elle se demanda pourquoi il n'avait jamais été soupçonné dans l'affaire Nina. Où était-il la nuit du drame ? Avait-il un alibi solide ? En tout cas, il avait autant de raisons d'être coupable que Ryan, et son attitude agressive ne plaidait pas en sa faveur.

— Bravo ! Félicitations ! s'exclama-t-il tout en continuant à applaudir. Ça y est, tu as réussi à ressusciter Nina ! Chapeau, mon vieux !

Protecteur, Ryan se posta devant elle, prêt à la défendre contre les attaques de son cousin. Les deux hommes se jaugèrent du regard, pareils à deux félins se disputant un territoire. Mais Daniel n'avait pas le courage de Ryan, ni sa galanterie. Au lieu de l'affronter, il tendit la main vers Holly — une proie moins dangereuse ! Seulement, Ryan fut plus rapide. D'un geste brusque, il écarta son bras et reprit aussitôt sa position protectrice devant elle.

Pris de court, Daniel resta pantois. Et lorsqu'il vit Holly glisser sa main dans celle de Ryan, une lueur de vexation éclaira ses pupilles dilatées.

— Mauvais choix, ma petite, grommela-t-il avant de reculer d'un pas. Tant pis pour toi. Tu l'auras voulu…

Sur ces mots, il quitta la pièce en claquant violemment la porte derrière lui. Etait-ce bien une menace qu'elle avait entendue dans sa voix ? Pas sûr. De toute façon, tout ce qui comptait, c'était Ryan — et il s'apprêtait à emboîter le pas à son cousin !

Voulant éviter d'être à l'origine d'une nouvelle confrontation, elle le retint par la manche.

— Non, je t'en prie…

— En principe, je ne crois pas aux contes de fées, la coupa-t-il, ferme et doux à la fois. Mais si nous voulons avoir une chance, tous les deux, il y a pas mal de choses que je dois régler d'abord. Tu comprends ?

Un baiser rapide, et il était parti.

Elle hésita un instant : si elle le suivait, elle risquait de mettre de l'huile sur le feu. Mieux valait les laisser s'affronter en tête à tête. Leur histoire était tellement compliquée… Une vraie tragédie grecque ! Elle qui ne se sentait à l'aise que face aux situations rationnelles, elle était bien mal partie !

Raison de plus pour ne pas s'en mêler, lui murmura la petite voix de sa conscience. En vain, car elle ne put s'empêcher de suivre Ryan en courant pour le rattraper.

Peu désireuse de se faufiler à travers la foule compacte qui emplissait le grand hall, elle longea les couloirs labyrinthiques du Manoir Moore, à la recherche des deux cousins. Bien sûr, s'ils en venaient aux mains, elle ne serait pas capable de les arrêter, mais elle voulait quand même être là. Après tout, c'était à cause d'elle qu'ils se disputaient.

Ouvrant la porte d'un fumoir à l'ancienne, elle scruta la pièce du regard. Il y avait quelqu'un à l'intérieur, mais ce n'était pas Ryan : c'était son père, Samuel, ivre mort, appuyé contre la cheminée où flambait un feu de bois crépitant. En l'entendant entrer, il tourna la tête vers elle et tituba dans sa direction, une expression d'étonnement mêlé de joie sur son visage bouffi par l'alcool. Il ressemblait beaucoup à son fils, mais ses traits autrefois élégants avaient pratiquement disparu sous les marques de sa déchéance. Toutefois, son regard bleu possédait la même urgence, le même désir que celui de Ryan.

— N… Nina ? balbutia-t-il d'une voix pâteuse.

Elle recula d'un pas, surprise par la façon dont il avait prononcé ce nom. On aurait dit qu'il avait complètement oublié que Nina était morte, et qu'il trouvait sa présence auprès de lui parfaitement normale.

— Nina… Enfin, tu es revenue ! s'exclama-t-il avant de s'affaisser contre elle, pétrifiée.

— Je ne suis pas Nina, articula-t-elle tout en le repoussant de toutes ses forces. Vous faites erreur, monsieur Cutty. C'est Holly — Holly Fairfield, pas Nina.

Mais son petit discours n'eut aucun effet sur lui. Il la prit par le bras presque violemment.

— Je… Je t'avais pourtant dit de ne pas rester dans les parages, vilaine fille. Chut… Pas de bruit. Personne ne doit savoir que tu es là.

Elle essaya de se dégager, mais l'ébriété de Samuel lui donnait une force insoupçonnée. Au lieu de lâcher prise, il la serra plus étroitement contre lui, la forçant à reculer contre le mur.

— La prochaine fois, il faudra m'écouter, petite fille, chuchota-t-il si près de sa joue qu'elle pouvait sentir son haleine chargée de whisky. Vanessa pourrait se mettre en colère, tu sais. Si jamais elle nous surprenait comme ça, tous les deux…

Il prit ses lèvres dans un baiser qui la suffoqua. Galvanisée par le dégoût, elle lui envoya d'instinct son pied dans le tibia et le repoussa des deux mains. Avant qu'il comprenne ce qui se passait, elle lui décocha une gifle retentissante qui le laissa tout étourdi.

— Laisse-la donc tranquille, Samuel, lança une voix féminine derrière eux. Tu ne vois pas que ce n'est pas elle que tu veux ?

Holly sursauta en avisant Vanessa Cutty dans l'encadrement de la porte. Vanessa qui parlait à son mari comme on réprimande un enfant turbulent. Il y avait dans son ton une lassitude qui laissait soupçonner une longue habitude de ce genre de situations.

Samuel frotta sa joue encore rouge de la gifle qu'il avait reçue, puis considéra Holly d'un air accusateur et rêveur à la fois.

— Je... c'est juste, bredouilla-t-il. Ce n'est pas la bonne. C'est celle qui fait semblant d'être Nina. Mais ce n'est pas elle.

Holly recula, prise entre les feux croisés du sourire ivre de Samuel et du regard glacial de Vanessa. L'espace d'un instant, la pièce se mit à tourner autour d'elle, et elle crut qu'elle allait se trouver mal. Se ressaisissant, elle s'éloigna en courant sans même exiger d'explications. Elle aurait voulu pouvoir effacer jusqu'au souvenir de ces lèvres imbibées d'alcool sur les siennes...

Lorsqu'elle arriva dans le hall encore bondé, elle chercha fébrilement la sortie la plus proche, bien décidée à fuir cette atmosphère malsaine au plus vite. Des questions tournoyaient dans son esprit sans relâche. La façon dont Samuel l'avait prise contre lui, cette complicité intime, ce baiser qui l'avait écœurée au plus profond d'elle-même... Se pourrait-il que Samuel ait été amoureux de Nina, la fiancée de son fils ?

Cette pensée était trop horrible pour qu'elle s'y attarde. Sans plus se préoccuper de la foule, elle se fraya un passage vers la porte. Quelqu'un l'appela par-dessus le brouhaha. Elle tourna la tête juste le temps d'apercevoir Ryan qui essayait de la rattraper, gêné par les invités. Une scène typique d'une comédie romantique. Sauf qu'ils en étaient bien loin...

Poursuivant son chemin en courant, elle atteignit enfin la sortie et dévala l'escalier, telle Cendrillon, au risque de se tordre une cheville avec ses chaussures haut perchées. A la grille, un portier en uniforme s'approcha d'elle.

— Mademoiselle Fairfield ?

— Oui ? fit-elle, hors d'haleine.

— Votre frère a commandé une voiture pour vous ramener à votre domicile.

Soulagée de pouvoir s'échapper rapidement, elle se glissa dans le véhicule qui l'attendait et s'appuya au dossier bien rembourré de la banquette arrière. La voiture démarra aussitôt. Ouf ! Pour une fois, Harris avait pensé à tout. Dans les situations difficiles, elle devait admettre qu'il était d'une aide précieuse.

Si seulement elle avait pu effacer le souvenir de Samuel Cutty… Dire qu'il l'avait prise pour Nina ! Que Nina et lui…

— Dépêchez-vous, s'il vous plaît, lança-t-elle au chauffeur, désireuse de mettre le plus de distance possible entre elle et le Manoir Moore.

— A votre service, madame.

Elle avait besoin de hurler, d'éclater en sanglots. Le père de Ryan… C'était le père de Ryan qui s'était jeté sur elle de cette façon presque désespérée ! Et Vanessa qui les regardait froidement… Non, décidément, Ryan et elle n'avaient aucune chance de connaître la fin heureuse dont elle avait rêvé. Impossible de se dépêtrer d'un imbroglio pareil !

Tous les hommes du clan Cutty avaient donc été amoureux de Nina ? ? Et elle, que voyaient-ils en elle ? Une nouvelle Nina ? Une réincarnation ? Qu'attendaient-ils d'elle ? Qu'elle remplisse le vide laissé par la disparition de son sosie ? Elle avait l'impression d'être prisonnière d'un embrouillamini auquel elle ne comprenait goutte. Tout ce qu'elle savait, c'est qu'elle n'avait pas l'intention de servir de substitut, ni à Ryan, ni à Daniel — et surtout pas un vieil alcoolique lubrique !

A bien y réfléchir, elle se demandait si elle n'avait pas inconsciemment joué le rôle dont elle refusait maintenant les conséquences. Après tout, elle s'obstinait à rester, malgré les multiples mises en garde de son frère, d'Emma ou même de Ryan. S'était-elle laissé séduire par le tableau idyllique que son sentimentalisme excessif lui avait fait miroiter, en dépit du bon sens ? Il fallait avouer que la perspective d'une relation avec un homme qui vous était déjà tout acquis en aurait fait chavirer plus d'une !

A cet instant, la voiture prit un tournant plus abrupt que les autres. Holly alla heurter la portière, avant d'être projetée de l'autre côté de la banquette au virage suivant. Se rasseyant péniblement, elle jeta un coup d'œil à travers sa vitre et s'aperçut que le chauffeur n'avait pas pris la bonne direction.

— Excusez-moi, mais..., commença-t-elle avant de se rendre compte que la vitre de séparation avait été relevée, rendant toute communication impossible.

Elle se mit à tambouriner contre la cloison.

— Hé ho ! Arrêtez cette voiture ! Vous m'entendez ?

Pas de réponse. Elle ne pouvait ni parler au conducteur, ni même le voir, la vitre de séparation étant quasiment opaque. Affolée, elle sentit la voiture accélérer dans un vrombissement de moteur. Elle essaya d'ouvrir la portière. Impossible. Quelqu'un avait verrouillé toutes les issues.

Prise de panique, elle colla son visage à la vitre de sa portière et vit avec horreur se profiler la côte escarpée qui longeait la baie de San Francisco. Vers une mort certaine. Et elle ne pouvait rien faire pour y échapper.

26.

Comme Nina… Comme Nina…

Ryan appuya sur l'accélérateur pour se maintenir derrière la voiture où il avait vu Holly s'engouffrer. Ils abordaient la partie de la route la plus dangereuse, celle qui longeait la baie à plusieurs centaines de mètres de hauteur. Les lumières de la ville étaient loin derrière eux, à présent. Comme si la nature prenait un malin plaisir à lui rappeler dans quelle sombre histoire il replongeait.

Douze ans plus tôt, il avait crié à Nina de l'écouter, de ne pas prendre de décision stupide ou dangereuse. Parce qu'il savait de quelles folies elle était capable. Alors qu'avec Holly, il ne s'était douté de rien. Il n'avait pas pensé qu'elle courait le moindre risque. Jusqu'à ce qu'il voie son visage blême et atterré, quelques instants plus tôt, parmi les invités du Manoir. Visiblement, la concurrence qui les opposait, Daniel et lui, la minait plus qu'il ne l'avait cru. Il aurait voulu lui expliquer que tout allait bien se passer, qu'elle n'aurait pas à en souffrir… mais il n'en avait pas eu le temps.

Pourtant, Daniel n'était pas allé jusqu'à la confrontation directe, sans doute échaudé par la rossée qu'il avait prise quelques jours plus tôt. Au lieu d'en venir aux mains avec Ryan, il s'était prudemment fondu dans l'assistance. Lorsque

Ryan l'avait enfin retrouvé, il paradait devant cette maudite journaliste, Emma à son bras, un cocktail dans l'autre main. D'un geste bravache, il avait fait mine de trinquer à sa santé en le provoquant du regard. Il savait pertinemment que son cousin ne commettrait pas d'esclandre devant la plus mauvaise langue de la presse locale. C'était juste à ce moment que Holly était passée en trombe non loin de lui.

Pris par la crainte subite de la retrouver complètement abattue, il avait joué des coudes pour essayer de la rattraper. Elle avait un tempérament si fier, si optimiste ! Si les événements avaient raison de sa personnalité, il s'en voudrait éternellement.

Paniqué, il s'était rué à l'extérieur. Trop tard : Holly venait de disparaître dans une voiture de location aux vitres teintées. Bien décidé à ne pas la laisser s'évanouir dans la nature, il était allé récupérer son propre véhicule au pas de course. S'il voulait lui donner des explications et la rassurer sur l'avenir de leur relation, il fallait qu'il le fasse au plus vite. L'appeler après son retour chez elle risquait de ne pas être efficace, surtout si elle refusait de décrocher.

Il avait pris sa décision en quelques secondes. Et à présent, il commençait à croire que c'était l'instinct qui lui avait dicté ses gestes. Comme s'il avait deviné que quelque chose ne tournait pas rond. Car la voiture n'avait pas pris la bonne direction. Au lieu de se diriger vers l'appartement de Holly, elle s'était engagée sur la route menant à la corniche d'où Nina s'était précipitée, douze ans plus tôt…

Malgré le brouillard épais qui restreignait fortement sa visibilité, Ryan accéléra de façon à garder la voiture en ligne de mire. Cela faisait trop de coïncidences pour qu'il ne les prenne pas au sérieux : d'abord, Holly qui s'enfuyait, les yeux pleins de larmes. Ensuite, cette nuit opaque, présage de catastrophe.

Et enfin, cette voiture qui filait vers la falaise… Si l'histoire se répétait à l'identique, il n'y survivrait pas.

Lorsque le véhicule qui emportait Holly dans la nuit se mit à se déporter d'un côté, puis de l'autre, il crut devenir fou d'inquiétude. Les feux de position rouges qui brillaient dans la brume semblaient le narguer. « *Attrape-nous si tu peux !* » Comme si la roue de la fortune était revenue à son point de départ, que le passé prenait la place du présent, dans le pire cauchemar qu'il ait jamais vécu.

Bon sang, s'il arrivait quelque chose à Holly, il ne se le pardonnerait jamais ! Deux morts sur la conscience, c'était trop pour un seul homme.

Lorsque Nina avait couru à sa perte, ils étaient ivres tous les deux. Il lui avait dit des choses terribles — qu'il ne l'aimait plus, qu'il ne l'avait sans doute jamais aimée. Ces reproches qu'il n'osait lui faire en temps normal, et que, l'alcool aidant, il lui avait jetés à la figure sans réfléchir. Mais ce soir, c'était différent : il n'avait pas touché à un seul verre de toute la soirée. Et il savait que quelqu'un tirait les ficelles dans l'ombre — quelqu'un qui voulait lui faire du mal en se servant de Holly comme appât. Etait-ce Daniel, le coupable ? Sûrement. Sinon, pour quelle autre raison aurait-il arboré ce petit sourire satisfait quand il avait surpris leur étreinte ?

Seulement, Ryan ne supporterait pas que Holly soit sacrifiée sur l'autel de son ambition. Holly, si courageuse, si merveilleuse…

Il accéléra encore pour se retrouver quasiment pare-chocs contre pare-chocs, et distingua la silhouette paniquée de Holly. Elle tambourinait contre la vitre arrière, prisonnière du catafalque en puissance qui l'emportait à toute allure vers une fin fatale.

Comment arrêter cette voiture sans provoquer un accident mortel ? Il n'en avait aucune idée. Il savait juste qu'il devait agir, et vite, s'il voulait sauver Holly. Pas question de se laisser envahir par la panique : il devait garder les idées claires, même si cela devenait de plus en plus difficile à cause de ce passé maudit qui ne cessait de remonter à la surface.

La nuit où il avait poursuivi Nina sur cette même route, la voiture avait fait un tête-à-queue violent avant de passer par-dessus la rambarde de sécurité. Après coup, il s'était dit qu'elle avait voulu lui faire peur pour se venger des vérités qu'il lui avait déballées. C'était bien le genre de Nina. Seulement, elle avait perdu le contrôle de son véhicule au dernier moment. Ou bien elle s'était suicidée, profitant de la présence de Ryan derrière elle pour maquiller son saut dans le vide en accident. Dans les deux cas, il était coupable : car c'était à cause de lui qu'elle avait joué avec la mort — et qu'elle avait fini par perdre la partie.

Il s'obligea à se concentrer sur le moment présent. Ce soir, la situation n'était pas du tout la même, contrairement aux apparences. Pas de dispute avec Holly, pas d'alcool ni de drogue… Quelqu'un d'autre avait tout manigancé. Une mise en scène, voilà ce que constituait cette course-poursuite. Et pour l'arrêter avant le dénouement fatal, il devait faire appel à tout son sang-froid.

Ils arrivaient en vue de l'endroit exact où Nina s'était précipitée par-dessus bord. Plus que quelques minutes, et il serait trop tard…

Dans un rugissement de moteur, Ryan tenta de doubler la voiture où Holly était toujours enfermée, mordant sur le bas-côté non goudronné. Il fallait qu'il arrive à passer devant pour forcer le véhicule à ralentir, sans quoi…

Juste à ce moment, il fut projeté sur le côté : la voiture qu'il tentait d'arrêter lui était rentrée dedans brutalement. Dans un effort désespéré pour garder le contrôle de son véhicule, il s'agrippa au volant et enfonça la pédale de frein. Il y eut un crissement à vous déchirer les tympans. Et la voiture stoppa sa course folle de justesse. Mais lorsqu'il leva les yeux, le véhicule de Holly avait disparu, noyé dans le brouillard épais qui recouvrait la route. Il crut cependant entendre un bruit de pneus, sentir une odeur de caoutchouc brûlé — comme la nuit où Nina était morte…

Trop tard !

Tel un forcené, il fonça sur la route avant de freiner de toutes ses forces : la voiture de Holly n'avait pas quitté l'asphalte du mauvais côté — du côté du vide. Elle était simplement stationnée sur le terre-plein opposé, juste avant le tournant fatidique. Jaillissant de son véhicule, Ryan se précipita vers le cyprès qui masquait à demi la Lincoln de location dans laquelle se trouvait Holly. En fin de compte, le drame qui avait coûté la vie à Nina ne s'était pas répété. Merci, Seigneur…

Il ne put malgré tout se défendre d'un sentiment de déjà-vu lorsqu'il essaya d'ouvrir la portière verrouillée de l'intérieur. Sauf que la voiture était en bien meilleur état que le coupé Mercedes de Nina, douze ans plus tôt. Il n'aurait sans doute pas de difficulté à en extirper Holly. Alors qu'à l'époque, il avait dû faire appel à un camion de dépannage, rien que pour ramener le véhicule de Nina sur la route.

Il s'obligea à ne penser qu'au présent : il y avait urgence. Holly ne s'agitait plus. Peut-être était-elle gravement blessée ?

D'un geste précis, il brisa la vitre avant, côté conducteur, non sans s'être protégé le bras avec la manche de sa veste. En tâtonnant, il trouva le loquet principal et fit sauter la sécurité qui maintenait toutes les portes fermées.

A l'arrière, Holly gisait, inerte, sans doute assommée par le choc. Ryan lui prit le pouls, hésitant à la déplacer sans s'être assuré au préalable qu'elle n'avait pas de traumatisme grave.

— Allez, ma chérie, murmura-t-il tout contre son cou. Ouvre les yeux, je t'en prie. Fais ça pour moi…

Elle battit faiblement des paupières. Glissant un bras sous sa nuque, il l'aida à se rasseoir un peu mieux. Une estafilade lui entaillait le front, mais rien de grave, à première vue. Lorsqu'elle ouvrit vraiment les yeux, il ne put retenir un soupir de soulagement.

— Ryan ? fit-elle dans un souffle.

— Tout va bien, mon cœur, chuchota-t-il tout en lui caressant doucement les cheveux. Tu n'as pas de mal, Dieu soit loué. Tout va bien…

Un rayon de lune déchira brièvement l'obscurité brumeuse, amenant un éclairage presque irréel sur le visage de Holly. Elle était si jolie, si précieuse ainsi auréolée, qu'il sentit sa gorge se serrer. Jusqu'ici, il n'avait pas compris à quel point il avait besoin d'elle, à quel point il la désirait. Plus qu'il n'avait jamais voulu aucune femme de toute sa vie.

Elle fut prise d'une quinte de toux et s'accrocha à sa main. Doucement, il lui massa le dos pour l'aider à reprendre son souffle, heureux qu'elle ait instinctivement cherché assistance auprès de lui. Lorsqu'elle eut récupéré sa respiration normale, elle se blottit dans ses bras, encore tremblante.

— Le… le portier m'a dit que c'était mon frère qui m'avait envoyé cette voiture. Pour me ramener à la maison. Je l'ai cru. Harris s'inquiète tellement pour moi… Je n'ai pas pensé une seule seconde que ça pouvait être… un piège…

Elle s'écarta un peu, comme si elle avait besoin de regagner un peu d'espace vital pour mieux continuer ses explications. Mais l'inquiétude qu'elle lut sur le visage de Ryan la stoppa net.

Il prit la parole d'une voix sourde :

— Ils veulent te faire du mal. Pour m'atteindre.

— Voyons, Ryan ! protesta-t-elle faiblement. Ta propre famille ne s'abaisserait jamais à…

Sans la laisser terminer, il l'embrassa à pleine bouche, presque avidement — il avait été si près de la perdre ! Sa ressemblance avec Nina n'avait plus d'importance ; elle était unique à ses yeux. Malheureusement, leur relation ne pouvait leur apporter que des ennuis. Surtout à elle. Elle risquait sa vie en continuant à le fréquenter. Le piège se refermait autour d'eux, lentement mais sûrement.

Il fut frappé par le regard interloqué, presque peiné, qu'elle lui renvoyait.

— Que… Comment peux-tu m'embrasser de cette manière ? murmura-t-elle d'un air douloureusement choqué. On dirait que tu hésites entre me serrer contre toi et me repousser comme une chose vaguement répugnante !

Elle voyait juste : c'était exactement ce qu'il ressentait. Il avait besoin d'elle — ô combien —, mais en même temps, il savait qu'il devait combattre son désir, parce qu'il refusait de l'entraîner dans sa chute.

— Allez, viens.

Il la soutint jusqu'à sa voiture et l'installa sur le siège passager avant de lui poser un mouchoir propre sur le front, là où sa blessure avait recommencé à saigner.

— C'est le chauffeur, dit-elle tout en lui serrant la main, histoire de faire passer un peu la douleur. Il a pilé, alors je me suis cognée contre la vitre. Enfin, je crois. Je ne me souviens plus bien de ce qui s'est passé…

— Tu as peut-être besoin de quelques points de suture. Ou au moins d'un scanner, pour vérifier que tout va bien.

— Je ne veux pas aller à l'hôpital. Je veux rentrer à la maison. Avec toi.

— Eh bien, commença-t-il tout en passant de l'autre côté

pour se mettre au volant, on ne fait pas toujours ce qu'on veut. Et quand il y a urgence, il vaut mieux passer ses désirs sous silence…

Samuel entra dans le salon, un bras autour de la taille de Nina.

— J'ai pris cette femme pour toi. Tu te rends compte ?

— Tu étais soûl à ce point ? répliqua-t-elle en pouffant.

Il s'esclaffa, gagné par l'hilarité de sa compagne.

— Est-ce que je ne suis pas soûl en permanence, chérie ? Bon sang, tu aurais dû voir la tête de Vanessa ! Si elle avait eu des pistolets à la place des yeux, je serais mort à l'heure qu'il est !

— Pfff, n'importe quoi, dit-elle, sans manifester la moindre inquiétude.

Il s'arrêta brusquement, l'air grave, et la tourna vers lui.

— Je crois qu'elle sait, pour nous deux.

— Mais non, le rassura-t-elle tout en le guidant vers son lit. C'est impossible. Et même si c'était le cas, je m'en fous. Si tu m'aimais vraiment, tu quitterais ta femme. Au lieu de ça, voilà que tu te vantes devant moi d'en avoir embrassé une autre !

— Seulement parce que je l'ai prise pour toi, mon cœur. Je te le jure.

Cette fois, il était suffisamment maître de lui pour réussir à lui faire l'amour. Ce n'était pas toujours le cas, ces derniers temps.

— Pourquoi est-ce que tu perds ton temps avec un vieil ivrogne comme moi ? lui demanda-t-il un peu plus tard, une main amoureusement posée sur ses cheveux.

— Parce que c'est toi que j'aime, répondit-elle en se lovant au creux de son épaule. Tu ne te rappelles pas ? Je t'aime plus que Ryan ou Daniel. Je ne te l'ai pas assez répété ?

Retenant sa respiration, il l'examina longuement. Dans la pénombre, il parvenait à peine à distinguer ses traits, encore moins l'expression de son joli visage.

— Je t'ai presque crue cette fois, murmura-t-il avec un soupir. Presque…

Elle déposa un léger baiser sur son front, comme elle l'aurait fait pour calmer un enfant fatigué.

— Chut… Sois sage, Samuel. Sois gentil et tais-toi, d'accord ? Il est l'heure de faire dodo, maintenant.

27.

Il faut que vous l'arrêtiez. Sans cela, la prochaine fois, il la tuera pour de bon.

Le lieutenant Amy Garten stoppa la bande-son du message téléphonique que le répondeur du département des homicides avait enregistré quelques heures plus tôt. Elle voulait être sûre de bien identifier cette voix féminine : ces inflexions, ces mots précis et sans détour ressemblaient étrangement à ce message dont elle avait gardé le souvenir — un message qui remontait à plus de douze ans en arrière.

Assise à son bureau, elle tapota nerveusement le bout de son stylo contre le bloc où elle avait griffonné des notes à la hâte. Elle se rappelait parfaitement le cas Cutty, et pour cause : pendant toutes ces années, l'impression tenace qu'ils s'étaient trompés à l'époque ne l'avait pas quittée. Ryan Cutty, du haut de ses dix-neuf ans, lui avait fait l'effet d'un adolescent embringué dans une histoire trop complexe pour lui. Exactement comme son propre fils à cet âge : trop jeune, trop immature pour mener en bateau toute une équipe de policiers chevronnés.

Elle reporta son regard sur le journal local où un article parlait de l'histoire mouvementée du clan Cutty. Cet article plus le coup de téléphone anonyme, cela faisait beaucoup de coïncidences. Trop pour ne pas réveiller ses soupçons à propos de la mort inexpliquée de Nina Travers.

L'entrefilet racoleur qui avait attiré son attention était signé « Gigi La Plume », et constituait un modèle du genre. A commencer par le titre :

Le Manoir Cutty : résurrection ou répétition fatale ?

Après plusieurs années de grosses difficultés financières, le célèbre clan Cutty pourrait bien avoir trouvé sa poule aux œufs d'or en la personne de Holly Fairfield. Cette talentueuse architecte, chargée de rénover les murs vieillissants du Manoir familial, a plus d'un tour dans son sac. Grâce à elle, l'un des plus célèbres monuments de la ville aurait une chance de revivre ses jours de gloire.

Mais peut-elle vraiment lutter contre la malédiction qui plane sur la dynastie des Cutty ? Cela paraît presque impossible. On murmure dans les cercles privés que Mlle Fairfield — dont l'étonnante ressemblance avec feue Nina Travers n'a pas manqué de frapper ceux qui la connaissaient — aurait échappé de justesse à un récent accident de voiture. Coïncidence ? On ne peut s'empêcher de songer à un autre « accident », tragique celui-là, survenu douze ans plus tôt sur la corniche surplombant San Francisco… Un drame qui fait partie intégrante de l'histoire tourmentée des Cutty.

D'où la question sur toutes les lèvres aujourd'hui : la poule aux œufs d'or est-elle sur le point de passer à la casserole ?

Amy secoua la tête, écœurée par le ton de la journaliste osant la comparaison entre les deux événements. On aurait dit une mauvaise série télé. Mais voilà, le public était friand de ce genre de sagas, surtout lorsqu'elles concernaient des gens de la haute société à l'existence normalement enviable. Un sujet de choix pour qui voulait augmenter les ventes de son journal.

Avec un soupir, elle remit en marche le magnétophone de façon à réécouter cette voix familière. Par acquis de conscience, elle avait envoyé une copie de l'enregistrement au labo audio pour qu'ils vérifient que les deux voix correspondaient. Mais elle aurait mis sa main à couper que c'était bien la même personne. Une femme. Plutôt jeune. Douze ans auparavant, elle avait fait porter les soupçons sur Ryan. Mais cette fois, c'était bien différent :

Ce n'est pas Ryan Cutty qui a tué Nina. Mais quelqu'un pense qu'il doit quand même payer pour sa mort. Quelqu'un de proche. Il veut voir Ryan souffrir. C'est pour ça qu'il met Holly en danger. Pour l'atteindre, lui.

Cette déclaration on ne peut plus explicite confirmait ce qu'elle s'était toujours dit depuis l'interrogatoire de Ryan Cutty : quelqu'un voulait lui faire porter le chapeau. Quelqu'un qui avait visiblement une dent contre lui. Ou contre le clan Cutty tout entier, dont la réputation avait été irrémédiablement ternie après cette histoire sordide. D'où le coup de téléphone anonyme qui accusait l'héritier de la famille.

Mais entre-temps, la situation avait changé. Le Manoir Cutty ne comptait plus parmi les lieux cultes de San Francisco. Les finances de la famille avaient connu une période moribonde, et leur entreprise avait frôlé la catastrophe. Ils avaient même fermé le Manoir, si elle se rappelait bien. Et maintenant, cet article qui parlait d'une malédiction... Pour autant qu'elle puisse en juger, le nom de Cutty ne suffisait plus à éveiller l'envie et la convoitise.

Quant à Ryan, elle se souvenait vaguement d'avoir lu quelque part qu'il s'était désolidarisé de l'affaire familiale. Qu'il avait préféré tenter sa chance dans un autre domaine. Alors, quel intérêt y avait-il à vouloir le traîner dans la boue aujourd'hui ?

Quoique… à bien y réfléchir, c'était peut-être le meilleur moyen pour pousser le clan Cutty tout entier à la ruine. Une fois pour toutes. Il suffisait d'attirer l'attention sur l'un de leurs membres et de tirer parti du remue-ménage occasionné pour prendre le contrôle du groupe acculé au dépôt de bilan.

Le message téléphonique était bien clair sur ce point : le mystérieux détracteur de la famille Cutty ne s'arrêterait pas avant d'avoir obtenu satisfaction. Même si, pour cela, il devait causer la mort d'une innocente victime — quelqu'un sans aucun lien de sang avec la dynastie visée.

— Il croit pouvoir tuer cette pauvre femme, hein ? grommela-t-elle tout en décrochant son téléphone. Eh bien, il se met le doigt dans l'œil, ce type. Tant que je serai à mon poste, pas question qu'il parvienne à ses fins !

Au matin, Harris découvrit l'article signé Gigi La Plume. Rien que le titre suffit à le faire frémir. On n'avait pas idée d'écrire de façon aussi racoleuse, aussi minable, sur un drame qui touchait sa petite sœur de si près ! Il avait bien envie de donner à cette satanée journaliste matière à continuer sa série noire. Quelque chose du genre : « *La vengeance du grand frère : Famille Cutty, tous aux abris !* »

Il étouffa un bâillement, écrasé par la fatigue. Lorsque Holly s'était levée avant l'aube, il l'avait parfaitement entendue, et pour cause : il ne dormait pas, attentif au moindre craquement de la maison. En fait, l'entendre marcher de sa chambre dans la cuisine l'avait plutôt soulagé — il allait enfin pouvoir se lever sans risquer de la réveiller. Au passage, il avait jeté un coup d'œil dans sa chambre : les somnifères qu'on lui avait prescrits aux urgences attendaient toujours sagement sur sa table de nuit qu'elle les prenne. Quand elle décidait de ne pas se soigner, ce n'était pas la peine d'insister !

Il l'observa attentivement. Assise à la grande table, elle était plongée dans une montagne de documents — le « projet Nina », comme elle avait baptisé sa nouvelle recherche. Le moins qu'il puisse faire, c'était de la soutenir dans cette démarche. Histoire de comprendre enfin dans quel guêpier ils s'étaient fourrés en venant s'installer à San Francisco.

Il versa une bonne rasade de café brûlant dans la tasse destinée à sa sœur tout en parcourant l'article de Gigi La Plume. La journaliste faisait toute une comparaison entre Holly et Nina, insistant sur le côté quasi miraculeux de leur ressemblance. A en croire son ton exalté, Holly aurait été une réincarnation de l'ex-fiancée de Ryan Cutty, ressuscitée d'entre les morts pour sauver le Manoir de la ruine. Suivait un rapport circonstancié de l'accident qui avait failli coûter la vie à sa sœur. Il était d'ailleurs surprenant que l'article soit aussi détaillé, alors que Holly n'était revenue de l'hôpital que quelques heures plus tôt. Cette La Plume possédait des antennes ou des sources particulièrement efficaces !

Quand Ryan avait ramené Holly à l'appartement, Harris avait failli lui sauter dessus, atterré par la vision des pansements sur le front de sa petite sœur. Mais il s'était réfréné, préférant la laisser lui raconter sa mésaventure. Quant à Ryan, il était resté silencieux tout le long de son récit. Sans doute se doutait-il que Harris le considérait comme responsable de l'accident. Il ne s'était pas risqué non plus à embrasser Holly avant de s'en aller, ni à donner des conseils du genre *« Occupe-toi bien d'elle »*. Heureusement, sans quoi Harris lui aurait balancé son poing en pleine figure. Déjà, aux regards énamourés que lançait sa sœur à la « brebis galeuse » du clan Cutty, il avait parfaitement compris que la raison qui la poussait à rester à San Francisco n'était plus la rénovation du Manoir…

Il prit une gorgée de café, contemplant d'un œil distrait le timide rayon de soleil qui perçait à travers la vitre du salon. Ç'aurait été une belle journée, si elle n'avait pas déjà été gâchée par les ennuis dans lesquels Holly s'enferrait.

— Je suis sûre que la réponse se cache quelque part là-dedans, déclara-t-elle avant de fourrager dans les papiers éparpillés sur la table. C'est Nina, la clé. J'en mettrais ma main à couper.

Les yeux fixés sur son café, il poussa un soupir de découragement : toute la caféine du monde ne lui redonnerait pas l'énergie dont il avait besoin pour surmonter cette épreuve. Reposant sa tasse à laquelle il avait à peine touché, il alla rejoindre Holly.

— Qu'est-ce que tu crois pouvoir trouver dans ce ramassis de ragots vieux de plus de dix ans ? Tu penses être capable de deviner si la mort de Nina était un accident ou un meurtre, c'est ça ? Si la police n'a jamais pu le savoir, comment crois-tu y arriver ? Et puis, à force de t'obstiner, tu risques d'être la prochaine sur la liste. La réponse à tout ce gâchis, elle est là, en toi. Réfléchis bien, Hol. Tu ne crois pas qu'il est temps de faire nos bagages et de rentrer chez nous, à Seattle ?

Elle secoua la tête, les yeux rouges et gonflés de fatigue. A moins qu'elle n'ait passé les dernières heures à pleurer…

— Je peux tout arranger, j'en suis sûre. Seulement, il faut que je trouve le pourquoi.

Elle le regardait d'un air tellement suppliant… Il se rappela les paroles d'Emma : *« Holly est la seule qui puisse nous sauver de la malédiction de Nina. »* Sauf qu'elle n'avait pas à en passer par les volontés d'une famille avec laquelle elle n'avait aucun lien. Emma, Daniel et même Ryan — tous comptaient se servir d'elle comme d'un outil pour régler leurs problèmes. Sa sœur avait droit à plus de considération, que diable !

C'était tellement injuste qu'une créature aussi innocente se retrouve prise jusqu'au cou dans le mauvais drame qui se jouait au Manoir Cutty. Elle n'avait rien commis qui justifie une pareille situation, elle n'avait strictement rien à se reprocher. Et voilà qu'elle frôlait la mort, uniquement parce qu'elle ressemblait vaguement à une autre femme décédée plus de dix ans auparavant. C'était complètement absurde !

— Hol, pour la millième fois, je te répète que tu n'as pas à te soucier de toute cette histoire. Il n'est pas en ton pouvoir de tout arranger, quoi que tu sembles croire.

Reposant le stylo avec lequel elle prenait des notes depuis des heures, elle lui lança un regard déçu. Elle semblait épuisée : de gros cernes violets marquaient son visage exsangue, et ses yeux avaient perdu leur expression combative. Il avait le cœur serré à la voir ainsi abattue — mais après tout, elle n'avait à s'en prendre qu'à elle-même.

— Et qu'est-ce que je peux faire d'autre ? répliqua-t-elle avec lassitude. Je ne peux pas tout laisser tomber comme ça.

Sentant qu'une brèche venait de s'ouvrir, il s'empressa de s'y engouffrer.

— Mais si, justement ! C'est exactement ce que tu devrais faire, sœurette : tout laisser tomber. Et même t'enfuir à toutes jambes, si tu veux mon avis. As-tu seulement songé deux minutes aux idées tordues de ton Daniel de pacotille ? Sa petite mise en scène initiale risque de vous emmener loin ! Imagine un peu : si ça se trouve, il a prévu de répéter les événements du passé dans le seul but de faire de la pub à son futur *East Side Café* ! S'il doit aller jusqu'à te faire disparaître pour s'attirer plus de clients, il n'hésitera pas, j'en suis certain !

Rapprochant sa chaise, il s'empara de la main de Holly pour mieux la convaincre de son inquiétude.

— C'est ça que tu veux, Hol ? On a déjà cherché à te tuer hier…

— Non, protesta-t-elle. On a voulu me faire peur, c'est tout. Ce n'est pas moi qui suis visée, mais Ryan. Ils veulent l'atteindre en passant par moi.

— Au final, ça revient au même : ils vont te faire du mal, Hol. Qu'est-ce que tu veux de plus ? Tu ne veux pas prendre toi-même la décision de partir, c'est ça ? Tu veux que je t'emmène de gré ou de force ? Parce que si c'est comme ça que tu vois les choses, pas de problème : je peux le faire. Ça ne me pose aucun souci, tu sais !

Elle ne répondit pas, préférant reporter son attention sur ses notes et les articles étalés devant elle. Avec une rigueur mathématique, elle avait dû tourner et retourner les différentes pièces du puzzle dans sa tête, cherchant la bonne combinaison. Obstinée jusqu'au bout…

— Au fond, tu sais très bien ce que tu devrais faire, insista-t-il une dernière fois. Tu le sais, mais tu ne veux pas l'admettre.

— Oui, je le sais. Ryan n'arrête pas de me répéter la même chose. Que si j'étais raisonnable, je partirais tout de suite.

— C'est le mot « raisonnable » qui ne te plaît pas ? Pourtant, il y a des fois où ce n'est pas si mal de suivre la voie de la raison plutôt que celle de la passion.

Après avoir lancé un dernier coup d'œil au monceau de paperasses qui encombraient la table, elle se leva et prononça enfin les paroles qu'il attendait depuis le début :

— Très bien, c'est décidé : on s'en va.

Elle se mit à ranger les documents avec le soin méticuleux qui la caractérisait. A la voir s'activer ainsi, n'importe qui aurait pu croire que sa décision était prise et qu'elle n'en changerait pas.

N'importe qui, sauf lui. Tant qu'il ne l'aurait pas vue s'asseoir dans l'avion à destination de Seattle, il ne serait pas tranquille.

Le sucrier en porcelaine alla s'écraser sur le mur, avec un bruit assourdissant.

— Bon sang, Emma ! s'exclama Daniel en se relevant. Calme-toi, enfin !

— Tu as failli la tuer ! Comment veux-tu que je sois calme ?

Furieuse, elle se jeta sur lui, toutes griffes dehors. D'un geste preste, il l'attrapa par la taille et la fit rouler au sol pour la maîtriser. Lorsqu'il l'eut plaquée de tout son long sur le tapis, elle se mit à crier de toutes ses forces :

— Elle pouvait nous sauver ! Ce n'est pas ce que tu m'avais dit ? Nous sauver ! Nous faire sortir de ce cercle vicieux ! Et maintenant, on se retrouve au même point, avec une accusation de meurtre pendue au-dessus de notre tête ! Tu ne crois pas que cette histoire a assez duré ? Quand je pense que tu m'as suppliée de t'aider !

— Chut, fit-il d'une voix plus douce, sans pour autant la libérer. Je comprends ton inquiétude. Mais Holly va très bien. Allons, Em ! Tout va s'arranger, tu vas voir.

— Tu délires ! Comment veux-tu que ça s'arrange, avec les horreurs que tu inventes ?

Elle était là la veille, lorsque cette maudite Gigi avait décroché son téléphone portable, pendue au bras de Daniel. Apparemment, cette satanée bonne femme avait un contact aux urgences de l'hôpital qui l'avait aussitôt prévenue de l'accident. Résultat :

elle avait sauté sur l'occasion et interviewé Daniel à chaud, les yeux brillant d'excitation. A ses questions empressées, il avait répondu d'un air terriblement affecté :

— Oh, mon Dieu ! Quelle affreuse histoire ! C'est comme si le passé se répétait…

Elle l'aurait battu, comme elle avait envie de le faire aujourd'hui.

— Mais qu'est-ce que tu racontes, Em ? reprit-il avec un étonnement tel qu'elle se serait laissé prendre à sa comédie de l'innocence si elle ne l'avait pas connu pas si bien. Tu crois vraiment que c'est moi qui ai planifié l'accident ? Enfin, mon chou, tu n'es pas sérieuse, j'espère ! Jamais je ne me servirais de Holly de cette façon ! Une course-poursuite nocturne, quel mauvais goût !

— Bien sûr que si, c'est toi le responsable ! Tu n'es qu'un salopard de la pire espèce ! fulmina-t-elle tout en se débattant pour essayer de se dégager. Tu m'as dit toi-même que tu voulais leur montrer de quoi tu étais capable. Eh bien, ça y est, c'est fait. Tu dois être content, hein ? Bon sang, quand je pense que j'ai été assez stupide pour te faire confiance ! Alors que depuis le début, tu ne penses qu'à te venger de Ryan. Ryan, toujours lui — il n'y a que ça qui compte pour toi !

Elle n'avait pas fermé l'œil de la nuit, travaillée par sa conscience. Elle savait ce qu'elle avait à faire, mais elle ne pouvait s'empêcher d'éprouver une angoisse terrible à cette idée. Après avoir lu le journal du matin, elle avait foncé chez Daniel afin de le supplier de mettre un terme à toute cette histoire. Seulement, tout ce qu'elle avait pu obtenir de lui, c'étaient des mensonges !

Comme si accabler Ryan lui permettait de décharger ses angoisses depuis que Nina avait quitté ce bas monde… Si elle se taisait depuis des années, c'était pour préserver Daniel. Mais avec le tour que prenaient les événements, elle ne pouvait plus continuer à le couvrir.

— Tu te prends pour Dieu, Daniel. Mais tu n'as pas le droit de jouer avec la vie des gens comme tu le fais…

— Arrête de dramatiser, Em, la coupa-t-il d'un air excédé. J'ai parlé à Holly au téléphone pas plus tard que ce matin, et elle m'a dit qu'elle allait très bien.

Elle inspira profondément avant de reprendre en martelant chacun de ses mots :

— Ecoute-moi bien, Daniel. Pour une fois, au lieu de te préoccuper uniquement de ta précieuse petite personne, tu vas m'écouter attentivement. Si la voiture qui la transportait avait quitté la route, Holly n'irait pas bien du tout à l'heure qu'il est. Et son frère serait en train de préparer son enterrement ! Est-ce que tu t'en rends compte, au moins ?

Elle crut voir une étincelle de remords briller dans ses pupilles. C'était l'occasion ou jamais de faire appel à sa conscience — si tant est qu'il lui en restât une.

— Ça suffit, tu comprends ? Il est temps d'arrêter ce petit jeu dangereux. Laisse Ryan tranquille. Il a assez souffert comme ça, tu ne crois pas ?

Exactement ce qu'il ne fallait pas dire ! Elle se mordit la langue en voyant une expression belliqueuse apparaître sur ses traits.

— Bon sang, mais tu ne comprends donc rien à rien ? s'exclama-t-il tout en se relevant comme si de rien n'était. Ce n'est pas ma faute, tout ce qui arrive ! C'est la faute de Ryan ! C'est lui qui a tué Nina, et maintenant, il va tuer Holly !

Elle bondit sur ses pieds pour le suivre dans la pièce d'à côté, refusant de le laisser s'illusionner plus longtemps.

— A qui donc crois-tu parler ? Tu racontes n'importe quoi ! Ryan, responsable de la perte de Holly ? Alors que c'est toi qui la manipules depuis le début ? Quelle meilleure vengeance que de faire revivre à ton cousin le pire jour de son existence, hein ?

Se tournant vers elle, il lui adressa un sourire victorieux.

— Pas mal vu. Mais je te propose un autre scénario, avec Ryan dans le rôle-titre : afin de s'assurer que ma protégée me laisse tomber, il s'arrange pour lui flanquer une frousse terrible, tout en se trouvant là au moment crucial. Comme ça, non seulement il me bousille mon grand projet, mais en plus, il met la fille dans sa poche ! C'est lui et personne d'autre le responsable. Tu ne vois pas à quel point c'est parfait ?

— Non, Daniel. Toute cette histoire porte ta marque, je le sais. Rien que la façon dont tu as répondu à cette saleté de journaliste hier soir le prouve : c'est toi qui as planifié toute cette mise en scène macabre. Grâce à ça, tu gagnes sur tous les tableaux : Ryan replonge et ça te fait une pub d'enfer pour le nouveau Manoir Cutty. Pour un peu, c'est Noël !

— S'il avoue…

— Quoi ? Une horreur qu'il n'a pas commise ? Qu'est-ce que tu veux qu'il avoue, bon sang ?

— Il est coupable de…

— Pas de la mort de Nina, en tout cas. Et tu le sais parfaitement.

— Et alors ? On s'en fout, de ce qu'il a vraiment fait, cria-t-il, perdant le peu de sang-froid qui lui restait. Il mérite ce qui lui arrive aujourd'hui ! Il m'a volé ce qui me revenait de droit ! Mais ça, tu t'en balances, hein ? Tu n'en as plus rien à cirer !

Abasourdie, elle secoua tristement la tête. Dire que tout était sa faute ! Uniquement sa faute.

Dans un effort désespéré pour le ramener à la raison, elle passa ses bras autour de sa taille et le serra presque farouchement contre elle.

— C'est un piège, Dan. Nina a toujours représenté un piège

terrible pour toi, pour nous… Laisse tomber. Ne t'occupe plus d'elle, ni de Holly. S'il te plaît…

Elle l'obligea à la regarder bien en face et poursuivit, cherchant à le convaincre une dernière fois :

— On peut se débrouiller tout seuls, si tu le veux bien. Je ne t'ai jamais demandé de choisir entre moi et ta vengeance, mais aujourd'hui, je te le demande : laisse le passé derrière toi. Choisis-moi, Daniel. Choisis de vivre…

Elle était sincère. Même si, au fond, elle éprouvait un pincement au cœur à l'idée de ne pas pouvoir choisir librement, elle. Si elle avait eu cette possibilité, ce n'est pas Daniel qu'elle aurait voulu, mais Harris… Seulement, elle devait payer pour ses fautes. Et à cause de cela, il n'y avait pas d'alternative : c'était vivre avec Daniel, ou rien.

Lorsqu'il la repoussa brutalement, elle comprit : il ne voulait pas d'elle si cela devait le priver de sa vengeance. D'une certaine façon, elle l'avait toujours su. Quand on était comme elle du mauvais côté de la barrière depuis si longtemps, il était vain d'imaginer une fin heureuse.

Résignée, elle le fixa tristement.

— Tu es maudit, Daniel. Et moi aussi, sans doute. La seule différence entre nous, c'est que moi, je l'accepte, alors que toi, tu ne veux pas le reconnaître.

Alors qu'elle se dirigeait vers la porte, il se mit à hurler :

— Tu ne te rappelles pas ce que j'ai dû subir ? Bon Dieu, Em ! Tu as la mémoire courte, on dirait ! Ma mère faisait partie de la famille, et pourtant, ils m'ont toujours traité comme le dernier des derniers ! Un vulgaire bâtard de domestique, voilà ce que j'étais ! Combien de fois ai-je vu ce salaud prétentieux de Ryan gâcher ou dédaigner ce que moi, j'aurais tout donné pour posséder ? Comme si ce n'était rien ? Il n'a jamais eu à se battre pour obtenir ce qu'il voulait. Alors que moi, je luttais comme un fou pour récolter les miettes de ce qu'il ne voulait pas !

— Pendant toutes ces années, j'ai sincèrement cru que Ryan t'avait fait du mal. Volontairement. Du coup, ton idée d'utiliser Holly pour lui rendre la pareille ne me semblait pas mauvaise : juste retour des choses, en somme. Tu ne faisais que réparer les erreurs du passé. Mais aujourd'hui, je comprends enfin qu'à tes yeux, le seul tort de Ryan est d'être le fils unique de Samuel et Vanessa Cutty. Et tu sais parfaitement qu'il n'y peut rien. Vouloir lui faire payer sa naissance est absurde et injustifié, Daniel. Tu devrais comprendre ça mieux que personne, toi qui as tant souffert des préjugés liés à ta propre ascendance.

Sans même lui dire au revoir, elle ouvrit la porte de l'appartement et s'engagea dans le couloir. D'un bond, il la rattrapa, lui enfonçant les doigts dans le bras pour l'empêcher de continuer sa route. Sans tendresse, il la força à se retourner, une lueur meurtrière dans ses pupilles dilatées par la colère.

Masquant sa peur, elle le défia du regard.

— Qu'est-ce que tu comptes faire ? Me frapper ici, devant tous tes voisins bien pensants ? Jouer le macho en plus du reste ? Allez, Dan, vas-y, colle-moi un bon coup de poing dans la figure, tu en meurs d'envie ! Ça te fera sûrement de la pub, et à moindres frais ! Vas-y, frappe-moi ! Qu'est-ce que tu attends ?

Elle le provoquait consciemment, avec l'idée qu'au fond, elle le méritait. Mais il parut prendre conscience de sa réaction excessive et la lâcha, l'air désolé. Sans attendre ses excuses, elle s'éloigna dans le couloir. Elle ne se retourna pas une seule fois, pas même lorsqu'elle l'entendit crier son nom.

Du mauvais côté de la barrière… Elle était du mauvais côté de la barrière, et depuis toujours. Pas comme Harris qui y avait basculé à un moment mais qui s'en était sorti. Elle, cela faisait des années qu'elle avait choisi la voie la plus tortueuse qui existe. Tout cela à cause de Daniel qui l'avait ensorcelée alors qu'elle avait à peine dix ans…

C'étaient ses émotions qui la contrôlaient depuis tout ce temps. Nina avait su en tirer parti, maligne comme elle l'était. Et même aujourd'hui, morte et enterrée, elle continuait à tirer les ficelles par l'intermédiaire des vivants. Elle devait bien rire depuis l'au-delà…

28.

Assise dans le bureau de Daniel, jambes croisées, Holly attendait qu'il ait fini de lui livrer sa version des faits. Elle aurait dû éprouver un sentiment quelconque — colère, tristesse, douleur… D'autant qu'elle avait encore mal à sa blessure au front. Mais elle ne ressentait rien, ou du moins pas grand-chose. Comme si son corps et son esprit étaient enveloppés dans du coton.

Anesthésiée — elle était comme anesthésiée. Pourtant, Daniel se donnait du mal pour la faire sortir de son apathie. Il venait de faire le tour de la table qui les séparait, et lui avait pris la main afin de mieux la convaincre. Mais tout ce qu'elle était capable de penser, c'était que tout le monde avait son propre point de vue sur cette histoire compliquée. Daniel lui donnait un éclairage, elle en possédait un autre, Ryan aussi… A quoi bon essayer de démêler la vérité ?

Elle se sentait épuisée. Cela faisait un certain temps qu'elle ne dormait pas bien la nuit. Et si l'on ajoutait à cela le choc de l'accident… Les médecins l'avaient prévenue qu'elle risquait de ressentir des nausées ou une impression de faiblesse extrême. Ils lui avaient prescrit des pilules en cas de besoin. Mais, curieusement, elle ne ressentait rien.

— Holly ? fit soudain Daniel en lui tapotant la main. Tu me suis toujours ?

— Bien sûr.

Suite à son coup de fil implorant, elle avait décidé de le retrouver au Manoir afin de lui annoncer sa décision d'abandonner. Et d'obtenir enfin des explications, voire des excuses. C'était sans doute stupide de sa part, comme le lui avait reproché Harris, mais elle n'avait pas le droit de juger Daniel sans qu'il ait eu au moins l'occasion de se défendre. C'était du moins ce qu'il lui avait soutenu au téléphone, et elle avait cédé à sa demande.

Il voulait lui parler. Mais elle se demandait à quoi servaient les mots qui ils sortaient de sa bouche. Avec sa manie de surjouer, il n'y avait aucun moyen de savoir s'il disait la vérité ou non, même dans une conversation en tête à tête, comme maintenant. Il était en représentation permanente. Comment savoir s'il était sincère ?

— Je sais bien qu'à tes yeux, je suis le suspect numéro un dans cette affaire, ajouta-t-il avec un pincement de lèvres révélateur — mais n'était-ce pas une mimique calculée, à l'instar de tout le reste ? Tu ne peux pas sincèrement penser que j'aurais tout manigancé, chérie ! Te faire du mal, moi ? Tu sais bien que c'est tout simplement impossible !

Il fit quelques pas dans la pièce avant de se retourner très théâtralement vers elle, ainsi que l'aurait fait un comédien chevronné. Elle s'en voulut presque de ne pas être dupe de ses manœuvres ; il se donnait tant de mal pour la rallier à sa cause que c'en devenait ridicule.

— D'ailleurs, il n'y a aucune raison valable qui pourrait me pousser à vouloir ton départ. Je t'ai engagée pour sauver le Manoir Cutty, sans lequel je ne suis rien. Alors, pourquoi irais-je te mettre en danger ? Sans toi, mon projet s'effondre, et moi avec ! Jamais je ne mettrais ça dans la balance, tu le sais bien !

Tout le monde te le dira : la seule chose qui m'intéresse, c'est ce Manoir et l'argent qu'il peut me rapporter, une fois rénové…

Fatiguée de cette comédie, elle leva la main pour arrêter son débit assourdissant. Elle refusait de jouer le rôle de la spectatrice passive plus longtemps.

— Cet accident, commença-t-elle d'un ton dénué d'expression. Le chauffeur m'a prétendu que c'était Harris qui l'avait envoyé me chercher.

— Et comme je suis celui qui connaît le mieux ton frère ici, tu en as conclu que c'était moi qui avais donné des instructions pour te kidnapper ? Voyons, Hol, c'est absurde ! rétorqua-t-il avec un air consterné. Pas besoin d'être devin pour se douter que la seule mention de ton frère suffirait à te rassurer ! N'importe qui aurait pu t'emmener sans résistance en prétendant venir de la part de Harris.

— N'importe qui, en effet.

Elle scruta son visage sans parvenir à y déceler le moindre signe de culpabilité. Il était doué, vraiment doué pour illusionner son monde. A le voir ainsi, elle avait toutes les difficultés à se rappeler ses griefs. Fermant les yeux une seconde, elle inspira profondément et reprit avec fermeté :

— Mais la personne qui s'est arrangée pour que je monte dans cette maudite voiture était au courant de la soirée. Il ou elle savait que Ryan et moi y serions présents. Et aussi que je partirais avant la fin…

— C'est ça, ta raison de me soupçonner ? Parce que c'est à cause de moi que tu as voulu quitter la réception avant l'heure ? Tu me surprends, Holly. J'aurais cru qu'il y avait un autre responsable à ton départ précipité, d'après ce que j'ai pu voir.

Comme de juste, il l'aiguillait sur la piste « Ryan ». Qui, il fallait bien l'avouer, n'était pas tout blanc dans cette affaire…

Elle secoua la tête, énervée par ses efforts destinés à changer le cours de ses pensées.

— Arrête, Daniel. Comment expliques-tu l'article sur mon accident dans le journal de ce matin ? Signé Gigi La Plume — ta protégée ?

D'un geste fataliste, il laissa retomber ses mains et recula d'un pas, comme s'il comprenait seulement maintenant ses accusations à peine voilées.

— Tu n'imagines tout de même pas que je suis allé mettre en scène cet accident afin qu'on parle de moi dans le journal ? J'admets volontiers être prêt à tout pour récolter une bonne pub, mais de là à aller jusqu'au meurtre… Voyons, Holly !

Il observa une pause, le temps de faire un autre pas en arrière, puis poursuivit sur le ton de la confidence :

— Ecoute, quand je t'ai vue avec Ryan, je dois t'avouer que je me suis laissé emporter par mes sentiments. Parce que je n'avais pas perdu l'espoir en ce qui te concerne. Je ne t'ai jamais laissée tomber, Holly. Même au moment où tout allait mal pour toi et que tu te débattais en pleine faillite. Alors, s'il te plaît, renvoie-moi l'ascenseur : ne me laisse pas tomber maintenant.

Elle secoua la tête, bien décidée à ne pas se laisser entraîner sur cette pente. Elle ne lui devait rien. Et si elle s'était déplacée jusqu'au Manoir aujourd'hui, c'était précisément pour tout laisser tomber — Daniel, son projet fabuleux, le cachet exorbitant qu'il y avait à la clé… Elle avait promis à Harris qu'elle lui annoncerait sa décision. Point final.

D'ailleurs, à y repenser, Daniel devait avoir des antennes pour plaider sa cause avant même qu'elle ait abordé le sujet de son départ ! Dans un sens, cela l'arrangeait presque. Ce ne serait pas elle qui lancerait le pavé dans la mare, puisqu'il s'y attendait.

Prenant son courage à deux mains, elle lança maladroitement :

— Il se passe pas mal de choses en ce moment… Enfin, je veux dire… Ça fait beaucoup en même temps, tu vois…

Allez, vas-y ! lui soufflait une petite voix intérieure. *Dis-lui que tu t'en vas, et basta !*

Mais les mots se bloquaient dans sa gorge.

— Je comprends, intervint-il aussitôt comme s'il avait perçu son hésitation et voulait l'empêcher d'arriver à son but. C'est pour ça que je te supplie de faire attention à toi. Après l'incident de cette nuit… Je ne suis pas contre les aventures palpitantes, mais là, ça va un peu loin à mon goût. N'oublie pas que tu es ma muse et le sauveur de mon Manoir !

— Je… je te ferai savoir ce que j'ai décidé… plus tard, d'accord ? balbutia-t-elle, un peu agacée de n'avoir pas réussi à lui présenter sa démission en bonne et due forme.

Restait à espérer qu'il devinerait tout seul…

Un quart d'heure plus tard, elle se retrouvait dans son propre bureau, occupée à contempler les plans qu'elle avait dressés pour la rénovation du Manoir. Au fond, elle savait qu'elle ne voulait pas partir. Seulement, Harris était convaincu du contraire, à présent. Comment lui annoncer qu'elle n'avait pas donné sa démission ? Il serait furieux, et à juste titre, quand elle rentrerait à la maison et lui dirait la vérité — ou qu'il la devinerait au premier coup d'œil, ce qui revenait au même.

Elle n'avait aucune excuse. Elle aurait dû faire ses bagages depuis longtemps déjà. D'autant que cela n'avait rien à voir avec son travail ou la peur d'échouer dans sa mission. Non, ce n'était pas son talent qui était ainsi mis en jeu, mais sa tranquillité. Elle s'était retrouvée au beau milieu d'une histoire de famille qui ne la concernait en rien et à laquelle elle ne pouvait apporter aucune solution.

Il fallait qu'elle parte. Qu'elle laisse tomber toutes ces questions insolubles. Qu'elle se protège et permette à Ryan de se retrancher dans la forteresse qu'il n'aurait jamais dû quitter. Parce que, tant qu'elle restait dans les parages, elle le mettait en danger — involontairement, certes, mais en danger tout de même.

Oui, Harris avait raison quand il lui disait qu'elle ne pouvait rien faire, quoi qu'elle tente.

D'ailleurs, personne n'y pouvait rien. C'était sans issue.

Harris ne s'attendait pas à trouver Emma en entrant dans la grande salle du *Bistro Bali*. Il n'avait pas prévu de la revoir avant de quitter la ville. Dans certains cas, mieux valait ne pas faire ses adieux.

Une fois de plus, elle le surprenait. Depuis le bar où elle était accoudée, elle lui adressa un petit signe qu'il ne pouvait pas ignorer. D'un pas nonchalant, il vint s'asseoir à côté d'elle, étonné de se sentir si vide, si mort à l'intérieur.

— J'ai appelé, et on m'a dit que tu n'allais pas tarder, déclara-t-elle avec un petit sourire.

Sans un mot, il détailla chaque parcelle de son visage et de son corps de rêve. Elle était si belle, avec ses mèches blondes et souples, ses yeux verts en amande et ses courbes délicates… Difficile de la croire impliquée dans l'affaire qui avait failli coûter la vie à sa sœur. Mais comme on dit, l'habit ne fait pas le moine — sauf que, dans le cas d'Emma, les moines ne devaient pas le rester longtemps, tant elle débordait de charme !

— J'ai appris ce qui était arrivé à Holly, reprit-elle en évitant soigneusement de le regarder en face — un mauvais signe. Je voulais juste te dire que j'étais désolée…

— Ecoute, Emma, pas la peine de tourner autour du pot, la coupa-t-il presque sèchement. Hier soir, ma sœur a failli mourir dans la répétition de l'accident qui a causé la mort de Nina. Et tu as quelque chose à voir là-dedans, j'en suis sûr. Alors, c'est simple : soit tu me dis la vérité, toute la vérité, soit tu t'en vas tout de suite. C'est clair ?

Il était doué pour les ultimatums. Depuis toujours. C'était du moins ce que prétendait sa sœur.

Elle fixa ses doigts crispés sur le bord du comptoir.

— Je… Ce n'est pas ce que tu crois, murmura-t-elle, les sourcils froncés, la voix à peine audible. Ce n'est pas si simple…

D'un geste rapide, il prit l'une de ses mains et la serra dans la sienne.

— Emma, écoute-moi, je t'en prie.

Elle leva vers lui des yeux pleins de larmes.

— C'est très simple, au contraire ! Tu n'as qu'à te confier à moi. C'est tout. La vérité, c'est tout ce que je te demande, Emma…

Au moment où il prononçait ces paroles, il devina d'instinct la réaction qu'elle allait avoir. Bien sûr, elle ne pouvait pas le choisir, lui, alors qu'il y avait l'autre depuis si longtemps — trop longtemps, sans doute… Détournant les yeux, elle se laissa glisser du tabouret, récupéra son sac et quitta le bar sans se retourner.

Et dire que, jusqu'au dernier moment, il avait espéré qu'elle ne serait pas impliquée dans toute cette histoire sordide ! Pas elle — pas Emma, si jolie, si fragile…

— Et merde ! jura-t-il en abattant son poing sur le zinc. Merde, merde et remerde !

*
* *

Le lieutenant Amy Garten lui avait fait la faveur de l'appeler avant de se mettre en route. Il ne pourrait pas dire qu'il n'avait pas été prévenu de sa visite « impromptue ».

Ryan la regarda sortir de sa voiture de service et songea qu'elle avait vieilli, en bien. D'après ce qu'il savait de sa carrière, elle avait gravi pas mal d'échelons depuis leur premier entretien, douze ans plus tôt. Aujourd'hui, elle était chef du département des homicides. Elle avait gardé ce maintien impeccable et cet air professionnel qui l'avaient tant impressionné à l'époque. Il n'y avait pas à dire : cette femme en imposait. Cela devait s'avérer bien utile lorsqu'elle interrogeait des criminels endurcis ou des suspects peu sûrs d'eux.

Comme lui. Voilà ce qu'il était, une fois de plus : un suspect. Et même le suspect numéro un. L'histoire se répétait, décidément !

Le lieutenant commença par lui annoncer qu'elle était venue le trouver suite à un coup de téléphone anonyme concernant l'accident de la nuit passée. Elle avait, prétendait-elle, des informations confidentielles à lui révéler. Des informations susceptibles de l'intéresser et qui nécessitaient un entretien en privé.

Sans doute une manière détournée d'observer ses réactions pour décider si, oui ou non, il avait quelque chose à se reprocher. Il soupira. Son histoire était cousue de fil blanc ! Pourtant, il ne protesta pas.

— Le trajet en voiture pour venir jusqu'ici est plutôt long, remarqua-t-elle avec détachement. Mais ça vaut le déplacement : l'endroit est superbe. Je devrais dire à mon mari de m'accompagner un de ces jours. On en oublierait presque les horreurs quotidiennes auxquelles on est confronté, aux Homicides !

— Je vous propose de passer dans mon bureau. Nous y serons mieux pour discuter.

Elle le suivit à l'intérieur sans se faire prier. Une fois qu'elle se fut installée sur une chaise, il s'adossa à sa table de travail, adoptant inconsciemment une posture faussement négligente. Il ne lui restait plus qu'à attendre : dans quelques minutes, elle brandirait son badge, peut-être même une paire de menottes, et sortirait un magnétophone de son sac avec un enregistrement accablant. Depuis qu'il avait lu l'article de Gigi La Plume, il se doutait que la police viendrait lui demander des comptes. Et qu'il aurait bien du mal à s'en tirer, cette fois.

Bizarrement, il ne ressentait pas d'inquiétude ni d'angoisse à l'idée d'être arrêté et traîné en justice. Il était plutôt résigné. Cela ne ferait que boucler la boucle dans laquelle il se trouvait enfermé depuis douze longues années. On n'échappait pas si facilement à la malédiction de Nina.

Pourtant, ce ne fut pas un magnétophone qu'Amy Garten déposa sur son bureau, mais une simple carte — sa carte professionnelle. Croisant les mains devant elle, elle déclara d'un air préoccupé :

— Monsieur Cutty, tout porte à croire que quelqu'un cherche à vous faire porter le chapeau de l'accident. De celui-ci comme du précédent. C'est du moins la conclusion à laquelle je suis parvenue.

Abasourdi par ce revirement de situation, il la considéra sans piper mot. D'un geste, elle lui fit signe de s'asseoir. Après avoir ramassé la carte qu'elle lui avait tendue, il lui obéit sans protester, incapable d'émettre le moindre son tant il était surpris.

— Nous avons retrouvé le véhicule de location ce matin, suite à votre déclaration — dont nous vous remercions vivement, soit dit en passant. La voiture en question n'avait pas été louée, mais volée, puis trafiquée pour qu'on ne puisse pas l'ouvrir de l'arrière. Par quelqu'un qui s'y connaît. Il n'a laissé aucune empreinte digitale ni sur la carrosserie, ni dans l'habitacle. Du travail de pro, comme on dit.

Elle se pencha vers lui, cherchant à capter son regard.

— Quelqu'un vous en veut, monsieur Cutty. Quelqu'un qui essaie de faire se répéter le passé, y compris l'enquête qui a eu lieu après la mort de votre fiancée. Pour quelles raisons, je n'en sais rien. Tout ce que je sais, c'est que cette personne se livre à un petit jeu dangereux. Et que ça commence à m'énerver sérieusement !

Elle avait l'air sincère. Mais Ryan ne put s'empêcher d'objecter :

— Pourquoi ce revirement, lieutenant ? D'après ce que j'ai pu lire, il y avait assez de preuves pour m'accabler. Vous semblez bien sûre de mon innocence, alors qu'à l'époque, l'accident qui a coûté la vie à Nina m'a été largement imputé… Pourquoi n'avez-vous pas donné suite à l'accusation de meurtre qui pesait sur moi à ce moment-là ? J'aimerais comprendre.

Elle lui renvoya un regard étonné.

— Tout simplement parce qu'il n'existait aucune preuve démontrant qu'une voiture avait bien fait quitter la route à Nina Travers.

Il allait protester du contraire — après tout, il avait lu les rapports de police, grâce à Holly. Mais elle l'arrêta d'un geste.

— Je vais vous dire pourquoi nous ne vous avons pas poursuivi, monsieur Cutty. Lors de l'enquête sur les lieux du crime, nous avons découvert une information essentielle que nous nous sommes bien gardés de divulguer à la presse ou à quiconque en dehors du service. Mlle Travers n'était pas seule dans cette voiture : il y avait quelqu'un avec elle. Ce qui vous élimine d'office, puisque vous la suiviez avec votre propre véhicule.

— Mais comment… Je ne comprends pas…, bredouilla-t-il, le cœur battant.

— C'est simple : nous avons relevé deux séries d'empreintes sur le volant de la voiture accidentée. Apparemment, Nina Travers aurait lutté pour reprendre le contrôle de son véhicule. Peut-être que sa mort n'était pas prévue d'avance, mais qu'elle est survenue accidentellement, à cause de sa résistance à son kidnappeur. Ce n'est qu'une hypothèse, bien sûr. Nous n'avons d'ailleurs jamais réussi à identifier le responsable. Probablement quelqu'un qui n'avait pas eu maille à partir avec la police auparavant, d'où son absence de casier. En tout cas, s'il y a bien une chose dont nous sommes certains, c'est que ces empreintes n'étaient pas les vôtres.

Il n'en revenait toujours pas. Dire que personne ne lui en avait soufflé mot pendant toutes ces années !

— Je… Comment se fait-il que je n'aie jamais entendu parler de tout ça ?

— Le soir où elle est décédée, Nina Travers conduisait comme une folle, vous l'avez dit vous-même, répondit le lieutenant en se levant. Grâce aux prélèvements de sang, nous avons découvert qu'elle était sous l'emprise de l'alcool et du Valium. Nous avons trouvé plus que des traces de ces deux substances, ainsi que d'autres plus nocives encore.

Elle observa un petit silence, lui laissant le temps de réfléchir à ce qu'elle n'avait pas dit. La suite n'était pas difficile à deviner : avec ce qu'ils avaient découvert, les policiers savaient qu'ils ne pourraient pas l'accuser de la mort de Nina. En l'absence d'un autre suspect identifiable, ils n'allaient pas se compliquer la vie : Nina avait suffisamment de drogue dans le sang pour qu'on retienne la thèse de l'accident. C'est ainsi que l'affaire avait été déclarée close — et qu'aucune charge n'avait été retenue contre lui.

— Et aujourd'hui, qu'en pensez-vous ? demanda-t-il en se levant à son tour.

— Je suis persuadée d'une chose, monsieur Cutty : ce n'était pas un accident. Quelqu'un a tué votre fiancée, et ce quelqu'un était dans sa voiture avec elle. Il nous reste à trouver qui. Et je ne désespère pas, même si beaucoup de temps s'est écoulé depuis.

Elle se dirigea résolument vers la porte avant de se retourner brusquement, comme si elle venait juste de penser à quelque chose.

— Monsieur Cutty, si je suis venue vous révéler tout ceci, c'est dans un but bien précis. Vous voyez, ce qui nous manque, c'est un mobile à cet assassinat déguisé en accident. Quelqu'un voulait la mort de Nina Travers — mais qui et pourquoi ? C'est ce qu'il nous reste à découvrir. Et c'est là que votre aide peut s'avérer précieuse, si vous acceptez de coopérer. Je pense que vous le ferez, car après tout, le résultat de notre enquête permettra de lever enfin le voile sur un mystère dont on vous a trop longtemps accusé. Vous étiez plus proche de la victime que quiconque, et toutes les informations que vous pourrez nous donner nous seront très certainement utiles. C'est du moins ce que je crois...

Elle lui adressa un sourire convaincu et montra du doigt la carte qu'elle avait laissée sur le bureau.

— Vous avez mes coordonnées. Surtout, n'hésitez pas à m'appeler si vous avez quoi que ce soit à me dire. Sur ce, je vous laisse, monsieur Cutty.

Et elle referma la porte derrière elle.

Incapable de bouger, Ryan resta debout, à fixer l'endroit où elle venait de disparaître. Son cerveau avait du mal à saisir toutes les implications de ses révélations. Même dans le dossier que Holly lui avait montré, rien n'évoquait la piste privilégiée par Amy Garten. Aucune mention n'était faite de cette tierce personne — alors que c'était probablement elle la responsable de la mort de Nina…

Il ne croyait pas aux contes de fées. Contrairement à Holly qui voulait à toute force une fin heureuse à leur histoire, cela faisait longtemps qu'il ne s'illusionnait plus sur le tour que pouvait prendre son existence solitaire. Qu'il la jouait profil bas. Mais aujourd'hui, un nouvel espoir surgissait à l'horizon — celui d'être enfin innocenté pour un meurtre qui lui collait injustement à la peau depuis douze ans. Alors, pourquoi le reste de sa vie ne s'éclairerait-il pas aussi ? Il suffisait pour cela qu'il décide de prendre le taureau par les cornes, qu'il en trouve le courage…

Avant qu'il ait eu le temps de se remettre de sa surprise, Gil entra en trombe dans la pièce, claquant la porte derrière lui avec colère.

— C'était elle ! fulmina-t-il, rouge et essoufflé. L'inspecteur chargée de l'enquête sur la mort de Nina. Pas vrai ? Qu'est-ce qu'elle est venue faire ici ?

Il faillit trébucher et se rattrapa de justesse au bras de Ryan. Les yeux écarquillés, il leva la tête vers lui, l'interrogeant du regard.

— Qu'est-ce qu'elle veut à ma fille ? Elle n'est pas morte depuis assez longtemps ? Que s'est-il passé, Ryan ? Dis-le-moi, je t'en prie !

Ryan garda le silence, soutenant cet homme qu'il aimait comme un père. Pendant douze ans, il n'avait eu qu'un seul but : le préserver de la douleur qui le saisirait s'il découvrait la vérité sur sa fille disparue. Il avait essayé de compenser la perte de Nina par un dévouement sans faille, mais aujourd'hui, il n'était plus si certain que sa démarche ait été justifiée. Finalement, il s'était sans doute protégé, lui, autant qu'il avait cru protéger

Gil. Dans sa jeunesse, il voulait échapper à ses responsabilités d'héritier en voguant vers le soleil couchant. N'était-ce pas ce qu'il avait fait, finalement, en se retranchant à Viña Dorada, auprès d'un invalide dont il représentait le seul espoir ?

Résultat : il s'était tu. Et à présent, il doutait du bien-fondé de son attitude. Tout comme il regrettait d'avoir cherché à écarter Holly de sa route — pour la protéger.

Peut-être n'était-il pas en son pouvoir d'épargner les gens. Peut-être n'était-ce même pas souhaitable de leur cacher la vérité…

— Assieds-toi, Gil, lâcha-t-il tout en tirant une chaise afin de l'aider à s'installer. Il y a pas mal de choses dont je voudrais te parler.

29.

Décidément, songea Holly, la vie était pleine de surprises. Elle devrait peut-être s'y faire et commencer à s'attendre à l'imprévisible ! Cela lui éviterait bien des désagréments.

Par exemple, ces cinq dernières années avaient été une suite de « surprises » : entre sa dégringolade professionnelle et son divorce, le licenciement de Harris, l'arrivée impromptue de Daniel, moins providentielle qu'elle ne l'avait cru tout d'abord, et l'histoire compliquée du Manoir Cutty, on pouvait dire qu'elle avait été ballottée au gré des événements. Si seulement elle trouvait le moyen de contrôler les bombes qui lui explosaient régulièrement à la figure, elle serait plus tranquille !

Pourtant, malgré ses bonnes résolutions, elle ne put s'empêcher de se trouver prise au dépourvu quand Ryan fit son apparition derrière elle. Sentant sa main sur son épaule, elle lâcha tout ce qu'elle transportait précautionneusement hors de son bureau : sa mallette, les plans qu'elle comptait emporter chez elle, plus deux ou trois bricoles qu'elle ne voulait pas laisser derrière elle.

Il ramassa les affaires qui jonchaient le sol et, sans un mot, l'accompagna jusqu'à sa splendide Aston Martin, garée le long du trottoir, moteur en marche. Il avait dû attendre qu'elle sorte, prêt à l'alpaguer dès qu'elle mettrait le nez hors du Manoir. Et une surprise de plus !

Elle croyait qu'il avait laissé tomber. La nuit de son accident, lorsqu'il l'avait accompagnée à l'hôpital, chacun de ses mots, chacun de ses gestes clamait haut et fort qu'à ses yeux, leur histoire était terminée.

Et voilà qu'elle se retrouvait dans sa voiture, sur le siège passager, sans savoir vers quoi elle s'embarquait. Bonne ou mauvaise surprise ? Si la fin heureuse dont elle avait rêvé se trouvait au bout de la route, elle voulait bien se laisser conduire. L'espoir faisait vivre…

— J'ai eu une petite visite, aujourd'hui, lui confia-t-il enfin, les yeux braqués sur la route. Ça faisait douze ans que je n'avais pas vu le lieutenant Amy Garten. Elle a pris de l'âge, mais ça lui va plutôt bien.

Sans répondre, Holly s'agrippa à son accoudoir. Il conduisait vite — trop vite —, et elle ne tenait pas à le déconcentrer à cette allure. D'autant qu'il venait de prendre un sens interdit pour sortir de la ville.

— Tu te rappelles la voiture dans laquelle tu as failli mourir ? continua-t-il avec un calme étrange. Eh bien, elle a été volée, figure-toi. Bien entendu, pas de piste. Mais tiens-toi bien : l'inspecteur Garten a eu une idée… géniale. Une intuition brillante. Tu sais ce qu'elle pense ? Que ce n'est pas moi qui ai tué Nina. Surprenant, pas vrai ?

C'était le mot ! Bouche bée, Holly le regarda, attendant la suite.

— Et elle ne croit pas non plus à la thèse de l'accident-suicide. D'après elle, quelqu'un a volontairement causé sa mort. Ce qui nous ramène à l'hypothèse du meurtre.

Il aborda un nouveau virage sans même ralentir. Cramponnée à son accoudoir, Holly ferma les yeux une seconde, terrorisée.

— Les documents que tu m'as montrés avaient été déposés sur ton bureau, c'est bien ce que tu m'as dit ? Curieusement, ils ne collent pas avec la théorie du lieutenant Garten. Ils tendraient plutôt à soutenir exactement l'inverse de ce qu'elle raconte. Pour elle, il n'existait aucune preuve que Nina ait été poussée hors de la route par une autre voiture, conduite par moi ou une tierce personne. Ce qui veut dire…

— Ce qui veut dire que le dossier que j'ai pris pour argent comptant n'était qu'un ramassis de mensonges visant à te nuire, c'est bien ça ?

Il hocha la tête en signe d'acquiescement, les yeux toujours fixés sur la route.

— Quand tu m'as fait lire ces rapports, je me demandais ce qui n'allait pas dans certaines des transcriptions prétendument officielles. Après tout, moi, j'étais là, le soir de l'accident. J'aurais remarqué si une autre voiture poursuivait Nina. Et je me souviens parfaitement que nous étions les seuls sur cette maudite route.

Elle sentit un énorme poids quitter sa poitrine, vite remplacé, hélas, par un autre, moins lourd mais plus insidieux.

— Donc, quelqu'un voulait que je te croie coupable.

— Et ce n'était pas de la paranoïa, assura-t-il d'un air grave. L'inspecteur m'a aussi révélé un élément inconnu du public et de la presse : dans la voiture où Nina a trouvé la mort, il y avait deux séries d'empreintes sur le volant. L'une appartenait à Nina ; l'autre, à quelqu'un qui n'a toujours pas été identifié. Apparemment, elle n'était pas seule dans sa voiture, et elle s'est battue pour récupérer le contrôle avant de basculer par-dessus la barrière de sécurité.

Il appuya sur la pédale de frein, faisant crisser les pneus, avant de reprendre une conduite moins sportive, laissant sa déclaration lentement pénétrer dans son esprit.

Pour une surprise…, songea-t-elle tout en réfléchissant aux implications. Si quelqu'un était dans la voiture avec Nina le soir de son accident, cela innocentait totalement Ryan. Le vrai coupable, c'était ce mystérieux individu qui avait planifié la disparition de sa victime. Malgré les apparences, Ryan n'avait rien à voir là-dedans, pas plus que le hasard.

Elle lui jeta un regard à la dérobée, cherchant à lire ses émotions sur son visage impassible. Elle devinait le soulagement qui l'avait envahi à ces dernières révélations. Après tout, elle commençait à le connaître un peu.

Elle ne fut donc pas étonnée qu'il prenne la direction de l'endroit où avaient eu lieu les deux accidents — celui qui avait emporté Nina dans l'au-delà, et le sien, quelques heures plus tôt. Le cœur battant, les tempes bourdonnantes, elle le regarda descendre de voiture après avoir coupé le contact et claquer la portière derrière lui. Comme s'il fermait définitivement la porte de son passé douloureux. Passé une seconde d'hésitation, elle le suivit jusqu'au bord de la corniche où il s'était arrêté.

Cheveux au vent, auréolé par la lumière du crépuscule, il se détachait comme un bas-relief sur les nuages rougeoyants du couchant. Une flopée de mouettes prit son envol, pareille à une salve d'étincelles triomphantes. Il ressemblait à un héros romantique — Heathcliff sur sa falaise des Hauts de Hurlevent n'aurait pas eu plus fière allure. Elle l'observa en silence, émue par son destin tourmenté, heureuse d'être à son côté en cet instant où son existence prenait un tournant décisif.

S'approchant de lui, elle glissa sa main dans la sienne.

— Je n'ai pas peur, dit-elle simplement.

Il parut apprécier son geste. Fermant les paupières comme pour mieux s'imprégner de ce moment, il soupira profondément.

— Toute ma vie, j'ai eu l'impression que l'on tirait les ficelles de mon existence. Je ne croyais pas pouvoir échapper à mon destin, pensant que c'était le lot de tout héritier digne de ce nom. Il y avait toujours quelqu'un pour me rappeler ce que je devais faire, pour l'honneur de la famille. Combien de fois m'a-t-on répété que j'étais le dernier des Cutty ? Qu'il fallait que je reprenne le flambeau ? Même lorsqu'ils se sont mis en tête de me marier sans me consulter, je n'ai pas protesté. Pourquoi ne pas en passer par ce qu'ils voulaient, si cela pouvait leur faire plaisir et m'éviter encore une décision ?

Il secoua la tête, comme consterné par sa stupidité. Ne sachant que dire pour le rasséréner, elle attendit la suite, se contentant de serrer ses doigts dans les siens.

— Ce n'est pas très flatteur, n'est-ce pas ? poursuivit-il en se tournant vers elle, un sourire d'autodérision aux lèvres. Toute ma vie, on m'a dit quoi faire. Même après la mort de Nina, j'ai agi comme je croyais devoir agir, et non comme j'avais envie d'agir. Je me suis retranché dans le vignoble de Gil pour compenser la perte de sa fille unique — une perte dont je me jugeais responsable, du moins en partie. Pendant douze ans, je n'ai vécu que pour Viña Dorada. J'en ai même oublié mes rêves d'enfant.

— Et quand je suis arrivée, tu t'es dit que le cercle vicieux reprenait son mouvement infernal. Encore quelqu'un qui tirait les ficelles pour mieux t'enferrer. C'est exactement ce que Harris m'a dit dès le début. Contrairement à moi, il n'a jamais fait confiance à Daniel. C'était trop beau pour être vrai…

Elle lut de la colère dans ses beaux yeux bleus. Et aussi autre chose : un regain d'énergie, une flamme qu'elle croyait éteinte.

— Ton frère a une sacrée intuition.

— Tu n'as pas idée de ce dont il est capable ! Il lit dans les pensées. Sans rire. Et ça ne rate jamais. Enfin, pas que je sache.

Les yeux perdus dans le vague, il resta quelques secondes silencieux, pensif. Immobile. Comme s'il s'interdisait de faire ce qu'elle attendait avec impatience : l'embrasser à perdre haleine.

— Holly, reprit-il enfin, la mort de Nina n'était pas accidentelle. C'était un assassinat. Une tragédie qui pourrait bien se reproduire avec toi, si les gens qui m'en veulent sont toujours aussi décidés à me nuire. Je ne peux pas te faire courir ce risque…

Elle ne le laissa pas terminer sa phrase. Prenant les devants, elle se haussa sur la pointe des pieds et déposa un baiser sur ses lèvres entrouvertes. Cela valait mieux que tous les discours du monde !

Au bout d'un instant qui lui parut une éternité, elle s'écarta à regret, heureuse malgré tout de voir qu'il n'évitait plus son regard.

— Sur certains points, j'estime avoir mon mot à dire, répliqua-t-elle. D'accord ?

Il opina du chef et l'attira contre lui.

— D'accord. Seulement, je veux que tu sois certaine de vouloir m'accompagner sur ce chemin. Parce que le danger nous guette, Holly. Sans arrêt.

Elle fit mine de réfléchir, puis se tourna vers lui, un grand sourire aux lèvres.

— Tu sais quoi ? Pour la première fois de ma vie, je suis sûre d'avoir fait le bon choix. Et dans un sens, je crois que je l'ai toujours su.

Ryan la ramena chez lui en silence. Les mots étaient superflus, à présent. Ils savaient tous deux ce qui allait se passer, et ils s'en réjouissaient d'avance. Ce qu'ils avaient appelé de tous leurs vœux, peut-être sans en avoir conscience, allait enfin se produire. Ils allaient faire l'amour, et ce serait merveilleux. Magique. Seulement, pour savourer cet instant comme il se devait, il voulait le retarder encore un peu. Pour mieux en sentir toute l'intensité.

A peine entrée, elle voulut déboutonner son jean, tremblant d'impatience contenue. Mais il l'arrêta tendrement.

— Pas tout de suite, lui murmura-t-il à l'oreille. Laisse-moi faire…

Il la souleva dans ses bras et l'emporta vers le lit où il l'allongea respectueusement avant de s'allonger à son côté. Il se sentait dans une sorte de transe. Faire l'amour à Holly était la seule façon de faire taire cette petite voix insidieuse qui lui répétait sans répit : « Elle aussi, tu vas causer sa mort ! » Il se concentra sur elle, sur son corps délicieux qu'il découvrait petit à petit, émerveillé, presque timide.

— Ça te fait bizarre d'être avec moi ? demanda-t-elle d'une voix rauque qu'il trouva follement sexy.

Il secoua la tête, déposa un baiser sur ses lèvres pleines et s'empressa de la rassurer.

— J'avais dix-neuf ans, à l'époque. Nous n'étions que des gamins, tous les deux. Alors qu'aujourd'hui, c'est complètement différent…

Il disait la vérité : jamais il n'avait rencontré de femme aussi lumineuse, aussi avide de le recevoir en elle. Le plus beau, c'était qu'elle ne cachait absolument pas ses sentiments. Elle sentait bon, elle était belle — pure, en un mot.

— Sais-tu que la plupart des vins ont un goût un peu râpeux quand on les met en bouteille ? dit-il tout en déboutonnant lentement son chemisier afin de le faire glisser le long de ses épaules lisses.

Il n'avait pas défait les boutons des manches, et le chemisier resta coincé au niveau de ses poignets. D'un air coquin, il tira avantage de cet emprisonnement momentané pour l'embrasser dans le cou sans qu'elle puisse le caresser, la soumettant à un supplice exquis. Puis il posa une main sur son ventre et la sentit vibrer de désir contenu.

— Ils se bonifient avec l'âge, poursuivit-il. Pour certains, ça prend à peine quelques semaines. Pour d'autres, ça nécessite des années.

— Tu es bien métaphorique, Ryan ! Une manière détournée de me dire que tu espères me voir vieillir en mieux ?

Avec un sourire, il la fit basculer doucement sur le côté de façon à mieux la contempler.

— Pour les meilleurs vins, il faut prendre son mal en patience… Laisser le temps jouer son rôle.

Et c'est ce qu'il fit : il prit son temps.

Lorsqu'ils furent enfin nus tous les deux, ils ne purent plus attendre davantage. Avec une passion égale à la sienne, il la pénétra d'un seul mouvement avant de se mettre à onduler en elle, jouissant de la sentir répondre à chacun de ses coups de reins. Elle enroula ses longues jambes autour de sa taille. Ainsi enlacés, ils atteignirent ensemble les sommets du plaisir, unis comme jamais ils ne l'avaient été avec quiconque. Dans la houle qui les emportait, il sentit qu'il avait enfin touché au but ultime de son existence : il avait trouvé son port d'attache en Holly. Le lien qui les unissait était exceptionnel, magique, et rien ne pourrait le défaire. Ils ne formaient plus qu'un, et ce pour toujours.

Comme ils reposaient l'un à côté de l'autre, épuisés mais heureux, il tourna la tête vers son cou et murmura :

— Tu es à moi, rien qu'à moi…

— Faux, chuchota-t-elle en l'embrassant. C'est toi qui es à moi, je t'ai choisi d'abord.

Ils refirent l'amour encore et encore avant de se laisser retomber sur le lit défait dont les draps pendaient sur le côté. Au bout de quelques instants, Holly frissonna : la brise légère provenant de la fenêtre entrouverte avait rafraîchi l'atmosphère torride de la chambre. D'un geste, Ryan ramena les couvertures sur leurs corps alanguis et l'attira au creux de son épaule. Elle se blottit contre lui avec un soupir de bien-être, et il la serra plus fort, les yeux levés vers le plafond. La conversation qu'il avait eue avec Gil lui trottait dans la tête, en même temps que les révélations du lieutenant Garten et son inquiétude à l'égard de Holly. Il la désirait si fort, il avait tellement besoin d'elle ! Il aurait voulu pouvoir lui proposer de rester toujours à ses côtés, dans le vignoble, avec leurs futurs enfants pour la plus grande joie de Marta et Gil. Il aurait voulu ne jamais la laisser s'écarter de lui, ne serait-ce qu'une minute, la garder éternellement ainsi, lovée contre son torse, pour sentir jusqu'à la fin des temps sa douce respiration soulever sa poitrine délicieusement ronde…

Mais les ombres qui planaient sur son existence n'étaient pas encore dissipées. Et elles risquaient de persister plus longtemps qu'elle ne le croyait. S'il voulait être vraiment honnête avec elle, il devait tout lui dire. Même l'inavouable.

— A mon avis, c'est mon père qui l'a tuée, chuchota-t-il, espérant qu'elle dormirait trop profondément pour l'entendre.

Il la sentit se raidir sous sa main. Elle était donc réveillée. Dommage… Ou tant mieux. Maintenant qu'il était lancé, il n'avait d'autre choix que d'aller jusqu'au bout de ses révélations.

— Ils… Nina et lui étaient… Enfin, ils avaient une liaison. Elle allait tout raconter à ma mère.

Elle se redressa sur un coude pour mieux le regarder. Dans ses beaux yeux sombres, il lut de la compassion, de l'émotion aussi.

— Nina était enceinte. Le soir de… de sa mort, elle m'a dit que son bébé était de mon père. Qu'il allait quitter ma mère pour partir vivre avec elle et l'enfant, et qu'il nous déshériterait tous.

— Tu crois vraiment que… que c'était Samuel qui se trouvait ce soir-là dans la voiture avec elle ?

— J'en suis persuadé, acquiesça-t-il d'un air lugubre. Seulement, la police n'avait aucune raison de chercher à comparer les mystérieuses empreintes avec les siennes. Pour quel motif l'aurait-elle fait ? Je n'avais soufflé mot à personne de sa relation avec Nina. Et j'ai continué à me taire après le drame. Avec Gil entre la vie et la mort, je ne pouvais pas me permettre de vider mon sac. Lui apprendre que son meilleur ami — mon propre père — avait débauché sa fille unique l'aurait achevé. D'autant qu'il ne buvait pas, à l'époque. Il était en pleine possession de ses facultés — et donc encore plus coupable.

Il interrompit sa douloureuse confession, les mains lui caressant distraitement les cheveux. Il s'étonna de leur souplesse et de leur douceur. Elle était vraiment unique, et il avait une chance incroyable qu'elle n'ait pas abandonné l'espoir de voir leur attirance mutuelle se concrétiser. Oui, elle était tout simplement merveilleuse.

— Nina devait être folle de rage, ce soir-là, commenta-t-elle, rompant le silence. Elle voulait se servir de ta famille pour t'atteindre, parce que tu l'avais blessée au plus profond d'elle-même.

Il hocha la tête gravement.

— Seulement, elle n'avait pas compris à quel point mon père était dépendant de ma mère. Il l'est toujours, d'ailleurs. Jamais il ne l'aurait quittée, même s'il était tombé follement amoureux d'une autre. Il n'a pas assez de courage pour ça. Quant à sa relation avec Nina, je pense que ce n'était qu'un coup de tête. Une manière de plus de se rassurer, de se prouver qu'il méritait de l'avoir — au même titre qu'il pensait mériter sans effort la fortune colossale de mon grand-père. Il n'a jamais pensé qu'il fallait se battre pour obtenir ce que l'on veut. Ce qui était à sa portée lui revenait de droit, voilà ce qu'il croyait. C'est comme ça qu'il a jeté son dévolu sur Nina. Mais il n'avait pas dû prévoir que sa conscience le tourmenterait à ce sujet : il dévergondait non seulement la fille de son meilleur ami, mais, en plus, la fiancée de son propre fils ! Même pour lui qui se croit toujours au-dessus du commun des mortels, cela a sûrement paru un peu gros. En plus, il a dû paniquer à l'idée que leur relation illicite pourrait éclater au grand jour.

Elle se rapprocha de lui, comme si ces révélations terribles lui donnaient la chair de poule. Il y avait de quoi : un homme capable de coucher avec sa future belle-fille, de la mettre enceinte et ensuite de la supprimer purement et simplement, cela donnait froid dans le dos !

— C'était un accident, j'en suis sûr, poursuivit-il. Ou alors, au dernier moment, il s'est dit qu'il valait mieux qu'elle meure. Que cela rendrait service à tout le monde — lui, moi, ma mère, et même Gil qui ne risquerait plus d'apprendre quelle petite garce il avait engendrée. Personne ne saurait rien de ses frasques, ni du bébé qui ne verrait jamais le jour. Et nous serions enfin libérés de l'épée de Damoclès qui pendait au-dessus de nos têtes.

— Tu… tu le crois vraiment capable d'avoir assassiné ta fiancée ?

— Je n'en sais rien. Tout ce que je sais, c'est que, depuis qu'elle est morte, il s'est mis à boire, il a coulé l'affaire familiale… On dirait qu'il cherche à se saborder par tous les moyens. Heureusement que ma mère a repris les choses en main, sans quoi il ne resterait rien de la fortune des Cutty, ni des Moore. C'est pour ça qu'elle a fait appel à Daniel, en désespoir de cause.

Il marqua une petite pause avant de reprendre son récit. Il

lui semblait impossible de s'arrêter, maintenant que les vannes avaient cédé sous le flot de ses souvenirs.

— C'est moi qui ai découvert Nina dans sa voiture, après la catastrophe. Elle... elle était derrière le volant, inerte, pliée en deux comme une poupée de chiffon. L'airbag n'avait pas fonctionné, et comme elle n'avait pas mis sa ceinture... Au moment du choc, sa tête a cogné le pare-brise de plein fouet. Il y avait du sang et des éclats de verre partout... Mais quand j'ai réussi à ouvrir la portière, elle était encore en vie. Je l'ai laissée à sa place et j'ai appelé les secours. Ils sont arrivés trop tard.

Jamais il n'avait pu partager ces secrets auparavant, et il lui savait gré de son écoute. Cela faisait du bien de se confier à quelqu'un qui ne le jugerait pas coupable d'emblée. Tant pis si cela devait l'effrayer et l'amener à sortir de sa vie après cela. Il fallait qu'il aille jusqu'au bout, qu'il se déleste de ce poids énorme qui l'étouffait depuis trop longtemps.

— La première fois que je t'ai vue, j'ai éprouvé une peur indescriptible. Je me suis dit que ta présence ferait resurgir le passé dans toute son horreur. Que Gil découvrirait la vérité sur Nina et mon père. Qu'il aurait une seconde attaque à laquelle il succomberait, cette fois. Et que j'aurais une mort de plus sur la conscience. Je ne crois pas que je l'aurais supporté.

Elle tourna doucement son visage vers le sien pour le regarder bien en face, avec compréhension.

— Peut-être que tu as trop présumé de la faiblesse de Gil. Il est peut-être plus fort que tu ne le crois.

— C'est drôle que tu me dises ça. Ce sont exactement les mots qu'il a employés tout à l'heure. Je lui ai tout raconté après la visite de l'inspecteur Garten à Viña Dorada. Il voulait savoir ce que la police venait faire chez lui, et je n'ai pu faire autrement que de lui avouer la vérité. Pas toute la vérité, bien sûr — je n'ai rien dit sur la liaison de Nina avec mon père.

Mais je lui ai tout de même dit qu'elle avait d'autres hommes dans sa vie en même temps que moi. Et que l'un d'entre eux avait dû chercher à la réduire au silence une bonne fois pour toutes, histoire d'éviter les fuites. Je lui ai expliqué que c'était la raison de la visite d'Amy Garten.

Il soupira, se rappelant l'expression de Gil à cet instant. Une tristesse infinie s'était peinte sur son visage, mais il était resté calme et digne.

— Il m'a demandé si le bébé qu'elle attendait était de moi. Comme ça, sans sourciller. Dire que, pendant toutes ces années, je m'étais évertué à le protéger malgré lui…

— Et qu'est-ce que tu as répondu ?

— La vérité : que je pensais que non. Que j'avais toujours pris mes précautions lorsque nous… Parce que, même au plus fort de notre relation, je n'étais pas sûr de vouloir aller jusqu'au mariage qu'on m'avait plus ou moins imposé.

— Ça a dû être difficile à entendre pour lui.

— Oh ! que oui ! Mais je crois qu'il a compris. Il a conclu de lui-même que c'était sûrement à cause de la drogue qu'elle était morte. L'autopsie avait révélé des traces d'alcool et de Valium, mais Gil savait plus ou moins que Nina prenait d'autres substances, régulièrement. Il aurait voulu l'aider à s'en sortir, mais elle était devenue dépendante. Il s'était dit que les choses changeraient peut-être lorsqu'elle se serait stabilisée — l'une des raisons pour lesquelles il espérait tant notre union. Avec une vie sentimentale normale et des enfants, peut-être aurait-elle pu remonter la pente… Le seul hic, c'est qu'elle est morte avant d'avoir pu aborder cette nouvelle vie.

Serrant Holly contre lui, il déposa un baiser au creux de son cou avant de fermer les paupières quelques secondes, revivant la conversation qu'il avait eue avec son père adoptif. Il lui avait dit combien il était désolé du tour qu'avaient pris les événements avec Nina. Au lieu de l'aider à se stabiliser, il n'avait fait que jeter de l'huile sur le feu, lui proposant de l'accompagner à des soirées plus ou moins arrosées, d'où elle savait pouvoir rentrer tranquille, même ivre morte ou complètement stone, puisqu'il la ramenait toujours chez elle. Par manque de maturité, il avait joué le rôle de catalyseur — et il s'en voulait toujours.

— Au début, je trouvais ce côté risque-tout assez excitant, continua-t-il. Enfants, nous passions beaucoup de temps ensemble, et, déjà, elle avait tendance à mordre la vie à pleines dents. A la fin de l'adolescence, quand nous nous sommes redécouverts, elle m'a fait un effet terrible : elle avait grandi en beauté, mais pas en sagesse ! Elle osait tout, elle avait toujours le dessus sur tout le monde… Quoi de plus grisant pour un jeune homme inexpérimenté ? Mais c'est vite devenu maladif : il lui en fallait toujours plus. J'ai fini par prendre peur ; je ne voulais plus entrer dans son jeu dangereux, et c'est pour ça que j'ai rompu avec elle. Juste après, elle est montée dans cette maudite voiture, et…

— Ce n'est pas toi qui l'as tuée, Ryan, l'interrompit doucement Holly.

Il secoua la tête.

— Elle est quand même morte à cause de moi. Du coup, notre relation m'a fait peur : et si le passé se répétait avec toi ? C'est pour cette raison que j'ai essayé de te repousser. Je me suis dit que si je te décourageais suffisamment tôt, ça permettrait de te garder saine et sauve. Mais je crois que je me suis trompé de tactique. J'ignore toujours qui tire les ficelles, mais je suis bien décidé à le découvrir, crois-moi. Il est temps de mettre un terme à cette petite comédie.

Il se tut, comme s'il venait de mettre le point final à son long discours. Pourtant, il n'avait pas avoué l'essentiel : il aurait voulu lui dire qu'il l'aimait plus fort qu'il n'avait jamais aimé personne. Qu'il avait senti son cœur s'arrêter lorsqu'il l'avait crue morte, lors de l'accident. Que lui faire l'amour avait été extraordinaire, et qu'il n'avait jamais ressenti une telle plénitude.

Mais il ne savait pas quels mots employer pour traduire la force de ses sentiments. Pour lui faire comprendre qu'il serait trop malheureux sans elle et qu'elle n'avait rien à craindre du fantôme de Nina. Parce que la femme dont il était éperdument épris, c'était elle. Elle et personne d'autre.

— Ne t'inquiète pas, murmura-t-elle comme si elle lisait dans ses pensées. Je ne te quitterai pas, c'est promis.

Un sourire fugace éclaira son visage. Si elle aussi se mettait à jouer au médium, comme son frère…

Le lendemain matin, quand il émergea du sommeil, il découvrit Holly, adorable dans l'une de ses chemises à manches longues, debout devant la cheminée où flambaient des lambeaux de papier — des plans, apparemment.

Il l'observa en silence, avec l'impression que son cœur était sur le point d'exploser de bonheur. Mais en même temps, une petite voix insidieuse le maintenait sur la brèche, lui répétant que cette félicité risquait de voler en éclats d'un instant à l'autre. Et qu'il ne survivrait pas à un nouveau coup du sort, maintenant qu'il avait goûté au paradis sur terre.

— Tu n'es pas fan de grasses matinées, à ce que je vois ? l'interpella-t-il depuis la porte coulissante de verre poli qui séparait le salon de sa chambre.

Se retournant, elle lui décocha un sourire éblouissant. Encore un détail qui la différenciait de Nina, cette propension à se réjouir sans arrière-pensée et à exprimer si clairement ses sentiments.

Il faillit secouer la tête. Avec le temps, il cesserait de la comparer à Nina à tout bout de champ. Déjà, il avait du mal à se la rappeler lorsqu'il contemplait Holly. Plus tard, son souvenir s'estomperait de plus en plus, remplacé par le présent merveilleux auquel il vouerait toute son existence, aux côtés de la femme qu'il aimait. Oui, les choses changeraient — et en mieux, il le savait.

Se blottissant dans ses bras grands ouverts, elle l'embrassa presque timidement avant de se tourner vers les flammes.

— J'ai toujours rêvé de porter une chemise d'homme sans rien dessous, déclara-t-elle, taquine. Dans les films, les filles qui font ça ont toujours l'air follement sexy !

Il déposa un baiser au creux de sa nuque.

— Je te confirme : c'est terriblement sexy ! Et ça te va à ravir… Dis-moi, qu'est-ce que tu jettes au feu comme ça, de si bon matin ?

— Oh, pas grand-chose… Je regarde juste mon arc-boutant partir en fumée.

— Ton quoi ?

— Mon issue de secours, expliqua-t-elle. Enfin, ce que je croyais l'être. Ce sont mes plans pour la rénovation du Manoir Cutty. Je les avais avec moi quand tu es venu me chercher hier.

— C'est beaucoup de travail, non ? Dommage de sacrifier tout ça aux flammes…

— C'est seulement symbolique, précisa-t-elle en se calant plus confortablement contre lui. J'ai tout sur mon disque dur au bureau, plus sur un CD de sauvegarde.

Il réfléchit au symbole dont elle venait de parler, impressionné par sa détermination. Lorsqu'elle se tourna de nouveau vers lui, il sentit son cœur gonfler de gratitude : elle lui avait redonné le goût d'aimer, et, il lui en serait éternellement reconnaissant.

— Quand je suis allée à mon bureau, hier matin, je voulais réfléchir aux raisons que j'avais de rester, reprit-elle gravement. Je ne voulais pas courir le risque d'un nouvel échec. Après tout, avant que Daniel ne vienne me trouver, j'avais fait un trait sur ma carrière. La faillite de mon entreprise m'avait nettement refroidie.

— Mais Daniel est arrivé. Ta marraine la bonne fée !

— Quelque chose de ce genre, oui, acquiesça-t-elle avec un demi-sourire, avant de se replonger dans la contemplation du feu. En tout cas, j'ai pris sa proposition pour une occasion en or. Grossière erreur… Ce n'était qu'une illusion, rien de plus.

Ils restèrent silencieux, l'un contre l'autre, à écouter le crépitement des flammes dans la cheminée. Puis elle soupira.

— Ça fait combien de temps que tu n'as pas repris la mer, Ryan ?

Il resserra son étreinte.

— Douze ans. Après l'accident, je n'ai plus jamais sorti mon bateau du port.

Ils attendirent que le feu se soit presque éteint pour s'embrasser de nouveau. Comme si les braises rougeoyantes de leur passion reprenaient de la vigueur au moment où celles de l'âtre mouraient. Sans un mot, elle le prit par la main et l'emmena vers le lit. Cette fois, ce fut elle qui le guida en murmurant :

— Tu es à moi…

— Rien qu'à toi, acquiesça-t-il avant de se laisser entraîner vers le septième ciel.

Quand Ryan se réveilla, une heure plus tard, il tendit machinalement la main vers l'endroit où Holly s'était endormie, pelotonnée contre lui. Mais il ne trouva que du vide. Etrange comme il s'était vite habitué à sa présence ! Il ouvrit complètement les yeux, et le lit lui parut froid et impersonnel sans elle.

Décidément, elle avait la bougeotte ! Il se leva en bâillant et se dirigea vers la cuisine où il avait entendu un bruit. Elle était bien là, debout dans sa chemise, toujours aussi jolie et naturelle, occupée à composer un numéro. Lorsqu'il toussa légèrement pour lui signaler sa présence, elle se tourna vers lui avec ce sourire qui le faisait fondre, mais ne s'interrompit pas pour autant.

Sans doute essayait-elle de joindre son frère pour lui annoncer leur arrivée, histoire que Harris ne les attende pas avec son fusil sur le pas de la porte ! Son frère avait apparemment tendance à la surprotéger. Et il ne prendrait sûrement pas bien la nouvelle : au lieu de plier bagage comme l'exigeait le bon sens, Holly allait lui dire qu'elle comptait rester pour se battre aux côtés de lui, son amant… Nul doute que Harris verrait rouge à cette nouvelle !

Mais ce n'était pas à son frère qu'elle téléphonait. Au bout de quelques instants, il l'entendit prononcer un prénom qui le hérissa.

— Daniel ? Holly à l'appareil.

Elle attendit en silence, le temps que Daniel ait fini de pérorer comme à son habitude. Puis, sans quitter Ryan des yeux, elle reprit la parole avec une fermeté mêlée de douceur :

— Daniel ? Je démissionne.

Et, sans un mot de plus, elle raccrocha.

30.

Samuel Cutty n'y comprenait rien. Cramponné au volant de sa voiture, il essayait de remettre ses idées en place, sans succès. Récemment, il avait l'impression que le passé et le présent se mélangeaient dans sa tête, sans qu'il puisse y remédier. Il ne contrôlait plus rien — mais bizarrement, cela ne le perturbait pas tant que cela. Il lui restait l'essentiel : Nina.

C'était étrange, tout de même, cette propension qu'avaient les événements à se répéter. Ce matin, par exemple, il avait cru revivre l'horrible scène que lui avait faite Vanessa douze ans plus tôt. Elle, toujours si distinguée et maîtresse d'elle-même, s'était mise à hurler et à sangloter comme une hystérique avant de se jeter par terre, en pleine crise de nerfs. Exactement comme le jour où elle avait découvert sa relation avec Nina.

Apparemment, quelqu'un lui avait tout raconté au téléphone. Elle connaissait la vérité — toute la vérité. Et elle l'avait menacé avec des cris terribles.

— Je te jure que je vais vous tuer ! Tous les deux ! Je vais vous tuer !

Cela lui ressemblait tellement peu, ce genre de débordements… Samuel en avait perdu les pédales, comme douze ans auparavant, déstabilisé par cet accès de rage.

— Tu m'as humiliée et trahie, Samuel, toi et tes envies de

débauché ! avait-elle hurlé d'une voix suraiguë, elle d'habitude si froide et insensible. Pas seulement moi, mais aussi ton fils ! Est-ce que tu te rends compte de ça ? Tu devrais avoir honte de toi !

Paniqué, il s'était demandé un instant s'il ne se trouvait pas en pleine hallucination, ou en plein cauchemar. Puis il avait tout nié en bloc, ne sachant que faire d'autre face à sa fureur.

Comment était-elle au courant ? Nina et lui étaient restés si discrets ! Et maintenant, Vanessa le menaçait de tout détruire, après le mal qu'il avait eu à préserver sa relation avec l'ex-fiancée de Ryan… Non, vraiment, il ne comprenait plus rien.

La première fois qu'il avait fait l'amour avec Nina, c'était elle qui avait pris les devants. Elle n'avait que dix-huit ans, et il s'était senti à la fois flatté et vaguement choqué qu'elle puisse avoir envie de lui, et surtout qu'elle le lui dise tout net. Coucher avec la fille de son meilleur ami, passe encore, mais savoir qu'elle était aussi la fiancée de son fils l'avait mis mal à l'aise. Et aussi terriblement excité.

Après, quand il lui avait demandé pourquoi elle était venue vers lui, elle avait répondu qu'il était bien plus mûr que Ryan, et que c'était exactement cela qu'elle recherchait : un homme, un vrai. Que, depuis le début, c'était lui qu'elle convoitait, et non son fils.

Plus tard, chaque fois qu'il avait essayé de l'approcher, elle l'avait repoussé brutalement, lui répétant qu'il n'était qu'un vieux dégoûtant, qu'elle avait fait une énorme erreur en acceptant de coucher avec lui et qu'elle ne comptait pas recommencer. Elle avait même prétendu que, lors de la fameuse nuit qu'ils avaient passée ensemble, elle était tellement défoncée qu'elle l'avait pris pour Ryan !

Il avait pris sa rudesse pour de la coquetterie féminine. Histoire de l'amadouer, il l'avait suppliée de le reprendre comme amant.

Il l'avait couverte de cadeaux somptueux, sachant qu'elle adorait se sentir adulée. Tout ce qu'elle exigeait de lui, il le lui donnait volontiers. Parce qu'il la désirait plus que tout au monde.

Aujourd'hui encore, il lui fallait parfois se mettre à genoux devant elle pour qu'elle accepte de l'accueillir chez elle. Et il continuait à lui apporter de coûteux présents en échange de ses faveurs.

En titubant, il monta les marches qui menaient à son appartement. Elle ne lui reprochait plus d'être vieux, maintenant. Il lui arrivait même d'être vraiment gentille avec lui. Comme quoi, les choses pouvaient changer en bien.

Il se rappelait vaguement avoir cherché à mourir lorsqu'il avait appris pour l'accident. Même à présent, alors qu'il savait que Nina était bien vivante et l'attendait en haut, chez elle, il ne pouvait se défendre d'une envie de suicide quand il repensait à la nuit du drame. C'était pour cela qu'il buvait tant — pour oublier. Parfois, lorsqu'il venait de vider son énième verre de whisky, il songeait combien il serait facile de prendre sa voiture et de se jeter du haut de la falaise où Nina avait disparu ce soir-là, pour la rejoindre dans l'au-delà. Au moins, tous les autres le laisseraient tranquille.

Il secoua la tête, l'esprit embrumé par les vapeurs de l'alcool. Nina n'était pas morte, puisqu'elle l'attendait en ce moment même, là-haut, dans son joli petit appartement. C'était d'ailleurs pour cette raison que Vanessa lui avait fait cette crise de jalousie tout à l'heure. Le passé se répétait, mais Nina était bien vivante. C'était tout ce qui comptait à ses yeux.

Il se tenait devant la porte depuis une bonne minute, toujours perdu dans ses réminiscences confuses, quand Nina lui ouvrit, pieds nus, vêtue d'un short en jean et d'un T-shirt moulant qui accentuaient sa grâce et sa jeunesse éternelles.

— Sammy ! Quelle bonne surprise ! Mais tu ne m'avais pas

prévenue que tu passerais me voir. Je ne suis pas tout à fait prête, mon chéri. Entre et mets-toi à l'aise. J'en ai pour une minute, et ensuite je m'occupe de toi.

Il se faufila à l'intérieur, soulagé. Elle était dans un de ses bons jours. Aujourd'hui, il n'aurait pas à la supplier pour qu'elle lui fasse l'amour. Tant mieux, il était déjà assez secoué comme cela.

Lorsque Ryan et Holly arrivèrent en vue de l'immeuble, ils virent que Daniel les avait précédés. Appuyé nonchalamment au capot de sa Bentley rutilante, il les attendait, vêtu d'un jean et d'un T-shirt tout simples, les cheveux encore humides. Holly eut un instant d'hésitation : c'était la première fois qu'elle le voyait habillé sans aucune prétention.

Une expression de fureur vengeresse déforma son visage quand il s'aperçut que Ryan était au volant. Ce dernier se gara en double file et posa la main sur la poignée de la portière.

— Attends-moi ici, Holly, lui ordonna-t-il avant de descendre.

Il claqua la portière derrière lui et s'élança de l'autre côté de la rue pour rejoindre son cousin.

Qu'était-elle censée faire ? L'attendre sagement, comme il le lui avait ordonné, pendant qu'il se battrait avec Daniel ? Les laisser régler leurs problèmes tandis qu'elle resterait à l'abri, simple spectatrice du drame qui la touchait de si près ?

— Hors de question, grommela-t-elle tout en sortant à son tour de la voiture.

Lorsqu'elle arriva à leur hauteur, Daniel faisait les cent pas sur le trottoir, tel un félin prêt à bondir sur sa proie. Ce matin, au téléphone, elle n'avait pas éprouvé la moindre inquiétude, mais se retrouver en face de lui était bien différent…

— Je démissionne ? C'est bien ce que tu m'as dit tout à l'heure ? Je démissionne ? fulmina-t-il en ignorant complètement Ryan. Tu imagines un peu ma surprise ? ma déception ? Dire que je me suis dépêché d'arriver chez toi pour discuter de tout ça calmement et que je te trouve en compagnie de cette espèce de…

Il s'arrêta net et dévisagea son cousin d'un air furibond. A l'évidence, il hésitait à l'insulter par peur des représailles, mais il n'en pensait pas moins, c'était clair !

— Je suppose que je n'y peux rien, pas vrai, Holly ? reprit-il avec un regard noir. Ta décision ne vient pas de ce que j'aurais pu faire. Ça a plutôt à voir avec Ryan et ce qu'il a prétendu…

— Je n'ai rien prétendu du tout, le coupa Ryan tout en faisant passer Holly derrière lui. Je lui ai simplement parlé franchement. C'est toi qui l'as fait monter dans cette maudite voiture, Dan. Et pourquoi ? Pour prendre ta revanche en me faisant revivre le cauchemar d'il y a douze ans ? Pour me pousser à commettre l'irréparable ? Tu espérais me faire craquer, je suppose ? Eh bien, c'est raté, une fois de plus, mon cher cousin !

Menaçant, les poings serrés, il s'avança, forçant Daniel à reculer prudemment jusqu'au mur.

— Qu'est-ce qui t'est passé par la tête, bon sang ? lança-t-il en maîtrisant difficilement sa colère. Tu as failli la tuer, espèce de salaud !

— Alors comme ça, maintenant, c'est moi le méchant dans cette histoire ? siffla Daniel. Et toi, tu es le pauvre chéri contre qui tout le monde s'acharne ? Pourquoi est-ce que c'est toujours toi qui devrais gagner ? C'est vraiment dégueulasse !

Il tenta d'attraper Holly par le bras, mais ne réussit pas à écarter Ryan qui lui servait de bouclier. L'air haineux, les lèvres tordues dans un rictus méprisant, il s'adressa à elle :

— Et toi, tu es tombée dans le panneau. Une vraie midinette !

Tu ne vois pas qu'il a eu ce qu'il voulait, comme toujours ? Qu'il m'a complètement dépouillé, une fois de plus ?

A ces mots, tous les soupçons qui avaient plus ou moins traversé l'esprit de Holly quant à ses véritables motivations refirent surface. Son attitude excessive confirmait ce que Ryan et Harris s'étaient évertués à lui faire comprendre : que Daniel avait toujours été jaloux de son cousin, nourrissant un complexe d'infériorité si fort, même après toutes ces années, qu'il ne s'arrêterait que lorsque Ryan serait tombé pour de bon. Définitivement.

— On m'a toujours traité comme de la merde dans cette putain de famille ! brailla-t-il avec une vulgarité qu'elle ne lui connaissait pas. Et quand j'ai pu enfin récupérer ce à quoi j'avais droit, le Manoir était devenu une vraie ruine, complètement pourrie ! C'est seulement à ce moment-là qu'on a fait appel à moi ! Parce que ce pauvre chéri de Ryan s'était planqué dans son vignoble minable et qu'il n'y avait personne d'autre pour sauver le Manoir ! Voilà ce qu'on m'a donné : une épave, une carcasse dont plus personne ne voulait !

Restant aussi maître de lui que son cousin fulminait, Ryan reprit la parole.

— C'est vrai que tu n'as pas été gâté. Mais ça ne te donnait pas d'excuse pour attirer Holly dans ce piège et mettre sa vie en danger. Tu n'en avais pas le droit, Dan.

— Je t'en foutrais, des « pas le droit » ! hurla Daniel en esquissant un geste grossier. Je n'ai pas mis la femme que j'aimais dans une voiture pour l'envoyer tout droit à la morgue, moi !

Ryan ne cilla pas, déterminé à garder son calme face à ces débordements.

— D'accord, je le reconnais, reprit Daniel à l'intention de Holly, je voulais t'utiliser pour le déstabiliser. L'idée, c'était de ramener Nina d'entre les morts pour le forcer à avouer ce qu'il lui avait fait. Mais tu m'as pris au dépourvu quand tu as sorti ces plans fabuleux de rénovation… Je ne m'y attendais pas, et ça m'a fait reconsidérer pas mal de choses. Je me suis dit que, finalement, prendre ma revanche financièrement, ce serait au moins aussi jouissif. Que pour une fois, avec ton aide, je sortirais vainqueur de la compétition. Parce que j'ai vu ce dont tu étais capable, Holly : tes esquisses étaient tout simplement géniales, même si je ne l'avais pas remarqué au début. Voilà que tu m'offrais sur un plateau la possibilité de triompher aux yeux du Tout-San Francisco, de gagner enfin ma place au sein du clan Cutty. Et c'était moi qui t'avais trouvée. Pas lui… (Il désigna son cousin du doigt.) Moi, le sauveur du Manoir.

Repris par la rage qui décuplait ses forces, il poussa Ryan des deux mains, essayant vainement de le faire tomber à terre.

— Et maintenant, il voudrait aussi m'enlever cette gloire ? Hein ? Espèce de salaud !

— Laisse tomber, Dan, lâcha Ryan sans bouger d'un pouce. Holly a mieux à faire que de rester à tes ordres.

— Alors tu vas gagner ? Une fois de plus, tu t'en tires ?

— Je m'en tire ? Mais de quoi veux-tu parler, à la fin ?

— De ce que tu as fait, Bon Dieu : tu as tué Nina ! Tu me l'as volée, et tu l'as tuée !

— Je n'ai pas…

— Bordel de merde ! Bien sûr, que tu l'as tuée ! Toi et ton vieux vicieux de père, vous l'avez tuée ! cria Daniel, rouge de colère. Elle m'a tout raconté avant de mourir. Elle pleurait toutes les larmes de son corps le soir où tu l'as larguée comme le dernier des égoïstes. Quand je pense que tu as osé lui dire que tu ne l'avais jamais aimée ! Tu me dégoûtes, Ryan ! Pour la consoler, je lui ai dit que tout irait bien, parce qu'elle m'avait, moi. Je lui ai même demandé de m'épouser, ce soir-là. Et tu sais ce qu'elle a fait ? Elle s'est mise à rire. Elle m'a ri au nez, parce qu'elle ne voulait pas de moi. Tout ce qui l'intéressait, c'était l'argent et le pouvoir. Le prestige des Cutty. Pas toi, mais ce que tu représentais. C'est pour ça qu'elle s'en fichait pas mal de ne plus t'épouser : il restait ton père pour lui donner ce qu'elle attendait. Seulement, moi, je n'avais rien — pas d'argent à moi, pas de nom prestigieux, pas de relations haut placées… Je n'avais été qu'une passade de plus. Le dindon de la farce, en somme. Tout ça parce que je n'étais pas dans la ligne de succession !

— Mon Dieu, Dan, fit Ryan, sincèrement désolé. Je ne savais pas…

— Et toi, tu l'as laissée monter dans cette maudite voiture ! le coupa Daniel, des larmes de rage dans les yeux. Tu l'as laissée mourir !

Holly comprenait enfin pourquoi il haïssait tellement son cousin. Il ne le croyait pas coupable d'avoir assassiné Nina, mais à ses yeux, sa faute était tout aussi grave. Il souffrait encore démesurément de sa mort, et il fallait bien un responsable à ce désastre. Pas étonnant qu'il en rejette toute la faute sur celui qui lui avait toujours gâché l'existence !

— Et maintenant, tu crois pouvoir me voler Holly ? reprit-il d'un ton lourd de menaces. Alors que c'est moi, et moi seul, qui l'ai trouvée ?

Au regard possessif qu'il lui jeta, elle ne put s'empêcher de frissonner. Il avait beau s'être arrêté de hurler, il avait un air presque dément. Cela faisait froid dans le dos.

— Si tu t'imagines une seule seconde que tu vas t'en tirer comme ça, tu te trompes, Ryan, gronda-t-il avant de reculer jusqu'à sa voiture. Tu te trompes lourdement, espèce de salaud !

Sur ces paroles vibrantes de haine, il mit le contact et s'éloigna à toute allure dans la rue.

31.

— Nina ?

Paniqué, Samuel regarda ses mains tremblantes. Elles étaient couvertes de sang. Du sang, il y en avait partout — sur lui, par terre…

— Nina, je t'en prie ! cria-t-il, désespéré à l'idée de la perdre une seconde fois. J'ai besoin de toi ! Ne meurs pas !

Agenouillé à son côté, il se balançait d'avant en arrière, incapable de comprendre ce qui s'était vraiment passé. Les événements s'étaient succédé trop rapidement pour son cerveau embrumé par l'alcool. Il se souvenait vaguement d'une dispute, d'un coup de feu… Mais c'était si confus, si indistinct dans sa mémoire ! Un cauchemar, sans doute.

— Oui, oui, c'est ça, marmonna-t-il. J'ai fait un mauvais rêve, c'est tout. Allez, réveille-toi, mon cœur ! Ce n'est qu'un petit cauchemar de rien du tout !

Mais elle ne répondait pas. Ivre de douleur autant que de whisky, il s'affaissa contre elle : elle était morte. Nina était morte, et pour de bon cette fois.

Il essaya de se remémorer les détails de la tragédie à laquelle il venait d'assister en spectateur impuissant. La police voudrait sûrement savoir comment cela s'était passé. Mais il n'arrivait pas à réorganiser ses pensées, trop choqué pour réfléchir posément. Les images violentes se mélangeaient dans sa tête ; il avait l'impression que sa boîte crânienne allait exploser. Tout ceci n'avait pas de sens !

La police… Il eut peur, tout à coup. Comment les prévenir, après toutes ces années ? Comment leur avouer la vérité ? Que Nina venait seulement de mourir, alors que tout le monde la croyait disparue depuis si longtemps ?

Il fallait qu'il leur dise tout. Mais pour quoi faire ? Sa raison de vivre venait de s'effacer : Nina n'était plus. Dans ce cas, quel intérêt pouvait-il bien trouver à se replonger dans la réalité ? L'existence n'avait plus le moindre attrait pour lui.

Pourtant, il décrocha le téléphone et composa un numéro qu'il connaissait par cœur. Ce n'était pas celui du commissariat, mais il ne savait pas vers qui d'autre se tourner. A l'autre bout du fil, la voix enregistrée d'un répondeur se fit entendre. Il n'avait pas le choix : il devait laisser un message. Mais comment mettre des mots sur l'horreur qu'il venait de vivre ?

— Ryan ? dit-il d'une voix secouée de sanglots.

Il attendit quelques secondes, espérant sans trop y croire que son fils le reconnaîtrait et finirait par décrocher. Il filtrait peut-être ses appels. Sinon, il écouterait ce message en rentrant — pas trop tard, si possible.

Ce sang qui lui couvrait le corps… C'était affreux, atroce… Dire que sa belle aventure se terminait ainsi !

— Ryan, tu… j'ai de gros ennuis, balbutia-t-il. Il faut… Aide-moi, je t'en supplie !

Emma en était venue à penser qu'elle était maudite. Son passé honteux ne la lâcherait jamais, quoi qu'elle fasse pour s'en détacher. Elle était vouée à payer son crime jusqu'à la fin de ses jours — c'est du moins ce dont elle était persuadée, maintenant.

Dans le gâchis de sa vie, l'épine qui lui déchirait le flanc, c'était Daniel. Comme de juste, lorsqu'elle rentra chez elle après avoir pris un café et le journal du matin, ce fut pour le découvrir installé sur son canapé.

— Daniel ? fit-elle, surprise.

Elle n'aurait pas dû réagir ainsi : après tout, il avait la clé de son appartement, et ce n'était pas la première fois qu'il passait sans prévenir. Il était sûrement venu pour essayer de recoller les morceaux avec elle après leur violente dispute.

Mais son attitude contrastait tellement avec sa décontraction habituelle qu'elle ne put s'empêcher d'éprouver une vague inquiétude. Au lieu de l'attendre à moitié allongé, tel un seigneur sûr de son emprise, il était assis bien droit, raide comme un piquet, les poings serrés à s'en faire blanchir les jointures.

— « Il faut que vous l'arrêtiez, récita-t-il d'une voix blanche de colère, un sourire crispé aux lèvres. Sans ça, la prochaine fois, il la tuera pour de bon. » Ça ne te rappelle rien, *chérie ?*

Elle sentit son sang se glacer dans ses veines. Il venait d'utiliser les mots exacts qu'elle avait employés en téléphonant à la police. Pas de doute : sa présence n'était pas un hasard. Il savait tout.

— Peut-être qu'il faut te rafraîchir un peu la mémoire, mon cœur ? poursuivit-il sans quitter son rictus effrayant. Tu veux d'autres preuves ? « *Ce n'est pas Ryan Cutty qui a tué Nina. Mais quelqu'un pense qu'il doit tout de même payer pour sa mort. Quelqu'un de proche. Il veut voir Ryan souffrir. C'est pour ça qu'il met Holly en danger. Pour l'atteindre, lui.* » Jusqu'ici, j'ai tout bon, pas vrai, mon amour ?

Le cœur battant à cent à l'heure, elle le regarda s'approcher d'elle, incapable de nier quoi que ce soit. Elle aurait dû s'enfuir à toutes jambes tant qu'il en était encore temps, mais elle était pétrifiée par la peur. Et aussi par autre chose : le sentiment qu'il lui fallait enfin assumer ses responsabilités.

— Qu'est-ce que tu vas leur raconter d'autre, aux flics ? demanda-t-il, dangereusement calme. Que j'ai tué Nina, peut-être ? C'est bien toi qui leur as soufflé l'idée, avec ton message à la noix... Décidément, tu es une spécialiste des coups de fil anonymes. Comme la nuit où Nina est morte.

Immobile, muette, elle le laissa s'approcher plus près, encore plus près. Toujours plus près. Sa faute... tout était sa faute, et cela la poursuivrait toujours.

— Tu t'es crue maligne, hein ? Tu t'es dit que je n'irais jamais te soupçonner de double jeu. Seulement, figure-toi que ça m'a quand même un peu intrigué, de me faire convoquer par cette Amy Garten alors qu'on m'avait laissé tranquille pendant douze ans. Bien sûr, l'inspecteur en question n'a rien laissé paraître de ses soupçons. Trop futée pour ça. Mais j'ai bien senti qu'elle voyait en moi un coupable potentiel. Il ne m'a pas fallu très longtemps avant de découvrir d'où venait ce changement d'attitude. Avec un peu d'argent et de détermination, tu serais surprise de voir quels résultats on peut obtenir, et à quelle vitesse !

Elle faillit se mordre les lèvres de dépit. Elle aurait dû se douter qu'avec son charisme et son porte-monnaie bien garni, il arriverait à récupérer n'importe quelle information d'importance. Forcément : comme il payait rubis sur l'ongle et qu'il avait l'air d'un saint, il se trouvait toujours des gens pour l'obliger...

— Emma, fit-il d'une voix doucereuse tout en l'observant du coin de l'œil comme une bête sauvage prête à bondir sur sa proie, Emma, tu me déçois, ma chérie. Profondément.

Il avait à peine terminé cette phrase qu'il bondit sur elle. Vive comme l'éclair, elle esquiva son attaque, mais il l'avait déjà rattrapée par la manche de sa veste. Elle réussit à dégager son bras, lui laissant la manche dans la main, et s'élança vers la porte, le cœur tambourinant contre ses côtes. Remis de sa surprise, il s'interposa entre elle et la sortie. A la vue de son visage grimaçant de fureur, elle prit peur et s'enfuit de l'autre côté de l'appartement.

Il allait la tuer, elle n'en doutait plus.

Elle atteignit la salle de bains, Daniel sur ses talons, claqua la porte derrière elle et la verrouilla d'une main tremblante. Dans sa hâte, elle glissa sur le carrelage humide et tomba à terre, évitant de justesse le coin du lavabo, pendant que son sac à main se vidait de son contenu par terre. Elle se terra contre la baignoire, affolée par les coups de pied de Daniel contre la porte. Dans quelques minutes à peine, la mince planche de bois céderait sous ses assauts furieux.

A cet instant, elle avisa son téléphone portable. Ne faisant ni une, ni deux, elle le saisit pour composer un numéro qu'elle avait appris par cœur. « *En cas de besoin* », lui avait-il dit. C'était le moment ou jamais.

Elle venait d'appuyer sur la touche d'appel quand la porte s'ouvrit dans un craquement sinistre.

— Daniel, je t'en prie…

— Tu te rends compte de ce que tu m'as fait ? la coupa-t-il en hurlant presque. Tu as tout gâché ! Je voulais sauver la famille, et toi, voilà comment tu me remercies !

— Mais tu allais trop loin, Daniel ! Tu… tu as failli la tuer avec cette mise en scène complètement délirante !

— La tuer, hein ? Comme j'ai tué Nina, peut-être ? Parce que c'est ça que tu es allée raconter aux flics, pas vrai ? C'est comme ça que tu l'entends ? Tu oses rejeter la faute sur moi ? Emma, réponds, bon sang !

— Je… je t'ai dit d'arrêter, mais tu ne voulais rien entendre, balbutia-t-elle, à la limite de la crise de larmes.

Il lui décocha une gifle retentissante avant de la saisir par les avant-bras pour la secouer comme un prunier.

— Eh bien, tu as gagné ! On peut tout recommencer à zéro, à cause de toi ! Et notre plan, hein ? Et nous, qu'est-ce que tu as fait de nous, pauvre idiote ?

— Je… je suis désolée, dit-elle tout en essayant de le serrer dans ses bras afin de l'apaiser. Tellement désolée, si tu savais ! Tu as raison, c'est ma faute. J'ai tout fait rater, mais…

Il la repoussa sans douceur.

— Espèce de sale menteuse ! Tu n'es pas désolée pour deux sous ! Qu'est-ce qui a bien pu te passer par la…

Soudain, il s'interrompit, comme frappé par la foudre. Les yeux écarquillés, il la contempla d'un air effaré avant de reprendre d'une voix rendue rauque par la souffrance :

— Putain ! Bien sûr, c'est ça, la réponse ! C'est ce salopard, hein ? Tu t'es tapé Harris, espèce de petite…

— Non, non, tu te trompes, Daniel !

Mais il était trop tard pour nier : il avait deviné la vérité.

— Bon Dieu ! Toutes les mêmes ! Nina… Holly… et maintenant, toi…

Il la gifla à toute volée.

— Toutes des salopes ! Toutes !

Il serra le poing, prêt à la corriger comme il estimait qu'elle le méritait. Mais elle ne lui en laissa pas le temps. D'un bond, elle se releva pour courir hors de la salle de bains, lui décochant des coups de pied et de griffes au passage. Elle lui jeta sa veste au visage de façon à le mettre momentanément hors d'état de nuire, et fila vers la porte de l'appartement.

Elle avait déjà atteint l'entrée lorsqu'il la rattrapa par les cheveux. Il tira si fort qu'elle tomba à terre, épouvantée par le masque haineux qui s'était peint sur son visage. Elle leva les mains pour se protéger, mais elle savait qu'il était trop tard : la fin approchait. Comme Nina, elle allait mourir avant l'heure. Juste retour des choses…

Ce fut la dernière pensée qui traversa son esprit avant qu'elle succombe aux coups de poing dont la bourrait Daniel. Après, tout devint noir.

Ryan venait de poser le pied sur le pont de son bateau quand le téléphone se mit à sonner. Il n'avait pas la moindre envie de décrocher, trop pressé de retourner auprès de Holly qu'il avait laissée chez elle, à l'abri. Il lui avait conseillé de ne pas bouger de son appartement, le temps qu'il fasse un aller-retour à Viña Dorada afin de régler certains détails urgents. Même si Harris veillait sur elle — il lui avait donné sa parole de grand frère qu'il ne laisserait pas Daniel s'approcher d'elle —, il n'était pas rassuré à cent pour cent. Il n'avait qu'une envie : la retrouver.

Il allait laisser le répondeur s'enclencher lorsqu'un mauvais pressentiment l'envahit. C'était peut-être elle qui avait des ennuis et qui tentait de le joindre…

Le cœur battant, il se précipita vers le combiné, terrifié à l'idée d'apprendre une mauvaise nouvelle. Elle avait l'art de se fourrer dans des situations impossibles… en partie à cause de lui, d'ailleurs. Bien sûr, elle aurait pu l'appeler sur son portable si vraiment c'était urgent. Mais elle avait peut-être perdu son numéro, ou alors elle paniquait tellement qu'elle n'y avait pas songé. En situation de crise, il pouvait se passer n'importe quoi, il était bien placé pour le savoir.

— Allô ! lança-t-il, anxieux.

— Ryan ! Dieu soit loué ! Ça fait je ne sais pas combien de fois que j'essaie de te joindre, et que ça ne répond pas !

Ce n'était pas Holly, mais Samuel. Il semblait complètement affolé.

— Qu'est-ce qui se passe ? Pourquoi m'appelles-tu ?

— C'est Nina… Oh, Ryan, je t'en prie, aide-moi ! Nina est morte — morte ! Je… je ne sais pas quoi faire, et…

— Nina ? répéta-t-il, incrédule, ne sachant que penser de cette annonce incongrue.

— Oui, Nina. Je t'en supplie, Ryan. Il faut que tu m'aides. Elle est vraiment morte, cette fois. Je… C'est terrible !

Il n'en croyait pas ses oreilles. Bien sûr que Nina était morte ! Cela faisait même plus de douze ans qu'elle avait disparu. Et voilà que son père l'appelait au secours ? C'était à devenir fou !

Ou alors… il s'agissait de Holly !

— Arrête de pleurer, et écoute-moi, martela-t-il, la bouche sèche. Qu'est-ce qui est arrivé à Holly ?

Mais Samuel était visiblement trop ivre pour répondre à sa question. Il continuait à le supplier de lui venir en aide, répétant sans cesse le nom de Nina. Nina était morte, et il avait besoin de son aide. Tout de suite.

— Calme-toi deux secondes, et dis-moi plutôt où tu te trouves.

Samuel balbutia une adresse qu'il s'empressa de mémoriser. Un immeuble du quartier de Pacific Heights. Il n'aurait pas trop de mal à trouver, mais il lui fallait faire vite.

— Ne bouge pas, j'arrive, déclara-t-il à son père qui sanglotait toujours, avant de raccrocher précipitamment.

Il courut jusqu'à sa voiture, son téléphone portable à la main. Avant de mettre le contact, il composa rapidement le numéro de Holly, fou d'inquiétude à l'idée qu'il était peut-être déjà trop tard, qu'elle était peut-être morte — comme Nina.

Contre toute attente, elle lui répondit presque aussitôt. En entendant sa voix, il poussa un soupir de soulagement.

— Ne t'inquiète pas, tout va bien, mentit-il tout en faisant rugir son moteur. Tout ce que je te demande, c'est de ne bouger de chez toi sous aucun prétexte, d'accord ?

Elle protesta : ce n'était pas la peine de l'appeler toutes les dix secondes pour vérifier qu'elle suivait ses conseils ! S'il continuait comme ça, elle allait finir par se vexer…

Désireux d'éviter toute discussion non nécessaire, il s'empressa de répondre :

— D'accord, d'accord, tu as raison. Excuse-moi. Je te rejoins bientôt, OK ?

Il reposa son portable, repris par la sourde angoisse qui le travaillait depuis que son père l'avait appelé au secours. Nina, morte ? Est-ce qu'il venait seulement de s'en rendre compte, après toutes ces années passées sous l'influence de l'alcool ? C'était étrange, cette façon qu'il avait de parler de Nina comme si elle était encore de ce monde. Déjà, lorsqu'ils s'étaient retrouvés sur son bateau avant la soirée au Manoir Moore, il avait eu l'impression que son père n'avait pas saisi que Nina était décédée. Il avait parlé d'elle au présent…

Et si elle n'était pas morte, finalement ? Non, impossible ! A moins que…

Après tout, personne de la famille ne l'avait revue après l'accident. Même lui, qui avait aidé à sortir son corps de la voiture, n'avait pas eu besoin d'aller identifier son corps à l'hôpital. Dans des cas de ce genre, on évitait d'accabler les proches de la victime par des formalités inutiles. D'autant que la déclaration officielle avait été faite sur les lieux du drame. Personne parmi ses proches n'avait donc été convoqué pour constater sa mort. Quant à l'enterrement, il s'était fait autour d'un cercueil fermé. Pas la peine d'exposer le visage et le corps déchiquetés de celle dont tous se souvenaient comme d'une femme superbe et rayonnante…

Et si, par miracle, Nina avait survécu à ses blessures ? Si elle était restée en vie pendant tout ce temps, se jouant du destin comme elle s'était moquée d'eux pendant des années ?

Non, ce n'était pas possible, se répéta-t-il en secouant la tête. Pourtant, son père avait bien dit : « *Nina est morte.* » Comme si cela ne datait que de quelques heures tout au plus…

Reprenant son téléphone portable, il composa un autre numéro avant de sélectionner la fonction mains libres et d'attendre qu'on lui réponde.

S'il y avait bien une chose dont il était certain, c'est que son père disait la vérité, au moins sur un plan : une femme venait de mourir. Il s'agissait maintenant de savoir qui.

32.

Harris avait bien essayé d'ignorer l'appel d'Emma. Après tout, il avait d'autres chats à fouetter en ce moment : il devait veiller sur sa petite sœur avant tout, comme le lui avait enjoint Ryan. C'était Holly qui devait lui importer, pas Emma. A quoi bon se laisser enquiquiner par cette fille qui ne savait pas ce qu'elle voulait ?

Pourtant, il n'arrivait pas à détacher ses yeux de l'écran de son téléphone portable où scintillait son numéro. Il lui avait donné ses coordonnées au cas où. Ce qui voulait sûrement dire qu'elle se trouvait dans une situation difficile dont il représentait la seule issue. Aurait-il vraiment le cœur de la laisser dans l'embarras ? Non.

Avec un soupir, il décrocha, pensant entendre la jolie voix d'Emma prononcer « Allô ! » à l'autre bout du fil. Ce fut tout autre chose qui résonna à son oreille : Emma suppliait quelqu'un de se calmer — Daniel, fou de colère à en juger par son ton quasi hystérique. Harris n'entendait pas bien ce qui se passait. Le portable d'Emma avait dû lui échapper des mains dans sa hâte à parer l'attaque de son amant. En tout cas, une chose était sûre : Daniel était hors de lui, et qui savait jusqu'où il pourrait aller ?

Lorsque la communication s'interrompit brusquement, il sut

ce qui lui restait à faire. Il n'allait pas rester bêtement planté là, à attendre qu'Emma se fasse tuer par ce fou furieux !

Attrapant au vol les clés de voiture, il laissa Holly seule dans l'appartement. Elle venait d'avoir Ryan au téléphone, et ce dernier devait arriver d'une minute à l'autre. Avec Daniel occupé ailleurs, il y avait peu de risques qu'elle se retrouve en danger, tant qu'elle restait sagement à l'intérieur.

Sur la promesse qu'elle ne bougerait pas tant que lui ou Ryan ne serait pas revenu, il s'élança dans l'escalier et fonça jusqu'à leur véhicule de location. Dans un rugissement de moteur, il prit la direction du quartier chinois où logeait Emma.

Sur le chemin, il se demanda s'il n'avait pas fait une grossière erreur de tactique : et si Daniel avait coincé Emma ailleurs que chez elle ou chez lui ? Comment lui venir en aide, dans ce cas ? Quand on retrouverait leur trace, il serait probablement trop tard — bien trop tard…

Devant l'immeuble d'Emma, il déboula de sa voiture comme un fou et monta les marches de l'escalier quatre à quatre. Une fois sur le palier, il entendit des cris de détresse. Il ne s'était pas trompé, finalement. Mais il fallait agir vite…

Sans réfléchir, il prit son élan et enfonça la porte d'entrée. Horrifié, il découvrit Emma à terre, le visage en sang, le corps secoué de sanglots, Daniel au-dessus d'elle, hurlant des imprécations, prêt à la cogner une nouvelle fois.

Lorsque ce dernier se tourna vers lui, surpris par son irruption, il n'eut pas le temps de dire ouf : d'un direct du droit, Harris le cueillit au menton. Il tituba en arrière avant de s'écraser lourdement sur le seuil du salon, complètement sonné. Mais Harris n'avait pas l'intention de s'arrêter là. Se jetant sur lui, il le bourra de coups, avant de l'immobiliser en utilisant sa ceinture pour le saucissonner comme un jeune veau dans une arène de rodéo. Bien fait pour lui ! songea-t-il tout en le faisant rouler sur le dos afin qu'il ne s'étouffe pas avec le sang qui lui coulait des narines. Ce salaud ne méritait pas la moindre pitié !

Ce problème réglé, Harris se tourna vers Emma qui gisait toujours à terre dans l'entrée, recroquevillée sur elle-même pour se protéger tant bien que mal de la fureur aveugle de son agresseur. Il s'accroupit à son côté, hésitant à la toucher de peur de lui faire mal. Elle couvrait son visage de ses mains, comme si elle avait honte.

— Hé, Em… C'est moi, murmura-t-il tout en écartant tendrement ses mains égratignées.

Une vilaine coupure lui zébrait la joue gauche. Quant à son œil, il commençait déjà à enfler. Sa lèvre inférieure était fendue, et son piercing saignait abondamment. Elle était salement amochée — tout ça à cause de cette espèce de…

Inspirant profondément, Harris passa le bras sous ses épaules et l'aida à se relever. S'il s'était écouté, il aurait continué à rosser Daniel jusqu'à ce qu'il succombe sous ses coups ! Mieux valait s'occuper d'Emma plutôt que de céder à la colère.

— On va mettre un peu de glace là-dessus, déclara-t-il tout en la soutenant.

— Je suis… désolée, chuchota-t-elle. Tellement désolée !

Lentement, il la conduisit jusqu'au canapé où il l'aida à s'asseoir avant d'écarter tendrement les mèches humides de larmes et de sang qui lui collaient au visage.

— Je… Il a su que j'avais appelé la police, et…

— Tu n'es qu'une petite traînée, Emma ! éructa Daniel, cloué au sol, le visage déformé par la haine. Après tout ce qu'on a traversé, toi et moi, tu m'abandonnes au profit du premier minable venu ? Et qu'est-ce que tu vas lui dire ? Que j'ai tué Nina, peut-être ? C'est ça ?

— C'est lui qui a tué Nina, Em ? demanda Harris.

— Non, répondit-elle à voix basse, les yeux pleins de larmes. C'est moi.

La police était déjà sur place quand Ryan arriva. C'était lui qui les avait appelés en chemin, et, dans un sens, c'était sûrement mieux qu'ils aient pris les choses en main. Assis à la table qui trônait au milieu du salon-salle à manger, son père frissonnait malgré la couverture de survie qu'on lui avait posée sur les épaules. Un inspecteur était en train de l'interroger. Lorsqu'il vit son fils apparaître dans l'encadrement de la porte, il se leva péniblement, le regard suppliant, les mains tendues vers lui.

Il y avait du sang partout, y compris sur lui. Quelqu'un était bien mort, aucun doute là-dessus.

Ils se dévisagèrent un instant en silence. Puis Samuel balbutia :

— Elle… elle est arrivée, comme ça. Et elle l'a tuée. Elle l'a tuée, Ryan !

Un corps de femme était étendu à terre, le visage tourné vers le mur. Sous la tête s'étalait une grande tache sombre, que venait faire rougeoyer par intermittence le flash de l'appareil photo manié par un policier.

Seulement, il ne s'agissait pas de Nina. C'était une autre femme, qui ne lui ressemblait absolument pas. Beaucoup plus petite, blonde et bien plus jeune que Nina ne l'aurait été si elle avait vécu. Elle devait avoir la vingtaine, tout au plus. Comment Samuel avait-il pu la confondre avec Nina ?

Ryan avisa alors une perruque sombre non loin du corps inerte de la jeune femme. Les vêtements qu'elle portait, eux, auraient pu appartenir à Nina — même coupe, même style ultrasophistiqué… Si l'on ajoutait à cela l'effet de l'alcool, on pouvait comprendre que Samuel ait pris cette inconnue pour la défunte, dont l'image l'obsédait sans relâche depuis douze longues années.

— Elle l'a tuée, Ryan, répétait-il, visiblement sous le choc.

— Mais qui, monsieur Cutty ? Qui l'a tuée ? demanda l'inspecteur.

— Vanessa, chuchota-t-il avant de se tourner vers Ryan, comme s'il voulait lui confier un secret. C'est ta mère qui l'a tuée. Je… j'allais la quitter, tu comprends. Je ne pouvais plus vivre avec elle alors que Nina… Elle m'a fait une scène atroce. Elle m'a reproché de lui infliger une humiliation supplémentaire, de lui enlever le peu de dignité qui lui restait… Elle a dû me suivre jusqu'ici. Mais je ne m'en suis pas rendu compte. Jusqu'à ce qu'elle débarque comme une furie…

Ryan avait du mal à en croire ses oreilles.

— Tu dis que c'est maman qui a fait ça ?

Samuel sanglotait si fort, à présent, qu'il avait du mal à comprendre ses explications.

— Elle avait un pistolet. Celui de son père, je suppose. Elle… elle a dû deviner que je voulais la quitter pour partir vivre avec Nina… Ça faisait tellement longtemps que j'en avais envie, mais je n'avais jamais eu le courage de… Je n'ai pas vu qu'elle était entrée derrière moi. Un des voisins a dû lui ouvrir par l'Interphone, mais je n'ai rien entendu. Nina ne s'y attendait pas plus que moi, et… Elle est entrée ici, comme ça, sans prévenir, et elle l'a tuée. Elle a tué Nina…

Ryan resta silencieux, essayant de visualiser la scène. Sa mère avait dû craquer devant la perspective d'un divorce — l'honneur des Cutty et des Moore qu'elle avait toujours défendu n'y aurait pas survécu. Surtout pour une fausse Nina ! Quelle humiliation, de voir le passé se répéter ! La pauvre femme qui avait endossé le costume de la défunte pour satisfaire les fantasmes de Samuel n'y avait pas résisté, hélas. Elle s'était retrouvée dans la ligne de mire de Vanessa, pour son malheur.

— Je… je ne sais pas comment elle a appris — pour Nina et moi, continuait son père d'une voix hachée. Nous… on faisait pourtant bien attention, mais… Elle a hurlé que Nina était morte et qu'elle devait le rester… Et elle me l'a tuée, elle me l'a enlevée… Ma Nina à moi… En partant, elle a dit qu'elle allait tuer l'autre Nina.

— L'autre Nina ? répéta Ryan, incrédule. Mais quelle autre ?

— Celle qui ressemble à Nina, mais qui n'est pas Nina, répondit son père en hochant la tête de façon, incontrôlée comme un jouet au mécanisme bloqué. L'architecte. Elle va la tuer aussi.

— Il y a quelqu'un ? lança Holly timidement en entrant dans le hall.

Pas de réponse. C'était étrange : elle avait pourtant bien reçu un coup de téléphone, quelques instants plus tôt, lui demandant de se rendre au Manoir Cutty de toute urgence. Elle s'était dépêchée de venir, et voilà qu'à présent, l'endroit semblait désert.

— Ouh, ouh ! Il y a quelqu'un ? répéta-t-elle, un peu inquiète.

Elle ne se serait pas déplacée pour Daniel ainsi qu'elle l'avait promis à Ryan et à Harris. Mais ce n'était pas lui qui lui avait téléphoné pour lui demander de l'aide. Non, c'était Vanessa Cutty, la mère de Ryan. Elle avait l'air désespérée, terrifiée même, au point que Holly n'avait pas hésité une seconde. Elle avait griffonné quelques mots sur un bout de papier afin que Ryan ne s'inquiète pas, et s'était mise aussitôt en route. Elle avait pratiquement couru depuis chez elle jusqu'au Manoir, et maintenant, elle se demandait si elle avait eu raison de réagir aussi vite. Car personne n'était venu l'accueillir à la porte. Peut-être n'était-ce pas aussi urgent qu'elle l'avait cru…

Par acquit de conscience, elle lança à la cantonade :

— Vanessa ?

Cette fois, elle entendit une voix.

— Là-haut !

Vanessa l'attendait, debout sur le palier du premier étage. Soulagée, Holly lui adressa un petit signe de la main accompagné d'un sourire qu'elle espérait rassurant. Mais la mère de Ryan n'eut pas l'air d'apprécier sa démonstration d'amitié outre mesure. Le regard fixe, elle la dévisagea de haut en bas avant de s'engager dans l'escalier qui menait au deuxième.

— Vanessa ?

Peine perdue. La maîtresse des lieux ne se retourna pas. Perplexe, Holly se décida à la suivre, bien décidée à obtenir des explications. Elle ne voulait pas s'être déplacée pour rien.

Malgré la pénombre qui régnait à l'intérieur du Manoir, elle distinguait parfaitement la silhouette altière de Vanessa, loin devant. De temps à autre, cette dernière se retournait, comme pour vérifier que Holly ne s'était pas perdue en cours de route. Mais elle ne lui adressait pas davantage la parole, et cela commençait à devenir un peu énervant.

— Bon sang, mais qu'est-ce qu'elle me veut ? grommela Holly tout en poursuivant son ascension.

Lorsqu'elle eut atteint le deuxième étage, elle s'arrêta pour souffler un peu. Seule une pièce était éclairée — celle où elle se rappelait parfaitement avoir vu le portrait de Nina. Le cœur battant, elle approcha sa main de la poignée de la porte, ne sachant ce qu'elle découvrirait à l'intérieur. Vanessa paraissait tellement affolée au téléphone qu'elle n'avait pas hésité à courir jusqu'ici pour lui venir en aide. Mais à présent, son comportement étrange avait quelque chose de dérangeant.

Quelle idiote d'avoir laissé son portable dans la voiture ! se morigéna-t-elle tout en poussant doucement le battant entrebâillé. Si jamais elle se retrouvait en difficulté, elle n'aurait aucun moyen d'appeler au secours…

Il n'y avait pas de raison de s'inquiéter, se répéta-t-elle sans trop y croire. C'était Vanessa qui avait besoin d'aide, pas elle.

— Vanessa ? lança-t-elle d'une voix moins assurée qu'elle ne l'aurait souhaité en découvrant la pièce.

Il y avait eu du changement depuis la dernière fois qu'elle était entrée là. Les draps qui recouvraient les fauteuils et les tableaux avaient été ôtés et soigneusement empilés contre un mur. Quant au mobilier, il avait été redisposé de façon à ce que le salon ne ressemble plus à un débarras, mais à une pièce comme les autres.

— Je suis là, répondit la mère de Ryan, sortant de l'ombre pour se placer juste devant un petit tableau. Merci d'être venue jusqu'ici.

Elle bougea légèrement, et Holly vit briller dans sa main un objet qu'elle n'identifia pas tout de suite. C'était un pistolet.

— Asseyez-vous donc, proposa Vanessa tout en pointant négligemment le canon de son arme vers les deux fauteuils en rotin qui attendaient devant la cheminée.

Le ton qu'elle avait employé aurait pu convenir à une invitation mondaine, et ce décalage même glaça Holly. Vanessa se comportait comme une hôtesse accomplie, alors qu'elle la menaçait d'un revolver !

Sous le choc, elle resta debout.

— Je… je ne comprends pas, murmura-t-elle.

— Je sais. C'est justement pour ça que nous avons besoin

de discuter tranquillement. Je vais tout vous expliquer. Si vous voulez bien vous donner la peine de vous asseoir…

Elle avait les yeux rouges et gonflés, comme si elle avait trop pleuré. Emue malgré elle, Holly fit un pas vers elle pour la consoler.

— Vanessa ? fit-elle, pleine de compassion.

Une détonation claqua, et elle s'arrêta net, le cœur battant. La balle l'avait effleurée avant d'aller se ficher dans le mur juste derrière elle.

— Assise, j'ai dit, petite merdeuse !

Comprenant qu'elle ne plaisantait pas, Holly obéit et s'installa dans le fauteuil qu'on lui indiquait. La démarche un peu chancelante, Vanessa vint s'asseoir en face d'elle. Ce fut d'un ton neutre qu'elle commença leur « petite conversation ».

— J'ai eu un coup de téléphone, ce matin, expliqua-t-elle tout en lissant sa jupe pour y déposer son pistolet, comme s'il s'était agi d'un banal sac à main. Il était encore très tôt. C'était Daniel. Il m'a dit…

Elle s'interrompit brusquement et baissa la tête afin de masquer ses émotions. Mais Holly devinait que le contrôle absolu qu'elle feignait se lézardait et que ses sentiments reprenaient le dessus. D'ailleurs, sa voix tremblait malgré elle.

— Trop tard, marmonna-t-elle tout en se balançant imperceptiblement d'avant en arrière. Il est trop tard, maintenant. Je le savais…

Holly ne comprenait pas de quoi elle voulait parler. Mais elle était sûre d'une chose : Vanessa ne l'avait pas fait venir au Manoir pour rien. Les mains crispées sur les accoudoirs de son fauteuil, elle insista :

— Vous m'avez demandé de venir à votre secours, et je suis là, prête à vous aider. Seulement, il faut me dire ce que je peux faire.

D'un geste machinal, Vanessa posa ses doigts fins et racés sur le pistolet, comme pour s'assurer qu'il était toujours là.

— Vous comprenez, j'ai toujours fait ce que je pensais être mon devoir. J'ai tout sacrifié pour mon mari, parce que c'est ce qu'on est en droit d'attendre d'une épouse modèle. Il avait un rêve, et je me suis arrangée pour qu'il le voie se réaliser en obligeant mon père à le lui acheter. D'ailleurs, il l'a payé de sa vie. Seulement, je ne savais pas…

Elle leva les yeux vers le mur d'en face où les tableaux avaient été remis en place. Elle les balaya d'un regard pensif avant de s'arrêter sur celui qui représentait Nina.

— Vous lui ressemblez tellement, chuchota-t-elle, presque pour elle-même. C'est là-dessus que je me suis trompée — et lourdement, même.

— Mais je n'ai rien à voir avec Nina ! protesta Holly. Je l'aime vraiment, votre fils ! Et je vous jure sur ce que j'ai de plus précieux que jamais je ne lui ferai du mal volontairement.

Comme réveillée en sursaut de sa rêverie, Vanessa la regarda dans les yeux. Holly la laissa faire, avec l'impression qu'elle cherchait à la sonder afin de décider si oui ou non elle était sincère.

Soudain, Vanessa porta les poings à ses paupières et appuya dessus — pour chasser une vision insupportable, sans doute. Ou pour remettre les choses en perspective. En tout cas, cela suffit à lui rendre son sang-froid. Après avoir poussé un soupir, elle rouvrit les yeux et reposa les doigts sur son revolver.

— Je suis allée rendre visite à Ryan sur son bateau — sa « maison flottante », comme il l'appelle. Nous nous étions déjà vus une fois histoire de discuter, mais notre entretien ne s'était pas déroulé comme je le souhaitais. Je voulais lui faire comprendre qu'il ne pouvait tout simplement pas continuer à rejeter la main que j'essaie de lui tendre depuis si longtemps. Je voulais lui expliquer pourquoi j'avais mis Daniel à la tête de l'entreprise qui aurait dû lui revenir. Mais ce soir-là, je vous ai vue repartir sur le ponton, et…

Elle secoua la tête, visiblement accablée.

— Je vous ai vue lui parler… J'ai tout vu lorsque vous étiez ensemble, depuis ma voiture. Ensuite, je vous ai suivie jusqu'au Manoir. Ce fichu Manoir… Tous nos malheurs ont toujours tourné autour de cet endroit sinistre.

Holly se souvenait parfaitement de ce qui était arrivé cette nuit-là. Elle avait pénétré dans la grande bâtisse en utilisant la technique que Ryan lui avait montrée la veille. Elle était montée à l'étage, et…

— Je voulais voir le portrait de Nina, expliqua-t-elle. Pour essayer de comprendre. Ryan m'avait déjà emmenée le voir, mais j'avais encore du mal à y croire… D'ordinaire, je suis plutôt rationnelle, vous savez. Sauf qu'après…

— Je n'avais rien prémédité, enchaîna Vanessa d'une voix mal assurée tout en s'accrochant à son pistolet comme à une planche de salut. Mais en vous voyant retourner au Manoir après votre… conversation avec mon fils, j'ai senti la colère m'envahir. J'étais hors de moi, alors j'ai… improvisé, disons. J'ai pris mon tube de rouge à lèvres, et… C'était complètement stupide. Une réaction de gamine !

Donc, le message écrit en grandes lettres rouge sang sur la vitre, c'était Vanessa qui en était responsable. Quant au reste de sa mésaventure…

— Je suis tombée dans un trou du plancher, lui rappela Holly. J'ai bien failli passer complètement au travers, d'ailleurs !

— Je vous l'ai dit : c'était une réaction puérile et idiote. Mais ça n'a pas fonctionné. Alors, je me suis dit qu'il fallait que je prenne plus de précautions. Et que je frappe un grand coup. Sans que vous risquiez de me soupçonner de quoi que ce soit.

— Vous voulez dire… que c'est vous qui m'avez laissé cette invitation sur mon bureau ? balbutia Holly, abasourdie par cette découverte.

— Ces invitations aux soirées de Viña Dorada, reprit Vanessa sans répondre tout de suite. J'ai longtemps cru que c'était Gil en personne qui se vengeait de nous en nous les envoyant. Histoire de remuer un peu plus le couteau dans la plaie. Il avait peut-être perdu sa fille, mais il m'avait volé mon fils ! Alors qu'en fait, c'était Ryan qui insistait pour nous convier aux réceptions viticoles. Mon pauvre chéri ! Il a toujours essayé de recoller les morceaux, même dans les situations sans issue… Enfin, toujours est-il que ces invitations me faisaient grincer des dents. Elles finissaient déchirées en mille morceaux dans la poubelle. Sauf la dernière que j'ai reçue. Je me suis dit qu'elle pourrait enfin me servir. J'ai imité la signature de Ryan, et je l'ai déposée bien en vue sur votre bureau. Rien de plus facile que de vous faire croire à votre bonne fortune, après ce à quoi j'avais assisté au port ! Comme ça, je faisais d'une pierre deux coups : non seulement je vous éloignais de mon fils, mais, en prime, je rendais la monnaie de sa pièce à Gil. Juste retour des choses…

— Et ensuite, c'est vous qui m'avez mis ce dossier plein de rapports accablants sous les yeux, n'est-ce pas ? avança Holly, abasourdie par tant de méchanceté.

La vieille dame acquiesça.

— Je connaissais quelqu'un de bien placé, un avocat qui m'avait aidée lors de l'interpellation de Ryan pour le faire relâcher. Il a accepté de me donner un double du dossier qui avait été établi à l'époque. Je ne sais pas pourquoi j'avais tout gardé précieusement… Toujours est-il que grâce à ça, je n'ai pas eu trop de difficulté à faire de fausses déclarations ni à remanier certains documents pour donner l'impression que Ryan était coupable. Ensuite, ça a été un jeu d'enfant de déposer le tout sur votre bureau sans que personne me remarque. Après tout, je suis encore chez moi, ici ! Je voulais vous effrayer, afin que vous partiez avant de faire d'autres dégâts. Mais vous êtes plus têtue que je ne le croyais. La preuve, c'est que vous êtes toujours là…

Tout en parlant, elle se tassait de plus en plus sur elle-même, comme si ses aveux la faisaient littéralement s'effondrer. Acculée au désespoir, elle serait sans doute capable du pire… Holly s'efforça donc de gagner du temps : peut-être qu'en endormant la méfiance de son interlocutrice, elle parviendrait à lui subtiliser son arme et à la rendre inoffensive.

— Allons, allons, dit-elle d'un ton qu'elle espérait apaisant. C'est du passé, maintenant. Je suis certaine que Ryan vous pardonnera et que…

— Non, non ! C'est impossible ! la coupa Vanessa avec des sanglots dans la voix. Il ne me pardonnera jamais. Cela fait trop longtemps que nous sommes devenus des étrangers l'un pour l'autre, et avec ce que j'ai fait… Parce que je ne vous ai pas encore avoué le plus horrible : c'est moi qui vous ai fait monter dans cette maudite voiture de location. Moi.

Bouche bée, Holly ne sut que répondre à cette nouvelle confession. Elle qui était persuadée que seul Daniel pouvait être assez tordu pour imaginer un scénario pareil ! Elle s'était bien trompée !

— Je voulais juste vous effrayer, répéta Vanessa en se tordant les mains. Je ne pouvais pas laisser mon fils se faire harponner par une seconde Nina, vous comprenez ! Il fallait que je le sauve de lui-même. Après un accident pareil, je croyais dur comme fer que vous prendriez vos cliques et vos claques et que vous décamperiez comme un lapin. D'autant qu'avec la presse au courant de toute l'histoire, Ryan aurait dû reconsidérer les choses sous un autre angle : je pensais qu'il comprendrait, qu'il ne voudrait pas risquer de revivre un passé traumatisant. Qu'il refuserait de faire deux fois la même erreur…

— La même erreur ? Mais ce n'est pas possible, puisque je ne suis pas Nina Travers ! Je n'ai rien à voir avec elle, je vous le jure !

Vanessa poussa un soupir à fendre l'âme.

— Je sais, je sais… Seulement, vous saisissez l'ironie de la situation ? La vie a de ces bizarreries, parfois… Dire que je croyais aider mon fils ! Dire que je vous considérais comme son pire cauchemar, alors qu'en fait, c'est moi qui lui ai causé le plus de tort !

— Ça ne sert à rien de vous accabler, Vanessa, assura Holly en tendant la main vers elle. Vous devriez me donner ce pistolet, et qu'on n'en parle plus. Je vous en prie. Vous savez bien, au fond, que vous ne voulez pas vous en servir.

— Trop tard…

Les yeux emplis d'une tristesse infinie, les épaules voûtées comme sous le poids d'un immense péché, la maîtresse des lieux baissa son regard vers ses mains refermées sur le revolver et reprit d'une voix à peine audible :

— Je voulais seulement que vous compreniez pourquoi j'ai agi ainsi. Que vous l'expliquiez à Ryan afin qu'il ne m'en veuille pas trop. La nuit de sa mort, Nina était venue me trouver, un sourire mauvais aux lèvres. Elle m'a hurlé en pleine figure qu'elle était enceinte de Samuel et qu'il allait me quitter pour elle. Qu'elle prendrait ma place et qu'ensemble, ils élèveraient leur enfant. Qu'elle s'arrangerait pour que Ryan et moi soyons jetés dehors et déshérités. Vous imaginez un peu ? Je m'étais donné tout ce mal pour conserver à mon mari son patrimoine, et il se serait permis de me répudier comme une courtisane fanée ?

— Mais non. Je suis sûre qu'il n'aurait pas eu recours à de telles extrémités.

Il ne lui restait plus qu'une issue : continuer à la faire parler jusqu'à ce que Ryan ou Harris rentre à l'appartement, découvre son mot et vienne la chercher au Manoir.

— Cet endroit lugubre… Ce maudit Manoir… Il m'a coûté tout ce que j'avais ! TOUT ! rugit Vanessa, reprise par la fureur et la frustration. Ma fortune tout entière y est passée, ou presque. Il lui fallait toujours plus d'argent, toujours plus… J'avais l'impression de vivre aux côtés d'un mendiant. Une caricature de couple, voilà ce que nous sommes devenus à cause de ce satané Manoir !

Les yeux fixés sur son arme, elle tremblait de colère et d'impuissance. Ses paroles résonnaient dans la pièce, réveillant le ballet invisible des fantômes du passé.

— Si j'en avais eu le courage, j'aurais tué Nina moi-même, cette nuit-là. Mais à l'époque, je n'en étais pas capable. A l'annonce de sa mort, j'ai respiré un peu mieux. Je me suis dit que c'était un signe de la providence divine. Cette fille était le mal incarné. Morte, elle ne pourrait plus nous nuire — du moins, je m'en étais persuadée.

Elle se tassait de plus en plus, comme écrasée sous le poids d'une culpabilité qu'elle n'avait plus la force d'assumer. Avec étonnement, Holly se rendit compte qu'elle pleurait sans bruit, le pistolet serré tout contre elle. L'image des guerriers samouraïs prêts à se faire hara-kiri pour échapper au déshonneur s'imposa à elle. La grande Vanessa Moore pouvait-elle survivre à sa honte ?

— Je croyais qu'elle nous laisserait tranquilles, poursuivit-elle d'une voix brisée. Mais quand Daniel m'a appelée ce matin, j'ai complètement perdu pied. Je n'arrivais plus à contrôler ma colère. Ce qu'il venait de m'apprendre… Mon Dieu ! Je ne pouvais pas croire que tout allait recommencer. Je me suis dit que j'étais la seule à pouvoir mettre un terme à cette histoire. C'est pour ça que j'ai pris le pistolet avec moi, vous comprenez ? Pour faire comprendre à Samuel que son petit jeu malsain avait assez duré. Il n'avait pas le droit de me faire subir cette humiliation constante. Non, il n'en avait pas le droit, après tout ce que j'avais fait pour lui !

— Je vous en prie, intervint Holly doucement. Laissez-moi appeler Ryan. C'est à lui que vous devriez raconter tout ça, pas à moi…

Mais Vanessa secoua violemment la tête, chassant ses larmes d'un revers de manche.

— Pour qu'il me voie dans cet état ? Pas question ! Est-ce que vous vous rendez compte ? Sa propre mère… Avec le pistolet de son grand-père… Non, je ne peux pas lui imposer ça !

Tout en parlant, elle avait levé son arme vers Holly. Elle parut soudain prendre conscience de la portée de son geste et reposa précipitamment le revolver sur ses genoux, l'air complètement affolé.

— Oh non ! Ce n'est pas ce que vous… Enfin, je ne voulais pas…

Incapable de terminer sa phrase, elle porta la main à sa bouche, visiblement horrifiée par les émotions qui montaient en elle et menaçaient de la submerger. Après quelques secondes de silence, elle inspira profondément et reprit d'une voix blanche :

— C'est moi qui l'ai tuée. Pauvre femme… Quand je l'ai vue avec Samuel, j'étais tellement hors de moi que je l'ai prise pour Nina. Et j'ai tiré. Sans remords. Sans hésitation. Parce que je voulais nous débarrasser de Nina pour de bon. Alors, je l'ai tuée. Mais c'est Nina que j'ai cru abattre. Nina — notre malheur à tous…

33.

Debout dans l'entrée de l'appartement d'Emma, Harris reprenait son souffle. Il avait enfermé Daniel à double tour dans la chambre d'amis, mais il n'avait pas encore appelé la police. Il fallait d'abord qu'il s'occupe d'Emma. Après, ils aviseraient ensemble. D'ailleurs, la police ne pourrait sans doute pas faire grand-chose : dans un cas comme celui-là, ce serait la parole de Daniel contre la sienne. Et il n'était pas du tout certain qu'il remporterait l'adhésion des forces de l'ordre.

Oui, il valait mieux qu'il appelle la police un peu plus tard. Pour l'instant, il y avait nettement plus grave. Emma avait avoué l'impensable : que c'était elle la responsable de la mort de Nina.

Revenant auprès d'elle, il constata qu'elle était en piètre état. Sa paupière boursouflée virait lentement au violet foncé, et les marques de coups sur son joli visage faisaient peine à voir. Elle était assise sur le canapé, le regard perdu dans le vague, un sac de petits pois surgelés sur les genoux. C'était tout ce qu'il avait trouvé dans le congélateur pour lui servir de poche à glace. S'accroupissant devant elle, il lui enleva le sac gelé des mains et l'appuya doucement contre sa joue écarlate, afin de faire passer la douleur.

— Tu veux que j'appelle quelqu'un ? proposa-t-il. Je peux t'emmener voir un docteur…

Elle secoua la tête, mais ce simple mouvement lui arracha une grimace involontaire.

— Attention. Ne bouge pas, tu vas te faire mal.

Elle esquissa un pauvre sourire.

— Et alors ? Je ne mérite pas mieux, tu sais…

— Alors, c'est ton truc, l'autoflagellation ? commenta-t-il en tentant de donner une dimension comique à des propos qui ne l'étaient pas vraiment. Remarque, ça va bien avec ton côté « tueur fou »… Ça pourrait finir par me plaire !

Il effleura ses doigts glacés et adopta un tout autre ton pour la suite de leur conversation.

— Allons, Emma, cesse de te considérer comme un monstre. Tu avais quoi, à l'époque ? Quatorze ans à peine ?

— Ça ne change rien au problème, rétorqua-t-elle sans le quitter du regard. Je ne suis plus une enfant, Harris. Ça fait bien longtemps, d'ailleurs. Mais j'ai gardé ce secret pendant tout ce temps, et j'ai laissé Ryan se faire accuser à tort. Alors qu'il était innocent depuis le début.

Un profond soupir souleva sa poitrine, et elle posa distraitement la main sur le sac de petits pois qu'il tenait toujours contre sa joue.

— Je me répétais que ce n'était pas bien grave. Ryan n'avait pas été jeté en prison, aucune charge n'avait été retenue contre lui, et sa nouvelle vie à Viña Dorada, auprès de Gil et Marta, semblait lui convenir bien mieux que je ne l'aurais cru. Mais je n'arrivais pas à me débarrasser de ce sentiment de culpabilité. Après tout, c'était ma faute s'il s'était fait rejeter par sa vraie famille. A cause de moi, il s'était vu déshériter au profit de Daniel. Tout simplement parce que je n'avais pas eu le courage d'avouer la vérité.

Les doigts crispés sur sa poche à glace improvisée, elle semblait près de fondre en larmes. Les cachets d'aspirine qu'il lui avait fait avaler un peu plus tôt ne seraient d'aucun effet sur la douleur profonde qu'elle éprouvait. Pour le moment, elle était encore en état de choc. Mais dès qu'elle recouvrerait ses esprits…

— Tu peux tout me dire, assura-t-il avec tendresse. Tu le sais bien, Emma. Qu'est-ce qui s'est vraiment passé cette nuit-là ?

— Daniel…, commença-t-elle avant de sourire tristement. Tu vois, j'avais… j'étais folle de lui, et ça a commencé très tôt. Toute petite, je le suivais partout, comme un petit chien fidèle. Je l'adorais, mais il ne s'en rendait pas compte, évidemment. Pour lui, je n'étais qu'une petite ado sans intérêt, surtout quand il s'est entiché de Nina. C'est comme ça que j'ai su pour eux deux. Tu imagines ce que j'ai pensé quand j'ai compris qu'il couchait avec elle et qu'il était amoureux d'elle ? Enfin, amoureux… Aujourd'hui, je me demande s'il ne s'en était pas persuadé par simple esprit de compétition. Tout ce qu'avait Ryan, il fallait qu'il essaie de le lui prendre. Nina n'était sans doute qu'un motif supplémentaire de jalousie pour lui. Il n'empêche qu'à l'époque, j'avais beau n'avoir que quatorze ans, je sentais que cette histoire avec Nina finirait mal. Elle était méchante, mauvaise — et pas seulement vis-à-vis Daniel. Mais pour le convaincre, il fallait que je sois sûre de ce que je soupçonnais. Que je rassemble des preuves susceptibles de lui ouvrir les yeux. Du coup, je me suis mise à coller aux basques de Nina.

Laissant retomber le sac de petits pois sur ses genoux, elle se cacha le visage dans les mains avant de poursuivre son douloureux récit.

— La nuit de… de l'accident, il y avait une grande soirée au Manoir Moore. Mon père travaillait encore pour le clan Cutty, et j'étais venue lui donner un coup de main en cuisine. C'est comme ça que j'ai entendu Nina et Ryan se disputer dans un des salons privés. Ils se hurlaient des horreurs à la figure, et je n'ai pas perdu une miette de leur échange. Elle lui a crié qu'elle avait couché avec Samuel. Je n'étais pas au courant jusqu'alors — je croyais qu'elle n'avait fait que mettre Daniel dans son lit, en plus de Ryan, bien sûr. Ce soir-là, elle lui a tout révélé. Elle lui a même dit qu'elle était enceinte de son père. Alors qu'elle avait soutenu à Daniel que le bébé était le sien…

— C'était vraiment une peste, cette fille !

— C'est aussi ce que je me suis dit, acquiesça-t-elle tout en se frottant nerveusement les mains. Je n'en croyais pas mes oreilles : si son bébé était bien de Samuel, pourquoi était-elle allée raconter des salades à Daniel ? Il en était tellement persuadé qu'après l'autopsie, il a insisté pour être inscrit comme le père de l'enfant qui ne naîtrait jamais. Du moins, c'est ce qu'il m'a dit. En tout cas, ce soir-là, j'étais bien décidée à dire ses quatre vérités à cette garce de Nina. Pas question de la laisser embobiner Daniel en plus de Ryan et de son père ! Elle n'avait déjà fait que trop de dégâts. Tout ce qui m'importait, c'était Daniel. Je ne voulais pas qu'elle le traite comme un sous-fifre, avec le complexe d'infériorité dont il souffrait en permanence. Il était fragile, et je ne pouvais pas la laisser le briser sans réagir.

— Tu as voulu le protéger ? demanda Harris, incrédule.

— Tu n'as même pas idée à quel point ! C'était devenu une obsession. Tu comprends, je ne pouvais pas empêcher mon père de se noyer dans l'alcool — il était trop tard pour lui. Mais Daniel, j'étais sûre que j'arriverais à le sauver. C'est pour cette raison que j'ai attendu Nina dehors, à côté de sa voiture. Je voulais absolument avoir une discussion avec elle avant qu'elle s'en aille. Mais quand je l'ai vue arriver en larmes, j'ai hésité. Je ne savais pas comment en venir au fait ; elle avait l'air tellement désespérée ! Elle sanglotait, elle était ivre… Tout son beau maquillage lui dégoulinait sur le visage, et j'ai été prise de pitié, malgré tout le mal qu'elle avait déjà causé. Seulement, quand elle m'a vue, elle m'a ordonné de monter avec elle dans la voiture. J'ai voulu résister, mais elle s'est mise à pleurer encore plus fort…

— Et Ryan ? Il n'a rien vu ?

— Lorsqu'il est arrivé en courant pour l'empêcher de partir, nous étions déjà installées dans la voiture, et elle a démarré sur les chapeaux de roue. Je l'ai entendu crier à Nina de descendre de voiture, qu'elle n'était pas en état de conduire. Mais ça n'a servi à rien. Moi, je m'étais terrée sur le siège passager, complètement paniquée. J'avais terriblement peur que Ryan me remarque et qu'il aille tout raconter à Daniel. Je n'avais qu'une crainte : que Daniel ne veuille plus de moi. Alors, je suis restée assise à côté de Nina, sans bouger, sans dire un mot.

Elle disait la vérité, il en était sûr. Quel cauchemar elle avait dû vivre ce soir-là ! Un mauvais rêve qui avait duré douze longues années et qui avait fini par l'amener à se faire tabasser par celui auquel elle avait voué toute son existence. Quelle ironie…

— Au début, elle n'arrêtait pas de pleurer. Elle répétait qu'elle avait fait quelque chose de terrible et que Ryan ne le lui pardonnerait jamais. Pas sa petite aventure avec Daniel. Ça, ça ne comptait pas — parce que Daniel n'était qu'un pauvre minable pour elle. A l'entendre, il l'avait pratiquement suppliée à genoux de coucher avec lui, et elle avait fini par céder pour avoir la paix — pour se distraire, aussi. Mais Samuel, c'était autre chose. Ça, c'était grave — très grave. Elle sanglotait comme une fontaine. Parce qu'elle savait que Ryan ne lui pardonnerait jamais ce qui s'était passé avec son père.

— Tu m'étonnes !

— Elle m'a dit que c'était un horrible malentendu. Que la seule fois où elle avait couché avec Samuel, elle était tellement ivre et droguée qu'elle avait cru que c'était Ryan. Ils se ressemblaient encore beaucoup à cette époque, et, dans son état, elle n'avait pas vu la différence. Sans ça, jamais elle n'aurait commis cette erreur. Mais il était trop tard, et Ryan lui en voudrait à mort. Quand je l'ai vue pleurer si fort, je me suis dit que, finalement, elle aimait vraiment Ryan. Sans ça, elle ne s'en serait pas voulu à ce point… En plus, Samuel n'arrêtait pas de la relancer depuis. Du coup, elle avait continué à coucher avec lui à contrecœur, pour qu'il n'aille pas tout raconter à son fils. Jusqu'à ce qu'elle découvre qu'elle était enceinte…

— Quelle histoire !

Emma hocha la tête.

— Comme tu dis. Tu imagines dans quel pétrin elle s'était fourrée ! Mais à l'époque, je n'avais pas compris sa détresse.

— Et Ryan ? Il vous suivait, ce soir-là ?

— Il avait pris sa voiture, mais il avait pas mal de retard sur nous. Quand Nina l'a aperçu dans son rétroviseur, elle s'est mise à accélérer. Déjà que je n'en menais pas large, recroquevillée sur mon siège… J'ai quand même réussi à lui dire ce que je pensais de son petit jeu vicieux avec Daniel. Mais elle n'a pas exprimé le moindre remords. Au contraire, elle s'est mise à rire ! Ses larmes n'avaient pas duré bien longtemps ! En fait, j'avais même l'impression que ça l'excitait d'être lancée à toute allure dans la nuit avec Ryan à ses trousses. Peut-être s'imaginait-elle qu'il tenait à elle, malgré tout…

Pauvre Emma, songea-t-il. A quatorze ans à peine, elle s'était retrouvée prisonnière d'une voiture conduite par une hystérique complètement ivre. Pas étonnant qu'elle ait perdu les pédales !

— Et l'accident ? Comment est-ce arrivé ? reprit-il, évitant à dessein le mot « meurtre », car il ne pensait pas Emma capable d'assassiner qui que ce soit de sang-froid.

— Elle s'est mise à me raconter des horreurs. Elle m'a dit qu'elle m'avait vue les espionner, Daniel et elle. Elle a employé des mots tellement crus, tellement blessants, que… Elle m'a dit que le jour où j'aurais des nibards assez gros, Daniel aurait peut-être envie de me sauter, et qu'elle en serait enfin débarrassée ! Elle faisait exprès de parler comme ça, pour me choquer, et ça n'a pas raté. Après, elle s'est mise à zigzaguer de droite à gauche sur la route. Il n'y avait pas de circulation, mais j'étais quand même terrorisée. Elle devait le sentir, et ça la faisait rire encore plus fort. J'avais l'impression d'être avec une vampire qui se nourrissait de ma peur. J'avais beau lui crier d'arrêter avant de nous tuer toutes les deux, elle ne voulait rien entendre…

— Elle a perdu le contrôle de la voiture, c'est ça ?

Emma hocha tristement la tête.

— Oui. A cause de moi. J'ai voulu lui prendre le volant des mains. Je… je ne savais même pas conduire, mais il fallait que je fasse quelque chose ! J'avais tellement peur ! Je voulais qu'elle s'arrête avant qu'il nous arrive le pire… C'est comme ça que j'ai braqué le volant dans le mauvais sens. J'ai juste eu le temps d'ouvrir ma portière et de rouler hors de la voiture avant qu'elle s'écrase de l'autre côté de la barrière de sécurité.

Elle poussa un profond soupir, le visage caché dans ses mains tremblantes. Il s'assit à côté d'elle.

— Ce n'était pas un meurtre, Emma, murmura-t-il d'une voix apaisante. Ça s'appelle de la légitime défense. Tu ne vas pas t'en vouloir d'avoir survécu à ce cauchemar, tout de même !

— Je voulais qu'elle arrête — pas seulement cette course-poursuite, mais tout. Tout le mal qu'elle faisait à la famille.

Tu comprends, maintenant ? J'aurais fait n'importe quoi pour l'arrêter !

Elle avait souhaité la mort de Nina. Mais elle n'était qu'une adolescente, à l'époque, timide et peu sûre d'elle. Harris lui prit la main afin qu'elle aille jusqu'au bout de sa confession.

— Et Ryan ? Il ne t'a pas vue ?

Elle secoua la tête.

— J'étais tombée dans les pommes, et quand je suis revenue à moi, j'étais allongée par terre. Avec l'obscurité et la brume qui régnait ce soir-là, Ryan ne pouvait pas me voir. D'ailleurs, il était trop occupé à hurler le nom de Nina. Il était sorti de sa voiture comme un fou, et s'apprêtait à enjamber la barrière quand j'ai rouvert les yeux.

Harris se doutait de la suite : complètement paniquée, à moitié sonnée, Emma avait dû s'enfuir à toutes jambes, terrifiée à l'idée d'être découverte.

— Je suppose que tu as deviné le reste... Je me suis mise à courir comme une dératée, jusqu'à ce que je trouve enfin quelqu'un qui accepte de me ramener en ville. A cette heure, la circulation était pratiquement nulle, et j'ai bien failli rentrer à pied ! La seule personne vers qui je pouvais me tourner, c'était Daniel. Mais quand je l'ai retrouvé, il avait déjà appris pour l'accident. Et entre-temps, Nina était morte à l'hôpital. Il était tellement désespéré que je n'ai pas eu le courage de lui dire la vérité. Tu comprends, je ne voulais pas être la responsable de son chagrin — c'était trop lourd à porter pour moi qui l'adorais tant. Je ne savais plus quoi dire ; j'aurais voulu tout lui avouer, mais je n'arrivais pas à sortir un seul mot. C'est à ce moment que Daniel s'est mis à jurer qu'il aurait la peau de Ryan, parce qu'à ses yeux, ça ne pouvait être que lui, le coupable. Que voulais-tu que je fasse ? Il me proposait une solution de facilité, qui me déchargeait complètement... Je n'ai pas nié. Et sous son impulsion, j'ai accepté de téléphoner à la police pour faire porter le chapeau à son cousin. Un appel anonyme, évidemment.

Elle se tut quelques secondes, accablée par ce souvenir. Pourtant, à l'époque, elle n'était qu'une enfant. Elle avait agi sous le coup de la panique, inconsciente de la gravité de ses actes.

— Le lendemain matin, je me suis rendu compte de l'énormité de ce que j'avais fait, reprit-elle, de grosses larmes coulant le long de ses joues pâles. Je suis allée trouver Daniel pour lui dire qu'il y avait eu un malentendu, que c'était ma faute et non celle de Ryan si la voiture avait quitté la route de la corniche. Je lui ai tout avoué, mais ça n'a servi à rien. Il ne voulait rien entendre. Il répétait que je disais n'importe quoi, que je n'avais plus toute ma tête… Et puis, quand il a vu que j'insistais, il a complètement craqué. Il m'a dit que si c'était vraiment moi qui avais tué Nina, je ferais mieux de disparaître de sa vie à jamais, parce qu'il serait capable du pire.

— Il ne voulait pas que tu casses sa propre version des faits, c'est tout, commenta Harris. Pour une fois qu'il pouvait accabler son cousin.

— Oui, il avait déjà tout prévu dans sa tête. Et moi, je l'aimais tellement… Après, nous avons commencé à avoir une vraie relation, tous les deux. Je ne pouvais décemment plus rien faire qui risque de se retourner contre lui.

En somme, Daniel avait trouvé le moyen de pression idéal sur elle. Quelque chose du style « Si tu m'aimes vraiment, tu ne diras rien à personne… »

— Avec le temps, je me suis mise à penser comme lui. Après tout, Ryan avait abandonné sa place au sein de sa famille sans que personne ne l'y oblige. Enfin, pas vraiment. Et quand Vanessa a demandé à Daniel de prendre le contrôle du groupe familial, je me suis dit…

— Que c'était un mal pour un bien, compléta Harris. Que tu avais sans doute bien fait de te taire si cela permettait enfin à Daniel de s'imposer.

Elle leva les yeux vers lui. Son regard aurait pu appartenir à une femme bien plus âgée qu'elle, tant il reflétait de souffrance et d'épreuves. Son joli visage était tout abîmé, et, demain, elle aurait un énorme cocard autour de l'œil. Sa lèvre ne saignait plus, c'était déjà ça… Il voulut reposer le sac de petits pois surgelés sur sa pommette, mais elle l'en empêcha.

— C'est pour ça que je ne pouvais pas quitter Daniel. Du moins, en partie. Nous partagions un secret si terrible que… J'ai bien essayé de partir, mais, chaque fois, mes velléités d'indépendance tournaient court. Je voulais monter une société de restauration-traiteur avec ma meilleure amie, j'avais plein d'autres projets… mais Daniel ne m'a jamais laissée voler de mes propres ailes. Trop dangereux pour lui — et pour moi.

— Et maintenant ? s'enquit Harris en lui serrant la main. Qu'est-ce que tu vas faire ? Tu peux compter sur moi, tu sais. Et si tu veux que je me taise, je ne dirai rien à personne. Promis.

D'un air décidé, elle repoussa doucement sa main et se dirigea vers le téléphone.

Il devina qu'elle appelait la police en la voyant composer un numéro. Il se posta derrière elle, une main sur son épaule. Il aurait fait pareil à sa place. Elle n'avait que trop longtemps souffert du silence qu'elle s'était imposé.

Seulement, le dernier pas qui vous séparait de l'absolution était toujours le plus difficile à franchir. Il en savait quelque chose.

*
* *

Vanessa fixa le revolver qu'elle tenait à la main. Elle était toujours assise près de la cheminée de la chambre de Nina, mais, en pensée, elle se trouvait encore dans l'appartement où elle avait surpris Samuel et cette pauvre femme.

Lorsqu'elle lui avait tiré dessus, cette dernière s'était effondrée comme au ralenti. Sa perruque avait volé au sol, et son joli visage s'était transformé en bouillie sanguinolente…

— Vanessa ?

Elle détacha les yeux de l'arme qui reposait au creux de ses genoux : Holly s'était accroupie à côté d'elle, une main posée sur son bras. Elle ressemblait tant à Nina, elle aussi ! De quoi perdre la tête complètement…

— Au départ, je voulais seulement faire peur à mon mari. Mais quand je l'ai vu avec cette fille… J'ai vraiment cru que c'était Nina qui se trouvait avec lui. Du moins, je voulais que ce soit elle, pour pouvoir enfin l'effacer définitivement de nos vies. Elle m'avait tout volé — mon fils, mon mari, ma dignité…

Elle regarda le visage inquiet tourné vers elle. Surprise, elle prit conscience que, contrairement à Nina, Holly avait les yeux d'un brun chaud qui inspirait la confiance. Comment avait-elle pu les confondre, toutes les deux ?

— Ce matin, nous nous sommes disputés, Samuel et moi, poursuivit-elle comme si parler soulageait sa conscience. Je savais qu'il avait une liaison extraconjugale, mais quand Daniel m'a tout raconté au téléphone, ça m'a paru, comment dire ? insoutenable. J'étais tellement humiliée ! Et je n'ai pas pu m'empêcher de me rappeler ce qui s'était passé douze ans plus tôt. Alors, j'ai pris le pistolet de mon père, et j'ai suivi Samuel afin de le mettre au pied du mur. Il était hors de question que je subisse la même honte une fois encore, vous comprenez ? Je ne pouvais pas, c'était au-dessus de mes forces. Et puis…

et puis, quand je suis arrivée devant l'immeuble où il avait disparu, j'ai vu « N. Travers » inscrit sur la liste des noms à côté de l'Interphone. Et là, j'ai cru devenir folle.

Il y avait de quoi ! Samuel avait mené son fantasme bien trop loin en faisant prendre l'identité de son ex-maîtresse à une inconnue. On en aurait interné d'autres pour moins que ça !

— Vous imaginez un peu ce que j'ai pu ressentir quand j'ai découvert ce nom ! Il fallait absolument que je voie ça de mes propres yeux. Du coup, j'ai inventé une excuse, n'importe quoi, une histoire de livraison, pour qu'un voisin m'ouvre, et je suis montée. Ils n'avaient même pas fermé la porte, trop pressés de se jeter l'un sur l'autre, je suppose. J'ai poussé le battant, et je les ai vus, tous les deux. Nina et mon mari. Je n'ai pas réfléchi, j'ai tiré. Pour tuer Nina. Enfin. Mais…

Elle regarda Holly dans les yeux, un air de désespoir sur son visage marqué par les épreuves.

— Mais ce n'était pas Nina.

— Vanessa…

Elle se leva avec une vigueur dont elle-même ne se serait pas crue capable. Redressant les épaules, le dos bien droit, elle retrouva momentanément son attitude de grande dame.

— Je vous demande de tout raconter à Ryan, déclara-t-elle fermement. Pour qu'il sache la vérité. C'est pour ça que je vous ai fait venir jusqu'ici. Maintenant, laissez-moi, s'il vous plaît. Je vais appeler la police, et je vous serais reconnaissante de vous en aller.

Elle avait l'air tellement sûre d'elle, tout à coup ! Pour un peu, elle se serait prise au jeu elle-même : Vanessa Cutty, née Moore, la tête la plus solide de l'élite californienne… La plus solide ? Il y avait de quoi rire ! Elle venait de tuer quelqu'un, bon sang !

— Je… je crois sincèrement que vous ne devriez pas rester seule, bredouilla Holly, impressionnée par son attitude.

— N'insistez pas, je vous prie. J'ai besoin de régler cette sombre affaire sans personne.

A son regard inquiet, Vanessa sut qu'elle ne l'avait pas totalement convaincue. Puisqu'elle ne voulait pas s'en aller gentiment, il ne lui restait qu'une solution : la forcer à quitter les lieux. D'une main dont elle parvenait mal à maîtriser le tremblement, elle pointa le canon de son arme sur elle.

— Partez, ordonna-t-elle. Maintenant. Avant qu'il ne soit trop tard. Et… prenez soin de mon fils.

Les doigts glacés, elle regarda la jeune femme tourner les talons et s'enfuir dans l'escalier sans demander son reste.

Elle n'aurait pas beaucoup de temps pour faire ce que l'honneur des Moore et des Cutty réclamait. Refermant la porte, elle se dirigea vers la cheminée et ouvrit tout grand l'arrivée de gaz. Mais elle n'alluma pas la flamme. Inspirant l'air vicié à pleins poumons, elle se demanda combien de minutes étaient nécessaires pour mourir d'intoxication. Trop, sans doute. De toute façon, ce n'était pas la fin qu'elle se destinait.

Avançant d'un pas décidé jusqu'à la fenêtre, elle vérifia que les battants étaient bien fermés. Le brouillard n'était pas très épais, ce soir. De là où elle se trouvait, elle put voir Holly surgir de la maison, traverser la pelouse comme une flèche et se jeter dans les bras de Ryan qui venait de descendre de voiture.

Devant leur étreinte passionnée, elle sentit une bouffée d'attendrissement l'envahir. Finalement, après toutes ces années, son fils avait peut-être trouvé le secret du bonheur. Elle, en tout cas, n'avait plus le choix : il était trop tard pour retrouver une vie normale. Elle commençait à avoir la tête qui tournait — l'effet du gaz, probablement. Ou la perspective d'en terminer une fois pour toutes ?

Avec détermination, elle se planta devant le portrait de Nina.

— Tu as gagné, Nina. Tu as gagné…

La première personne que Holly aperçut en sortant du Manoir fut Ryan. Un vrai miracle ! Dire qu'elle allait justement l'appeler à la rescousse et qu'il arrivait, tel un preux chevalier des temps jadis…

Riant et pleurant à la fois, elle courut jusqu'à lui et se blottit dans ses bras grands ouverts, le cœur battant à cent à l'heure. Elle avait bien cru ne jamais le revoir.

— Je suis passé à l'appartement, et j'ai lu ton petit mot, dit-il de cette voix grave qui la faisait frémir. Je suis venu aussi vite que j'ai pu.

— Ryan, ta mère a…

— Je suis au courant. J'ai vu mon père, et je sais tout. Elle a tué sa maîtresse à bout portant.

— Elle est là-haut, dans la chambre de Nina. Elle m'a forcée à la laisser seule. Elle voulait appeler la police pour se dénoncer, mais je suppose qu'elle n'avait pas envie de le faire devant moi. Je n'ai pas eu le choix, elle avait un pistolet…

— Un pistolet ? rugit-il. Bon sang ! Tu n'as rien ? Jure-moi qu'elle ne t'a rien fait !

Elle recula d'un pas et secoua la tête.

— Tout va bien, ne t'inquiète pas. Elle n'avait pas l'intention de me faire le moindre mal. Elle voulait juste me dire de…

Tout à coup, elle comprit les véritables intentions de Vanessa Moore : elle venait ni plus ni moins de lui faire une confession sur son lit de mort. Elle lui avait même dit ses dernières volontés.

Levant les yeux, elle vit se profiler la silhouette altière de la maîtresse des lieux derrière la fenêtre de la chambre de Nina.

Prenez soin de mon fils…

— Oh, mon Dieu ! s'exclama-t-elle avant de s'élancer en direction du Manoir, Ryan sur ses talons.

Ils n'eurent même pas le temps de franchir la grille. Dans un bruit de tonnerre, le Manoir Cutty explosa, illuminant la nuit de mille feux étincelants.

34.

De l'autre côté de la vitre qui la séparait de Daniel, Emma prit le combiné de l'Interphone, seul moyen pour les visiteurs de communiquer avec les prisonniers.

— Je te garde une place au chaud, *chérie* ! lança-t-il d'un ton acide.

Car, pour le moment, c'était lui qui se trouvait en détention. Emma avait discuté avec son avocat de sa responsabilité dans l'accident qui avait coûté la vie à Nina, et ils étaient convenus de plaider l'homicide involontaire. Elle était mineure à l'époque des faits et, en l'absence de témoins, il serait difficile à quiconque de prouver que son acte avait été intentionnel — ce qu'il n'était absolument pas. Etant donné les circonstances, un jury ne pourrait qu'être sensible à son histoire. D'autant qu'elle se montrait particulièrement coopérative.

— Tu te crois maligne, hein ? continua-t-il d'un air mauvais. Ça te fait plaisir, que je sois sous les verrous à cause de toi ?

Elle se demanda s'il avait seulement pensé au mal qu'il lui avait infligé, sur tous les plans. Les lunettes noires qu'elle arborait aujourd'hui masquaient son œil violacé, mais pas la coupure qui lui zébrait la lèvre inférieure, ni la grosse marque rouge sur sa joue enflée. Quant à sa blessure morale, elle mettrait bien plus de temps à cicatriser. Mais Daniel ne s'intéressait qu'à lui-même.

— J'ai parlé avec Holly, répondit-elle sans autre commentaire. Elle m'a raconté quelque chose de très intéressant : le jour où Vanessa a suivi son mari jusqu'à l'appartement de sa maîtresse, elle avait reçu un coup de fil. De toi, apparemment.

Un sourire satisfait étira les lèvres de Daniel.

— Exact. Je lui ai bien téléphoné, ce jour-là. Et après ? Qu'est-ce que ça prouve ?

— Vanessa n'a pas révélé à Holly la teneur de sa conversation avec toi, mais je crois deviner ce que tu lui as dit…

Elle le connaissait sur le bout des doigts, elle savait parfaitement comment il fonctionnait. Il venait de recevoir en pleine figure la double défection de Holly, qui démissionnait de son poste afin de partir avec Ryan. Il avait dû rager dans son coin et se creuser les méninges pour mettre au point sa vengeance.

— Tu sais ce que je crois ? reprit-elle. Que tu étais au courant depuis longtemps, pour la liaison de Samuel et son fantasme de faire revivre Nina. C'est peut-être même ça qui t'a donné l'idée d'engager Holly, quand tu l'as repérée dans la presse spécialisée. Tu savais parfaitement ce que ça faisait à ce pauvre fou, d'imaginer que Nina était de retour. Et tu t'es dit : puisque le père est déjà mordu, pourquoi ne pas en profiter pour atteindre le fils ?

« Quand Holly a brisé ton rêve impossible de redonner vie au Manoir Cutty, tu as pris conscience que tu n'avais plus rien à perdre. Alors, autant laisser le plus de dégâts possible dans ton sillage, pas vrai ? C'est pour ça que tu as appelé Vanessa : pour lui annoncer qu'il y avait une nouvelle Nina dans la vie de son époux. Tu as dû lui présenter la chose de telle façon qu'elle a perdu les pédales. Tu savais parfaitement à quel point elle était vulnérable, et tu t'es servi de cette faille pour lui faire commettre l'irréparable. J'ai raison, n'est-ce pas ? C'est comme ça que tu fonctionnes : par procuration. Jamais à découvert.

— Allons, *chérie*, tu déraillles ! Comment aurais-je pu imaginer qu'elle se suiciderait ? répliqua-t-il avec un sourire mauvais. Cela dit, c'est plutôt bien tombé ! Même si, pour être honnête, j'espérais qu'elle flinguerait oncle Samuel plutôt que cette pauvre fille... Tu vois, mon cœur, je ne suis pas si cruel que tu sembles le croire.

Elle le contempla froidement. Dire que, pendant toutes ces années, elle avait été amoureuse de lui à en perdre la tête, et qu'aujourd'hui, il lui faisait l'effet d'un monstre ! Etrange comme on pouvait passer de la passion la plus brûlante à la haine la plus farouche...

— Quand je sortirai d'ici, je te retrouverai, poursuivit-il avec le même sourire torve. Tu es au courant, j'espère. Parce que je ne te laisserai aucun répit, tu peux en être sûre.

Contre toute attente, elle lui adressa un sourire ironique. Bien loin de l'effrayer, cette menace à peine voilée l'aiderait dans sa décision de devenir sa nouvelle obsession. Au moins, il laisserait Ryan et Holly tranquilles pendant ce temps-là. Et elle, elle méritait une punition pour ses actes. Avoir une nouvelle épée de Damoclès au-dessus de la tête ne l'effrayait aucunement.

— Tu sais, Dan, commença-t-elle tout en se levant, contrairement à ce que tu crois, ça ne m'inquiète pas. Je dirais même que ça me soulage !

Sur ce, elle reposa le combiné sur son support et s'éloigna. Agression et coups et blessures avaient été les seules charges retenues contre lui, et il ne se passerait pas longtemps avant qu'il soit relâché. Comme il l'avait dit sans détour, il chercherait à la retrouver pour lui faire porter le chapeau. Parce que c'était dans sa nature : jamais il ne reconnaîtrait ouvertement ses erreurs, jamais il n'accepterait d'assumer ses responsabilités. Il avait besoin d'un bouc émissaire en permanence — hier, Ryan ; demain, elle...

Non, il ne changerait pas, elle le savait. Mais elle, si. Elle avait déjà mis le cap sur un horizon différent. Et rien ne l'empêcherait plus de diriger sa barque comme elle l'entendait.

Il faisait étonnamment beau, et le brouillard matinal qui régnait d'ordinaire sur San Francisco s'était complètement dissipé. Sous le soleil éclatant de cette nouvelle journée, les ruines du Manoir Cutty semblaient encore plus incongrues dans ce quartier chic. Ryan marchait au milieu des décombres tandis que Holly l'attendait en silence, respectant son chagrin. Mais sentir sa présence lui mettait du baume au cœur.

L'enterrement de Vanessa Cutty avait eu lieu peu de temps auparavant. Pour Holly, la cérémonie avait constitué une expérience surprenante : les éloges funèbres prononcés au-dessus du cercueil avaient évoqué l'image d'une grande dame charitable et admirable, bien différente de l'opinion qu'elle s'était forgée d'elle. Même Ryan, dans son discours bref et digne, avait insisté sur son affection pour sa mère. Aucune mention n'avait été faite du meurtre et du suicide auxquels elle était liée. Comme si, d'un commun accord, tout le monde avait choisi de ne pas salir sa mémoire. A ce stade, cela n'aurait servi à rien.

D'autant qu'il y avait tellement de choses à régler ! Par exemple, placer Samuel dans une clinique de désintoxication. Heureusement, Gil et Marta avaient épaulé Ryan dans les démarches administratives. Ainsi que Gil l'avait fait remarquer en souriant, il n'était pas si vieux ni si incapable qu'il en avait l'air ! Ryan l'avait soutenu à bout de bras pendant douze ans, et il considérait que c'était à son tour de lui renvoyer l'ascenseur.

Ces derniers jours, Holly était tombée des nues à plusieurs reprises. Lorsque son frère lui avait révélé sa liaison avec Emma, elle l'avait considéré en silence un long moment, tant sa surprise était grande. Mais ce n'était rien à côté de ce qu'elle avait ressenti en apprenant la responsabilité d'Emma dans l'accident. Dire qu'une adolescente de quatorze ans s'était trouvée prise dans pareil cauchemar ! C'était impensable, et l'attitude résignée de la jeune femme l'avait stupéfaite. Comme si elle acceptait avec soulagement de devenir la principale accusée dans ce drame.

Avec raison, Ryan s'était insurgé. La nuit de l'accident, Nina était sous influence, par sa propre faute. Elle aurait aussi bien pu se tuer toute seule, vu son état. De fait, elle avait cherché — provoqué, même — la catastrophe. A repousser sans cesse les limites, elle aurait forcément atteint le point de non-retour. Peut-être pas si vite, mais tel était son destin.

Malgré cette intervention qui avait permis à Emma de s'en tirer avec une suspension de peine, pour « circonstances exceptionnelles », elle n'était pas revenue sur sa décision de s'en aller. Et sans Harris, à son grand dam. Il en avait longuement discuté avec sa sœur, qui avait pu mesurer l'étendue de sa peine.

— Tu sais ce qu'Emma m'a dit ? Que même si je croyais l'aimer aujourd'hui, je ne pourrais jamais lui pardonner tout à fait de t'avoir mise en danger. Ça fait mal, mais elle a sûrement raison. Notre relation n'aurait sans doute pas tenu longtemps, alors mieux vaut tout arrêter tout de suite. Seulement, ce n'est pas facile…

Résultat : Emma partait bientôt pour une autre vie, loin de San Francisco. Et Harris avait repris son travail de barman afin de s'occuper l'esprit. Mais Holly ne pouvait s'empêcher de ressentir une profonde tristesse devant la déception de son frère. Cela se voyait dans chacun de ses gestes, dans chacune de ses paroles : il avait cru qu'il parviendrait à retenir Emma, à connaître avec elle un nouveau bonheur. Et devant son refus, il s'était incliné, acceptant avec fatalisme sa décision. Il n'était pas de ceux qui s'obstinent pour réaliser leurs rêves — ou du moins il ne l'était plus.

Contrairement à elle qui refusait cette vision pessimiste de la vie. Quand on voulait quelque chose, il fallait se battre pour l'obtenir, quitte à y laisser des plumes. C'était ce qu'elle avait fait pour Ryan, et elle ne le regrettait pas.

Posant les yeux sur lui, elle sentit l'exaltation l'envahir. Bien sûr, elle aussi avait peur : peut-être qu'un jour, le courant exceptionnel qui les unissait aujourd'hui perdrait de son intensité. Peut-être qu'à long terme, leur passion s'étiolerait, confrontée aux petits désagréments de la vie quotidienne. Après tout, ils ne savaient pas grand-chose l'un de l'autre. Comment réagirait-il en découvrant qu'elle était nulle en cuisine ? Qu'elle adorait lézarder devant une vidéo en se gavant de pop-corn lorsqu'il faisait trop chaud à l'extérieur ? Qu'elle avait cette manie ridicule de noter tout ce qu'elle avait à faire sur des petits bouts de papier qu'elle perdait invariablement ? Oui, quand l'émerveillement des débuts aurait fait place à la routine, peut-être que leur couple n'y survivrait pas. Mais c'était un risque qu'elle acceptait de prendre. Un pari qu'elle comptait bien remporter. Avec l'aide de Ryan, tout était possible.

Il s'était baissé pour ramasser quelque chose — peut-être un objet plein de souvenirs. Le passé avait des attraits dangereux, elle avait pu le constater par elle-même. Le cœur serré, elle retint son souffle, vaguement inquiète. Mais lorsque Ryan se retourna vers elle avec un sourire éblouissant, elle sentit la joie lui dilater les veines. C'était vers l'avenir qu'ils se tourneraient, désormais — et il serait radieux, elle n'en doutait plus, à présent. L'amour qu'ils éprouvaient l'un pour l'autre leur donnerait toutes les armes nécessaires pour surmonter les difficultés de la vie. Ensemble, ils triompheraient de toutes les épreuves.

Revenant sur ses pas, il s'approcha d'elle, serein, auréolé par le soleil matinal. Les ombres qui l'avaient accompagné pendant douze ans s'étaient dissipées pour de bon. C'était un autre Ryan qui s'avançait vers elle, semblable à celui dont elle était tombée amoureuse et pourtant infiniment plus lumineux.

Elle aussi avait dû changer. Une métamorphose qui n'avait pas échappé à Harris, perspicace comme toujours. Ne le lui avait-il pas fait remarquer, pas plus tard que la veille ?

— Il y a de l'amour dans l'air, avait-il lâché, une petite flamme amusée dans ses yeux sombres.

Elle sourit, heureuse de penser que son visage reflétait, d'une certaine façon, l'amour qui avait transformé sa vie. Tout comme il avait effacé l'amertume qui se lisait autrefois sur les traits de Ryan. L'un comme l'autre rayonnaient littéralement. Parce que la lumière qui les guidait désormais venait de l'intérieur, et que rien ni personne ne pourrait l'éteindre.

— Alors ? dit-elle lorsqu'il fut assez près pour qu'elle glisse sa main dans la sienne. C'est quoi, le programme ?

Les yeux fixés sur la baie étincelante, il répondit tout en lui serrant tendrement les doigts :

— Tu viens vivre avec moi. Et quand tu auras dépassé ton complexe de « je-suis-la-dernière-des-nulles-j'ai-épousé-un-gros-naze », on se mariera, et on se construira une maison à nous à Viña Dorada.

Etonnamment, cet endroit qu'il avait toujours considéré comme un pis-aller, une retraite provisoire pour y cacher sa honte, s'avérait maintenant le lieu rêvé pour refaire sa vie. Avec le temps, le vignoble était devenu plus qu'un gagne-pain : c'était une œuvre dont il était fier, parce qu'il y avait investi toutes ses forces, toute son énergie autrefois mal canalisée. Désormais, il n'avait plus envie de fuir : c'était là qu'il voulait vivre, avec Holly, jusqu'à ce que la mort les sépare.

— Je me disais aussi, continua-t-il sans cesser de regarder l'horizon, qu'on devrait avoir au moins trois enfants. Enfin, je suis ouvert à toute proposition. La seule option à laquelle je m'oppose, c'est de n'avoir qu'un seul bébé. Un enfant unique, ça se sent trop seul en grandissant…

Elle ne put s'empêcher de sourire, à la fois amusée et émue.

— Tu sais, quand je voulais savoir le programme, je pensais plutôt à ce qu'on allait faire dans les heures qui viennent. Du genre : on achète des sandwichs et on va pique-niquer quelque part pour profiter du beau temps… Rien de bien compliqué.

— Je sais parfaitement ce que tu voulais dire, commenta-t-il tout en passant un bras autour de ses épaules d'un geste protecteur.

Ainsi enlacés, ils se dirigèrent à pas tranquilles vers leur voiture, tournant le dos aux décombres de ce qui avait été un jour le fabuleux Manoir Cutty. Lorsqu'ils arrivèrent devant l'Aston Martin, en véritable gentleman, Ryan s'empressa d'ouvrir la portière passager de façon à la laisser s'installer la première.

Elle boucla sa ceinture et attendit qu'il ait mis le contact pour se tourner vers lui, une lueur d'excitation dans ses yeux bruns.

— Tu sais ce qui me ferait vraiment plaisir ?

— Non, mais tu vas me le dire, j'imagine !

Elle laissa quelques secondes s'écouler pour titiller sa curiosité, puis répondit avec enthousiasme :

— D'aller naviguer avec toi quelque part. Tu te rappelles ce que tu m'avais dit, cette histoire de vent dans le dos qui peut vous emmener si loin ? Eh bien, j'ai très envie de connaître cette sensation. Avec toi, si tu veux bien, mon beau capitaine !

Avant de démarrer, il lui adressa un sourire plein de tendresse qui la fit fondre.

— Décidément, tu es exactement la femme qu'il me fallait ! En avant, jolie mousse !

Dans l'ombre du tueur, de Stella Cameron • N°277

Lorsqu'elle découvre au bord d'une route le cadavre de Denise Steen, une amie journaliste, Emma Lachance accuse le choc : comme elle, la victime faisait partie d'un club d'émancipation féminine mal accepté par la société conservatrice de Pointe Judah, en Louisiane. Et lorsqu'une autre femme du club est retrouvée assassinée, la peur grandit en elle que la liste macabre ne fasse que s'allonger…

La promesse d'un été, de Susan Wiggs • N°278

Comme chaque été, Kate Livingston est de retour dans le cottage que possède sa famille au bord d'un lac idyllique, dans l'Etat de Washington. Ses proches étant cette année absents, elle entend bien se consacrer pleinement à son jeune fils, tout en réfléchissant à sa vocation de journaliste. Mais sa rencontre avec une adolescente en fuite et un nouveau voisin au passé tourmenté vont en décider autrement en bouleversant sa vie à jamais…

L'engrenage, de Francis Roe • N°21 *(réédition)*

Greg Hopkins et Willie Stringer. Deux médecins brillants, considérés comme des sommités dans leurs domaines respectifs. Deux hommes aux caractères différents, mais liés par une passion commune pour leur travail. Jusqu'à ce que leur amitié soit brisée par leur rivalité – et par une femme, Liz Phelan. Aussi, quand la mort d'un enfant les remet en présence vingt ans plus tard, les vieilles rancœurs du passé ressurgissent avec une violence qui va les conduire à un affrontement impitoyable…

Composé et édité par les
éditions Harlequin
Achevé d'imprimer en octobre 2006

BUSSIÈRE
GROUPE CPI

à Saint-Amand-Montrond (Cher)
Dépôt légal : novembre 2006
N° d'imprimeur : 61766 — N° d'éditeur : 12420

Imprimé en France